# ମହାନାୟକର ମହାପ୍ରୟାଣ

ନିତ୍ୟାନନ୍ଦ ପଣ୍ଡା

ବିଦ୍ୟା ପବ୍ଲିଶିଙ୍ଗ

ଟରୋଣ୍ଟୋ, କାନାଡା ॥ ଭୁବନେଶ୍ୱର, ଓଡ଼ିଶା

ମହାନାୟକର ମହାପ୍ରସ୍ଥାନ

ଲେଖକ: ନିତ୍ୟାନନ୍ଦ ପଣ୍ଡା

ପ୍ରଥମ ସଂସ୍କରଣ: ଦଶହରା, ଅକ୍ଟୋବର ୨୦୨୧
ପ୍ରକାଶକ: ବିଦ୍ୟା ପବ୍ଲିଶିଙ୍ଗ୍ ଇଙ୍କ୍, ଟରୋଣ୍ଟୋ, କାନାଡ଼ା

ISBN : 978-1-990-494-03-1

**Mahanayakara Mahaprasthana**

(Written by Nityananda Panda)



First Edition : Dashahara, October 2021

*Published by*
Vidya Publishing Inc., Toronto, Canada
www.vidyapublishing.com
Email: vidyapublishinginc@gmail.com


*Odisha Contact*
Print Ad B-49, Saheed Nagar, Bhubaneswar-751007

# (ଏକ)

ପ୍ରଭାସ ତୀର୍ଥ ।

ସରସ୍ୱତୀ ଓ ପ୍ରାଚୀ ନଦୀର ସଙ୍ଗମ ସ୍ଥଳ ।

ପାପ କ୍ଷାଳନ ଓ ରିଷ୍ଟ ଖଣ୍ଡନର ଅଭୟସ୍ଥଳ ।

ଜଗତରେ ମାନବ ସୃଷ୍ଟିର ଉଷାକାଳରୁ ଏହି ତୀର୍ଥ ପବିତ୍ର ।

ସେମାନେ ଗତ କାଲିରୁ ଆସିଥିଲେ ଏହି ତୀର୍ଥକୁ । ତୀର୍ଥଜଳରେ ସ୍ନାନ କରିବେ । ଉପବାସ କରିବେ । କରିବେ ଦାନଧ୍ୟାନ । ଦୈବୀରୋଷରୁ ବର୍ତ୍ତିଯିବେ । କିନ୍ତୁ ହେଲା କ'ଣ ! କାହିଁକି ଏପରି ହେଲା !

ସେ ବସିଛି ଅଶ୍ୱତ୍ଥବୃକ୍ଷ ମୂଳରେ । ଏକୁଟିଆ । ଶିଆଳି ଲତାକୁଞ୍ଜ ଭିତରେ, ଗୋଟିଏ ଦୋଲି ଉପରେ । ଡାହାଣ ପାଦ ସ୍ପର୍ଶ କରୁଛି ଭୂମିକୁ । ଏବଂ ବାମପାଦ ଡାହାଣ ଜଙ୍ଘ ଉପରେ ଛକି ଭଳି ରହିଛି । ଚିନ୍ତାକୁଳ ମୁହଁ । କ'ଣ ହେଇଗଲା !

ନଦୀରେ ଜଳସ୍ରୋତଜନିତ ଶବ୍ଦ ନାହିଁ । ସ୍ତବ୍ଧ ହୋଇଯାଇଛି । କାହିଁକି ! ହୁଏତ ନଦୀ ତର୍ଜମା କରୁଛି ତା'ର ଦୋଷ କେଉଁଠି ରହିଲା ! ଗୋଟିଏ ମହାନ ବଂଶର କେତେ ସହସ୍ର ମଣିଷଙ୍କୁ ସେ ପବିତ୍ର କରେଇଥିଲା । ଅଥଚ ! ତା'ର ପବିତ୍ରୀକରଣ ଶକ୍ତି କ'ଣ ଲୋପପାଇଛି ! ଲୋପପାଇଛି ଦୈବୀରୋଷରୁ ମୁକ୍ତି ଦେବାର ସାମର୍ଥ୍ୟ । ସରସ୍ୱତୀ ନଦୀ ବିମର୍ଷ ।

ଘଞ୍ଚ ଜଙ୍ଗଲ ମଧ୍ୟରେ ଅନ୍ଧକାର ପଥର ପରି ଟାଣ ମନେହେଉଛି । ପୃଥିବୀକୁ ଗ୍ରାସିଦେବାକୁ ସତେବା ଶପଥ କରିଛି । ଶିଆଳ ଓ ପେଚ୍ୟମାନଙ୍କର ଅଶୁଭ ନିରବଚ୍ଛିନ୍ନ ଶବ୍ଦ ମର୍ମ ଥରେଇଦେଉଛି । ବନ୍ୟପଶୁଙ୍କର ଆକୁଳ ଚିତ୍କାର ଶୁଭିଯାଉଛି । କାହିଁକି ? ପୁଣି କିଛି ଘଟିବ କି ?

ନଦୀଆଡ଼ୁ ବହମାନ ପବନ ହଠାତ୍ ଥମିକି ଯାଇଛି । ବୃକ୍ଷମାନଙ୍କର ମର୍ମର ଧ୍ୱନି ନୀରବିଯାଇଛି । ସତେକି କେଉଁ ଅପଦେବତାର କ୍ରୋଧ ଦେଖି ଶୋକ ପାଳୁଛନ୍ତି ପବନ ଓ ବୃକ୍ଷ ।

ଭୂମି ଥରୁଛି ରହି ରହି । ସତେବା ଧସିପଡ଼ିବ କେଉଁ ଅତଳତଳକୁ । ଏବଂ କେଉଁ ଗଭୀରତାରୁ ଘୁଁ ଘୁଁ ଶବ୍ଦ ନିଷ୍କ୍ରାନ୍ତ ହେଉଛି ଓ ଲୋମ ଥରେଇ ଦେଉଛି । କାହିଁକି

ଭୂମିର ଏପରି ଆଚରଣ! ସବୁକିଛି ବିନା ପ୍ରତିବାଦରେ ସହିଯାଉଥିବା ପୃଥ୍ୱୀ ଆଜି ପ୍ରମାଦ ଗଣୁଛି। ପ୍ରତିବାଦ କରୁଛି।

ଆକାଶରେ ଧୂମକେତୁ ତା'ର ଲାଞ୍ଜ ଲମ୍ବେଇ ଦେଇଛି ଏ ମୁଣ୍ଡରୁ ସେ ମୁଣ୍ଡ। ତାରାଗଣ ମିଞ୍ଜି ମିଞ୍ଜି ହେବା ସଙ୍ଗୀତ ରଖିଛନ୍ତି। ସମ୍ଭବତଃ ସେମାନେ ଜ୍ଞାତବ୍ୟ କ'ଣ ଘଟିବାକୁ ଯାଉଛି!

ଆଉ ଘଟିବ କ'ଣ? କ'ଣ ବା ବାକି ରହିଛି ଘଟିବାକୁ!

ସିଏ ବସିଛି ଅଶ୍ୱତ୍ଥ ବୃକ୍ଷମୂଲେ। ଶିଆଳି ଲତାର ଦୋଲି ଉପରେ। ମୁହଁ ବିଷର୍ଷ ଓ ବିବର୍ଷ। ତଥାପି ବାଙ୍କ ହସ ଲାଖି ରହିଛି। କେଉଁଥିପାଇଁ ସେ ହସ!

ଦୁଇଦିନ ମଧରେ ଯାହା ଘଟିଗଲା ସାକ୍ଷୀ ରହିଛି ଏହି ନଦୀ ଓ ଘଞ୍ଚବନାନୀ। ଏବଂ ଆକାଶ। ରିଷ୍ଟ ଖଣ୍ଡନ ପାଇଁ ଆସିଥିବା ମଣିଷଙ୍କର ଇଏ କି ବିପରୀତ ଗତି!

ଏହି ପ୍ରଭାସ ତୀର୍ଥ। ବେଦରେ ଏହାର ବର୍ଣ୍ଣନା ରହିଛି। ମଣିଷର ଶାପପାପ ରୋଗବ୍ୟାଧ୍ୟ ହରଣକରେ ତୀର୍ଥଜଳ। ନିଜେ ଗ୍ରହଣ କରିନିଏ। ଆଉ ଶୁଦ୍ଧ ସୁବର୍ଣ୍ଣ କରି ମଣିଷକୁ ନବଜନ୍ମ ଦିଏ।

ମାନବ ସୃଜନର ଆଦ୍ୟଭାଗର ଘଟନା। ଶ୍ରେଷ୍ଠ ପ୍ରଜାପତି ଦକ୍ଷ ଚନ୍ଦ୍ରଙ୍କୁ ବରଣ କରିଆଣିଥିଲେ ଜାମାତା ରୂପେ। ଅର୍ପଣ କରିଥିଲେ ତାଙ୍କୁ ନିଜର ସତେଇଶିଟି କନ୍ୟା। ଚନ୍ଦ୍ର ନିଜର ସୁନ୍ଦର ରୂପ ପାଇଁ ଗର୍ବୀ ଥିବା ଜାଣିବା ସତ୍ତ୍ୱେ।

ରୂପଗର୍ବ ସେତେ ଧର୍ତ୍ତବ୍ୟ ନୁହେଁ, ଯେତେ ଧର୍ତ୍ତବ୍ୟ ପରସ୍ତ୍ରୀଗମନ। ସତେଇଶି ଜଣ ସୁନ୍ଦରୀ ସ୍ତ୍ରୀ ଥାଉଁ ଥାଉଁ ଚନ୍ଦ୍ର ଗୁରୁ ବୃହସ୍ପତି-ପତ୍ନୀଙ୍କୁ ହରଣକରି ଆଣିଲେ। ଜଣାପଡ଼ିଲା, ଚନ୍ଦ୍ର ଜଣେ ଅତିମାତ୍ରାରେ ନାରୀରକ୍ତୁଣା ଓ କାମୁକ। ଜାଣିଲେ ମଧ ପ୍ରଜାପତି ଦକ୍ଷ ଚୁପ୍ ରହିଲେ, କାରଣ ଯେତେହେଲେ ସେ ଜାମାତା। ତାଙ୍କୁ ଅବଶ୍ୟ ଲାଜ ଲାଗିଲା।

କିନ୍ତୁ .... କିନ୍ତୁ କନ୍ୟାଗଣ ପିତାଙ୍କ ନିକଟରେ ଫେରାଦ ହେଲେ। କାନ୍ଦିକାଟି ନେହୁରା ହେଲେ – ତୁମେ ବୁଝ ବାପା!

ତ୍ରିଲୋକରେ ସବୁ ଜାଣିସାରିଲେଣି, ଆଉ ଲାଜ କ'ଣ! ଭାବିଲେ ପ୍ରଜାପତି ଦକ୍ଷ। ଚନ୍ଦ୍ର ଯାହାକୁ ଅପହରଣ କରି ଆଣିଲେ ତାଙ୍କୁ ସେ ଅନ୍ୟତମ କନ୍ୟା ଭାବେ

ବିରୟରି ପାରିଥାନ୍ତେ, କିନ୍ତୁ ସେ ଯେ ଆଉ ଜଣଙ୍କ ସ୍ତ୍ରୀ । ପୁଣି ଆପଣା ଗୁରୁଙ୍କର । ଏଭଳି ଲମ୍ପଟକୁ ଉଚିତ ଶିକ୍ଷା ମିଳିବା ଉଚିତ୍ । ତେବେ ? କିଭଳି ଦଣ୍ଡଦେବେ ! ଭାବିତହେଲେ ଦକ୍ଷ । ଏଭଳି ଦଣ୍ଡ ବିଧାନ କରିବେ, ଯଦ୍ୱାରା ପରନାରୀ ରୁଣ୍ଡେଇବାକୁ ସେ ସାହସ ବା ବଳପାଇବେ ନାହିଁ । କୁରୂପ କରିଦେଲେ ଚଳନ୍ତା । ମାତ୍ର ନିଜ କନ୍ୟାମାନଙ୍କ ମୁହଁକୁ ରୁହିଁ ସେ ସେଥିରୁ ବିରତ ରହିଲେ ।

କହିଲେ-ତୁମେମାନେ ଆପଣା ଭୁବନକୁ ଚଲିଯାଅ । ମୁଁ ସୁବ୍ୟବସ୍ଥା କରୁଛି ।

କନ୍ୟାଗଣ ଆଶ୍ୱସ୍ତହୋଇ ଫେରିଗଲେ ।

ଦକ୍ଷ ଘଟନାଟିକୁ ଗୁରୁତ୍ୱର ସହ ଚିନ୍ତିଲେ । ଉଚ୍ଚସ୍ତରର ମନୁଷ୍ୟ ଏଭଳି ପନ୍ଥା ଆପଣେଇଲେ ଅନ୍ୟମାନେ ଶିଖିବେ କ'ଣ ! ସେଇଆ ଶିଖିବେ । ପରସ୍ତ୍ରୀଗମନକୁ ଜୀବନର ଅଂଶ ରୂପେ ଗ୍ରହଣ କରିବେ । ଜଗତରେ ପାପାଚାର ବଢ଼ିଯିବ ।

ଅଧିକନ୍ତୁ, ଚନ୍ଦ୍ରଙ୍କର ଲୁଚ୍‌ଛପା ନୁହଁ ପ୍ରକାଶ୍ୟ ଅପହରଣ ତାଙ୍କୁ କଷ୍ଟହେଲା । ସେ ଭାବିଲେ, ଚନ୍ଦ୍ରକୁ ଇମିତି ଦଣ୍ଡଦେବେ ଯାହା ଫଳରେ ସେ ବାହାରକୁ ବେଶୀ ବାହାରି ପାରିବେ ନାହିଁ । ଯଦିବା ବାହାରିବେ, ଅନ୍ୟମାନେ ପାଖକୁରେଇବେ ନାହିଁ ।

କହିଲେ – ରାଜଯକ୍ଷ୍ମାରୋଗ ଭୋଗନ୍ତୁ ଚନ୍ଦ୍ର ।

ସିଦ୍ଧ ଓ ପବିତ୍ର ମନୁଷ୍ୟଙ୍କ ଉଚ୍ଚାରିତ ଶବ୍ଦ ନିଷ୍ଫଳ ହୁଏନା । ବଜ୍ର ହୋଇଯାଏ । ସହସା ଚନ୍ଦ୍ର ରାଜଯକ୍ଷ୍ମାରେ ଆକ୍ରାନ୍ତ ହେଲେ ।

କିଛି କାଳ ପରେ ।

ପୁନରାୟ କନ୍ୟାଗଣ ପିତାଙ୍କୁ ସାକ୍ଷାତ୍ କଲେ ।

"ପୁଣି ଆସିଲ କାହିଁକି ?" – ପଚରିଲେ ଦକ୍ଷ ।

: ବୃହସ୍ପତିଙ୍କ ପତ୍ନୀ ଫେରିଗଲେଣି ।

– ଜଣାଅଛି ।

: ତାଙ୍କୁ ଆରୋଗ୍ୟ କରିଦିଅନ୍ତୁ । ରାତିରେ ଶୋଇପାରୁନାହାଁନ୍ତି । କଫରେ ରକ୍ତପଡ଼ିଲାଣି । ଜକ୍‌ଜକ୍‌ ଦିହ ମଳିନ ଦିଶିଲାଣି ।

– ସେଇଆ ହଉଥିବ । କିନ୍ତୁ ଆରୋଗ୍ୟ ରୁହଁଛ କାହିଁକି !

: ସେ ଅସହ୍ୟ ଯନ୍ତ୍ରଣା ଭୋଗୁଛନ୍ତି । ସହି ହେଉନାହିଁ । ତା'ଛଡ଼ା ଯାହାକୁ ଆଣିଥିଲେ ସେ ତ ବାହୁଡ଼ିଗଲେଣି ।

ଓଃ ! ନାରୀ ଜାତି ଏହିପରି କ୍ଷମାଶୀଳା ।

ହଁ, ଏହି ବିରଳଗୁଣଟିକୁ ସେ ନିଜେ ଆରୋପିତ କରିଥିଲେ ନାରୀମାନଙ୍କଠାରେ । ସ୍ୱାମୀର ଯେକୌଣସି ଦୋଷକୁ ମଧ୍ୟ ପତ୍ନୀ କ୍ଷମାକରିପାରେ । ଉଃମ ! ଖୁସିହେଲେ ଦକ୍ଷ ।

କହିଲେ – କନ୍ୟାଗଣ ! ଚନ୍ଦ୍ରଙ୍କୁ କୁହ ସେ ବିଧାତାଙ୍କୁ ସାକ୍ଷାତ କରନ୍ତୁ । ଆରୋଗ୍ୟ କରିବା ମୋ ହାତର କଥାନୁହଁ । ସେ ଅବଶ୍ୟ ଉପାୟ କହିବେ ।

ଚନ୍ଦ୍ର ଚାଲିଲେ ବିଧାତାଙ୍କ ନିକଟକୁ ।

ହଠାତ୍ ଚନ୍ଦ୍ରଙ୍କୁ ଦେଖିପକେଇଲେ ବିଧାତା । କହିଲେ, "ସବୁ ପରା ସମାଧାନ ହୋଇଗଲା ! ପୁଣି ଆସିଲ କୁଆଡ଼େ ?" ସେ ଚନ୍ଦ୍ର ଉପରେ ଖୁସିନଥିଲେ ।

ଚନ୍ଦ୍ର ନୀରବ । ସେ କେବଳ ଜୁଳୁଜୁଳୁ ଚାହିଁରହିଲେ ।

ଏହି ସମୟରେ ବିଧାତା ଭଲକରି ଦେଖିଲେ ଚନ୍ଦ୍ରଙ୍କୁ । ଆରେ, ଯ଼ା'ର ତୋଫାଦେହ ମଳିନ ଦିଶୁଛି କାହିଁକି ! ଯେଉଁ ରୂପଗର୍ବରେ ଇଏ ନାରୀଙ୍କୁ ଆକୃଷ୍ଟକରେ ନିଜ ଆଡ଼କୁ ସେ ନାରୀ-ଘାତକ ରୂପର ଇଏ କି ଅବସ୍ଥା ! ବିଧାତାଙ୍କର ହୃଦୟ କୋମଳ ହୋଇଗଲା ।

ପଚାରିଲେ – ତୁମର ହେଇଛି କ'ଣ !

ଚନ୍ଦ୍ର କାଶିଲେ । କହିଲେ, "କଳା କର୍ମର ପରିଣାମ ଭୋଗୁଛି ।"

– ଖୋଲିକରି କୁହ ।

ଚନ୍ଦ୍ର ପ୍ରକାଶକଲେ ଯାହା ଘଟିଛି । କେମିତି ସେ ବାହାରକୁ ବାହାରି ପାରୁନାହାଁନ୍ତି । ଏବଂ ରାତିରେ ଲହରା କାଶ ତାଙ୍କୁ ଅଥୟ କରିଦେଉଛି । ଶେଷରେ, କିପରି ଆରୋଗ୍ୟ ଲଭିବେ ତା'ର ଉପାୟ କହିବାକୁ ବିନତି କଲେ ।

ବିଧାତାଙ୍କ ମନରେ ଦୟା ଆସିଲା । ଯେତେ ହେଲେ ଚନ୍ଦ୍ର ତାଙ୍କର ପୁତ୍ର ।

କହିଲେ, "ପୁତ୍ର ମୋର । ତୁମେ ତୁରିତେ ଚଲିଯାଅ ପ୍ରଭାସ ତୀର୍ଥ । ସେଠି ସ୍ନାନକରି ବ୍ରାହ୍ମଣ ରଷି ଦୁଃଖୀଦରିଦ୍ରଙ୍କୁ ଅନ୍ନବସ୍ତ୍ର ଦାନକରିବ । ତୁମେ ଆରୋଗ୍ୟ ଲାଭ

କରିବ ରାଜଦଣ୍ଡରୁ । ଏବଂ ଗୁରୁପତ୍ନୀ ହରଣକରିବା ପାପରୁ । ମନେରଖ ପୁତ୍ର, ଆଉ ସେଭଳି ଗର୍ହିତ କାର୍ଯ୍ୟ କେବେଁ ଆଚରିବ ନାହିଁ ।"

ଚନ୍ଦ୍ର ସେଭଳି କଲେ ଏବଂ ବ୍ୟାଧି ଓ ପାପରୁ ମୁକ୍ତି ଲଭିଲେ ।

ଇଏ ହେଉଛି ସେହି ପ୍ରଭାସତୀର୍ଥ, ଯାହା ଚନ୍ଦ୍ରଙ୍କୁ ନୂଆ ଜୀବନ ଦେଇଥିଲା ।

ତେବେ ଆଜି କାହିଁକି ଏପରି ବିପରୀତ ଘଟିଲା !

ସେ ବସିଛି, ଅଶ୍ୱତ୍ଥମୂଳେ ଶିଆଳି ଲତାର ଦୋଳି ଉପରେ । ଶ୍ରମଝାଲ ବୋହି ଯାଉଛି ଦେହରୁ, ଜଙ୍ଗଲର ଶୀତଳ ବାତାବରଣ ସତ୍ତ୍ୱେ । ସେ ଚିନ୍ତାକୁଳ । କ'ଣ ଚିନ୍ତା କରୁଛି ସେ !

ଆଜି ସେ ଏକୁଟିଆ । ଅଥଚ ବାଲ୍ୟକାଳରୁ ଗଲାକାଳି ପର୍ଯ୍ୟନ୍ତ ସଂପୂର୍ଣ୍ଣ ଜୀବନ ବିତିଛି ତା'ର ଲୋକଗହଣରେ । ଅର୍ଥାତ୍ ପିତାମାତା ସଖା, ସଖୀ, ନାରୀ, ପତ୍ନୀ, ଯୋଦ୍ଧା, ପାତ୍ରମିତ୍ର ...... । ସମସ୍ତେ ବେଢ଼ି ରହୁଥିଲେ ତା'କୁ । ସମଗ୍ର ଜଗତ ତା'ର ନିଷ୍ପତ୍ତିକୁ ଅପେକ୍ଷାକରି ରହୁଥିଲେ । ହେଲେ ବର୍ତ୍ତମାନ ! ବର୍ତ୍ତମାନ କେହିନାହିଁ । ସତେବା କେହି କେବେଁ ନଥିଲେ ତା ସହିତ । ସେ ନିଃସଙ୍ଗ ଥିଲା ଓ ଅଛି । ହାୟ !

ତା'ର ଏକାଧିକ ନାମ । ଠିକ୍‍ରେ କହିଲେ ଅଗଣନ । କାହ୍ନା, ଗୋପାଳ, ବେଣୁଧର, ଗିରିଧାରୀ, ରାଧାରମଣ, ଗୋବିନ୍ଦ, ବାସୁଦେବ, ଚକ୍ରଧର ..... । ଋଷି ବ୍ରାହ୍ମଣଗଣ କୁହନ୍ତି ପୁରାଣପୁରୁଷ । ବିଗତ ଶହେପଚିଶ ବର୍ଷ ହେବ ନାମ ବହିଥିଲା ଶ୍ରୀକୃଷ୍ଣ । ଅତି ପରିଚିତ ନାମ ଜଗତରେ । ତା'ର ନାମ ଶୁଣିବା ମାତ୍ରେ ଆଛା ଆଛା ରାଜା ଯୋଦ୍ଧା ଦୈତ୍ୟ କାତରେ କମ୍ପିବାକୁ ଲାଗୁଥିଲେ ।

ଅଥଚ ଆଜି ?

ଆଜି ସେ ନିଃସଙ୍ଗ ।

ଆହା କହିବାକୁ କେହିନାହିଁ ।

କି ବିଡ଼ମ୍ବନା ସତେ !

ହଁ ବିଡ଼ମ୍ବନା । ଜଗତରେ କେଉଁ ଘଟନା ବିଡ଼ମ୍ବନା ନୁହଁକି ! ମନୁଷ୍ୟ ଯାହାକୁ ବୁଝିପାରେନା ତାକୁ ବିଡ଼ମ୍ବନା କହି ସେଥର ପୂର୍ଣ୍ଣଚ୍ଛେଦ୍ ଟାଣେ । ଏବଂ ପୁନରାୟ ଏକ ବିଡ଼ମ୍ବନା ଆଡ଼କୁ ଟାଣି ହେଇଯାଏ । ସତ୍ୟସନ୍ଧ ହେଲେ ଜଗତ ଅନାବରିତ ହୁଏ ତା' ସମ୍ମୁଖରେ । କିଏ ସତ୍ୟସନ୍ଧ !

ନିତ୍ୟାନନ୍ଦ ପଣ୍ଡା ❖ ୭

ଶ୍ରୀକୃଷ୍ଣ । ସେ ବୁଝିଛି ବୋଲି ପ୍ରଭାସତୀର୍ଥରେ ସଂଘଟିତ ଭୟାନକ ଘଟନା ବା ଘଟନା ସମୂହ ଦେଖି ମଧ ସେ ଅସଂପୃକ୍ତ । ନିୟତିର ଇଚ୍ଛାକୁ ଭଲଭାବେ ବୁଝିପାରିବାର ବିରଳ କ୍ଷମତା ତା'ର ଥିଲା ଓ ଅଛି । ସେଥିପାଇଁ ନିସ୍ପୃହ, ଅସଂଲଗ୍ନ, ଅସଂପୃକ୍ତ ।

ସ୍ପୃହା ଥାଇ ମଧ ସେ ନିସ୍ପୃହ ।

ଅଂଶୀଦାର ହୋଇ ମଧ ସେ ଅସଂଲଗ୍ନ ।

ଏବଂ ସଂପୃକ୍ତ ଥାଇ ମଧ ଅସଂପୃକ୍ତ ।

ଗଲାକାଲି ପର୍ଯ୍ୟନ୍ତ ମଣିଖଚିତ ପଲ୍ୟଙ୍କ ଉପରେ ଶୋଉଥିବା ମନୁଷ୍ୟ ଆଜି ବସିଛି ଗଛମୂଲେ । ଉଜାଗର ରହିଛି । ସହସ୍ରାଧିକ ପତ୍ନୀଙ୍କ ମଧରୁ ଜଣକର ବି କାହାର ଦେଖାନାହିଁ । ଯନ୍ତ୍ରଣାକାତର ଶରୀରର ସାମୟିକ ତୁଷ୍ଟି ପାଇଁ ଜଳଟୋପେ ପାଟିରେ ଦେବାକୁ କେହିନାହିଁ । ଯେଉଁ ରହସ୍ୟମୟ ଓ ଦୁର୍ଲଭ ଶକ୍ତିର ସେ ଥିଲା ଅଧିକାରୀ ତାହା ଆଜି ପ୍ରାୟ ଅନ୍ତର୍ହିତ । ଆହାଃ !

ଅଶ୍ୱତ୍ଥ ବୃକ୍ଷମୂଲେ ଶିଆଲି ଲତାର ଦୋଲିଉପରେ ବସିଛନ୍ତି ଶ୍ରୀକୃଷ୍ଣ । ଭାବିଚାଲିଛନ୍ତି । ତର୍ଜମା କରୁଛନ୍ତି ନିଜର କର୍ମଧାରାକୁ । ଚଲତ୍‌ଚିତ୍ରପରି ଦେଖୁଛନ୍ତି ନିଜକୁ ବହୁ ଘଟନା ଦୁର୍ଘଟଣା ଭିତରେ ......

ଘଞ୍ଚ ଅରଣ୍ୟ ମଧରେ ଅନ୍ଧାର ବହଳ ହେଉଛି । ସମୟ ବିତିଚାଲିଛି । ଶ୍ରୀକୃଷ୍ଣଙ୍କର ଭାବନାରେ ବିରାମ ନାହିଁ ।

ଆଠଦିନ ତଲର ଘଟନା ରାତ୍ରିକାଲ । ଶ୍ରୀକୃଷ୍ଣ ଅବସ୍ଥାନ କରୁଥାନ୍ତି ରୁକ୍ମିଣୀଙ୍କ ପୁରରେ । ସମଗ୍ର ଦ୍ୱାରାବତୀପୁର ନିଦ୍ରାରେ ଆଚ୍ଛନ୍ନ ।

କିନ୍ତୁ ଉଦ୍ଧବ ଉପସ୍ଥିତ ଥାଆନ୍ତି ଶ୍ରୀକୃଷ୍ଣଙ୍କ ସହିତ । ଦ୍ୱାରାବତୀରେ ଶ୍ରୀକୃଷ୍ଣଙ୍କର ଏକମାତ୍ର ମିତ୍ର ଉଦ୍ଧବ । ଏପରିକି, ଆସନ ଭୋଜନ ଓ ଶୟନ ଅବସରରେ ମଧ ସେ ଉଦ୍ଧବଙ୍କୁ ସଙ୍ଗଚ୍ୟୁତ କରନ୍ତି ନାହିଁ ।

ହଠାତ୍ ବାହାରେ ମିଲିତ ଶଙ୍ଖଧ୍ୱନି ଶୁଭିଲା । କିଏ ହୋଇପାରନ୍ତି ? ପୁଣି ଏତେ ରାତିରେ ! ସେ ଉଦ୍ଧବଙ୍କୁ ପଠେଇଲେ ବୁଝିଆସିବାକୁ ।

●

ବର୍ତ୍ତମାନ ସନ୍ଦେହ ଉପୁଜିପାରେ, ଶ୍ରୀକୃଷ୍ଣ ତାଙ୍କର ପତ୍ନୀଙ୍କ ସହ ଏକାନ୍ତ ବାସ କରୁଥିବାବେଲେ ଉଦ୍ଧବ ସେଠାରେ

ଉପସ୍ଥିତ ରୁହନ୍ତି କିପରି । ଉଦ୍ଧବ ପ୍ରସଙ୍ଗ ଟିକେ ପଛକୁ ରଖ୍ଖିବା, ପ୍ରଥମେ ତାଙ୍କର ପତ୍ନୀଗଣଙ୍କ ସମ୍ବନ୍ଧରେ କୁହାଯାଉ ।

ସାଧାରଣତଃ ଅନେକ କହନ୍ତି, ଶ୍ରୀକୃଷ୍ଟଙ୍କର ଆଠଜଣ ପତ୍ନୀଥିଲେ । ଯେଉଁମାନଙ୍କୁ ଅଷ୍ଟପାଟବଂଶୀ କୁହାଯାଏ । ପ୍ରକୃତପକ୍ଷେ, ତାଙ୍କର ମୋଟ ପତ୍ନୀସଂଖ୍ୟା ଷୋଳହଜାର ଶହେ ଆଠ ।

ପ୍ରାଗ୍‌ଜ୍ୟୋତିଷପୁର ରାଜ୍ୟର ଦୁର୍ଦ୍ଦାନ୍ତ ରାଜା ନାରକା କ୍ଷୁଦ୍ରରାଜ୍ୟର ରାଜାମାନଙ୍କୁ ପଦାନତକରି ସେମାନଙ୍କ କନ୍ୟାମାନଙ୍କୁ ଆଣି ଆପଣା ଭୁବନରେ ବନ୍ଦୀକରି ରଖ୍ଖିଥିଲା । ଯେ – ଅନୁକୂଳ ସମୟରେ ସମସ୍ତିଙ୍କୁ ଏକସଙ୍ଗରେ ସେ ବିବାହ କରିବ । ସେହି ରାଜକନ୍ୟାମାନଙ୍କ ସଂଖ୍ୟା ଷୋଳହଜାର ଏକ ଶହ । ଶ୍ରୀକୃଷ୍ଟ ନାରକା ନିଧନକରି ମୁକୁଲାଇଥିଲେ ସେହି କନ୍ୟାମାନଙ୍କୁ । ମାତ୍ର କନ୍ୟାମାନେ ଶ୍ରୀକୃଷ୍ଟଙ୍କୁ ପତିରୂପେ ବରଣକରିବାରୁ ଶ୍ରୀକୃଷ୍ଟ ଅଗତ୍ୟା ସେମାନଙ୍କୁ ପତ୍ନୀରୂପେ ଗ୍ରହଣ କରିଥିଲେ । ଏବଂ ପୂର୍ବରୁ ଯେଉଁ ଅନ୍ୟ ଆଠଜଣଙ୍କୁ ସେ ବିଧିବଦ୍ଧ ବିବାହ କରିଥିଲେ, ସେମାନେ ହେଲେ ରୁକ୍ମିଣୀ, ଜାମ୍ବବତୀ, ସତ୍ୟଭାମା, କାଳିନ୍ଦୀ, ମିତ୍ରବିନ୍ଦା, ସତ୍ୟା, ଭଦ୍ରା ଓ ଲକ୍ଷଣା । ଏହିମାନେ ଅଷ୍ଟପାଟବଂଶୀ । ପତ୍ନୀଗଣଙ୍କ ମଧ୍ୟରେ ଶ୍ରେଷ୍ଠ ।

ବର୍ତ୍ତମାନ ପ୍ରଶ୍ନଉଠିବା ସ୍ୱାଭାବିକ ଯେ ଏତେ ସଂଖ୍ୟକ ପତ୍ନୀଙ୍କ ସହିତ ଶ୍ରୀକୃଷ୍ଟ ସହବାସ କରନ୍ତି କିପରି । ଶ୍ରୀକୃଷ୍ଟଙ୍କୁ ସାଧାରଣ ମନୁଷ୍ୟ ନଭାବି ମାନବଗର୍ଭରୁ ଜନ୍ମଲାଭ କରିଥିବା ଅବତାରୀ ପୁରୁଷ ଧରିନେଲେ ସଂଶୟ ରହିବନାହିଁ । ଶ୍ରୀମଦ୍‌ ଭାଗବତରେ ଏହାର ସୁନ୍ଦର ବ୍ୟାଖ୍ୟା ରହିଛି । ଯେ – ଶ୍ରୀକୃଷ୍ଟ ଏକସମୟରେ ସମସ୍ତ ପତ୍ନୀଙ୍କ ସହ ରାତ୍ରି ଯାପନକରନ୍ତି । ଏବଂ ପ୍ରତ୍ୟେକ ପତ୍ନୀ ମନେକରନ୍ତି, ତାଙ୍କ ସହ ଏକାନ୍ତ ରମଣ କରୁଛନ୍ତି ଶ୍ରୀକୃଷ୍ଟ । ପୁନଶ୍ଚ, ସମସ୍ତିଙ୍କ ପାଖରେ ଥାଇ ମଧ୍ୟ କାହାପାଖରେ ନଥାନ୍ତି । ମାନବ

ରୂପଧାରୀ ପୁରାଣପୁରୁଷ ଶ୍ରୀକୃଷ୍ଣଙ୍କର ଏହା ଅନ୍ୟତମ ଅଲୌକିକ ଲୀଳା ।

ଉଦ୍ଧବ ଜ୍ଞାନଯୋଗୀ, ଶ୍ରୀକୃଷ୍ଣଙ୍କର ଅତ୍ୟନ୍ତପ୍ରିୟ । ଶ୍ରେଷ୍ଠ ଭକ୍ତ । ଉଭୟ ସଖା କେବେହେଲେ ପୃଥକ୍ ହୁଅନ୍ତି ନାହିଁ । ଭକ୍ତ ଓ ଭଗବାନ ଏକ, ଭିନ୍ନ ନୁହଁନ୍ତି । ମାତ୍ର ଉଦ୍ଧବଙ୍କୁ ଶ୍ରୀକୃଷ୍ଣଙ୍କ ବ୍ୟତୀତ ଅନ୍ୟକେହି ଦୃଶ୍ୟ ହୁଅନ୍ତି ନାହିଁ । ଏହା ମଧ ସେଇ ଅବତାରୀପୁରୁଷଙ୍କର ଅନ୍ୟତମ ଅଲୌକିକ ଲୀଳା, ରହସ୍ୟମୟତା । ଅଲୌକିକତାକୁ ଲୌକିକ ଆଧାରରେ ବୁଝିବାକୁ ଚେଷ୍ଟାକଲେ ଭ୍ରାନ୍ତିରହିବା ସ୍ୱାଭାବିକ ।

●

ଉଦ୍ଧବ ଫେରି ଜଣେଇଲେ, ଦେବଭୂମିରୁ କେଉଁମାନେ ଆସିଛନ୍ତି ତାଙ୍କୁ ସାକ୍ଷାତକରିବାକୁ ।

ଅନୁମତି ଦେଲେ ଶ୍ରୀକୃଷ୍ଣ ।

ସାକ୍ଷାତକାରୀଙ୍କ ମଧରେ ଥିଲେ ବିଧାତା, ବାସବ, ରବି ସୋମ, ମରୁତ ଆଦି ପ୍ରମୁଖ ଦେବଭୂମି ବାସୀ ।

ସଭିଁଏ ସ୍ୱସ୍ୱରୀତିରେ ସମ୍ମାନ ଓ ଭକ୍ତି ଜଣାଇବା ଓ ପ୍ରଶସ୍ତିଗାନ କରିବା ଉଠାରୁ ବିଧାତା କହିଲେ, "ମାୟାଧର ସ୍ୱମାୟାଦ୍ୱାରା କବଳିତ ହେବା ବିଡମ୍ବନା ନୁହଁକି ?"

"ଅର୍ଥାତ୍ !" – ସଂକ୍ଷିପ୍ତ ଉଠର ଶ୍ରୀକୃଷ୍ଣଙ୍କର ।

– ତୁମର କ'ଣ କିଛି ମନେନାହିଁ ?

"ନିର୍ଦ୍ଧିଷ୍ଟକରି କହିଲେ ସିନା ବୁଝିବି"

– ଜାଗତିକ ବିଚାରରେ ଶହେପଚିଶୀ ବର୍ଷ ତଳେ ତୁମେ ଜଣେ ମାନବୀ ଗର୍ଭରୁ ଜନ୍ମଲଭିଥିଲ । ଅର୍ଥାତ୍ ତୁମେ ମାନବ ହିସାବରେ ଶହେପଚିଶ ବର୍ଷ ବିତାଇ ସାରିଲଣି । ଅଧିକ କହିବାର ପ୍ରୟୋଜନ ଅଛି !

ସହସା ଉନ୍ନତ କପୋଳ କୁଞ୍ଚେଇଗଲା ଶ୍ରୀକୃଷ୍ଣଙ୍କର । ଏବଂ କେଇ ମୁହୂର୍ତ ଆଖି ଲାଖିରହିଲା କେଉଁ ସୁଦୂର ଅତୀତରେ । ସତେତ ! ସେ ଗୁଣୁଗୁଣୁ ହେଲେ ।

– ମତେ କ'ଣ ସ୍ମରଣ କରେଇବାକୁ ପଡ଼ିବ ଯେ ମାନବ ଭାବେ ଯେତେ ଯାହା କରିବା କଥା ସବୁ କରିସାରିଛ ! ଆପାତତଃ ଜାଗତିକ କାର୍ଯ୍ୟ ତୁମର ସମାପ୍ତ । କେବଳ ବାହୁଡ଼ିଯିବା ପରି ମହାନ୍‌ କାର୍ଯ୍ୟଟି ଯାହା ବାକି ରହିଛି । ଏବଂ ତାହା ମଧ ଆସନ୍ନ ।

"ହଁ ସତ୍ୟ ! ମୋର ସ୍ମରଣ ନଥିଲା । ଆପଣା ସୃଷ୍ଟ ମାୟା ଏଡ଼ିକି ଶକ୍ତିଶାଳୀ ? କିନ୍ତୁ ବିଧାତା, ଅନ୍ତିମ କାର୍ଯ୍ୟଟି ଏପର୍ଯ୍ୟନ୍ତ ଅସମାପ୍ତ ରହିଛି । ମୁଁ ମଧ ନିୟତିର ଇଙ୍ଗିତରେ ପରିଚାଳିତ । ଏମାନଙ୍କୁ ଛାଡ଼ିଦେଇଗଲେ ଜଗତରେ ଶହ ଶହ ଜରାସନ୍ଧ, ନାରକା, କଂସ ସୃଷ୍ଟି ହେବା ବିଚିତ୍ର ନୁହଁ । ଅତଏବ୍‌ .....” – ଶ୍ରୀକୃଷ୍ଣ ଚିନ୍ତିତ ଥିବାପରି ମନେହେଲେ ।

ସମସ୍ତ ଦେବଭୂମିବାସୀ ଅଧୋମୁଖ ହୋଇ ବସିରହିଲେ ।

ଶ୍ରୀକୃଷ୍ଣ ପୁନରାୟ କହିଲେ, "ଯଥା ସମୟରେ ସ୍ମରଣ କରେଇଥିବାରୁ ତୁମମାନଙ୍କୁ ସହସ୍ର ଧନ୍ୟବାଦ । ତୁମେମାନେ ତୁମ ଭୁବନକୁ ଚଲିଯାଅ, ପ୍ରଭାତ ହେବା ପୂର୍ବରୁ । ଅନ୍ତିମ କାର୍ଯ୍ୟଟି ସମାପନ ଅନ୍ତେ ମୁଁ ତୁମ ସହ ଯୋଗଦେବି ଧାର୍ଯ୍ୟ ସମୟରେ ।"

ଦେବଭୂମିବାସୀ ଦ୍ୱାରାବତୀ ଛାଡ଼ିଲେ ।

ଉଦ୍ଧବ ବିମୂଢ଼ । ସେ ଶୁଣିଦେଲେ ଉଭୟଙ୍କ କଥୋପକଥନ । ସେ ଜାଣିପାରିଲେ ସ୍ୱୟଂ ବିଧାତା ଆସିଥିଲେ । ସଖାଙ୍କ ଉତ୍ତର ଓ ପ୍ରତିକ୍ରିୟା ଶୁଣି ସେ ବିଚଳିତ ଦିଶିଲେ ।

ଆର୍ଦ୍ରଗଲାରେ ପୁଚ୍ଛାକଲେ, "ମୁଁ ଯାହା ଶୁଣିଲି କ'ଣ ସତ୍ୟ !"

– ହଁ ସତ୍ୟ । ମୋତେ ହଁ ସେ କଷ୍ଟକର କାର୍ଯ୍ୟଟି କରିବାକୁ ପଡ଼ିବ । ମନେରଖ ଉଦ୍ଧବ, ବିପ୍ରଙ୍କ ବାକ୍ୟ ବୃଥାଯାଏନା । ମୁଁ ଇଚ୍ଛାକଲେ ବିପ୍ରଙ୍କ ବାକ୍ୟ ଅନ୍ୟଭାବେ କାର୍ଯ୍ୟକାରୀ ହେବାକୁ ଦିଅନ୍ତି । କିନ୍ତୁ ଏମାନଙ୍କ ଅତ୍ୟାଚାରରେ ପୃଥିବୀ ପୁଣିଥରେ ଥରିବ । କ'ଣ କରିବେ ସାଧାରଣ ମନୁଷ୍ୟ । ଗୋ ଏବଂ ବିପ୍ର !! ନା, ମୋତେ ହଁ ଅନ୍ତିମ ସ୍ପର୍ଶ ଦେବାକୁ ପଡ଼ିବ । ଏବଂ ତା'ପରେ ବାହୁଡ଼ି ଯିବାକୁ ହେବ ।

ଶ୍ରୀକୃଷ୍ଣଙ୍କର ଗଲା କଠୋର ।

"ତୁମ ବିରହ ସହିବି କେମିତି ?"–ଉଦ୍ଧବଙ୍କ ଆଖ୍ରୁ ଲୁହ ଝରିବାକୁ ଲାଗିଲା।

– ତୁମ ଅପେକ୍ଷା କଷ୍ଟ ମୋର ବେଶୀ । ଉଦ୍ଧବ, ତୁମକୁ ଛାଡ଼ି କେଉଁଠି ବି ରହିପାରିବିନି । ଯେଉଁଠି ବି ରହିବି, ତୁମକୁ ସେଠି ରହିବାକୁ ହେବ । ସେ ପାଇଁ ଉପାୟ ନିର୍ଣ୍ଣୟ କରିଛି । ତୁମେ ନିଶ୍ଚେ ମୋ ସହିତ ମିଳିତ ହେବ । ଦୁଃଖ କରନା ।

ଉଦ୍ଧବ ବାକ୍‍ଶୂନ୍ୟ । ତାଙ୍କ ଆଖିରୁ ଧାର ଧାର ଲୁହ ବହିଯାଉଛି । ପ୍ରଶ୍ନିଳ ଆଖିରେ ସେ ଚାହୁଁଛନ୍ତି ଶ୍ରୀକୃଷ୍ଣଙ୍କୁ । ତା'ର ଅର୍ଥ, କ'ଣ ସେ ଉପାୟ !

– ଶୁଣ ଉଦ୍ଧବ । ଆଜିଠୁ ସାତଦିନ ପରେ ଭୟଙ୍କର ଅବସ୍ଥା ସୃଜିବ ନିୟତି । ରାତ୍ରି କାଳରେ । ଭୂମି ଅହରହ ଥରିଲାଗିବ । ସମୁଦ୍ରରେ ବୃକ୍ଷ ପ୍ରମାଣେ ତରଙ୍ଗ ସୃଷ୍ଟିହେବ । ତରଙ୍ଗ ମାଡ଼ିଆସିବ ଦ୍ୱାରାବତୀ ଆଡ଼େ । ଏବଂ ଡୁବେଇଦେବ ସମଗ୍ର ଦ୍ୱାରାବତୀକୁ, କେବଳ ଏହି ଭୁବନ ବ୍ୟତିରେକେ । ଏହି ଦ୍ୱୀପରାଜ୍ୟରେ ସମସ୍ତ ମନୁଷ୍ୟ ଓ ପଶୁ ମୃତ୍ୟୁ ଲଭିବେ । ତୁମେ ବେଳହୁଁ ଅର୍ଥାତ୍ ଆଜି ରାତିରେ ଦ୍ୱାରାବତୀ ଛାଡ଼ି ଚାଲିଯାଅ । ଉତ୍ତର ଦିଗରେ ।

ଉଦ୍ଧବଙ୍କର ଛାତି ପଡ଼ିଲା ଉଠିଲା । ଇଏ କ'ଣ କହୁଛନ୍ତି ସଖା !

କୋହଭରା ଗଳାରେ କହିଲେ – ଯେବେ ଦ୍ୱାରାବତୀବାସୀ ସମସ୍ତେ ମୃତ୍ୟୁ ଲଭିବେ, ମୁଁ ବଞ୍ଚିବି କେଉଁ ଦାୟରେ । ନା, ଯିବିନାହିଁ । ସେମାନଙ୍କ ସହ ମୁଁ ମଧ୍ୟ ମରିବି ।

ଆଖିରେ ହସିଲେ ଶ୍ରୀକୃଷ୍ଣ ।

କହିଲେ, "ନୂଆକଥା କିଛି କହୁନାହଁ । ମାତୃଗର୍ଭରୁ ଜାତ ପ୍ରତ୍ୟେକ ଜୀବ ଦିନେ ନା ଦିନେ ମୃତ୍ୟୁର ସମ୍ମୁଖୀନ ହେବ । କିନ୍ତୁ ଉଦ୍ଧବ, ସେମାନଙ୍କ ପାଇଁ ଚିନ୍ତା ଛାଡ଼ିଦିଅ । ନିଜ କଥା ଚିନ୍ତାକର । ଜୀବନବ୍ୟାପୀ, ତୁମେ ଜ୍ଞାନକୁ ପ୍ରାଧାନ୍ୟ ଦେଇଛ । ସଂସାର କରିଛ ? ସନ୍ନ୍ୟାସ ଧର୍ମ କ'ଣ ଜାଣିଛ ? ଅଷ୍ଟାଙ୍ଗ ଯୋଗସାଧନ କରିଛ ?? ଭକ୍ତି ଯୋଗ ଅଭ୍ୟାସ କରିନାହଁ! ଉଦ୍ଧବ, ଜଗତ ତୁମକୁ ଅପେକ୍ଷା କରିଛି । ଏହି ଜୀବନରେ ସେସବୁ ସାଧନ ନକଲେ କରିବ କେବେ ? ଏଇ ଶରୀର ତୁମକୁ ମିଳିବ, ତା'ର ନିଶ୍ଚିତତା ନାହିଁ । ତୁମର ଶରୀର ସେସବୁ ଯୋଗର ପ୍ରୟୋଗଶାଳା ହେବା ମୁଁ ଚାହୁଁଛି । ମାୟାରେ ଭ୍ରମିତହୋଇ ଯେବେ ଶରୀର ତ୍ୟାଗକର, ତୁମେ ଆମ୍ବାଦ୍ରୋହୀ ହେବ । ଜଗତ ପାଇଁ କି ଦୃଷ୍ଟାନ୍ତ ତୁମେ ରଖିଯିବ ? ତେଣୁ କହୁଛି ଉଦ୍ଧବ, ନିୟତି ଯାହା ସ୍ଥିରକରିଛି ତାହା ଅବଶ୍ୟ ଫଳିବ । କ୍ରନ୍ଦନ ତ୍ୟାଗକର । ସଂସାର ମୋହ ତ୍ୟାଗକର । ଚାଲିଯାଅ ଉତ୍ତର ଦିଗରେ ହିମାଳୟକୁ । ବାକିଥିବା କର୍ମ ସମାପନ କରି ଅବଶ୍ୟ ତୁମେ ବାହୁଡ଼ିବ…… ।"

ଉଦ୍ଧବଙ୍କର ଚିନ୍ତାଚେତନା କ୍ରମଶଃ ବଦଳିବାକୁ ଲାଗିଲା । ସଂସାରପ୍ରେମ, ଦ୍ୱାରବତୀପ୍ରେମ, ସଖାପ୍ରେମ କ୍ରମଶଃ ଦୁର୍ବଳ ହେଲା ତାଙ୍କର । ସତେ ତ, ବେଦଜ୍ଞାନ ବ୍ୟତୀତ ମୁଁ ଜାଣିଛି କଣ! ସେ ରୁହିଁରୁହିଁଲେ ଶ୍ରୀକୃଷ୍ଣଙ୍କୁ ଅର୍ଥପୂର୍ଣ୍ଣ ଦୃଷ୍ଟିରେ ।

●

ଉଦ୍ଧବ ଜଣେ ବେଦବିଜ୍ଞାନୀ । ଏବଂ ଜ୍ଞାନମାର୍ଗୀ । ଭକ୍ତିଯୋଗ ଓ କର୍ମଯୋଗ ସମ୍ପର୍କରେ ତାଙ୍କର ଧାରଣା ନଥିଲା । ଏବଂ ଧାରଣା ବା ବିଶ୍ୱାସ ନଥିଲା ଅଷ୍ଟାଙ୍ଗଯୋଗ ଓ ସନ୍ନ୍ୟାସଧର୍ମ ଉପରେ । ବର୍ତ୍ତମାନ ତାଙ୍କଠାରେ ସେହି ଜ୍ଞାନ ଆରୋପିତ କରିବା ପାଇଁ ଶ୍ରୀକୃଷ୍ଣ ପୁରାକାଳର ଏକ ଘଟନା ବର୍ଣ୍ଣନା କଲେ । ତାହା ହେଉଛି, ଗହନ ଅରଣ୍ୟ ମଧ୍ୟରେ ସଂଘଟିତ ଏକ ବିରଳ ସାକ୍ଷାତ ଓ କଥୋପକଥନ, ଅବଧୂତ ଦତ୍ତାତ୍ରେୟ ଓ ଯଦୁରାଜାଙ୍କ ମଧ୍ୟରେ । ଅବଧୂତ ଯେଉଁ ଚବିଶ୍ଜଣ ଗୁରୁଙ୍କଠାରୁ ଶିକ୍ଷାଲାଭ କରିଥିଲେ ତାହା ପ୍ରକାଶକରି ଶ୍ରୀକୃଷ୍ଣ ଜଣେଇବାକୁ ରୁହିଁଲେ ତୁମର ବେଦଜ୍ଞାନ ଶୁଷ୍କ ଅଟେ । ଏଣୁ ତୁମେ ବାସ୍ତବମୁଖୀ ହୁଅ । ତାପରେ ଭକ୍ତିଯୋଗ, କର୍ମଯୋଗ, ସାଂଖ୍ୟତତ୍ତ୍ୱ, ଅଷ୍ଟାଙ୍ଗଯୋଗ ଓ ସନ୍ନ୍ୟାସଧର୍ମ ସମ୍ପର୍କରେ ବିସ୍ତୃତ ବ୍ୟାଖ୍ୟା ରଖ୍ଲେ । ସେହି ରାତିରେ ।

ଆଧାରପାତ୍ର ବନିବାପାଇଁ ଉଦ୍ଧବ ଯୋଗ୍ୟ ଥିଲେ କିନ୍ତୁ ପ୍ରସ୍ତୁତ ନଥିଲେ । ସେ ଶୁଷ୍କ ଜ୍ଞାନପଥରେ ସଦା ଭ୍ରମଣ କରୁଥିଲେ । ଶ୍ରୀକୃଷ୍ଣ ଜଣେଇବାକୁ ରୁହିଁଲେ, ଜ୍ଞାନମାର୍ଗ ଏକ ଜଟିଳତମ ପଥ । ସେ ପଥରେ ମୁକ୍ତି ବିଳମ୍ୱ ହୁଏ । ଏବଂ ଉଦ୍ଧବଙ୍କ ମାଧ୍ୟମରେ ମୁକ୍ତି ପାଇଁ ସହଜ ପନ୍ଥା ସମ୍ପର୍କରେ ସେ ଶିକ୍ଷା ଦେଇଗଲେ ।

ଶ୍ରୀକୃଷ୍ଣଙ୍କ ଠାରୁ ସବିସ୍ତାର ଶୁଣିସାରିବା ପରେ ଉଦ୍ଧବଙ୍କଠୁ ଦ୍ୱିଧାଭାବ ସଂପୂର୍ଣ୍ଣ ଦୂରୀଭୂତ ହୋଇଗଲା ।

●

"ଆଉ ଦ୍ୱାରାବତୀ ଦ୍ୱାରାବତୀ, ସଖା ସଖା, ସଂସାର ସଂସାର ହୁଅନାହିଁ । ଆଜି ରାତିରେ ଦ୍ୱାରାବତୀ ବାହାରକୁ ଚଲିଯାଅ । ଏବଂ ଉତ୍ତର ଦିଗରେ ଗତିକରି ହିମାଳୟରେ ଅବସ୍ଥିତ ବଦ୍ରିକାଶ୍ରମରେ ରହି ଯୋଗସାଧନରେ ବ୍ରତୀହୁଅ ।" – କହିଲେ ଶ୍ରୀକୃଷ୍ଣ ।

ଉଦ୍ଧବ କହିଲେ, "ଯିବି ଅବଶ୍ୟ । କିନ୍ତୁ ସଖା, ତୁମର ସନ୍ତକଟିଏ ଦେବାହୁଅ, ଯାହା ତୁମର ଉପସ୍ଥିତି ସମ୍ପର୍କରେ ମୋତେ ସଦା ସଚେତ କରାଇବ ।" ତାଙ୍କ ଆଖିରୁ ଆଉ ଲୁହ ଝରୁନଥିଲା ।

ଶ୍ରୀକୃଷ୍ଣ ଖୁସି ଦିଶିଲେ । ସେ ଆପଣା ପାଦରୁ ରନ୍ନପାଦୁକା ଫେଇ ଉଦ୍ଧବଙ୍କ ହସ୍ତରେ ଦେଲେ ।

ଉଦ୍ଧବ ସହସା ପ୍ରାସାଦ ବାହାରକୁ ଆସିଲେ ।

ସେହି ରାତିଟି କେତେ ଦୀର୍ଘଥିଲା ସତେ !

ଶ୍ରୀକୃଷ୍ଣ ସେହି ରାତିରେ –

ଦ୍ୱାରାବତୀବାସୀଙ୍କ ଗୁହାରି ଶୁଣିଛନ୍ତି ।

ଏବଂ ପତ୍ନୀଙ୍କୁ ସାନ୍ନିଧ୍ୟ ଦେଇଛନ୍ତି ।

ଏବଂ ଦେବଭୂମିବାସୀଙ୍କ ସହ ସାକ୍ଷାତ ଆଲୋଚନା କରିଛନ୍ତି ।

ଏବଂ ଉଦ୍ଧବଙ୍କୁ ଶିକ୍ଷାଦାନ କରିଛନ୍ତି ।

ଏବଂ ଉଦ୍ଧବଙ୍କୁ ଅନ୍ତିମ ବିଦାୟ ଜଣେଇଛନ୍ତି ।

କହିବା ଅନାବଶ୍ୟକ, ଏହା ଶ୍ରୀକୃଷ୍ଣଙ୍କର ଅଲୌକିକ ଲୀଳା ଅନ୍ତର୍ଭୁକ୍ତ ।

ସେ ରାତିରେ ସମଗ୍ର ଦ୍ୱାରାବତୀ ପ୍ରାସାଦ ଯେତେବେଳେ ତନ୍ଦ୍ରାଚ୍ଛନ୍ନ, ବହୁ ଗୂଢ଼ ଆଲୋଚନା ବହୁ ଚରମ ନିଷ୍ପତ୍ତି ହୋଇଗଲା ପ୍ରାସାଦରେ । କେହି ଜାଣିପାରିଲେ ନାହିଁ । ନିୟତି ତା'ର ନିଷ୍ପତ୍ତିକୁ କାର୍ଯ୍ୟକାରୀ କରିବା ପାଇଁ ସାମୟିକ ବିସ୍ମୃତିଥିବା ପୁରାଣପୁରୁଷଙ୍କୁ ସ୍ମରଣ କରାଇବାକୁ ସମର୍ଥ ହେଲା ।

ଏବଂ ଦୁଇ ଅତି ଅନ୍ତରଙ୍ଗ ସଖାଙ୍କ ମଧ୍ୟରେ ଯେଉଁ ବାର୍ତ୍ତାଳାପ ହେଲା, ତାକୁ ଶୁଣିବାକୁ କେହି ନଥିଲେ । ଶୁଣିଥିବେ ପଥର ପ୍ରାଚୀର, ଅନ୍ଧକାର ଓ ପବନ । କିମ୍ବା ଆକାଶରେ ଥିବା ତାରା ।

ରାତି ପାହିନାହିଁ ।

ଉଦ୍ଧବ ସାଗର ପାରିହୋଇ ମୂଳ ଭୂଖଣ୍ଡରେ ପାଦ ରଖିସାରିଥିଲେ ।

ଏବଂ ଜଙ୍ଗଲ ମଧ୍ୟରେ ପ୍ରବେଶକରି ହିମାଳୟ ଦିଗରେ ଆଗଉଥିଲେ ।

ସାଥିରେ ଏକମାତ୍ର ସମ୍ବଳଥିଲା ଶ୍ରୀକୃଷ୍ଣଙ୍କ ପାଦୁକା ।

(ଦୁଇ)

**ଦ୍ୱୀ**ପରାଜ୍ୟ ଦ୍ୱାରାବତୀରେ ମଣିଷ ଖୁବ୍ ଅୟସରେ ବସ୍ତୁଥିଲେ । ବିପଦ ବା ବିରୋଧ ବୋଲି କିଛି ସେମାନଙ୍କ ପାଖ ମାଡୁନଥିଲା । ଜଗତରେ ବିଶେଷକରି ଜମ୍ବୁଦ୍ୱୀପରେ ସେମାନଙ୍କ ସମାୟଦ୍ଧ ମଣିଷ କେହିନଥିଲେ । ଶ୍ରୀକୃଷ୍ଣଙ୍କ ବାହୁବଳରେ ସେମାନେ ଥିଲେ ବଳିୟାର ।

ଦ୍ୱାରାବତୀରେ –

କେହି ରାଜାନୁହଁ କି କେହି ପ୍ରଜାନୁହଁ ।

ସମସ୍ତେ ସମାନ, ଗୋଟିଏ ବଂଶର ।

ସାତବଂଶର ମୂଳ ଏକ ।

କେଉଁଠୁ ପ୍ରତିରୋଧ ବା ବିରୋଧ ପାଉନଥିବା ମଣିଷ ଗର୍ବୀ ଅହଂକାରୀ ହୋଇଯିବା ସ୍ୱାଭାବିକ୍ ।

ହଁ, ଗର୍ବ ଦ୍ୱାରାବତୀବାସୀଙ୍କୁ ଅକ୍ତିଆରକୁ ନେଇଥିଲା ।

କାହିଁକି ଗର୍ବ ! କାହିଁକି ଅହଂକାର !!

ମୂଳ ଉସ୍ ହେଉଛନ୍ତି ଶ୍ରୀକୃଷ୍ଣ । ସାତୋଟି ବଂଶର ମଉଡ଼ମଣି ।

ସେସମୟକୁ ମଗଧର ରାଜା ପ୍ରବଳ ପ୍ରତାପୀ ଜରାସନ୍ଧର ନିଧନ ହୋଇସାରିଲାଣି ।

ଏବଂ ଯବନ ଦେଶର ଯୋଦ୍ଧା କାଳଯବନ ବିନା ଯୁଦ୍ଧରେ ମୃତ୍ୟୁ ଲଭିଛି ।

ଏବଂ ରସାତଳ ଭଳି ଅତି ନିମ୍ନାଞ୍ଚଳର ଅଧିପତି ନାରକା, ଯାହାଙ୍କର ଜନ୍ମଦାତ୍ରୀ ସ୍ୱୟଂ ବସୁଧା, ଅତି ସହଜରେ ପ୍ରାଣଦେଇଛି ।

ଏବଂ ସେ ବନ୍ଦୀକରି ରଖିଥିବା ଷୋଳହଜାର ଏକଶହ ରାଜକନ୍ୟା ବର୍ତ୍ତମାନ ଦ୍ୱାରାବତୀ ପ୍ରାସାଦରେ ଶ୍ରୀକୃଷ୍ଣଙ୍କର ପତ୍ନୀ ।

ନିତ୍ୟାନନ୍ଦ ପଣ୍ଡା ❖ ୧୩

ଏହିପରି କେତେ ଘଟନା । ସବୁ ପୃଥ୍ୱୀକୁ ଚମକେଇଲାପରି ।

ଏବଂ ସବୁର ବିନ୍ଧାଣୀ ଶ୍ରୀକୃଷ୍ଣ ।

ଏହା ବାଦ୍ ଆଉ ଦୁଇଟି ଘଟନା ସମସ୍ତ ଦ୍ୱାରାବତୀବାସୀଙ୍କର ଛାତିକୁ ଗର୍ବରେ ସ୍ଫୀତ କରିଦେଇଥିଲା । ସେଥିମଧ୍ୟରୁ ଗୋଟିଏ ଆଖ୍ୟ ଦେଖା ଓ ଅନ୍ୟଟି ଶୁଣାକଥା ।

ଯେ – ଶ୍ରୀକୃଷ୍ଣଙ୍କର ହାତରେ ଏକ ଚକ୍ର ରହିଛି, ଯାହାକୁ ସେ ଯେକୌଣସି ସ୍ଥାନକୁ ପ୍ରେରଣ କରିପାରନ୍ତି । ଏବଂ ଲକ୍ଷ୍ୟସ୍ଥଳରେ ପହଞ୍ଚ ତା'ର ପରାକ୍ରମ ଦେଖେଇ ନିର୍ବିଘ୍ନରେ ଫେରିଆସିପାରେ ଚକ୍ର । ଜଗତକୁହେ, ତାହା ସୁଦର୍ଶନ ଚକ୍ର ବା କାମଗ ଚକ୍ର ।

ଦ୍ୱିତୀୟଟି ଶୁଣିବାକଥା । ଶୁଣିବା କଥା ହେଲେ ମଧ୍ୟ ବହୁ ପରୀକ୍ଷିତ । ପୃଥ୍ୱୀର ଆଚ୍ଛା ଆଚ୍ଛା ଯୋଦ୍ଧା ସେହି କାରଣ ଯୋଗୁଁ ପ୍ରମାଦ ଗଣନ୍ତି ଓ ଆତ୍ମଗୋପନ କରନ୍ତି ।

କଥାଟି ଏହିପରି

ଯେ – କେଉଁଠି ଏକ ଭୟଙ୍କର ପକ୍ଷୀ ଅଛି – ତାହାର ନାମ ଗରୁଡ଼ – ଯେ କେବଳ ଶ୍ରୀକୃଷ୍ଣଙ୍କ ନିର୍ଦ୍ଦେଶକୁ ହିଁ ଗ୍ରାହ୍ୟକରେ । ସେ ଆଦେଶ ଦେବା ମାତ୍ରେ ଗରୁଡ଼ ତାଙ୍କୁ ପିଠିରେ ବସେଇ ମୁହୂର୍ତ୍ତଙ୍କ ମଧ୍ୟରେ ଯୋଜନ ଯୋଜନ ଦୂରତା ଅତିକ୍ରମ କରିପାରେ । ଏବଂ ଆବଶ୍ୟକ ପଡ଼ିଲେ ପର୍ବତମାନଙ୍କୁ ଗୋଡ଼ ନଖରେ ଟେକିନେଇ ଲକ୍ଷ୍ୟସ୍ଥଳରେ କଟି ଧ୍ୱଂସ ରଚିପାରେ ।

ଗରୁଡ଼ପକ୍ଷୀକୁ ଶତ୍ରୁମାନଙ୍କର ପ୍ରାଣୈଡ଼ର ।

ଦ୍ୱାରାବତୀବାସୀ ଯଦିବା ଗରୁଡ଼କୁ ଆଖ୍ୟରେ ଦେଖିନଥିଲେ, ତେବେ ତା ସମ୍ପର୍କରେ ବହୁ ଶ୍ରୁତିରୋଚକ ଓ ରହସ୍ୟମୟ କଥା ଶୁଣିଥିଲେ । ଯାହାକୁ କଦାଚ ଅବିଶ୍ୱାସ କରାଯାଇନପାରେ ।

ବହୁବର୍ଷ ତଳର କଥା । ମଧୁପୁରୀରେ ସେହି ଭୟଙ୍କର ରାତି । ଶ୍ରୀକୃଷ୍ଣ କହିଲେ – ଆମେ ମଧୁପୁରୀ ଛାଡ଼ିବା । ଦ୍ୱାରାବତୀକୁ ଋଲିଯିବା । ନୋହିଲେ ଜରାସନ୍ଧଠାରୁ ବିପଦ ଥମିବ ନାହିଁ । ଦ୍ୱାରାବତୀ । ସମୁଦ୍ର ମଧ୍ୟରେ ଏକ ଭୂଖଣ୍ଡ । ନିରାପଦ । ଜରାସନ୍ଧ ଯାଇପାରିବ ନାହିଁ ।

"ହଁ ଯିବା, କିନ୍ତୁ କେମିତି !" – ଜରାସନ୍ଧର ଆକ୍ରମଣରେ ଅତିଷ୍ଠ ସାତବଂଶର ପ୍ରମୁଖ ମଣିଷ ଆଶଙ୍କା ପ୍ରକାଶ କଲେ ।

“ଶୋଚନା କରନାହିଁ । ମୁଁ ସୁବ୍ୟବସ୍ଥା କରୁଛି ।” – ଆଶ୍ୱସନା ଦେଲେ ଶ୍ରୀକୃଷ୍ଣ ।

ଯଥା ସମୟରେ ଘନ ଅନ୍ଧକାର ମଧ୍ୟରେ ମଣିଷଙ୍କୁ କୁହାଗଲା, ଏକ ବ୍ୟୋମଯାନରେ ବସିବାକୁ ।

ବ୍ୟୋମଯାନ ! ତାହା କେମିତି । ଅନ୍ଧାରରେ ଜାଣିହେଲା, କିନ୍ତୁ ଦେଖିହେଲା ନାହିଁ ।

ଏକ ବିରାଟ ଘର ! ତା’ଭିତରେ ସମସ୍ତେ ପଶିଲେ । ଘର କ୍ରମଶଃ ଉପରକୁ ଉଠିଲା ଏବଂ ଆକାଶରେ ଉଡ଼ିଲା ଓ ଦ୍ୱାରାବତୀରେ ସମସ୍ତିଙ୍କୁ ପହଞ୍ଚେଇ ଦେଲା ଅବିଳମ୍ବେ ।

ଯେଉଁ ଘରର ଧାରଣା ମଣିଷଙ୍କର ହେଲା, ତା’ଥିଲା ସେହି ବିରାଟକାୟ ପକ୍ଷୀ ଗରୁଡ଼ର ଡେଣାଦ୍ୱଙ୍କା ହୋଇଥିବା ପିଠି ।

ଆମକୁ ସାହାଯ୍ୟ କରିବାକୁ ଗରୁଡ଼ ଅଛି । କେ ଆମର କ’ଣ କରିବ ! ସାତବଂଶର ମଣିଷ ଖୁସିରେ ଆମ୍ଭହରା ।

ପ୍ରକୃତପକ୍ଷେ, କାମଗଚକ୍ର ଓ ଗରୁଡ଼ପକ୍ଷୀ ଶ୍ରୀକୃଷ୍ଣଙ୍କୁ ଅତିଶକ୍ତିଶାଳୀ କରିଦେଇଥିଲା । ତା’ଛଡ଼ା ଅଛି ତାଙ୍କର ଉପସ୍ଥିତ ବୁଦ୍ଧି ଓ କୂଟନୀତି । ବା ଛଳ ବା ମାୟା ବା ......

ସାରାଂଶରେ, ଦ୍ୱାରାବତୀବାସୀ ଶ୍ରୀକୃଷ୍ଣଙ୍କ ବଳରେ ବଳୀୟାନ ହୋଇଉଠିଲେ । ସେମାନଙ୍କ ଧାରଣା ବଦ୍ଧମୂଳ ହେଲା କି ପୃଥ୍ୱୀରେ କେହି ସେମାନଙ୍କର କିଛି କରିପାରିବେ ନାହିଁ । ସେମାନେ ଅଜେୟ । ବରଂ ଅନ୍ୟର କ୍ଷତି ପହଞ୍ଚାଇ ପାରନ୍ତି ସେମାନେ । ବାଃ !

ଯେତେବେଳେ ମଣିଷ ପ୍ରତି କୌଣସି ଉସ୍ରୁ ବିପଦ ବା ବିରୋଧ ଥାଏ ବା ସେ ଜଟିଳ ସମସ୍ୟା ଦ୍ୱାରା ଛନ୍ଦି ହୋଇଥାଏ, ସେ ଭୟାତୁର ହେବା ସହ ଅତି ଶୃଙ୍ଖଳିତ ମନେହୁଏ । କିନ୍ତୁ ବିପଦ ଟଳିଗଲେ ବା ସମସ୍ୟାମୁକ୍ତ ହେଲେ ସେ ଆଚରୁଥିବା ଶୃଙ୍ଖଳାରେ ସ୍ୱତଃ ଢିଲା ଆସେ । ସ୍ଥଳବିଶେଷରେ ବିପରୀତ ଆଚରଣ ଦେଖେଇବାର ଦୃଷ୍ଟାନ୍ତ ମଧ ରହିଛି । ଏମିତି ବି ଦେଖାଯାଇଛି, ସେ ଯେମିତି ଭୟ କରୁଥିଲା ସେହିଭଳି ଅନ୍ୟଠାରେ ଭୟ ସୃଷ୍ଟି କରିବାକୁ ସୁଖମଣେ । ଏହା ମଣିଷର ପ୍ରବୃତ୍ତି ।

ଦ୍ୱାରାବତୀବାସୀଙ୍କ କ୍ଷେତ୍ରରେ ତାହା ହିଁ ଘଟିଥିଲା । ମଧୁପୁରୀରେ ସମ୍ମୁଖୀନ ହୋଇଥିବା ବିପଦ ଆଉ ନଥିଲା । ସେମାନେ ଥିଲେ ନିର୍ବିରୋଧ । ପକ୍ଷାନ୍ତରେ, ଅତିବଳୀୟାନ୍‌, ଅତି ବୁଦ୍ଧିମାନ୍‌, ଅତି ଧନଶାଳୀ ନିଜକୁ ଭାବିଲେ ସେମାନେ । ଫଳତଃ ଖୁବ୍‌ଶୀଘ୍ର ବିଶୃଙ୍ଖଳ ହୋଇଉଠିଲେ ।

ବିଶୃଙ୍ଖଳ ବୋଇଲେ କ’ଣ !

ଅର୍ଥ, କେହି କାହାକୁ ମାନିଲେ ନାହିଁ । ଯିଏ ଯାହା ପାରିଲା କହିଲା ଓ କରିଲା । ଗୋ, ବିପ୍ର ଋଷି, ଗୁରୁଜନଙ୍କ ପ୍ରତି କଠୋର ଓ ନିର୍ମମ ଆଚରଣ ପ୍ରଦର୍ଶନ କଲେ । ଅନ୍ୟମାନଙ୍କ ପ୍ରତି ବିପଦ ରୂପେ ଉଭାହେଲେ । ଅନ୍ୟକୁ ଠଙ୍ଗା ପରିହାସ କରିବା ବା ନିନ୍ଦା କରିବା ଏକ ନିୟମିତ ବ୍ୟାପାର ହେଲା ।

ସେମାନଙ୍କ ଚଳିଚଳଣି ଓ ଆଚରଣବ୍ୟବହାର ଦେଖି କେହି ଭାବିପାରିବ ନାହିଁ ଯେ କେଇବର୍ଷତଳେ ଏମାନେ ଜୀବନ ବଞ୍ଚେଇବା ପାଇଁ ଏଣେ ତେଣେ ଧାଉଁଥିଲେ ! ଗୃହଛାଡ଼ି ପର୍ବତଗୁହାରେ ଲୁଚୁଥିଲେ !!

ଦ୍ୱାରାବତୀର ସାଧାରଣ ମଣିଷ ଯେତେ ବିଶୃଙ୍ଖଳ ହେଲେ, ଅଧିକ ହେଲେ ଶ୍ରୀକୃଷ୍ଣଙ୍କ ଔରସରୁ ଜାତ ପୁତ୍ରଗଣ । ମଧୁପୁରୀର ଅବସ୍ଥା ସମ୍ପର୍କରେ ସେମାନେ କିଞ୍ଚିତ ଶୁଣିଥିଲେ ଯାହା । ମାତ୍ର ଦେଖିଥିଲେ ଯେ ନିଜକୁ ବଦଳାଇଥାନ୍ତେ, ସେପରି ଭାବିବା ବୃଥା । ମଣିଷ ପରିସ୍ଥିତି ଓ ପରିବେଶ ଅନୁସାରେ ନିଜକୁ ଗଢ଼େ ।

ପୁତ୍ରଗଣଙ୍କ ମୁଣ୍ଡରେ ଭୂତ ସବାର ହୋଇଥିଲା ଯେ ସେମାନେ ଶ୍ରୀକୃଷ୍ଣଙ୍କ ଔରସ ଜାତ । ସୁତରାଂ ସେମାନେ ଯାହା କରିପାରିବେ ।

କରୁଥିଲେ ମଧ ।

କେଉଁ ପୁଅ ଜୋର୍‌କରି କାହାର ଝିଅକୁ ଉଠେଇଆଣିଲା ।

କିଏ କାହାର ଝିଅ ହରଣକରିବାକୁ ଯାଇଁ ବନ୍ଦୀହେଲା ।

କିଏ ବିପ୍ରଙ୍କୁ ସର୍ବସାଧାରଣ ସ୍ଥାନରେ ଅପମାନ ଦେଲା ।

କିଏ ଧ୍ୟାନସ୍ଥ ଋଷିଙ୍କ ଯଜ୍ଞଶାଳା ଭାଙ୍ଗିଦେଲା ।

ଇତ୍ୟାଦି ..... ଇତ୍ୟାଦି .....

ପୁତ୍ରମାନଙ୍କର କେଉଁ କର୍ମକାଣ୍ଡ ଶ୍ରୀକୃଷ୍ଣଙ୍କ ଗୋଚରକୁ ଆସେ, କେଉଁଟା ଆସେନା ।

ଯେଉଁଟା ଆସେ ସେ ନିଜେ ତା'ର ସମାଧାନ କରନ୍ତି, କିନ୍ତୁ ସଂପୃକ୍ତ ପୁତ୍ରଟିକୁ କିଛି କୁହନ୍ତି ନାହିଁ । କାରଣ, ସେ ଜାଣନ୍ତି, ପୁତ୍ରଟି ଉପଦେଶ ଗ୍ରହଣ କରିବା ଅବସ୍ଥାରେ ନାହିଁ ।

ସମୁଦ୍ର ଆରପାରି ମୂଳଭୂଖଣ୍ଡଟି ତାଙ୍କ ପୁତ୍ରମାନଙ୍କର ଅପରାଧର କ୍ଷେତ୍ର ପାଲଟିଗଲା । ଏବଂ ଶ୍ରୀକୃଷ୍ଣଙ୍କୁ ଅନେକ ସମୟରେ ଲଜ୍ଜିତ ହେବାକୁ ପଡ଼ିଲା । କିନ୍ତୁ ପୁତ୍ରମୋହ ସାଂଘାତିକ । ଭୁଲ ପଥରେ ଥିବା ବଂଶଜଙ୍କ ପାଇଁ ସେ ଅସ୍ତ ଉଠେଇଲେ, ଅନିଚ୍ଛା ସତ୍ତ୍ୱେ ।

ଆହାଃ ! ସ୍ୱୟଂ ଭଗବାନ ମନୁଷ୍ୟ ରୂପେ ଜନ୍ମନେଲେ ମଧ୍ୟ ତାଙ୍କୁ ସଂସାର ମୋହ ଗ୍ରାସିପାରେ । ଭଗବାନଙ୍କ ମାୟାର ଜୟ ହେଉ !

ଏକଦା । ଶ୍ରୀକୃଷ୍ଣଙ୍କର ଗୋଟେ କାମୁକ ପୁତ୍ର ଇମିତି କାର୍ଯ୍ୟଟିଏ କରିବସିଲା ଯେ ଶ୍ରୀକୃଷ୍ଣ ମାତ୍ରାଧିକ ଚିନ୍ତାଗ୍ରସ୍ତ ହୋଇପଡ଼ିଲେ ।

କଥାହେଲା, ତାଙ୍କର ପୁତ୍ରମାନେ ପାତ୍ର-ସ୍ଥାନକାଳ-ଜ୍ଞାନ ପୋଡ଼ିଖାଇଥିଲେ । ସେମାନେ ମୂଳ ଭୂଖଣ୍ଡରେ ବୁଲି ରାଜକନ୍ୟାମାନଙ୍କୁ ନିଜଆଡ଼କୁ ଆକର୍ଷିତ କରିବାରେ ବ୍ୟସ୍ତ ରହିଥିଲେ । ଏପରି ହେଲା, ଜଣେ ସୁଦୂର ହସ୍ତିନାରେ ପହଞ୍ଚି ଦୁର୍ଯ୍ୟୋଧନର କନ୍ୟାକୁ ହରଣ କରିଆଣିଲା । ଫଳତଃ, ଭୟଙ୍କର ରଣର ସମ୍ଭାବନା ଜଳଜଳ ହୋଇ ଦିଶିଲା ।

ସୌଭାଗ୍ୟ, ଶ୍ରୀକୃଷ୍ଣଙ୍କର ଜ୍ୟେଷ୍ଠଭ୍ରାତ ତଥା ଦୁର୍ଯ୍ୟୋଧନର ଶ୍ୱଶୁରୁ ସମ୍ମାନାସ୍ପଦ ବଳରାମ ମଧ୍ୟସ୍ଥ ଭୂମିକା ତୁଲେଇଲାରୁ ରଣ ସମ୍ଭାବନା ଦୂରହେଲା ।

ଶ୍ରୀକୃଷ୍ଣ ସବୁ ଦେଖୁଥିଲେ ଜାଣୁଥିଲେ କିନ୍ତୁ କିଛି କହିପାରୁନଥିଲେ । ନିୟନ୍ତ୍ରଣ ବାହାରକୁ ଚାଲିଯାଇଥିଲେ ପୁତ୍ରଗଣ ।

●

ପୂର୍ବରୁ କୁହାଯାଇଛି, ଶ୍ରୀକୃଷ୍ଣଙ୍କର ପତ୍ନୀ ସଂଖ୍ୟା ଷୋଳ ହଜାର ଏକଶହ ଆଠ । ସେମାନଙ୍କୁ ରାଣୀ କୁହାଯାଇନାହିଁ, କାରଣ ଶ୍ରୀକୃଷ୍ଣ ରାଜାନଥିଲେ । ରାଜାନହୋଇ ପାରିବାର ବିଧିନିଷେଧ ରହିଥିଲା । ସେ ଯାହାହେଉ, ଶ୍ରୀକୃଷ୍ଣଙ୍କର ଔରସଜାତ ସନ୍ତାନଙ୍କ ସଂଖ୍ୟା ବିପୁଳ । ପ୍ରତ୍ୟେକ ପତ୍ନୀଙ୍କ ଗର୍ଭରୁ ଦଶପୁତ୍ର ଓ ଏକ କନ୍ୟା

ଜନ୍ମ ଲଭିଥିଲେ । ପୁତ୍ରମାନଙ୍କ ମଧ୍ୟରେ ପ୍ରମୁଖ ହେଲେ –
ପ୍ରଦ୍ୟୁମ୍ନ, ଶାମ୍ବ, ସୁଦେଷ୍ଣ, ଋରୁଗୁପ୍ତ, ଋରୁଚନ୍ଦ୍ର, ଚନ୍ଦ୍ରଭାନୁ,
ବୃହଦ୍‌ଭାନୁ, ପ୍ରତିଭାନୁ, ପୁରୁଜିତ, ଶତଜିତ, ସହସ୍ରଜିତ .....
ଇତ୍ୟାଦି । ସମସ୍ତ ପୁତ୍ରଙ୍କ ରୂପ ଓ ଗୁଣ ଶ୍ରୀକୃଷ୍ଣଙ୍କ ଅନୁରୂପ
ଥିଲା । ହେଲେ ଜ୍ୟେଷ୍ଠପୁତ୍ର ପ୍ରଦ୍ୟୁମ୍ନ ଏମାନଙ୍କ ମଧ୍ୟରେ ଥିଲେ
ବ୍ୟତିକ୍ରମ । କାମଦେବ ଅନଙ୍ଗ-ଦୋଷରୁ ରକ୍ଷା ପାଇବା
ପାଇଁ ଶ୍ରୀକୃଷ୍ଣଙ୍କ ପୁତ୍ର ରୂପେ ଜନ୍ମିଥିଲେ । ନିଜର ପୂର୍ବଜନ୍ମ
ଜଣାଥିବାରୁ, ସେ ଅନ୍ୟମାନଙ୍କ ପରି ବିଶୃଙ୍ଖଳ ନଥିଲେ ।

ବର୍ତ୍ତମାନ ପ୍ରଶ୍ନଉଠିବା ସ୍ୱାଭାବିକ୍ ଯେ ଜଣେ ପୁରୁଷ ଏତେ
ସଂଖ୍ୟକ ପତ୍ନୀଙ୍କ ସହ ସହବାସ କରି ସେମାନଙ୍କୁ ସନ୍ତାନ-
ସମ୍ଭବା କରିବା ସମ୍ଭବ କି ? ଗୋକୁଳ ଓ ବୃନ୍ଦାବନରେ ମଧ୍ୟ
ଅନୁରୂପ ଘଟନା ଘଟିଥିଲା । ବୈଷ୍ଣବ ଏବଂ ଅଧ୍ୟାତ୍ମବାଦୀଗଣ
ଶ୍ରୀକୃଷ୍ଣଙ୍କର ସେମନ୍ତ କ୍ରିୟାକୁ ଦୈହିକ ନୁହଁ ବୋଲି କହିଛନ୍ତି
ଓ କହିଛନ୍ତି ତାହା ବ୍ରହ୍ମ-ରମଣ । କିନ୍ତୁ ଦ୍ୱାରକା ବା
ଦ୍ୱାରାବତୀରେ ? ଏଠାରେ ପ୍ରତ୍ୟେକ ପତ୍ନୀଙ୍କଠୁ ଏଗାର ଜଣ
ସନ୍ତାନ ଜନ୍ମିଥିଲେ । ଦୈହିକ ମିଳନ ନହୋଇ ଅପତ୍ୟ
ସୃଷ୍ଟିହେବା କ'ଣ ସମ୍ଭବ ? ବାସ୍ତବବାଦୀଗଣ ଏପରି ଯୁକ୍ତି
କରିପାରନ୍ତି । ଏ ପ୍ରଶ୍ନର ଦୁଇ ପ୍ରକାର ଉତ୍ତର ଦିଆଯାଇପାରେ,
ମହାଭାରତ ଆଧାରରେ ।

(୧) ମହାଭାରତରେ ଉଲ୍ଲେଖଅଛି, ଶିଖଣ୍ଡୀ ଜନ୍ମରୁ
ଝିଅଟିଏ ଥିଲେ ଏବଂ ପୁଅଟିଏ ପରି ପୋଷାକ ପିନ୍ଧୁଥିଲେ
ଓ ଯୋଦ୍ଧା ହେବାକୁ ଋହୁଁଥିଲେ । କାହିଁକି ଋହୁଁଥିଲେ ତାହା
ଅନ୍ୟ ପ୍ରସଙ୍ଗ । ସେ ଯାହାହେଉ, ଶିଖଣ୍ଡୀ ଦ୍ରୋଣଙ୍କ ପାଖରେ
ପହଞ୍ଚିଲେ ଶସ୍ତ୍ରଶିକ୍ଷା ପାଇଁ । ଦ୍ରୋଣ କିନ୍ତୁ ତାଙ୍କ ସ୍ୱରରୁ
ଜାଣିଗଲେ ସେ ଝିଅ । ଫଳତଃ ଶସ୍ତ୍ରଶିକ୍ଷା ପାଇଁ ସେ ନାସ୍ତି
କରିଦେଲେ । କିନ୍ତୁ ମହାପ୍ରଭାବଶାଳୀ ଶ୍ରୀକୃଷ୍ଣ ବୁଝେଇଲେ
ଦ୍ରୋଣଙ୍କୁ । ଦ୍ରୋଣ ଓ ଜଣେ ଯକ୍ଷ ଶିଖଣ୍ଡୀଙ୍କ ଶରୀରରେ
ଅସ୍ତ୍ରୋପଚାର କରି ତାଙ୍କୁ ପୁଅଟିଏରେ ପରିଣତ କରି

ଶିଷ୍ୟୋପଯୋଗୀ କରିପାରିଥିଲେ । ଉକ୍ତ ଉଦାହରଣ ଦେବାର କାରଣ, ମହାଭାରତ ଯୁଗରେ ଆଧୁନିକ ଯୁଗପରି ଚିକିସ୍ତା ବିଜ୍ଞାନରେ ଉନ୍ନତି ଘଟିଥିଲା । ଅନୁରୂପ ଘଟନାଟିଏ ଶାରଳାଦାସଙ୍କ ମହାଭାରତରେ ଦେଖିବାକୁ ମିଳେ । ଯେ – ସଗରବଂଶରେ ସବୁପୁରୁଷ ମୃତ୍ୟୁ ଲଭିବାପରେ ସେମାନଙ୍କ ପତ୍ନୀଗଣ ଆପଣା ମଧ୍ୟରେ ସହବାସକରି ଭଗୀରଥ ନାମକ ପୁତ୍ରଟିଏକୁ ଜନ୍ମ ଦେଇଥିଲେ, ଯେକି ମୃତ ପୂର୍ବବଂଶଜଙ୍କୁ ପବିତ୍ରୀକରଣ କରିଥିଲେ, ଗଙ୍ଗାଙ୍କୁ ଆବାହନକରି ।

ଏହିପରି ଆଉରି ଉଦାହରଣ ଆମ ଧର୍ମପୁସ୍ତକରେ ଥାଇପାରେ । ସାରାଂଶରେ ଏତିକି କୁହାଯାଇପାରେ ଯେ ସେସମୟରେ ବିଜ୍ଞାନର କଳାକୌଶଳ ମଣିଷଙ୍କୁ ଜଣାଥିଲା । ଉପରୋକ୍ତ ଦୁଇଟି ଘଟନା ଏବଂ ଶ୍ରୀକୃଷ୍ଣଙ୍କ ବ୍ୟାପାର ଆମକୁ ଆଧୁନିକ ବିଜ୍ଞାନର 'କ୍ଲୋନିଂ' ପଦ୍ଧତିକୁ ସ୍ମରଣକରେଇଦିଏ ।

କ୍ଲୋନିଂ କ'ଣ ଏଠାରେ ଆମେ ସଂକ୍ଷେପରେ କହିବାକୁ ଚେଷ୍ଟା କରିବା ।

(୨) କ୍ଲୋନିଂ ପଦ୍ଧତିରେ ନାରୀପୁରୁଷଙ୍କ ମିଳନ ନଘଟି ମଧ୍ୟ ସନ୍ତାନ ଜନ୍ମ ସମ୍ଭବ । ପୃଥିବୀର ପ୍ରଥମ କ୍ଲୋନ ଜୀବ ଅବଶ୍ୟ ଗୋଟିଏ ମେଣ୍ଢି (ନାମ ତା'ର ଡଲି) । କ୍ଲୋନ୍ ମନୁଷ୍ୟ ସୃଷ୍ଟି ସମ୍ଭବ । କିନ୍ତୁ ତା'ଉପରେ ବିଶ୍ୱସମୂହର ନିଷେଧାଦେଶ ରହିଛି । ଫଳତଃ, ଏପର୍ଯ୍ୟନ୍ତ କ୍ଲୋନ୍ ମନୁଷ୍ୟ ସୃଷ୍ଟି ହୋଇନାହାଁନ୍ତି ।

ସେ ଯାହାହେଉ, 'କ୍ଲୋନିଂ'କୁ ଆମେ ଏଇପରି ବୁଝିବା । ମଣିଷ ବା ପଶୁ ସମସ୍ତିଙ୍କ ଶରୀରର ଦୁଇପ୍ରକାର ଜୀବକୋଷ (ସେଲ୍‌) ଥାଏ । (କ) ସୋମାଟିକ ସେଲ୍‌ (ଖ) ସେକ୍‌ସ ସେଲ୍‌ । (ବର୍ତ୍ତମାନର ଆଲୋଚନାରେ ପଶୁଙ୍କୁ ବାଦ୍‌ ଦିଆଯାଉଛି) ।

ଯେଉଁ ପୁରୁଷ ବା ନାରୀର କ୍ଲୋନିଂ ହେବ, ତା'ର ଶରୀରର ଯେକୌଣସି ଅଙ୍ଗରୁ ଗୋଟିଏ ଜୀବକୋଷ ଅଣାଯାଇ ତା'ର କେନ୍ଦ୍ରାଂଶ ବା ନିଉକ୍ଲିୟସଟିକୁ ବାହାର କରାଯାଏ । ଏବଂ ସେହିପରି ଅନ୍ୟ ଏକ ବିପରୀତ ସେକ୍ସ ସେଲରୁ ନିଉକ୍ଲିୟସଟି ବାହାରକରିଦେଇ ଉକ୍ତ ସ୍ଥାନରେ ପୂର୍ବର ସୋମାଟିକ ସେଲର ନିଉକ୍ଲିୟସଟିକୁ ଖଞ୍ଜିଦିଆଯାଏ । ଅନୁକୂଳ ପରିବେଶରେ ତାକୁ ରଖିବା ଦ୍ୱାରା ଭ୍ରୁଣ ଜାତ ହୁଏ । ଭ୍ରୁଣ ଜାତ ହେବା ପରେ ତାକୁ ପାଳକ ମା' ବା ସରୋଗେଟ୍ ମଦରର (Surrogate mother) ଗର୍ଭାଶୟରେ ବଢ଼ିବାକୁ ଦିଆଯାଏ । ଏହାହିଁ କ୍ଲୋନିଂ । ଏହାର ଅର୍ଥ, ଯେଉଁ ପୁରୁଷ ବା ନାରୀର କ୍ଲୋନିଂ କରାଯାଏ, ଅବିକଳ ତା'ରୂପର ଜୀବ (Replica) ଜନ୍ମ ହୁଏ । ଉଭୟ ରୂପ ଏବଂ ଗୁଣରେ ଶତକଡ଼ା ଶହେ ସାମଞ୍ଜସ୍ୟ ଥିବା ପୁରୁଷ ବା ନାରୀ ।

ଶ୍ରୀକୃଷ୍ଣଙ୍କର ସମସ୍ତ ପୁତ୍ରସନ୍ତାନ ଅବିକଳ ତାଙ୍କପରି ଥିଲେ । ଯଦି ବାସ୍ତବବାଦୀଙ୍କ ଯୁକ୍ତିକୁ ଗ୍ରହଣ କରାଯାଏ ତେବେ କୁହାଯିବ, ସେ ସମୟରେ କ୍ଲୋନିଂ ପଦ୍ଧତି ମଣିଷଙ୍କୁ ଜଣାଥିଲା । ଫଳତଃ, ଶ୍ରୀକୃଷ୍ଣଙ୍କର ବଂଶ ବା ହରିବଂଶ (୧୬୧୦୮×୧୧) ଏତେ ବିଶାଳଥିଲା । ଏବଂ ଏତେ ସଂଖ୍ୟକ ପତ୍ନୀଙ୍କ ସହ ସହବାସ କରିବାକୁ ପଡ଼ିନଥିବ ଶ୍ରୀକୃଷ୍ଣଙ୍କୁ । ଏହି ଉତ୍ତର ବାସ୍ତବବାଦୀଙ୍କୁ ହୁଏତ ସନ୍ତୁଷ୍ଟ କରିପାରେ ।

ଉପରେ ଯେତେ ଯାହା କୁହାଗଲା ସବୁ ଯୁକ୍ତିଖୋର ମନୋଭାବ ନେଇ କୁହାଗଲା । ଏହି ଯୁକ୍ତିକୁ ବା ତଥାକଥିତ ବାସ୍ତବ ଚିନ୍ତାଧାରାକୁ ଅଧ୍ୟାତ୍ମବିଦ୍ୟା ଉପରେ ଆସ୍ଥା ରଖିଥିବା ମଣିଷ ଅବଶ୍ୟ ଗ୍ରହଣ କରିବେ ନାହିଁ । ତେଣୁ ଠିକ୍ ହେବ, ସବୁ କିଛିକୁ ପାଠକମାନଙ୍କ ବିଚାର ଉପରେ ଛାଡ଼ିଦେବା ।

●

ଆଶ୍ଚର୍ଯ୍ୟ ! ସେତେବେଳକୁ ଦେବୀରୋଷ ସେମାନଙ୍କୁ ସତର୍କ କରିସାରିଥିଲା । କିନ୍ତୁ ହାୟ !

କ'ଣ ସେହି ଦେବୀରୋଷ ?

ବେଶ୍ କେତେ ବର୍ଷ ତଳର କଥା !

ଏକଦା । ସମୁଦ୍ର କୂଳସ୍ଥ ପିଣ୍ଡାରକ ବନରେ ଖେଳ କୌତୁକରେ ମଉଥିଲେ ଶ୍ରୀକୃଷ୍ଟଙ୍କର ପୁତ୍ରମାନେ ।

ସମୁଦ୍ରର ସେହି ଅଂଶକୁ ପିଣ୍ଡାରକ ତୀର୍ଥ ମନେକରନ୍ତି ବିପ୍ର ଓ ରଷିଗଣ । କାରଣ, ସେହି ସ୍ଥାନରେ ଶ୍ରୀକୃଷ୍ଟ ଆପଣା ପତ୍ନୀଗଣଙ୍କ ସହ ଜଳକେଳି କରନ୍ତି ।

ତେଣେ ଦୂରାନ୍ତରର ଅତିବର୍ଷୀୟାନ ସିଦ୍ଧ ରଷି ଓ ବିପ୍ରଗଣ ଶ୍ରୀକୃଷ୍ଟଙ୍କୁ ସାକ୍ଷାତ୍ କରିବାକୁ ମନବଳାଇଲେ । ଫଳତଃ, କଥାଭାଷା ହୋଇ ପିଣ୍ଡାରକ ତୀର୍ଥ ଦିଗରେ ଆସିବା ହେଲେ । ସେମାନେ ଜ୍ଞାତବ୍ୟ ଥିଲେ, ଶ୍ରୀକୃଷ୍ଟ ମାନବ ରୂପେ ଜନ୍ମିଥିବା ପୁରାଣପୁରୁଷ ବା ମହାବିଷ୍ଣୁ ।

ଗହନବନ ମଧ ଦେଇ ଆସୁଛନ୍ତି ବିପ୍ରଗଣ । ବିଶ୍ୱାମିତ୍ର ବଶିଷ୍ଟ ଭୃଗୁ ଅଙ୍ଗିରା ଅତ୍ରି ଦୁର୍ବାସା କଶ୍ୟପ ନାରଦ ଇତ୍ୟାଦି । ଏମନ୍ତ ଯୋଜନାଟିର ପ୍ରସ୍ତାବକ ଥିଲେ ବିଶ୍ୱାମିତ୍ର ।

ହଁ, ସୁଦୂର ହିମାଚଳ, ବିନ୍ଧ୍ୟାଚଳ ଆଦି ସ୍ଥାନମାନଙ୍କରୁ ସେମାନେ ଆସୁଛନ୍ତି । ତପସିଦ୍ଧ ହୋଇଥିବାରୁ ଶରୀରରୁ ସେମାନଙ୍କର ଏକପ୍ରକାର ଜ୍ୟୋତି ନିର୍ଗତ ହେଉଥାଏ । ଏବଂ ଦୂରକୁ ଦୃଶ୍ୟ ହେଉଥାନ୍ତି ସେମାନେ ।

ଏପଟେ, ଗଛଚଢ଼ି ବା ଅନ୍ୟଉପରେ ଡାଳ ଫିଙ୍ଗି ବା ଗୋଡ଼ାଗୋଡ଼ି ମରାମରି ହେଇ ବା ଅଟ୍ଟାମଜା ହେଇ କୌତୁକ କରୁଛନ୍ତି ଶ୍ରୀକୃଷ୍ଟଙ୍କ ପୁତ୍ରଗଣ । ବୟସ୍କଙ୍କୁ ଖାତିର ନକରିବା ବା ଅସନ୍ମାନ କରିବା ବା ଅପଶଦ୍ଧ ପ୍ରୟୋଗ କରିବାରେ ସେମାନେ ଥିଲେ ଧୁରନ୍ଧର ।

କେହି ଜଣେ ଦେଖି ପକାଇଲା ସନ୍ନ୍ୟାସୀମାନେ ସେମାନଙ୍କ ଆଡ଼େ ଆସୁଛନ୍ତି ।

"ହେଇ ଦେଖ !" - ସେ ବଡ଼ପାଟିକରି କହିଲା ଓ ଅନ୍ୟମାନଙ୍କ ଦୃଷ୍ଟ ଆକର୍ଷଣକଲା ।

"ଓ ଏଇ ବାବାଜୀ ଦଳ । ଧେତ୍ !" - ଅନ୍ୟ ଜଣଙ୍କର କଟୂ ଉକ୍ତି ।

ଆଉ ଜଣେ : ଏଗୁଡ଼ା ଯାଉଛନ୍ତି ପିତାଙ୍କ ପାଖକୁ । ପେଟେ ପେଟେ ଖାଇବେ ଓ ପୁଲେ ପୁଲେ ଧରି ଫେରିବେ ।

ଆଉ ଜଣେ : କେଡ଼େ କେଡ଼େ ପେଟକରିଛନ୍ତି ଦେଖ !

ଆଉ ଜଣେ : ମୁଁ ସେମାନଙ୍କର ଦାଢ଼ୀ ଟିଙ୍କିଦେବି ।

ସମସ୍ତେ ଖେଳ କୌତୁକ ଛାଡ଼ି ଗୋଟେ ସ୍ଥାନରେ ଏକାଠି ହେଲେ ଏବଂ ବାବାଜୀଙ୍କୁ ନେଇ ନୂଆ କୌତୁକ କେମିତି କରାଯିବ ଭାବିହେଲେ ।

ଆଉ ଜଣେ : ଏଗୁଡ଼ା କାଳେ ଆଗତ ଭବିଷ୍ୟ କହିଦିଅନ୍ତି । କାହିଁକି ଏମାନଙ୍କୁ ପିତା ପୋଷିଛନ୍ତି ? ଧେତ୍ !

“ସେମିତି କହନା । ତରକି ଯିବେ ।” - ଶାମ୍ୟ କହିଲା, “ଆଜି ସେମାନଙ୍କୁ ପରୀକ୍ଷାକରିବା । ଦେଖିବା କେତେ ବିଦ୍ୟା ଜଣା !”

- କେମିତି !

: ହେଇ ଦେଖ ଲୁହାପାତ୍ର । ମୋ ପେଟଉପରେ ଖପେଇ ଦିଅ । ଖଣ୍ଡେ ଶାଢ଼ୀ ପିନ୍ଧେଇ ଦିଅ ମତେ । ବୋହୁବେଶ କରିଦିଅ । ପଚର ବାବାଜୀଙ୍କୁ, ମୋର ପୁଅ ହବ ନା ଝିଅ । ଯେବେ ସତକଥା କହନ୍ତି ଛାଡ଼ିଦବା । ନୋହିଲେ ସମସ୍ତିଙ୍କର ଦାଢ଼ୀ ଟିଙ୍କିବା । ଏଇଠୁ ସେମାନେ ଫେରିଯିବେ । ଶାମ୍ୟ ପ୍ରସ୍ତାବ ଦେଲା ।

ଭାରିମଜା ହେବ ! ସଭିଏଁ ଖୁସିରେ ଫାଟିପଡ଼ିଲେ ସତେବା ।

ବିପ୍ରଗଣ ଆଗେଇ ଆସୁଛନ୍ତି । ସେମାନଙ୍କ ମଧରୁ ପ୍ରାୟ ସମସ୍ତେ ଗୋଟେ ଯୋଡ଼େ ଯୁଗ ବା କେତେ ସହସ୍ର ବର୍ଷ ବଞ୍ଚିସାରିଲେଣି । ମନରେ ଅପୂର୍ବ ସ୍ଫୁର୍ତ୍ତି । ଭଗବାନଙ୍କୁ ମାନବ ରୂପରେ ଦର୍ଶନ କରିବେ ।

ହଠାତ୍ ଦୁର୍ବାସା ଦେଖିପକେଇଲେ । ଦେଖିଲେ, ଜଣେ ନାରୀ ପଥମଧ୍ୟରେ ଠିଆହୋଇଛି । ଅଧା ଲାଜ କରିଛି । କାହିଁକି ବନସ୍ଥ ମଧ୍ୟରେ ନାରୀଟି ! କିଏ ସେ ! ଉଦ୍ଦେଶ୍ୟ ?

କିନ୍ତୁ ନାରୀଟି ସହସା ଅପସରିଗଲା ଓ ଗଛ ଉହାଡ଼ରେ ଲୁଚିଗଲା । ପୁରା ମୁହଁ ଲୁଚେଇଦେଲା ଓଢ଼ଣୀରେ ।

ବଡ଼ ରହସ୍ୟ ମନେହେଉଛି ! ଦୁର୍ବାସା ରହିଁଲେ ଅନ୍ୟ ବିପ୍ରଙ୍କ ଆଡ଼େ । ସେମାନେ ମଧ୍ୟ ସମପରିମାଣରେ ଚକିତ ।

ଆସି ପହଞ୍ଚିଗଲେ ଦଳେ ଯୁବକ । ଅତି ସୁଠାମ ଯୁବକ । ଅନେକାଂଶରେ ଶ୍ରୀକୃଷ୍ଣଙ୍କ ରୂପର ସାମ୍ୟ ରହିଥିଲା ଯୁବକଙ୍କ ଚେହେରାରେ ।

ଦେଖ ଦେଖ ସେମାନେ ବିପ୍ରଗଣଙ୍କୁ ବେଢ଼ିଗଲେ ।

"ତୁମ୍ଭେମାନେ କିଏ ଯୁବକ ?" – ପଚାରିଲେ ବିଶ୍ୱାମିତ୍ର ।

– ଆମ୍ଭଙ୍କୁ ଚିହ୍ନିପାରୁନ ! କି ସାଧୁ ହୋଇଛ ! ଆମ ରୂପରୁ ଜାଣିପାରୁନ !

ବିପ୍ରଗଣ ବୁଝିଗଲେ, ସେମାନେ ପ୍ରତରୋଧର ସମ୍ମୁଖୀନ ।

ଏମାନେ ହୁଏତ ଆକ୍ରମଣ କରିପାରନ୍ତି କିମ୍ବା ଅପମାନ ଦେଇପାରନ୍ତି କିମ୍ବା ଫେରିଯିବାକୁ କହିପାରନ୍ତି କିମ୍ବା .....

ଦୁର୍ବାସା କହିଲେ – ତୁମ୍ଭେମାନେ ଶ୍ରୀକୃଷ୍ଣଙ୍କ ପୁତ୍ର । ସତ୍ୟ ?

ଜଣେ – ଏହି ବାବାଜୀ ଠିକ୍ ଚିହ୍ନିଲା । ହାଃ...ହାଃ...

ସମ୍ମିଳିତ ବିଦ୍ରୁପଭରା ହସ ଶୁଭିଲା ପଛରୁ ଆଗରୁ ।

ଆଉ ଜଣେ : ଚିହ୍ନିପାରିଲ ତେବେ ! ତେବେ କିଛିଟା ବିଦ୍ୟା ଜଣାଅଛି ତୁମକୁ ।

ଆଉ ଜଣେ: ସେହିକଥା ପଚାରୁନ ! ଯାହା ଜଣାପଡୁଛି, ବାବାଜୀମାନେ ଠିକ୍ ଉତ୍ତର ଦେବେ ! ଆମ ମୁଣ୍ଡରୁ ଚିନ୍ତାଯିବ !

ବିପ୍ରଗଣ ନିଶ୍ଚିତ ହୋଇଗଲେ ଶ୍ରୀକୃଷ୍ଣଙ୍କର ପୁତ୍ରମାନେ ଉଦ୍ଧତ ଓ ଅହଂକାରୀ । ଏବଂ ଗର୍ବୀ । ପିତାଙ୍କର ଖ୍ୟାତି ଓ ଶକ୍ତି ଏମାନଙ୍କୁ ପାଗଳ କରିଛି । କିନ୍ତୁ କ'ଣ କରାଯିବ ! ଏମାନେ ଯେ ଶ୍ରୀକୃଷ୍ଣଙ୍କ ପୁତ୍ରଗଣ !!

ଦୁର୍ବାସା କହିଲେ – କ'ଣ ପଚାରିବା କଥା ଶୀଘ୍ର ପଚାର ବସ୍ ! ଆମକୁ ଦ୍ୱାରାବତୀ ପ୍ରାସାଦକୁ ଯିବାକୁ ହେବ । ବିଳମ୍ବ ହେଉଛି ।

ପୁନରାୟ ସମ୍ମିଳିତ ହସ । ତୁମେ ସବୁ ଆମ ପ୍ରାସାଦକୁ ଯାଉଛ, ଏତେ ତରବର ହଉଛ କାହିଁକି ! ଆମ ପ୍ରାସାଦରେ ରହିବା ଖାଇବା ଓ ଶୋଇବାର ସମସ୍ତ ସୁବିଧା ଅଛି ... ହାଃ ... ହାଃ ...

ଆଉ ଜଣେ: ପିତା ତୁମକୁ ପ୍ରାସାଦରେ ଯାହା ପଚାରିଥାନ୍ତେ, ଆମେ ସେଇଆ ପଚାରିବୁ । ସେଠି ତୁମକୁ ଆଉ ତୁମ ବିଦ୍ୟାର ପରୀକ୍ଷା ଦେବାକୁ ପଡ଼ିବନାହିଁ । ବୁଝିଲ ?

– ହଁ ବୁଝିଲୁ! ପଛୁର !!

ଆଉ ଜଣେ: ବୋହୂକୁ ନେଇଆସ !

ବୃକ୍ଷ ଉହାଡ଼ରୁ ନାରୀଟିଏ ସଲ୍ଲଜ ବାହାରିଲା ଓ ଧୀର ପଦରେ ପହଞ୍ଚିଲା ସେହି ସମାବେଶରେ । କାଳେ ପଡ଼ିଯିବ, ତାକୁ ଧରିଥିଲେ ଦୁଇଜଣ ।

ଆଉ ଜଣେ: ଇଏ ହେଉଛି ଆମ ଯଦୁବଂଶ ମାନେ ସାତୋଟି ବଂଶର ବୋହୂ । ବଭ୍ରୁର ପତ୍ନୀ । ତୁମକୁ ସେ ପ୍ରଣାମ ହେବାକଥା, କିନ୍ତୁ ହୋଇପାରିବନାହିଁ । ତା' ପେଟରେ ପିଲାଅଛି, ନଇଁବା ସମ୍ଭବ ନୁହଁ । ଆମ ପ୍ରଶ୍ନଟି ହେଉଛି, ଯା'ର ଗର୍ଭରୁ ପୁତ୍ର ନା କନ୍ୟା ଜନ୍ମିବ ? ଆମେ ବହୁ ବାବାଜୀଙ୍କୁ ପଚାରିସାରିଲୁଣି, କେଉଁଠୁ ଉତ୍ତର ପାଉନାହିଁ । କହୁଛନ୍ତି ଆମେ କେମିତି କହିବୁ !

ପୁଣି ସମ୍ମିଳିତ ହସ ....... ଏଥର ତୀବ୍ର ।

ବିପ୍ରଗଣ ପରସ୍ପର ସହ ଅର୍ଥପୂର୍ଣ୍ଣ ଦୃଷ୍ଟି ବିନିମୟ କଲେ । ଏବଂ ନୀରବରେ ବାର୍ତ୍ତାଳାପ କଲେ । ଏବଂ ସମସ୍ତେ ସିଦ୍ଧାନ୍ତରେ ପହଞ୍ଚିଲେ, ଶ୍ରୀକୃଷ୍ଣଙ୍କର ପୁତ୍ରହେଲେ ମଧ୍ୟ ସେମାନେ ଦଣ୍ଡିତ ହେବା ଉଚିତ୍ ।

କିନ୍ତୁ କି ପ୍ରକାର ଦଣ୍ଡ! ଗୋଟେ ମୁହୂର୍ତ୍ତରୁ କମ୍ ସମୟ ମଧ୍ୟରେ ଦଣ୍ଡର ମାତ୍ରା ଠିକଣା ହୋଇଗଲା । ଓଃ, କି ଭୟଙ୍କର ଦଣ୍ଡ!

ଦୁର୍ବାସା କହିଲେ – ବସ୍! ତୁମ ବଂଶର ଏହି ବୋହୂଟି ଗୋଟିଏ ଲୌହମୂଷଳ ଜନ୍ମଦେବ, ପୁତ୍ର ନୁହଁ କି କନ୍ୟାନୁହଁ । ବର୍ତ୍ତମାନ । ଯାହାକି, ତୁମ ବଂଶ ଧ୍ୱଂସର କାରଣ ହେବ.....

ହଁ । ତାହା ହିଁ ଘଟିବା ଅନିବାର୍ଯ୍ୟ । ଅନ୍ୟ ବିପ୍ରମାନଙ୍କର କ୍ରୁଦ୍ଧିତ ଉଚ୍ଚାରଣ ।

ଶ୍ରୀକୃଷ୍ଣଙ୍କର ପୁତ୍ରଗଣ ପ୍ରତିକ୍ରିୟା ପ୍ରକାଶ କରିବାକୁ ସମୟ ପାଇଲେ ନାହିଁ । ହଠାତ୍ ସେମାନଙ୍କ ଆଖି ଜଲକା ମାରିଗଲା । କଥା ହେଲା, ବୋହୂଟିର ପେଟରେ ଖପାଯାଇଥିବା ଲୌହପାତ୍ରଟି ଉଭାନ ହୋଇଯାଇଥିଲା । ବଦଳରେ, ଚିକ୍ ଚିକ୍ କରୁଥିବା ଏକ ଲୌହମୂଷଳ ଭୂପତିତ ହେଲା । ଏବଂ ବୋହୂଟିର ଓଢ଼ଣା ତଳେ ଉଲ୍ଲୁରି ପଡ଼ିଲା । ଆଃଁ!

ସେ ବୋହୂଟି ଥିଲା ଶାମ୍ବ । ଜାମ୍ବବତୀଙ୍କ ପୁତ୍ର । ବିପ୍ରଗଣଙ୍କୁ ଠଙ୍ଗା କରିବା ପାଇଁ ଅନ୍ୟମାନେ ତାକୁ ମିଛିମିଛିକା ନାରୀବେଶ କରିଥିଲେ ତା'ର ସମ୍ମତିରେ । ସେମାନେ ଜ୍ଞାତବ୍ୟନଥିଲେ, ଠଙ୍ଗାର ପରିଣତି ଏମିତି ବିଷମୟ ହେବ ।

କ'ଣ ଶ୍ରୀକୃଷ୍ଣଙ୍କ ବଂଶ ଲୋପପାଇବ ! ଧ୍ୱଂସ କରିବ ଏହି ଲୌହମୂଷଳ !

ପୁତ୍ରଗଣଙ୍କର ଜ୍ଞାନଫେରିଲା । ଯେ - ବିପ୍ରଙ୍କ ସହ ଠଟ୍ଟାହେବା ଉଚିତ୍ ନଥିଲା । କାକୁତି ମିନତି ହୋଇ ବିପ୍ରଙ୍କୁ ଶାନ୍ତ କରିବାକୁ ଉଦ୍ୟମ କରିଥାନ୍ତେ, କିନ୍ତୁ ବିପ୍ରଗଣ ସେ ସ୍ଥାନ ଛାଡ଼ିସାରିଥିଲେ ସେତେବେଳକୁ ।

ସିଝ ବିପ୍ରଗଣ ଆସୁଥିଲେ ଶ୍ରୀକୃଷ୍ଣଙ୍କୁ ସାକ୍ଷାତ୍ କରିବାକୁ ।

ଅପମାନ ଦେଲେ ତାଙ୍କ ପୁତ୍ରଗଣ ।

ସେମାନେ ରୁଷ୍ଟହେଲେ ଏବଂ ଅଭିସମ୍ପାତ୍ ଦେଲେ ।

ପରିଣତି ହେବ ସମଗ୍ର ଯଦୁବଂଶର ବିନାଶ ।

ସତରେ ହେବ ? କେଜାଣି !

ଶ୍ରୀକୃଷ୍ଣଙ୍କୁ ସାକ୍ଷାତ ନକରି ଅଭିମାନରେ ବିପ୍ରଗଣ ବାହୁଡ଼ିଗଲେ ।

●

ସାତୋଟି ବଂଶର ଶ୍ରେଷ୍ଠ ଥିଲେ ଶ୍ରୀକୃଷ୍ଣ ଓ ବଳରାମ । ସେହି ବଂଶ ଗୁଡ଼ିକ ହେଲା - ଭୋଜ, ଅନ୍ଧକ, ବୃଷ୍ଣି, ଭଜମାନ, ଭଜି, ଦିବ୍ୟକ ଓ ଦେବାବୃଧ । ଏମାନଙ୍କ ବଂଶଜମାନଙ୍କୁ ସାତବଂଶୀ କୁହାଯାଏ । ଏବଂ ଏମାନଙ୍କ ମୂଳ ସୁଦୂର ଅତୀତରେ ଜଣେ ମହାନ ପୁରୁଷ 'ଯଦୁ' ହୋଇଥିବାରୁ ଉପରୋକ୍ତ ବଂଶ ସମୂହକୁ ଯଦୁବଂଶ କୁହାଯାଏ ।

ବୃଷ୍ଣିବଂଶରେ ଶ୍ରୀକୃଷ୍ଣ ଓ ବଳରାମଙ୍କର ଜନ୍ମ । ମାତ୍ର ନିର୍ଦ୍ଦିଷ୍ଟ ଭାବେ ଶ୍ରୀକୃଷ୍ଣଙ୍କର ପୁତ୍ରଗଣ ଆପଣାକୁ ଅପରାଜେୟ ମନେକଲେ । ଫଳତଃ, ଅତ୍ୟନ୍ତ ଅହଂକାରୀ ଓ ଅତ୍ୟାଚାରୀ ହୋଇଉଠିଲେ । ଗୋ ବିପ୍ର ନାରୀ ସେମାନଙ୍କ ଅତ୍ୟାଚାରରୁ ବାଦ୍ ଗଲେ ନାହିଁ । ଏହା ଦ୍ୱାରାବତୀ ଭୂଖଣ୍ଡର ବ୍ୟାପାର ।

ଦ୍ୱାରାବତୀରେ ଅରାଜକତା ବ୍ୟାପିଗଲା କ୍ରମଶଃ । ଶ୍ରୀକୃଷ୍ଣଙ୍କ ନିୟନ୍ତ୍ରଣ ବାହାରକୁ ଚାଲିଗଲା ସମସ୍ତ ବ୍ୟାପାର । ସେ ଇଚ୍ଛାକଲେ, ଆପଣାର ବଂଶ ଧ୍ୱଂସ ଲଭିଲେ ହିଁ ପୃଥ୍ୱୀରେ

ନିତ୍ୟାନନ୍ଦ ପଣ୍ଡା ❖ ୨୫

ମଙ୍ଗଳହେବ । କିନ୍ତୁ କିପରି ! ସେ ଭାବିଲେ, ନିଜ ହାତରେ ମାରିଲେ ପୃଥ୍ୱୀରେ ତାଙ୍କର ଅପଯଶ ରଟିବ । ତେଣୁ ......

ନିମିତ୍ତ ବିପ୍ରଶାପ କରି । କହଲେ ନିଜ ବଂଶମାରି ॥ (ଭାଗବତ) ॥

ବିପ୍ରଗଣଙ୍କ ଅଭିଶାପ ଶ୍ରୀକୃଷ୍ଣଙ୍କ ଇଚ୍ଛାନୁସାରେ ସଂଘଟିତ ହୋଇଥିଲା । ସେ ମନୁଷ୍ୟରୂପୀ ଇଚ୍ଛାମୟ । ବିପ୍ରଗଣଙ୍କ ଆଗମନ ଏକ ନାଟକ ଥିଲା ମାତ୍ର ।

ଉଦ୍ଧବଙ୍କୁ ସେ ତାଙ୍କ ବଂଶଧ୍ୱଂସ ଏବଂ ପରବର୍ତ୍ତୀ ଅବସ୍ଥା ସମ୍ପର୍କରେ ସୂଚନା ଦେଇଛନ୍ତି । ଏ ଯଦୁପୁରୀ ସିନ୍ଧୁଜଳେ । ବୁଡ଼ିପଡ଼ିବ ରସାତଳେ ॥ ମୋର ନିବାସ ମାତ୍ରଥିବ । ଜଳେ ଦ୍ୱାରକା ନାଶଯିବ ॥ (ଭାଗବତ)

ଶ୍ରୀକୃଷ୍ଣଙ୍କର ଏମନ୍ତ ତଥ୍ୟ କେବଳ ଉଦ୍ଧବଙ୍କୁ ଜଣାଥିଲା, ଅନ୍ୟକାହାକୁ ନୁହଁ ।

●

ଭାଇମାନଙ୍କର ମନୋଭାବ ଲକ୍ଷ୍ୟକରି ଶାମ୍ୟ ଲଘୁ କରିବାକୁ ଚେଷ୍ଟାକଲା ପରିବେଶକୁ । ଲୌହ ମୂଷଳଟିକୁ ଶାମ୍ୟ ହାତରେ ଏପଟ ସେପଟ କଲା । ହସିଲା । କହିଲା – ବଢ଼ିଆ ଦିଶୁଛିତ ! ସତରେ ବାବାଜୀଙ୍କୁ ବିଦ୍ୟାଜଣା । ଏଇଟାକୁ ପ୍ରାସାଦ ଉପରେ ଖଣ୍ଡିଦବା । ସବୁବେଳେ ଜକ୍ ଜକ୍ କରୁଥିବ । ତୁମେ ସବୁ ଏମିତି ମୁହଁ କରିଛ କାହିଁକି !

ଦେଖ୍ ଦେଖ୍ ଭ୍ରାତାମାନଙ୍କର ସ୍ତବ୍ଧଭାବ କଟିଗଲା । ଶାମ୍ୟ ଦେଖାଦେଖି ସେମାନେ ହସିଉଠିଲେ । ହେଃ ବାବାଜୀ ସବୁ ପଲେଇଗଲେ ! ଉଡ଼ିଗଲେ ! !

ଜଣେ – ନ ଫେରି କରିଥାନ୍ତେ କ'ଣ !

ଶାମ୍ୟ ପଚରିଲା – ସେ ବାବାଜୀ କ'ଣ କହିଲାଟି ?

ଅନ୍ୟଜଣେ କହିଲା, ଏଇ ମୂଷଳ ଆମର ବଂଶ ନାଶକରିବ ।

ଶାମ୍ୟ – ଦଳେ ବାବାଜୀଙ୍କ କଥାରେ ବଂଶନାଶ ! ପୁଣି ପିତା ଥାଉ ଥାଉ । ଗଞ୍ଜୋଡ଼ ଦଳ !

ଆଉ ଜଣେ – ପଳେଇ ଯାଇଚନ୍ତି ଭଲ ହେଇଚି । ପ୍ରାସାଦକୁ ଯାଇଥିଲେ ମେଣ୍ଢେ ଖାଇଥାନ୍ତେ ପୁଲେ ଧନ ଆଣିଥାନ୍ତେ ! ସେମାନଙ୍କୁ କାହିଁକି ପିତା ପାଖରେ ବସାନ୍ତି କେଜାଣି !

ଆଉ ଜଣେ – କିନ୍ତୁ .....

ଶାମ୍ୟ – କ'ଣ କିନ୍ତୁ !

– ପିତାଙ୍କ ଆଗରେ କିନ୍ତୁ କହିଦେବା । ମୋ ମନକୁ ପାପ ଛୁଉଁଛି । ତୁମେ କୁହ, ଲୌହ ପାତ୍ରଟି ଚିକ୍‌ଟିକିଆ ମୂଷଳ ହେଲା କେମିତି ! ବୁଢ଼ାମଣିଷଙ୍କୁ ଚିଡ଼େଇବା ଆମର ଠିକ୍ ହେଲାନି ।

ଶାମ୍ୟ କିଛି ଭାବିଲା ପରି ମନେହେଲା ।

ଆଉ ଜଣେ – ନା, ଠିକ୍ ହେବନାହିଁ । ପିତା ଏମାନଙ୍କର ପାଦପୂଜା କରନ୍ତି । ମୁଁ କହୁଛି କି, ପିତାଙ୍କୁ ନକହି ବରଂ ବୃଦ୍ଧ ଉଗ୍ରସେନଙ୍କୁ କହିଦେବା । ସେ ତେଣିକି ଯାହା ଭଲ ଭାବିବେ କରିବେ ।

ଉତ୍ତମ ପ୍ରସ୍ତାବ । ସମସ୍ତେ ସହମତ ହେଲେ । ଏବଂ ପ୍ରାସାଦକୁ ଫେରିଲେ । ବୃଦ୍ଧ ଉଗ୍ରସେନଙ୍କ ଆଗରେ ଘଟନାଟିର ବିବରଣୀ ରଖିଲେ । ଏବଂ ଭୁଲିଗଲେ ।

ଯଥା ସମୟରେ ଶ୍ରୀକୃଷ୍ଣ ବ୍ୟାପାରଟି ସମ୍ପର୍କରେ ଅବହିତ ହେଲେ । ସେ ଗୁଣଗୁଣ ହେଲେ – ନିୟତିର ବିଚାର ତୁଟିଶୂନ୍ୟ ! ତାଙ୍କ ମୁହଁରେ ବଙ୍କା ହସ ଝଟକି ଉଠିଲା । କିନ୍ତୁ ସେ ମନ୍ତବ୍ୟ ଦେଲେ ନାହିଁ ।

ଶ୍ରୀକୃଷ୍ଣଙ୍କ ଆଚରଣରୁ ଅର୍ଥ ବାହାରକଲେ ଉଗ୍ରସେନ । କିଛି ଭାବିଲେ । କେତେଜଣ ହୃଷ୍ଟପୁଷ୍ଟଙ୍କୁ ହକାରି ଦାୟିତ୍ୱଟି ସମର୍ପିଲେ ।

ଯେ – ସେମାନେ ସମୁଦ୍ର କୂଳକୁ ଯିବେ ଓ ବଡ଼ ପଥର ଚକଡ଼ାରେ ମୂଷଳଟିକୁ ଅନବରତ ଘୋରିବେ, ଜଳ ସହଯୋଗରେ । ଘୋରି ଘୋରି ସଂପୂର୍ଣ୍ଣ କ୍ଷୟ କରିଦେବେ । ମୂଷଳ ରହିଲେ ସିନା .....

ହୃଷ୍ଟପୁଷ୍ଟମାନେ ଚିକିଟିକିଆ ଲୌହମୂଷଳ ସହ ଚାଲିଗଲେ ।

ମୂଷଳ କ୍ଷୟହେଲେ କେତେ, ନହେଲେ କେତେ । ବ୍ରାହ୍ମଣ ଶାପ ଅବଶ୍ୟ କାର୍ଯ୍ୟକାରୀ ହେବ ଯଥା ସମୟରେ । ଏକଥା ବୁଝିଥିଲେ ଶ୍ରୀକୃଷ୍ଣ କେବଳ ।

ପ୍ରତିଟି ଜାଗତିକ ଘଟନା ଉପରେ ନିୟତି ନିୟତ ଦୃଷ୍ଟି ରଖିଥାଏ ।

ଠିକଣା ସମୟରେ ଅନ୍ତିମ ସ୍ପର୍ଶ ଦିଏ ।

ନିୟତିର ଅନ୍ତିମ ସ୍ପର୍ଶ କ'ଣ ତାଙ୍କବଂଶ ଧ୍ୱଂସର କାରଣ ହେବ ?

କେଜାଣି !

## (ତିନି)

ମଧ୍ୟାହ୍ନ ଗଡ଼ିବା ପରଠୁ ଶ୍ରୀକୃଷ୍ଣ ବସିଛନ୍ତି ଅଶ୍ୱତ୍ଥ ମୂଳରେ ।

ବର୍ତ୍ତମାନ ରାତ୍ରି ।

ଦେହରେ ଭୟଙ୍କର ଯନ୍ତ୍ରଣା ।

ରହି ରହି ତାଙ୍କ କପାଳରେ ବଳିରେଖା ସୃଷ୍ଟି ହେଉଛି ।

ଶାରିରୀକ ଯନ୍ତ୍ରଣାର ପ୍ରତିଫଳନ ସ୍ୱରୂପ ।

ନିଜକୁ ଭଗବାନ କହୁଥିବା ମନୁଷ୍ୟ ଆଜି ଅସହାୟ ।

ପାଖରେ କେହି ନାହିଁ ।

ନିୟତି କ'ଣ ଏହା ରୁହିଁଥିଲା !

କିଏ ଜାଣେ !

ଦେହରେ ଯନ୍ତ୍ରଣା ଦୁର୍ବିସହ । କିନ୍ତୁ ମଥାରେ ଚିନ୍ତା ଅସୁମାରୀ । ବାଲ୍ୟକାଳରୁ ଏହି ମୁହୂର୍ତ୍ତ ପର୍ଯ୍ୟନ୍ତ ସେ ବଞ୍ଚିଛନ୍ତି ପ୍ରଚଣ୍ଡ ସଂଘର୍ଷ ମଧ୍ୟରେ । ନିୟତି ତାଙ୍କର ପରୀକ୍ଷା ନେଇଛି ପ୍ରତିମୁହୂର୍ତ୍ତରେ । ଅବଶ୍ୟ ସେ ଉତ୍ତୀର୍ଣ୍ଣ ହୋଇଛନ୍ତି ପ୍ରତିଟି ପରୀକ୍ଷାରେ । ହେଲେ ବର୍ତ୍ତମାନ !

ଦେବଭୂମିବାସୀ ଓ କେତେକ ବିବ୍ୟାମ୍ୟ ଯଥା ଅକ୍ରୂର, ଉଦ୍ଧବ, ଭୀଷ୍ମ ... ଆଦି ତାଙ୍କୁ ଭଗବାନ ସମ୍ବୋଧନ କରନ୍ତି । ସମ୍ବୋଧନ କରନ୍ତି ତପୀ ଓ ସିଦ୍ଧଗଣ । ସେ ଶୁଣନ୍ତି ଓ ହସି ଦିଅନ୍ତି । ସମ୍ମତିର ହସ । ବଙ୍କା ହସ ।

ଦିନେ ମାଆ ଦେବକୀ ତାଙ୍କୁ ପରଟରିଲେ – ପୁତ୍ର, ତୁ ସତରେ ଭଗବାନ ?

ସେଠାରେ ଉପସ୍ଥିତ ଥିଲେ ପିତା ବସୁଦେବ ।

"ହଁ ମା ! ମୁଁ ସାକ୍ଷାତ ବିଷ୍ଣୁ । ତୋ କୋଳକୁ ଆସିଛି ମାନବ ରୂପରେ । ସଦେହ ମନକୁ ଆଣନା ମା !" – ସେ ଆଶ୍ୱାସିଥିଲେ ।

ଶୁଣିବା କ୍ଷଣି ମାତାପିତା ଶଙ୍କିଗଲେ । ତେବେ ସେମାନେ ତାଙ୍କୁ ପୁଅ କହିବେ କେମିତି ! ଏହିପରି ଦ୍ୱିଧାଭାବ ସେମାନଙ୍କଠାରେ ।

ସେମାନଙ୍କ ଦ୍ୱିଧାଭାବ ଦୂରକରିବା ପାଇଁ ସେ ପୁନରାୟ କହିଥିଲେ, "କିନ୍ତୁ ମୁଁ ତୁମର ପୁତ୍ର । ଭଗବାନ ହେଲେ ମଧ୍ୟ । ତୁମେ ମୋତେ ପୁତ୍ର ଦୃଷ୍ଟିରେ ଦେଖ । ଅଧିକ ଜଟିଳ କଥା ମଥା ଭିତରକୁ ନିଅନାହିଁ ।"

ବସୁଦେବ ଓ ଦେବକୀ ସହଜ ଦିଶିଲେ ।

ସେମାନେ ଏବେ ଦ୍ୱାରାବତୀ ପ୍ରାସାଦରେ । ତାଙ୍କର ଏମନ୍ତ ଅବସ୍ଥା ସେମାନଙ୍କୁ ଜଣାଥିବ କି ନା କିଏ ଜାଣେ ! ଯଦିବା କେଉଁଠୁ କିଛି ଶୁଣିଥିବେ, ବିଶ୍ୱାସ କରିନଥିବେ କି ସେମାନଙ୍କ ପୁତ୍ରର ଏଭଳି ଅବସ୍ଥା କେବେ ହୋଇପାରେ । ହାୟ !

ଶ୍ରୀକୃଷ୍ଣ ବସିଛନ୍ତି ଅଶ୍ୱତ୍ଥ ମୂଳରେ । ବାମ ପାଦ ତେବେ ବି ଡାହାଣ ଜଙ୍ଘଉପରେ ଆଶ୍ରାନେଇଛି । ଦେହରେ ଯନ୍ତ୍ରଣା, କିନ୍ତୁ ସ୍ମୃତି ପ୍ରସରି ଯାଉଛି କେଉଁ ସୁଦୂର ଅତୀତକୁ ।

ହଁ, ଶ୍ରୀକୃଷ୍ଣ ଦେଖୁଛନ୍ତି ନିଜକୁ ଅନେକ ଘଟନା ଦୁର୍ଘଟନାର ବଳୟ ଭିତରେ । ହୁଏତ ଶେଷଥର ପାଇଁ । ଆଜି ପରେ ସବୁ ନୀରବିଯିବ ।

ପ୍ରଥମେ ଯିଏ ସ୍ମୃତିକୁ ଆସିଲେ ସେ ତାଙ୍କର ଆଦ୍ୟଗୁରୁ ସାନ୍ଦିପନୀ । ହେ ଗୁରୁ, ତୁମକୁ ପ୍ରଣାମ ସହସ୍ରବାର !

.......ମଧୁପୁରୀ । ଧନୁଯଜ୍ଞ ସରିଯାଇଛି । ତାଙ୍କୁ ମାରିବା ପାଇଁ ଜାଲବିଛେଇଥିବା ପ୍ରବଳପ୍ରତାପୀ ମାମୁ କଂସ ତାଙ୍କୁ ଦେଖି ଛାଁକୁ ଛାଁ ମରିଗଲା । ମଧୁପୁରୀ ଏବେ ଶାନ୍ତ । ଉଗ୍ରସେନ ବର୍ତ୍ତମାନ ରାଜା ।

ମନେଅଛି ତାଙ୍କର, ସେତେବେଳେ ତାଙ୍କୁ ଦଶବର୍ଷ ପୁରି ଏଗାର ଚାଲୁଥିଲା ।

...... ଉଗ୍ରସେନ, ବସୁଦେବ, ଦେବକୀ ଓ କୁଳଗୁରୁ ଗର୍ଗଙ୍କର ବୈଠକ ବସିଛି । ଦେବକୀଙ୍କ ପ୍ରସ୍ତାବ ଉପରେ ବୈଠକର ଆୟୋଜନ ।

"ମୋ ପୁଅ କ୍ଷତ୍ରିୟ ସନ୍ତାନ । କିନ୍ତୁ ଦଶବର୍ଷ କାଳ ଗୋକୁଳରେ ଗାଈ ଚରେଇଲା । ଗୋପାଳୁଣୀ ସାଙ୍ଗରେ ମିଶି ବାଇଜା ହେଇଗଲା । ସେ କ'ଣ ବିଦ୍ୟା ସାଧିବନାହିଁ ? ବଡ଼ପୁଅ ବଳରାମ ତା'ରି ସାଙ୍ଗରେ ବାଇ । ସେ ମଧ୍ୟ ନିରକ୍ଷର । ରାଜାବଂଶର ପୁଅ, ଏହିଭଳି ଗଜେମୂର୍ଖ ହେବେ ।" – ଦେବକୀ କାନ୍ଦ କାନ୍ଦ ହେଲେ ।

"ବସ୍ତିଗଲେ କୁହ !" – କପାଳରେ ହାତମାରିଲେ ବସୁଦେବ ।

"ମୋ ପୁଅମାନଙ୍କୁ କିଏ ମାରିପାରିଥାନ୍ତା !" – ଦେବକୀ ସ୍ୱୟଂ ଜଞ୍ଜିରରେ ବନ୍ଧାହୋଇ ଅନ୍ଧାରିଆଘରେ ବନ୍ଦୀଥିବା କଥା ଭୁଲିସାରିଥିଲେ ।

ଗୁରୁ ଗର୍ଗ ମୁହଁ ଖୋଲିଲେ । କହିଲେ, "ଦେବକୀ ମା' ଠିକ୍ କହୁଛନ୍ତି । କେବଳ ବିଦ୍ୟାନୁହଁ, ସେ ଦୁହିଁଙ୍କର ଶସ୍ତ୍ରଶିକ୍ଷା ମଧ୍ୟ ଆବଶ୍ୟକ । କିନ୍ତୁ ......"

"କିନ୍ତୁ କ'ଣ ଗୋସେଇଁ !" – ଦେବକୀଙ୍କର ବିସ୍ଫାରିତଦୃଷ୍ଟି ।

"ପ୍ରଥମେ ବେଦବିଧ୍ୱମତେ ସେମାନଙ୍କର ସଂସ୍କାର ଆବଶ୍ୟକ । କୁଲଉଚିତ – ସଂସ୍କାର ଦଶକର୍ମ ଉପରାନ୍ତେ ସେ ଦୁହେଁ କ୍ଷତ୍ରିୟ ହେବେ । ତା'ପରେ ବିଦ୍ୟାଧ୍ୟୟନ ।" – କହିଲେ କୁଲଗୁରୁ ଗର୍ଗ ।

ଉଚିତ୍ କଥା । କହିଲେ ବସୁଦେବ । ସେ ପୁତ୍ରଦୁହିଁଙ୍କର ସଂସ୍କାର-ଦଶକର୍ମ ଆୟୋଜନରେ ରହିଲେ । ଏବଂ ତିଥ୍ ଠିକଣାକରି ବ୍ରାହ୍ମଣମାନଙ୍କୁ ଆମନ୍ତ୍ରି ଆଣିଲେ ।

ସଂସ୍କାର-ଦଶକର୍ମ-ବିଧ୍ ସମାପ୍ତ ହେଲା ।

ଏବେ ବିଦ୍ୟା ପ୍ରପଠନ ।

ଯିବେ ଗୁରୁଙ୍କ ଆଶ୍ରମକୁ ।

ବିଦ୍ୟା : ବେଦ-ବେଦାନ୍ତ-ନ୍ୟାୟ...... ଏବଂ ଶସ୍ତ୍ରବିଦ୍ୟା ।

"ଭାଇ, ମୁଁ ବିଦ୍ୟାସାଧିବାକୁ ଯିବିନାହିଁ ।" – କୃଷ୍ଣ କହିଲେ ବଳରାମଙ୍କୁ ।

– କାହିଁକି ?

"ବିଦ୍ୟା ଆମର କି କାମରେ ଲାଗିବ ! ଭାଇ, ଏଠିକି ଆସି ବଡ଼ ଭୁଲ ହେଲା । ଗୋକୁଲ ଓ ବୃନ୍ଦାବନ କେତେ ଭଲ ଥିଲା ! ଏଠି ଖାଲି ଗାୟତ୍ରୀମନ୍ତ ..... ତ୍ରିସନ୍ଧ୍ୟା .....

..... ହେଇ ପୁଣି ଗୁରୁକୁଳକୁ ଯିବାକୁ କୁହାଗଲାଣି । ଭାଇ, ମୋର ମନେପଡ଼ୁଛି ଗୋକୁଲ ଓ ବୃନ୍ଦାବନରେ ବିତେଇଥିବା ଦିନସବୁ । ଗାଈ, ସାଙ୍ଗ, କଦମ୍ବଗଛ, ଗୋପକାମିନୀ ..... ଆହାଃ ! ଭାଇ, ତୁମେ ପିତାଙ୍କୁ ବୁଝାଅ, ଆମେ ଯିବାନାହିଁ ....." – କୃଷ୍ଣଙ୍କ ଆଖ୍ ସଜଳ ହେଇ ଆସୁଥିବା ଦେଖିପାରିଲେ ବଳରାମ ।

– ସେମିତି କହନା କୃଷ୍ଣ ! ମୁଁ ଜାଣେ ଆମର ବିଦ୍ୟା କିଛି କାମରେ ଆସିବ ନାହିଁ । କିନ୍ତୁ ଗୋଟାଏର ଅଭାବ ଜୀବନସାରା ରହିଯିବ । ତା' ହେଉଛି ଗୁରୁ । ପ୍ରତ୍ୟେକ ମନୁଷ୍ୟର ଜୀବନରେ ଜଣେ ଗୁରୁଙ୍କର ଆବଶ୍ୟକତା ରହିଛି ।

"ସତ୍ୟ ?" – କୃଷ୍ଣ ସହଜ ମନେହେଲେ ।

– ହଁ ସତ୍ୟ । ଶୁଣ କୃଷ୍ଣ । ମୁଁ ତଥ୍ୟ ସଂଗ୍ରହ କରିଛି, ଏଠୁ ବହୁଦୂରରେ ଗୋଟିଏ ଗୁରୁକୁଳ ଅଛି । ଆମେ ସେଇଠିକୁ ଯିବା । ସେଠି ବିଦ୍ୟାସାଧିବା । ଏବଂ ଖେଳିବା, ବୁଲିବା, ସରସ୍ୱତୀନଦୀରେ ସ୍ନାନ କରିବା .... ଭାରି ମଜାହେବ । ତୋର ଗୋକୁଳ ସ୍ମୃତିର ପରିପୂରଣ ହେବ ।

"ସେ ଗୁରୁକୁଳ କେଉଁଠି ?" – ଜାଣିବାକୁ ରୁହିଁଲେ କୃଷ୍ଣ ।

– ଅବନ୍ତୀ ରାଜ୍ୟ । ସାନ୍ଦୀପନିଙ୍କ ଆଶ୍ରମ । ପ୍ରଭାସତୀର୍ଥ ସେଠାରୁ ବେଶୀଦୂର ନୁହିଁ । କାଳିଭଳି ସମୟ ବିତିଯିବ । ଅବୁଝା ହଅନି ।

କୃଷ୍ଣ ବୁଝିଗଲେ ।

ଦୁଇ ଭାଇ ପ୍ରସ୍ତୁତ ରହିଲେ ସାନ୍ଦୀପନିଙ୍କ ଆଶ୍ରମକୁ ଯିବାକୁ ।

ଏବଂ ଶୁଭମୁହୂର୍ତ୍ତ ଦେଖି ଦୁଇଭାଇଙ୍କୁ ପଠେଇ ଦିଆଗଲା ଅବନ୍ତୀ ରାଜ୍ୟ ।

ସେଠାରେ ସାନ୍ଦୀପନିଙ୍କ ତତ୍ତ୍ୱାବଧାନରେ ବିଦ୍ୟାସାଧିବେ ।

ସାନ୍ଦୀପନି । ଜଣେ ବେଦ୍‌ବିତ୍‌ । ଏବଂ ଶସ୍ତ୍ର–ବିଦ୍ୟା–ଜ୍ଞାତା । ଦୁଇ ଭାଇଙ୍କର ଶିକ୍ଷା ଦାୟିତ୍ୱ ସାନନ୍ଦ ଗ୍ରହଣକଲେ ସେ । ଦୁଇଭାଇଙ୍କର ଗୁରୁକୁଳ ଜୀବନ ଆରମ୍ଭ ହେଲା ।

ବଲରାମ ଓ ଶ୍ରୀକୃଷ୍ଣ ।

ସାନ୍ଦୀପନି ଆଶ୍ରମର ଅନ୍ତେବାସୀ ।

ଏବେ ସେମାନଙ୍କର ମନରେ ନାହିଁ ମଧୁପୁରୀ କି ଗୋକୁଳ ।

ପିତାମାତା କି ଗୋପଲଳନା ।

ମନ ଗୁରୁଙ୍କ ପାଦରେ କେନ୍ଦ୍ରୀଭୂତ ।

ଗୁରୁ ସେମାନଙ୍କ ପାଇଁ ସବୁକିଛି ।

ମନପ୍ରାଣ ସମର୍ପିତ ଗୁରୁଙ୍କଠାରେ ।

ଗୁରୁ ପୂର୍ଣ୍ଣ ସନ୍ତୁଷ୍ଟ, ଶିଷ୍ୟଦୁହିଙ୍କ ଅଚଳା ଭକ୍ତି ଦେଖି ।

ଦିନେ । ଗୁରୁ ସାନ୍ଦୀପନିଙ୍କ ପଦସେବା କରୁଥାନ୍ତି ବଳରାମ ଓ ଶ୍ରୀକୃଷ୍ଣ । ଘୁରୋଟି କୋମଳ ହାତର ସ୍ପର୍ଶ ଗୁରୁଙ୍କ ଆଖ୍ଣିକୁ ଝୁଙ୍କିଆଣୁଥିଲା !

"ଭାଇ, ତୁମେ କୁହ ।" – ଆଖ୍ଣିରେ କହିଲେ ଶ୍ରୀକୃଷ୍ଣ ।

"ନା, ତୁ କହ ।" – ବଳରାମଙ୍କର ଦ୍ୱିଧା ।

"ତୁମକୁ ଗୁରୁ ଅଧିକ ସ୍ନେହ କରନ୍ତି, ମୋତେ ଗାଳିକରିବେ ।" – କୃଷ୍ଣଙ୍କର ମୃଦୁ ଉଚ୍ଚାରଣ ।

ବଳରାମ ଭଳିଗଲେ ନିଜର ପ୍ରଶଂସା ଶୁଣି ।

"ଗୁରୁ ଦେବ !" – ଡାକିଲେ ବଳରାମ ।

ମୁଦିହେଇ ଆସୁଥିବା ଆଖି ଖୋଲିଗଲା ସାନ୍ଦୀପନିଙ୍କର ।

"କୁହ ।" – ଅଧାବୁଜା ଆଖ୍ଣିରେ ସେ କହିଲେ ।

"ଆମେ ସରସ୍ୱତୀରେ ସ୍ନାନ କରିବାକୁ ଯାଆନ୍ତୁ !" – କହିଲେ ବଳରାମ ।

ସେମାନେ ଜାଣିନଥିଲେ ପରିସ୍ଥିତି ହଠାତ୍ ଏପରି ହେବ । କଙ୍କଡ଼ା ବିଛା କାମୁଡ଼ିଲା ପରି ଚିଙ୍କି ଉଠିଲେ ଗୁରୁ । ଉଠି ବସିଲେ । ଦୁଇଜଣଙ୍କ ମୁଣ୍ଡାକୁ ଛାତି ଉପରକୁ ଟାଣିନେଲେ ଓ ସକ୍ ସକ୍ ହେଲେ । ବାଳକ ଦୁହେଁ କିଛି ବୁଝିପାରିଲେ ନାହିଁ । ଗୁରୁଦେବ କାନ୍ଦୁଛନ୍ତି କାହିଁକି !

କେତେବେଳକେ ଗୁରୁ ସ୍ୱାଭାବିକ୍ ହେଲେ ।

କହିଲେ, "ସମସ୍ତ କଥା ତୁମର ରଖିବି, କିନ୍ତୁ ସରସ୍ୱତୀକୁ ସ୍ନାନ ପାଇଁ ପଠେଇପାରିବି ନାହିଁ ।"

ସେ ଆଶ୍ରମ ବାହାରକୁ ଚଳିଗଲେ ।

"ସରସ୍ୱତୀ ନଦୀକୁ ନେଇ କିଛି ଦୁର୍ଘଟଣା ଘଟିଛି ।" – କହିଲେ କୃଷ୍ଣ, "କିନ୍ତୁ ଜାଣିବାର ଉପାୟନାହିଁ ।"

ସେହି ଦିନଠୁ ବାଳକ ଦୁହେଁ ଆଉ ପ୍ରଭାସତୀର୍ଥ କଥା ଉଠାଇନାହାଁନ୍ତି କି ପ୍ରଭାସତୀର୍ଥରେ ସ୍ନାନକରିବାର ସୁଯୋଗ ପାଇନାହାଁନ୍ତି ।

ଅରଣ୍ୟରୁ କାଠ ଆଣିଛନ୍ତି ।

ଯଜ୍ଞରେ ସହଯୋଗ କରିଛନ୍ତି ।

ଫଳମୂଳ ସଂଗ୍ରହ କରିଛନ୍ତି ।

ଜଳ ଆଣିଛନ୍ତି ଝରଣାରୁ ।

ଏବଂ ବିଦ୍ୟାସାଧନ କରିଛନ୍ତି ।

ବ୍ରହ୍ମବିଦ୍ୟା – ସର୍ବବେଦସାର ।

ଧର୍ମ, ମୀମାଂସା, ନ୍ୟାୟ ଓ ରାଜନୀତି

ଏବଂ ଦଣ୍ଡ ଓ ତର୍କବିଧ୍ୟ ।

ଶିକ୍ଷାଦେଲେ ଗୁରୁ ସାନ୍ଦୀପନି ।

ଏବଂ ଶିକ୍ଷାଦେଲେ ଧନୁର୍ବେଦ ।

ଖୁବ୍‌ଶୀଘ୍ର ସକଳବିଦ୍ୟାରେ ପାରଙ୍ଗମ ହୋଇଉଠିଲେ ବଳରାମ ଓ କୃଷ୍ଣ । ଅବଧ୍ୟ ମାତ୍ର ଦୁଇମାସ ରହିଦିନ । ଏତେ କମ୍‌ ଦିନ ମଧ୍ୟରେ ସକଳ ବିଦ୍ୟା ସାଧ୍ୱିବା ମନୁଷ୍ୟ ପକ୍ଷେ ସମ୍ଭବ ? ଆଶ୍ଚର୍ଯ୍ୟ ଚକିତ ଗୁରୁ ସାନ୍ଦୀପନି ।

ଦିନେ । ପ୍ରଭାତ ସମୟ । ସ୍ନାନସାରି ଆଶ୍ରମ ବାହାରେ ବସିଛନ୍ତି ସାନ୍ଦୀପନି । ଭାବୁଛନ୍ତି ଶିଷ୍ୟ ଦୁଇଜଣଙ୍କ କଥା ।

ଯଦି ଶିଷ୍ୟଦୁହେଁ ସ୍ୱଗୃହକୁ ବାହୁଡ଼ି ଯାଆନ୍ତି ମୁଁ କରିବି କ’ଣ ! ସେମାନଙ୍କ ବିଚ୍ଛେଦ ସହିବି କେମିତି ! ଅନ୍ତର ମଧ୍ୟରେ ଶୂନ୍ୟତା ଅନୁଭବ କରୁଥିଲେ ଗୁରୁ ।

ସଦ୍‌ଗୁରୁ ଓ ସତ୍‌ଶିଷ୍ୟ ଏକ ଓ ଅଭିନ୍ନ ।

ପୃଥକ୍‌ ହେବାକୁ ରୁହାଁନ୍ତି ନାହିଁ ।

ପୃଥକ୍‌ ହେବା ଖୁବ୍‌ ଯନ୍ତ୍ରଣାଦାୟକ ।

ଯୁଗେ ଯୁଗେ ଶିଷ୍ୟକୁ ନେଇ ଗୁରୁଙ୍କର ଚିନ୍ତା ।

ଶିଷ୍ୟ ବିନା ଗୁରୁ ଅପୂର୍ଣ୍ଣ ।

ଗୁରୁବାଦର ଜୟହେଉ ।

ପାଦ ଟିପି ଟିପି ବଳରାମ ଓ ଶ୍ରୀକୃଷ୍ଣ ଗୁରୁଙ୍କ ନିକଟରେ ପହଞ୍ଚିଲେ । କରଯୋଡ଼ି ଅନୁମତି ମାଗିଲେ ମଧୁପୁରୀ ପ୍ରତ୍ୟାବର୍ତ୍ତନ ସକାଶେ ।

ନିତ୍ୟାନନ୍ଦ ପଣ୍ଡା ❖ ୩୩

ଶୁଣିଲେ ସାନ୍ଦୀପନି । ସେ ବାକ୍‌ଶୂନ୍ୟ । ଅନ୍ତର ମଧ୍ୟରେ ଦୁଃଖ ଅକଳନ୍ତି । ଏବଂ ଆଖିକୋଣରେ ପାଣି । ତାଙ୍କର ଏହି ହତଭମ୍ୟ ଅବସ୍ଥାରୁ ତାଙ୍କୁ ମୁକୁଳେଇଦେଲେ କୃଷ୍ଣ ।

ସେ ପାଦ ପାଖରେ ବସିପଡ଼ି ପାଦ ସାଉଁଳିଲେ । କହିଲେ – ଗୁରୁ, ଆମ୍ଭଙ୍କୁ ଅନୁମତି ଦେବା ହୁଅନ୍ତୁ ଆମ୍ଭେ ଗୁରୁଦକ୍ଷିଣା ଦେବୁ । ଏବଂ ରଣମୁକ୍ତ ହୋଇ ମଧୁପୁରୀ ପ୍ରତ୍ୟାବର୍ତ୍ତନ କରିବୁ ।

ଗୁରୁଦକ୍ଷିଣା ! ପୂର୍ବଅବସ୍ଥାରୁ ସାମୟିକ ମୁକୁଳି ଆସିଲେ ସାନ୍ଦୀପନି । ଗୁରୁଦକ୍ଷିଣା ଦେବା ବିଧ୍ୟ ଅବଶ୍ୟ । ତେବେ କି ଦକ୍ଷିଣା ଦେବାକୁ କହିବେ !

କ’ଣ ମନରେ ଭାବି କହିଲେ – କାଲି ପ୍ରଭାତରେ କହିବି ।

ସେହି ରାତି । ପାଖରେ ବସିଛନ୍ତି ପତ୍ନୀ । ସ୍ୱାମୀଙ୍କର ଗମ୍ଭୀର ମୁଖଭଙ୍ଗୀ ଦେଖି ପତ୍ନୀ କାରଣ ପୁଛାକଲେ ।

ସାନ୍ଦୀପନି କହିଲେ – ବଳରାମ ଓ କୃଷ୍ଣ ଆଶ୍ରମ ଛାଡ଼ି ଯିବାକୁ ବସିଛନ୍ତି ।

– ବିଦ୍ୟାସାଧନ ସରିଗଲା ? ଏତେ ଶୀଘ୍ର ?

"ହଁ ମାତ୍ର ଦୁଇମାସ ଚୌଦିନ । କୌଣସି ବିଦ୍ୟା ବାକିନାହିଁ । ଦେବି ! ଏହି ଦୁଇବାଳକ ମନୁଷ୍ୟ ନୁହନ୍ତି । ମନୁଷ୍ୟ ରୂପରେ ରବି କିମ୍ବା ବାସବ କିମ୍ବା ..... । ମୋର ସେହିପରି ମନେହେଉଛି ।" – କହିଲେ ସାନ୍ଦୀପନି ।

– ସତେ !

"ହଁ । ଦେହଧାରୀ ମନୁଷ୍ୟ ପକ୍ଷେ ସମ୍ଭବନୁହଁ । କିନ୍ତୁ ଦେବି, ସେମାନେ ଯେ ଗୁରୁଦକ୍ଷିଣା ଦେବାପାଇଁ ଅଳିକରୁଛନ୍ତି । କି ଦକ୍ଷିଣା ମାଗିବି ମଥାକୁ ଜୁଟୁନାହିଁ । ତୁମେ ମୋତେ ପଥ ଦେଖାଅ ।" – କହିଲେ ସାନ୍ଦୀପନୀ ।

ପତ୍ନୀ କାନ୍ଦିଲେ । ଯେଉଁ କାନ୍ଦରୁ ଅନେକ ଅର୍ଥ ବାହାର କରାଯାଇପାରେ ।

"ତୁମେ କାନ୍ଦୁଛ କାହିଁକି !" – ନିଜେ କାନ୍ଦୁଥିବା କଥା ମନେନଥିଲା ସାନ୍ଦୀପନିଙ୍କର ।

"ମୋ ପୁଅ..." ପୁଣି କାନ୍ଦ ପତ୍ନୀଙ୍କର ।

ବୁଝିଗଲେ ସାନ୍ଦୀପନି । ନିଜ ପୁତ୍ର ନିଖୋଜ ହେବା ପରେ ବଳରାମ ଓ ଶ୍ରୀକୃଷ୍ଣଙ୍କ ଭିତରେ ନିଜର ପୁତ୍ରକୁ ସେ ଦେଖୁଥିଲେ ଏବଂ ଆପଣା ପୁତ୍ରକଷ୍ଟ

ପାଶୋରିଥିଲେ । ସତ୍ୟ, କେଉଁ ମା' ଧୈର୍ଯ୍ୟ ଧରିବ । ବାରବର୍ଷର ପୁଅ ସ୍ନାନ କରିବାକୁ ଯାଇଥିଲା ସେ ଆଉ ବାହୁଡ଼ିଲା ନାହିଁ । ୦୪ !

କହିଲେ, "ସେମାନେ ପରପୁଅ । ଅଟକେଇବା ସମ୍ଭବନୁହେଁ ।"

ପତ୍ନୀ ନେହୁରା ହେଇ କହିଲେ, "ତୁମେ କହୁଛ, ସେ ଦୁହେଁ କେଉଁ ଦେବତା । ଯଦି ଦେବତା ହୋଇଥିବେ ସେମାନଙ୍କୁ ଗୁରୁଦକ୍ଷିଣା ରୂପେ ପୁତ୍ରକୁ ମାଗ । ମୋ ମନ କହୁଛି, ସେମାନେ ଯେମିତି ହେଲେ ଖୋଜି ଆଣିବେ । ମାଗିବ ତ ?"

ଉଚିତ୍ କଥା କହିଛ ! ସାନ୍ଦୀପନି କହିଲେ । କାହିଁକି କେଜାଣି ସେ ଆଶାବାଦୀ ହୋଇଉଠିଥିଲେ ।

ପରଦିନ ପ୍ରଭାତ । ଗୁରୁଙ୍କ ନିକଟରେ ପହଞ୍ଚିଲେ ବଳରାମ ଓ ଶ୍ରୀକୃଷ୍ଣ । ପଦ ସ୍ପର୍ଶକରିବା ଉତ୍ତାରୁ ଗୁରୁଦକ୍ଷିଣା ପ୍ରସଙ୍ଗ ତାଙ୍କର ସ୍ମରଣ କରେଇଦେଲେ ଶ୍ରୀକୃଷ୍ଣ । ମଧୁପୁରୀକୁ ଯିବାପାଇଁ ଉଚ୍ଛନ୍ନ ଅନୁଭବ କରୁଥିଲେ ଦୁଇଜଣ ।

ସାନ୍ଦୀପନି କହିଲେ, "ଗୁରୁଦକ୍ଷିଣା ଯେବେ ଦେବାକୁ ଚହୁଁଛ ଅତି-ଅସମ୍ଭବ କଥାଟିଏ ମାଗିବି । ଦେଇପାରିବ ?"

"କେଉଁ କଥା ଅସମ୍ଭବ ଗୁରୁଦେବ ? ଆମ ଉପରେ ଗୁରୁଙ୍କ ଆଶୀର୍ବାଦ ଥିଲେ ସ୍ୱର୍ଗରୁ ପାରିଜାତ ଆଣିଦେଇପାରୁ । ଥରେ ଶିଷ୍ୟଙ୍କୁ ପରୀକ୍ଷାକରି ଦେଖନ୍ତୁ ଗୁରୁ !" – ଶ୍ରୀକୃଷ୍ଣ ଆଗତୁରା ଏତକ କହିପକେଇଲେ ।

"ହଁ ଗୁରୁଦେବ ।" – ବଳରାମ କୃଷ୍ଣଙ୍କ ଉକ୍ତିକୁ ସମର୍ଥନ କଲେ ।

ଆହାଃ ! ଗୁରୁଙ୍କ ପାଇଁ ଶିଷ୍ୟ କେତେ ଚିନ୍ତିତ !

ଧନ୍ୟ ଗୁରୁ-ଶିଷ୍ୟ ପରଣ୍ଫରା !

ସେ ପରଣ୍ଫରାର ଜୟ ହେଉ !

ଗୁରୁଙ୍କ ଆଶୀର୍ବାଦ ଶିଷ୍ୟର ସଂପଦ ।

ଏବଂ ଗୁରୁ ଇଚ୍ଛାକଲେ ମୃତ୍ୟୁକୁ ମଧ ବିଳମ୍ବିତ କରିପାରନ୍ତି ।

ଏବଂ ଅଷ୍ଟଐଶ୍ୱର୍ଯ୍ୟ ବା ରାଜପଦ ଗୁରୁଙ୍କ ଆଶିଷ ତୁଳନାରେ ତୁଚ୍ଛ ।

ଏବଂ ଶିଷ୍ୟର ମୁକ୍ତିକୁ ତ୍ୱରାନ୍ବିତ କରେ ଗୁରୁଙ୍କ ଆଶିଷ ।

ଏବଂ ଶିଷ୍ୟପାଇଁ ଗୁରୁ ସାକ୍ଷାତ୍ ବିଷ୍ଣୁ ।

ନିତ୍ୟାନନ୍ଦ ପଣ୍ଡା ❖ ୩୫

ଏକଥା ହୃଦୟଙ୍ଗମ କରିଥିଲେ ଶିଷ୍ୟ ଦୁଇଜଣ ।

ସାନ୍ଦୀପନି ନୀରବରେ ଭାବୁଥିଲେ, ସତରେ ଏହି ଶିଷ୍ୟଦ୍ୱୟ ତାଙ୍କର ମୃତ ପୁତ୍ରକୁ ଆଣି ଦେଇପାରିବେ ! ତେଣେ ପତ୍ନୀ ଯେ କାନ୍ଦୁଛନ୍ତି ! ତେବେ ?

ଗୁରୁଙ୍କଠୁ ଉତ୍ତର ଆସିବା ବିଳମ୍ବ ଦେଖି କୃଷ୍ଣ ତାଙ୍କ ପାଦ ଧରିପକେଇଲେ । କହିଲେ, "ଏହି ଶିଷ୍ୟଙ୍କର ଥରେ ମାତ୍ର ପରୀକ୍ଷା ନିଅନ୍ତୁ ଗୁରୁଦେବ !"

ସାନ୍ଦୀପନି କହିଲେ, "ଆମର ଗୋଟିଏ ମାତ୍ର ପୁତ୍ର ଥିଲା । ବାରବର୍ଷ ପୁରି ତେର ଚାଲିଥାନ୍ତା । ଯାଇଥିଲା ପ୍ରଭାସତୀର୍ଥକୁ ସ୍ନାନ କରିବାକୁ । ଆଉ ଫେରିଲାନି । ତା ମା' ସବୁବେଳେ କାନ୍ଦୁଛି । ତୁମେ ଆମର ପୁତ୍ରକୁ ସଂସାରୀରେ ଫେରସ୍ତ ଦିଅ । ତାହା ହିଁ ହେବ ତୁମର ଗୁରୁଦକ୍ଷିଣା ।"

ସାନ୍ଦୀପନି ପୁନରାୟ ନୀରବ ହୋଇଗଲେ । ସେ ମନେକରୁଥିଲେ ଶିଷ୍ୟ ଦୁହେଁ ହୁଏତ ଅସାମର୍ଥ୍ୟ ଦର୍ଶାଇବେ । ଯଦି ସେପରି ହୁଏ ତେବେ କ'ଣ ତାଙ୍କର ଆଶିଷ ଉଣାହେବ ? କଦାଚ ନୁହଁ !

ସେ ଏହିପରି ଭାବୁଛନ୍ତି ତ ବଲରାମ ଓ କୃଷ୍ଣ ତାଙ୍କର ପାଦ ଛୁଇଁଲେ । "ଯାଉଛୁ ଖୋଜି ଆଣିବୁ । ଆପଣ ନିଶ୍ଚିନ୍ତ ରୁହନ୍ତୁ ।" – ସହସା ସେମାନେ ଆଶ୍ରମ ଛାଡ଼ିଲେ ।

ପ୍ରାଚୀ ଓ ସରସ୍ୱତୀର ସଙ୍ଗମ ସ୍ଥଳ । ପ୍ରଭାସତୀର୍ଥ । ନୀଳ ଲହଡ଼ି ମଥାପିଟୁଛି, କୂଳର ସୁବିସ୍ତୃତ ବାଲୁକାଶଯ୍ୟାରେ । ସୂର୍ଯ୍ୟକିରଣ ନୀଳ ଲହଡ଼ିରେ ପ୍ରତିଫଲିତ ହୋଇ ସହସ୍ର ସୂର୍ଯ୍ୟର ଭ୍ରମ ସୃଷ୍ଟିକରୁଛି ।

ବାଲୁକାଶଯ୍ୟାରେ ଠିଆହୋଇଛନ୍ତି ଜଣେ ରାଜପୁରୁଷ ।

କାହାର ଅପେକ୍ଷାରେ ଥିବା ଭଳି ଜଣାପଡ଼ୁଛନ୍ତି ସେ ।

ପହଞ୍ଚିଲେ ବଲରାମ ଓ କୃଷ୍ଣ ।

ଉଭୟଙ୍କୁ ପ୍ରଣମିଲେ ରାଜପୁରୁଷ ।

"ତୁମେ କିଏ ?" – ପ୍ରଶ୍ନରିଲେ କୃଷ୍ଣ ।

"ମୁଁ ବରୁଣ । ମୋତେ ଚିହ୍ନିପାରୁନାହାଁନ୍ତି ?" – କହିଲେ ରାଜପୁରୁଷ, "ମୁଁ ସୂଚନା ପାଇଲି ଆପଣ ଦୁଇଜଣ ଆସୁଛନ୍ତି । ଅପେକ୍ଷାରେ ଥିଲି ମୁଁ ।"

"ଅଧିକ କଥା ଶୁଣିବା ଅବସ୍ଥାରେ ଆମେ ନାହୁଁ । ତୁମେ ଆମ ଗୁରୁ ସାନ୍ଦୀପନିଙ୍କ ପୁତ୍ରକୁ କେଉଁଠି ଲୁଚେଇଛ ଶୀଘ୍ର ଆଣିଦିଅ ।"

– ମୁଁ ଲୁଚେଇନାହିଁ । ବିଶାଳ ଶଙ୍ଖ ଆକୃତିର ଗୋଟେ ଦୁଷ୍ଟ ଜୀବ ସେ କାମରେ ଓସ୍ତାଦ୍‍ଥିଲା । କିନ୍ତୁ ସେ ଏବେ ମୃତ । ତା'ର ପୁତ୍ର ପଞ୍ଚଜନ ଅବଶ୍ୟ ଅଛି, ମାତ୍ର ତା'ର ବଦମାସି ଜଣାନାହିଁ ।

"ମିଛ କହୁନାହଁ ତ !" – କହିଲେ କୃଷ୍ଟ ।

"ନିଜେ ଦେଖ୍‍ପାରନ୍ତି ।" – କହିଲେ ରାଜପୁରୁଷ ।

ବଲରାମଙ୍କୁ ଚାହିଁଲେ କୃଷ୍ଟ । କହିଲେ, "ଭାଇ, ତୁମେ ଏହିଠାରେ ଅପେକ୍ଷା କରୁଥାଅ । ମୁଁ ସନ୍ଧାନକରି ଫେରୁଛି ।" ସେ ଲମ୍ପଦେଲେ ଜଳମଧକୁ । ଏବଂ ଅଦୃଶ୍ୟ ହୋଇଗଲେ ।

ବଲରାମ ଚିନ୍ତାକୁଳ । ଅତଳଜଳ ମଧରେ କେଉଁଠି ଖୋଜିବ କୃଷ୍ଟ ! ସେ ସବୁବେଳେ ଏହିଭଳି ଦୁଃସାହସୀ !

ବିତିଯାଉଛି ସମୟ ।

କୃଷ୍ଟ ଫେରୁନାହିଁ ।

ବଲରାମଙ୍କର ଚିନ୍ତାବଢ଼ୁଛି ।

ରାଜପୁରୁଷ ମୂକ ଭଳି ଠିଆ ହୋଇଛନ୍ତି ।

ହଁ, ଜଳଉପରକୁ ଉଠିଲା କୃଷ୍ଟ । ଏବଂ ପହଁରି ପହଁରି କୂଳକୁ ଆସିଲା । ହାତରେ ଗୋଟିଏ ଉଜ୍ଜ୍ବଲ ଶଙ୍ଖ । ଆହାଃ, କ'ଣ ଦିଶୁଛି ସେଇଟି !

"ପଞ୍ଚଜନ୍ୟ ଶଙ୍ଖ । ମିଳିଲା । ନେଇଆସିଲି । ରଖିବି । କିନ୍ତୁ ଭାଇ, ଗୁରୁପୁତ୍ର ନାହିଁ ।" – କହିଲେ କୃଷ୍ଟ ।

ନିଉନ ହୋଇ ଠିଆହୋଇଥାନ୍ତି ରାଜପୁରୁଷ ।

"ଧର୍ମ ନେଇଛନ୍ତି ନିଶ୍ଚୟ । ଜଳରେ ସ୍ନାନକରୁଥିବା ପିଲା ଯିବ କୁଆଡ଼େ !" – କହିଲେ ବଲରାମ ।

"ଭାଇ, ଏଥିଲାଗି ସେଦିନ ଗୁରୁ ଆମକୁ ନଦୀରେ ସ୍ନାନକରିବାକୁ ବାରଣ କରିଥିଲେ । ନୁହଁ ? ମୁଁ ବହୁତ ବୁଡ଼ିଲି । ମଜା ହେଲା ?" ବଲରାମଙ୍କୁ କୃଷ୍ଟ କହିଲେ ।

ନିତ୍ୟାନନ୍ଦ ପଣ୍ଡା ❖ ୩୭

ଏବଂ ରାଜପୁରୁଷଙ୍କୁ ରହିଁକହିଲେ, "ତୁମେ ଯାଅ, ଆମକୁ ବହୁତ ଆଡ଼େ ଖୋଜିବାକୁ ହେବ । ସତ କହିଛ, ତୁମେ ଚେରିକରିନାହଁ । ଆମେ ଖୁସି ତୁମ ଉପରେ ।"

ରାଜପୁରୁଷ ବିଦାୟନେଲେ । ସେ ଅନେକ କିଛି ଭାବୁଥିଲେ । ଭାବୁଥିଲେ, ସ୍ୱମାୟାରେ ଯନ୍ତ୍ରିତ ପୁରାଣପୁରୁଷ । ଆହାଃ !

ରାଜପୁରୁଷ ଚଲିଯିବା ଉଭାରୁ କୃଷ୍ଣ କହିଲେ, "ଗୁଡ଼ାଏ ବର୍ଷ ହେବ ଏମିତି ବୁଡ଼ିନଥିଲି । ସେଇ ଯାହା ଗୋକୁଳ ଓ ବୃନ୍ଦାବନରେ ମନଭରି ସ୍ନାନ କରିଥିଲେ । ନୁହଁ ଭାଇ ?"

– ହଁ । କିନ୍ତୁ ଗୁରୁଦକ୍ଷିଣା କଥା କ'ଣ କରିବା ? କେଉଁଠି ଖୋଜିବା ! ଧର୍ମପୁର କେଉଁଠି ଜାଣିନାହାଁନ୍ତି ।

"ତୁମେ ଆଗେ ସ୍ନାନ ସାର ! ତା'ପରେ କହିବି କେଉଁଆଡ଼େ ଯିବା ।" – କହିଲେ କୃଷ୍ଣ ।

ବଲରାମ ସ୍ନାନ ସାରିଲେ । କିନ୍ତୁ ତାଙ୍କ ମନ ସ୍ନାନରେ ନଥିଲା । କେମିତି ଗୁରୁପୁତ୍ରଙ୍କୁ ନେଇ ପହଞ୍ଚାଇବେ, ସେ ଭାବିହଉଥିଲେ । ସେ ଜାଣନ୍ତି କୃଷ୍ଣ ଅତି ବିଚକ୍ଷଣ ଓ ବୁଦ୍ଧିମାନ । ହେଲେ ଖୋଜିବ କେଉଁଠି ! ତଥାପି କୃଷ୍ଣ ଉପରେ ତାଙ୍କର ଆସ୍ଥାଥିଲା ।

ଏହି ସାନ ଭାଇଟିକୁ ସେ ଅନେକ ସମୟରେ ବୁଝିପାରନ୍ତି ନାହିଁ ।

କେତେବେଲେ କ'ଣ କରିବସିବ ତାକୁ ହିଁ ଜଣା ।

"ଭାଇ, ତୁମେ ଠିକ୍ କହିଛ । ଧର୍ମଦେବ ନେଇ ଯାଇଛନ୍ତି ତାକୁ । ଚଲ, ଧର୍ମପୁରରେ ଖୋଜିବା ।" – କୃଷ୍ଣ କହିଲେ ।

ଦୁଇଭାଇ ବାହାର ହେଲେ ଧର୍ମପୁର ।

ହିମାଚଲରେ ସବୁଠୁ ଉଚ୍ଚଭୂମିରେ ଧର୍ମଦେବଙ୍କର ନିବାସ । କଡ଼ା ସୁରକ୍ଷା । ସେଠି କେହି ପାଦ ରଖିପାରନ୍ତି ନାହିଁ । ଧର୍ମଦେବଙ୍କୁ ସଭିଙ୍କ ଡର । ଯିଏ ଥରେ ଯିବ ଆଉ ବାହୁଡ଼ିବନାହିଁ ।

ଧର୍ମ-ନିବାସ ସମ୍ମୁଖରେ ଶଙ୍ଖନାଦ ହେଲା ।

ପ୍ରଥମକରି ପଞ୍ଚଜନ୍ୟ ବଜାଉଥିଲେ କୃଷ୍ଣ ।

ଧର୍ମଦେବଙ୍କୁ ଶୁଭିଗଲା ସେ ଅପୂର୍ବ, ଅନନ୍ୟ ଅନାହତ ଧ୍ୱନି ।

ବହୁ କାଳପରେ ସେ ଶୁଣୁଥିଲେ ପଞ୍ଚଜନ୍ୟର ନାଦ ।

ଶଙ୍ଖବାଦକ କିଏ ହୋଇପାରନ୍ତି ସେ ଜାଣିଗଲେ ।

ସେ ସ୍ୱୟଂ ଛୁଟିଆସିଲେ ଦ୍ୱାରଦେଶକୁ ।

ଏବଂ ପାଛୋଟି ନେଲେ ଦୁଇଭାଇଙ୍କୁ ।

"ତୁମର ଦୂତ ଆମଗୁରୁ ସାନ୍ଦୀପନିଙ୍କ ପୁତ୍ରକୁ ନେଇଆସିଛନ୍ତି । ଫେରେଇ ଦିଅ ତାକୁ । ଆମେ କଥା ଦେଇଛୁ ଗୁରୁଙ୍କୁ ।" – କୃଷ୍ଣ କହିଲେ ।

ଯୁକ୍ତି କରିବାକୁ ବା ନିୟମ ଦର୍ଶେଇବାକୁ ଧର୍ମଦେବ ସୁଯୋଗ ପାଇଲେ ନାହିଁ । ଫଳତଃ, ଗୋଟେ ଅନ୍ଧକାର ପ୍ରକୋଷ୍ଠରୁ ବାହାରି ଆସିଲେ ଗୁରୁ-ପୁତ୍ର । ସଂପୂର୍ଣ୍ଣ ଅକ୍ଷତ । ସେ ଆଖିମଲୁଥିଲା ନିଦରୁ ଉଠିଲାପରି ।

●

ଉପରୋକ୍ତ ଦୈବୀ ଘଟନାର ଚମକ୍କାର ବର୍ଣ୍ଣନା ରହିଛି ଭାଗବତରେ ।

ଯେ - ଶ୍ରୀକୃଷ୍ଣ ଆସୁଥିବା ଜାଣି ଜଳଦେବତା ବରୁଣ ସ୍ୱୟଂ ଧାଇଁ ଆସିଥିଲେ ସ୍ୱାଗତ ଜଣେଇବାକୁ । ଶ୍ରୀକୃଷ୍ଣ ପୁଚ୍ଛାକରନ୍ତେ, ବରୁଣ ଦେବ କହିଲେ – ମୁଁ ନିରପରାଧ । ତେବେ ପୂର୍ବ ମନ୍ୱନ୍ତରେ ଶଙ୍ଖରୂପୀ ଦାନବ ମାନବ ଜାତିର ଜୀବନ ନାଟିକା 'ବେଦ'କୁ ବିଧାତାଙ୍କଠୁ ଛେରିକରି ମୋ ଭୁବନରେ ଜୋରକରି ଆଶ୍ରୟ ନେଇଥିଲା । ସ୍ମରଣକରନ୍ତୁ, ତୁମେ ବିଷ୍ଣୁରୂପେ ତାକୁ ନିଧନକରି ବେଦ-ଉଦ୍ଧାର କରି ପୁନଃ ବିଧାତାଙ୍କୁ ଅର୍ପଣ କରିଥିଲ ।

ଦେବ, ସେହି ଶଙ୍ଖାସୁରର ପୁତ୍ରଟିଏ ଅଛି । ତା'ର ନାମ ପଞ୍ଚଜନ । ସେ କାଳେ ଲୁଚେଇଥିବ, ମତେ ଜଣାନାହିଁ ।

ଶ୍ରୀକୃଷ୍ଣ ପୂର୍ବକଥା ସ୍ମରଣକଲେ ଓ ପଞ୍ଚଜନର ଭୁବନ ଅନୁସନ୍ଧାନ ଉଦ୍ଦେଶ୍ୟରେ ଜଳମଧ୍ୟରେ ପ୍ରବେଶ କଲେ । ପଞ୍ଚଜନ୍ୟ ଶଙ୍ଖ ତାଙ୍କର ହସ୍ତରେ ଶୋଭାପାଇବା କଥା ।

ସେ ପଞ୍ଚଜନକୁ ନିଧନକଲେ ଓ ପଞ୍ଚଜନ୍ୟକୁ ନେଇ ଆସିଲେ । ସ୍ୱ-ମାୟାରେ ଯନ୍ତ୍ରିତ ଶ୍ରୀକୃଷ୍ଣ ସାମୟିକ ବିସ୍ମରିଥିଲେ ଯମଦେବଙ୍କୁ । ସେ ନିର୍ଣ୍ଣିତ ହେଲେ କି ଗୁରୁପୁତ୍ର ଆୟୁଷ ପୂର୍ଣ୍ଣ ହେବା କାରଣରୁ ଯମଦେବ ନେଇଯାଇଛନ୍ତି ତାକୁ । ବଳରାମଙ୍କ ସହ ସେ ଯମପୁର ଯାତ୍ରାକଲେ ଏବଂ ଗୁରୁପୁତ୍ରକୁ ବାହୁଡ଼ାଇ ଆଣିଲେ ଯମପୁରରୁ ।

ଉକ୍ତ ଘଟନା ଦୁଇଟି ଦିଗପ୍ରତି ଆମର ଦୃଷ୍ଟିଆକର୍ଷଣ କରେ । (୧) ସ୍ୱୟଂ ଭଗବାନ ମାନବ ରୂପେ ଜନ୍ମଗ୍ରହଣ କଲେ ସ୍ୱମାୟାର ଅଧୀନକୁ ଆସନ୍ତି । ଅନେକ କଥା ବିସ୍ମରିଯାଆନ୍ତି । ନୋହିଲେ ସାନ୍ଦୀପନିଙ୍କ ମୃତପୁତ୍ରକୁ ଖୋଜିବାକୁ ଯମପୁରକୁ ଯିବା ପରିବର୍ତ୍ତେ ସମୁଦ୍ର ତଟକୁ ଯାଇଥିଲେ କାହିଁକି ! ସେ ଯାହାହେଉ ବରୁଣଦେବଙ୍କ ଉକ୍ତିପରେ ସେ ଶଙ୍ଖାସୁରର ପୁତ୍ର ପଞ୍ଚଜନ ସମ୍ପର୍କରେ ଜ୍ଞାତବ୍ୟ ହେଲେ ଓ ତା'ର ନାଭିରୁ ପଞ୍ଚଜନ୍ୟ ଶଙ୍ଖ ଉଦ୍ଧାରକଲେ । ଏବଂ ଯମପୁର ଅଭିଯାନକଲେ ।

(୨) ଗୁରୁ-ଶିଷ୍ୟ ସମ୍ପର୍କ । ସ୍ୱୟଂ ଭଗବାନ ମଧ୍ୟ ଗୁରୁଙ୍କର ପୂଜାକରନ୍ତି । ଗୁରୁଙ୍କର ଆସନ ଭଗବାନଙ୍କଠାରୁ ନ୍ୟୂନ ନୁହେଁ । ଏହା ଜଗତକୁ ଏକ ମହାନଶିକ୍ଷା ।

ହେତୁବାଦୀମାନେ ଉପରୋକ୍ତ ଦୁଇଟି ଘଟନାର ଭିନ୍ନ ବ୍ୟାଖ୍ୟା କରିପାରନ୍ତି । ଯେ - ସମୁଦ୍ରର ଗର୍ଭଦେଶକୁ ସଂପଦ ଆଶାରେ ଅଭିଯାନ କରିବା ମଣିଷର ଅଭିଳାଷ ଆଦିମ । ଯାହା ଆଜିପର୍ଯ୍ୟନ୍ତ ମଧ୍ୟ ବଳବତ୍ତର ରହିଛି । ଦୁର୍ମୂଲ୍ୟ ପଞ୍ଚଜନ୍ୟ ଶଙ୍ଖ ଲାଭକରିବା ମଣିଷର ବା କୃଷ୍ଣଙ୍କର ସମୁଦ୍ର ଅଭିଯାନର ଫଳମାତ୍ର ।

ଏବଂ ହଜିଯାଇଥିବା ଗୁରୁପୁତ୍ରକୁ ହୁଏତ କିଏ ଛେରିକରି ନେଇ ଲୁଚେଇଥିଲା ଅଗମ୍ୟ ହିମାଳୟର କେଉଁ ଏକ ଗୁମ୍ଫାରେ, ଯାହାକୁ ବଳରାମ ଓ କୃଷ୍ଣ ଉଦ୍ଧାର କରିଥିଲେ ।

ସେ ଯାହାହେଉ, ସାଧାରଣ-ହିନ୍ଦୁ-ବିଶ୍ୱାସ, ଶ୍ରୀକୃଷ୍ଣ ସାକ୍ଷାତ୍ ବିଷ୍ଣୁ । ଏପରି ଭାବିବା ପଛରେ ଅଲୌକିକ ଲୀଳା ପ୍ରଦର୍ଶନ ହୁଏତ ଅନ୍ୟତମ କାରଣ ହୋଇପାରେ । ମାତ୍ର ଅନ୍ୟଏକ ବଳିଷ୍ଠ କାରଣ ରହିଛି । ତାହା ହେଉଛି, ଆମ ଧର୍ମଶାସ୍ତ୍ରରେ ଶ୍ରୀକୃଷ୍ଣ ଏକମାତ୍ର ପୁରାଣପୁରୁଷ, ଯେକି ନିଜକୁ ସାକ୍ଷାତ୍ ବିଷ୍ଣୁ ବୋଲି ବହୁବାର ଘୋଷଣା କରିଛନ୍ତି । ଏବଂ ଅନେକଙ୍କୁ ନିଜର ବିଶ୍ୱରୂପ ଦେଖିବାର ସୁଯୋଗ ଦେଇଛନ୍ତି । ସେ ହିଁ ଜଗତର ମହାନାୟକ ।

●

ଗୁରୁପୁତ୍ରଙ୍କୁ ସାଥିରେ ଧରି ବଳରାମ ଓ କୃଷ୍ଣ ଆଶ୍ରମରେ ପହଞ୍ଚିଲେ ।

“ମା !” – ବାହାରୁ ଉଚ୍ଚସ୍ୱରରେ ଡାକିଲା ପୁତ୍ର ।

ଧାଇଁ ଆସିଲେ ମା’ ! ଇଏ ତ ମୋ ପୁଅର କଣ୍ଠସ୍ୱର !!

ମା’ ପୁଅ ଜାବ ପଡ଼ିଗଲେ ।

ମା’ଙ୍କ ଆଖିରୁ ଝରୁଛି ଧାର ଧାର ଲୁହ ।

ଏବଂ ସ୍ତନରୁ କ୍ଷୀର ।

ପୁଅ ମୁହଁ ଗୁଞ୍ଜିଦେଇଥାଏ ମା’ଛାତିରେ ।

ସେମାନେ ଅସମ୍ଭବ ନୀରବ ।

ହଜିଯାଇଥିଲେ ପରସ୍ପର ମଧ୍ୟରେ ।

ଏବଂ ନୀରବ ସାନ୍ଦୀପନି ।

ସେ ବିଶ୍ୱାସ କରିପାରୁନଥିଲେ ନିଜ ଆଖିକୁ ।

ସେ ସ୍ତବ୍ଧ-ଚକିତ - ବିମୂଢ଼ ।

“ହେ କୃଷ୍ଣ !” – ଧୀର କଣ୍ଠରେ ଡାକିଲେ ବଳରାମ ।

କୃଷ୍ଣ ଅପଲକ ଆଖିରେ ଚାହିଁରହିଥିଲେ ମା’ପୁଅଙ୍କୁ ।

“ଭାଇ, ଗୋକୁଳ କଥା ମୋର ମନେପଡୁଛି । ମନେପଡୁଛି, ଯଶୋଦା ମା’ଙ୍କ ଛାତିରୁ ଏହିଭଳି ଆମେ କ୍ଷୀର ଖାଉଥିଲେ ।” – କହିଲେ କୃଷ୍ଣ ।

“ହଁରେ ସତ ! ଆମେ ଏବେ ଯିବା !” – ବଳରାମଙ୍କ ଆଖିରେ ଲୁହ ।

କେତେବେଳେ ଗୁରୁପତ୍ନୀଙ୍କର ନୀରବତା ଭାଙ୍ଗିଲା ।

ପଚାରିଲେ, “କେଉଁଠି ଥିଲୁ ପୁତ୍ର ।”

“ଶୋଇପଡ଼ିଥିଲି ଗୋଟେ ଅନ୍ଧାରିଆ ଗୁହାରେ । ନିଦ ଭାଙ୍ଗିଲା ବେଳକୁ ଦେଖିଲି ସେଇ ଦି’ଜଣଙ୍କୁ । ସେମାନେ ମୋତେ ଘେନି ଆସିଲେ ।” – ଗୁରୁପୁତ୍ର କହିବା ସହିତ ରହିଁଲା ବଳରାମ ଓ କୃଷ୍ଣଙ୍କ ଆଡ଼େ ।

କିନ୍ତୁ ହାୟ !

ସେତେବେଳକୁ ବଳରାମ ଓ କୃଷ୍ଣ ସେଠାରେ ନଥିଲେ । ଗୁରୁ ଓ ଗୁରୁପତ୍ନୀଙ୍କୁ ଶେଷ ପ୍ରଣାମ ଜଣେଇ ସେ ଦୁହେଁ ଆଶ୍ରମ ଛାଡ଼ିସାରିଥିଲେ । ଜାଣିପାରିନଥିଲେ ପତିପତ୍ନୀ ।

“ତୁମେ ସେ ପିଲାଦୁହିଁଙ୍କୁ ଆଶିଷ ଦେଲନାହିଁ । ସେମାନେ ଚାଲିଗଲେ ! !” – କହିଲେ ଗୁରୁପତ୍ନୀ ।

ପୁନରାୟ ଅନ୍ୟମନସ୍କ ହୋଇଗଲେ ସାନ୍ଦୀପନି । ଭଗବାନଙ୍କୁ ମୁଁ ଆଶିଷ ଦେବି ! ଶିଷ୍ୟ ଭାବରେ ପାଇ ମୁଁ ଯାହା ଚିହ୍ନିପାରିଲି ନାହିଁ ! ହଁ ଗୁରୁଭାବେ ଅବଶ୍ୟ ଆଶିଷ ଦେବି । ତାହା ମୋର ସାମର୍ଥ୍ୟ ଅନ୍ତର୍ଭୁକ୍ତ ।

ପତ୍ନୀଙ୍କୁ କହିଲେ, “ଆଶିଷ ଦେଇଛି ଓ ଦେଉଛି । ସେ ଦୁହିଁଙ୍କର ଶରୀର ବଜ୍ର ହୋଇଯିବ ।”

ଯଶୋଦା ଓ ଦେବକୀ ମା’ଙ୍କ କଥା ଭାବି ଭାବି ବଳରାମ ଓ କୃଷ୍ଣ ମଧୁପୁରୀରେ ପହଞ୍ଚିଲେ । କିନ୍ତୁ ଆଶ୍ଚର୍ଯ୍ୟ ! ସେ ଦୁହିଁଙ୍କୁ ସ୍ୱାଗତ ଜଣେଇଥିଲା ପ୍ରଚଣ୍ଡ ଭୟ ଓ ଆଶଙ୍କା ।

ହଁ, ସମଗ୍ର ମଧୁପୁରୀ ଥରୁଥିଲା ।

ମଗଧ ନରେଶ ଜରାସନ୍ଧ ସୈନ୍ୟବଳ ନେଇ ମାଡ଼ିଆସୁଛି ।

ଧ୍ୱଂସ କରିଦେବ ମଧୁପୁରୀକୁ ।

ଅନ୍ୟ ଉପାୟ ନଥିଲା ।

ଭାଇଦୁହେଁ ଯୁଦ୍ଧ ପ୍ରସ୍ତୁତିରେ ଲାଗିଗଲେ ।

ଗୁରୁକୁଳ ଓ ଆଶ୍ରମ ଜୀବନ ..... ଗୁରୁ ଗୁରୁପତ୍ନୀ ଓ ଗୁରୁପୁତ୍ର..... ଏବଂ ସମସ୍ତ ବ୍ୟାପାର ..... ସ୍ମୃତିଟିଏ ହୋଇ ରହିଗଲା ।

## (ଝରି)

ମଗଧର ରାଜପ୍ରାସାଦ । ସତତ ସୁରକ୍ଷାକର୍ମୀଙ୍କ ବଳୟ ମଧରେ । ପିମ୍ପୁଡ଼ିଟିଏ ଯିବାର ସାଧନାହିଁ । ପୁନଶ୍ଚ ରାତି ବିଳମ୍ବିତ ।

ଏପରି ଅବସ୍ଥାରେ, ଦୁଇଜଣ ନାରୀ କେମିତି ଯେ ସୁରକ୍ଷା ବଳୟ ଭେଦକରି ରାଜପ୍ରାସାଦରେ ପ୍ରବେଶକଲେ ତାହା ଅବଶ୍ୟ ବିସ୍ମୟ ।

ଯୁବାନାରୀ ଦୁଇଜଣଙ୍କୁ ଦେଖ୍ ଯେବି କହିବ ଦୁଇଜଣ ପାଗେଲୀ । ହଁ ପାଗେଲୀ ଆଉ କାହାକୁ କହନ୍ତି କି ! ପିନ୍ଧାବାସ ଭୂଇଁରେ ଲୋଟୁଛି । ମୁକୁଳା କେଶ । ଆଖିରୁ ଲୁହର ବନ୍ୟା । ରୂପକାନ୍ତିରୁ ଜଣାପଡ଼ୁଚି ସଂଭ୍ରାନ୍ତ ମହିଳା । ରାଜକୀୟ ସଂକେତ ସୁସ୍ପଷ୍ଟ । ତେବେ ?

ସଶସ୍ତ୍ର ସୁରକ୍ଷାକର୍ମୀଙ୍କ ପ୍ରଶ୍ନର ଉଭର ସେମାନେ କାନ୍ଦରେ ଦେଲେ ।

ସତ କହିଲେ, ସଶସ୍ତ୍ର ଜଗୁଆଳ ରୂପଦେଖ୍ ଆହାବିଗଲେ ।

ରୋକିବାକୁ ସାହସ ଜୁଟେଇପାରିଲେ ନାହିଁ ।

କିଏ ଏହି ନାରୀଦ୍ୱୟ ବିଳମ୍ବିତ ରାତିରେ !

ସେମାନଙ୍କ ସମ୍ବଳ ରୂପକାନ୍ତି ଓ ଉଚ୍ଚସ୍ୱରରେ କ୍ରନ୍ଦନ ।

ବିନା ପ୍ରତିରୋଧରେ ସେମାନେ ପ୍ରାସାଦରେ ପ୍ରବେଶକଲେ ।

ଖୁବ୍‍ଶୀଘ୍ର ବାହାରକୁ ଶୁଭିଲା ସମ୍ମିଳିତ କ୍ରନ୍ଦନରୋଳ । ଅର୍ଥ, ମହାରାଣୀ ବି କାନ୍ଦୁଛନ୍ତି ! ଆଶ୍ଚର୍ଯ୍ୟ !

ମହାପ୍ରତାପୀ ଦୁର୍ଦ୍ଦାନ୍ତ ରାଜା ଜରାସନ୍ଧଙ୍କ ପ୍ରାସାଦ ମଧରୁ ପୁଣି କ୍ରନ୍ଦନ ରୋଳ ଶୁଣାଯାଇପାରେ ?

ବିଳମ୍ବ ହେଲା ନାହିଁ, ଘଟନାଟି ଅନାବରିତ ହେଲା ।

ସଶସ୍ତ୍ର ସୁରକ୍ଷାକର୍ମୀ ସ୍ୱସ୍ତିର ନିଶ୍ୱାସ ମାରିଲେ ।

ନାରୀ ଦୁଇଜଣ ମହାରାଜ ଜରାସନ୍ଧଙ୍କ ପ୍ରିୟକନ୍ୟା । ଆସ୍ତି ଓ ପ୍ରାପ୍ତି । ଏବଂ ମଧୁପୁରୀର ରାଜା କଂସଙ୍କ ରାଣୀ । ତେବେ କାନ୍ଦୁଛନ୍ତି କାହିଁକ ! କାହିଁକି ଏପରି ବେଶଭୂଷା !

ଇତ୍ୟବସରେ ପ୍ରାସାଦ ମଧରୁ ପ୍ରଚଣ୍ଡ ଘଡ଼ଘଡ଼ି ତୁଲ୍ୟ ଗର୍ଜନ ଶୁଭିଲା ।

ମହାରାଜ ଜରାସନ୍ଧଙ୍କ ଗର୍ଜନ ।

ପ୍ରାସାଦର ପ୍ରାଚୀର ଧସିପଡ଼ିଲା ପରି ଜଣାଗଲା ।

କମ୍ପି ଉଠିଲେ ପ୍ରହରୀଗଣ ।

ମହାରାଜଙ୍କ ଗୋଟିଏ ରଡ଼ିର ଅର୍ଥ କେତେଜଣଙ୍କର ମୃତ୍ୟୁ ।

କାହାର ମୁଣ୍ଡ ଗଡ଼ିବ ।

ଏଇଟା ଶେଷରାତି ବୋଲି ରକ୍ଷୀଏ ନିଜକୁ କହିଲେ ।

ଏବଂ ଅପେକ୍ଷାକଲେ ।

ଅସମ୍ଭବ କଥା । ମହାରାଣୀର କ୍ରନ୍ଦନ ଓ ମହାରାଜଙ୍କ ଗର୍ଜନ ଏକ ସମୟରେ କାହିଁକି !

ଜଣେ କେହି ରକ୍ଷୀ ବାହୁନାକାଦ ସହ ମିଶିଆସୁଥିବା କଥାରୁ ବ୍ୟାପାରଟି ବୁଝିଲା ଓ ଅନ୍ୟମାନଙ୍କୁ କହିଲା । ସମସ୍ତେ ଆଶ୍ୱସ୍ତ ମନେହେଲେ ।

ଘଟନାଟି ଅତି ଦୁଃଖଦାୟକ । ମହାରାଜ ଜରାସନ୍ଧଙ୍କର ଦୁଇ କନ୍ୟା ଆସ୍ତି ଓ ପ୍ରାପ୍ତି ବିଧବା ହୋଇଯାଇଥିଲେ ।

"ତେବେ ତ ଯୁଦ୍ଧ ଆସନ୍ନ । ମହାରାଜ ଜରାସନ୍ଧ ପୃଥିବୀ ଛାରଖାର କରିଦେବେ ।" – କେହି ଜଣେ ମନ୍ତବ୍ୟଦେଲା ।

"ତାହା ଅବଶ୍ୟ ଘଟିବ !" – ଅନ୍ୟମାନଙ୍କର ନୀରବ ସମର୍ଥନ ।

ମଗଧରାଜ ଜରାସନ୍ଧର ଜ୍ୱାଇଁ ଥିଲା ମଧୁପୁରୀର ରାଜା କଂସ । କଂସ ଭିତରେ ସେ ଦେଖିଥିଲା ବିରାଟ ସମ୍ଭାବନା । ବାପ ଉଗ୍ରସେନକୁ ରାଜଗାଦିରୁ ବିତାଡ଼ିତ କରି ନିଜେ ଜୋରବଦସ୍ତ ରାଜାହେବା ଘଟନାକୁ ଜରାସନ୍ଧ ସମର୍ଥନ କରିଥିଲା । ଏଇଥିପାଇଁ ଯେ ତାହା ତା'ର ଶୌର୍ଯ୍ୟବୀର୍ଯ୍ୟର ପରିଚୟକ । ଏପରି ମନେକରିଥିଲା ଜରାସନ୍ଧ । ଏତଦ୍ ବ୍ୟତୀତ କଂସର ଦୈହିକ ବଳ ଜରାସନ୍ଧର ପସନ୍ଦ ହେଲା । ଏବଂ କଂସଠାରେ ସେ ଦେଖିଲା ଜ୍ୱାଇଁ ହେବାର ଉପଯୁକ୍ତ ଗୁଣ ସମୂହ । ଏବଂ ଯୋଗ୍ୟ ପାତ୍ରଟିଏ । ଜଣେ ଦୁର୍ଦ୍ଦାନ୍ତ ଅନ୍ୟ ଜଣେ ଦୁର୍ଦ୍ଦାନ୍ତକୁ ପସନ୍ଦ କଲାଭଳି ବ୍ୟାପାର ।

ଦୁଇଜଣଙ୍କ ମଧ୍ୟରେ ବନ୍ଧୁ ସମ୍ବନ୍ଧ ହେଲେ, ସାରା ବିଶ୍ୱକୁ ସେମାନେ ପଦାନତ କରି ରଖ୍ୟପାରିବେ ।

ଏକଦା । କେଉଁ ସୁକ୍ଷଣରେ କଂସ ଭ୍ରମଣରେ ଆସିଥିଲା ମଗଧ । ଜରାସନ୍ଧ ତାକୁ ଏମିତି ଅଭ୍ୟର୍ଥନା ଜଣେଇଲା ଯେ ପ୍ରୀତ ହୋଇଗଲା କଂସ । ସେହି ଅବସରରେ ଜରାସନ୍ଧ ବିବାହ ପ୍ରସ୍ତାବହେଲା, ଦୁଇକନ୍ୟାଙ୍କ ସହିତ ।

କଂସ ସମ୍ମତଦେଲା ଓ ବାହା ହୋଇପଡ଼ିଲା ମଗଧରେ ।

ଏବଂ କିଛିକାଳ ବିତେଇ ଦୁଇପତ୍ନୀଙ୍କୁ ଧରି ବାହୁଡ଼ିଗଲା ମଧୁପୁରୀ ।

ବେଶ୍ କିଛିକାଳ ପର୍ଯ୍ୟନ୍ତ ଶଶୁର ଓ ଜ୍ୱାଇଁଙ୍କ ମଧ୍ୟରେ ବିରୁଦ୍ଧଧାରାରେ ମେଳ ରହିଲା ।

ପରେ ପରେ ଏମିତି ଘଟନା ଘଟିଲା ଯେ ଜ୍ୱାଇଁର ଆଚରଣକୁ ପସନ୍ଦ କରିପାରିଲା ନାହିଁ ଜରାସନ୍ଧ । ଫଳତଃ, ହେଲା ମତାନ୍ତର ଓ ମନାନ୍ତର ।

କଥାହେଲା, ଅପରିମିତ ଦୈହିକବଳର ଅଧିକାରୀ ଜରାସନ୍ଧ ପଡ଼ୋଶୀ ରାଜାମାନଙ୍କ ପ୍ରତି ଦୁର୍ଦ୍ଧାନ୍ତଥିଲେ ମଧ୍ୟ ପ୍ରଜାଙ୍କ ପ୍ରତିଥିଲା ଦୟାବନ୍ତ । ସାଧାରଣ ପ୍ରଜାଙ୍କର ମଙ୍ଗଳ ସେ ସତତ ରୁହୁଁଥିଲା ।

କିନ୍ତୁ ସେ ଲକ୍ଷ୍ୟକଲା, ଜ୍ୱାଇଁ କଂସ ସାଧାରଣ ମଣିଷଙ୍କ ପ୍ରତି ହିଂସ୍ର ଆଚରଣ କରୁଛି । ସେ ଦୁଃଖ କଲା, ହେଲେ ଚୁପ୍‌ରହିଲା । କାରଣ ଭାବିଲା, ଜ୍ୱାଇଁ ହୁଏତ ତା କଥା ନମାନିପାରେ । ମାତ୍ର ଶେଷରେ ଏପରି ସମ୍ବାଦଟିଏ ପାଇଲା, ଯାହା ତା'ର ହୃଦୟକୁ କୋରିବିଦାରି ପକେଇଲା ସତେବା ।

କଂସ ତା'ର ରାଜ୍ୟସାରା ଦୁଷ୍ଟଦୁର୍ଦ୍ଧାନ୍ତ ଚର ପଠାଇ ଶିଶୁମାନଙ୍କୁ ଜୀବନରୁ ମାରିଦେଉଛି । ତାକୁ କାଳେ କେଉଁ ବାବାଜୀ କହିଛି, ତା' ଭଉଣୀର କେଉଁ ଶିଶୁପୁତ୍ର ତା ମୃତ୍ୟୁର କାରଣ ହେବ ।

ଆରେ ତୋ ଶଶୁର ଜରାସନ୍ଧ, ଭୁଲିଯାଉଛୁ କେମିତି ! ଇଏ ଗୋଟେ କାରଣ ହୋଇପାରେ ? ତୋ ଉପରେ ବିପଦ ପଡ଼ିବ ତ ସୈନ୍ୟବଳ ନେଇ ମୁଁ ପହଞ୍ଚିଯିବି । ତା'ବୋଲି ରାଜ୍ୟକୁ ଶିଶୁଶୂନ୍ୟ କରିଦେବୁ ! ଘୋର ପାପ !! ଏହିପରି ଭାବି, ଜରାସନ୍ଧ ମଧୁପୁରୀରେ ପହଞ୍ଚଗଲା । ଉଦ୍ଦେଶ୍ୟ, ଜ୍ୱାଇଁଙ୍କୁ ବୁଝେଇ ପାପକର୍ମରୁ ନିବୃତ୍ତ କରାଇବ ।

ସେ ପହଞ୍ଚିଦେଖିଲା, କଂସର ପାଗଳଅବସ୍ଥା । କେଉଁଠି କେତେ ଶିଶୁମାଲେ ସେ ଗଣୁଛି ଓ ପାଗଳ ପରି ହସୁଛି । ଶିଶୁରଙ୍କୁ ଦେଖି ମଧ ସେ ଦେଖୁନଥିଲା ।

"ତୁମେ ଅଯଥାରେ ଶିଶୁଗୁଡ଼ାକୁ ବଧ କରୁଛ କାହିଁକି ?" – ଜରାସନ୍ଧ ପଚାରିଲା ।

ଶୁଣିବା ମାତ୍ରେ କଂସ କାନ୍ଦିଲା ।

"ଜଣେ ସାଧୁ କହିଛନ୍ତି, ମୋ ଭଣଜା ମୋତେ ମାରିଦବ । ଭଣଜାକୁ ଭିଣୋଇ କେଉଁଠି ଲୁଚେଇ ଦେଇଛି ମୁଁ ଜାଣିପାରୁନାହିଁ । ଯେବେ ସବୁ ଶିଶୁଙ୍କୁ ମାରିଦିଆଯାଏ ତା' ଭିତରେ ସେ ମଧ ମରିବ ହାଃ..... ହାଃ....." କହିଲା । ପରେ ଉନ୍ମାଦଙ୍କ ପରି ହସିଲା କଂସ ।

ଜରାସନ୍ଧ ମନେପକେଇଲା ନିଜ ଜନ୍ମ କଥା । ମଲାଛୁଆ ହୋଇ ସେ ଜନ୍ମହୋଇଥିଲା । ଜଣେ ଦେବୀପ୍ରତିମା ତାକୁ ବଞ୍ଚେଇ ଦେଇଥିଲେ । ସେ ଦିନର ମଲାଛୁଆ ଆଜି ମଗଧର ରାଜା ଓ ପୃଥିବୀରେ ଅପ୍ରତିଦ୍ବନ୍ଦୀ ବୀର ।

ଅତଏବ୍‍ ଶିଶୁଙ୍କୁ ବଞ୍ଚେଇବା କଥା । ମରୁଥିବା ଶିଶୁଙ୍କ ଭିତରୁ କିଏ ହୁଏତ ତା'ଭଳି ଯୋଦ୍ଧା ହୋଇଥାନ୍ତେ । ଆହାଃ !

ଜରାସନ୍ଧ କହିଲା, "ଗୋଟେ କେଉଁ ବାବାଜୀର କଥାରେ ତୁମେ ଶିଶୁବଧ କରୁଛ । ଶିଶୁ ଓ ନାରୀ ଅବଧ ।"

କଂସର ପାଗଳା ମୁଣ୍ଡ ଅଧିକ ପାଗଳା ହେଇଗଲା ।

ତା'ର ହିତାହିତ ଜ୍ଞାନ ଲୋପପାଇଲା ।

କହିଲା, "ତୁମେ ତେବେ ମୋର ମୃତ୍ୟୁ ଚାହୁଁଛ ! ମୁଁ ମରିଗଲେ ମଧୁପୁରୀକୁ ଭୋଗକରିବ । ନୁହଁ ? ଶୁଣ, ତୁମେ ଫେରିଯାଅ ଓ ନିଜ ରାଜ୍ୟରେ ମଣିଷଙ୍କୁ ସେ ଶିକ୍ଷାଦିଅ । ମୋ ରାଜ୍ୟରେ ତୁମ ଶିକ୍ଷା ଚଲିବନାହିଁ ।"

ତା'ପରେ ଆପକୁ ଆପ ବରବର ହେଲା – ଯେଉଁ ରାଜା ଅନ୍ୟ ରାଜାଙ୍କୁ ବାନ୍ଧିଆଣି ବନ୍ଦୀକରି ରଖିଛି ବଲିଦେବା ପାଇଁ, ସେ ମୋତେ ନୀତିଶିକ୍ଷା ଦେଉଛି । ଦୁର !

ଜରାସନ୍ଧ ଅପମାନିତ ବୋଧକଲା ।

ଏବଂ କ୍ରୁଦ୍ଧିତ ହେଲା ।

ଏବଂ ରହିଁଲା ଦୁଇ କନ୍ୟାଙ୍କ କାନ୍ଦୁରା ମୁହଁକୁ ।

ଏବଂ ବୁଝିଗଲା, ତା’ କ୍ରୋଧର ମୂଲ୍ୟନାହିଁ ।

ଏବଂ କଂସକୁ ତା’ହାଲରେ ଛାଡ଼ି ଫେରିଆସିଲା ।

ସେବେଠୁ ଜ୍ୱାଇଁ ସହ ଜରାସନ୍ଧର ସମ୍ପର୍କ ଭଲନଥିଲା । ସେ ଯଥାସମୟରେ ସମ୍ବାଦ ପାଇଥିଲା ଯେ ଜ୍ୱାଇଁ ଧନୁଯଜ୍ଞ କରୁଛି । ନିମନ୍ତ୍ରଣ ପାଇଥିଲେ ମଧ୍ୟ ପୂର୍ବ ଅପମାନକୁ ମନେପକେଇ ସେ ଗଲାନାହିଁ । କିନ୍ତୁ ମନ ମଧ୍ୟରେ ଜ୍ୱାଇଁର କୁଶଳ ମନାସିଲା ।

ଏବେ ଶୁଣୁଛି କଂସ ମରିଗଲା ।

ଧନୁଯଜ୍ଞର ଅନ୍ତିମ ଦିବସରେ ।

ମାରିଦେଲେ ତା’ର ଦୁଇ ଭଣଜା ।

ଦୁଇଟି ବାଳକ ।

ତା’ର ଅର୍ଥ, କଂସ ଠିକ୍ କହୁଥିଲା ।

ସେ ଉପସ୍ଥିତ ଥିଲେ ଏପରି ଅଘଟନ ଘଟିନଥାନ୍ତା ।

ଅନୁତାପାନଳରେ ଜଳୁଥିଲା ଜରାସନ୍ଧ ।

ହେଲେ ସେ ଅର୍ବାଚୀନ ବାଳକ ଦୁଇଜଣ କିଏ !

ମୁଁ ସେମାନଙ୍କୁ ନିପାତ କରିବି ।

ଏବଂ ଧ୍ୱଂସ କରିଦେବି ମଧୁପୁରୀ ରାଜ୍ୟ ।

ପାଗଳ ପ୍ରାୟ ଗର୍ଜନକଲା ଜରାସନ୍ଧ ।

“ପିତା, ଆମେ କରିବୁ କ’ଣ !” – ଜରାସନ୍ଧର ପାଦତଳେ ପଡ଼ିଗଲେ ଅସ୍ତି ଓ ପ୍ରାପ୍ତି ।

ସେମାନଙ୍କ ମା’ ଘଡ଼ିଘଡ଼ି ମୂର୍ଚ୍ଛାଯାଉଥିଲେ ।

କନ୍ୟାଙ୍କଠୁ ସବିଶେଷ ବୁଝିଲା ଜରାସନ୍ଧ । ବାଳକ ଦୁଇଜଣ ବଳରାମ ଓ କୃଷ୍ଣ । ଜ୍ୟେଷ୍ଠ ବଳରାମ ଶକ୍ତିମାନ ହେଲେ ମଧ୍ୟ ସୁଧାର ପ୍ରକୃତିର । ହେଲେ କନିଷ୍ଠ କୃଷ୍ଣ ମହାକପଟୀ ଓ ଛଳପ୍ରିୟ । ସେହି କୃଷ୍ଣ ବାସ୍ତବରେ କଂସ ମୃତ୍ୟୁର ମୁଖ୍ୟ ବିଧାଣୀ ।

"ମୁଁ କୃଷ୍ଣକୁ ହତ୍ୟାକରିବି ଓ ଧ୍ୱଂସ କରିବି ମଧୁପୁରୀ ।" – ସେହି ରାତିରେ ପ୍ରତିଜ୍ଞାକଲା ଜରାସନ୍ଧ ।

କନ୍ୟା ଦୁହେଁ ପିତାଙ୍କ ଆଶ୍ୱାସନା ଶୁଣି ଖୁସିହେଲେ । ସେମାନେ ଅବହିତ ଥିଲେ, ସହସ୍ର ମତ୍ତହସ୍ତିର ବଳର ଅଧିକାରୀ ଥିଲେ ସେମାନଙ୍କ ପିତା ।

ସତ୍ୟ । ଜରାସନ୍ଧ ଅଦ୍ଭୁତ ଦୈହିକ ଶକ୍ତିର ଅଧିକାରୀଥିଲା । ତା'ର ଜନ୍ମକାଳୁ ବଜ୍ର ହୋଇଯାଇଥିଲା ତା'ର ଶରୀର ......

ଜରାସନ୍ଧର ଜନ୍ମ ଏକ ଦୈବୀଘଟନା ।

ବହୁକାଳ ପୂର୍ବର କଥା । ମଗଧ ଦେଶରେ ଜଣେ ରାଜା ଶାସନ କରୁଥିଲେ । ତାଙ୍କ ନାଁ ବୃହଦ୍ରଥ । ସେ ଯେପରି ପରାକ୍ରମଶାଳୀ, ସେପରି କ୍ଷମାଶୀଳ ଓ ବିଚାରବନ୍ତ । ଦେଶବାସୀ ତାଙ୍କର ଜୟଗାନ କରନ୍ତି ।

କାଶୀରାଜାଙ୍କର ଦୁଇ ଯମଜ କନ୍ୟାଙ୍କୁ ସେ ବିବାହ କରିଥିଲେ । ପ୍ରତ୍ୟହ ରାଜକାର୍ଯ୍ୟ ସମାପନ ଅନ୍ତେ ସେ ଯେତେବେଳେ ରାଣୀହଂସପୁରେ ପ୍ରବେଶ କରନ୍ତି, ବିଷମ ସମସ୍ୟାର ସମ୍ମୁଖୀନ ହୁଅନ୍ତି ।

ଅର୍ଥ, ସେ ଶୁଣନ୍ତି ରାଣୀ ଦୁହିଁଙ୍କର ସୁଁ ସୁଁ କ୍ରନ୍ଦନ ।

କାହିଁକି ?

କଥା ହେଉଛି, ବିବାହର ବହୁବର୍ଷ ପରେ ମଧ ସେ ନିଃସନ୍ତାନ ଥିଲେ ।

ବୃହଦ୍ରଥଙ୍କର ରାଣୀଦ୍ୱୟଙ୍କୁ ସାନ୍ତ୍ୱନା ବ୍ୟର୍ଥ ଯାଏ ।

ଦିନ ବିତିଯିଲେ ।

ପୂଜାପାଠ ଦେବାର୍ଚ୍ଚନା ସବୁ ନିଷ୍ଫଳଯାଏ ।

ବୃହଦ୍ରଥଙ୍କର ବିମର୍ଷଭାବ ଦିନକୁ ଦିନ ବଢ଼ିଯିଲେ ।

ନିଃସନ୍ତାନ ଭାବେ ସେ ମୃତ୍ୟୁ ଲଭିବେ, ଏହା ସ୍ୱସ୍ତରୁ ସ୍ୱସ୍ତତର ହୁଏ ।

ଦିନେ ବୃଦ୍ଧ ରାଜପୁରୋହିତ ରାଜାଙ୍କୁ ଏକାନ୍ତରେ ଭେଟିବା ପାଇଁ ଇଚ୍ଛା ପୋଷଣ କଲେ । ରାଜା ସମ୍ମତ ହେଲେ ।

"ଗୋପନ କଥା ଏକ କୁହନ୍ତି ମଣିମା !" – କହିଲେ ବୃଦ୍ଧ ରାଜପୁରୋହିତ ।

"କିନ୍ତୁ କଥାଟି ରାଷ୍ଟ୍ର ନହେବା ରୁହି ।"

ବୃଦ୍ଧ ରାଜପୁରୋହିତଙ୍କ ଉପରେ ରାଜାଙ୍କର ଅଗାଧ ବିଶ୍ୱାସଥିଲା ।

"ନିଃସଙ୍କୋଚ କହିବା ହୁଅନ୍ତୁ" - କହିଲେ ରାଜା ।

"ନଗରଠୁ ବହୁ ଦୂରରେ ଉତ୍ତର ଦିଗରେ ଗଲେ ଘଞ୍ଚଅରଣ୍ୟ ପଡ଼ିବ । ବନ୍ୟପଶୁ ସଙ୍କୁଳ ଅରଣ୍ୟ । ଯେଉଁ ପର୍ବତକୁ ଘେରି ଅରଣ୍ୟ ସୃଷ୍ଟି ହୋଇଛି, ସେହି ପର୍ବତର ଏକ ଗୁହାରେ ଜଣେ ସାଧୁ ରୁହନ୍ତି । ଅରଣ୍ୟବାସୀମାନେ କୁହନ୍ତି ତାଙ୍କ ନାଁ ଦଣ୍ଡକୌଶିକ । କିନ୍ତୁ ବିଚିତ୍ର କଥା ହେଲା, ସାଧୁ ଦଣ୍ଡକୌଶିକ ମାସର ଗୋଟିଏ ଦିନ ବ୍ୟତୀତ ଅନ୍ୟଦିନେ କଥା କହନ୍ତି ନାହିଁ । ପୂର୍ଣ୍ଣିମା ଦିନ ଗୁହା ବାହାରକୁ ଆସନ୍ତି ଓ କଥା କହନ୍ତି । ଏବଂ ଗୁହା ବାହାରେ ଚନ୍ଦ୍ରାଲୋକରେ ଉଜାଗର ରହି ନିଶିପୁହାନ୍ତି । କାରଣଟି ତାଙ୍କୁ ଜଣା ।"

"ସେଇଠୁ ?" - ରାଜାଙ୍କଠାରେ କୌତୂହଲ ।

"ମଣିମା ଯେବେ ସାଧୁଙ୍କୁ ସନ୍ତୁଷ୍ଟ କରିପାରିବେ, ମଣିମାଙ୍କର ସନ୍ତାନହୀନ ଦୋଷ ରହିବ ନାହିଁ ।"

- ମୋତେ ପଥ ବତାଅ!

"ମଣିମାଙ୍କୁ ମୁଁ କି ପଥ ଦେଖେଇବି ! ମଣିମା ସ୍ୱୟଂ ପଥ ନିର୍ଣ୍ଣୟ କରିପାରିବେ ।"

ରାଜା ବୃହଦ୍ରଥ ବୁଝିଗଲେ । ଏବଂ ପରଦିନଠୁ ତାଙ୍କୁ ଓ ରାଣୀଦ୍ୱୟଙ୍କୁ ରାଜଉଆସରେ ଦେଖିବାକୁ ମିଳିଲାନାହିଁ ।

ରାଜା କେଉଁ ଆଡ଼େ ଗଲେ ରାଜପୁରୋହିତଙ୍କ ବ୍ୟତୀତ କେହି ଜାଣିପାରିଲେ ନାହିଁ ।

ଅଗନାଅଗନି ବନସ୍ତ । ରାଜା ଓ ରାଣୀଦ୍ୱୟ ଗୁହା ବାହାରେ ଉପବାସରେ ବସିଛନ୍ତି । ତଳେ ହିଂସ୍ର ପଶୁମାନଙ୍କର ପଙ୍ଗତ । କିନ୍ତୁ ସେମାନେ ସୁଧାର ମନେହେଉଥାନ୍ତି, ସତେବା ରାଜା ଓ ରାଣୀଙ୍କର ସୁରକ୍ଷା ଦାୟିତ୍ୱ ସେମାନଙ୍କର ।

ସାଧୁ ଦଣ୍ଡକୌଶିକଙ୍କର ଦେଖାନାହିଁ ।

ବିତିଗଲା ଦିନ ପରେ ଦିନ ।

ପୂର୍ଣ୍ଣିମା ପହଞ୍ଚିଲା ।

ରାତି ପାହିନାହିଁ ଗୁହାରୁ ବାହାରିଲେ ସାଧୁ ।

ଦ୍ୱାରଦେଶରେ ତିନିଜଣଙ୍କୁ ଦେଖି ନଦେଖିଲା ପରି ଚାଲିଗଲେ ।

ବସିଗଲେ ଗୋଟିଏ ଆମ୍ବଗଛ ତଳେ ।

ଅଗତ୍ୟା ରାଜା ଓ ରାଣୀ ତାଙ୍କ ପାଦତଳେ ନିଉନହୋଇ ବସିରହିଲେ ।

ଦଣ୍ଡକୌଶିକ ନୀରବ ।

ସେ ବୁଝୁଥିଲେ ରାଜାରାଣୀ ଆସିଛନ୍ତି ।

ମଧ୍ୟାହ୍ନ ସମୟ ଗଡ଼ିଲା । କାହାର ମୁହଁରେ ଭାଷା ନାହିଁ । ନା ସାଧୁ ନା ରାଜାରାଣୀ । ସାଧୁ ସ୍ୱେଚ୍ଛାରେ ପଚରିବାକୁ ରାଜାରାଣୀଙ୍କର ଅପେକ୍ଷା । ଉପବାସରେ ଦେହରୁ ଶିରୀ ତୁଟିଗଲାଣି ।

ଆଉ କେଇ ଘଡ଼ିପରେ ସନ୍ଧ୍ୟା ହେବ । ଆକାଶରେ ଦିଶିବ ପୂର୍ଣ୍ଣଚନ୍ଦ୍ର । ସ୍ଥିର ନିଶ୍ଚଳ ହୋଇ ବସିଥିବା ସାଧୁ ହଲଚଲ ହେଲେ । କିଛି କହିବା ଥିଲା ତାହାର ସୂଚନା ।

ହଁ, ଦଣ୍ଡକୌଶିକ ମୁହଁଖୋଲିଲେ ।

କହିଲେ, "କାହିଁକି ଦେହକୁ କଷ୍ଟଦେଉଛ ?"

ରାଣୀଦ୍ୱୟ ପାଟିରେ ଲୁଗାରପି କାନ୍ଦ ବନ୍ଦକରୁଥିବା ବେଳେ ରାଜା କାରଣଟି କହିଲେ ।

"ଦିନଦିନ ଉପବାସ ଓ ଅନିଦ୍ରା ରହିଲେ ସନ୍ତାନ ହେବ ବୋଲି ତୁମକୁ କିଏ କହିଲା ?" – କହିଲେ ଦଣ୍ଡକୌଶିକ ।

ରାଜା ଓ ରାଣୀ ତଳକୁ ମୁହଁ ପୋତିଲେ ।

"ଦେଖ ରାଜାପୁଅ, ଚନ୍ଦ୍ର ଉଦୟ ହେବା ପୂର୍ବରୁ ତୁମକୁ ଏଠୁ ଚାଲିଯିବାକୁ ହେବ ।"

– ଆମକୁ ସନ୍ତାନ...... । ରାଜା ଖିନେଇଲେ ।

ସଂଯୋଗ ହେଉ କି ହେଉ ଦୈବୀସଂଯୋଗ, ପାଚିଲା ଆମ୍ବଟିଏ ସାଧୁଙ୍କ କୋଳରେ ପଡ଼ିଲା ।

"ଫଳଟିକୁ ନିଅ । ରାଣୀଙ୍କୁ ଖୁଆଇବ । ପୁତ୍ରଟିଏ ଜନ୍ମିବ । କିନ୍ତୁ ପୁତ୍ରଟିକୁ ସମ୍ଭାଳି ପାରିଲେ ହେଲା । ଯାଅ ।" – ସାଧୁ ଦଣ୍ଡକୌଶିକ ଠିଆହେଲେ । ଜଣାଗଲା ସେ ଆଉ କଥା କହିବେ ନାହିଁ ।

ରାଜାରାଣୀ ଫେରିଲେ ।

ରାଣୀଦ୍ୱୟ ଥିଲେ ରାଜାଙ୍କର ସମପରିମାଣରେ ପ୍ରିୟ ।

ଫଳଟିକୁ ଦୁଇଫାଳ କଲେ ।

ଏବଂ ପ୍ରତ୍ୟେକଙ୍କୁ ଗୋଟିଏ ଗୋଟିଏ ଫାଳ ଖୁଆଇଲେ ।

ସାଧୁଙ୍କର ବାକ୍ୟ ଅବଶ୍ୟ ଫଳିବ, ବୃହଦ୍ରଥଙ୍କ ବଳବତୀ ଇଚ୍ଛା ।

ସତ୍ୟ । ରାଣୀଦ୍ୱୟ ଗର୍ଭଧାରଣକଲେ । ଦିନ ଗଡ଼ିଚାଲିଲା । ରାଜା ଖୁସି । କିନ୍ତୁ ସାଧୁଙ୍କର ବାକ୍ୟ ‘ପୁତ୍ରକୁ ସମ୍ଭାଳିପାରିଲେ ହେଲା’ ତାଙ୍କୁ ରହି ରହି ଫୋଡୁଥିଲା । ସାଧୁ ଏପରି କାହିଁକି କହିଲେ !

ଉପଯୁକ୍ତ ସମୟ ପହଞ୍ଚିଲା । ରାତ୍ରିକାଳ । ଦୁଇରାଣୀ ଜନ୍ମଦେଲେ ଦୁଇଟି ପୁତ୍ର । କିନ୍ତୁ ଏ କ’ଣ !

ପ୍ରତ୍ୟେକ ରାଣୀଙ୍କ ଗର୍ଭରୁ ଜନ୍ମିଥିଲା ଫାଲେକ ପୁତ୍ର ।

ସତେବା କିଏ ମଝିରୁ ସମାନଭାବେ ଚିରିଛି ।

ପ୍ରତିଟି ଅର୍ଦ୍ଧକରେ ଗୋଟିଏ ଗୋଡ଼, ଗୋଟିଏ ହାତ, ଗୋଟିଏ ଆଖ, ପେଟ ଛାତି ମୁଣ୍ଡ ଚିରାଯାଇଛି ......

ଈସ୍ କି ବୀଭସ୍ !

ଶୁଣିବାକୁ ରୁହିଁବସିଥିବା ରାଜା ଦେଖିବାକୁ ଆସିଲେ ନାହିଁ ।

ସବୁ ଭାଗ୍ୟ ! ସେ ଗୁଣୁଗୁଣୁ ହେଲେ । କାରଣଟି ସେ ଜାଣିଗଲେ ।

ଓ କାନ୍ଦିଲେ ।

ଓ ଆବଶ୍ୟକ ନିର୍ଦ୍ଦେଶ ଦେଲେ ।

ସେହି ଅନ୍ଧାର ରାତି । ଦାସୀଦୁଇଜଣ ବିକଳାଙ୍ଗ ମୃତଶିଶୁ ଦୁଇଟିକୁ ଟୋକେଇରେ ଭରି ନଗର ବାହାରକୁ ଚାଲିଗଲେ । ପୋତିଦେବାର ଆବଶ୍ୟକତା ନଥିଲା । ନଗର ଉପକଣ୍ଠରେ ଥିବା ମହାଶ୍ମଶାନରେ ବିକ୍ଷିପ୍ତ ଭାବେ ଗଡ଼େଇଦେଲେ । ଖାଇ ଯାଆନ୍ତୁ ଶ୍ୱାନଶୃଗାଳ !

ରାଜ୍ୟବାସୀ ଉକ୍ତ ଦୁର୍ଘଟନା ସମ୍ପର୍କରେ ଅନ୍ଧାରରେ ରହିଲେ ।

ଏବଂ ଅନ୍ଧାରରେ ରହିଲେ ଠିକ୍ ପରବର୍ତ୍ତୀ ଘଟନା ସମ୍ପର୍କରେ ।

ମଧରାତ୍ରି ସେହିମାତ୍ର ଗଡ଼ିଛି ।

ବିକଟ ଗର୍ଜନଟିଏ ଶୁଭିଲା ।

ଏବଂ ଗର୍ଜନଟି ନିକଟେଇ ଆସୁଥିଲା ରାଜପ୍ରାସାଦ ଆଡ଼େ ।

ରାଜା ବୃହଦ୍ରଥ ପ୍ରମାଦ ଗଣିଲେ ।

କିଏ ଗର୍ଜନ କରୁଛି !

ପୁତ୍ର କଷ୍ଟ ଭୁଲି ସେ ସତର୍କ ରହିଲେ ।

ଅବଶେଷରେ ଗର୍ଜନଟି ପ୍ରାସାଦର ଦ୍ୱାରଦେଶରୁ ଶୁଭିଲା ।

"ମହାରାଜ ! ଡାହାଣୀ ବୁଢ଼ୀ ସାକ୍ଷାତ୍ କରିବାକୁ ଚେଞ୍ଚୁଛି । ସେ ଗୋଟିଏ ପାଛିଆରେ ଅଦ୍ଭୁତ ଶିଶୁ ଆଣିଛି । ଓଃ, କି ରଡ଼ି କରୁଛି ସେ ଛୁଆ !" – କହିଲା ଦ୍ୱାରପାଲ ।

ରାଜା ବୃହଦ୍ରଥ ନିଜେ ଉଠିଗଲେ । ଏବଂ ଘଟନା ସମ୍ପର୍କରେ ଅବହିତ ହେଲେ ।

କଥାହେଲା, ନଗରରେ ରହୁଥିଲା ଗୋଟିଏ ବୁଢ଼ୀ । ତାକୁ ଗୁଣିଜଣାବୋଲି ନଗରବାସୀ ଜାଣିଥିଲେ । ତା'ର ନାମ ଜରା । ଡାହାଣୀ ବୁଢ଼ୀ ଭାବେ ସେ ପରିଚିତ । ସେ କିନ୍ତୁ ମୃତଶବର ରକ୍ତ ମାଂସ ବ୍ୟତୀତ କିଛି ଖାଉନଥିଲା । ଅତଏବ୍ ଅଭିଲଷିତ ଖାଦ୍ୟ ଅନ୍ୱେଷଣରେ ସେ ରାତିର ଅନ୍ଧାରରେ ଘୁରିବୁଲୁଥିଲା ମହାଶ୍ମଶାନରେ ।

ସେଇ ରାତିରେ । ଶ୍ମଶାନରେ ସେ ଦେଖିଲା ଗୋଟିଏ ଶିଶୁପୁତ୍ର ଦୁଇଫାଳ ଶରୀର । ରକ୍ତ ଝରୁଛି । କିଏ ଏମିତି କଲା ! ଅବଶ୍ୟ ରାଉରାଉକରି ଚେବେଇ ଖାଇବାକୁ ସୁବିଧାହେବ । କଅଁଳ ମାଉଁସ ସୁଆଦିଆ ।

ଘରେ ରଖିଥୋଇ ଖାଇବାକୁ ସେ ମନସ୍ଥ କଲା ଓ ଶ୍ମଶାନରୁ ପାଛିଆଟିଏ ଗୋଟେଇ ଦୁଇଫାଳ ଶିଶୁକୁ ସେ ଭରିଲା । ଘରକୁ ନେଇଯିବ ।

ଆଶ୍ଚର୍ଯ୍ୟ ! ସେ ଦେଖିଲା, ଛୁଆଟି ବଞ୍ଚିଛି ଓ ହାତଗୋଡ଼ ଛାଟିବା ଆରମ୍ଭ କରିଛି । ତା'ର ଡାହାଣିଆ ବୁଦ୍ଧିରେ ସେ କାରଣଟି ଜାଣିଗଲା । ଯେ – ଏଠି ସେଠି ପଡ଼ିଥିବା ଦୁଇଫାଳକୁ ସଂଯୋଗବଶତଃ ସେ ପାଖାପାଖ ଯୋଡ଼ିଲାପରି ରଖିଥିଲା ପାଛିଆରେ । ଫଳତଃ, ପରିଣତ ହୋଇଛି ଗୋଟିଏ ପୂର୍ଣ୍ଣାଙ୍ଗ ଶିଶୁରେ । ଏବଂ ଜୀବନ୍ୟାସ ପାଇଛି ।

ଏ ଛୁଆଟା ସାଧାରଣ ନୁହଁ, ନିଶ୍ଚେ ଦୈବୀପ୍ରେରିତ ।

ତା'ର ବାତ୍ସଲ୍ୟମମତା ଜାଗିଉଠିଲା ।

କ'ଣ କରିବି ଏଇ ଶିଶୁପୁତ୍ରକୁ ନେଇ !

ରଖିପାରିବି ନାହିଁ ।

କେଉଁ ଜନ୍ମର କର୍ମଫଳରେ ଶବର ମାଂସ ଖାଇ ବଞ୍ଚୁଛି । ଏଇ ପୁତ୍ରଟି କ'ଣ ଶିଖିବ ! କେଘେଁ ଡାକିବ ମା ? କ'ଣ କରିବି ! ତଳୁଟାରେ ବସି ଭାବିଲାଗିଲା ଜରାବୁଢ଼ୀ । ଏଣେ ଶିଶୁଟି କାନ୍ଦିବା ପରିବର୍ତେ ପ୍ରଚଣ୍ଡ ରଡ଼ି କରୁଛି । ଇଏ ସାଧାରଣ ମନୁଷ୍ୟ ପିଲାନୁହଁ । ସେ ଭାବିଲା । ସେଇଠି ଶ୍ମଶାନରେ ସେ ନିଷ୍ପତି ନେଲା, ରାଜାଙ୍କୁ ଭେଟିଦେବ ଶିଶୁପୁତ୍ରକୁ କାହିଁକିନା ରାଜା ନିଃସନ୍ତାନ ।

ଶିଶୁପୁତ୍ରଟିର ଓଜନ ବଢ଼ିଚାଲିଚି ଏବଂ ଅନୁରୂପ ଭାବେ ରଡ଼ି । ଯେତେ ଶୀଘ୍ର ରାଜାଙ୍କୁ ହସ୍ତାନ୍ତର କରିବ, ଅନ୍ତତଃ ତା ନିଜପାଇଁ ମଙ୍ଗଳ । "କାହାର ପିଲା ସିଏ ! ଏମିତି ବିକଟ ଗର୍ଜନ କରୁଛି କାହିଁକି ?" - ପଚାରିଲେ ରାଜା ।

ଜରାବୁଢ଼ୀ ଯାହା ଘଟିଥିଲା ମୂଳରୁ କହିଗଲା ।

"ତେବେ ଇଏ ମୋ ପୁଅ !" - ରାଜା ବୃହଦ୍ରଥଙ୍କର ବିଚଳିତଭାବ ଆନନ୍ଦାତିଶୟ୍ୟରେ ପରିଣତ ହେଲା ।

ପହଞ୍ଚିଗଲେ ଦୁଇରାଣୀ । ଶୁଣିବା ମାତ୍ରେ ସେମାନେ କାନ୍ଦ ଭୁଲିଗଲେ । ତୋଳିନେଲେ ପୁଅକୁ ପାଛିଆରୁ ।

"ହଁ ଆମ ପୁଅ ।" ରାଣୀଦ୍ୱୟ ସତେବା ନାଚିଲାଗିଲେ ।

ବୃହଦ୍ରଥ କିନ୍ତୁ ଅନ୍ୟମନସ୍କ । ସେ ସ୍ମରଣକରୁଥିଲେ ସାଧୁ ଦଣ୍ଡକୌଶିକ ଓ ତାଙ୍କ ଉକ୍ତିକୁ । ପୁଅକୁ ସମ୍ଭାଳିପାରିବତ !

ରାଜା ଜାଣୁଥିଲେ, ପୁଅଟି ତାଙ୍କର ଅମିତ ବିକ୍ରମଶାଳୀ ହେବ । ପୃଥିବୀରେ ପରମ ଯୋଦ୍ଧା ହେବ ।

"ଜରା, ତୋ ପାଇଁ ମୋ ପୁଅ ବଞ୍ଚିଲା । ତୁ ନଥିଲେ ତାକୁ ଶିଆଳକୁକୁର ଖାଇଥାନ୍ତେ । ସେ ମୋର ପୁଅ କେବଳ ନୁହଁ, ତୋର ପୁଅ ମଧ । ତୁ ଆଜିଠାରୁ ରାଜପ୍ରାସାଦରେ ରହିବୁ ।" - କହିଲେ ରାଜା ।

ନିତ୍ୟାନନ୍ଦ ପଣ୍ଡା ❖ ୫୩

"ନା ମହାରାଜ, ମୁଁ ଏଠାରେ ରହିପାରିବି ନାହିଁ । ମୁଁ ଯେଉଁ ସାଧନା କରେ ତାହା ଏଠାରେ ବ୍ୟାହତ ହେବ । ଯେବେ ମୋର ପୁଅ କହିଲ, ତେବେ ମୋ କୋଳକୁ ଥରେ ପୁଅକୁ ଦିଅ ।" – କହିଲା ଜରାବୁଢ଼ୀ ।

ଜରାବୁଢ଼ୀର କୋଳରେ ଗଡ଼େଇ ଦିଆଗଲା ଶିଶୁପୁତ୍ରକୁ ।

ଶିଶୁର ଦେହରେ ମୁଣ୍ଡରେ ସେ ହସ୍ତଚଳନା କଲା ।

କହିଲା, "ମହାରାଜ, ପୁଅର ଦେହ ବଜ୍ର ହୋଇଗଲା । କୌଣସି ଶସ୍ତ୍ର ତା'ର କ୍ଷତି କରିପାରିବ ନାହିଁ । ଏହି ପୃଥ୍ୱୀର କୌଣସି ବୀର ତାହାର ସମକକ୍ଷ ହେବେ ନାହିଁ । ଦୈହିକ ବଳ ହେବ ସହସ୍ର ମଉହସ୍ତୀସମ । କିନ୍ତୁ ......"

"କ'ଣ କିନ୍ତୁ !" – ରାଜା କହିଲେ ।

"କୌଣସି ବୀର ତାକୁ ଦ୍ୱନ୍ଦ୍ୱଯୁଦ୍ଧରେ ମଧ୍ୟ ହରାଇପାରିବେ ନାହିଁ । ମାତ୍ର ତା'ର ଜନ୍ମ ଲଗ୍ନଭଳି ଅବସ୍ଥା କରିବାରେ ଯଦି କେହି ସଫଳ ହୁଏ, ତେବେ ତା'ର ନିଧନ ସମ୍ଭବ । ଅନ୍ୟଥା ନୁହେଁ ।" – କହିଲା ଜରା ।

– ଅର୍ଥାତ୍ !

ଦ୍ୱନ୍ଦ୍ୱ ଯୁଦ୍ଧ ସମୟରେ ଯଦି କୌଣସି ବୀର ତା'ର ଦୁଇ ଗୋଡ଼କୁ ଫାଡ଼ି ଗୋଟାକୁ ସିନ୍ଧୁନଦୀ ଏବଂ ଅନ୍ୟଟିକୁ ବଡ଼ବା ଅନଳ ମଧ୍ୟକୁ ଫିଙ୍ଗିବାକୁ ସକ୍ଷମ ହୁଏ, ତେବେ ପୁତ୍ରର ନିଧନ ସମ୍ଭବ ।" – ଜରାର ଉତ୍ତର ।

– ଏହା କ'ଣ କେବେ ସମ୍ଭବ ହୋଇପାରେ ?

"ସେକଥା ମୁଁ କହିପାରିବି ନାହିଁ ।" – ସାମାନ୍ୟ ଚିନ୍ତିତ ଥିଲା ପରି କହିଲା ଜରା । ଯାହାର ଅର୍ଥ ବୁଝିବାକୁ ଅସମର୍ଥ ଥିଲେ ରାଜା ।

ସେ ଯାହାହେଉ, ଶିଶୁପୁତ୍ରଟି ସେହି ରାତିରେ ନାମ ବହିଲା ଜରାସନ୍ଧ । ଜରାବୁଢ଼ୀ ଓ ଦୁଇଫାଳିଆ ଶିଶୁର ସନ୍ଧିରୁ ଜରାସନ୍ଧ ନାଁ ନିଷ୍ପନ୍ନ ।

●

ଯାହାକୁ ଜରାବୁଢ଼ୀ ବା ଜରା ଡାହାଣୀ କୁହାଗଲା, ତାକୁ ଭାଗବତ ଓ ମହାଭାରତ ଜରା ରାକ୍ଷସୀ ଭାବେ ଉଲ୍ଲେଖ କରିଛନ୍ତି । ମୃତ ମଣିଷ ଶରୀର ମାଂସ ଖାଉଥିବାରୁ ତାକୁ ହୁଏତ ରାକ୍ଷସୀ କୁହାଯାଇଥିବ । ନୋହିଲେ, ପ୍ରକୃତ ପକ୍ଷେ

‘ଜରା’ ଜଣେ ଉଚ୍ଚସ୍ତରର ତନ୍ତ୍ର ସାଧିକା । ଏବଂ ତନ୍ତ୍ର ସାଧନାରୁ ସିଦ୍ଧିପ୍ରାପ୍ତ ହୋଇଥିବା ଜଣେ ନାରୀ । ସେ ସାଧନା-ଲବ୍ଧ ବିଭୂତି ପ୍ରୟୋଗ କରି ଜରାସନ୍ଧର ଶରୀରକୁ ବଜ୍ରରେ ପରିଣତ କରିଦେଇଥିଲେ । ସାଧୁ ଦଣ୍ଡକୌଶିକଙ୍କର ତପୋବଳ ଓ ତନ୍ତ୍ରସାଧିକା ଜରାର ତନ୍ତ୍ର-ବିଭୂତି ଯୋଗୁଁ ଜରାସନ୍ଧ ଅମିତବିକ୍ରମଶାଳୀ ହୋଇଉଠିଥିଲା । ଏବଂ ଯେହେତୁ ଦେବୀ କୃପାରୁ ଜରାସନ୍ଧର ଜନ୍ମ, ତେଣୁ ସେ ଆଚରଣରେ ଅତ୍ୟନ୍ତ ସତ୍ୟସନ୍ଧଥିଲା । ଛଳନା କ’ଣ ସେ ଜାଣିନଥିଲା । ଆପଣାର ଦୈହିକ ସାମର୍ଥ୍ୟ ଓ ବିଶାଳ ସେନାବାହିନୀ ଉପରେ ନିର୍ଭରକରି ଯଦିବା ଅନ୍ୟରାଜ୍ୟ ଆକ୍ରମଣ କରୁଥିଲା, ସତ୍ୟପଥରୁ କେଢ଼େ ବିଚ୍ୟୁତ ହେଉନଥିଲା ।

●

ସମଗ୍ର ମଧୁପୁରୀ ଆଶଙ୍କା ଓ ଭୟ ମଧ୍ୟରେ ଦୀର୍ଘଶ୍ୱାସ ଛାଡୁଥିଲା ।

ଜରାସନ୍ଧ ପରି ବିଶ୍ୱବିଜୟୀ ବିଶାଳ ସେନାବାହିନୀ ସହ ମାଡ଼ି ଆସୁଛି ।

କ’ଣ କରିବେ ପ୍ରଜାଏ !

ଘର ଦ୍ୱାର ଛାଡ଼ି କେଉଁଆଡ଼େ ଯିବାର ଉପାୟନାହିଁ ।

ବୃଦ୍ଧରାଜା ଉଗ୍ରସେନର କ୍ଷୁଦ୍ର ସୈନ୍ୟବଳ କ’ଣ ଲଢ଼ି ପାରିବ !

ମଧୁପୁରୀର ଧ୍ୱଂସ ଅନିବାର୍ଯ୍ୟ ।

କେବଳ ଯାହା ଭରସା କୃଷ୍ଣ ଓ ବଳରାମ ।

ସେମାନେ ଯେ ଆଶ୍ରମରୁ ଆସିଛନ୍ତି ଗଲାକାଲି !

ଯୁଦ୍ଧରେ ଦକ୍ଷହେଲେ କେତେବେଳେ !

“କେହି ଶୋଚନା କରନାହିଁ । ମୁଁ ଏକୁଟିଆ ଜରାସନ୍ଧ ସହ ଲଢ଼ିବି ।” – କହିଲେ ବଳରାମ । ସେ ନିଜର ଦୈହିକ ବଳ ନେଇ ଖୁବ୍ ଆସ୍ଥାବାନ୍ ଥିଲେ ।

କୃଷ୍ଣ କହିଲେ, “ଭାଇ, ଜରାସନ୍ଧ ସହ ତୁମେ ଲଢ଼ିପାରିବ ଠିକ୍, କିନ୍ତୁ ତାକୁ ନିଧନ କରିପାରିବ ନାହିଁ । ତା’ର ଜନ୍ମ ଓ ମରଣ ଏକ ରହସ୍ୟ । ମନେ ପକାଅ ଭାଇ !”

ବଲରାମ ଚୁପ୍ ରହିଲେ ।

"କେମିତି ଲଢ଼ିବା ତେବେ !" - କହିଲେ ବଲରାମ ।

"ଆମର ଯେତିକି ସୈନ୍ୟବଳ ଅଛି, ତାକୁ ନେଇ ତୁମେ ତା'ର ବିରାଟ ସୈନ୍ୟବଳ ଉପରେ ଆକ୍ରମଣ କର ଓ ସେମାନଙ୍କୁ ଘଉଡ଼େଇ ଦିଅ ! ଜରାସନ୍ଧର ଦାୟିତ୍ୱ ମୋ ଉପରେ ଛାଡ଼ିଦିଅ । ସେ ଲଜ୍ଜା ଓ ଅପମାନକୁ ମୃତ୍ୟୁଠାରୁ ଅଧିକ ଭୟଙ୍କର । ସେତକ ମୁଁ ତାକୁ ଦେବି । ସେ ଫେରିଯିବ ।" - କହିଲେ କୃଷ୍ଣ ।

ବସୁଦେବ ଉଗ୍ରସେନ ଅକ୍ରୁର ଆଦି ଶୁଣୁଥିଲେ ଦୁଇଭାଇଙ୍କ କଥୋପକଥନ ।

ଏହି ଦୁଇଭାଇ ହିଁ ଭରସା - ସଭିଏଁ ସ୍ୱ ସ୍ୱ ରୀତିରେ ଭାବୁଥିଲେ ।

ବଲରାମ ଓ କୃଷ୍ଣଙ୍କ ନେତୃତ୍ୱରେ ଯୁଦ୍ଧ ପାଇଁ ଯଥାସମ୍ଭବ ପ୍ରସ୍ତୁତ ହେଉଥିଲା ମଧୁପୁରୀ।

<h2 align="center">(ପାଞ୍ଚ)</h2>

ପଶ୍ଚିମରେ ଦେଶଟିଏ । ଯବନଦେଶ ନାମରେ ପ୍ରସିଦ୍ଧ । ରାଜାଙ୍କର ନାମ କାଲଯବନ । ମଗଧ ରାଜା ଜରାସନ୍ଧ ସହ ତା'ର ସଖ୍ୟଥିଲା ।

ଜରାସନ୍ଧ ପରି କାଲଯବନର ଶତ୍ରୁତା ରହିଥିଲା କୃଷ୍ଣଙ୍କ ସହିତ ।

ସେଦିନ ହଠାତ୍ ଜଣେ ପରିବ୍ରାଜକ ସନ୍ନ୍ୟାସୀଙ୍କୁ ଦେଖି କାଲଯବନ ଆଶ୍ଚର୍ଯ୍ୟ ହେଲା । କାରଣ ସେ ଜାଣିଥିଲା, କୌଣସି ସମ୍ବାଦ ଦେବାର ଥିଲେ ପରିବ୍ରାଜକ ସନ୍ନ୍ୟାସୀଙ୍କର ଆଗମନ ହୁଏ ।

କି ସମ୍ବାଦ ଦେବେ ସନ୍ନ୍ୟାସୀ ! ଭଲ ନା ମନ୍ଦ !!

ସନ୍ନ୍ୟାସୀଙ୍କୁ ଜଗତର ସମସ୍ତ ସମ୍ବାଦ ଜଣା । ବଡ଼ ଅଦ୍ଭୁତ ବା ବିଚିତ୍ର ଆଚରଣ ତାଙ୍କର । ଗୀତ ଗାଇ ଗାଇ ସେ ପୃଥିବୀ ସାରା ଘୂରୁଥାନ୍ତି । ସଂଗ୍ରହ କରୁଥାନ୍ତି ସମ୍ବାଦ । ଏବଂ ଯଥାସମୟରେ ଉପଯୁକ୍ତ ମନୁଷ୍ୟ ପାଖରେ ସମ୍ବାଦ ପହଞ୍ଚାଇ ଦିଅନ୍ତି । ଉଭୟ ଭଲ ଓ ମନ୍ଦ ସମ୍ବାଦ । ନିଜକୁ ସେ ବେଧାପୁତ୍ର ବା ନାରଦ ବୋଲି କହନ୍ତି ।

କାଲଯବନ ତାଙ୍କୁ ବହୁତ ଖାତିର କରେ ।

"କେମିତି ଗଡ଼ି ପଡ଼ିଲେ !" - ଯଥୋଚିତ ସମ୍ମାନ ଜଣାଇବା ଉତ୍ତାରୁ କାଲଯବନ ପଚାରିଲା।

"ଯବନପୁଅ, ଦୁନିଆରେ ଇତିମଧରେ କେତେ ବଡ଼ ଘଟଣା ଘଟିଗଲାଣି । ତୁମେ ଜାଣିନାହଁ, ତାହା ହିଁ ଦୁଃଖ ।" – କହିଲେ ପରିବ୍ରାଜକ ସନ୍ନ୍ୟାସୀ ।

"ବିସ୍ତାରି କହିବା ହୁଅନ୍ତୁ ସନ୍ନ୍ୟାସୀ! ଦେଶ ସମସ୍ୟାରେ ବୁଡ଼ିରହି ସମ୍ବାଦ ରଖିପାରିନାହିଁ । ଦୁଃଖିତ ।" – କହିଲା କାଳଯବନ ।

– ତୁମର ଘନିଷ୍ଠ ବନ୍ଧୁ ଜରାସନ୍ଧ ଦୁଇଟି ବାଳକଙ୍କଠାରୁ ସତରଥର ପରାସ୍ତ ହୋଇ ମୁହଁ ଲୁଚେଇ କାନ୍ଦୁଛି । ସେଇମା, କୃଷ୍ଣ ବଳରାମ ଦୁଇଭାଇ  ।

"ଏପରି ଘଟିବା କଥା ନୁହଁ । ଜରାସନ୍ଧ ପରି ଯୋଦ୍ଧା! ଖଣ୍ଡମଣ୍ଡଳରେ ନାହିଁ । ତାଙ୍କୁ ପୁଣି ସେ ମେଣ୍ଢ ପିଲା ଦି'ଟା ହରେଇଦେଲେ ? ମୋତେ ଆଚମ୍ଭିତ ଲାଗୁଛି ।" – କହିଲା କାଳଯବନ ।

ବିସ୍ତାରିତ ଭାବେ ବର୍ଣ୍ଣନା ରଖିଲେ ସନ୍ନ୍ୟାସୀ ।

...... କଂସର ନିଧନ ପରେ କୋପାନଳ ହୋଇଗଲେ ଜରାସନ୍ଧ । ବିଧବା କନ୍ୟାଙ୍କ କ୍ରନ୍ଦନ ତାଙ୍କ ପିତୃହୃଦୟକୁ ଅତି କଠିନ କରିଦେଲା। ଦେହରେ ସହସ୍ର ମଉହସ୍ତୀର ବଳ, ସେଥିକୁ ତେଇଶ ଅକ୍ଷୌହିଣୀ ସେନାର ବିଶାଳ ବାହିନୀ । ଦୁଇଟି ବାଳକଙ୍କୁ ସେ ଡରନ୍ତେ ବା କାହିଁକି !

ଆକ୍ରମଣକଲେ ମଧୁପୁରୀ ।

କିନ୍ତୁ ଆଶ୍ଚର୍ଯ୍ୟ, ବଳରାମ ଓ କୃଷ୍ଣ ସ୍ୱଳ୍ପ ସଂଖ୍ୟକ ସେନାର ନେତୃତ୍ୱରେ ଜରାସନ୍ଧକୁ ଯୁଦ୍ଧରେ ସମ୍ମୁଖୀନ ହେଲେ । ବଳରାମ ଓ ଉଗ୍ରସେନ ଜରାର ବାହିନୀକୁ କ୍ଷତବିକ୍ଷତ କରିଦେଲେ । ଏତେ ବଡ଼ ବିଶାଳ ବାହିନୀ ଛତ୍ରଭଙ୍ଗ ଦେଲେ ।

ଏକୁଟିଆ ହୋଇଗଲେ ଜରାସନ୍ଧ । କୃଷ୍ଣ ତା'ସହ ଯୁଦ୍ଧ କରୁଥାନ୍ତି । ଦୈହିକ ସାମର୍ଥ୍ୟ ଉପରେ ପ୍ରଚଣ୍ଡ ଆସ୍ଥା ରଖିଥିବା ଜରା କୃଷ୍ଣଙ୍କୁ ମାରିଦେବାକୁ ଶପଥ ନେଇଥାଏ ଓ ପ୍ରଚଣ୍ଡ ରଣ କରୁଥାଏ । କିନ୍ତୁ ପରିଣତି ବଦଳିଗଲା ।

ବଳରାମ ତାଙ୍କୁ ବରୁଣପାଶରେ ବାନ୍ଧି ନିଷ୍ଫଳ କରିଦେଲେ ।

ଯବନପୁଅ, କୃଷ୍ଣଙ୍କୁ ମୁଁ ବୁଝିପାରିଲି ନାହିଁ!

– କେଉଁ କଥା! କାଳଯବନ ଜାଣିବାକୁ ରୁହିଁଲା ।

ନିରସ୍ତ ଜରାସନ୍ଧଙ୍କୁ କୃଷ୍ଣ ରୁହିଁଥିଲେ କଂସପରି ମାରିଦେଇ ପାରିଥାନ୍ତେ ।

କିନ୍ତୁ ସେ ସେପରି କଲେ ନାହିଁ । ଓଲଟି ବଡ଼ଭାଇ ବଳରାମଙ୍କୁ କହି ତା’ ଦେହରୁ ବନ୍ଧନ ଫିଟେଇଦେଲେ ।

– କାହିଁକି ? କାଳଯବନର କୌତୂହଳ ।

ସେଇତ କଥା ! ପନ୍ଦର ଶୋଳବର୍ଷର ବାଳକ କୃଷ୍ଣ । ସେ କିପରି ଓ କାହିଁକି ଜରାସନ୍ଧର ମୁଣ୍ଡକୁ ମାଡ଼ି ନିଜ ଦୁଇଗୋଡ଼ ଭିତରେ ଗଳେଇ ବାହାର କରିଦେଲେ ! ଓ ହସିଲେ ଠୋ ଠୋ !!

ତୁମେ କୁହ ଯବନପୁଅ, ଜରାସନ୍ଧ ପରି ବୀର ପ୍ରତି ଏହା ଅପମାନ ନୁହଁକି ?

ହଁ, ଜରାସନ୍ଧକୁ ବଡ଼ ଲଜ୍ଜା ହେଲା । ସେ ଧାଇଁ ପଳେଇଲା ଯୁଦ୍ଧ ଭୂଇଁରୁ ।

– ତା’ପରେ ?

ତା’ର ରଥ ଚୁରମାର । ଗଜ ଅଶ୍ୱ ମୃତ । ଅନ୍ଧାର ଭିତରେ ଧାଇଁ ପଳେଇଲା ଓ ଗଙ୍ଗାନଙ୍କ କୂଳରେ ବସି ଏକୁଟିଆ କାନ୍ଦିଲା । ଅପମାନ ଅସହ୍ୟ । ସେ ଗଙ୍ଗାଜଳରେ ଝାସଦେଇ ଆତ୍ମହତ୍ୟା କରିଥାନ୍ତା । ସୌଭାଗ୍ୟକୁ ପହଞ୍ଚିଗଲେ ପାତ୍ରମନ୍ତ୍ରୀ ରଥଟିଏ ନେଇ ।

“ଯୁଦ୍ଧରେ ଏମିତି ହୁଏ । ଶୋଚନା ଓ ରୋଦନ କରନାହିଁ । ପୁନରାୟ ଶକ୍ତି ସଂଗ୍ରହକରି ତୁମେ ଆକ୍ରମଣ କରିପାରିବ । ପିଲା ଦି’ଟା ବଲେଇ ଯିବେ ?” – ବୁଝେଇଲେ ମନ୍ତ୍ରୀ ଓ ହାତଧରି ନେଇ ରଥରେ ବସେଇଲେ ।

ଜରାସନ୍ଧ ଲଜ୍ଜା ଓ ଅପମାନ ଭୁଲିପାରୁନଥିଲା ।

ସେ ଯୁଦ୍ଧ ପ୍ରସ୍ତୁତିରେ ରହିଲା ।

ଏବଂ ରାତିର ଅନ୍ଧାର ଭିତରେ ମଧୁପୁରୀ ଆକ୍ରମଣକଲା ।

ଛାରଖାର କରିଦେଲା ମଧୁପୁରୀ ।

ମଣିଷ ବାସହୀନ ହେଲେ, ପଶୁବଳ ମଲେ ।

କିନ୍ତୁ ଯୁଦ୍ଧରେ କ୍ରମାଗତ ହାରିଲା ଜରାସନ୍ଧ ।

ଥରେ ଦୁଇଥର ନୁହଁ, ସତରଥର ।

ଆହାଃ ! କ’ଣ ହୋଇଗଲା ଜରାସନ୍ଧର !

– ସେଇଠୁ ?

ଯବନପୁଅ, ତୁମେ ମଧ୍ୟ କମ୍ ଯୋଦ୍ଧାନୁହଁ । ଜରାସନ୍ଧର ସମକକ୍ଷ ବୀର ତୁମେ । ତିନି କୋଟି ସେନାବଳ ପୃଥ୍ୱୀରେ ଅଛି କାହାର !

– ଠିକ୍ । ସେଇଠୁ ?

“ତୁମ ପାଇଁ ଭଲ ସମ୍ୱାଦଟିଏ ଅଛି ।” – କହିଲେ ପରିବ୍ରାଜକ ସନ୍ୟାସୀ ।

– ଜଲଦି କହିପକା ।

“ଜରାସନ୍ଧ ମଧୁପୁରୀ ଆକ୍ରମଣ କରିବାକୁ ବାହାରି ପଡ଼ିଲାଣି । ଏହା ତୁମ ପାଇଁ ସୁବର୍ଣ୍ଣ ସୁଯୋଗ । ତୁମେ ଯେବେ ଏହି ସମୟରେ ମଧୁପୁରୀ ଅଭିଯାନରେ ବାହାରିପଡ଼ ସେ ଟୋକା ଦୁଇଟା ବର୍ତ୍ତି ପାରିବେ ନାହିଁ । ତୁମକୁ ଜଣା କି ନାହିଁ ଜାଣେନା, ସେ ଟୋକା ଦି'ଜଣ ଗୋକୁଲ ଓ ବୃନ୍ଦାବନରେ ଗାଈ ଚରାଉଥିଲେ । ବଡ଼ ବହପ ହୋଇଗଲାଣି ସେ ଦି'ଜଣଙ୍କର । ତୁମକୁ କହିଲି, ଗ୍ରହଣ କରିବ କି ନାହିଁ ତୁମ ଇଚ୍ଛା । କିନ୍ତୁ ମନେରଖ, ଏ ସୁଯୋଗ ଆଉ ଦ୍ୱିତୀୟବାର ଆସିବ ନାହିଁ ।”

– କ'ଣ କହିଲ ତା ନାଁ ....ହଁ କୃଷ୍ଣ ! କୃଷ୍ଣକୁ ମୁଁ ଚିହ୍ନିବି କେମିତି ?

“ଏଇ କଥା ! ଶୁଣ । ବଣରେ ବୁଲୁଥିଲାତ, ତେଣୁ ଲମ୍ୱ ବନମାଳାଟିଏ ବେକରୁ ତା'ର ଝୁଲୁଥାଏ । ଏବଂ ଶ୍ରୀବ‌ସୃଚିହ୍ନ ମାନେ ଶ୍ରୀବସ୍ରର ଗୋଇଠା ଚିହ୍ନ ତା ଛାତିରେ ଥିବ, ତାହା ଏ ପର୍ଯ୍ୟନ୍ତ ଲିଭିନାହିଁ । ଏବଂ ବର୍ଣ୍ଣ ଶ୍ୟାମଳ ଓ ହଳଦିଆ ପାଟଲୁଗା ପିନ୍ଧେ । ବୁଝିଲ ?”

ଏବେ ଜାଣିଗଲି । ମୁଁ ହେଇ ସେନା ସଜକରୁଛି । ତୁମେ ଯାଆ । ଖବର ରଖିବ, କେମିତି ସେ ଗାଈଆଳଟୋକା କିଲିବିଲି ହେଇ ମରୁଛି । ମୁଁ ଜରାସନ୍ଧ ନୁହଁ ....ହାଃ ....ହାଃ....

“ଯଦି ରହିଁବି କ୍ଷେତ୍ର ଉପରେ ଉପସ୍ଥିତ ରହିବି । ଚିହ୍ନେଇଦେବି । ଆଗତୁରା ଖଲିଯାଉଛି ମୁଁ । ଦେଖାହେବ ସେଇଠି । ହଁ ଯବନପୁଅ, ରାତିବେଳ ଦେଖ୍ ଆକ୍ରମଣ କରିବ ।”

– ହଁ । ମୁଁ ପହଞ୍ଚୁଛି ।

ପରିବ୍ରାଜକ ସନ୍ୟାସୀ ଖଲିଗଲେ ।

ଏବଂ ଅନୁରୂପ ସୂଚନା ସେ ଦେଲେ ବଲରାମ ଓ କୃଷ୍ଣଙ୍କୁ ।

ବର୍ତ୍ତମାନ ସ୍ପଷ୍ଟ ହୋଇଗଲା କି ମଧୁପୁରୀ ଏକ ଭୟଙ୍କର ଆକ୍ରମଣର ସମ୍ମୁଖୀନ ହେବ । ଜରାସନ୍ଧର ତେଇଶି ଅକ୍ଷୌହିଣୀ ସେନା ଓ କାଳଯବନର ତିନିକୋଟି । କିଏ ପ୍ରଥମେ ପହଞ୍ଚିବ ଜଣାନାହିଁ । ହୁଏତ ସମାନ ସମୟରେ ପହଞ୍ଚିଯିବେ । କୃଷ୍ଣ ବିଚଳିତ ମନେହେଲେ ।

“ଭାଇ, ଆପଣଙ୍କ ବଂଶ ମଧୁପୁରୀରେ ନିରାପଦ ନୁହଁନ୍ତି ।” – ବଳରାମଙ୍କୁ କହିଲେ କୃଷ୍ଣ ।

– କ’ଣ କରିବା ! ରାଜା ଉଗ୍ରସେନ, ପିତା ବସୁଦେବ ଓ ଅକ୍ରୂର ଆଦିଙ୍କ ସହ ପରାମର୍ଶ କରାଯିବା ଉଚିତ୍ ।

ଅବିଳମ୍ବେ ସାତୋଟି ବଂଶର ପ୍ରମୁଖମାନଙ୍କର ଗୋପନ ବୈଠକ ଆହୂତ ହେଲା । କୃଷ୍ଣ ପରିସ୍ଥିତିର ଗାମ୍ଭୀର୍ଯ୍ୟ ବିଷୟରେ ସମସ୍ତଙ୍କୁ ଅବଗତ କରାଇଲେ । କହିଲେ –

ସତରଥର ଆକ୍ରମଣକରି ଜରାସନ୍ଧ ଯଦିବା ପରାସ୍ତ ହେଲା, ମରିପାରିଲା ନାହିଁ । ତା’ର ଜନ୍ମଲଗ୍ନ କହୁଛି ସେ ଆମଦ୍ୱାରା ମରିବନାହିଁ । ତା’ର ପ୍ରଚଣ୍ଡ କ୍ରୋଧ ଆମର ସାତୋଟି ବଂଶ ଉପରେ । ଆମେ ସିନା ରକ୍ଷାପାଇଯିବା, କିନ୍ତୁ ସାଧାରଣ ପ୍ରଜା ଅବଶ୍ୟ ଭୋଗିବେ । ତେଣୁ ମୁଁ ନିଷ୍ପତ୍ତି ନେଇଛି, ଆମେ ମଧୁପୁରୀ ଛାଡ଼ି ଅନ୍ୟତ୍ର ରହିଯିବା । ଆମପାଇଁ ସାଧାରଣ ପ୍ରଜା କାହିଁକି ହନ୍ତସନ୍ତା ଭୋଗିବେ !

“ଯେଉଁଠିକୁ ଯିବା ସେଠାକୁ ଜରାସନ୍ଧ ଯିବନାହିଁ, ଏହାର ନିଶ୍ଚିତତା କ’ଣ ଅଛି ?” – କହିଲେ ଉଗ୍ରସେନ ।

“ଏପରି ଏକ ସ୍ଥାନ ଠିକ୍ କରିଛି, ଯେଉଁଠିକୁ ଜରାସନ୍ଧ ଯାଇପାରିବନାହିଁ । ସମୁଦ୍ର ମଧରେ ଏକ ଦ୍ୱୀପ ଦ୍ୱାରାବତୀ । ଚାରିପଟେ ବେଢ଼ିଛି ଜଲରାଶି । ସମୁଦ୍ର ପରିଖା ପାରିହୋଇ ଦ୍ୱାରାବତୀ ଆକ୍ରମଣ କରିବା ସର୍ବାଦୌ ଅସମ୍ଭବ । ମହାନ୍ ଯନ୍ତ୍ରୀ ବିଶ୍ୱକର୍ମାଙ୍କୁ କହିଛି, ସେ ମଧୁପୁରୀ ପରି ଭୁବନ ନିର୍ମାଣ କରିଦେବ । ସାଧାରଣ ପ୍ରଜାମାନଙ୍କୁ ବାଦ୍‌ଦେଇ ଆମର ବଂଶଜ ଉଠିଯିବେ ଦ୍ୱାରାବତୀ । ଗୋପନରେ । ଅବଶ୍ୟ ଦ୍ୱାରାବତୀ ଏଠାରୁ  ବହୁତ ଦୂର । ଦୂରତା ଆଦୌ ବାଧକ ହେବନାହିଁ । ମୁଁ ଉପାୟ ନିର୍ଣ୍ଣୟ କରିସାରିଛି । ସମସ୍ତେ ଗୋପନରେ ପ୍ରସ୍ତୁତ ରୁହ ।” – କହିଲେ କୃଷ୍ଣ ।

“ଏବେ କରିବା କ’ଣ ! କାଳଯବନ ଯେ ମାଡ଼ି ଆସୁଛି ! ଯାହା ଜଣା ପଡ଼ୁଛି ସେ ହିଁ ପ୍ରଥମେ ପହଞ୍ଚିବ ।”– ଆଶଙ୍କା ବ୍ୟକ୍ତ କଲେ ବସୁଦେବ ।

"ଆଜି ରାତିର ଅନ୍ଧାର ମଧ୍ୟରେ ସମସ୍ତେ ଗୋପନରେ ବାହାରିପଡ଼ । ନିଜ ନିଜ ସମ୍ବଳତକ ସାଥିରେ ନେଇଯିବ । ଉତ୍ତର ଦିଗରେ ଘଞ୍ଚବନାନୀଘେରା ପ୍ରବର୍ଷଣ ପର୍ବତର କନ୍ଦରମାନଙ୍କରେ ଆଶ୍ରୟ ନିଅ । କାଳଯବନକଥା ଆମେ ଦୁଇଭାଇ ବୁଝିବୁ । ସେ ମରିବ । ମୁଁ ଛଳକରି ତାକୁ ମାରିଦେବି, ଯୁଦ୍ଧରେ ନୁହେଁ । ତାଠୁ ବିପଦ ଅପସରିଗଲା ପରେ ସମସ୍ତେ ଦ୍ୱାରାବତୀ ଫେରିଯିବ । ଆଉ ଯେତେବେଳେ ଜରାସନ୍ଧ ଆସିବ, କାହାକୁ ପାଇବନାହିଁ । ଫେରିଯିବ । ଆମକୁ ନିନ୍ଦା ଅବଶ୍ୟ ହେବ, ତେବେ ମଧୁପୁରୀବାସୀ ରକ୍ଷାପାଇଯିବେ ।" – କହିଲେ କୃଷ୍ଣ ।

ସମସ୍ତେ ଡରିଲେ ଓ ସହମତ ହେଲେ ।

ଘରଦ୍ୱାର ଛାଡ଼ିବାକୁ ପ୍ରସ୍ତୁତହେଲେ ।

ବିଧିର କି ବିଡମ୍ବନା !

ଗୋଟିଏ ମହାନବଂଶର ଦାୟାଦ ଆଜି ପଥର ଭିକାରୀ ।

ଆମ୍ଗୋପନ କରିବାକୁ ଯାଉଛନ୍ତି ପର୍ବତ କନ୍ଦରକୁ ।

ପ୍ରଜାଗଣ ନିଦ୍ରାଚ୍ଛନ୍ନ ।

କେହି ଜାଣିପାରିଲେ ନାହିଁ, ଗୋଟିଏ ମହାଦୌଡ଼ ଆରମ୍ଭ ହୋଇଯାଇଥିଲା ଅନ୍ଧାରରେ ।

ଲୁଚିବେ ।

ଜାଣନ୍ତି ନାହିଁ ପର ପରିଣତି କ'ଣ !

ହେ ଭଗବାନ୍ !

ପ୍ରବର୍ଷଣ ପର୍ବତ ।

ଏକାଦଶ ଯୋଜନ ପରିସରରେ ବ୍ୟାପ୍ତ ।

ଉଚିତା ଅନୁରୂପ

ଘଞ୍ଚବନାନୀ ଓ ଗୁହା ସଙ୍କୁଳ ।

ସେ ଆଜି ଆଶ୍ରୟଦେବ ପୃଥିବୀର ଏକ ମହାନବଂଶକୁ ।

ଭବିଷ୍ୟତ ମନେରଖିବ ଏହି ମହାଗୋପନ ଅଭିସାର ।

ବଳରାମ ଓ କୃଷ୍ଣ ଜାଣିଥିଲେ, ସେମାନଙ୍କ ବଂଶଜ ନିରାପଦ ।

ଆସୁଛି କାଳଯବନ, ସଇନ୍ୟସାମନ୍ତ ଧରି ।

ଉଗ୍ରସେନର କ୍ଷୁଦ୍ରସେନା ସହ ଦୁଇଭାଇ ପଥ ଓଗାଳିବେ ଯବନବୀରର ।

ପାରିବେ ତ ! କୃଷ୍ଣ ଚିନ୍ତାକୁଳ ।

କ'ଣ କଲେ ବିନାରକ୍ତ କ୍ଷୟରେ ଯୁଦ୍ଧକୁ ଏଡ଼େଇ ହେବ ।

ଏବଂ ନିଧନ କରିହେବ କାଳଯବନକୁ ।

ହଁ, ଆକଳନ ସତ୍ୟରେ ପରିଣତ ହେଲା ।

ରାତ୍ରିକାଳରେ ପହଞ୍ଚିଗଲା କାଳଯବନ ।

ମଧୁପୁରୀକୁ ତିନିଦିଗରୁ ଅବରୁଦ୍ଧ କଲା ।

ଚତୁର୍ଥ ଦିଗଟି ବାଦ୍‌ଦେଲା ।

କାହିଁକିନା ଅଗମ୍ୟ ବନାଞ୍ଚଳ ଦିଗରେ ଘଉଡ଼େଇ ହତ୍ୟା କରିବା ସମ୍ଭବ ।

ପରିବ୍ରାଜକ ସନ୍ନ୍ୟାସୀ ଅପେକ୍ଷାରେ ଥିଲେ । କାଳଯବନ ଓ ତା ସେନାର ।

ତାଙ୍କର ମୁଖ୍ୟକାମ କୃଷ୍ଣଙ୍କୁ ଚିହ୍ନେଇ ଦେବା । ସନ୍ନ୍ୟାସୀଙ୍କୁ ଦେଖି କାଳଯବନ ଖୁସିହେଲା ।

ଜହ୍ନ ଉଇଁଛି ଘଡ଼ିମାରି ।

ଅନେକାଂଶରେ ଫର୍ଚ୍ଚା ଦିଶୁଛି ଆଶପାଶ ।

ତିନିଦିଗରୁ ଘେରଟ କରିଛନ୍ତି ଯବନବାହିନୀ ।

ମଧୁପୁରୀବାହିନୀ କେଉଁଠି ଦିଶୁନାହାଁନ୍ତି ।

କାଳଯବନ ଖୁସି ।

ଆଜି ବିନା ବାଧାରେ ଧ୍ୱଂସର ତାଣ୍ଡବ ରଚିବ ।

ମରିବ ସେହି କପଟୀ ଗାଈଆଳ ଟୋକା କୃଷ୍ଣ ।

"ହେ ସନ୍ନ୍ୟାସୀ, ବିନା ଯୁଦ୍ଧରେ କୃଷ୍ଣକୁ ମାରି ହୁଅନ୍ତା ନାହିଁ । ମୋର ସୁନାମ ବଢ଼ନ୍ତା । ତା'ଛଡ଼ା କେହି ତ ଦିଶୁନାହାଁନ୍ତି ଯୁଦ୍ଧ କାହା ସହ କରିବି !" – କହିଲା କାଳଯବନ ।

ଅନେକ ସମୟରେ ଦୁଷ୍କର ମଧ ଚେତନା ଜାଗରିତ ହୁଏ ।

କାଳଯବନର ତାହା ହିଁ ହୋଇଥିଲା ।

ହୁଏତ ତା'ର ଅଜ୍ଞାତରେ ସେ ମାୟା କବଳିତ ହୋଇଥିଲା ।

କପଟୀ ବାଳକ କୃଷ୍ଣ ତା'ର ଲକ୍ଷ୍ୟ, ଜନ ଓ ସେନା ନୁହନ୍ତି ।

"ଯେବେ ସେହି କୃଷ୍ଣର ଦେଖାପାଆନ୍ତି, ତା କାମ ସାରି ବାହୁଡ଼ି ଯାଆନ୍ତି । ସୁହୃଦ ଜରାସନ୍ଧ ମଧ ନିଶ୍ଚିନ୍ତ ହୁଅନ୍ତା ।" - ପରଢ଼ିଲା କାଳଯବନ ସନ୍ନ୍ୟାସୀଙ୍କୁ ।

- ସାଧୁ ବିରଖର ଯବନପୁଅ । ହେଲେ କୃଷ୍ଣ କାହିଁ ! ଘଡ଼ିଏ ପୂର୍ବରୁ ମୁଁ ତାକୁ ଏଠି ବୁଲୁଥିବାର ଦେଖିଥିଲି । କାହିଁଗଲା ? ହେଇ, ହେଇ ଦେଖ, ସେ ଗଛଗହଳ ମଧ୍ୟରେ ଘୂରି ବୁଲୁଛି । ପତ୍ର ସନ୍ଧିଦେଇ ପଡ଼ୁଥିବା ଜହ୍ନ ଆଲୁଅରେ ଛାଇଛାଇଆ ଦିଶୁଛି । ଦେଖିଲ ?

ସହସା ରଥରୁ ଡେଇଁପଡ଼ିଲା କାଳଯବନ ।

ନିରେଖ୍ୟ ରହିଁଲା ।

ହଁ ଗଳାରୁ ଝୁଲୁଛି ବନମାଳା ।

ପିନ୍ଧିଛି ହଳଦିଆ ପାଟ ।

ଖୋଳିରି ବାଳ ।

ହାତ ଦୁଇଟି ଜାନୁ ଛୁଉଁଛି ।

ଏହି ତ ସେହି କୃଷ୍ଣ !

ଆଜି କୃଷ୍ଣର ମୃତ୍ୟୁ ସୁନିଶ୍ଚିତ ।

"କିନ୍ତୁ ସନ୍ନ୍ୟାସୀ ପ୍ରବର ?" - ଧୀର ସ୍ୱରରେ କହିଲା କାଳଯବନ ।

- କ'ଣ !

"ସେ କଅଁଳ ଟୋକା ହାତରେ ଅସ୍ତ୍ରଶସ୍ତ୍ର କିଛି ନାହିଁ । ମୁଁ କାଳଯବନ ! ମୋ ହାତରେ ତଲୱାର ବର୍ଚ୍ଛା ମୁଦ୍ଗର ଆଦିଅଛି । ଶସ୍ତ୍ରବିହୀନ ମଣିଷ ସହ ଶସ୍ତ୍ରନେଇ ଯୁଦ୍ଧକଲେ ମୋତେ ଲୋକେ ନିନ୍ଦିବେ । ନୁହଁ ?"

- ହଁ ଧନ୍ୟତୁମେ । ତୁମର ବିରଖଧାରାକୁ ପୃଥ୍ୱୀ ସମ୍ମାନ ଜଣାଇବ ।

"ହେଇ ଦିଶୁଛି ସେ ଟୋକା । ଗଛ ସନ୍ଧିରେ ଲୁଚି ଯାଉଛି, ପୁଣି ଦିଶୁଛି । ମୁଁ ଧାଇଁ ଯିବି ଓ ତାକୁ ମାଡ଼ି ବସିବି । କାଖରେ ଜାକି ନେଇଆସିବି ଓ ବେକଟା ମୋଡ଼ି ଦେବି । କାହିଁକି ବେକାରଟାରେ ସେନାବଳ ଆଣିଲି ! ତୁମ ବୁଦ୍ଧିରେ ଯିଏ ପଡ଼ିବ !"

– ସେଇଆ କର ଯବନପୁଅ । ସେ ଟୋକା ମଲା ଏଥର । ଜରାସନ୍ଧ କାହିଁକି ହାରିଲା ମୁଁ ବୁଝିପାରୁନାହିଁ ।

ସେନାପତିଙ୍କୁ ଚୁପ୍‌ରୟ୍‌ ଠିଆହେବାକୁ ନିର୍ଦ୍ଦେଶ ଦେଇ ଫପଟିଗଲା କାଲଯବନ । ଏବଂ କୃଷ୍ଣଙ୍କର ପାଖାପାଖ୍‌ ପହଞ୍ଚିଗଲା ।

ଯଥାସମୟରେ କୃଷ୍ଣ ଜାଣିଲେ ଓ ଭୟରେ ଦୌଡ଼ିଲେ ।

ପଛରେ କାଲଯବନ ଓ ଆଗରେ କୃଷ୍ଣ ।

ଗର୍ଜନ କରୁଥାଏ କାଲ୍‌ଯବନ ଓ ପିଛା କରୁଥାଏ ।

କିନ୍ତୁ ଧରିପାରୁନଥାଏ ।

ତା ହାତ କୃଷ୍ଣଙ୍କ କେଶ ଛୁଁ ଛୁଁ ହେଉଥାଏ,

ମାତ୍ର ଖସିଯାଉଥାଏ ।

ଜନ୍ମ ଆଲୁଅରେ ଉଭୟ ଉଭୟକୁ ଦେଖିପାରୁଥାନ୍ତି ।

ଭୟରେ କୃଷ୍ଣ ପଛକୁ ରୁହୁଁଥାନ୍ତି ଓ ଧାଉଁଥାନ୍ତି ।

ଗୋଟେ ସମୟରେ ଜଣାପଡ଼ୁଥାଏ, ହେଇ କାଲଯବନ ଧରିଲା ।

କିନ୍ତୁ ନା, ସେ ଖସିଗଲେ ।

କେତେ ଦୂର କେଉଁ ଦିଗରେ କାଲଯବନ ଧାଉଁଛି, ତାକୁ ଜଣାନଥିଲା । ଦୃଷ୍ଟି ତା’ର କେବଳ କୃଷ୍ଣଙ୍କ ଉପରେ । ବର୍ତ୍ତମାନ ତା ମନରେ ଅନ୍ୟ କିଛି ନାହିଁ । ରାଜ୍ୟ ଧନ ସମ୍ପଦ ..... କିଛି ନାହିଁ । କେବଳ କୃଷ୍ଣ । ତା’ର ବିଶାଲ ବପୁ ଯୋଗୁଁ ସେ କ୍ଳାନ୍ତି ଅନୁଭବକଲା ଅବଶ୍ୟ, ତେବେ ହେଇ ଧରିପକେଇବାର କଳ୍ପନା ତାକୁ ବଳ ଯୋଗାଉଥିଲା ।

କୃଷ୍ଣ ଗୁରୁଙ୍କୁ ସ୍ମରଣ କରୁଥାନ୍ତି ଓ ଧାଉଁଥାନ୍ତି ।

କାଲଯବନ ନିଜ ନାମ ଉଚ୍ଚାରଣ କରୁଛି ଓ ଧାଉଁଛି ।

କେହି ଦେଖିବାକୁ ନାହିଁ ଆଖପାଖରେ ।

ମହାଦୌଡ଼ ଅବ୍ୟାହତ ରହିଛି ।

ବାହାରକୁ ଜଣାପଡ଼ୁଥିଲା, କେହି ସେମାନଙ୍କୁ ଦେଖିନାହାନ୍ତି । କିନ୍ତୁ ଦୁଇଜଣ ଦେଖୁଥିଲେ । ସେ ଦୁଇଜଣ ପରିଣତି କ’ଣ ହେବ ଜାଣିଥିଲେ । ସେମାନେ ହେଲେ

ସେହି ପରିବ୍ରାଜକ ସନ୍ନ୍ୟାସୀ ଓ ବଳରାମ । ଯଥେଷ୍ଟ ଦୂରତା ରକ୍ଷାକରି ସେ ଦୁହେଁ ପ୍ରଥକ୍ଭାବେ ଅନୁସରଣ କରୁଥିଲେ । ଏବଂ ଆହ୍ଲାଦିତ ଥିଲେ ।

ଆହ୍ଲାଦିତ କାହିଁକି ?

ସବୁ କାହିଁକିର ଉତ୍ତର ମିଳିବା କଷ୍ଟ ।

ପରିଣତି ହିଁ କାହିଁକିର ଉତ୍ତର ରଖେ ।

ଆଗରେ ପ୍ରବର୍ଷଣ ପର୍ବତ । କୃଷ୍ଟ ଖପ୍ ଖପ୍ ହୋଇ ଚଢ଼ିଗଲେ । କିନ୍ତୁ ..... କିନ୍ତୁ କାଳ୍ୟବନ ନିଜର ବିଶାଳ ବପୁ ଯୋଗୁଁ ପର୍ବତ ଆରୋହଣ କରିବାରେ ଅଧିକ ସମୟ ନେଲା । ଫଳତଃ, ସମ୍ମୁଖରେ କୃଷ୍ଣଙ୍କୁ ଦେଖିପାରିଲା ନାହିଁ । ତା'ର ଦୁଃଖ ହେଲା । ତଥାପି ମନ ଭିତରେ ଆଶ୍ବବାନ୍ଧିଥାଏ, ପର୍ବତ ଉପରେ କେଉଁଠି ଲୁଚିପାରିବ ନାହିଁ ସେ ମେଞ୍ଚଡ଼ ଟୋକା ।

ହଠାତ୍ କାଳ୍ୟବନ ଠିଆ ହୋଇଗଲା ।

ଆଗରେ ପଥନାହିଁ ।

ପଥନାହିଁ କି ସେ ଟୋକା ଦିଶୁନାହିଁ ।

ସେ କ୍ରୋଧ ପ୍ରକାଶକଲା ରଡ଼ିକରି ।

କିନ୍ତୁ ହାୟ ! ନିଜର ରଡ଼ି ସେ ନିଜେ ଶୁଣିଲା ।

ତେବେ ଗଲା କୁଆଡ଼େ !

ଏହି ସମୟରେ ନିଜର ଦୁର୍ବୁଦ୍ଧି ପାଇଁ ନିଜକୁ ନିନ୍ଦାକଲା କାଳ୍ୟବନ । ସେ ଯେଉଁଠି ଠିଆହୋଇ ସିଂହପରି ଗର୍ଜନ କରୁଥିଲା, ସେଠୁ ମାତ୍ର ଦଶହାତ ତଫାତ୍‌ରେ ଗୋଟିଏ ବିରାଟ ଗିରିକନ୍ଦର । କିନ୍ତୁ ତା'ର ମୁହଁ ଏକ ବଡ଼ ପଥର ଦ୍ୱାରା ବନ୍ଦ ।

ହସି ଉଠିଲା କାଳ୍ୟବନ ।

ଏହି କନ୍ଦର ମଧ୍ୟରେ ସେ ନିଶ୍ଚେ ଲୁଚିଛି ।

ଏବଂ ଗୋଟେ ଦମ୍‌ରେ ପଥରଟିକୁ ଉଠେଇ ଫୋପାଡ଼ିଦେଲା ଦୂରକୁ ।

ଏବଂ ଭିତରେ ପ୍ରବେଶ କଲା ।

ଦେଖିଲା, କମ୍ବଳ ଘୋଡ଼ିହୋଇ ଜଣେ କିଏ ଶୋଇଛି ।

ସେ ନିଃସନ୍ଦେହ ହେଲା କି ସେ ଟୋକା ନିଶ୍ଚେ ଶୋଇବାର ଛଲନା କରିଛି ।

କିନ୍ତୁ ତତେ ଛାଡୁଛି କିଏ !

ସେ ଘଡ଼ଘଡ଼ି ତୁଲ୍ୟ ହସିଲା ଓ ପ୍ରଚଣ୍ଡ ପଦାଘାତକଲା ତା' ଛାତିରେ ।

ଥରେ ନୁହେଁ, ଏକାଧିକ ବାର ।

ଥରି ଉଠିଲା କନ୍ଦରର ଅଭ୍ୟନ୍ତର ।

ତା'ପରେ ଯାହା ଘଟିଲା ସଂପୂର୍ଣ୍ଣ ଅବିଶ୍ୱସନୀୟ । ଅବିଶ୍ୱସନୀୟ ଓ ଅତୀବ ଦୁଃଖଦାୟକ । କମ୍ବଳ ଘୋଡ଼ିହେଇ ଯିଏ ଶୋଇଥିଲା ସେ ଲମ୍ବଦାଢ଼ୀ ସମ୍ବଲିତ ଜଣେ ଯୋଗୀପ୍ରାୟ ମଣିଷ । କୃଷ୍ଣ ନୁହଁ ।

କମ୍ବଳ ଉତାରି ଗାଢ଼ ନିଦ୍ରାରୁ ଉଠିଲା ଲମ୍ବଦାଢ଼ୀ ମଣିଷଟି ।

ମୋ ନିଦ୍ରାଭଙ୍ଗ କଲା କିଏ ସେ ମୂର୍ଖ !

ସେ ଉଠିବସିଲା ଓ ଆଖିମେଲିଲା ।

ଆଖିମେଲି ରୁହିଁଲା ନିଦ୍ରାଭଙ୍ଗକାରୀକୁ ।

ବାସ ! ସରିଗଲା,

ଲମ୍ବଦାଢ଼ୀ ମଣିଷର ଆଖିରୁ ଜନ୍ମିଲା ପ୍ରଚଣ୍ଡଅଗ୍ନି ।

ସେ ଅଗ୍ନି ପାଉଁଶ ସ୍ତୁପଟିଏରେ ପରିଣତ କରିଦେଲା କାଳଯବନକୁ ।

କିଛି ବୁଝିବା ପୂର୍ବରୁ ସେ ପାଉଁଶ ହୋଇଗଲା ।

ଲମ୍ବଦାଢ଼ୀ ମଣିଷଟି ଦୁଃଖକଲା । କିଏ ଏଇ ମଣିଷ ? ପାଉଁଶ ହୋଇଗଲା ! କାହିଁକି ମୋର ଛାତିକୁ ବାରବାର ଗୋଇଠା ମାରିଲା । ଏଡ଼େ ନିର୍ବୋଧ ସିଏ ! ହେଲେ ମୋ ଚକ୍ଷୁରୁ ଅଗ୍ନି ଜାତ ହେଲା କାହିଁକି ! ଲମ୍ବଦାଢ଼ୀ ମଣିଷଟିର ପାଖରେ ଉତ୍ତର ନଥିଲା ।

ଲମ୍ବଦାଢ଼ୀ ମଣିଷଟି କିଏ ! ସେ କାହିଁକି ପର୍ବତ ଶିଖର ଗୁହାରେ ଏକାନ୍ତ ନିର୍ଜନ ସ୍ଥାନରେ ଶୋଇଥିଲା ।

●

ଚଳିତ ମନ୍ୱନ୍ତରର ଆଦ୍ୟଭାଗର କଥା । ପରସ୍ପରର ଚିରଶତ୍ରୁ ଦେବତା ଓ ଦାନବ ଭୟାନକ ଯୁଦ୍ଧରେ ଲିପ୍ତ ରହିଥିଲେ ।

ଦେବତାଗଣ ବିଜ୍ଞ ସଭ୍ୟ ଓ କପଟୀ, କିନ୍ତୁ ଦାନବମାନେ ଦୁର୍ଦ୍ଦାନ୍ତ ଓ ସରଳ । ଉଚ୍ଚଭୂମି ଅର୍ଥାତ୍ ସ୍ୱର୍ଗରାଜ୍ୟରେ ବାସକରନ୍ତି ଦେବଗଣ । ଅନ୍ୟପକ୍ଷରେ ନିମ୍ନଭୂମି ଅର୍ଥାତ୍ ରସାତଳରେ ରାଜ୍ୟ ବସେଇଥାନ୍ତି ଦାନବକୁଳ । ସମ୍ପର୍କରେ ସେମାନେ ଭାଇ ଭାଇ । ମାତ୍ର ଦେବଗଣ ଦାନବମାନଙ୍କୁ ଅସଭ୍ୟ ଅନାର୍ଯ୍ୟ କହି ନ୍ୟୂନ ଦୃଷ୍ଟିରେ ଦେଖନ୍ତି । ଅନ୍ୟପକ୍ଷରେ ଦାନବଗଣଙ୍କର ସୃଷ୍ଟି ପ୍ରଥମେ ହୋଇଥିବାରୁ ଆପଣାକୁ ଜ୍ୟେଷ୍ଠ ମନେକରନ୍ତି । ସୁତରାଂ ଶ୍ରେଷ୍ଠତ୍ୱକୁ ନେଇ ଉଭୟ ଗୋଷ୍ଠୀ ମଧ୍ୟରେ ମନାନ୍ତର ଓ କଳହ । ମନାନ୍ତର ଓ କଳହ ପରିଣତ ହେଲା ଭୟଙ୍କର ରଣରେ । ଦାନବମାନଙ୍କ ଆକ୍ରମଣକୁ ପ୍ରତିହତ କରିପାରିଲେ ନାହିଁ ଦେବଗଣ । ସାହାଯ୍ୟ ଭିକ୍ଷାକଲେ, ଇକ୍ଷ୍ୱାକୁ ବଂଶର ରାଜା ତଥା ମାନ୍ଧାତାଙ୍କ ପୁତ୍ର ମୁଚକୁନ୍ଦଙ୍କୁ । ଦେବଗଣଙ୍କର ସେନାପତି କାର୍ତ୍ତିକେୟ ଥିଲେ ମଧ୍ୟ ବାରବାର ହାରୁଥାନ୍ତି ସେମାନେ ।

ମୁଚକୁନ୍ଦ ସମ୍ମତ ହେଲେ ଓ ଦୁର୍ଦ୍ଦାନ୍ତ ଦାନବଗଣଙ୍କ ସହ ଯୁଦ୍ଧ ପାଇଁ ବାହାରହେଲେ । ରଣ ଭିନ୍ନମୋଡ଼ ନେଲା । ମୁଚକୁନ୍ଦଙ୍କ ରଣକୌଶଳ ଆଗରେ ଟିକ୍ଷିପାରିଲେ ନାହିଁ ଦାନବକୁଳ । ପରାଜୟ ଲଭିଲେ । ଅପମାନିତ ହେଲେ ଓ ଦେବଗଣଙ୍କ ବଶ୍ୟତା ସ୍ୱୀକାରକରି ଫେରିଗଲେ ଆପଣା ମୂଲକକୁ ।

ମୁଚକୁନ୍ଦଙ୍କର ପ୍ରଶଂସା ସର୍ବତ୍ର । ଦେବଗଣଙ୍କର ଅଧିପତି ଇନ୍ଦ୍ର, ଗୁରୁ ବୃହସ୍ପତି କାର୍ତ୍ତିକେୟ ଆଦି ପ୍ରମୁଖମାନେ ମୁଚକୁନ୍ଦଙ୍କୁ ସମ୍ମାନ ପ୍ରଦର୍ଶନ କରିବା ଉଠାରୁ ଘଟନାଟି ବିସ୍ତାରିତ ଭାବେ କହିଲେ । ଯେ – ଯୁଦ୍ଧ ଏତେ କାଳ ଧରି ଦିବାରାତ୍ର ଚଳିଥିଲା ଯେ କାଳ ସଚେତନ ନଥିଲେ ମୁଚକୁନ୍ଦ । ଅର୍ଥାତ୍ ସେତେବେଳକୁ ତାଙ୍କର କୁଟୁମ୍ବ ଓ ପରିଜନ ଓ ପ୍ରଜା କେଉଁକାଳୁ ମରିସାରିଥିଲେ ।

ଅଧିପତି ଇନ୍ଦ୍ର କହିଲେ—ହେ ମୁଚକୁନ୍ଦ ଶ୍ରେଷ୍ଠ ! ଆମେ ତୁମ ପାଖରେ ରଣୀ । ତୁମର ରଣ ପରିଶୋଧ ଆମର କର୍ତ୍ତବ୍ୟ । ପୁରସ୍କାର ସ୍ୱରୂପ ତୁମେ ଯାହା ମାଗିବ ଆମେ ଦେବାକୁ ପ୍ରସ୍ତୁତ । କିନ୍ତୁ ତୁମେ ଆଉ ତୁମରାଜ୍ୟକୁ ଫେରିଯାଅନାହିଁ । କାହିଁକିନା, ସେଠି ତୁମର କେହି ନାହାଁନ୍ତି । ମୋକ୍ଷ ବା ନିର୍ବାଣ ଅବଶ୍ୟ ତୁମର ପ୍ରାପ୍ୟ, ହେଲେ ତାହା ଆମର ଅଧିକାର ଅନ୍ତର୍ଭୁକ୍ତ ନୁହଁ । ବିଷ୍ଣୁ ଇଚ୍ଛାକଲେ ତାହା ସମ୍ଭବ ହେବ ।

ମୁଚକୁନ୍ଦ ନିଜର ପରିସ୍ଥିତି ବୁଝିଗଲେ । ଯେବେ ରାଜ୍ୟରେ ବା ମର୍ତ୍ୟରେ ମୋର ପରିଜନ କେହି ନାହାଁନ୍ତି ମୁଁ ଫେରିବି କେଉଁ ଗରଜରେ ! ଏବଂ ମୋକ୍ଷ ମଧ୍ୟ ମିଳିବନାହିଁ । କ'ଣ ତେବେ ଏମାନଙ୍କୁ ମାଗିବି !

ମୁଚକୁନ୍ଦ କହିଲେ – ଦିନରାତି ଯୁଦ୍ଧକରି ମୁଁ ଅଶେଷ କ୍ଲାନ୍ତ । ବହୁକାଳ ଧରି ମୁଁ ଶୋଇନାହିଁ । ମୋର କିଛି ଆବଶ୍ୟକ ନାହିଁ । ମୋର ଶୋଇବାର ବନ୍ଦୋବସ୍ତ କରନ୍ତୁ । ଯେପରି ମୋ ନିଦ୍ରାରେ ବ୍ୟାଘାତ ନଘଟେ ।

ସେଇଆ ହେଲା । ପ୍ରବର୍ଷଣ ପର୍ବତର ଏକ କନ୍ଦର ମଧ୍ୟରେ ନିକାଞ୍ଚନ ସ୍ଥାନରେ ମୁଚକୁନ୍ଦଙ୍କର ଶଯ୍ୟା ତିଆରିହେଲା । ସେ ଶୋଇବେ । ଇନ୍ଦ୍ର କହିଲେ – ହେ ବୀର ଶ୍ରେଷ୍ଠ, ତୁମେ ଗଭୀର ନିଦ୍ରାରେ ଶୋଇପଡ଼ । ତୁମର ନିଦ୍ରା କେହି ଭଙ୍ଗ କରିବେ ନାହିଁ । ଯଦି କେହି ତୁମର ନିଦ୍ରା ଭଙ୍ଗକରେ, ତୁମ ଚକ୍ଷୁରୁ ନିର୍ଗତ ହେବ ଭୟାନକ ଅଗ୍ନି । ଭଙ୍ଗକାରୀ ପାଉଁଶ ହୋଇଯିବ । ଏବଂ ସେହି ସମୟରେ ହିଁ ତୁମେ ବିଷ୍ଣୁଙ୍କୁ ସଶରୀର ଦେଖ୍ବ ଓ ମୋକ୍ଷ ଲଭିବ ।

ମୁଚକୁନ୍ଦ ଗାଢ଼ନିଦ୍ରାରେ ଶୋଇଗଲେ । ବିତିଗଲା ଦିନ ମାସ ବର୍ଷ ଯୁଗ । କାଳଯବନ ପହଞ୍ଚିଲା ବେଳକୁ ସେ ତିନିଯୁଗ ଶୋଇସାରିଲେଣି ।

●

କାଳଯବନ ପାଉଁଶ ହୋଇଯିବା ପରେ ମୁଚକୁନ୍ଦ ଋଷିପଟକୁ ଅନିଶାକଲେ । ଗୁମ୍ଫା ଭିତରେ ଆଉ କିଏ ଅଛିକି ? ନା କେହିନଥିଲେ । ନିଦ୍ରାଭଙ୍ଗ ହେବା ପରେ ଗୁମ୍ଫା ଭିତରେ ରହିବାକୁ ସେ ଇଚ୍ଛାକଲେ ନାହିଁ । ବାହାରି ଆସିଲେ ବାହାରକୁ ।

ପର୍ବତ ଶୀର୍ଷଦେଶରେ ଠିଆ ହୋଇଛନ୍ତି ମୁଚକୁନ୍ଦ । ରହୁଁଛନ୍ତି ତଳକୁ । ଏବଂ ଋଷିପଟକୁ । ତାଙ୍କ ଆଖିକୁ ପୃଥିବୀ ନୂଆ ଦିଶୁଛି ।

ଆହାଃ କେତେକାଳ ମୁଁ ଶୋଇପଡ଼ିଲି !

## (ଛଅ)

ଗିଭିଳ ବନଲତା ଭିତରୁ ବାହାରିଲେ କୃଷ୍ଣ ।

ପାଦ ଟିପି ଟିପି ସେ ଆସିଲେ ।

ଦେଖିଲେ ଗୁମ୍ଫା ବାହାରେ ଠିଆ ହୋଇଛନ୍ତି ମୁଚକୁନ୍ଦ ।

ସେ ନିଶ୍ଚିତ ହେଲେ କି କାଳଯବନ ଜଳିଯାଇଛି ।

ମୁଚକୁନ୍ଦ ଏକଲୟରେ ରହିଁଛନ୍ତି ତଳକୁ ।

ମଥାର ଜଟା ଓ ଦାଢ଼ି ଭୂଇଁରେ ଲୋଟୁଛି ।

ମୁହଁରୁ ବିକିରିତ ହେଉଛି ଆଭା ।

ଆହାଃ ! ମୁଚକୁନ୍ଦ ଜୀବନମୁକ୍ତ !

ମୋକ୍ଷପଥର ଯାତ୍ରୀ !

ମନକୁ ମନ କହିଲେ କୃଷ୍ଣ ।

ଅଚିନକ୍ ଦେଖିପକେଇଲେ ମୁଚକୁନ୍ଦ, ଗୋଟେ କଅଁଳ ଯୁବକ ତାଙ୍କ ଆଡ଼େ ଆସୁଛି । କିଏ ସେ ! ଦେହରେ ହଳଦିଆ ପାଟ । ବେକରେ ଲମ୍ବ ବନମାଳା ଓ ଶ୍ୟାମବର୍ଣ୍ଣର ଦେହ ।

ଆହାଃ ଏଡ଼ିକି ମନମୋହନ ରୂପ ତୋର !

କାହିଁ ଏଭଳି ପିଲା ଦେଖିଥିଲା ଭଳି ମନେପଡ଼ୁନି ।

ସେତିକିବେଳେ ତାଙ୍କର ମନେପଡ଼ିଲା ଶୋଇବା ପୂର୍ବର କଥା ।

ଦୁର୍ଦ୍ଦାନ୍ତ ଦାନବ ଗୋଷ୍ଠୀଙ୍କ ସହ ସେ ରଣ କରୁଥିଲେ ।

ଭୁଲିଯାଇଥିଲେ ରାତି ଆଉ ଦିନ, ଭୋକ ଆଉ ଶୋଷ ।

କାହିଁକି ତୁଚ୍ଛୋଟାରେ ଯୁଦ୍ଧ କରୁଥିଲି ।

ନାରାୟଣ ସ୍ମରଣ କରିପାରିନାହିଁ ।

ଜୀବନଟା ବେକାର ଗଲା !

ଆଉ ଏ ପିଲାଟି !

ମୋଠାରେ ପୁଲକ ଜଗାଉଛି କାହିଁକି !

କାହିଁକି ମୁଁ ତା'ପ୍ରତି ଦୁର୍ବଳ ହୋଇପଡୁଛି ?

ମୁଚକୁନ୍ଦ ଦେଖିବା ଭିତରେ କଅଁଳ ଯୁବକଟି ଆସି ତାଙ୍କ ଆଗରେ ଠିଆହେଲା । ପ୍ରଣାମ ଜଣାଇଲା ।

"ଭଲ ଅଛନ୍ତି ?" – ଯୁବକଟି ପଚରିଲା । ତା' ମୁହଁରେ ବଙ୍କାହସ ।

"ନା । କିନ୍ତୁ ତୁ କହ, ଏକୁଟିଆ ରାତିଟାରେ ଏହି ପର୍ବତ ଶିଖରେ ବୁଲୁଛୁ କାହିଁକି ? ତୋର ନାଲିଆ କଅଁଳ ପାଦ । ପଥରରେ ଘସିହୋଇ କଷ୍ଟ ହେଉଥବ ନିଶ୍ଚୟ । ଠିକ୍ ନା ?" – ପଚରିଲେ ମୁଚକୁନ୍ଦ । ସେ ଅନୁଭବ କରୁଥିଲେ ତାଙ୍କ ଦେହରୁ ଯୁଦ୍ଧକ୍ଲାନ୍ତି ଅପସାରିତ ।

: ନା, ମୋତେ କଷ୍ଟ ହୁଏନା । ରାତି କ'ଣ ଦିନ କ'ଣ ପର୍ବତ କ'ଣ ସମୁଦ୍ର କ'ଣ ସବୁଆଡ଼େ ମୁଁ ବୁଲେ । କହିଲା ନବ୍ୟଯୁବକଟି ।

ମୁଚକୁନ୍ଦ ଭାବିଲେ, ସେ ନିଜର ପରିଚୟ ନଦେଇ ଠିକ୍ କରିନାହାଁନ୍ତି ।

କହିଲେ, "ଶୁଣ ଯୁବକ, ମୁଁ ଇକ୍ଷ୍ବାକୁ ବଂଶରେ ମାନ୍ଧାତାଙ୍କ ଔରସରୁ ଜାତ । ନାମ ମୋର ମୁଚକୁନ୍ଦ । ମନେପଡୁଛି, ମୁଁ ଦାନବଙ୍କ ସହ ରଣକରୁଥିଲି । ରଣ ସରିବାପରେ କ୍ଲାନ୍ତି ମେଣ୍ଟେଇବା ପାଇଁ ଏହି କନ୍ଦରରେ ଶୋଇପଡ଼ିଥିଲି । ମନେନାହିଁ କେତେକାଳ ରଣକଲି ଓ କେତେକାଳ ଶୋଇଲି । ମତେ ଇନ୍ଦ୍ର କହିଥିଲେ, ଯିଏ ମୋର ନିଦ୍ରାଭଙ୍ଗ କରିବ ସେ ମୋ ଦୃଷ୍ଟି ପଡ଼ିବା ମାତ୍ରେ ଜଳିଯିବ । ସେଇଆ ହୋଇଛି । କେହି ଜଣେ ମୋ ଛାତିରେ ପଦାଘାତ କରି ମୋତେ ନିଦରୁ ଉଠାଇଲା । ଏବଂ ଜଳିଗଲା । ଆଚ୍ଛା, ତୁ ତା ସହ ଆସିଥିଲୁ କି ?"

: ହଁ । ସେ ମୋତେ ଗୋଡ଼େଇଥିଲା ମାରିବ ବୋଲି । ମୁଁ ଗହଳ ଗଛଲତା ଭିତରେ ଲୁଚିଗଲି । ସେ ପଶିଗଲା ଗୁମ୍ଫା ଭିତରେ । ସେ ମରିଛି ଭଲ ହୋଇଛି । ଭାରି

ଦୁଷ୍ଟଥିଲା । କହିଲା ନବ୍ୟଯୁବକଟି ।

ମୁଚକୁନ୍ଦଙ୍କର ମନେହେଉଥିଲା, ତାଙ୍କ ଭିତରେ କେମିତି ଏକ ମଧୁର ଭାବ ଖେଳିଯାଉଛି, ଯୁବକଟି ସହ କଥାହେବା ଭିତରେ । କାହିଁକି ? କିଏ ଏଇ ଯୁବକ ! ନିଦ୍ରାଯିବା ପୂର୍ବରୁ ଦେବଗଣ କହିଥିଲେ, ନିଦ୍ରାଭଙ୍ଗପରେ ମୋର ସାକ୍ଷାତ ହେବ ନାରାୟଣଙ୍କ ସହ । ମୋର ମୋକ୍ଷ ହେବ । ଏହି ଯୁବକ ନାରାୟଣ କି ? ରହସ୍ୟମୟ ଜଣାପଡୁଛି ।

ପଚାରିଲେ, "ଯୁବକ, ତୁମର ନାଁ କ'ଣ !"

କୋମଳ ମନ୍ଦହାସ୍ୟ ଖେଳିଗଲା ନବ୍ୟଯୁବକଟି ମୁହଁରେ ।

ସତେବା, ଏହି ପ୍ରଶ୍ନଟି ତା'ର ପସନ୍ଦନୁହଁ ।

କିୟ। ତୁମେ ଜାଣିନାହଁ କେମିତି !

କିୟ। ନାଁରୁ କ'ଣ ମିଳିବ !

କିୟ। ନାଁ ଜାଣିଲେ ତୁମେ କରିବ କ'ଣ !

ଯୁବକଟି କହିଲା, "କେଉଁ ନାଁ ତୁମକୁ କହିବି । ମୋର ନାଁ ଅଗଣନ । କିଏ କେତେବେଲେ କେଉଁ ନାଁ ଡାକେ ତା'ର ଇୟତ୍ତା ନାହିଁ । ହେଲେ ମୁଁ ସବୁ ନାଁ ଶୁଣେ ଓ ପାଖରେ ପହଞ୍ଚିଯାଏ ।"

ପୁନରାୟ ରହସ୍ୟମୟ କଥା । ବାଃ, ଭଲ କହୁଛି ତ !

ମୁଚକୁନ୍ଦ କହିଲେ, "ତୁମେ କେଉଁ ଘର ପୁଅ ? ବାପା ନାଁ ?"

ପ୍ରବର୍ଷଣ ପର୍ବତର ଶୀର୍ଷକୁ ଚନ୍ଦ୍ରଗ୍ରହଣ ସତେବା ଧୋଇଦେଉଛି । ସବୁକିଛି ଆବଶ୍ୟକତାଠାରୁ ଅଧିକ ଉଜ୍ଜ୍ୱଳ ଦିଶୁଛି । ମୃଦୁ ମନ୍ଦ ସୁଗନ୍ଧିପବନ ବହୁଛି । ଚନ୍ଦନବାସ ଚହଟି ଯାଉଛି । କେମିତି ଦିବ୍ୟପରିବେଶ ମନେହେଉଛି ମୁଚକୁନ୍ଦଙ୍କୁ ।

"ପିତାଙ୍କ ନାମ ପଚାରିଲ ଭଲ କଲ । ହୁଏତ ଜାଣିପାରିବ । ମୋର ପିତା ବସୁଦେବ । ତୁମପରି ବହୁ ତପୀ ମୋତେ କହୁଛନ୍ତି ବାସୁଦେବ କୃଷ୍ଣ ।" – ଯୁବକଟି ମୁହଁରେ ତେବେ ବି ମନ୍ଦହାସ୍ୟ ।

ଆଁ ବାସୁଦେବ ! ବାସୁଦେବ କୃଷ୍ଣ ! ମୁଁ ତ ଯା'ଙ୍କରି ଦର୍ଶନ ପାଇବି ବୋଲି ଦେବଗଣ କହିଥିଲେ । ମୁଁ ମୂଢ଼ !

ଆନନ୍ଦରେ ନାଚିଉଠିଲେ ମୁଚକୁନ୍ଦ ।

ଲମ୍ବ ହୋଇ ପାଦତଲେ ପଡ଼ିଗଲେ ।

ଆଖିରୁ ବହିଯାଉଛି ଆନନ୍ଦାଶ୍ରୁ ।

ଯୁଗଯୁଗର ଅଭିଲାଷ ମୋର ପୂର୍ଣ୍ଣ ହେଲା ।

କୃଷ୍ଣ ତଳୁ ତୋଲିନେଲେ ମୁଚକୁନ୍ଦଙ୍କୁ । ଆଲିଙ୍ଗନ କଲେ ।

ମସ୍ତିଷ୍କ ସମସ୍ତ ରୁଦ୍ଧଦ୍ୱାର ଖୋଲିଗଲା ମୁଚକୁନ୍ଦଙ୍କର ।

ସେ ମୋକ୍ଷପ୍ରାପ୍ତି ପାଇଁ ନିଉଛାଲି ହେଲା ।

"ତୁମେ ରାଜା ଥିଲ । ମୃଗୟା କରିଛ । ମାଂସ ଖାଇଛ । ମଣିଷ ମାରିଛ, ଯୁଦ୍ଧ ହେଲେ ମଧ । ତା'ପରେ ତିନିଯୁଗ ଶୋଇଛ । ପାପସ୍ଖାଲନ ନ ହେଲେ ମୋକ୍ଷ କାହିଁ ? ମୋକ୍ଷ ଅବଶ୍ୟ ଲଭିବ, ତେବେ ଏବେ ନୁହଁ ।"

– କ'ଣ କରିବାକୁ ହେବ !

"ଚଲିଯାଅ ବଦରିକା । ସେଠାରେ ନରନାରାୟଣ ଆଶ୍ରମରେ ତପ ସାଧନ କର । ସାଧନ କର ଅଷ୍ଟାଙ୍ଗ ଯୋଗ । ମୋକ୍ଷ ଅବଶ୍ୟ ପ୍ରାପ୍ତ ହେବ ।" – କହିଲେ ବାସୁଦେବ କୃଷ୍ଣ ।

ସେହି ରାତିରେ ମୁଚକୁନ୍ଦ ଚଲିଗଲା ।

ମନରେ ଅପାର ଆନନ୍ଦ ।

ଯେଉଁଦିନ ହେଉ ଯେତେଦିନ ଲାଗୁ ମୋକ୍ଷ ମିଳିବ । ବାସ୍ !

ଗନ୍ଧମାର୍ଦ୍ଦନ ପର୍ବତ ଅତିକ୍ରମ କଲାବେଳେ ଭାବୁଥିଲା ସେ ।

ସେ ରାତିଟି ଥିଲା ଦୀର୍ଘରାତି । ମଧୁପୁରୀ ପାଇଁ ଭୟଙ୍କର ରାତି । କାଳଯବନର ଅନ୍ତଘଟିଛି । ଆସୁଛି ଜରାସନ୍ଧ । ସାତୋଟି ବଂଶର ଦାୟାଦମାନେ ନିରାପଦରେ ଆତ୍ମଗୋପନ କରିଛନ୍ତି । ସେମାନଙ୍କୁ ଦ୍ୱାରାବତୀ ପ୍ରେରଣ କରିବାକୁ ହେବ । ଦ୍ୱାରାବତୀରେ ଭୁବନମାନ ନିର୍ମାଣ ସରିଗଲାଣି । ଜରାସନ୍ଧ ପହଞ୍ଚିବା ପୂର୍ବରୁ ସମସ୍ତେ ମଧୁପୁରୀ ଛାଡ଼ିବା ଆବଶ୍ୟକ ।

ପର୍ବତରୁ ଓହ୍ଲାଇଲେ କୃଷ୍ଣ ।

ଅପେକ୍ଷାରେ ଥିଲେ ପରିବ୍ରାଜକ ସନ୍ନ୍ୟାସୀ ଓ ବଲରାମ ।

ସନ୍ୟାସୀଙ୍କୁ ସେ ସାଧୁବାଦ ଜଣେଇଲେ ।

ଏବଂ ବିଦାୟ ଦେଲେ ।

“ଭାଇ, ଆଜି ରାତିରେ ହିଁ ଜରାସନ୍ଧ ଆକ୍ରମଣ କରିବ । ବଂଶଜମାନଙ୍କୁ ଏହି ବିରତି ମଧରେ ଦ୍ୱାରାବତୀ ପଠାଇଦେବା । ରହିଯିବା ଆମେ ଦୁଇଜଣ ।” – କହିଲେ କୃଷ୍ଣ ।

– ତେବେ ଖଗରାଜକୁ ଡକାଅ !

ଖଗରାଜ ଆସି ପହଞ୍ଚିଲା ।

ଏବଂ କେତୋଟି କିସ୍ତିରେ ସମସ୍ତିଙ୍କୁ ବୋହିନେଲା ।

ଆଶ୍ୱସ୍ତ ହେଲେ ବଳରାମ ଓ କୃଷ୍ଣ ।

ରାତି ବଢ଼ୁଥିଲା ।

ଜରାସନ୍ଧ ପହଞ୍ଚୁନଥିଲା ।

ଯେକୌଣସି ମୁହୂର୍ତ୍ତରେ ପହଞ୍ଚିପାରେ, ଦୁଇଭାଇ ନିଶ୍ଚିତ ଥିଲେ ।

“ଭାଇ କ’ଣ କରିବା ?” – ପଚାରିଲେ କୃଷ୍ଣ ।

: ଲଢ଼ିବା । ସତରଥର ହାରିଛି । ଭାବିଥିବ, ଏଥର ଜିତିବ ! କଦାଚ ନୁହଁ । କହିଲେ ବଳରାମ ।

“ଜରାସନ୍ଧର ମୃତ୍ୟୁ ଆମ୍ଭଦ୍ୱାରା ସମ୍ଭବନୁହଁ । କାହିଁକି ତେବେ ଯୁଦ୍ଧ କରିବା ?” – କହିଲେ କୃଷ୍ଣ ।

: ଶତ୍ରୁ ଆସି ପହଞ୍ଚିବା ଉପରେ । ଏମିତି କ’ଣ କହୁଛୁ ?

“ଯୁଦ୍ଧରେ ଏଥର ମଧ ସେ ହାରିବ । କିନ୍ତୁ ମୁଁ ଅନ୍ୟ କଥାଏ ଭାବୁଚି । ଭାବୁଚି, ଆମେ ଛଳକରିବା । ଯେମିତି ସେ ଜାଣିବ ଆମେ ମରିଗଲେ । ସେ ଖୁସିହୋଇ ଫେରିଯିବ । ଆଉ କଦାଚ ମଧୁପୁରୀ ଆକ୍ରମଣ କରିବନାହିଁ । ଆମେ କିନ୍ତୁ ଗୋପନରେ ଖସିଯିବା ଦ୍ୱାରାବତୀ । ପରେ ସେ ଜାଣିଲେ ଜାଣିବ । ତୁମେ ଜାଣ, ସେ ସମୁଦ୍ର ପରିଖା ଅତିକ୍ରମ କରି ଦ୍ୱାରାବତୀ ଆକ୍ରମଣ କରିପାରିବ ନାହିଁ । କାହିଁକି ଯୁଦ୍ଧରେ ସେନା କ୍ଷୟ କରିବା !” – କହିଲେ କୃଷ୍ଣ ।

ଛଳ କରିବା ! ବଳରାମ ଗୁରୁତ୍ୱର ସହ ସେହି କଥାକୁ ଭାବିଲେ । କି ଛଳ ଆଉ କରିବ ! ସତ୍ୟ, ଏହି ସାନଭାଇଟିକୁ ସେ ପିଲାକାଳୁ ବୁଝିପାରିନାହାଁନ୍ତି । କେତେବେଳେ କ'ଣ କରିବସିବ, ମହାମହା ରଥୀମାନେ ଜାଣିଲା ବେଳକୁ, ବହୁତ କିଛି ଘଟିସାରିଥାଏ । ସମସ୍ତେ ଜାଣନ୍ତି, ମାମୁ କଂସକୁ ସେ ମାରିଦେଲା, କିନ୍ତୁ ସେ ଜାଣନ୍ତି ତାହା ସଂପୂର୍ଣ୍ଣ ଅସତ୍ୟ । ମାମୁ ଅତ୍ୟନ୍ତ କ୍ରୋଧବଶତଃ, ଉଚ୍ଚ ମଞ୍ଚରୁ ଗର୍ଜନ କରି ଡେଇଁପଡ଼ିଲା ଏବଂ ଆଉ ଉଠିପାରିଲା ନାହିଁ । ତାହା ଥିଲା ଧନୁଯଜ୍ଞର ଅନ୍ତିମ ଦିବସ । ଉପବାସ ତାଙ୍କୁ ଅତି ଦୁର୍ବଳ କରିଦେଇଥିଲା । ସେଥିକୁ ଅତିଶୟ କ୍ରୋଧ ଓ ଉଚ୍ଚସ୍ଥାନରୁ ପତନ, ତାଙ୍କର ଜୀବନୀଶକ୍ତି ପ୍ରବାହକୁ ବନ୍ଦ କରିଦେଲା । ମାମୁ ମରିଗଲା । ଅବଶ୍ୟ ଏକଥା ସତ୍ୟ ଯେ କୃଷ୍ଣ ମାମୁର କେଶ ଧରି ଘୋଷାଡ଼ି ଆଣିଥିଲା ତଳକୁ । ଉପସ୍ଥିତ ପାରିଷଦ ଓ ପ୍ରଜାଏ ଜାଣିଲେ କୃଷ୍ଣ ରାଜାକଂସକୁ ମାରିଦେଲା ।

ଅତୀତରେ ଅନେକ ଛଳକପଟ ସେ ଦେଖିଛନ୍ତି କୃଷ୍ଣର ।

ଆଜି ରାତିର ଛଳଟିର ପ୍ରତ୍ୟକ୍ଷ ଦ୍ରଷ୍ଟାସେ ।

କାଳଯବନ ପରି ବୀରର ମୃତ୍ୟୁ କେବଳ ଛଳଯୋଗୁଁ ।

ମାଡ଼ି ଆସୁଛି ଜରାସନ୍ଧ ସଇନି ସହ ।

କି ଛଳ ସେ କରିବ !

ନବୁଝିପାରିଲେ ମଧ୍ୟ ସାନଭାଇର କଥାକୁ ସେ ଅଗ୍ରାହ୍ୟ କରିପାରନ୍ତି ନାହିଁ । ତା'କଥାରେ କି ଯାଦୁଥାଏ ଯେ ସେ ମୂକପାଲଟି ଯାଆନ୍ତି ।

"ଯାହା ଠିକ୍ ଭାବୁଛୁ କର ।" – କହିଲେ ବଳରାମ ।

"ରାଜା ଉଗ୍ରସେନର କ୍ଷୁଦ୍ରସେନା କୃଷ୍ଣଙ୍କ ନିର୍ଦ୍ଦେଶ ଅପେକ୍ଷାରେ । ତୁମେ ପ୍ରସ୍ତୁତ ରହିଥାଅ, ଜରାସନ୍ଧ କିନ୍ତୁ ଯୁଦ୍ଧ କରିବ ନାହିଁ" – କୃଷ୍ଣ କହିଲେ । ଏବଂ ଦୁଇଭାଇ ସମ୍ମୁଖରେ ଖାଲିହାତରେ ଟହଲମାରିଲେ ।

ଯୁଦ୍ଧବାଦ୍ୟ ସ୍ୱର୍ରୁ ସ୍ୱରତର ହେଉଛି । ମଗଧ ବାହିନୀ ଘଡ଼ିଏ ଦି'ଘଡ଼ି ମଧ୍ୟରେ ପହଞ୍ଚିଯିବେ । କି କାଣ୍ଡ କରିବସିବେ କିଏ ଜାଣେ !

ଏଥିପୂର୍ବରୁ –

ପୂର୍ବୋକ୍ତ ପରିବ୍ରାଜକ ସନ୍ନ୍ୟାସୀ ପଥରେ ଭେଟିଲେ ଜରାସନ୍ଧକୁ ।

"ସମ୍ବାଦ କ'ଣ ବାବାଜୀ !" – କହିଲା ଜରାସନ୍ଧ ।

“ତୁମର ବନ୍ଧୁ ମହାପ୍ରତାପୀ କାଳଯବନ ମସ୍ତ ଭୁଲଟିଏ କରି ବସିଲା । ଆସିଥିଲା ତୁମକୁ ସାହାଯ୍ୟ କରିବାକୁ । ହାୟ !”

: କ’ଣ ହେଲା ?

“ଗୁମ୍ଫାରେ ଶୋଇଥିଲା ବାବାଜୀଟିଏ । ତା’ଛାତିକୁ ଗୋଇଠା ମାରିଲା କୃଷ୍ଣ ଭାବି । ଜଳିଗଲା ।”

: ଜଳିଗଲା ? ସିଏ ବାବାଜୀ ସହ ଲାଗୁଥିଲା କାହିଁକି ? ମୁଁ ତୁମକୁ କେବେ କିଛି କହିଛି ? ଆହାଃ, ଜଳିଗଲା !

“ଦୁଇଭାଇ ବଳରାମ ଓ କୃଷ୍ଣ ଫାଙ୍କାଟାରେ ଏବେ ବୁଲୁଛନ୍ତି । ଯୁଦ୍ଧର ପ୍ରସ୍ତୁତି ଦେଖିଲିନାହିଁ ।”

: ତେବେ ତ ସୁଯୋଗ ଅପୂର୍ବ । ଆଜି ତାକୁ ଶେଷକରିଦେବି । ବଡ଼ ଲଜ୍ଜା ଦେଇଛନ୍ତି ସେ ଦୁଇଭାଇ !

ପରିବ୍ରାଜକ ସନ୍ନ୍ୟାସୀ ଏତକ ତଥ୍ୟ ତା ମଥାରେ ଭର୍ତ୍ତିକରି ଝୁଲିଗଲେ ।

ଅବିଳମ୍ବେ ଜରାସନ୍ଧ ପାସୋରିଦେଲା କାଳଯବନର ମୃତ୍ୟୁ ।

ସେ ଖୁସିଥିଲା ।

ଦୁଇଭାଇ ବିନା ଅସ୍ତ୍ରେ ବୁଲୁଛନ୍ତି, ଯୁଦ୍ଧ ପ୍ରସ୍ତୁତି ନାହିଁ ।

ସେ ଦୂତ ଆଗେଇଲା ମଧୁପୁରୀ ଦିଗରେ ।

ଅବଶେଷରେ, ମଗଧ ବାହିନୀ ମଧୁପୁରୀ ପହଞ୍ଚିଗଲେ । ସେତେବେଳକୁ ଆହୁରି ରାତିଅଛି ।

ସତ୍ୟ, ସେନାଙ୍କର ଉପସ୍ଥିତି ନଥିଲା ।

ମୁଁ ନିର୍ବୋଧ, ଭାବିଲା ଜରାସନ୍ଧ ।

ଏତିକିବେଳେ ସେନାଧକ୍ଷ ସମ୍ବାଦ ଦେଲା, ଦୁଇଭାଇ ବୁଲୁଛନ୍ତି ।

“ଅଶ୍ୱ ଝପଟାଇ ସେ ଦୁହିଁଙ୍କୁ ଧର ।” – ନିର୍ଦ୍ଦେଶ ଦେବା ସହିତ ନିଜେ ମଧ୍ୟ ସେମାନଙ୍କ ସହ ଯୋଗଦେଲା ।

କିନ୍ତୁ ବଳରାମ ଓ କୃଷ୍ଣ ନଥିଲେ ।

ସମ୍ବାଦ ମିଳିଲା, ସେ ଦୁହେଁ ପର୍ବତ ଆଡ଼େ ଡରି ପଳାଇଛନ୍ତି ।

"ଆରେ ଏତେ ଡରୁଆ ! ମୁଁ ଜାଣିନଥିଲି କେମିତି !" – ସ୍ୱଗତୋକ୍ତି କରିବା ସହିତ ପର୍ବତଦିଗରେ ସେନା ଋଳନା କଲା ।

ହଁ, ସେ ଦେଖିପାରିଲା ଦୂରରୁ ଦୁଇଭାଇଙ୍କୁ ।

ଅବାଟରେ ସେ ଦୁହେଁ ପର୍ବତ ଆଡ଼େ ଧାଉଁଥିଲେ ।

ଜରାସନ୍ଧର ଅଶ୍ୱ ଗଜ ରଥ ପହଞ୍ଚିବା ସମ୍ଭବ ହେଉନଥିଲା ।

ତଥାପି ତା'ର ଅନୁଧାବନରେ ବିରତି ଘଟୁନଥିଲା ।

ଅବଶେଷରେ –

ବଲରାମ ଓ କୃଷ୍ଣ ପର୍ବତ ଚଢ଼ିଯିବା ସେ ଦେଖିଲା ।

ରାତ୍ରିକାଳରେ ପର୍ବତ ଚଢ଼ିବା ସମ୍ଭବନୁହଁ ।

ତେବେ ?

ତେବେ ପର୍ବତକୁ ଋରିଦିଗରୁ ଅଗ୍ନିସଂଯୋଗ କର !

ଜରାସନ୍ଧ ନିର୍ଦ୍ଦେଶ ଦେଲା ।

ଦେଖ୍ ଦେଖ୍ ପ୍ରବର୍ଷଣ ପର୍ବତ ଗୋଟାପଣ ହୁତ୍ ହୁତ୍ ଜଳିଉଠିଲା । ପର୍ବତ ଗୋଟାପଣ ଜଳିଉଠିବା ପୃଥିବୀର ପ୍ରଥମ ଘଟନା ।

ପର୍ବତ ଜଳୁଛି । ଜଳିଜଳି ଶୀର୍ଷ ଆଡ଼କୁ ଯାଉଛି ।

ଦୂରେଇକି ଠିଆହୋଇ ହସୁଛି ଜରାସନ୍ଧ ।

ଏବେ ଯିବେ କୁଆଡ଼େ !

ନିଶ୍ଚେ ପୋଡ଼ିଜଳି ମରିବେ ।

ହଁ ପୋଡ଼ି ମରିଗଲେ । ବଲରାମ ଓ କୃଷ୍ଣ ଜଳିଗଲେ । ଓହୋଃ ସତରଥର ମୋତେ ହରେଇ ଦେଇଥିଲେ । ଏବେ ଜଗତ ଜାଣିବ, ଜରାସନ୍ଧ ପ୍ରତିଶୋଧ ନେଇଛି ।

"ମୁଁ ବିଶ୍ୱ ବିଜୟୀ !" – ଗଡ଼ଗଡ଼ି ତୁଲ୍ୟ ହସିଉଠିଲା ଜରାସନ୍ଧ ।

ସେ ନିର୍ଦ୍ଦେଶ ଦେଲା –

ଉଗ୍ରସେନର ଭୁବନରେ ପ୍ରବେଶ କର ଓ ଧନସମ୍ପଦ ବୋହିଆଣ ।

ଏବଂ ଭାଙ୍ଗି ଧ୍ୱଂସ କରିଦିଅ ସମସ୍ତ ଭୁବନ ।

ଏବଂ ଯାହାକୁ ଦେଖିବ ହତ୍ୟାକର ।

ଯେମିତି ଜଣେ ହେଲେ ବର୍ତ୍ତିପାରିବେ ନାହିଁ ।

ଅବିଳମ୍ବେ ନିର୍ଦ୍ଦେଶ କାର୍ଯ୍ୟକାରୀ ହେଲା । କିନ୍ତୁ ହାୟ! ମଧୁପୁରୀର ରାଜଭୁବନ ଫାଙ୍କା ପଡ଼ିଥିଲା । କେହି କେଉଁଠି ନଥିଲେ । କେଉଁଆଡ଼େ ଗଲେ !

"ମଣିମାଙ୍କ, ଭୟରେ ଦେଶାନ୍ତରୀ ହୋଇଛନ୍ତି ।" – ତଥ୍ୟ ରଖିଲା ସେନାପତି । ସେନାପତିର ତଥ୍ୟର ଉତ୍ତରରେ ଜରାସନ୍ଧର କାନଫଟା ହସ ଶୁଣାଗଲା । ମଗଧବାହିନୀ ବିଜୟ ଉଲ୍ଲାସରେ ପ୍ରତ୍ୟାବର୍ତ୍ତନ କଲେ ।

●

ପ୍ରଶ୍ନଉଠିବା ସ୍ଵାଭାବିକ୍ ଯେ ସମଗ୍ର ପର୍ବତ ଜଳିଯାଇଥିବା ବେଳେ ବଳରାମ ଓ କୃଷ୍ଣ ବଞ୍ଚିଗଲେ କେମିତି ! ଏହାର ଦୁଇ ପ୍ରକାର ବ୍ୟାଖ୍ୟା ସମ୍ଭବ ।

(କ) ପ୍ରଥମ ଉତ୍ତରଟି ଆମର ଧର୍ମଶାସ୍ତ୍ର-ନିର୍ଭର । ଶ୍ରୀମଦ୍ ଭାଗବତରେ ଉଲ୍ଲେଖ ଅଛି, ପର୍ବତ ଶୀର୍ଷରୁ ଲମ୍ଫ ପ୍ରଦାନକରି ସେମାନେ ଶୂନ୍ୟ ଶୂନ୍ୟ ବହୁ ଦୂର ପର୍ଯ୍ୟନ୍ତ ଉଡ଼ିଯାଇଥିଲେ । ଏହା ସର୍ବାଦୌ ଅସମ୍ଭବ ମନେହୁଏ । କିନ୍ତୁ ବଳରାମ ଓ ଶ୍ରୀକୃଷ୍ଣଙ୍କୁ ମାନବଦେହଧାରୀ ଦେବତା ଭାବେ ଗ୍ରହଣ କରିନେଲେ, ଅଧିକ ବ୍ୟାଖ୍ୟା ଅନାବଶ୍ୟକ । ବଳରାମ ଓ ଶ୍ରୀକୃଷ୍ଣ ବହୁ ଅଲୌକିକ କ୍ରିୟା ପ୍ରଦର୍ଶନ କରିଥିବା ପ୍ରମାଣ ଆମ ଧର୍ମଶାସ୍ତ୍ରରେ ରହିଛି । ଅତଏବ୍ ଏହା ସେମାନଙ୍କର ଅଲୌକିକ କ୍ରିୟା ଅନ୍ତର୍ଭୁକ୍ତ ।

(ଖ) ଦ୍ଵିତୀୟ ପ୍ରକାର ବ୍ୟାଖ୍ୟାଟି ବାସ୍ତବଧର୍ମୀ ତଥା ମାନବୀୟ । ଯେ – ପର୍ବତରେ ଅଗ୍ନିସଂଯୋଗ ହେଉଥିବା ବେଳେ ଏକ ସମୟରେ କେବେଁ ସମଗ୍ର ପର୍ବତରେ ଅଗ୍ନିସଂଯୋଗ ହୋଇନଥିବ । ଏବଂ ପର୍ବତର ବିଶାଳତା ଦୃଷ୍ଟିରୁ ଏକ ସମୟରେ ଅଗ୍ନି ସଂଯୋଗ କରିବା ଅସମ୍ଭବ ବ୍ୟାପାର । ଅତଏବ୍ ବଳରାମ ଓ ଶ୍ରୀକୃଷ୍ଣ ମଗଧ ସେନାଙ୍କ

ଅଲକ୍ଷ୍ୟରେ ଲୁଟିକିନା ଖସିଯାଇଥିବେ ଏବଂ ସମୟକ୍ରମେ ଦ୍ୱାରାବତୀରେ ପହଞ୍ଚିଥିବେ । ଏବଂ ବେଶ୍ କିଛି କାଳ ଜରାସନ୍ଧ ସ୍ୱସ୍ତିର ନିଃଶ୍ୱାସ ନେଇଥିବ ଯେ ଦୁଇଭାଇ ସେ ଦିନ ନିଆଁରେ ପୋଡ଼ିହୋଇ ପ୍ରାଣ ହରେଇଛନ୍ତି ।

ପରେ ରୁକ୍ମିଣୀ ବିବାହ କାଳରେ ଜରାସନ୍ଧ ଜାଣିପାରିଥିବ ଯେ ଶ୍ରୀକୃଷ୍ଣ ସେଦିନ ମରିନଥିଲେ । କାରଣ, ରୁକ୍ମିଣୀଙ୍କ ବିବାହ ଉସ୍ରବରେ ଉପସ୍ଥିତ ଥିଲା ଜରାସନ୍ଧ । ଅତିଥିଭାବେ ବା ବରଯାତ୍ରୀ ଭାବେ ବା ଶିଶୁପାଳର ବନ୍ଧୁଭାବେ ।

●

ପୁଅ ଦୁହେଁ କାହିଁକି ପହଞ୍ଚିଲେ ନାହିଁ ? ଦେବକୀ ଓ ବସୁଦେବ ଆଶା ଆଶଙ୍କାରେ ଥିବାବେଳେ ବଳରାମ ଓ କୃଷ୍ଣ ଦ୍ୱାରାବତୀରେ ପାଦରଖିଲେ ।

"ମା' କ'ଣ ଆଣିଛୁ ଧାଇଁଆସ ଦେଖିବ !" – ଦ୍ୱାରାବତୀ ଭୁବନର ଦ୍ୱାରଦେଶରୁ ପାଟିକରି କହିଲେ କୃଷ୍ଣ ।

ବାହାରି ଆସିଲେ ଦେବକୀ ଓ ରୋହିଣୀ ।

ସେମାନେ ଦେଖୁଥିଲେ ଦୁଇପୁଅଙ୍କୁ ।

କିନ୍ତୁ .... କିନ୍ତୁ କିଏ ଏହି ଅବଗୁଣ୍ଠନବତୀ ।

ସେମାନଙ୍କ ପାଇଁ ଏକ ବିସ୍ମୟ ।

ବଳରାମ ଥିଲେ ପଛରେ ।

ସେ ଥିଲେ ନୀରବ ।

"ଆରେ କିଏ କହ ! ତୋର ଫାଜିଲାମି ଏପର୍ଯ୍ୟନ୍ତ ଗଲାନାହିଁ ।" – କହିଲେ ଦେବକୀ ।

"ହେଇ ଦେଖ ।" କହି ଅବଗୁଣ୍ଠନ ବତୀଟିର ମଥାରୁ ଓଢ଼ଣା ଟେକିଦେଲେ, "ମୋର ଭାଉଜ ।" – କିରିକିରି ହସିଲେ କୃଷ୍ଣ ।

ସତ୍ୟ, କନ୍ୟାଟି ବଳରାମଙ୍କର ବିବାହିତା ପତ୍ନୀ ।

ନାମ ରେବତୀ ।

ନବବଧୂ ରେବତୀ ଦୁଇ ମା'ଙ୍କ ପାଦଛୁଇଁଲେ । କୋଳାଗ୍ରତ କରି ଦୁଇ ଶାଶୂ ବୋହୂଙ୍କୁ ନେଇଗଲେ ଅନ୍ତଃପୁରକୁ । ବଳରାମ ଲାଜରେ ଢାଉଁଲି ପଡ଼ୁଥିଲେ ।

"ବୋହୂକୁ ପଛରିବା ଠିକ୍ ହେବ ? ବଳରାମ ଲାଜକୁଲା । ସେ କିଛି କହିବନାହିଁ । ତୁ କହ କୃଷ୍ଣ, ବୋହୂର ପିତୃରାଜ୍ୟ ଏବଂ ....." - କହିଲେ ଦେବକୀ ।

କୃଷ୍ଣ ସବିଶେଷ ତଥ୍ୟ ରଖିଲେ -

ଭାଇ ଓ ମୁଁ କୌଶସିମତେ ଜରାସନ୍ଧଠୁ ଜୀବନ ବଞ୍ଚେଇ ଫେରୁଥିଲୁ । ପାଦରେ ଚଲିଚଲି । ପଥମଧରେ କୁଶସ୍ଥଳୀ ରାଜ୍ୟ ପଡ଼ିଲା । ରାଜ୍ୟର ରାଜା ରୈବତ । ତାଙ୍କ ପାଖରେ ପହଞ୍ଚିଲୁ । ପରିଚୟ ଦେଲୁ । ବିଶ୍ରାମ ପାଇଁ ଆତିଥ୍ୟ ଦେବାକୁ ଅନୁରୋଧକଲୁ । ସେ ଆତିଥେୟତା ଯୋଗେଇଦେଲେ । ଦୁଇଦିନ ରହଣି ପରେ ଆମେ ପୁନଃ ଯାତ୍ରାରୟ କରିବା ବେଳର କଥା ....

"ଆଚ୍ଛା ମା', ତୁ କହିଲୁ ମୁଁ ସୁନ୍ଦର ନା ଭାଇ ସୁନ୍ଦର !"

"ମୋ ଆଖିରେ ଉଭୟ ସୁନ୍ଦର । ତେବେ ବଳରାମ ଗୋରା ଓ ବଳିଷ୍ଠ ।" - ଦେବକୀ ପୁତ୍ରର ଆଖିରେ ଚୁମାଦେଲେ ।

ଠିକ୍ କହିଛ ମା, ଭାଇ ଗୋରା ଓ ବଳବାନ । କିନ୍ତୁ ରାଜା ରୈବତଙ୍କ ବୁଦ୍ଧିକୁ ଦେଖ, ସେ ତାଙ୍କ କନ୍ୟାକୁ ମୋ ବେକରେ ଛନ୍ଦିବାକୁ ପ୍ରସ୍ତାବ ଦେଲେ । ମୁଁ କ'ଣ କହିଲି ଜାଣ ମା' ?

- କ'ଣ କହିଲୁ ପୁତ୍ର !

ମୁଁ କହିଲି, "ମୋ ବଡ଼ ଭାଇ ଥାଉଥାଉ ମୁଁ ବିବାହ କରିପାରିବିନାହିଁ । ପରନ୍ତୁ ତୁମ କନ୍ୟାକୁ ମୋ ବଡ଼ଭାଇଙ୍କ ସହ ବିବାହ ଦିଅ । ଠିକ୍ କହିଲି ନା ?"

- ହଁ ପୁତ୍ର, ଉଚିତ୍ କଥା କହିଛୁ ।

..... ସେଇଠୁ ରାଜା ରୈବତ ତାଙ୍କ କନ୍ୟା ରେବତୀକୁ ଭାଇଙ୍କ ସହ ବାହାଦେଲେ । ଆହୁରି ସାତଦିନ ରହିଲୁ ତାଙ୍କ ପୁରରେ । ଭାରି ମଜା ହେଲା । ବଢ଼ିଆ ଭୋଜନ ହେଲା । ଭାଉଜଙ୍କ ହାତରନ୍ଧା ଖାଇଛୁ । ମା', ଭାଉଜ ବଢ଼ିଆ ରାନ୍ଧନ୍ତି । ତାଙ୍କୁ ରୋଷେଇ ଘର ଦାୟିତ୍ୱ ଦେବ । ସେ ସ୍ୱୟଂ ଅନ୍ନପୂର୍ଣ୍ଣା ।

ରାଜା ରୈବତ ରଥପଠେଇ ଆମକୁ ସମୁଦ୍ର ତଟରେ ଛାଡ଼ି ଦେଇଗଲେ ।

ରୋହିଣୀ ଓ ଦେବକୀ ସନ୍ତୋଷ ପ୍ରକାଶ କଲେ ।

ରୋହିଣୀ କହିଲେ, "ତୋ ପିତାଙ୍କୁ କହି ଏଥର ତୋ ବାହାଘର ସାରିବୁ ।"

"ମୁଁ କାଳିଆଟେ । ମତେ କିଏ ଝିଅଦେବ !" – କୃଷ୍ଣ ଭାଉଜ ରେବତୀଙ୍କ ପଛରେ ମୁହଁ ଲୁଚେଇ କିରି କିରି ହସିଲେ ।

ହଃ ପିଲାଗୁଡ଼ା ! ଦୁଇ ମା' ସେମାନଙ୍କୁ ନିରୋଳାରେ ଛାଡ଼ି ମୁହଁରେ ଲୁଗାଜାକି ଅନ୍ୟତ୍ର ଘୁଲିଗଲେ ।

ସମସ୍ତ ବିପଦ ଏବେ ଅନ୍ତର୍ହିତ । ଦ୍ୱାରାବତୀ ସ୍ୱସ୍ତିର ନିଃଶ୍ୱାସ ମାରୁଥିଲା ।

(ସାତ)

ଶ୍ରୀକୃଷ୍ଣ ବସିଛନ୍ତି ଅଶ୍ୱତ୍ଥ ବୃକ୍ଷମୂଳେ ।

ବୃକ୍ଷକୁ ଆଉଜି ।

ପ୍ରଭାସତୀର୍ଥର ବିସ୍ତୀର୍ଣ୍ଣ ବାଲୁକାଶଯ୍ୟା ନିର୍ଜନ ।

ଅନୁରୂପ ନିର୍ଜନ ଏରକାବନର ଅଭ୍ୟନ୍ତର ।

ପାଦପାଖରୁ ଯନ୍ତ୍ରଣା କ୍ରମଶଃ ଉଠି ଉଠି ଆସୁଛି ଉପରକୁ ।

ସେ ବଳଖଟେଇ ଦାନ୍ତଜାବି ସହୁଛନ୍ତି ।

ସହୁଛନ୍ତି ଓ ଭାବୁଛନ୍ତି ।

ଅନ୍ତିମ କର୍ମ ତାଙ୍କର ଆହୁରି ବାକିଅଛି ।

ସେ ଭଲ ପାଉଥିଲେ ଜୀବନଠୁ ଅଧିକ, ତାଙ୍କର ଜ୍ୟେଷ୍ଠା ପତ୍ନୀ ରୁକ୍ମିଣୀଙ୍କୁ । ସେ ଏବେ ଦ୍ୱାରାବତୀ ଭୁବନରେ ଉନ୍ନିଦ୍ରଥିବେ । ହୁଏତ ତାଙ୍କୁ ଓ ତାଙ୍କର ପୁତ୍ରମାନଙ୍କୁ ଅପେକ୍ଷା କରୁଥିବେ । କିମ୍ୱା ସପତ୍ନୀଙ୍କର ସହ ଗପୁଥିବେ କିମ୍ୱା ପଶାଖେଳୁଥିବେ କିମ୍ୱା .....

ଭୁଇଁ କ୍ରମାଗତ ଥରୁଛି । ରୁକ୍ମିଣୀ କ'ଣ ଜାଣିପାରୁନଥିବେ ଭୁଇଁ ଥରିବାର କାରଣ ! କେଜାଣି !

ରୁକ୍ମିଣୀଙ୍କ ରୂପ ଦିଶିଗଲା ଶ୍ରୀକୃଷ୍ଣଙ୍କୁ । ସେ ବିତେଇଥିବା ମହାର୍ଘ ଦିନଗୁଡ଼ିକୁ ମନେପକେଇଲେ .....

ବହୁବର୍ଷ ତଳର କଥା । ପ୍ରଭାତ ସମୟ । ଭୁବନର ମୁଖ୍ୟ ଦ୍ୱାରଦେଶରେ ଜଣେ ଦୂରାଗତ ବିପ୍ରଙ୍କର ଆବିର୍ଭାବ ଘଟିଲା । ବିପ୍ରଙ୍କ ମୁହଁରେ ସାମବେଦ ଗାୟନ । ଉଚ୍ଚସ୍ୱରରେ ଆବୃତ୍ତି କରୁଥାନ୍ତି ସେ ।

ସତେବା ବୃହସ୍ପତି ସ୍ୱୟଂ ।

କ'ଣ ତାଙ୍କର ଉଦ୍ଧେଶ୍ୟ ।

କେତେବେଳକେ ସେ ବେଦଗାୟନରେ ବିରତିଦେଲେ ।

ଜଣେ ରକ୍ଷୀ ବିପ୍ରଙ୍କୁ ପାଛୋଟି ନେଲେ ଅତିଥି ଭବନକୁ । ସସମ୍ଭ୍ରମ ଆଗମନର କାରଣ ପୁଚ୍ଛାକଲେ ।

"ମୁଁ ବାସୁଦେବ କୃଷ୍ଣଙ୍କୁ ସାକ୍ଷାତ୍ କରିବାକୁ ଚହୁଁଛି । ମୋର ନିବାସ କୁଣ୍ଡିନଗ୍ରରେ । ବିଶେଷ ପ୍ରୟୋଜନ ନପଡ଼ିଲେ ଏଇ ବିପ୍ର ଆସନ୍ତା ନାହିଁ ।" – କହିଲେ ବିପ୍ର ।

ରକ୍ଷୀ ଦ୍ୱାରପାଳକୁ କହିଲା । ଦ୍ୱାରପାଳ ଜଣେଇଲା ଶ୍ରୀକୃଷ୍ଣଙ୍କୁ । ଅନୁମତି ମିଳିଲା । ବିପ୍ରଙ୍କୁ ଅଭ୍ୟନ୍ତରକୁ ପାଛୋଟି ନିଆଗଲା ।

ଶ୍ରୀକୃଷ୍ଣ ବିପ୍ରଙ୍କର ପାଦ ଛୁଇଁଲେ । ଏବଂ ଉପଯୁକ୍ତ ଆସନରେ ବସାଇଲେ ।

"ଆସିବାର କାରଣ କହିବା ହୁଅନ୍ତୁ ।" – ପଚରିଲେ ଶ୍ରୀକୃଷ୍ଣ ।

ବିପ୍ର : ଏକ ବିଶେଷ କାର୍ଯ୍ୟ ସକାଶେ ଆସିବାକୁ ହେଲା । ଗୋପନ । ଅତୀବ ଗୋପନ । ବିଦର୍ଭ ରାଜଜେମାଙ୍କ ଦୂତ ରୂପେ ଆସିଛି ।

ଶ୍ରୀକୃଷ୍ଣ : ରାଜଜେମାଙ୍କର ଦୂତ !

ବିପ୍ର : ହଁ । ରାଜଜେମା ରୁକ୍ମିଣୀ ଆପଣଙ୍କ ସମ୍ପର୍କରେ ସବିସ୍ତାର ଶୁଣି ମନ ମଧ୍ୟରେ ଆପଣଙ୍କୁ ପତିରୂପେ ବରଣ କରିଛନ୍ତି ।

ଶ୍ରୀକୃଷ୍ଣ : ସେଇଠୁ ?

ବିପ୍ର : ବିଘ୍ନ ଘଟିଛି ଦେବ । ରାଜା ଭୀଷ୍ମକଙ୍କର ଇଚ୍ଛା ଆପଣଙ୍କୁ କନ୍ୟାଦାନ କରିବେ । କିନ୍ତୁ ରାଜକୁମାର ରୁକ୍ମୀ ମହାରାଜଙ୍କୁ ଭର୍ତ୍ସନା କରି ଦମଘୋଷ-ପୁତ୍ର ଶିଶୁପାଳଙ୍କୁ ବରଣ କରିଛନ୍ତି । କାରଣ ସ୍ୱରୂପ ସେ ଦର୍ଶାଇଛନ୍ତି, ଶ୍ରୀକୃଷ୍ଣ ରାଜା ନୁହଁନ୍ତି ! ଗାଈ ଜଗିବାରେ ତାଙ୍କର ବାଲ୍ୟକାଳ ବିତିଛି । ଅତଏବ୍ ଅଯୋଗ୍ୟ ପାତ୍ର ।

ଶ୍ରୀକୃଷ୍ଣ : ସେଇଠୁ ?

ବିପ୍ର : ରାଜଜେମା ମୋତେ ଗୋପନରେ ପ୍ରେରଣ କରିଛନ୍ତି । କହିଛନ୍ତି, ସେ ଆପଣଙ୍କୁ ପ୍ରାପ୍ତ ନକଲେ ଜୀବନ ହାରିଦେବେ । କହିବ, ସେ ମୋତେ ଏଠୁ ଅପହରଣ କରିନିଅନ୍ତୁ । ରାକ୍ଷସମତେ ବିବାହ କରନ୍ତୁ ।

ଶ୍ରୀକୃଷ୍ଣ : ଅପହରଣ କରିବି ! କେମିତି !

ବିପ୍ର : ସେ ଉପାୟ ବତାଇଛନ୍ତି । ଆସନ୍ତାକାଲି ଅଧିବାସ । ତାଙ୍କ ବଂଶର କୁଳାଚାର, କନ୍ୟା ଗ୍ରାମସୀମାନ୍ତରେ ଅମ୍ବିକା ପୂଜିବାକୁ ବାହାରହେବେ । ବିପ୍ରନାରୀଙ୍କ ସହିତ । ପ୍ରଭାତ କାଳରେ । ସେହି ଅବସରରେ ଆପଣ କନ୍ୟାକୁ ଅପହରଣ ଆଣିବେ ଓ ରାକ୍ଷସମତେ ବିବାହ କରିବେ ।

ଶ୍ରୀକୃଷ୍ଣ ନୀରବ ହୋଇଗଲେ । କିଛିକୁ ଗହୀରେଇ ଭାବିଲାଗିଲେ । ମନମଧରେ ଦ୍ୱନ୍ଦ । ଶିଶୁପାଳ ତା'ର ଦୁଷ୍ଟବନ୍ଧୁ ରାଜାଙ୍କ ସହ ରାଜପ୍ରାସାଦରେ ଉପସ୍ଥିତ ଥିବେ । ଅପହରଣ କରିବା ସମ୍ଭବ ହେବ ?

ଶ୍ରୀକୃଷ୍ଣଙ୍କର ଦ୍ୱିଧାଭାବ ଲକ୍ଷ୍ୟକରି କହିଲେ – ବିଲମ୍ବ କରନ୍ତୁ ନାହିଁ । ମୋର ଫେରନ୍ତା ବାଟକୁ ସେ ରହିଁ ବସିଥିବେ । ମୋଠାରୁ ଅନୁକୂଳ ଉତ୍ତର ନ ଶୁଣିଲେ କାଲି ସେ ଜୀବନ ହାରିବେ । ଶିଶୁପାଳକୁ ସେ କଦାଚ ବିବାହ କରିବେ ନାହିଁ ।

ସହସା ଶ୍ରୀକୃଷ୍ଣ ମନସ୍ଥିର କରିନେଲେ । ହଁ, ସେ ଯିବେ । ଯେତେ ବିପଦ ଆସୁପଛେ । ଜଣେ ନାରୀର ଇଚ୍ଛାକୁ ସମ୍ମାନ ଦିଆଯିବା ଆବଶ୍ୟକ ।

ସେ ତାଙ୍କର ସାରଥୀ ଦାରୁକୁ ରଥ ସଜ କରିବାକୁ କହିଲେ । ସୂଚନା ଦେଲେ, ବଳାହକ ଅଶ୍ୱ ସଂଯୋଗକର ଯାହାଫଳରେ ପବନସମ ବେଗରେ ରଥ ଯିବ ଓ ଫେରିବ ।

ଶ୍ରୀକୃଷ୍ଣଙ୍କ ରଥର ନାମ ନନ୍ଦିଘୋଷ ।

ବିପ୍ରଙ୍କୁ ସାଥିରେ ଧରି ଶ୍ରୀକୃଷ୍ଣ ରଥ ଆରୋହଣକଲେ ।

ନନ୍ଦିଘୋଷ ଛୁଟିଚାଲିଲା ।

ପହଞ୍ଚିଗଲା କୁଣ୍ଡୀନଗ୍ରରେ ପ୍ରଭାତର ଅଳ୍ପ ପୂର୍ବରୁ ।

ଏବଂ ଲୁଚିରହିଲେ ନଗ୍ରଉପକଣ୍ଠରେ ।

ଏବଂ ବିପ୍ର ଚାଲିଲେ ଜେମାଙ୍କ ପାଖକୁ ବାର୍ତ୍ତାଦେବାପାଇଁ ।

ମନମାରି ବସିଥିବା ରୁକ୍ମିଣୀ ବିପ୍ରଙ୍କଠୁ ଶୁଣି ଆଶ୍ୱସ୍ତ ହେଲେ ।

ଯଥାସମୟରେ ସମ୍ବାଦ ପାଇଲେ ବଳରାମ । ସେ ଆଶଙ୍କା କଲେ ନିଶ୍ଚୟ କୃଷ୍ଣ ପ୍ରବଳ ପ୍ରତିରୋଧର ସମ୍ମୁଖୀନ ହେବ । ଭାଇର ସହାୟ ହେବାକୁ ବଛାବଛା ଯୋଦ୍ଧାଙ୍କୁ ଧରି କୁଣ୍ଡିନଗ୍ର ବାହାରିଲେ ।

ଜରାସନ୍ଧ ଶାଲ୍ୱ ବିଦୂରଥ ପୌଣ୍ଡ୍ରକ ଆଦି ସାନବଡ଼ ରାଜାମାନଙ୍କ ଗହଣରେ ଶିଶୁପାଳ ଅପେକ୍ଷା କରିଛନ୍ତି । ଅପେକ୍ଷା କରିଛନ୍ତି, ମାହେନ୍ଦ୍ର ବେଳାକୁ । ଥଙ୍ଗାମଜାରେ ଓ ଅନାବଶ୍ୟକ ହସରେ ଫାଟି ପଡୁଛି ଅତିଥିଗୃହ । ଶିଶୁପାଳର ହସହସ ମୁହଁ ।

ରାତି ପାହିଲା । ବିପ୍ରନାରୀଙ୍କ ଗହଣରେ ରୁକ୍ମିଣୀ ବାହାରହେଲେ ନଗ୍ର ସୀମାନ୍ତକୁ । ଅମ୍ବିକାଙ୍କ ପୂଜନ କରିବେ । ଏବଂ ମନସ୍କାମନା ପୂର୍ତ୍ତିପାଇଁ ଜଣାଣ କରିବେ ।

ବିପ୍ରନାରୀ ଓ ସଖୀଙ୍କ ମେଳରେ ରୁକ୍ମିଣୀ ।

ତାଙ୍କ ମଥାରେ ସୁଜ୍ଝୀନ ଓଢ଼ଣୀ ।

ଦିଶିଯାଉଛି ତାଙ୍କ ଚନ୍ଦ୍ରଉଦିଆ ମୁହଁ ।

କନ୍ୟା-ପଟୁଆର ଆଗେଇ ଚଲିଛି ।

ଢୋଲ ମାଦଳ ମହୁରୀ ତେଲିଙ୍ଗୀ ଆଦି ବାଜୁଛି ।

ପୁରୋଭାଗରେ ନଗ୍ରର ବାରନାରୀମାନେ ନର୍ତ୍ତନ କରୁଛନ୍ତି ।

ବିଦର୍ଭ ରାଜାଙ୍କ ଏକମାତ୍ର କନ୍ୟାର ବିଭାଘର । ଆଜି ଅଧିବାସ । ଆହାଃ !

କନ୍ୟାର ରାଜହଂସୀ-ଚଲି ଓ ଅପୂର୍ବ ମୁଖଶୋଭା ଦେଖି ଶିଶୁପାଳର ବନ୍ଧୁରାଜାମାନେ କାମ ଭାବରେ ପୀଡିତ ହେଲେ ।

"ତୁମେ ଭାଗ୍ୟଶାଳୀ ! ଏଭଲି କନ୍ୟା ମିଳିବା ବହୁ ତପସ୍ୟାର ପରିଣତି ।" – ସେମାନେ ଜଣେଇଲେ ଶିଶୁପାଳଙ୍କୁ ।

ଶିଶୁପାଳ ମୁହଁ ଉଜ୍ଜ୍ୱଲି ଉଠିଲା ।

ପହଞ୍ଚିଲା ପଟୁଆର ଅମ୍ବିକା – ମନ୍ଦିରରେ । ପୂଜାର୍ଚ୍ଚନା କଲେ ବିପ୍ରନାରୀ । ରୁକ୍ମିଣୀ ଜଣାଣ କଲା – ମୋ ପ୍ରତି ଦୟାକରମା ! ଶ୍ରୀକୃଷ୍ଣ ମୋତେ ପ୍ରାପ୍ତ ହୁଅନ୍ତୁ । ପୂଜାର୍ଚ୍ଚନା ଶେଷହେଲା । କନ୍ୟା-ପଟୁଆର ପ୍ରତ୍ୟାବର୍ତ୍ତନ କଲା ! ରୁକ୍ମିଣୀଙ୍କର ଚିହାଣି ଛକଛକ । ନିଜକୁ ପଚରୁଥିଲେ, କାହାନ୍ତି ଶ୍ରୀକୃଷ୍ଣ !

ହଠାତ୍‍ । ଗୋଟିଏ ଦ୍ରୁତଗାମୀ ରଥ ବିପରୀତ ଦିଗରୁ ଆସୁଥିବା ଦିଶିଲା । ରଥର ବେଗ ଏତେ ଦ୍ରୁତ ଥିଲା ଯେ ରୁକ୍ମିଣୀଙ୍କ ସହଚରୀଗଣ ପଥର ଦୁଇପାର୍ଶ୍ୱକୁ ବାରେଇଗଲେ । ଭୟରେ ।

ଆଉ ରୁକ୍ମିଣୀ !

ସେ ଦୂରରୁ ଦେଖିଦେଲେ ରଥ ଉପରେ ଉଡୁଥିବା ଗରୁଡ଼ଧ୍ୱଜା ।

ସେ ଚିହ୍ନିଦେଲେ ।

ଏବଂ ଦୁଇହାତ ଉପରକୁ ଉତ୍ତୋଲିତ କଲେ ।

ବାସ୍‍, ସରିଗଲା !

ରଥରୁ ଗୋଟିଏ ହାତ ଲମ୍ବିଆସି ଶୂନ୍ୟ ଶୂନ୍ୟ ଉଠେଇନେଲା ରୁକ୍ମିଣୀଙ୍କୁ ।

ଏବଂ ପବନ ବେଗରେ ରଥ ଦୂରେଇଗଲା ।

ରଥ ଅଦୃଶ୍ୟ ହେବା ପରେ ଜଣାପଡ଼ିଲା ରୁକ୍ମିଣୀ ଅପହୃତ । କିଏ ସେ ଅପହରଣକଲା ! ଏ ତ ଶ୍ରୀକୃଷ୍ଣଙ୍କ ରଥ ନନ୍ଦିଘୋଷ ! ତେବେ ରୁକ୍ମିଣୀଙ୍କୁ ଅପହରଣ କରିଛନ୍ତି ଶ୍ରୀକୃଷ୍ଣ ! ଏହି ସମ୍ୱାଦ ଯଥାଶୀଘ୍ର ପହଞ୍ଚିଗଲା ରାଜଉଆସରେ । ନୈରାଶ୍ୟ ଖେଳିଗଲା ଶିଶୁପାଳ ଓ ତା ବନ୍ଧୁ-ରାଜାଙ୍କ ମଧ୍ୟରେ ।

ତତ୍‍କ୍ଷଣାତ୍‍ ବନ୍ଧୁ-ରାଜାମାନେ ରୁକ୍ମିଣୀ ଉଦ୍ଧାର ପାଇଁ ଅନୁଧାବନକଲେ ଅବଶ୍ୟ, ତେବେ ସେମାନେ ଶ୍ରୀକୃଷ୍ଣଙ୍କ ପରିବର୍ତ୍ତେ ଭେଟିଲେ ବଳରାମ ଓ ତାଙ୍କର ବଛା ବଛା ଯୋଦ୍ଧାଙ୍କୁ । ସେମାନଙ୍କ ଅଗ୍ରଗତିକୁ ରୋକିଲେ ବଳରାମ ଏବଂ ସେମାନେ ପଛଘୁଞ୍ଚା ଦେଲେ । ବନ୍ଧୁରାଜାଙ୍କ ଅଗ୍ରଗତି ନୋହିଲା ।

ଜରାସନ୍ଧ ଚିନ୍ତାକୁଳ । କୃଷ୍ଣ ତେବେ ବଞ୍ଚିଛି । କେମିତି ?

ରୁକ୍ମିଣୀଙ୍କୁ ସାଥିରେ ଧରି ଶ୍ରୀକୃଷ୍ଣ ଦ୍ୱାରାବତୀରେ ପହଞ୍ଚିଲେ । ରୁକ୍ମିଣୀ ଅପହରଣ ନାଟକର ଯବନିକା ପଡ଼ିଲା ।

●

ବିଦର୍ଭ ରାଜ୍ୟର ରାଜା ଭୀଷ୍ମକ । ତାଙ୍କର ପାଞ୍ଚପୁତ୍ର ଓ ଗୋଟିଏ ବୋଲି କନ୍ୟା । ପୁତ୍ରମାନେ ହେଲେ – ରୁକ୍ମୀ, ରୁକ୍ରଥ, ରୁକ୍ମବାହୁ, ରୁକ୍କେଶ ଓ ରୁକ୍ମାଲୀ । ଷଷ୍ଠ ତଥା କନିଷ୍ଠା

ସନ୍ତାନ ରୁକ୍ମିଣୀ । କମଳା ଅଂଶରେ ସେ ବିଦର୍ଭରେ ଜନ୍ମଗ୍ରହଣ କରିଥିଲେ ।

କନ୍ୟା ରୁକ୍ମିଣୀ ବିବାହ ଯୋଗ୍ୟା ହେବାରୁ ରାଜା ଭୀଷ୍ମକ କନ୍ୟା ପାଇଁ ଶ୍ରୀକୃଷ୍ଣ ଉପଯୁକ୍ତ ପାତ୍ର ବୋଲି ମନେକଲେ । ମାତ୍ର ଜ୍ୟେଷ୍ଠପୁତ୍ର ରୁକ୍ମୀ ପିତାଙ୍କ ନିଷ୍ପତ୍ତିକୁ ନାକଚ କରିଦେଲା ଏବଂ କଟୂବାକ୍ୟ କହିଲା । କହିଲା, ତୁମେ ଯାହାକୁ ଯୋଗ୍ୟପାତ୍ର କହୁଛ ସେ ରାଜାନୁହଁ । ବରଂ ବାଲ୍ୟକାଳରେ ସେ ବଣରେ ଗାଈଚରାଇଛି । ଏପରି ବଂଶକୁଳ ଠିକ୍ ନଥିବା ଜଣେ ଲୋକଙ୍କ ସହିତ ବିବାହ କଦାଚ କରାଇ ଦେବିନାହିଁ । ପକ୍ଷାନ୍ତରେ ସେ ନିଜର ବନ୍ଧୁରାଜା ଦମଘୋଷ – ପୁତ୍ର ଶିଶୁପାଳଙ୍କୁ ବରଣକରି ଆଣିଲା । ପୁତ୍ରମୋହରେ ରାଜା ଭୀଷ୍ମକ ସମ୍ମତହେଲେ ଓ ଶିଶୁପାଳ ସହ କନ୍ୟାର ବିବାହ ଆୟୋଜନ କଲେ ।

ବର୍ତ୍ତମାନ ପ୍ରଶ୍ନଉଠେ, ଯଦି ଶ୍ରୀକୃଷ୍ଣ ମାନବ ଗର୍ଭରୁ ସମ୍ଭୂତ ଭଗବାନ ତେବେ ସେ କପଟ ଆଚରଣକରି ରୁକ୍ମିଣୀ ହରଣ କରିଆଣିଲେ କିପରି ! ମହତଜନ ଯେପରି ଆଚରଣ କରନ୍ତି ତାହା ଅନ୍ୟମାନଙ୍କ ପାଇଁ ଦୃଷ୍ଟାନ୍ତ ପାଲଟିଯାଏ । ଶ୍ରୀକୃଷ୍ଣ ରୁକ୍ମିଣୀ ହରଣକରି ଆଣି ବିବାହ କରିବା ଘଟନାକୁ ସାଧାରଣ ମଣିଷ ଗ୍ରହଣ କରିନନେବେ କାହିଁକି ! ଏପରି ଯୁକ୍ତି କେହି କେହି କରିପାରନ୍ତି । ଅଧିକ ଗଭୀରକୁ ଯିବା ପୂର୍ବରୁ ଶାସ୍ତ୍ରାନୁମୋଦିତ ବିବାହର ବିଭାଗୀକରଣ ବିଷୟରେ ଜାଣିବା ଆବଶ୍ୟକ । ବିବାହ ଆଠ ପ୍ରକାର । (୧) ବ୍ରାହ୍ମ (୨) ପ୍ରାଜପତ୍ୟ (୩) ଦୈବ (୪) ଗାନ୍ଧର୍ବ (୫) ଆସୁର (୬) ରାକ୍ଷସ (୭) ଆର୍ଷ (୮) ପୈଶାଚ । ବଳପ୍ରୟୋଗ କରି ବା ଯୁଦ୍ଧକରି କନ୍ୟାହରଣକରି ବିବାହ କରିବାକୁ ରାକ୍ଷସ ବିବାହ କୁହାଯାଏ । ଏହା ଅନ୍ୟତମ ନିକୃଷ୍ଟ ବିବାହ । ଏହି ନିକୃଷ୍ଟତମ ପନ୍ଥା ଶ୍ରୀକୃଷ୍ଣ ଅନୁସରଣ କରିବାର ଉଦ୍ଦେଶ୍ୟ କ'ଣ !

ପ୍ରଥମତଃ ରୁକ୍ମିଣୀଙ୍କର ଏମନ୍ତ ବିବାହରେ ସମ୍ମତିଥିଲା । ଏବଂ ସମ୍ମତି ଥିଲା କନ୍ୟାପିତା ଭୀଷ୍ମକଙ୍କର । କେବଳ ଜ୍ୟେଷ୍ଠଭ୍ରାତ ରୁକ୍ମୀ ଶ୍ରୀକୃଷ୍ଣଙ୍କ ପ୍ରତି ବୈରଭାବ ଯୋଗୁଁ ସେ ଶିଶୁପାଳକୁ ବରଣକରି ଆଣିଥିଲେ । ସୁତରାଂ, ଶ୍ରୀକୃଷ୍ଣଙ୍କ ପକ୍ଷେ ବଳପ୍ରୟୋଗକରି କନ୍ୟା ଅପହରଣ କରିବା ବ୍ୟତୀତ ଅନ୍ୟ ପନ୍ଥା ନଥିଲା । ତତ୍ଭ୍ରତଃ, ଏହା ରାକ୍ଷସ ବିବାହ ନୁହେଁ ।

ଅଧିକନ୍ତୁ ଆମର ଧର୍ମଶାସ୍ତ୍ର ଉକ୍ତ ବିଷୟର ସୁନ୍ଦର ସମାଧାନ କରିଛନ୍ତି । ଯେ –

ଏ ବଢ଼ ଲୋକଙ୍କର ମତ । ଅଳ୍ପ ଜନେ ବିପରୀତ । (ଭାଗବତ)

ଅର୍ଥାତ୍ ମହତଜନ ଯାହା ଆଚରଣ କରିବେ, ତା'ର ତତ୍ତ୍ୱାର୍ଥ ନ ବୁଝି ଅନ୍ଧାନୁସରଣ କରାଯିବା ଉଚିତ୍ ନୁହେଁ । ଶ୍ରୀକୃଷ୍ଣ ରାକ୍ଷସମତେ ବିବାହ କଲେ ମଧ୍ୟ, ତାହାକୁ ଠିକ୍‌ରେ ରାକ୍ଷସ ବିବାହ କୁହାଯିବ ନାହିଁ ।

ଉପର ସଂକ୍ଷିପ୍ତ ବ୍ୟାଖ୍ୟାରୁ ଏହା ଜଣାପଡ଼େ ଯେ କୌଣସି ବିବାହରେ କନ୍ୟାର ମତ ସର୍ବାଦୌ ଗ୍ରହଣୀୟ । ଯାହା ଆଜି ପର୍ଯ୍ୟନ୍ତ ଆମ ସମାଜରେ ଦେଖିବାକୁ ମିଳେ ।

●

ଦ୍ୱିତୀୟ ବୋହୂର ଆବିର୍ଭାବ ନଗରବାସୀଙ୍କୁ ପ୍ରଭୂତ ଆନନ୍ଦ ଦେଉଥାଏ । ପୁରବାସୀ ସମସ୍ତେ ଖୁସି ।

ଅଧିକ ଖୁସି ଜ୍ୟେଷ୍ଠ ଭ୍ରାତା ବଲରାମ ।

ସେ ସାନଭାଇ ପାଇଁ ଉତ୍ତମ ପାତ୍ରୀ ସନ୍ଧାନରେ ଥିଲେ ।

ଦ୍ୱାରାବତୀ ଭୁବନରେ ରାତି । ପ୍ରଥମ ରାତି ଶ୍ରୀକୃଷ୍ଣ ଓ ରୁକ୍ମିଣୀଙ୍କର । କିନ୍ତୁ .... କିନ୍ତୁ ରୁକ୍ମିଣୀଙ୍କର ଭାବନାର ବିପରୀତ କିଛି ଘଟିବ, ସେ ଆଦୌ କଳ୍ପନା କରିନଥିଲେ ।

ପ୍ରଥମେ ଶ୍ରୀକୃଷ୍ଣ କହିଲେ – ରାଜଜେମା !

ଚମକି ପଡ଼ିଲେ ରୁକ୍ମିଣୀ । ପ୍ରିୟତମଙ୍କର ଏପରି ସମ୍ବୋଧନ କାହିଁକି !

କହିଲେ – ମୁଁ ରାଜଜେମା ଅବସ୍ଥାରୁ ଉତ୍ତୀର୍ଣ୍ଣ । ଏ ଭୁବନରେ ମୁଁ ବୋହୂଟିଏ ମାତ୍ର ।

: ଶୁଣ ଜେମା ! ମୁଁ ରାଜାନୁହେଁ । ଭବିଷ୍ୟତରେ ହେବାର ସମ୍ଭାବନା ମଧ୍ୟ ନାହିଁ । ଆମ ବଂଶରେ କେତେ ପୁରୁଷ ତଳେ ଜଣେ ସିଦ୍ଧମଣିଷ ଶାପଦେଇଛନ୍ତି ଆମ ବଂଶରେ କେହି ରାଜା ହୋଇପାରିବେ ନାହିଁ ।

– କ'ଣ ହେଲା ସେଠୁ ?

: ପୁନଶ୍ଚ ମୋର ଶିକ୍ଷାଦୀକ୍ଷା ନାହିଁ । ବାଲ୍ୟକାଳ ବିତିଛି ବଣରେ ଗାଈ ଚରେଇବାରେ ।

– ମୋର ଅଭିଯୋଗ ଶୁଣିଛ କି ?

: ତୁମେ କିନ୍ତୁ ରାଜଜେମା । ଶିଶୁପାଳ ଭଳି ରାଜପୁତ୍ର ଆସିଥିଲେ ତୁମର ପାଣିଗ୍ରହଣ ପାଇଁ । ତୁମେ ରାଣୀ ହୋଇଥାନ୍ତ !

ରୁକ୍ମିଣୀ ନୀରବ । ସେ କଥା କାହିଁକି ବର୍ତ୍ତମାନ !

କହିଲେ – କାହିଁକି ସେ କଥା କହୁଛ ପ୍ରିୟତମ ?

: କ'ଣ କହୁଥିଲି କି, ତୁମେ ରାଜସୁଖ ଭୋଗ କରିପାରିବ ନାହିଁ । ଏବେ ମଧ୍ୟ ସମୟ ଅଛି, ତୁମେ ଶିଶୁପାଳ ନିକଟକୁ କିମ୍ବା ମନପସନ୍ଦର ଅନ୍ୟ କେଉଁ ରାଜପୁତ୍ର ପାଖକୁ ଚାଲିଯାଅ । ଖୁସିରେ ରହିବ ।

ପ୍ରଥମ ମିଳନର ରାତି ।

ପଲଙ୍କ ବାଡ଼ାକୁ ଧରି ଠିଆ ହୋଇଥିଲେ ରୁକ୍ମିଣୀ ।

ପ୍ରିୟତମଙ୍କ ସ୍ପର୍ଶକୁ ଅପେକ୍ଷା କରିଥିଲେ ।

ଅପେକ୍ଷା କରିଥିଲେ କେତେବେଳେ ଦିକ୍‌ଦିକ୍‌ ଜଳୁଥିବା ଦୀପଟି ଲିଭିବ ।

କିନ୍ତୁ ପରିବର୍ତ୍ତେ ଶୁଣିଲେ ହୃଦୟ ଫାଟିଯିବା ପରି ବାକ୍ୟ ।

ସହନ ଶକ୍ତିର ବାହାରେ ଥିଲା ପ୍ରିୟତମଙ୍କ ବାକ୍ୟ ସମୂହ ।

ତାଙ୍କର ପାଦ ଦୁଇଟି ପ୍ରଥମେ ବଧିରା ହୋଇ ଆସିଲା ।

ଏବଂ କ୍ରମଶଃ ସମଗ୍ର ଶରୀର ।

ମାଥା ପ୍ରବଳ ଘୂରାଉଥିବା ସେ ଆରମ୍ଭରେ ଜାଣିଥିଲେ ।

ତା'ପରେ ......

ତା'ପରେ ଆଉ କିଛି ମନେନାହିଁ ।

ରୁକ୍ମିଣୀ ଚଟାଣରେ ପଡ଼ିଗଲେ । ମୂର୍ଚ୍ଛା ମାରିଗଲେ କି ! କାହିଁକି ଏପରି
କଥା କହିଲି ! ଉଠିଆସିଲେ ଶ୍ରୀକୃଷ୍ଣ । ହାତର ନାଡ଼ି ଦେଖିଲେ ଓ ହୃଦ୍‌ସ୍ପନ୍ଦନ ବାରିଲେ ।
କିଛି ଜାଣିପାରିଲେ ନାହିଁ । କ'ଣ କରିବି ମୁଁ !

ଭାଉଜ ... ଭାଉଜ ... ଭାଇ ... ଭାଇ ...

ସେ ଚିତ୍କାର କରିଉଠିଲେ ।

ଏବଂ ବାହାରି ଆସିଲେ ପ୍ରକୋଷ୍ଠରୁ ।

କ'ଣ ହେଲା ! ଯଥା ସମୟରେ ଶ୍ରୀକୃଷ୍ଣଙ୍କ ଚିତ୍କାର ଶୁଣିଲେ ରେବତୀ ।
ସେ ବାହାରି ଆସିଲେ । ପଛେ ପଛେ ବଳରାମ ।

“ଭାଉଜ ! ସେ ମରିଗଲା !” – ଶ୍ରୀକୃଷ୍ଣ କାନ୍ଦୁଥିଲେ ଶିଶୁଟିଏ ପରି ।

ରେବତୀ ଝପଟିଗଲେ ପ୍ରକୋଷ୍ଠ ଭିତରକୁ ।

ଏବଂ ତୋଳିଧରିଲେ କୋଳରେ ରୁକ୍ମିଣୀଙ୍କୁ ।

ହେ ଭଗବାନ ! ନାଡ଼ି ଚଲୁଛି !

ରୁକ୍ମିଣୀ ଚେତାଶୂନ୍ୟ – ସେ ନିଶ୍ଚିତ ହେଲେ ।

ଶୀତଳ ଜଳ ସିଞ୍ଚିଲେ ତାଙ୍କ ମୁହଁରେ ।

ଏବଂ ହାତରେ ଓ ଛାତିରେ ମୃଦୁ ଚପୁଦେଲେ ।

ଆଖି ଖୋଲିଲେ ରୁକ୍ମିଣୀ ।

ରେବତୀଙ୍କ କୋଳରେ ନିଜକୁ ଦେଖି କଇଁ କଇଁ କାନ୍ଦି ଉଠିଲେ ।

“କ'ଣ ହେଲା ରୁକ୍ମିଣୀ ?” – ପଚାରିଲେ ରେବତୀ ।

– ମାଥା ଘୁରେଇଦେଲା । ପଡ଼ିଗଲି । କିଛି ମନେନାହିଁ ।

ପାଖରେ ଠିଆ ହୋଇଥିଲେ ଶ୍ରୀକୃଷ୍ଣ ଓ ବଳରାମ ।

ପିତାମାତାଙ୍କ କଥା ମନେପଡୁଛି – କହିଲେ ବଳରାମ ।

"ସେ କିଛି ନୁହଁ । ସ୍ନେହ ଆଦରକର" – କହିଲେ ରେବତୀ ।

ଏବଂ ଉଭୟ ଶ୍ରୀକୃଷ୍ଣଙ୍କ ଦାୟିତ୍ୱରେ ଛାଡ଼ି ନିଷ୍କ୍ରାନ୍ତ ହେଲେ ।

ରାତି ବଢୁଥିଲା । ଦ୍ୱାରାବତୀ ଭୁବନର ଅନ୍ୟାଂଶ ନିଦ୍ରାଚ୍ଛନ୍ନ । ରୁକ୍ମିଣୀଙ୍କୁ କୋଳକୁ ନେଲେ ଶ୍ରୀକୃଷ୍ଣ ।

କହିଲେ ଧୀରେ ଧୀରେ – ମୁଁ ମଜାକରୁଥିଲି । ଯାହା କହିଲି ତାହା ମୋ ହୃଦୟର କଥା ନୁହଁ । ଜାଣିନଥିଲି ତୁମେ ଏପରି ଗୁରୁତ୍ୱର ସହ ନେବ । ଏବଂ ଚେତା ହରାଇବ ।

ତାଙ୍କର କ୍ରମାଗତ ଚୁମ୍ବନ ରୁକ୍ମିଣୀଙ୍କ ଶରୀରରେ ଶକ୍ତି ଭରିଦେଲା ।

ସେ ଉଠିବସିଲେ ।

ନୂଆ ଆଖିରେ ଦେଖୁଥିଲେ ସେ ଦୁହେଁ ପରସ୍ପରକୁ ।

ଆଉ ବାକ୍ୟର ଆବଶ୍ୟକତା ପଡ଼ିଲାନି ।

ଦିକ୍‌ଦିକ୍‌ ଜଳୁଥିବା ଦୀପଟି ଲିଭିଗଲା ।

ଆଲିଙ୍ଗନ ପାଶରେ ଦୁହେଁ ବାନ୍ଧି ହୋଇଗଲେ ।

ଏକ ହୋଇଗଲା ଯୋଡ଼ିଏ ଶରୀର ।

ସେ ଭୟଙ୍କର ରାତି ପାହିଲା ।

ପୂର୍ବରାତିର ଦୁର୍ଘଟନାଟି ସ୍ମୃତିଟିଏ ହୋଇ ରହିଗଲା ।

(ଆଠ)

ଦ୍ୱାରାବତୀ ଭୁବନର ସମ୍ମୁଖ ପରିସରରେ ବହୁତ ଗୋଳଚହଳ ଶୁଭୁଛି । ସେ ଶବ୍ଦ ଅଭ୍ୟନ୍ତରକୁ ପ୍ରବେଶ କରି ଅନ୍ତେବାସୀଙ୍କ ମନରେ ସଂଶୟ ଜନ୍ମାଉଛି । କ'ଣ ଘଟିଲାକି !

ହଁ ଘଟିଥିଲା । ଅବିଶ୍ୱାସ୍ୟ । ରୁଣ୍ଡ ହାଇଥିବା ମଣିଷ ଆଶ୍ଚର୍ଯ୍ୟଚକିତ ।

ସମୟ ଅପରାହ୍ନ । ଶ୍ରୀକୃଷ୍ଣ ରୁକ୍ମିଣୀ ସହ ପଶା ଖେଳୁଥିଲେ ।

ଜଣେ ପ୍ରତିନିଧୁ ସ୍ଥାନୀୟ ମଣିଷ ଅନ୍ୟମାନଙ୍କ ତରଫରୁ ଅଭ୍ୟନ୍ତରକୁ ଗଲା । ଓ କହିଲା । ତାହା ଗୁହାରି ନଥିଲା, ଥିଲା ଆଶ୍ଚର୍ଯ୍ୟ କରିଦେବା ଭଳି ଏକ ସୂଚନା ।

କଥାହେଲା, ଶତ୍ରାଜିତ ନାମରେ ଜଣେ ଯାଦବମୁଖ୍ୟ ସମୁଦ୍ର ତଟରୁ ଫେରୁଛି । କଣ୍ଠରୁ ତା'ର ଝୁଲୁଛି ମଣିଟିଏ, ଯାହାର ଆଭାରେ ଅନ୍ୟମଣିଷ ଶତ୍ରାଜିତକୁ ରହିପାରୁନାହାଁନ୍ତି । ଜଳକା ମାରିଯାଉଛି ଆଖି । ସତେବା, ଦ୍ଵିତୀୟ ଆଦିତ୍ୟ ସ୍ୱର୍ଗରୁ ଅବତରି ଆସିଛନ୍ତି ।

"କୁହ ।" – ଖେଳରେ ବିରତି ନଦେଇ କହିଲେ ଶ୍ରୀକୃଷ୍ଣ ।

ବିସ୍ତାରିତଭାବେ କହିଲା ପ୍ରତିନିଧୁଟି ।

"ତୁମର ଅସୁବିଧା !"

– ଶତ୍ରାଜିତକୁ ରହିଁ ହେଉନାହିଁ ! ଆମେ ଅନ୍ଧ ହୋଇଯିବୁ ।

"ନା, ସେପରି ହେବନାହିଁ । ତାହା ସ୍ୟମନ୍ତକ ମଣି । ସେଇଟିକୁ ନେଇ ସେ ଉପାସନା ଗୃହରେ ବନ୍ଦକରି ରଖିବ । ସବୁବେଳେ କଣ୍ଠରୁ ଝୁଲେଇ ବୁଲିବା ମଣି ତାହା ନୁହେଁ । ଆଦିତ୍ୟଙ୍କୁ ସନ୍ତୁଷ୍ଟକରି ଶତ୍ରାଜିତ ସେ ସ୍ୟମନ୍ତକ ମଣିଟି ପୁରସ୍କାର ରୂପେ ପ୍ରାପ୍ତ ହୋଇଛି । ଭଲ ହେଲା, ଦ୍ଵାରାବତୀରେ ଆଉ ଅଭାବ ରହିବ ନାହିଁ !" – କହିଲେ ଶ୍ରୀକୃଷ୍ଣ, ଅତି ହାଲୁକା ଭାବେ ।

ପ୍ରତିନିଧୁ ମଣିଷଟି ଆଶ୍ୱସ୍ତ ହୋଇ ଚାଲିଗଲା ।

ପଚାରିଲେ ବଳରାମ । ସେ ମଧ୍ୟ ସମପରିମାଣରେ ଆଶ୍ଚର୍ଯ୍ୟାନ୍ଵିତ ।

"ଭାଇ । ଶୁଭ ସୂଚନାଟିଏ ଦ୍ଵାରାବତୀ ପାଇଁ । ସ୍ୟମନ୍ତକ ମଣିର ଗୁରୁତ୍ଵ ଜାଣିଛ ! ପ୍ରତି ରାତିରେ ତାହା ଆଠଭାର ସ୍ୱର୍ଣ୍ଣ ଉପୁଜାଇବ । ଏତେ ସ୍ୱର୍ଣ୍ଣ ଶତ୍ରାଜିତ କରିବ କ'ଣ ? ଭାଇ, ଆମର ଦ୍ଵାରାବତୀ ଏବେ ମଧ୍ୟ ସର୍ପସଙ୍କୁଳ । ସ୍ୟମନ୍ତକର ଉପସ୍ଥିତି ଯୋଗୁଁ ସର୍ପଭୟ ଦୂରହେବା ସହିତ ବିଭିନ୍ନ ବ୍ୟାଧି ଏଠାକୁ ପ୍ରବେଶ କରିପାରିବ ନାହିଁ । ଭଲ ହେଲା । ନୁହେଁ ?" – କହିଲେ ଶ୍ରୀକୃଷ୍ଣ ।

ଏପରି କଥା ! ବଳରାମ ଆଶ୍ୱସ୍ତ ହେବା ସହିତ ଗର୍ବ ଅନୁଭବ କଲେ । ଯେତେହେଲେ ଶତ୍ରାଜିତ ତାଙ୍କରି ବଂଶଜ । କିନ୍ତୁ .....

– କ'ଣ କିନ୍ତୁ ?

"ଯେବେ ଧନଗର୍ବରେ ଶତ୍ରାଜିତ ଉନ୍ମତ୍ତ ହୁଏ ?" – ଆଶଙ୍କା ପ୍ରକାଶକଲେ ବଲରାମ ।

– ହଁ, ସେପରି ସମ୍ଭାବନା ରହିଛି । କିନ୍ତୁ ଭାଇ ଆମେ କ'ଣ କରିପାରିବା ? ଆଦିତ୍ୟଙ୍କୁ ସନ୍ତୁଷ୍ଟକରି ସେ ମଣିଟି ପ୍ରାପ୍ତ ହୋଇଛି । ଠିକ୍ ଅଛି, ଶତ୍ରାଜିତକୁ ପରୀକ୍ଷା କରିବା ।

ଉପାସନା ଗୃହରେ ସ୍ୟମନ୍ତକ ମଣିକୁ ସ୍ଥାନିତ କରି ଶତ୍ରାଜିତ ପୂଜା କରେ ଏବଂ ପ୍ରତିଦିନ ଆଠଭାର ସ୍ୱର୍ଷ ପ୍ରାପ୍ତ ହୁଏ । ମୁଁ ଜଗତରେ ଶ୍ରେଷ୍ଠତମ ଧନୀ! ସେ ନିଜକୁ ଶୁଣାଏ ଓ ଖୁସିହୁଏ । କିନ୍ତୁ ଅଭାବୀ ମଣିଷ ଆଡ଼କୁ ଆଡ଼ ଆଖିରେ ସେ ରହେଁନା । ଦିନ ବିତିବାରେ ଲାଗେ ।

ଦିନକର କଥା । ଶ୍ରୀକୃଷ୍ଣ ଦୂତଟିଏ ପଠେଇ ଶତ୍ରାଜିତକୁ ଡକେଇଲେ ।

ଧନଗର୍ବରେ ସେତେବେଳକୁ ଆପଣାକୁ କୁବେରସମ ମନେକଲାଣି ଶତ୍ରାଜିତ । ସେ ଭାବିଲା, ମୋର ବନ୍ଧୁ ସ୍ୱୟଂ ସୂର୍ଯ୍ୟ । ମୁଁ ସ୍ୟମନ୍ତକ ମଣିର ଅଧିକାରୀ । ଏବଂ ବିଉଶାଳୀ । କୃଷ୍ଣ ଡକେଇ ପଠେଇଲେ ମୁଁ ରୁଲିଯିବି! ସେ କପଟୀ ନିଶ୍ଚେ ସ୍ୟମନ୍ତକ ମଣିକଥା କହିବ । ହୁଏତ ମାଗିପାରେ । ନା, ଯିବିନାହିଁ ।

ପର ମୁହୂର୍ତ୍ତରେ ଭାବିଲା, ମଣିଷଟା ଶକ୍ତିଶାଳୀ ଓ କପଟୀ । ଜରାସନ୍ଧଠୁ ସମସ୍ତିଙ୍କୁ ରକ୍ଷାକରିଛି । ଯଦି ସେ ଅନ୍ୟଥା ଭାବିବସେ! ଯାଆଁ, ଦେଖେ କ'ଣ କହୁଛି! ହୁଏତ ଅନ୍ୟକାରଣ ହୋଇପାରେ ।

ଶତ୍ରାଜିତ କୁଣ୍ଠାଟିଉରେ ପହଞ୍ଚିଲା ଦ୍ୱାରାବତୀ ଭୁବନରେ ।

ଦେଖିଲା, ବଲରାମ ଓ କୃଷ୍ଣ ଏକତ୍ର ବସିଛନ୍ତି ।

ଆସନ ଗ୍ରହଣ କରିବାକୁ କହି କୃଷ୍ଣ କହିଲେ – ମହାଶୟ! ମୁଁ ଶୁଣିଛି ତୁମେ ସ୍ୟମନ୍ତକ ମଣି ଲାଭ କରିଅଛ । ତୁମକୁ ସହସ୍ର ଧନ୍ୟବାଦ ଯେ ତୁମେ ସୂର୍ଯ୍ୟଦେବଙ୍କୁ ସନ୍ତୁଷ୍ଟ କରିପାରିଛ । ତାହା ଜଗତରେ ଏକ ବିରଳ ଘଟନା । କିନ୍ତୁ ମହାଶୟ, ରାଜା ଉଗ୍ରସେନ ବର୍ତ୍ତମାନ ବହୁ ଆର୍ଥିକ ଅସ୍ୱଚ୍ଛଳତା ମଧ୍ୟଦେଇ ଗତି କରୁଛନ୍ତି । ମୋର ଅନୁରୋଧ, ତୁମେ ତାଙ୍କୁ କିଛି ଦିନ ପାଇଁ ମଣିଟିକୁ ପ୍ରଦାନକର । ସେ ପୂଜନ୍ତୁ ଓ କିଛି ସ୍ୱର୍ଷ ପ୍ରାପ୍ତ ହୁଅନ୍ତୁ । ଏବଂ ସ୍ୱଚ୍ଛଳତା ତାଙ୍କର ଫେରିଆସୁ । ମୁଁ କଥାଦେଉଛି, ସେ ମଣିକୁ ତୁମକୁ ଫେରସ୍ତ ଦେବେ ।

ବୃଦ୍ଧ ଉଗ୍ରସେନ ସେଠାରେ ଉପସ୍ଥିତ ଥିଲେ ।

ଶତ୍ରାଜିତ ପର୍ଯ୍ୟାୟକ୍ରମେ ରୁହିଁଲା କୃଷ୍ଣ ଓ ଉଗ୍ରସେନଙ୍କୁ ।

ଦେଖ୍‌ପାରିଲା ବା ତାକୁ ଦିଶିଲା ସେମାନଙ୍କ ଆଖିରେ ଲୋଭ ।

ସେ ନୀରବ ରହିଲା ।

ଦେବ କି ଦେବନାହିଁ ମୁହଁ ଖୋଲିଲା ନାହିଁ ।

ମିଛ ହସ ମୁହଁରେ ଖେଳେଇ ସେଠୁ ଫେରିଲା ।

ଆପଣା ଭୁବନରେ ପହଞ୍ଚିଲା ଶତ୍ରାଜିତ । ଭାବିଲା, ମୁଁ ନଯିବା ଉଚିତ୍‌ ଥିଲା । ଠିକ୍‌ ଅଛି, ଦେବିନାହିଁ । ହଁ ଦେବି – ଏକଥା ତ କହିନାହିଁ! ତା'ଛଡ଼ା ମୁଁ ପ୍ରତ୍ୟେକ ଦିନ ଆଠଭାର ସୁବର୍ଣ୍ଣ ପାଉଛି । ଉଗ୍ରସେନଙ୍କୁ ଦେବି କେଉଁ ଗରଜରେ! ମୋ ଭଣ୍ଡାରରେ ସୁବର୍ଣ୍ଣର ପରିମାଣ କମିଯିବ । ଦେଖିବି, ସେମାନେ କ'ଣ କରୁଛନ୍ତି ମୋର !

ଶତ୍ରାଜିତ ନିଜ ଯିଦ୍‌ରେ ରହିଲା ।

ବଲରାମ କହିଲେ – ଶତ୍ରାଜିତ ଦେବ କି ଦେବନାହିଁ କିଛି କହିଲେ ନାହିଁ ।

"ଭାଇ, ତୁମେ ଯାହା କହୁଥିଲ ଠିକ୍‌ । ଧନଗର୍ବ ତାକୁ ଲୋଭୀ ଓ ଅବିଶ୍ୱାସୀ କରିସାରିଲାଣି । ଧନ ସଂପଦର ପ୍ରଭାବ ସେହିପରି । ତାହା ମଣିଷକୁ ପତନ ଆଡ଼କୁ ଟାଣିନିଏ । ଶତ୍ରାଜିତର ଅଧିକ ପତନ ନହେଉ, ମୁଁ ରୁହେଁ । କିନ୍ତୁ ଆମ ରହିଁବାରେ କ'ଣ ଘଟନା ଘଟିବ !"– କହିଲେ ଶ୍ରୀକୃଷ୍ଣ ।

●

ଯେଉଁ ସାତୋଟି ବଂଶକୁ ନେଇ ଯଦୁବଂଶ ଗଠିତ, ଶତ୍ରାଜିତ ଗୋଟେ ଶାଖାର ଜଣେ ବର୍ଷୀଆନ ମଣିଷ । ନିବାସ ସେହି ଦ୍ୱାରାବତୀରେ । ଆମର ଶାସ୍ତ୍ର କୁହନ୍ତି, ସେ ସୂର୍ଯ୍ୟଙ୍କୁ ପୂଜାକରି ସନ୍ତୁଷ୍ଟକଲେ । ଫଳତଃ, ସୂର୍ଯ୍ୟ ବା ଆଦିତ୍ୟ ଖୁସି ହେଇ ନିଜ ଛାତିରୁ ସ୍ୟମନ୍ତକ ମଣି ବାହାରିକରି ଶତ୍ରାଜିତକୁ ଉପହାର ହେଲେ ।

ସୂର୍ଯ୍ୟ ଆକାଶରୁ ଖସି ସତରେ ଧରାପୃଷ୍ଠକୁ ଆସିଥିଲେ ? ଏହି ଘଟନାର ମାନବୀୟ ବ୍ୟାଖ୍ୟା ଆମେ

ଏହିପରି କରିପାରିବା । ଯେ - ଆଦିତ୍ୟ ନାମରେ ଜଣେ
ତପସ୍ୱୀ କେହିଥିଲେ, ଯାହାଙ୍କୁ ସେବାକରି ବା ସନ୍ତୁଷ୍ଟକରି
ଶତ୍ରାଜିତ ସେହି ଅମୂଲ୍ୟ ମଣିଟି ହାସଲ କରିଥିଲେ ।
ହେଇପାରେ, ମଣିଟି ଏକ ଯାଦୁ ପଥର । ଅଲୌକିକ
କାର୍ଯ୍ୟକରିବାକୁ ସକ୍ଷମ । ଏବେ ମଧ୍ୟ ଆମେ ଅବହିତ ଯେ
ଯାଦୁ-ପଥର ଅବିଶ୍ୱାସ୍ୟ କାର୍ଯ୍ୟ କରିଥାଏ । ଶାଳଗ୍ରାମ ପଥର
ଜୀବନ୍ତ ଥିବାର କେହି କେହି କହନ୍ତି । ଆମ ମଧରୁ ଅନେକ
ଶାଳଗ୍ରାମ-ପଥରକୁ ନାରାୟଣ ଭାବେ ବିଝୁ । ଏବଂ
ପୂଜାକରୁ ।

ସେ ଯାହାହେଉ, ସ୍ୟମନ୍ତକ ମଣି ଶତ୍ରାଜିତର
ଅଧୀନକୁ ଆସିବାପରେ ସେ ବିଉଶାଳୀ ହୋଇଉଠିଥିଲେ ।
ଏବଂ ହୋଇଥିଲେ ଧନଗର୍ବୀ ।

●

ଶ୍ରୀକୃଷ୍ଣଙ୍କ ଠାରୁ ଦ୍ୱିତୀୟବାର ଡାକରା ଆଶାକରିଥିଲା ଶତ୍ରାଜିତ ।
କିନ୍ତୁ ଡାକରା ଆସିଲା ନାହିଁ ।
ସେ ଖୁସିହେଲା ଓ ଗର୍ବରେ ବିସ୍ତରିଗଲା ।
ମୋ ମଣି, ମୁଁ କାହିଁକି କାହାକୁ ଦେବି !
ଏମାନେ କେଡ଼େ ବୁଦ୍ଧୁ !

କିନ୍ତୁ ସେତେବେଳକୁ ନିୟତି ତା'ର ପରୀକ୍ଷା ନେବାପାଇଁ ପ୍ରସ୍ତୁତ ହେଉଥିଲା ।
ଶତ୍ରାଜିତ ଜାଣନ୍ତା ବା କେମିତି ! ସେ ଯେ ଧନଗର୍ବରେ ମତୁଆଲା ! ସେ ଯେବେ
ବୁଝିଥାନ୍ତା, ଧନ କାହାରି ପାଖରେ ଚିରଦିନ ରହେନାହିଁ, ସେ ଭୁଲଟି କରିନଥାନ୍ତା ।
କେବଳ ମୁଁ ମୁଁ ହେଇ ସେ କାଳକାଟୁଥିଲା । ଏବଂ କୃଷ୍ଣଙ୍କର ଉପଦେଶକୁ ନାପସନ୍ଦ
କରୁଥିଲା । କୃଷ୍ଣ କିଏ ମ ! ସେ ମନକୁ ମନ କହୁଥିଲା ।

ବେଶ୍ କିଛି କାଳ ବିତିଗଲା । ଶତ୍ରାଜିତର କେତୋଟି ଭଣ୍ଡାର ଘର ସୁବର୍ଣ୍ଣରେ
ପୁରିଗଲା । ଆହୁରି ଆହୁରି ..... ତା'ର ପାଗଲ ଅବସ୍ଥା ।

ଦିନକର କଥା । ଶତ୍ରାଜିତର ସାନଭାଇ ପ୍ରସେନ୍‌ଜିତ । ପ୍ରସେନ୍‌ ଭାବିଲା,
ବଡ଼ ଭାଇଙ୍କ ଅଜ୍ଞାତରେ ସ୍ୟମନ୍ତକ ମଣି ବେକରୁ ଝୁଲେଇ ସେ ମୃଗୟାକୁ ଯିବ ।

ତା'ର ଖାତିର ବଢ଼ିବ । ଏବଂ ମୃଗୟାରୁ ପ୍ରତ୍ୟାବର୍ତ୍ତନକରି ଯଥାସ୍ଥାନରେ ମଣିକୁ ଥୋଇଦେବ ।

ବାଃ ସ୍ୟମନ୍ତକ ମଣି ଗଳାରୁ ଝୁଲିଲେ ସେ କ'ଣ ନଦେଖାଯିବ ! ପୁନଶ୍ଚ ମଣିର ତେଜରେ ପଶୁ ଜଲକା ମାରିଯିବେ ଓ ସେ ସହଜରେ ଶିକାର କରିବ । କି ମଜା ! ମୃଗୟାରୁ ଫେରିଲେ ହୁଏତ ବଡ଼ଭାଇ ଗାଳିକରିବେ । କରନ୍ତୁ । ଅନୁଭୂତି ତ ମିଳିବ !

ଅତି ସନ୍ତର୍ପଣରେ ରାତି ଥାଉଥାଉ ପ୍ରସେନ୍‌ଜିତ୍ ଅରଣ୍ୟରେ ପ୍ରବେଶକଲା ।

ଗଳାରୁ ଝୁଲୁଛି ସ୍ୟମନ୍ତକ ମଣି ।

ଅନ୍ଧାର ହଟିଯାଇଛି ।

ଅଶ୍ୱ ଛୁଟାଉଛି ପ୍ରସେନ୍‌ଜିତ୍ ......

ରାତି ପାହିଲା । ଉପାସନା ଗୃହରେ ପ୍ରବେଶକଲା ଶତ୍ରାଜିତ । ଦେଖିବ ସ୍ୱର୍ଣ୍ଣ ସ୍ତୂପ । ଆରେ ସ୍ୟମନ୍ତକ କାହିଁ ! ଚେରିହେଇଗଲା ! କେମିତି !! ଖୁବ୍‌ଶୀଘ୍ର ଅବଶ୍ୟ ସେ ଜାଣିଗଲା । ଯେ – ସାନଭାଇ ବେକରୁ ଝୁଲେଇ ମୃଗୟାକୁ ଯାଇଛି । ହଃ, ପିଲାଟା ! ସେ ନିଜକୁ ବୁଝେଇଲା ।

ଦିନ ଯାଇ ରାତି ହେଲା । ପ୍ରସେନ୍‌ଜିତ୍ ମୃଗୟାରୁ ବାହୁଡ଼ିଲା ନାହିଁ । କୁଆଡ଼େ ଗଲା ? ବିପଦରେ ପଡ଼ିଲା କି !

ରାତି ପାହିବା କ୍ଷଣି ଶତ୍ରାଜିତ କେତେକଙ୍କୁ ଅରଣ୍ୟରେ ଖୋଜିବାକୁ ପ୍ରେରଣକଲା । ତା'ର ମଣି ଦରକାର ! କିନ୍ତୁ ହାୟ ! ସେତେବେଲକୁ ବହୁ ବିଭ୍ରାଟ ଘଟିସାରିଥିଲା ।

ଦୁଃସମ୍ବାଦ ନେଇ ଫେରିଲେ ଅନୁସନ୍ଧାନକାରୀ ମଣିଷ ।

ପ୍ରସେନ୍‌ଜିତ୍ ମରିପଡ଼ିଛି ।

ଏବଂ ମରିଛି ତା'ର ଅଶ୍ୱ ।

ସ୍ୟମନ୍ତକ ମଣି ନାହିଁ ।

ବୁଝିଗଲା ଶତ୍ରାଜିତ । ଏହା ନିଶ୍ଚୟ କପଟୀ କୃଷ୍ଣର କର୍ମ । ମୋତେ ମଣି ମାଗିଥିଲା । ନଦେବାରୁ ସେ ପ୍ରସେନକୁ ମାରି ମଣି ହଡ଼ପକରିଛି । ସେ କାନ୍ଦିଲା । ଓ

କୃଷ୍ଣଙ୍କ ନାଁରେ ନିନ୍ଦାବାକ୍ୟ ବର୍ଷିଲା । ବୁଲି ବୁଲି ସଭିଁଙ୍କ ପାଖରେ ଫେରୋଦହେଲା । ଦେଖ୍‍ ଦେଖ୍‍ ଦ୍ୱାରାବତୀ ସାରା ସମ୍ୱାଦ ପ୍ରସରିଗଲା ଯେ କୃଷ୍ଣ ସ୍ୟମନ୍ତକ ମଣି ଚେରିକରିଛନ୍ତି ।

ଯିଏ ଶୁଣିଲା ସିଏ କହିଲା –ଏଇଟା ଠିକ୍‍ ହେଲା ନାହିଁ ।

କୃଷ୍ଣ ନୀରବ ରହିଲେ ।

ଚେରିର କଳଙ୍କ ମଥାରେ ।

ତାଙ୍କ ପାଖରେ ଉତ୍ତର ନଥିଲା ।

କିନ୍ତୁ ସେ ତ କରିନାହାଁନ୍ତି, କିଏ ତେବେ ?

ସେ ଠିକ୍‍କଲେ ସତ୍ୟ ଉନ୍‍ମୋଚନ କରିବେ ।

ଚାଳିଶଜଣ ମଣିଷଙ୍କୁ ନେଇ ସେ ଅରଣ୍ୟରେ ପଶିଲେ । ପହଞ୍ଚିଲେ ଠିକଣା ସ୍ଥାନରେ । ହଁ ପ୍ରସେନ୍‍ଜିତ୍‍ ମରିପଡ଼ିଛି । ଏବଂ ତା'ର ଅଶ୍ୱମଧ୍ୟ ।

ଏତିକିବେଳେ ଦେଖିଲେ ସିଂହର ପାଦଚିହ୍ନ ।

ସିଂହର ପାଦଚିହ୍ନ ସେ ଅନୁସରଣ କଲେ ।

ଚିହ୍ନ ଲମ୍ବିଥିଲା ପାହାଡ଼ ମୂଳପର୍ଯ୍ୟନ୍ତ ।

ଆରେ ଏ କ'ଣ ସେ ଦେଖୁଛନ୍ତି ।

ସିଂହଟିଏ ମରିପଡ଼ିଛି ।

ବଡ଼ ରହସ୍ୟ ଲାଗିଲା ତାଙ୍କୁ ।

ସିଂହକୁ ପୁଣି ମାରିଲା କିଏ !

କେହି ଜଣେ ଆସି ସମ୍ୱାଦ ଦେଲା, ଭାଲୁଟିଏର ପାଦଚିହ୍ନ ପଡ଼ିଛି ନିମ୍ନାଞ୍ଚଲକୁ । ପୁନଃ ଭାଲୁର ପଦଚିହ୍ନ ଅନୁସରଣ କ୍ରିୟା ଆରମ୍ଭହେଲା । ସାରାଂଶରେ, ସମସ୍ତେ ବୁଝୁଥିଲେ ବ୍ୟାପାରଟି ଅତୀବ ରହସ୍ୟମୟ ।

ଶ୍ରୀକୃଷ୍ଣଙ୍କ ନେତୃତ୍ୱରେ ସମସ୍ତେ ପହଞ୍ଚିଲେ ଶେଷ ପଦଚିହ୍ନ ପାଖରେ । ଏବଂ ତାହା ଥିଲା ଏକ ବୃହତ୍‍ ବିଲକୁ ପଥ । ଅର୍ଥ, ଭାଲୁଟି ବିଲମଧରେ ପ୍ରବେଶ କରିଛି । ମାତ୍ର ଭାଲୁଟି କେତେ ଭୟଙ୍କର ହେଲେ ସେ ସିଂହକୁ ମାରିଦେଇପାରେ ? ତାହା ହିଁ ଥିଲା ପ୍ରକୃତ ସନ୍ଦେହର ବିଷୟ ।

କିଏ ସେହି ଭାଲୁ! ନା ଭାଲୁ ରୂପରେ କୌଣସି ଦାନବ!

ଶ୍ରୀକୃଷ୍ଣଙ୍କର ସଂଶୟ ବଢୁଥିଲା । ସେ କ'ଣ କରିବେ ନିଶ୍ଚିତ ହୋଇପାରୁନଥିଲେ ।

ସମୟ ବିତିଯାଉଥିଲା । ଅନ୍ୟମାନେ ଠିଆହୋଇଥିଲେ ଅନ୍ଧାରିଆ ବିଲର ମୁହଁ ନିକଟରେ । ବିଲମଧକୁ ଯିବା ନିଶ୍ଚୟ କଷ୍ଟକର ଓ ବିପଜ୍ଜନକ ।

ଶ୍ରୀକୃଷ୍ଣ ନୀରବ ଥିଲେ । ହୁଏତ କିଛିକୁ ଭାବୁଥିଲେ ଗୁରୁତ୍ୱରସହ ।

ଶେଷରେ ଶ୍ରୀକୃଷ୍ଣ ମୁହଁ ଖୋଲିଲେ । ଅନୁଚରମାନଙ୍କୁ କହିଲେ – ତୁମେମାନେ ଏଠି ବାହାରେ ଅପେକ୍ଷା କର । ମୁଁ ଏକୁଟିଆ ବିଲ ମଧ୍ୟକୁ ପ୍ରବେଶ କରିବି । ମୋ ପାଇଁ ଚିନ୍ତା କରନା । କିନ୍ତୁ ମୁଁ ଫେରିବା ପର୍ଯ୍ୟନ୍ତ ଏଠି ତୁମେ ଅପେକ୍ଷା କରି ରହିବ, ଯିବ ନାହିଁ ।

ଅନ୍ୟମାନଙ୍କ ବାରଣ ନ ମାନି ସେ ବିଲମଧ୍ୟକୁ ପ୍ରବେଶ କଲେ ।

ସେ ଖସି ଖସି ଯାଉଛନ୍ତି ।

ଆରମ୍ଭରେ ସେ ଅନ୍ଧାର ସହ ଯୁଝୁଥିଲେ ।

ଏବଂ ଆଗଉଥିଲେ ।

କ୍ରମେ ଝାପସା ଆଲୋକ ଦେଖିଲେ ।

ଏବଂ ପରେ ତୋଫା ଆଲୋକ ପୃଥ୍ୱୀପରି ।

ଆରେ ଇଏ ତ ଏକ ନୂଆ ଜଗତ!

ନୂଆ ଜଗତ ଓ ନୂଆ ଅଧିବାସୀ ।

ଅଧିକାଂଶ ଭାଲୁମୁଣ୍ଡିଆ ।

ଏହା ବିଲସ୍ୱର୍ଗ କି!

ପୃଥ୍ୱୀପରି ପଥ ଭୁବନ ଗଛବୃଛ ପଶୁପକ୍ଷୀ ..... । ଶ୍ରୀକୃଷ୍ଣ ନିର୍ଭୟରେ ଓ କୌତୂହଲ ବଶତଃ ଚାଲୁଛନ୍ତି । ପ୍ରଥମେ ଏକ ବିଶାଲ ଭୁବନ ଦେଖିଲେ । ଏବଂ ଦେଖିଲେ, ତିନିଚରି ବର୍ଷର ପୁଅଛୁଆଟିଏ ଭୁବନର ବାହ୍ୟ ପରିସରରେ ଖେଳୁଛି । ଏବଂ ଖେଳଉଛି ତାକୁ ବୋଧହୁଏ ପରିଚାରିକା ଜଣେ । ଅର୍ଥ, ତାହା ଜଣେ ରାଜାଙ୍କ ଭୁବନ ।

ହଠାତ୍‌ । ଚମକି ପଡ଼ିଲେ ଶ୍ରୀକୃଷ୍ଣ । ପୁଅଛୁଆଟିର ବେକରୁ ଝୁଲୁଛି ସ୍ୟମନ୍ତକ ମଣି ।

ମଣିର ସନ୍ଧାନ ମିଳିଗଲା । ବାଃ !

ନୂଆ ମଣିଷଟିଏ ଦେଖ୍ ପରିଚାରିକାଟି ଭୟ ପାଇଗଲା ଓ ପୁଅଛୁଆଟିକୁ କୋଳକୁ ଉଠେଇନେଲା । ଏବଂ ପିଶାଚଟିଏ ଦେଖିଲା ଭଳି ଚିକ୍କାରଟିଏ ଛାଡ଼ିଲା । ଏବଂ ତା'ର ଚିକ୍କାର ଭୁବନର ଅଭ୍ୟନ୍ତରକୁ ଶୁଭିଗଲା ।

ଭୁବନ ମଧ୍ୟରୁ ଯେ ତୁରିତେ ବାହାରି ଆସିଲା, ସେ ରୂପଭେକରେ ଭାଲୁଟିଏ । କିନ୍ତୁ ପୃଥ୍ୱୀର ଯେକୌଣସି ବଳିଷ୍ଠ ଯୋଦ୍ଧାଠୁ ଅଧିକ ବଳିଷ୍ଠ ଓ ପ୍ରଚଣ୍ଡଜ୍ଞାନୀ । ସେ ଚିହ୍ନିଦେଲେ ।

ଶ୍ରୀକୃଷ୍ଣ ପୂର୍ବେ ଶୁଣିଥିଲେ, ବର୍ତ୍ତମାନ ଦେଖୁଛନ୍ତି ।

ସେ ଜାମ୍ବବାନ । ଅଦ୍‌ଭୂତ ଶକ୍ତି-ସଂପନ୍ନ ଓ ଶୁଦ୍ଧ-ଚେତା ।

ଶ୍ରୀକୃଷ୍ଣ ତାଙ୍କୁ ସମ୍ମାନ ଜଣେଇଲେ ଓ ଆସିବାର ଉଦ୍ଦେଶ୍ୟ କହିଲେ । କହିଲେ ସେ ମଣିଟି ତାଙ୍କର । ସେଇଟି ତାଙ୍କୁ ଦିଆଯାଉ ।

“ସ୍ୟମନ୍ତକ ମଣି ତୁମର ? ମୁଁ ତ ସିଂହକୁ ମାରି ଲାଭକରିଛି ।” – ଗର୍ଜନ ସହକାରେ କହିଲା ଜାମ୍ବବାନ ।

: ଆଉ ସିଂହ କେଉଁଠୁ ଆଣିଲା ?

“ଏତେ କଥା ପଚରିବାକୁ ତୁମେ କିଏ ! ତୁମକୁ ପଚରୁଛି, ଏଠାକୁ ତୁମର ଅନଧିକାର ପ୍ରବେଶ କାହିଁକି !” – ଜାମ୍ବବାନ କ୍ରୁଦ୍ଧିତ ସ୍ୱରରେ କହିଲା ।

: ମୁଁ କିଏ ଜାଣିବା ଦରକାର ନାହିଁ । କହୁଛି, ମୋର ମଣି ମୋତେ ଦେଇଦିଅ !

“ମଣି ନେବ ତ, ନିଅ ।”–କହି ଭୟଙ୍କର ଗର୍ଜନକରି ଝାମ୍ପମାରିଲା କୃଷ୍ଣଙ୍କ ଉପରକୁ । ତା'ର ବିଶ୍ୱାସ ଥିଲା ଗୋଟେ ଥାପଡ଼ରେ ସେ ମଣିଷଟାର ମୁଣ୍ଡ ଶରୀରରୁ ପୃଥକ୍‌ କରିଦେବ । ସିଂହ ପରି । ସିଂହକୁ ବାଁ ହାତର ଥାପଡ଼ରେ ସେ ମାରି ଦେଇଥିଲା ।

ଠିକ୍‌ ଅନୁମାନ କରିଥିଲେ କୃଷ୍ଣ । ସେ ଯଥାସମୟରେ ଗୋଟେ ପାଖକୁ ଡେଇଁପଡ଼ିଲେ । ଫଳତଃ, ଜାମ୍ବବାନର ଶରୀର ଭୂମିରେ କଚ୍ଡ଼ି ହେଇଗଲା ।

ବାସ୍‌, ଆରମ୍ଭ ହୋଇଗଲା ଭୟଙ୍କର ରଣ କୃଷ୍ଣ ଓ ଜାମ୍ବବାନ ମଧ୍ୟରେ ! ଜାମ୍ବବାନର ଅପରିସୀମ ଦୈହିକ ଶକ୍ତି ଓ କୃଷ୍ଣଙ୍କର ତାତକ୍ଷଣିକ କୌଶଳ । ଅଗତ୍ୟା ଜାମ୍ବବାନ ବିରାଟ ବିରାଟ ପଥର ବୃଷ୍ଟିକଲା କୃଷ୍ଣଙ୍କ ଉପରେ । ବର୍ତ୍ତିଗଲେ କୃଷ୍ଣ ଆଶୁ କୌଶଳ ପ୍ରୟୋଗକରି ।

ନିଜ ଶକ୍ତି ସାମର୍ଥ୍ୟ ଉପରେ ଆସ୍ଥାବାନ୍‌ ଜାମ୍ବବାନ ରଣର କୌଣସି ସୋପାନ ବାଦ୍‌ଦେଲା ନାହିଁ । କିନ୍ତୁ ସାମାନ୍ୟତମ କ୍ଷତି ପହୁଞ୍ଚାଇ ପାରିଲା ନାହିଁ କୃଷ୍ଣଙ୍କର ।

ଯୁଦ୍ଧର ବିରତି ଘଟୁନଥାଏ । ରାତି ଏବଂ ଦିନ ।

ଅନ୍ୟପକ୍ଷରେ ବିଳର ଦ୍ୱାରଦେଶରେ ଅପେକ୍ଷାରତ କୃଷ୍ଣଙ୍କ ଅନୁଚରମାନଙ୍କର ଧୈର୍ଯ୍ୟଚ୍ୟୁତି ଘଟିଲା । ବିଳମଧ୍ୟରୁ କୃଷ୍ଣ ବାହାରୁନଥାନ୍ତି । ସେମାନେ ଆଶଙ୍କା କରିବା ସ୍ୱାଭାବିକ୍‌ ଯେ କୃଷ୍ଣ ଆଉ ଜୀବନରେ ନାହାଁନ୍ତି । ଅତଏବ୍‌ ବାରଦିନ ଅପେକ୍ଷା କରି ମୁହଁ କୁଣ୍ଠ୍ୟାକରି ସେମାନେ ବାହୁଡ଼ିଗଲେ ଦ୍ୱାରାବତୀ । ଶ୍ରୀକୃଷ୍ଣ ମରିଗଲେ । ଓହୋ !

ବର୍ତ୍ତମାନ ମଲ୍ଲଯୁଦ୍ଧ ଚାଲିଛି ।

କୃଷ୍ଣ ଓ ଜାମ୍ବବାନ ମଧ୍ୟରେ ।

ଅସ୍ତ୍ରର ଆବଶ୍ୟକତା ନାହିଁ ।

ବାହୁରେ ବାହୁ ଯୁଦ୍ଧ ।

ଜାମ୍ବବାନର ଦୈହିକ ବଳ ଆଗରେ କୃଷ୍ଣଙ୍କର କୌଶଳ ।

କେହି ପରାଜୟ ଲଭୁନାହାଁନ୍ତି ।

ଆରମ୍ଭରେ ଜାମ୍ବବାନ ଭାବିଥିଲା, ସହଜରେ ସେ ଧରାଶାୟୀ କରିଦେବ ମଣିଷଟିକୁ । ମାତ୍ର ଜାଣିଗଲା ତାହା ସମ୍ଭବ ନୁହଁ । ସେ କ୍ଲାନ୍ତ ଓ ଅବଶ ଅନୁଭବ କଲା । ଅସହାୟ ମଧ୍ୟ ।

ତେବେ ବି ବାହୁଯୁଦ୍ଧ ଅବ୍ୟାହତ ଥାଏ ।

ଇତିମଧ୍ୟରେ ସତରଦିନ ପୂରିଗଲାଣି ଯୁଦ୍ଧକୁ ।

ଅଷ୍ଟାଦଶ ଦିନ –

କୌଶଳ କ୍ରମେ କୃଷ୍ଣଙ୍କର ପ୍ରଚଣ୍ଡ ମୁଷ୍ଟି ଆଘାତରେ ପଞ୍ଜରା ହାଡ଼ ଭାଙ୍ଗିଗଲା ଜାମ୍ବବାନର ।

ସେ ଭୂପତିତ ହେଲା ଓ ଉଠିପାରିଲା ନାହିଁ ।

ଆରେ ଇଏ କ'ଣ ସେ ଦେଖୁଚି !

ଦେଖୁଚି କୃଷ୍ଣଙ୍କ ସ୍ଥାନରେ ଠିଆ ହୋଇଛନ୍ତି ଶ୍ରୀରାମ ।

ତା'ର ପ୍ରଭୁ – ଏକଦା ।

ଜାମ୍ବାନର ଚେତନା ଜାଗି ଉଠିଲା ।

ବୁଝିଗଲା, ସେ ମସ୍ତବଡ଼ ଭୁଲକରିଛି ।

ମାୟାଗ୍ରସ୍ତ ହେଇ ସେ ଚିହ୍ନିପାରିନି ।

ଜାମ୍ବାନ ହାତଯୋଡ଼ିଲା । ତା' ଆଖିରେ ଲୁହ । ଏ ମୁଁ କ'ଣ କଲି !

ସହସ୍ରାଧିକ ବର୍ଷ ଇତିମଧ୍ୟରେ ଅତୀତ ହେଲାଣି ।

ଚିହ୍ନିବାରେ ତୁଟିରହିଗଲା ।

ମୋତେ କ୍ଷମାକରିଦିଅ, ସେ ନିଉଛାଲି ହେଲା ।

କୃଷ୍ଣଙ୍କ ମୁହଁରେ ବଙ୍କା ହସ ।

ସେ ହସ ସ୍ମୁରୁଉଠିଲା, କୃଷ୍ଣ ତା'ର ଅପ୍ରାଧ ମାର୍ଜନା କରିଛନ୍ତି ।

ଜାମ୍ବାନ ଉଠି ଠିଆ ହେବାକୁ ଚେଷ୍ଟାକଲା, ପାରିଲା ନାହିଁ ।

ତା'ର ହାତଧରି ଠିଆ କରେଇଲେ କୃଷ୍ଣ ।

ଜାମ୍ବାନ ଢଳିଢଳି ଭୁବନ ମଧ୍ୟକୁ ଗଲା । ଫେରିଲା ସହସା କନ୍ୟା ଜାମ୍ବତୀସହ । ଏବଂ ସ୍ୟମନ୍ତକ ମଣି ତା' ହାତରେ ।

"ଗୋଟିଏ ମଣି ପାଇଁ ଆସିଥିଲ । ଦୁଇଟି ମଣି ଦେଉଛି । ଇଏ ମୋର କନ୍ୟା ଜାମ୍ବତୀ । ତା'ର ପାଣି ଗ୍ରହଣ କରନ୍ତୁ ।" – କହିଲା ଜାମ୍ବାନ । ତେବେ ବି ତା' ଆଖିରୁ ବହୁଥିଲା ଲୁହଧାର ।

ଜାମ୍ବତୀକୁ ପତ୍ନୀରୂପେ ସାଦର ଗ୍ରହଣ କଲେ କୃଷ୍ଣ ।

ପତ୍ନୀ ଏବଂ ସ୍ୟମନ୍ତକ ମଣି ସହ ବିଲସ୍ୱର୍ଗ ଛାଡ଼ିଲେ ।

ଦ୍ୱାରାବତୀରେ ଶ୍ରୀକୃଷ୍ଣଙ୍କର କରୁଣ ପରିଣତି ପାଇଁ କ୍ରନ୍ଦନ ରୋଲ ଜାରି ରହିଥିବା ବେଳେ ସେ ଦ୍ୱିତୀୟ ପତ୍ନୀ ସହ ପହଞ୍ଚିଲେ । ସାଥିରେ ଅପହୃତ ସମ୍ୟନ୍ତକ ମଣି । ଆନନ୍ଦ ଖେଳିଗଲା ପୁର ନଗ୍ର ସବୁଆଡ଼େ ।

ନିତ୍ୟାନନ୍ଦ ପଣ୍ଡା ❖ ୯ ୯

ଶ୍ରୀକୃଷ୍ଣ ବିଳମ୍ବ କଲେନାହିଁ ।

ସେହିଦିନ ଶତ୍ରାଜିତକୁ ଆସିବାକୁ ବାର୍ତ୍ତା ପଠେଇଲେ ।

ସେତେବେଳକୁ ଶତ୍ରାଜିତ ଶୁଣି ସାରିଥିଲା ସମସ୍ତ ବ୍ୟାପାର ।

ସେ ଲଜ୍ଜିତ ଅନୁଭବକଲା ।

ଆସିଲା ଓ ମୁହଁପୋତି ଠିଆହୋଇ ରହିଲା ।

ଶ୍ରୀକୃଷ୍ଣ ବିନାବାକ୍ୟରେ ସ୍ୟମନ୍ତକ ମଣି ହସ୍ତାନ୍ତର କଲେ ।

ଏବଂ ବିଦାୟ ଦେଲେ ।

ଶତ୍ରାଜିତ ଫେରୁଛି । ଭାବୁଛି । କେଡ଼େ ଅପରାଧ କଲି ! ଧନମୋହରେ କୃଷ୍ଣଙ୍କ ନାଁରେ କୁତ୍ସାକଲି । କେମିତି ପ୍ରାୟଶ୍ଚିତ କରିବି ! ବୁଦ୍ଧିଟିଏ ଜୁଟିଲା ତା' ମୁଣ୍ଡରେ । ସେ ଆଶ୍ୱସ୍ତ ମନେହେଲା ।

ପରଦିନ

ପୁନଃ ଶତ୍ରାଜିତ ପହଞ୍ଚିଲା ଦ୍ୱାରାବତୀ ଭୁବନରେ ।

ସାଥିରେ ତା'ର ଅନିନ୍ଦ୍ୟ ସୁନ୍ଦରୀକନ୍ୟା ସତ୍ୟଭାମା ।

କନ୍ୟାର ଗଳାରୁ ଝୁଲୁଛି ସ୍ୟମନ୍ତକ ମଣି ।

"ମୋର ଏହି କନ୍ୟାଟିର ପାଣିଗ୍ରହଣ କରିବା ହୁଅନ୍ତୁ ।"–ଶତ୍ରାଜିତର ବିନତି ।

ଶ୍ରୀକୃଷ୍ଣଙ୍କ ମୁହଁରେ ବଙ୍କାହସ ।

ସେ ପ୍ରସନ୍ନ ଦିଶିଲେ ।

●

ଜାମ୍ବାନ ବା ଜାମ୍ବବନ୍ତକୁ ଭାଲୁମାନଙ୍କର ରାଜାଭାବେ ଦର୍ଶାଯାଇଛି ଆମ ଧର୍ମପୁସ୍ତକରେ । କିନ୍ତୁ ତା'ର ଶରୀର ଶତକଡ଼ା ଶହେ ଭାଲୁର ଶରୀର ନୁହଁ । ଗୋଡ଼ ହାତ ଓ ଦେହ ମଣିଷ ଭଳି ଓ ମସ୍ତକ ଭାଲୁର । ଠିକ୍ ଯେପରି ହନୁମାନ । ସେ ଏତେ ଶକ୍ତିଶାଳୀ ଯେ ଲକ୍ଷେ ସିଂହର ବଳସହ ତାକୁ ତୁଳନା କରାଯାଏ । ତା'ର ବାହୁ ଦୁଇଟିରେ

ସମସ୍ତ ବଳ ଠୁଲ ହୋଇଥାଏ । ବିରାଟ ବିରାଟ ପଥର ଉଠେଇ ଓ ବଡ଼ ବଡ଼ ବୃକ୍ଷକୁ ଉପାଡ଼ି ସେ ଦୂରକୁ ଫୋପାଡ଼ି ଦେଇପାରେ ।

ବର୍ତ୍ତମାନ ମଧ୍ୟପ୍ରଦେଶର ରତଲାମ ଜିଲ୍ଲାରେ ଜାମ୍ବନ୍ତ ନଗରୀ ଚିହ୍ନଟ କରାଯାଇଛି । ଏବଂ ଗୁଜରାଟର ପୋରବନ୍ଦରଠାରୁ ୧୫ କିମି ଦୂରରେ ଜାମ୍ବନ୍ତ ଗୁମ୍ଫା ଠାବକରାଯାଇଛି । ଆମର ଶାସ୍ତ୍ରପୁସ୍ତକରେ ଜାମ୍ବାନ ଏକ ବିଶେଷ ଓ ରସହସ୍ୟମୟ ଚରିତ୍ର ।

ତ୍ରେତୟା ଯୁଗରେ ଶ୍ରୀରାମଙ୍କର ସହଯୋଗୀ ଭାବେ ଜାମ୍ବାନକୁ ଦେଖିବାକୁ ମିଳେ । ସେହି ଜାମ୍ବାନ ଦ୍ୱାପର ଯୁଗରେ ଶ୍ରୀକୃଷ୍ଣଙ୍କ ସହ ଯୁଦ୍ଧରେ ବ୍ୟାପୃତ ହୋଇଥିଲା । ଏକଦା ଜାମ୍ବାନ ହିମାଳୟର ରାଜାଥିଲା । ଏବଂ ଶ୍ରୀରାମଙ୍କର ସହାୟକ ଭାବେ କାର୍ଯ୍ୟକରିବାକୁ ହିମାଳୟରୁ ଅବତରଣକରି ସମତଳ ଭୂମିକୁ ଆସିଥିଲା । ସେଥିପାଇଁ ସେ ଥିଲା ବିଧିପ୍ରେରିତ । ସେ ଏତେ ବୁଦ୍ଧିମାନଥିଲା ଯେ ତାକୁ ଆଗତଭବିଷ୍ୟ ସବୁ ଜଣାଥିଲା । ଉଲ୍ଲେଖ ଅଛି, ବିଧାତା ତାକୁ ଅମରତ୍ୱ ପ୍ରଦାନ କରିଥିଲେ ।

ତ୍ରେତ୍ୟା ଯୁଗ ସମୟକୁ ଜାମ୍ବାନ ହିମାଳୟର ରାଜା । ଅର୍ଥାତ୍ ତା ପୂର୍ବରୁ ତା'ର ରାଜ୍ୟଥିଲା । ଅର୍ଥାତ୍ ସତ୍ୟଯୁଗରେ ମଧ୍ୟ । କାଇଁ କିନା 'ବାମନ' ପ୍ରଭୁଙ୍କ ସହ ତା'ର ସାକ୍ଷାତ ଦେଖିବାକୁ ମିଳେ ।

ଶ୍ରୀରାମଙ୍କ ସହଯୋଗୀ ଭାବେ ତ'ର କର୍ମ ସୂଚନା ଦିଏ କି ତାକୁ ଆଗତ ଭବିଷ୍ୟ ଜଣାଥିଲା । ହନୁମାନଙ୍କୁ ତାଙ୍କର ଜନ୍ମବୃତ୍ତାନ୍ତ ଏବଂ ସେ ବିସ୍ମରିଥିବା ବିଦ୍ୟା ତାକୁ ସେ ସ୍ମରଣ କରାଇଦେଇଥିଲେ । ଫଳତଃ, ହନୁମାନ ଲମ୍ଫମାରି ସାଗର ପାରିହୋଇ ଲଙ୍କାରେ ପହଞ୍ଚିପାରିଥିଲେ । ଏବଂ ଲକ୍ଷ୍ମଣଙ୍କୁ ଯୁଦ୍ଧରେ ଅଚେତନ ଅବସ୍ଥାରୁ ଆରୋଗ୍ୟ

କରିବାକୁ ସେ ହନୁମାନଙ୍କୁ ବିଶଲ୍ୟକରଣୀର ସନ୍ଧାନ ଦେଇଥିଲେ ।

ଇଏ ଗଲା ଆମର ଧର୍ମଶାସ୍ତ୍ର କଥା । ବର୍ତ୍ତମାନ ପ୍ରଶ୍ନ ଉଠେ, ଜାମ୍ବବାନର ଏପରି କିମ୍ଭୁତ ଶରୀର କାହିଁକି! ଉତ୍ତରଟି ପାଇବାକୁ ହେଲେ ଆମକୁ ଆଧୁନିକ ବିଜ୍ଞାନର ସାହାଯ୍ୟ ନେବାକୁ ହେବ । ଯଥା-ଡାରଉଇନ୍‌ଙ୍କ ବିବର୍ତ୍ତନ ତତ୍ତ୍ୱ । ପଶୁ ଓ ମନୁଷ୍ୟର ମଧ୍ୟବର୍ତ୍ତୀ ସୋପାନ ବା ପ୍ରଜାତି ହେଉଛନ୍ତି ଜାମ୍ବବାନ ଓ ହନୁମାନଭଳି ଚରିତ୍ର ବା ଜୀବ । ଏବଂ ସେମାନଙ୍କର ଅମରତ୍ୱକୁ ଆମେ ଆଧୁନିକ ମଣିଷ ଏହିଭଳି ଗ୍ରହଣ କରିପାରିବା । ଯେ - ସେମାନେ ଦୀର୍ଘାୟୁ ଥିଲେ । ଆଧୁନିକ ବିଜ୍ଞାନ ସମୟ ବା କାଳ ଅଟକିଯିବା କଥା କହେ । ହେଇପାରେ, ସମୟ ବା କାଳ ସେମାନଙ୍କ ପାଖରେ ଅଟକି ଯାଇଛି ଓ ସେମାନେ ଦୀର୍ଘାୟୁ ହୋଇଛନ୍ତି । ସେମାନଙ୍କ ଭଳି ଅନ୍ୟ ଚରିତ୍ର ମଧ୍ୟ ଆମ ଧର୍ମପୁସ୍ତକରେ ଦେଖିବାକୁ ମିଳନ୍ତି ।

ପୁଣି ଧର୍ମଶାସ୍ତ୍ରକୁ ଫେରିବା । ଶ୍ରୀକୃଷ୍ଣ ଶ୍ରୀରାମଙ୍କ ଅନ୍ୟ ରୂପ । ଜାମ୍ବବାନ ଶ୍ରୀକୃଷ୍ଣଙ୍କୁ ଚିହ୍ନିନପାରିବାର ଅର୍ଥ, ସେ ଜାଗତିକ ମାୟା-କବଳିତ ହୋଇଥିଲା । ଯୁଦ୍ଧର ଅନ୍ତିମ ଦିବସରେ ସେ ମାୟା ମୁକ୍ତ ହେଲା ଓ ଚିହ୍ନିପାରିଲା ଶ୍ରୀକୃଷ୍ଣଙ୍କୁ । ଏବଂ ଅପରାଧ ମାର୍ଜନା ପାଇଁ କ୍ଷମା ଭିକ୍ଷାକଲା ।

●

ପରକୁ ପର ବିଭିନ୍ନ ପର୍ଯ୍ୟାୟ ଓ ଘଟନାକ୍ରମେ ଶ୍ରୀକୃଷ୍ଣ ଆଉ ଛଅଜଣ କନ୍ୟାଙ୍କ ପାଣିଗ୍ରହଣ କଲେ ।

ଏକଦା । ଶ୍ରୀକୃଷ୍ଣଙ୍କର ଇନ୍ଦ୍ରପ୍ରସ୍ଥରେ ଅବସ୍ଥାନ କାଳର କଥା । ଅର୍ଜୁନଙ୍କୁ ସାଥିରେ ଧରି ସେ ଯାଇଥିଲେ ମୃଗୟା । ଯମୁନା କୂଳସ୍ଥ ଘଞ୍ଚବନାନୀକୁ । ତୃଷିତ ହେବାରୁ ଦୁଇବନ୍ଧୁ ଯମୁନାର ଶୀତଳ ଜଳ ପାନକଲେ । ଯମୁନାର ବାଲୁକା ଶଯ୍ୟାରେ ଏକ ବାଲିକୁଦ ଉପରେ ବସିଥିଲା ଜଣେ ସୁନ୍ଦରୀ ଯୁବତୀ । ଧ୍ୟାନମୁଦ୍ରାରେ । ଆଶ୍ଚର୍ଯ୍ୟ ! କିଏ ଏଇ ତରୁଣୀ ନିର୍ଜନ ସ୍ଥାନରେ ! !

କହିଲେ, "ସଖା, ଯାଅ ବୁଝିଆସିବ ସେ କିଏ ଓ କ'ଣ ରୁହେଁ ।"

ଅର୍ଜୁନ ଗଲେ ଓ ତରୁଣୀଟିକୁ ପଚରିଲେ । ଜାଣିଲେ, ସେ ତରୁଣୀଟିର ନାମ କାଳିନ୍ଦୀ । ଆଦିତ୍ୟଙ୍କ ଦୁହିତା । ଶ୍ରୀକୃଷ୍ଣଙ୍କୁ ପତିରୂପେ ପାଇବା ପାଇଁ ତା'ର କଠୋର ସାଧନା ।

ଅର୍ଜୁନ ସମ୍ବାଦ ପରଶିଦେଲେ ଶ୍ରୀକୃଷ୍ଣଙ୍କୁ ।

ଶ୍ରୀକୃଷ୍ଣ କାଳିନ୍ଦୀର ପାଣି ଗ୍ରହଣକରି ପତ୍ନୀର ମାନ୍ୟତା ଦେଲେ ।

ଅବନ୍ତୀପୁର ରାଜ୍ୟରେ ଶାସନ କରୁଥିଲେ ଦୁଇଭାଇ ବିନ୍ଦ ଓ ଅନୁବିନ୍ଦ । ସେମାନଙ୍କ ଭଗ୍ନୀର ନାମ ମିତ୍ରବିନ୍ଦା, ରୂପ କମଳାସମ । ଭଗ୍ନୀର ସ୍ୱୟମ୍ବର ସଭାର ଆୟୋଜନ କଲେ ଦୁଇଭାଇ । ମାତ୍ର ଆଶ୍ଚର୍ଯ୍ୟ, ଭାଇ ଦୁହିଁଙ୍କ ବାରଣ ସତ୍ତ୍ୱେ ମିତ୍ରବିନ୍ଦା ବରଣକଲେ ଶ୍ରୀକୃଷ୍ଣଙ୍କୁ । ଅବଶ୍ୟ ସଂଘର୍ଷର ସମ୍ମୁଖୀନ ହୋଇଥିଲେ ଶ୍ରୀକୃଷ୍ଣ ।

ମିତ୍ରବିନ୍ଦା ହେଲେ ଶ୍ରୀକୃଷ୍ଣଙ୍କର ପଞ୍ଚମ ପତ୍ନୀ ।

ଘଟନା ପରେ ଘଟନା ଘଟି ଚାଲିଥିଲା ।

ଏବଂ ଶ୍ରୀକୃଷ୍ଣଙ୍କ ପତ୍ନୀଙ୍କ ସଂଖ୍ୟା ବଢୁଥିଲା ।

କୋଶଳ ରାଜ୍ୟ । ରାଜାଙ୍କ ନାମ ନଗ୍ନଜିତ । ତାଙ୍କ କନ୍ୟାର ନାମ ସତ୍ୟା । କନ୍ୟାର ବିବାହ ପାଇଁ ଅଦ୍‌ଭୁତ ସର୍ତ ରଖିଲେ ନଗ୍ନଜିତ । ତାଙ୍କର ଥିଲା ସାତୋଟି ଦୁର୍ଦ୍ଦାନ୍ତ ବୃଷଭ । ଯେଉଁ ବ୍ୟକ୍ତି ଏକ ସମୟରେ ସପ୍ତବୃଷଭଙ୍କୁ ବନ୍ଧନ କରିବାରେ ସଫଳ ହେବେ ସେ ହେବ ତାଙ୍କର ଜାମାତା ।

ବହୁ ପ୍ରତିଦ୍ୱନ୍ଦୀଙ୍କ ମଧ୍ୟରୁ ଉକ୍ତ ଅତୀବ କ୍ଲିଷ୍ଟ ପ୍ରତିଯୋଗିତାରେ ସଫଳ ହେଲେ ଶ୍ରୀକୃଷ୍ଣ ଓ ସତ୍ୟାକୁ ପତ୍ନୀରୂପେ ଲାଭକଲେ ।

ଏବଂ କେକୟ ରାଜକନ୍ୟା ଭଦ୍ରାଙ୍କୁ ବିବାହ କଲେ ଶ୍ରୀକୃଷ୍ଣ ।

ଏବଂ ମଦ୍ରରାଜ୍ୟର ରାଜକନ୍ୟା ଲକ୍ଷଣା ହେଲେ ତାଙ୍କର ଅଷ୍ଟମ ପତ୍ନୀ ।

ପରିଶେଷରେ ପ୍ରାଗ୍‌ଜ୍ୟୋତିଷପୁରର ଶାସକ ଭୂମି-ପୁତ୍ର ନାରକା ନିଜପୁରେ ବନ୍ଧନକରି ରଖିଥିଲା ଷୋଲସହସ୍ର ଏକଶତ ରାଜକନ୍ୟା । ଶୁଭମୁହୂର୍ତ ଦେଖି ଏକତ୍ର ବିବାହ କରିବ ସଭିଁଙ୍କୁ । କିନ୍ତୁ ଶୁଭମୁହୂର୍ତ ପହଞ୍ଚ ପାରିଲାନି ।

ଦୁଷ୍ଟ ନାରକାକୁ ନିଧନକଲେ ଶ୍ରୀକୃଷ୍ଟ । ମୁକ୍ତକଲେ ରାଜକନ୍ୟାମାନଙ୍କୁ । ଏବଂ ସେମାନଙ୍କ ଅଭିଲାଷ ମତେ ବିବାହକଲେ ସଭିଙ୍କୁ । ଶ୍ରୀକୃଷ୍ଣଙ୍କ ସାଂସାରିକ କ୍ରିୟା ଆରମ୍ଭ ହେଲା ।

(ନଅ)

ଇତିମଧ୍ୟରେ ବହୁବର୍ଷ ବିତିଗଲାଣି ।

ଜରାସନ୍ଧ କିନ୍ତୁ ଭୁଲିପାରୁନାହିଁ ।

କୃଷ୍ଣ ବଞ୍ଚିଗଲା କେମିତି !

ସେଇ ରାତିରେ ସେ ନିଜେ ତଦାରଖ କରିଥିଲା ।

ଦେଖିଥିଲା, ପର୍ବତ ଗୋଟାକ ହୁତ୍‌ହୁତ୍‌ ଜଳୁଛି ।

ଚାରିଦିଗକୁ ରୁନ୍ଧିଥିଲେ ତା'ର ସେନାନୀ ।

ତେବେ ?

ଜରାସନ୍ଧର ଚିନ୍ତାର ସୀମା ନାହିଁ । ସେ ନିଶ୍ଚିନ୍ତହୋଇ ବସିଯାଇଥିଲା, କୃଷ୍ଣ ଓ ତା'ର ବଡ଼ଭାଇ ପୋଡ଼ି ଜଳି ମରିଗଲେ । ମାତ୍ର ସେ ଯେ ବଞ୍ଚିଛି ! କେବଳ ବଞ୍ଚିଛି ନୁହେଁ, ସମୁଦ୍ର ଭିତରେ ରାଜ୍ୟଟିଏ ବସେଇ ଆରାମରେ ଅଛି । କିପରି ଏହା ସମ୍ଭବ ହେଲା ! !

ଅନେକ ନିରୋଳା ମୁହୂର୍ତ୍ତରେ ସେ ଭାବିଛି, ଦ୍ୱାରାବତୀ ଆକ୍ରମଣ କରିବ । ପରମୁହୂର୍ତ୍ତରେ ଭାବିଛି, ଫଳ ଭଲ ହେବନାହିଁ । ଜଳ ପରିଖା ପାରିହେବା ବଡ଼ କଠିନ । ଅତଏବ୍‌ ଅସମ୍ଭବ ବ୍ୟାପାର ।

ନିଜର ଜନ୍ମଲଗ୍ନ ସମ୍ପର୍କରେ ସେ ଅବହିତ ଥିଲା । ଯେ, ସେ କୌଣସି ଶସ୍ତରେ ମରିବନାହିଁ । ମରିପାରିବ ନାହିଁ । ତାକୁ ଜୀବନ ଦେଇଥିବା ତା'ର ଦ୍ୱିତୀୟ ମାଆ 'ଜରା' ତା ଦେହକୁ ବଜ୍ର କରିଦେଇଛନ୍ତି । ଭରିଦେଇଛନ୍ତି ତା ଦେହରେ ଦଶସହସ୍ର ମଉହସ୍ତିର ବଳ । ଏବଂ ତା ମୃତ୍ୟୁର ସମ୍ଭାବନା ସମୟରେ ଯେଉଁ ଗୋପନ ତଥ୍ୟଟି ଦେଇଥିଲେ ତାହା ତାର ପିତା ବ୍ୟତୀତ କେହି ଜାଣିନାହାଁନ୍ତି ।

ତା'ର ପିତା ଏବେ ନାହାଁନ୍ତି ।

ଏବଂ ନାହାଁନ୍ତି ତା'ର ଦ୍ୱିତୀୟ ମାଆ ।

ଅତଏବ୍‌ ଗୋପନ ତଥ୍ୟଟି ଏବେ ବି ଗୋପନ ହୋଇରହିଛି ।

ସେ ଆଶ୍ୱସ୍ତ ନିଶ୍ଚୟ ।

ମାତ୍ର ... ମାତ୍ର ତା'ର ଆଶ୍ୱସ୍ତିକୁ ପ୍ରତି ମୁହୂର୍ତ୍ତରେ ଧମକ୍‌ ଦେଇଚାଲିଛି ସେଇ କପଟୀ କୃଷ୍ଣ । ସେ ମରିଯାଆନ୍ତା ହେଲେ । କିନ୍ତୁ କିପରି !

ସେଦିନ କଥା ସେ ଭୁଲିପାରୁନାହିଁ । ଶିଶୁପାଳଠାରୁ ନିମନ୍ତ୍ରଣ ପାଇ ସେ ଯାଇଥିଲା ବିଦର୍ଭ । ଖୁବ ଥାଟ୍‌ବାଟରେ । ସେ ଥିଲା ବରଯାତ୍ରୀ ଓ ବିଶେଷ ଅତିଥ୍‌ । ହେଲେ କନ୍ୟା ରୁକ୍ମିଣୀକୁ ଦେଖ୍‌ ସେ ଚହଲି ଉଠିଥିଲା । ଆହାଃ, କେତେ ସୁନ୍ଦରୀ ! ଗୋଟେ ସମୟରେ ସେ ଭାବିଥିଲା, ଶିଶୁପାଳକୁ ଘଉଡ଼େଇ ଉଠେଇନେବ ରୁକ୍ମିଣୀକୁ ।

ରୁକ୍ମିଣୀ ମୋ ପାଇଁ ଯୋଗ୍ୟା – ଜରାସନ୍ଧର ମନଗହନର କଥା ।

ମାତ୍ର ହେଲା କ'ଣ ! ତା ଭାବନା ଭାବନାରେ ହିଁ ରହିଗଲା । ଅରୁନକ୍‌ ଆବିର୍ଭାବ ଘଟିଲା ସେହି ମେଷ୍ଟ୍ରଡ଼ ଟୋକା କୃଷ୍ଣର । ତା'ର ଜାଣିବା ଭିତରେ, ଦେଖୁବା ଭିତରେ ସେ ଟୋକା ବାଟରୁ ହରଣ କରିନେଲା କନ୍ୟାକୁ । ଓଃ !

ସେ ଅବଶ୍ୟ ଦଳବଳ ନେଇ ଅନୁସରଣ କରିଥିଲା କୃଷ୍ଣର । ତା'ର ଆଶା ତେବେ ବି ମଉଳି ନଥିଲା । ଯେବେ କୃଷ୍ଣ ହାବୁଡ଼ରେ ପଡ଼ିଥାନ୍ତା, ତେବେ ତାକୁ ତ ମାରିଦେଇଥାନ୍ତା, ରୁକ୍ମିଣୀକୁ ସେଇବାଟେ ଘେନି ଫେରିଯାଇଥାନ୍ତା ମଗଧ । ଏକା ସାଙ୍ଗରେ ଯୋଡ଼େ କାମ, କୃଷ୍ଣର ନିଧନ ଓ ରୁକ୍ମିଣୀ ପ୍ରାପ୍ତି । ବାଃ !

କିନ୍ତୁ ... କିନ୍ତୁ କୃଷ୍ଣ ବଦଳରେ ସେ ପଥରେ ଭେଟିଲା ତା ବଡ଼ ଭାଇ ବଳରାମକୁ । ତା ସାଙ୍ଗରେ ଯୁଝିଲା ବେଳକୁ କୃଷ୍ଣ ଚମ୍ପଟ୍‌ । ହାଃ କପାଳ !

ଜରାସନ୍ଧ ଫେରିଆସିଲା । ଅନ୍ତରର କଥା ରୁପିରଖ୍‌ ଶିଶୁପାଳକୁ ବୁଝେଇଲା – ଆଉ ରୁକ୍ମିଣୀ ମିଳିବନାହିଁ । ତେବେ ସେ କୃଷ୍ଣ ଉପରେ ଦିନେ ନା ଦିନେ ଦାଉ ସାଧିବା । ବ୍ୟସ୍ତ ହୁଅନାହିଁ । ତୁମେ ପ୍ରସ୍ତୁତ ହୋଇ ରୁହ । ମୁଁ ଅଛି ।

ସେ ସିନା ବୁଝେଇଥିଲା, ନିଜ ମନକୁ କିନ୍ତୁ ବୁଝେଇ ପାରିନଥିଲା । କୃଷ୍ଣ ଏପର୍ଯ୍ୟନ୍ତ ମରିନାହିଁ । ଏହି ଚିନ୍ତା ତାକୁ ହଲାପତ୍‌ଟା କରିଲାଗିଲା । ଦିନ ରାତି ସବୁବେଳେ ।

ସେ ଫେରିଲା ମଗଧ ଓ ଭିତରେ ଛାନିଆ ହେଲା ।

ଟୋକାଟା କେଡ଼େ ମାରାତ୍ମକ !

ଏବଂ କେଡ଼େ କପଟୀ !

ଏବଂ କେଡ଼େ ଛଳନାବାଜ୍ !

ଜରାସନ୍ଧର କ୍ରୋଧ ଓ ଭୟ ଦିନକୁ ଦିନ ବଢ଼ି ଚାଲିଲା । କୃଷ୍ଣ ଜୀବନରେ ଥିବା ପର୍ଯ୍ୟନ୍ତ ତା'ର ଶାନ୍ତି ନାହିଁ, ସେ ଭାବିଲା । ଭାବିଲା ଏବଂ ଚରମ ପଦକ୍ଷେପ ନେଲା । କୃଷ୍ଣ ଉପରେ ଦାଉ ସୁଝେଇବାକୁ ଯାଇଁ ସେ ସାନ ବଡ଼ ଯେତେ ରାଜା ଥିଲେ ସମସ୍ତିଙ୍କୁ ବାନ୍ଧି ଆଣିଲା । ଆଶା କରିଥିଲା, କୃଷ୍ଣ ଏଇ ସମ୍ବାଦ ନିଶ୍ଚେ ପାଇବ ଓ ତାକୁ ମୁକାବିଲା କରିବାକୁ ହୁଏତ ପହଞ୍ଚିଯିବ ମଗଧ । କିନ୍ତୁ ନା, ସେ ଆସିଲା ନାହିଁ । ଡରିଗଲା । ଜରାସନ୍ଧକୁ କିଏ ନ ଡରେ ! ସେ ଫୁଲି ଉଠିଲା ।

ଏବେ ମଧ ସେସବୁ ରାଜା ଓ ରାଜକୁମାର ତା'ର ବନ୍ଦୀଶାଳାରେ ସଢୁଛନ୍ତି ।

ଦିନେ ସେ ଦରବାରରେ ଘୋଷଣା କଲା, ରାଜାମାନଙ୍କୁ ମୃତ୍ୟୁଦଣ୍ଡଦେବ ।

ପାତ୍ରମନ୍ତ୍ରୀ ସମର୍ଥନ କଲେ – ସେମାନଙ୍କୁ ଖୋଇପେଇ ରଖିବା ଦରକାର କ'ଣ !

କିନ୍ତୁ ବୃଦ୍ଧ ପୁରୋହିତ ପରାମର୍ଶ ଛଳରେ ଅନ୍ୟ ଏକ କଥା କହିଲେ ।

କହିଲେ – "ମଣିମା ! ସେଇ ରାଜାମାନଙ୍କୁ କୁହନ୍ତୁ । କୁହନ୍ତୁ, ସେମାନେ ଯେବେ ମିଶିକରି କୃଷ୍ଣକୁ ବାନ୍ଧି ଆଣିପାରିବେ, ତେବେ ସେମାନଙ୍କୁ ବନ୍ଧନମୁକ୍ତ କରାଯିବ । ନଚେତ୍ ଏଇଠି ସେମାନେ ମରିବାକୁ ବାଧ୍ୟହେବେ । ସେମାନଙ୍କୁ କାମରେ ଲଗେଇବା ଉଚିତ୍ ହେବ ।"

ଜରାସନ୍ଧର ମନକୁ ଗଲା ବୃଦ୍ଧ ପୁରୋହିତର ପରାମର୍ଶ । ବୃଦ୍ଧର ବୁଦ୍ଧି ଅଛି – ସେ ଭାବିଲା ।

ଏବଂ ରାଜାମାନଙ୍କୁ ଦରବାରରେ ହାଜର ହେବାକୁ ନିର୍ଦ୍ଦେଶ ଦେଲା ।

ପ୍ରଧାନମନ୍ତ୍ରୀ ମଗଧ ନରେଶଙ୍କ ନିଷ୍ଠଉଦି ପଢ଼ି ଶୁଣେଇଦେଲେ ।

ବନ୍ଦୀରାଜାମାନେ ତଳକୁ ମୁହଁ ପୋତିଲେ ଓ କାନ୍ଦିଲେ ।

କାନ୍ଦିବାର କାରଣ ପଚରାଗଲାରୁ ଉଠର ଆସିଲା – "କୃଷ୍ଣକୁ ବାନ୍ଧି ଆଣିବାକୁ ଯିବାର ଅର୍ଥ ନିଶ୍ଚିତ ମୃତ୍ୟୁ । କାରଣ ତା' ହାତରେ ଗୋଟିଏ କାମଗ ଚକ୍ର ଅଛି ।

ଯେଉଁଟାକି ମୁଣ୍ଡ କାଟିବାରେ ଅଭ୍ୟସ୍ତ । ଏବଂ ସେ କେଉଁଠି ରଖିଛି ଏକ ଭୟଙ୍କର ପକ୍ଷୀ । ଯେକି ତାରି ନିର୍ଦ୍ଦେଶ ହିଁ ପାଳନ କରେ, ଅନ୍ୟ କାହାର ନୁହଁ । ସେ ପକ୍ଷୀ – ନାଁ ତା'ର ଗରୁଡ଼ – ପାଦନଖରେ ପର୍ବତକୁ ମଧ୍ୟ ଉପାଡ଼ି ଉଡ଼େଇ ନେଇପାରେ । ପୁଣି ସମ୍ମିଳିତ କାୟ ।

"ତା' ସହ ଶତ୍ରୁତା କଲେ ମୃତ୍ୟୁ । ଏବଂ ମହାରାଜଙ୍କ ନିର୍ଦ୍ଦେଶ ପାଳନ ନକଲେ ମୃତ୍ୟୁ । ବରଂ ଆମକୁ ଏହିଠାରେ ମୃତ୍ୟୁଦଣ୍ଡ ଦିଆଯାଉ । ଗୋଟେ ଟୋକା ହାତରେ ମରିବା ଅପେକ୍ଷା ମଗଧ ନରେଶଙ୍କ ହାତରେ ମରିବା ଗୌରବ ।" – ରାଜାଗଣ ଉପର ମନରେ କହିଲେ ।

ଦରବାରରେ ସମସ୍ତେ ଶୁଣିଲେ ଓ ସ୍ତବ୍ଧ ହୋଇଗଲେ ।

ଜରାସନ୍ଧ ମଧ୍ୟ ଶୁଣିଲା ଓ ଚୁପ୍ ରହିଲା ।

ଅଧିକ ଭାବିବା ପରି ମନେହେଲା ।

ଏବଂ ବନ୍ଦୀରାଜାମାନଙ୍କ ମୃତ୍ୟୁଦଣ୍ଡ ସ୍ଥଗିତ ରଖିଲା ।

ଏବଂ ପୁନଃ ବନ୍ଦୀଶାଳାକୁ ପଠେଇଦେଲା ।

ଇତିପୂର୍ବରୁ ଜରାସନ୍ଧ ଶୁଣିଥିଲା । ବର୍ତ୍ତମାନ ନିର୍ଣ୍ଣିତ ହେଲା । ଯେ – ସେ ମେଷଡ଼ ଟୋକାଟାର ଦୁଇଟି ପ୍ରମୁଖ ଅସ୍ତ୍ର ଅଛି । ଚକ୍ର ଓ ଗରୁଡ଼ପକ୍ଷୀ । ଯେକୌଣସି ଯୋଦ୍ଧା ଆଶଙ୍କିତ ହେବା ନିର୍ଣ୍ଣିତ । ରାଜାମାନେ ଡରିବା ଅଯୌକ୍ତିକ ନୁହଁ । କିନ୍ତୁ ସେ କାହିଁକି ଡରିବ! ସେ ଜରାସନ୍ଧ!

ସେ ଭାବିଲା –

ଚକ୍ର ମୋର କରିବ କ'ଣ!

ଏବଂ ସେ ପକ୍ଷୀଟା! ମୋର କିଛି କରିପାରିବ ନାହିଁ ।

କାରଣ ମୋର ମୃତ୍ୟୁ ସେମାନଙ୍କ ଦ୍ୱାରା ସମ୍ଭବ ନୁହଁ ।

ସେ ପାଗଳଙ୍କ ପରି ଅଟ୍ଟହାସ୍ୟ କରିଉଠିଲା ।

ଏବଂ ମଥାର କେଶକୁ ଝୁଙ୍କେଇ ଲାଗିଲା ।

ଦରବାରରେ ଉପସ୍ଥିତ ପାତ୍ରମିତ୍ର ଅସମ୍ଭବ ନୀରବ ।

ସେମାନେ କିଛି ଅନୁମାନ କରିପାରୁନଥିଲେ ।

ହଠାତ୍‌ ରାଜାଙ୍କ ଆଚରଣ ସେମାନଙ୍କୁ ତ୍ରସ୍ତ କରିଦେଇଥିଲା ।

କେତେବେଳକେ ରାଜା ସ୍ୱାଭାବିକ ହେଲେ । କହିଲେ – ଏଇ ରାଜାଗୁଡ଼ାକ ମରିବାକୁ ମଧ ଅଯୋଗ୍ୟ । ହାଃ ହାଃ ....

ମାନେ ?

– ବୁଢ଼ୁଗୁଡ଼ାକ । ଏମାନେ ଜାଣିନାହାଁନ୍ତି ତା'ର ଚକ୍ର ଓ ପକ୍ଷୀ ମୋ ପାଇଁ ମୂଲ୍ୟହୀନ ।

ସଭାମଧ୍ୟରୁ ଶୁଣାଗଲା – ହଁ ସେଇଆ ।

–ରାଜାଗୁଡ଼ା ବଞ୍ଚିଗଲେ ...ହାଃ ...ହାଃ ... । ଜରାସନ୍ଧର ପାଗଳ ପରି ହସ ।

ପୁନଶ୍ଚ ଶୁଣାଗଲା – ମହାରାଜ ବଞ୍ଚେଇଦେଲେ ।

– ହଁ । କିନ୍ତୁ କେତେଦିନ ! ସେମାନଙ୍କୁ ମରିବାକୁ ହିଁ ହେବ ।

ଜରାସନ୍ଧ ସଭାକୁ ସ୍ଥଗିତ ରଖିଲେ ।

ଫେରିଗଲେ ଅନ୍ତଃପୁରକୁ ।

ସେ ଜାଣୁଥିଲେ, ତାଙ୍କ ଶରୀରରୁ ଝାଳ ନିର୍ଗମନ ପ୍ରବଳ ।

ଦେହ ଭାଲି ସେ ପଡ଼ିଗଲେ ପଲଙ୍କଉପରେ ।

ଏବଂ ଦୀର୍ଘଶ୍ୱାସ ଛାଡ଼ିବାକୁ ଲାଗିଲେ ।

ଏବଂ ମଝିରେ ଉଚ୍ଚାରଣ କରୁଥିଲେ କୃଷ୍ଣ ... କୃଷ୍ଣ ...

ଏବଂ ଉଚ୍ଚାରଣ କରିବା ଅବସ୍ଥାରେ ସେ ନିଦ୍ରାଗଲେ  ।

ପ୍ରକୋଷ୍ଠ ବାହାରେ ଅପେକ୍ଷା କରୁଥିଲେ ଅସ୍ତି ଓ ପ୍ରାପ୍ତି – ଜରାସନ୍ଧର ଦୁଇ ବିଧବା କନ୍ୟା । ସେମାନେ ଜାଣୁଥିବେ, ପିତା ସେମାନଙ୍କ ସ୍ୱାମୀହନ୍ତା କୃଷ୍ଣ ପାଇଁ ଚିନ୍ତିତ । କାହିଁକି କେଜାଣି ସେ ଦୁହେଁ ଯେବେ ଶୁଣିଥିଲେ କୃଷ୍ଣ ଅଗ୍ନିରେ ଦଗ୍ଧ ହୋଇ ପ୍ରାଣ ହରାଇଛି, ସେମାନେ ଦୁଃଖ କରିଥିଲେ ଓ ଗୋପନରେ କାନ୍ଦିଥିଲେ । ଏବେ ଆଶ୍ୱସ୍ତ ଅନୁଭବ କରୁଥିଲେ ଯେ କୃଷ୍ଣ ବଞ୍ଚିଛି ।

ପ୍ରକୋଷ୍ଠ ବାହାରେ ଘନ ଅନ୍ଧକାର ।

"ସ୍ୱାମୀ ଯିବାର ଏତେ ବର୍ଷ ପରେ କୃଷ୍ଣପ୍ରତି ବୈରଭାବ ପୋଷଣ କରିବା ଠିକ୍‌ ନୁହେଁ ।" – ଅତି ନିମ୍ନସ୍ୱରରେ କହିଲା ଅସ୍ତି ।

"ତାକୁ ମାରିହେବ ନାହିଁ । ତାକୁ ଯାଦୁ ଜଣା ।" - କହିଲା ପ୍ରାପ୍ତି ।

ଅନ୍ଧାର ଭିତରେ ଦୁହେଁ ଚୁପ୍‌ଚାପ୍ ବସିଥିଲେ ପ୍ରକୋଷ୍ଠ ବାହାରେ । ବସି ଚୁପି ଚୁପି କଥା ହଉଥିଲେ । ସେମାନେ ଏକମତ ହେଉଥିଲେ ଯେ ପିତାଙ୍କୁ ଉସ୍‌କେଇବା ଠିକ୍ ହୋଇନାହିଁ । ଗଲା ମଣିଷ ତ ଆଉ ବାହୁଡ଼ି ଆସିବ ନାହିଁ । ପିତାଙ୍କ ପାଇଁ ସେମାନେ ଚିନ୍ତା ପ୍ରକଟ କରୁଥିଲେ ।

ଅର୍ଥ, ଜରାସନ୍ଧ ପ୍ରତି କୃଷ୍ଣ ବିପଦ ।

କିନ୍ତୁ ...... କିନ୍ତୁ ...........

ଦୁଇ ଭଉଣୀ ହଠାତ୍ ଚମକି ପଡ଼ିଲେ ।

ପ୍ରକୋଷ୍ଠ ଭିତରୁ ଭାସି ଆସୁଥିଲା – ହେ କୃଷ୍ଣ ..... ହେ କୃଷ୍ଣ .....

ଜରାସନ୍ଧ ନିଦ୍ରାଚ୍ଛନ୍ନ ଅବସ୍ଥାରେ ଉଚ୍ଚାରଣ କରୁଥିଲା ।

ଉଚ୍ଚାରଣରେ କିନ୍ତୁ ନଥିଲା ବୈରଭାବ ।

ତେବେ ?

କୃଷ୍ଣ ଓ କୃଷ୍ଣ ନାମ ପୃଥକ୍ ନୁହଁନ୍ତି

ଏକ ଓ ଅଭିନ୍ନ ।

ନାମ ବ୍ରହ୍ମ ।

ବୈରଭାବରେ ନାମବ୍ରହ୍ମ ମହୌଷଧ ।

ମହୌଷଧ କାର୍ଯ୍ୟ କରିବାକୁ ଆରମ୍ଭ କରିଥିଲା ଜରାସନ୍ଧଠାରେ ।

ରାତି ପାହିଲା ବେଳକୁ ଜରାସନ୍ଧର ପାଗଳପଣ ନଥିଲା ।

ହୁଏତ ଭୁଲିଯାଇଥିଲା କୃଷ୍ଣଙ୍କୁ ।

ଅନ୍ତତଃ, ସେହିପରି ଜଣାଯାଉଥିଲା ।

ବ୍ରାହ୍ମ ମୁହୂର୍ତରେ ଜରାସନ୍ଧ ସ୍ନାନକରେ । ଏବଂ ଅପେକ୍ଷାରତ ବ୍ରାହ୍ମଣ ଓ ଭିଷ୍ମୁମାନଙ୍କ ପରିଚର୍ଯ୍ୟାରେ ଆନ୍ତରିକତା ସହ ଚିଉଦିଏ । ସେଥିରେ ଛଳନା ନଥାଏ । ନଥାଏ, ରାଜତ୍ଵର ଅହଂ ।

ବ୍ରାହ୍ମଣ ଓ ଭିଷ୍ମୁମାନଙ୍କୁ ଖୁସିକରି ସେ ଖୁସିପାଏ । ତା'ର ପ୍ରତ୍ୟେକ ଦିନର କାର୍ଯ୍ୟ ଆରମ୍ଭ ହୁଏ ସେବାରୁ । ସେତେବେଳେ ଜରାସନ୍ଧ ପାଲଟିଯାଏ ଏକ ମହଭର ସଭା । ଯେଉଁ ସଭା ଆପଣାକୁ ନ୍ୟୁନ ଦୃଷ୍ଟିରେ ଦେଖିବାକୁ ସୁଖପାଏ ।

ଜରାସନ୍ଧର ବିଧବା କନ୍ୟାଦ୍ୱୟ ଖୁସିଥିଲେ । ଖୁସିଥିଲେ ବନ୍ଦୀଶାଳାରେ ଥିବା ରାଜା ଓ ରାଜକୁମାର ମାନେ । ଜରାସନ୍ଧ ବ୍ରାହ୍ମଣ ଓ ଭିଷ୍ମୁମାନଙ୍କୁ ସେବାକରି ଖୁସିଥିଲା । କିଛି ସମୟ ଉତ୍ତାରୁ ମଗଧରାଜ ଦରବାରକୁ ବିଜେହେବେ । ଚଳଚଞ୍ଚଳ ହୋଇ ଉଠୁଥିଲେ ରାଜକର୍ମଚାରୀ । କାହିଁକି କେଜାଣି କୃଷ୍ଣ କାହାର ମନରେ ନଥିଲା ।

<h2 style="text-align:center">(ଦଶ)</h2>

"ତୁମେ ମୋର ସଖା ଓ ପରାମର୍ଶଦାତା । ଏବଂ ତୁମେ ବିଦ୍ୱାନ । ଏହି ସଙ୍କଟଜନକ ପରିସ୍ଥିତିରେ ମୁଁ କରିବି କ'ଣ! ଜରାସନ୍ଧର ଅତ୍ୟାଚାରରୁ କେମିତି ରକ୍ଷା ପାଇବ ପୃଥ୍ବୀ । ଭାବିଥିଲି, ମଧୁପୁରୀ ଛାଡ଼ି ଚାଲିଆସିଲେ ଜରାସନ୍ଧ ଉତ୍ତମକର୍ମ ଆପଣେଇବ । କିନ୍ତୁ ହେଲାନାହିଁ ।" – ଶ୍ରୀକୃଷ୍ଣ ଏକାନ୍ତରେ କହିଲେ ଉଦ୍ଧବଙ୍କୁ ।

ଉଦ୍ଧବ ଶୁଣିଲେ ।

ଏବଂ ଗମ୍ଭୀରତାର ସହ ଚିନ୍ତାକଲେ ।

କି ପରାମର୍ଶ ଅବା ଦେବି ! ସେ ଭାବୁଥିଲେ ।

ପୁନଶ୍ଚ କହିଲେ ଶ୍ରୀକୃଷ୍ଣ, "ସମ୍ବାଦ ମିଳିଛି ଇନ୍ଦ୍ରପ୍ରସ୍ତରେ ଯୁଧିଷ୍ଠିର ରାଜସୂୟ ଯଜ୍ଞ କରିବାକୁ ମନସ୍ଥ କରିଛନ୍ତି । ଭଲ କଥା । କିନ୍ତୁ ଜରାସନ୍ଧକୁ ପରାଜିତ ନକରି କେମିତି ବା ସେ ଯଜ୍ଞ କରିବେ !"

ପ୍ରକୃତପକ୍ଷେ, ଶ୍ରୀକୃଷ୍ଣ ଖୁବ୍ ଚିନ୍ତିତ ଦିଶୁଥିଲେ ।

ଏକ ପକ୍ଷରେ, ଯୁଧିଷ୍ଠିର ତାଙ୍କର ପିଉସୀପୁଅ ଭାଇ ।

ରାଜସୂୟଯଜ୍ଞ ତାଙ୍କ ପାଇଁ ତଥା ପୃଥ୍ବୀ ପାଇଁ ମଙ୍ଗଳ ।

ତାହା ବିନା ବାଧାରେ ଅନୁଷ୍ଠିତ ହେବା ଆବଶ୍ୟକ ।

ଅନ୍ୟପକ୍ଷରେ ବନ୍ଦୀ ରାଜାମାନଙ୍କ ଜୀବନରକ୍ଷା ।

ଜରାସନ୍ଧର ନିଧନ ନହେଲେ କେଉଁଟି ବି ସମ୍ଭବ ନୁହଁ ।

ତେବେ ?

ବସ୍ତୁତଃ, ତାହା ଥିଲା ଏକ ବିଷମ ସମସ୍ୟା । ସମଗ୍ର ଜଗତ ପାଇଁ । କିଛି ହିଁ ଉପାୟ ଦିଶୁନଥିଲା ଶ୍ରୀକୃଷ୍ଣଙ୍କୁ । ତଥାପି ... ତଥାପି ଉଦ୍ଧବଙ୍କ ଉପସ୍ଥିତି ବୁଦ୍ଧି ଓ ଜ୍ଞାନ ଉପରେ ଯଥେଷ୍ଟ ଭରସା ଥିଲା ତାଙ୍କର ।

ପୂର୍ବଦିନର କଥା । ଜଣେ ଆଗନ୍ତୁକ ଆସିଥିଲେ । ସେ ଇଚ୍ଛା ପ୍ରକାଶ କଲେ କିଛି ଗୋପନ କଥା ଏକାନ୍ତରେ କହିବେ ଶ୍ରୀକୃଷ୍ଣଙ୍କୁ । ଅନୁମତି ମିଳିଲା ତାଙ୍କୁ ।

"ମଗଧରୁ ଆସିଛି । ଦୂତ ରୂପେ ।" - କହିଲେ ଆଗନ୍ତୁକ ।

: ରାଜା ଜରାସନ୍ଧଙ୍କଠୁ ବାର୍ତ୍ତା ଆଣିଛ ? ଶ୍ରୀକୃଷ୍ଣଙ୍କ ମନରେ ସନ୍ଦେହ ।

"ନା । ଜରାସନ୍ଧ ବନ୍ଦୀକରି ରଖିଥିବା ରାଜାମାନଙ୍କଠୁ ବାର୍ତ୍ତା ଆଣିଛି ।" - କହିଲେ ଆଗନ୍ତୁକ ।

ଆଗନ୍ତୁକ ଯାହା କହିଲେ ତାର ମର୍ମ :

ଶତାଧିକ ରାଜାଙ୍କୁ ବନ୍ଦୀକରି ରଖିଛି ଜରାସନ୍ଧ । ଶ୍ରୀକୃଷ୍ଣଙ୍କ ଉପରେ ଦାଉ ସାଧିବାକୁ । ଯେକୌଣସି ମୁହୂର୍ତ୍ତରେ ସେ ରାଜାମାନଙ୍କର ମୁଣ୍ଡକାଟ କରିପାରେ । ବନ୍ଦୀ ରାଜାମାନଙ୍କର ବିଶ୍ୱାସ, ଶ୍ରୀକୃଷ୍ଣ କେବଳ ସେମାନଙ୍କ ଜୀବନ ରକ୍ଷା କରିପାରିବେ । ସେମାନଙ୍କର ପ୍ରାର୍ଥନା, ଯଥାଶୀଘ୍ର ଶ୍ରୀକୃଷ୍ଣ ସେମାନଙ୍କୁ ମୁକ୍ତି ଦେବାର ବନ୍ଦୋବସ୍ତ କରନ୍ତୁ ।

ଦୂତଠାରୁ ସମସ୍ତ ବିବରଣୀ ଶୁଣିଲେ ଶ୍ରୀକୃଷ୍ଣ । ଅନ୍ତରରେ ବ୍ୟଥା ଅନୁଭବ କଲେ । ମୋ ପାଇଁ ଯନ୍ତ୍ରଣାକବଳିତ ରାଜାମାନେ । କି ଦୋଷ ସେମାନଙ୍କର ! ଓଃ !

କି ପ୍ରତିଶ୍ରୁତି ସେ ଦେବେ ରାଜାମାନଙ୍କୁ!

ସେ ଭାବନା ଭିତରେ ବୁଡ଼ିଗଲେ ।

ଦୂତଟି ବର୍ଣ୍ଣିବା ପରେ ନୀରବିଯାଇଥିଲା ।

ସମ୍ଭବତଃ, ଆଶାକରୁଥିଲା କିଛି ବାର୍ତ୍ତା ।

କିନ୍ତୁ ପାଉନଥିଲା ।

ବିତିଯାଉଥିଲା ମୁହୂର୍ତ୍ତଉପରେ ମୁହୂର୍ତ୍ତ ।

କେତେବେଲେ ମୁହଁ ଖୋଲିଲେ ଶ୍ରୀକୃଷ୍ଣ । କହିଲେ - ରାଜାମାନଙ୍କୁ କହିବ, ସେମାନଙ୍କୁ ମୁଁ ଥାଉଁ ଥାଉଁ ମରିବାକୁ ଦେବିନାହିଁ । କିନ୍ତୁ କେବେ ସେମାନେ ମୁକ୍ତହେବେ ଏବେଠାରୁ କହିବା ସମ୍ଭବନୁହଁ ।

ଦୂତ ଫେରିଗଲା ମଗଧ ।

ସେବେଠାରୁ ଶ୍ରୀକୃଷ୍ଣଙ୍କର ଚିନ୍ତା ।

ନିତ୍ୟାନନ୍ଦ ପଣ୍ଡା ❖ ୧୧୧

ଶାନ୍ତିରେ କାଳାତିପାତ କରିବାକୁ ସେ ଝୁଲିଆସିଥିଲେ ଦ୍ୱାରାବତୀ ।

ହେଲେ ଶାନ୍ତି କାହିଁ !

ନିରପରାଧ ରାଜାଗଣ ତାଙ୍କ ପାଇଁ ଯେ ସଢୁଛନ୍ତି !

ଏହାର ସ୍ଥାୟୀ ସମାଧାନ ଆବଶ୍ୟକ ।

କିନ୍ତୁ ତାଙ୍କୁ ଉପାୟ ଦିଶୁନଥିଲା ।

ସତରଥର ଜରାସନ୍ଧ ଆକ୍ରମଣ କରିଥିଲା ମଧୁପୁରୀ । ପରାଜୟ ଲଭିଥିଲା । କିନ୍ତୁ ମରିପାରିଲାନାହିଁ । ତାଙ୍କ ଦ୍ୱାରା ଯେବେ ତା'ର ମୃତ୍ୟୁ ସମ୍ଭବ ହୋଇଥାନ୍ତା, ତେବେ ଯେକୌଣସି ଉପାୟରେ ଅବଶ୍ୟ ନିଧନ କରିଦିଅନ୍ତେ । ନା, ତାଙ୍କର ଅମୋଘଅସ୍ତ୍ର ଚକ୍ର ମଧ୍ୟ ଜରାସନ୍ଧ ନିକଟରେ ଅସହାୟ । କ'ଣ କରିବେ ସେ ! ରହିଁଲେ ଉଦ୍ଧବଙ୍କୁ ସତ୍‌ ପରାମର୍ଶ ପାଇଁ ।

ସମସ୍ତ ବ୍ୟାପାର ଜଣାଥିଲା ଉଦ୍ଧବଙ୍କୁ ।

ପରାମର୍ଶ ଦେବା ଛଳରେ ସେ କହିଲେ, "ତୁମକୁ ଯୁଦ୍ଧନୁହଁ, ଛଳ ପ୍ରୟୋଗ କରିବାକୁ ପଡ଼ିବ ।"

: ଯଥା ! ଶ୍ରୀକୃଷ୍ଣ ଜାଣିବାକୁ ରହିଁଲେ ।

ଉଦ୍ଧବ କହିଲେ, "ଦୈହିକ ବଳକୁ ବିରୁରକୁ ନେଲେ କେବଳ ଭୀମ ତା'ସହ ମଲ୍ଲଯୁଦ୍ଧ କରିପାରିବା ସମ୍ଭବ । ତଥାପି ସେ ଯେ ଜିତିଯିବେ ଏବଂ ଜରାସନ୍ଧର ମୃତ୍ୟୁର କାରଣ ହେବେ, ମୋର ସନ୍ଦେହ ରହିଛି । ଆଉ କେଉଁ ପରିସ୍ଥିତିରେ ମଲ୍ଲଯୁଦ୍ଧ ଉଭୟଙ୍କ ମଧ୍ୟରେ ସଂଘଟିତ ହେଇପାରିବ , ସେ କଥା ଉପରେ ଚିନ୍ତାକରିବା ହୁଅନ୍ତୁ । ସେଥିସକାଶେ କହିଲି, 'ଛଳ' ଏକାନ୍ତ ଆବଶ୍ୟକ । ସମ୍ମୁଖ ଯୁଦ୍ଧରେ ଜରାସନ୍ଧର ମୃତ୍ୟୁ ନିଶ୍ଚୟ ଅସମ୍ଭବ ।"

ଶ୍ରୀକୃଷ୍ଣ ନୀରବ ରହିଲେ ।

'ଛଳ' ଓ 'କପଟ' ଉପରେ ଚିନ୍ତା କେନ୍ଦ୍ରୀଭୂତ କଲେ ।

ଉଦ୍ଧବ ଠିକ୍‌ କହିଛନ୍ତି, ସେ ଭାବିଲେ ।

ଡକେଇ ପଠେଇଲେ ଦାରୁକକୁ ।

ଦାରୁକ – ତାଙ୍କର ସାରଥୀ ।

ଆବଶ୍ୟକ ନିର୍ଦ୍ଦେଶ ଦେଲେ ।

ପ୍ରଥମେ ଜାଣିଲେ ରୁକ୍ମିଣୀ । ତାଙ୍କଠୁ ଅନ୍ୟ ସାତଜଣ ପତ୍ନୀ । ସଭିଁଏ ଠିକ୍‌କଲେ ସେମାନେ ମଧ୍ୟ ଯିବେ । କେବେଁ ସେ ମୂଳକ ଦେଖିନାହାଁନ୍ତି । ଏବଂ ଦେଖିନାହାଁନ୍ତି ଆପଣାର ପରିଜନ ! ଏବଂ ଦ୍ରୌପଦୀ !!

"ତୁମେ ଇନ୍ଦ୍ରପ୍ରସ୍ଥ ଯାତ୍ରାକରୁଛ । ଆମେ ସହଯାତ୍ରୀ ହେବୁ ।" – କହିଲେ ପତ୍ନୀଗଣ ।

ସମ୍ମତି ଦେଲେ ଶ୍ରୀକୃଷ୍ଣ ।

ଶ୍ରୀକୃଷ୍ଣଙ୍କର ଇନ୍ଦ୍ରପ୍ରସ୍ଥ ଯାତ୍ରା ଆରମ୍ଭହେଲା । ସାଥିରେ ଆଠଜଣ ପତ୍ନୀ । ଏବଂ ଦାରୁକ । ଏବଂ ଅଳ୍ପସଂଖ୍ୟକ ଅଙ୍ଗରକ୍ଷୀ । କାହିଁକି ସେ ହଠାତ୍‌ ଇନ୍ଦ୍ରପ୍ରସ୍ଥ ଯାତ୍ରା କରୁଛନ୍ତି, କେହି ଜାଣିବାର ଉପାୟନଥିଲା । ହୁଏତ କିଞ୍ଚିତ୍ ଅନୁମାନ କରିଥିବେ ଉଦ୍ଧବ । ସେ କିନ୍ତୁ ଦ୍ୱାରାବତୀରେ ରହିଗଲେ ।

ଯଥାସମୟରେ ଶ୍ରୀକୃଷ୍ଣଙ୍କର କ୍ଷୁଦ୍ର ପଟୁଆରଟି ଇନ୍ଦ୍ରପ୍ରସ୍ଥରେ ପହଞ୍ଚିଲା ।

ସମସ୍ତେ ଆନନ୍ଦିତ ।

ପିଉସୀ ଓ ପିଉସୀପୁଅ ଭାଇମାନେ ।

ଅଧିକ ଖୁସି ଦ୍ରୌପଦୀ ।

କାରଣ ବହୁବର୍ଷ ବ୍ୟବଧାନ ପରେ ସେ ଦେଖୁଥିଲେ ସଖାଙ୍କୁ ।

ଏବଂ ପ୍ରଥମକରି ଦେଖୁଥିଲେ ତାଙ୍କର ଅଷ୍ଟପାଟବଂଶୀଙ୍କୁ ।

ପ୍ରଥମ ଦିନ ବିଶ୍ରାମ ପରେ । ପ୍ରଭାତ । ଉଦ୍ୟାନ ମଧ୍ୟରେ ବୁଲୁଥାନ୍ତି ଅଷ୍ଟପାଟବଂଶୀ । ଅରୁନକ୍‌ ଆସି ପହଞ୍ଚିଗଲେ ଦ୍ରୌପଦୀ । ତାଙ୍କର ଥିଲା ନିର୍ଦ୍ଦିଷ୍ଟ ଉଦ୍ଦେଶ୍ୟ ।

ନଅ ଜଣ ନାରୀ ।

ସମସ୍ତେ ଅନିନ୍ଦ୍ୟ ସୁନ୍ଦରୀ ।

ନାରୀମାନେ ଏକତ୍ର ହେଲେ କଥାବାର୍ତ୍ତା ଯେପରି ହବାକଥା ।

ହଁ ସେମାନେ ବସିପଡ଼ିଲେ ଏକ ରାଧାଚୂଡ଼ା ଗଛତଳେ ।

ମନଖୋଲା ଗପକରିବେ ।

ଏବଂ ଗପିଲାଗିଲେ ।

କିଛି ସମୟ ଉଭାରୁ । ଶ୍ରୀକୃଷ୍ଣ ତାଙ୍କର ସମବୟସ୍କ ଓ ଅତି ଅନ୍ତରଙ୍ଗ ଅର୍ଜୁନଙ୍କ ସହ ସେହି ବାଟଦେଇ ଚାଲିଗଲେ । ଶ୍ରୀକୃଷ୍ଣଙ୍କ କାନରେ ପଡ଼ିଲା ରୁକ୍ମିଣୀ କହୁଥିବା କଥାର କିୟଦଂଶ । ସେ ବୁଝିଗଲେ । ବୁଝିଗଲେ ନାରୀମାନଙ୍କ ବାର୍ତ୍ତାଳାପରେ ସ୍ଥାନ ପାଇଥିବା ବିଷୟ । ସେ ତାଙ୍କର ସ୍ୱଭାବ ସୁଲଭ ବଙ୍କାହାସ ସେମାନଙ୍କ ଆଡ଼େ ସଞ୍ଚାରି ଆଗେଇଗଲେ ।

ଦୁଇବନ୍ଧୁ ଚାଲିଗଲେ ଉଦ୍ୟାନର ଅନ୍ୟପ୍ରାନ୍ତ ଆଡ଼େ ।

କଥାହେଲା, ସେ ସମୟକୁ ଦ୍ରୌପଦୀଙ୍କର ହୃଦ୍‌ବୋଧ ହେଲାଣି ଶ୍ରୀକୃଷ୍ଣ ତାଙ୍କର ପରମ ହିତାକାଂକ୍ଷୀ । ଏବଂ ଜଣେ ଅଲୌକିକଶକ୍ତି ସଂପନ୍ନ ସୁନ୍ଦର ଓ ସମର୍ଥ ପୁରୁଷ । ଏବଂ ତାଙ୍କ ସହ ସେ ନିଜେ ହିଁ ତୁଳନୀୟ । ଏହି ଆଠଜଣ ସୁନ୍ଦରୀନାରୀ କେଉଁ ପରିସ୍ଥିତିରେ ତାଙ୍କପରି ପୁରୁଷଙ୍କୁ ପ୍ରାପ୍ତହେଲେ ଜାଣିବାକୁ ତାଙ୍କ ମନରେ କୌତୂହଳ ଜାତହେଲା । ଫଳତଃ, ଅନ୍ତରଙ୍ଗ ଭାବେ କଥା ହେବାକୁ ସେ ଚାଲିଆସିଥିଲେ ଉଦ୍ୟାନକୁ ।

ପ୍ରଭାତରେ ଦ୍ରୌପଦୀଙ୍କ ରୂପଶୋଭା ଦେଖି ଆଠଜଣ ନାରୀ ବିମୋହିତ ହେଉଥିବା ବେଳେ ଦ୍ରୌପଦୀ ପ୍ରଥମେ ପଚରିଲେ ରୁକ୍ମିଣୀଙ୍କୁ ।

ରୁକ୍ମିଣୀ ପ୍ରଶ୍ନଶୁଣି ଆନନ୍ଦ ଅନୁଭବକଲେ ଓ ସଂପୂର୍ଣ୍ଣ ବିବରଣୀ ରଖିଲେ । ତାଙ୍କପରେ ସତ୍ୟଭାମା ଜାମ୍ବବତୀ ଆଦି ରଖିଲେ ନିଜନିଜର ପ୍ରସଙ୍ଗ ଓ ଅନୁଭବ .... । ପ୍ରତ୍ୟେକ ଏପରି ବର୍ଣ୍ଣନା କରୁଥିଲେ ସତେବା, ଜଗତରେ ସେ ହିଁ ସର୍ବପ୍ରଥମ ସଫଳନାରୀ ଓ ଭାଗ୍ୟବତୀ ।

ଦ୍ରୌପଦୀ ସାଗ୍ରହ ଶୁଣୁଥିଲେ ସଭିଙ୍କ ବିବରଣୀ ।

କାହିଁକି କେଜାଣି ସେ ଗୋପନ ଈର୍ଷା କରୁଥିଲେ କୃଷ୍ଣ-ନାରୀମାନଙ୍କୁ ।

କିନ୍ତୁ .... କିନ୍ତୁ ରୁକ୍ମିଣୀ ଏପରି ଏକ ପ୍ରଶ୍ନକଲେ ଦ୍ରୌପଦୀଙ୍କୁ, ଯାହା ଶୁଣି ଦ୍ରୌପଦୀ ଲାଜରା ଦିଶିଲେ ।

ସମସ୍ତେ କୁତୂହଳୀ ।

"ତୁମେ ରାଜା ଦ୍ରୁପଦଙ୍କ କନ୍ୟା । ତୁମର ନାଁ ଦ୍ରୌପଦୀ । ଏବଂ ଯଜ୍ଞାନୁଷ୍ଠାନ ତୁମ ଜନ୍ମର କାରଣ ହୋଇଥିବାରୁ ତୁମେ ଯାଜ୍ଞସେନୀ । ଆମେ ଦେଖୁଛୁ ତୁମର

ଶରୀର ବର୍ଣ୍ଣ ତପ୍ତକାଞ୍ଚନ ଭଳି । କିନ୍ତୁ ତୁମର ନାଁ କୃଷା କିପରି ହେଲା ?" – ରୁକ୍ମିଣୀ ପଚାରିଲେ ।

ଦୌପଦୀଙ୍କ ମୁଖ ଉଜ୍ଜଳିଉଠିଲା । କହିଲେ – ସଖା ! ତୁମର ପତିଦେବ ! ମୋର ନାମ ଦେଇଛନ୍ତି କୃଷା । କୃଷା ବ୍ୟତୀତ ଅନ୍ୟ ନାମରେ ସେ ସମ୍ବୋଧନ କରନ୍ତି ନାହିଁ ।

ହସିଉଠିଲେ ପ୍ରମଦାଗଣ । ସେମାନଙ୍କ ସହ ହସରେ ଯୋଗଦେଲେ ନିଜେ ଦ୍ରୌପଦୀ । ନଅଜଣ ନାରୀଙ୍କ ହସ ଓ ଅଟ୍ଟମଜାରେ ଉଚ୍ଛୁଳି ଉଠିଲା ଉଦ୍ୟାନ ପରିସର ।

ନାରୀମାନଙ୍କ ଗପ ଓ ହସରେ ବିରାମ ଘଟୁନଥିଲା ।

ପରିବେଶ-ସଚେତନ ନଥିଲେ ସେମାନେ ।

ଶ୍ରୀକୃଷ୍ଣ ଥିଲେ ସେମାନଙ୍କ ହୃଦୟରେ ଓ ମୁଖରେ ।

ସମୟ ବିତିଯାଉଥିଲା ।

ଅନ୍ୟପକ୍ଷରେ, ଉଦ୍ୟାନର ଅନ୍ୟପ୍ରାନ୍ତରେ ବସିଥିଲେ ଦୁଇସଖା – ଶ୍ରୀକୃଷ୍ଣ ଓ ଅର୍ଜୁନ । ଗମ୍ଭୀର ଦିଶୁଥିଲେ ଶ୍ରୀକୃଷ୍ଣ । କାହିଁକି ?

"ଯମୁନା ମୋର ଜୀବନ । ମୋର ଆଦ୍ୟ ଜୀବନର ବିହାରକ୍ଷେତ୍ର । ବହୁ ଅପାସୋରା ଅନୁଭୂତି ମୋର ଯମୁନାକୁ ନେଇ ।" – ଶ୍ରୀକୃଷ୍ଣ କହିଲେ ।

ପ୍ରଶ୍ନିଳ ଆଖିରେ ଚାହିଁଲେ ଅର୍ଜୁନ ସଖାଙ୍କୁ ।

"ଯିବା । ଯମୁନାକୂଳରେ ବୁଲିବା ।" – ପ୍ରସ୍ତାବ ରଖିଲେ ଶ୍ରୀକୃଷ୍ଣ ।

ଦୁଇବନ୍ଧୁ ବାହାରହେଲେ ଯମୁନାତଟ ଦିଗରେ ।

ପଛାତରେ ଉଦ୍ୟାନ ମଧ୍ୟରେ ରହିଗଲେ କାମିନୀଗଣ ।

ଯମୁନାକୁ ପ୍ରଣାମ ଜଣେଇ ଶ୍ରୀକୃଷ୍ଣ ବସିଗଲେ ଯମୁନାର ବାଲୁକାଶଯ୍ୟାରେ । ଅପଲକ ଦୃଷ୍ଟିରେ ଚାହିଁ ରହିଲେ ଯମୁନା ମଧ୍ୟକୁ । ପାଖରେ ଅର୍ଜୁନ । ଭାବନା ଭିତରେ ହଜିଯାଇଥିଲେ ଶ୍ରୀକୃଷ୍ଣ । ସେ ନୀରବ ।

ହଠାତ୍ । ଜଣେ ତୃତୀୟ ବ୍ୟକ୍ତିଙ୍କର ଆବିର୍ଭାବ ଘଟିଲା ସେଠାରେ । ଦୁଇବନ୍ଧୁ ଚାହିଁଲେ ସେହି ତୃତୀୟ ବ୍ୟକ୍ତିଆଡ଼େ ।

ତୃତୀୟ ବ୍ୟକ୍ତି ଜଣକ ଜଣେ ଶୀର୍ଷକାୟ ବ୍ରାହ୍ମଣ ।

ସେ ଏତେ ରୁଗ୍‌ଣ ଦିଶୁଥିଲେ, ସତେବା ଗୁଡ଼ାଏବର୍ଷ ହେବ ସେ ଖାଦ୍ୟ ଗ୍ରହଣ କରିନାହାଁନ୍ତି । କିଏ ସେ !

"ତୁମେ କିଏ ! ଏଠାରେ କାହିଁକି ?" – ପଚାରିଲେ ଅର୍ଜୁନ ।

ରୁଗ୍‌ଣ ବ୍ରାହ୍ମଣ କହିଲେ, "ଗୁଡ଼ାଏ ବର୍ଷ ହେବ ମୁଁ ଖାଦ୍ୟ ଗ୍ରହଣ କରିନାହିଁ । ମୋତେ ଖାଦ୍ୟ ଦିଅ ।"

"ବ୍ରାହ୍ମଣଙ୍କୁ ଭୋଜନରେ ଆପ୍ୟାୟିତ କରିବା ଆମର ସୌଭାଗ୍ୟ ।" – କହିଲେ ଅର୍ଜୁନ ।

ଶ୍ରୀକୃଷ୍ଣ ନୀରବ ।

"ତୁମେ ଯେଉଁ ଖାଦ୍ୟ ଦେବ ମୁଁ ଗ୍ରହଣ କରିବି ନାହିଁ । ମୁଁ ଯେଉଁ ଖାଦ୍ୟ କହିବି, ତୁମେ ଦେବ ?" – କହିଲେ ବ୍ରାହ୍ମଣ ।

: ହଁ । ତୁମ ଖାଦ୍ୟ ସମ୍ପର୍କରେ କହିବା ହୁଅନ୍ତୁ ।

"ଇତିମଧ୍ୟରେ ବହୁ ମନୁଷ୍ୟଙ୍କୁ ଖାଦ୍ୟ ଭିକ୍ଷା କରିଛି । ଦେବାକୁ କେହି ସକ୍ଷମ ହୋଇନାହାଁନ୍ତି । ତେଣୁ ତୁମକୁ ପ୍ରଥମେ ଶପଥ କରିବାକୁ ହେବ ।"

: ହଁ ଶପଥ କଲି । ତ୍ରିବାର । କୁହନ୍ତୁ କେଉଁ ଧରଣର ଖାଦ୍ୟ ।

"ତୁମେ ଶପଥ କରିବାରୁ ଖୁସିହେଲା ଏହି ବ୍ରାହ୍ମଣ । ବହୁ କାଳଧରି ଅଭୁକ୍ତ ରହିଥିଲି । ଆଜି ମନଭରି ଖାଇବି ।" – ବ୍ରାହ୍ମଣଙ୍କର ରୁଗ୍‌ଣ ଶରୀର ତେଜୀୟାନ ଦିଶିଲା ।

: କହିବା ହୁଅନ୍ତୁ କେଉଁ ଧରଣର ଖାଦ୍ୟରେ ସନ୍ତୁଷ୍ଟ ହେବେ ।

ଶ୍ରୀକୃଷ୍ଣ ନୀରବରେ ଶୁଣୁଥିଲେ ଉଭୟଙ୍କ ବାର୍ତ୍ତାଳାପ ।

"ଏବେ ମୋର ପ୍ରକୃତ ପରିଚୟ ରଖୁଛି । ମୁଁ ବୈଶ୍ୱାନର । ପୁରାକାଳର କଥା । ଏକଦା ରୁଦ୍ରଙ୍କର ପରାମର୍ଶରେ ରାଜା ଶ୍ୱେତକି ଏକ ଜଟିଳ ଯଜ୍ଞାନୁଷ୍ଠାନ କରିଥିଲେ । ଦୁର୍ବାସାଙ୍କର ପୌରହିତ୍ୟରେ । ଦୀର୍ଘ ବାରବର୍ଷକାଳ ଯଜ୍ଞ ଚାଲୁରହିଲା । ପ୍ରଚୁର ଘୃତ ମୋତେ ଭକ୍ଷଣ କରିବାକୁ ହେଲା । ଯଜ୍ଞ ସମାପନ ଅନ୍ତେ ଜାଣିଲି ମୋର କ୍ଷୁଧାନାହିଁ । ଧନ୍ୱନ୍ତରୀଙ୍କୁ ପଚରନ୍ତେ ସେ କହିଲେ ତୁମେ ଅଗ୍ନିମାନ୍ଦ୍ୟରୋଗ ଭୋଗୁଅଛ ।

ସେ ପରାମର୍ଶ ଦେଲେ, ପ୍ରଚୁର ପରିମାଣର କଚ୍ଛପମାଂସ ଭକ୍ଷଣକଲେ ତୁମେ ରୋଗମୁକ୍ତ ହେବ ।"

: ସେଇଠୁ ? ଅର୍ଜୁନଙ୍କୁ କାହାଣୀ ଭଲି ଶୁଭୁଥିଲା ବୈଶ୍ୱାନରଙ୍କ କଥା ।

"ଧନ୍ୱନ୍ତରୀଙ୍କୁ ମୁଁ ଅନୁରୋଧ କରନ୍ତେ ସେ କହିଲେ ମୁଁ କଚ୍ଛପମାଂସ କେଉଁଠୁ ପାଇବି । ତୁମେ ସମତଳଭୂମିର କେଉଁ ଶକ୍ତିଧର ମନୁଷ୍ୟପାଖକୁ ଯାଅ । କୌଣସି ଘଞ୍ଚ ଅରଣ୍ୟକୁ ଜାଳି ସେ ତୁମକୁ ମାଂସ ଖାଇବାକୁ ଦେବେ ।

"ସେବେଠୁ ମୁଁ ଘୂରିବୁଲୁଛି । ଜଣେ ହେଲେ ଶକ୍ତିଧର ମନୁଷ୍ୟକୁ ଭେଟିନାହିଁ, ଯେକି ମୋର ରୋଗ ଆରୋଗ୍ୟରେ ସହାୟକ ହେବେ । ହେ ବୀର ! ତୁମେ ଶପଥ କରିଛ । ମୋତେ ମାଂସ ଖୁଆଅ ।" – କହିଲେ ବୈଶ୍ୱାନର ।

: କୁହ କେଉଁ କେଉଁ ଅରଣ୍ୟକୁ ଜାଳିବି । ଜାଣିବାକୁ ରୁହିଁଲେ ଅର୍ଜୁନ ।

"ଖାଣ୍ଡବବନ ବହୁ ଘଞ୍ଚ । ଏବଂ ବହୁ ବନ୍ୟପଶୁ ସଙ୍କୁଳ । କେତେଥର ଉଦ୍ୟମ କଲିଣି ଜାଳିବାକୁ । କିନ୍ତୁ ବିଘ୍ନ ଦେଖାଦେଉଛି ।

: ବିଘ୍ନ ?

"ହଁ । ଇନ୍ଦ୍ରଙ୍କର ବନ୍ଧୁ ନାଗରାଜ ତକ୍ଷକଙ୍କର ଆବାସସ୍ଥଳ ଏହି ଖାଣ୍ଡବବନ । ମୁଁ ଯେତେଥର ଉଦ୍ୟମ କରିଛି, ଇନ୍ଦ୍ର ମୂଷଳ ବର୍ଷା କରାଇ ଅଗ୍ନି ଲିଭେଇ ଦିଅନ୍ତି ।"

: ତେବେ ତ ଅସୁବିଧା !

"ତୁମକୁ ଇନ୍ଦ୍ରସହ ଯୁଝିବାକୁ ପଡ଼ିବ । ତେବେ ଅସୁବିଧା ନାହିଁ । ତୁମକୁ ଆବଶ୍ୟକ ଦୈବୀ ଅସ୍ତ୍ରଶସ୍ତ୍ର ଯୋଗେଇଦେବି । ଇନ୍ଦ୍ରଙ୍କ ଯେକୌଣସି ଆକ୍ରମଣକୁ ତୁମେ ପ୍ରତିହତ କରିପାରିବ ।" – ଆଶ୍ୱାସିଲେ ବୈଶ୍ୱାନର ।

ଆଶ୍ଚର୍ଯ୍ୟ, ବୈଶ୍ୱାନର ଓ ଅର୍ଜୁନଙ୍କ ମଧ୍ୟରେ ବାର୍ତ୍ତାଳାପ ସମୟରେ ଆଦୌ ମନ୍ତବ୍ୟ ଦେଲେ ନାହିଁ ଶ୍ରୀକୃଷ୍ଣ । କାହିଁକି ଦେଲେ ନାହିଁ ତାଙ୍କୁ ଜଣା ।

ହଁ, ଦୈବୀ ଅସ୍ତ୍ରଶସ୍ତ୍ର ସମୂହ ଯୋଗେଇଦେଲେ ବୈଶ୍ୱାନର ।

ଅର୍ଜୁନ ପ୍ରାପ୍ତହେଲେ ଗାଣ୍ଡିବଧନୁ ।

ଏବଂ ଅକ୍ଷୟ ତୂଣୀର ।

ଏବଂ ବାନରଧ୍ୱଜା-ଲାଞ୍ଛିତ ଏକ ଦିବ୍ୟରଥ ।

ଓ ଶ୍ରୀକୃଷ୍ଟ ପ୍ରାପ୍ତହେଲେ ସୁଦର୍ଶନଚକ୍ର ।

ଏବଂ କୌମଦକୀ ଗଦା ।

●

ଆମର ଧର୍ମଶାସ୍ତ୍ର ଅର୍ଜୁନ ଏବଂ ଶ୍ରୀକୃଷ୍ଟଙ୍କୁ ନର-ନାରାୟଣ କୁହନ୍ତି । ସେଦିନ ଯମୁନା ବାଲିରେ ନର-ନାରାୟଣଙ୍କ ଉପସ୍ଥିତି ଏକ ସଂଯୋଗ ନଥିଲା, ବରଂ ଥିଲା ବିଧିନିର୍ଦ୍ଦିଷ୍ଟ । ଅର୍ଜୁନଙ୍କ ସହ ଗାଣ୍ଡିବଧନୁ ଓ ଶ୍ରୀକୃଷ୍ଟଙ୍କ ସହ ସୁଦର୍ଶନଚକ୍ରର ସମ୍ପର୍କ ଦୈବୀପ୍ରେରିତ ଭାବେ ଗଣ୍ୟକରାଯାଏ ।

ଖାଣ୍ଡବବନ ଦହନ ଘଟନାକୁ ଅନେକ ବିଶ୍ଳେଷକ ପଶୁତ୍ୱର ଦହନ ଭାବେ ଉଲ୍ଲେଖ କରନ୍ତି । ଏବଂ ପଶୁତ୍ୱ- ଦହନର ଉପ୍ାଦଭାବେ ଯେଉଁ ସାମଗ୍ରୀ ଉଲ୍ଲେଖ କରାଯାଇଛି ତାହା ମନୁଷ୍ୟର ସାମର୍ଥ୍ୟ ବୃଦ୍ଧିର ପରିଚୟକ । ତେବେ ଉକ୍ତ ଘଟନାକୁ ମାମୁଲି ଐତିହାସିକ ବା ପୌରାଣିକ ଘଟନା କହି ଏଡ଼େଇଯିବା ନିଷ୍ଚୟ ଏକ ଭ୍ରାନ୍ତି ।

କାହିଁ କେତେ ହଜାର ବର୍ଷ ତଳେ ମହାଭାରତ କାବ୍ୟ ରଚନା କରାଯାଇଥିବ । ଅତ୍ୟଧିକ, ଘିଅ ଓ ତେଲ ଜାତୀୟ ଖାଦ୍ୟ ଖାଇଲେ ଅଗ୍ନିମାନ୍ଦ୍ୟ ରୋଗ ହେବା ଅବଧାରିତ, ଏହି ଘଟନା ଆମକୁ ଶିକ୍ଷାଦିଏ । ଏବଂ ଘିଅ ଓ ତେଲ ଜାତୀୟ ଖାଦ୍ୟର ପ୍ରଭାବକୁ ବିଜାରିତ କରିପାରେ ପ୍ରାଣୀଜ ପୁଷ୍ଟିସାର, ଆଧୁନିକ ଚିକିତ୍ସା ବିଜ୍ଞାନ ଏଥିସହ ସମ୍ମତ ।

ସେ ଯାହାହେଉ, ଖାଣ୍ଡବବନ ଦହନ ସେ ମହାନ ଘଟା (ମହାଭାରତ ଯୁଦ୍ଧ) ପାଇଁ ଏକ ପୂର୍ବ ପ୍ରସ୍ତୁତି ଭାବେ ଦେଖାଯାଇପାରେ । କାରଣ, ଏହି ମହାନ୍ ଘଟନା (?)ରୁ ଉଦ୍‌ଭବ ଗାଣ୍ଡିବଧନୁ, ଅକ୍ଷୟତୂଣୀର, ସୁଦର୍ଶନଚକ୍ର, କୌମୁଦକୀ ଗଦା .... ଆଦି ଆୟୁଧ ଅଭାବରେ ମହାଭାରତ ଯୁଦ୍ଧ ସଂଗଠିତ ହେବା ଅସମ୍ଭବ ହୋଇଥାନ୍ତା ।

ଇନ୍ଦ୍ର ଖାଣ୍ଡବବନର ସଂରକ୍ଷଣ କରୁଥିବା ବିଷୟ ମହାଭାରତରେ ବର୍ଣ୍ଣିତ । କାରଣ ସ୍ୱରୂପ କୁହାଯାଇଛି ଯେ ତାଙ୍କର ବନ୍ଧୁ ନାଗରାଜ ତକ୍ଷକ ତହିଁ ଅବସ୍ଥାନ କରୁଥିଲେ । କାରଣ ଯାହା ବି ହେଇଥାଉ ବନସଂରକ୍ଷଣ ସମ୍ବନ୍ଧରେ ଏହା ଆମକୁ ଜ୍ଞାନଦିଏ । ପୁନଶ୍ଚ, ଖାଣ୍ଡବବନ ଦହନ ଫଳରେ ସମସ୍ତ ବନସ୍ଥବାସୀ ଯେ ମୃତ୍ୟୁ ଲଭିଥିଲେ, ସେକଥାନୁହେଁ । ଦାନବମାନଙ୍କର ମହାନ୍‌ଯନ୍ତ୍ରୀ ମୟ, ନାଗରାଜ ତକ୍ଷକଙ୍କର ପୁତ୍ର ଅଶ୍ୱସେନ ଓ ଚାରୋଟି ଶାର୍ଙ୍ଗକ ପକ୍ଷୀ ରକ୍ଷାପାଇଥିଲେ । ଏବଂ ରକ୍ଷାପାଇଥିଲେ ତକ୍ଷକ । ଅବଶ୍ୟ ବନଦହନ ବେଳକୁ ତକ୍ଷକ ବନରେ ଉପସ୍ଥିତ ନଥିଲେ, ଚାଲିଯାଇଥିଲେ କୁରୁକ୍ଷେତ୍ର । 'ମୟ'ଙ୍କ ଭଳି ଗୁଣୀ ମନୁଷ୍ୟଙ୍କୁ ଅର୍ଜୁନ ରକ୍ଷାକରିବା ଅର୍ଜୁନଙ୍କର ମହାନତା ଦର୍ଶାଏ । ଅର୍ଥାତ୍‌ ଗୁଣବାନର ମୃତ୍ୟୁ ଏତେ ସହଜନୁହେଁ ।

ପୂର୍ବରୁ ସୂଚନା ଦିଆଯାଇଛି, ଖାଣ୍ଡବବନ ଦହନ ମହାଭାରତ ଯୁଦ୍ଧ ପାଇଁ ଏକ ପ୍ରସ୍ତୁତିଥିଲା । ମହାନ୍‌ଯନ୍ତ୍ରୀ, 'ମୟ' ଅଗ୍ନିରୁ ବର୍ତ୍ତିଯିବା ତା'ର ଏକ ବଳିଷ୍ଠ ସୂଚନା । ଯେ- ଅର୍ଜୁନ 'ମୟ'ଙ୍କ ଜୀବନ ବଞ୍ଚେଇଥିବାରୁ 'ମୟ' ତାଙ୍କର ରଣ ଶୁଝିଛନ୍ତି । ଇନ୍ଦ୍ରପ୍ରସ୍ଥରେ ସେମାନଙ୍କପାଇଁ ଏକ ଅଦ୍‌ଭୂତ ସଭାଗୃହ ନିର୍ମାଣ କରିଛନ୍ତି, ଯାହାକି ଆଲୋକର ପ୍ରତିଫଳନ ଓ ପ୍ରତିସରଣ ନିୟମ ଉପରେ ପର୍ଯ୍ୟବେଶିତ (Reflection and Refraction of Light) । ଦୁର୍ଯ୍ୟୋଧନ ଯେତେବେଳ ସଭାଗୃହରେ ପ୍ରବେଶ କଲେ, ଭ୍ରମରେ ପଡ଼ି ଜଳ ମଧ୍ୟକୁ ଖସିପଡ଼ିଲେ ବା କଚଡ଼ା ଖାଇଲେ । ଦ୍ରୌପଦୀ ସହାସ୍ୟ ମନ୍ତବ୍ୟ ଦେଇଥିଲେ – ଅନ୍ଧର ପୁତ୍ର ଅନ୍ଧ । ସେଥିସକାଶେ ପରବର୍ତ୍ତୀ ସମୟରେ ଦ୍ରୌପଦୀଙ୍କୁ ସର୍ବସମକ୍ଷରେ ବିବସ୍ତ୍ର ହେବାକୁ ପଡ଼ିଥିଲା।

ନାରୀର ଅପମାନ, ମହାଭାରତ ଯୁଦ୍ଧ ସଂଘଟିତ ହେବାର ଅନ୍ୟ ଏକ କାରଣ । ଉପରୋକ୍ତ ସମସ୍ତ ଘଟନା ନିୟତି-ଶୃଙ୍ଖଳିତ-ନିୟମ ଅନ୍ତର୍ଭୁକ୍ତ ।

●

ଖାଣ୍ଡବବନ ଦହନ ପାଇଁ ସମସ୍ତ ପ୍ରସ୍ତୁତି ଉପରାନ୍ତେ ରୋଗଗ୍ରସ୍ତ ବ୍ରାହ୍ମଣ ବୈଶ୍ୱାନର ନିଜର ତେଜସ ରୂପ ଧାରଣକରି ଅଗ୍ନି ସଂଯୋଗକଲେ । ହୁତ୍‌ହୁତ୍‌ ଜଳିଉଠିଲା। ସମଗ୍ର ବନ ।

ଅର୍ଜୁନ ତାଙ୍କର ଅସ୍ତ୍ରଶସ୍ତ୍ର ସହ ଜଗିରହିଲେ, ଯେପରି କୌଣସି ବନ୍ୟପଶୁ ବର୍ତ୍ତିନପାରନ୍ତି ।

ଇନ୍ଦ୍ର ଯଥାସମୟରେ ସମ୍ବାଦ ପାଇଲେ, ତାଙ୍କର ବନ୍ଧୁ ତକ୍ଷକ ବନ ମଧ୍ୟରେ ନାହାଁନ୍ତି । ଫଳତଃ, ଯୁଦ୍ଧକରିବା ନିରର୍ଥକ ଭାବି ବାହୁଡ଼ିଗଲେ ।

ବିନା ପ୍ରତିରୋଧରେ ଖାଣ୍ଡବବନ ଦହନ ପ୍ରକ୍ରିୟା ସମାପନ ହେଲା ।

ଏବଂ ପର୍ଯ୍ୟାପ୍ତ ମାଂସ ଭକ୍ଷଣକରି ବୈଶ୍ୱାନର ଆରୋଗ୍ୟ ଲାଭକଲେ ଓ ବାହୁଡ଼ିଗଲେ ।

## (ଏଗାର)

ଯୁଧିଷ୍ଠିର ଆବଶ୍ୟକତାଠାରୁ ଅଧିକ ଆଶାବାଦୀ ।

ଅର୍ଜୁନର ଶକ୍ତିବୃଦ୍ଧି କିଛି ସମାନ୍ୟ ଘଟନା ନୁହଁ ।

ବାନରଧ୍ୱଜ ରଥ ତାକୁ ଜଗତର ଯେକୌଣସି ଲୋକକୁ ଉଡ଼େଇ ନେଇପାରେ ।

ଏବଂ ଗାଣ୍ଡିବଧନୁ ପ୍ରାପ୍ତି ତାକୁ ଇନ୍ଦ୍ରସମ ଆସନ ଦେଇଛି ।

ପରିବାରରେ ଆନନ୍ଦର ଲହରୀ ।

ରାଜସୂୟଯଜ୍ଞ ହାତପାଆନ୍ତାରେ, ଭାବୁଥିଲେ ଯୁଧିଷ୍ଠିର ।

ଇନ୍ଦ୍ରପ୍ରସ୍ଥରେ ସର୍ବତ୍ର ଏକମାତ୍ର ପ୍ରସଙ୍ଗ ଆଲୋଚନାରେ ମୁଖ୍ୟତଃ ସ୍ଥାନପାଉଥିଲା । ନୂଆ ରହସ୍ୟମୟ ସଭାଗୃହ । ଚୁରିଦିଗରୁ ରାଜାମାନେ ଆସିବେ, ବସିବେ । ଏହି ସଭାଗୃହରେ ସଭାକରିବେ । ବାଃ !

ଯୁଧିଷ୍ଠିର ରାଜସୂୟଯଜ୍ଞ କରୁଛନ୍ତି ପରା !

କେବେ ?

— ଜଣାନାହିଁ ଅବଶ୍ୟ । ତେବେ ଖୁବ୍‌ଶୀଘ୍ର ଅନୁଷ୍ଠିତହେବ ।

ମଗଧରାଜ ଜରାସନ୍ଧ ଆସିବେ ?

— ନଆସିବେ କେମିତି ! ସେ କ'ଣ ଅର୍ଜୁନକୁ ଯୁଦ୍ଧରେ ପାରିବେ ! ଗାଣ୍ଡିବଧନୁ ପରା ଇନ୍ଦ୍ରକୁ ପରାସ୍ତ କରିଦେବ ।

ସତେ !

ଏହି କିସମର ଆଲୋଚନାରେ ଭାରୀ ହୋଇଉଠୁଥିଲା ଇନ୍ଦ୍ରପ୍ରସ୍ଥର ରାଜପଥ । ଇନ୍ଦ୍ରପ୍ରସ୍ଥର ସାଧାରଣ ମଣିଷ ସାଗ୍ରହ ଅପେକ୍ଷା କରୁଥିଲେ ରାଜସୂୟଯଜ୍ଞକୁ । ଯୁଧିଷ୍ଠିର ହେବେ ଏକାଙ୍ଗଚକ୍ରବର୍ତ୍ତୀ । ସମସ୍ତେ ଖୁସି ।

ଇତିମଧ୍ୟରେ, ଦ୍ରୌପଦୀ ଶ୍ରୀକୃଷ୍ଣ-ପତ୍ନୀମାନଙ୍କୁ ସଙ୍ଗରେ ନେଇ ନୂତନ ସଭାଗୃହ କେତେଥର ବୁଲେଇ ଦେଖେଇ ଆସିଲେଣି । ଦେଖେଇବା ପଛରେ, ତାଙ୍କ ପ୍ରିୟତମ ସ୍ୱାମୀ ଅର୍ଜୁନଙ୍କର ବୀରତ୍ୱର ଜୟଗାନ ନିହିତ ଥିଲା ନିଶ୍ଚୟ । ଏବଂ ଶ୍ରୀକୃଷ୍ଣଙ୍କ ପତ୍ନୀଗଣ ତାହାକୁ ସ୍ୱୀକାର କରୁଥିଲେ ମଧ୍ୟ । କଲେ ମଧ୍ୟ, ଶ୍ରୀକୃଷ୍ଣ ପ୍ରାପ୍ତ ହୋଇଥିବା ଚକ୍ର ସମ୍ପର୍କରେ ଉଲ୍ଲେଖ କରିବାକୁ ଭୁଲୁନଥିଲେ ସେମାନେ ।

ନିଜ ନିଜ ସ୍ୱାମୀମାନଙ୍କୁ ଉଚ୍ଚଆସନ ଦେବା ସବୁ ପତ୍ନୀ କର୍ତ୍ତବ୍ୟ ଜ୍ଞାନ କରନ୍ତି । ତାହା ହିଁ ଦେଖିବାକୁ ମିଳୁଥିଲା । ହେଲେ ବାସ୍ତବ ଚିତ୍ରଟି ସ୍ୱସ୍ତ୍ରରୁ ସ୍ୱସ୍ତ୍ରତର ହେଉଥିଲା। ଇନ୍ଦ୍ରପ୍ରସ୍ଥ ଭୁବନରେ ।

ଯେଉଁ ରହସ୍ୟମୟ ସଭାଗୃହ ପାଇଁ ଦ୍ରୌପଦୀ ମନରେ ଗର୍ବ ଆସୁଥିଲେ, ସେହି ସଭାଗୃହ ତାଙ୍କର ବିବସ୍ତ୍ରରୂପ ଦେଖିବାକୁ ଅପେକ୍ଷା କରିଛି, କିଏ କାହିଁକି ବା ଜାଣନ୍ତେ !

ତାହା ନିୟତିର ସିଦ୍ଧାନ୍ତ । ହାୟ !

ଭୁବନରେ ଏକତ୍ର ବସିଥିଲେ ଯୁଧିଷ୍ଠିର ସମେତ ପାଞ୍ଚଭାଇ ଓ ଶ୍ରୀକୃଷ୍ଣ । ରାଜସୂୟଯଜ୍ଞ ଉପରେ ହେଉଥିଲା ଆଲୋଚନା । କ୍ରମେ ଆଲୋଚନା ଭିନ୍ନ ମୋଡ଼ ନେଲା ଏବଂ କ୍ରମେ ରାଜସୂୟଯଜ୍ଞ ଯୋଜନା ଏକ ସ୍ୱପ୍ନ ଭଳି ମନେହେଲା ।

ଏକମାତ୍ର ହିତାକାଂକ୍ଷୀ ରୂପେ ଶ୍ରୀକୃଷ୍ଣଙ୍କୁ ରୁହିଁଥିଲେ ଯୁଧିଷ୍ଠିର ।

"ସାଂପ୍ରତିକ ପରିସ୍ଥିତିରେ ଆପଣାକୁ ପ୍ରତିଷ୍ଠିତ କରିବାକୁ ହେଲେ ରାଜସୂୟ ଯଜ୍ଞାନୁଷ୍ଠାନ ଏକ ନିଶ୍ଚିତ ଆବଶ୍ୟକତା । ହେଲେ .... ହେଲେ କେଉଁ ରାଜା ଏହାକୁ କିପରି ଗ୍ରହଣ କରିବେ କିଏ ଜାଣେ !" – କହିଲେ ଶ୍ରୀକୃଷ୍ଣ ।

: ଯଥା ! ଯୁଧିଷ୍ଠିରଙ୍କ ପ୍ରଶ୍ନିଳ ରୁହାଣି ।

"ମଗଧରାଜ ଜରାସନ୍ଧ ଉପରେ ମୋର ସନ୍ଦେହ ଆସୁଛି । ସେ ତୁମକୁ ରାଜଚକ୍ରବର୍ତ୍ତୀଭାବେ ଯେବେ ଗ୍ରହଣ ନକରନ୍ତି !" – ଶ୍ରୀକୃଷ୍ଣଙ୍କ ଉତ୍ତର ।

: ଅର୍ଜୁନର ଗାଣ୍ଡିବଧନୁ ଆଗରେ ସେ ଅଚିରେ ଧରାଶାୟୀ ହେବ । ତୁମ ବିଚାର ?

"ଅବଶ୍ୟ ଅର୍ଜୁନଙ୍କ ଶକ୍ତି ବୃଦ୍ଧି ଏକ ଶୁଭଲକ୍ଷଣ । ଠିକ୍ ଅଛି । ସେ ଜରାସନ୍ଧକୁ ଯୁଦ୍ଧରେ ଭେଟନ୍ତୁ ।

ପରିଣତି ଦେଖିବା । ଗାଣ୍ଡିବଧନୁର ପରୀକ୍ଷା ହୋଇଯିବ । ତୁମର ଚାରିଭାଇ ଚାରି ଦିକ୍‌ପାଳସଦୃଶ । ସେମାନଙ୍କୁ ଚାରିଦିଗରେ ପ୍ରେରଣ କରିବା ହୁଅନ୍ତୁ ।" – ଶ୍ରୀକୃଷ୍ଣଙ୍କର ରହସ୍ୟମୟ ହସ ।

ଶ୍ରୀକୃଷ୍ଣଙ୍କ ପରାମର୍ଶକ୍ରମେ ଚାରିଭାଇଙ୍କୁ ଚାରିଦିଗକୁ ପ୍ରେରଣକରାଗଲା ।

ଦକ୍ଷିଣକୁ ସହଦେବ ଓ ପଶ୍ଚିମକୁ ନକୁଳ ।

ଏବଂ ଉତ୍ତରକୁ ଭୀମସେନ ।

ଏବଂ ପୂର୍ବକୁ ଅର୍ଜୁନ ପ୍ରେରିତହେଲେ ସହସା । କୈକୟ ଦେଶର ସେନାନୀ ସହ । ଜରାସନ୍ଧକୁ ଭେଟିବେ ସେ ।

ଇନ୍ଦ୍ରପ୍ରସ୍ଥରେ ଦିନଗୁଡ଼ିକ ଖୁବ୍ ସୁନ୍ଦରଭାବେ ବିତୁଥିଲା ଶ୍ରୀକୃଷ୍ଣଙ୍କର । କେବଳ ଯାହା ରହିରହି ତାଙ୍କୁ କଷ୍ଟଦେଉଥିଲା ପୁତ୍ରମାନଙ୍କର ଆଚରଣ । ପୁତ୍ରମାନଙ୍କର ଉଚ୍ଛୃଙ୍ଖଳତାର କାରଣ ସେ ଖୋଜୁଥିଲେ ମନେମନେ । ପତ୍ନୀମାନଙ୍କୁ ସେ ସତର୍କ କରିଛନ୍ତି ଅବଶ୍ୟ, ତେବେ କୌଣସି ସୁଫଳ ମିଳିନାହିଁ । ପକ୍ଷାନ୍ତରେ ପତ୍ନୀଗଣ ସଂପୃକ୍ତ ପୁତ୍ରମାନଙ୍କର ପକ୍ଷ ହିଁ ନେଇଛନ୍ତି । ଅବଶ୍ୟ, ସେମନ୍ତ ମନୋଭାବ ପଛରେ ନିରୋଳ ମାତୃସ୍ନେହ ହିଁ କାର୍ଯ୍ୟକରୁଛି ।

ହେଲେ ପୁତ୍ରମାନଙ୍କର ଏମନ୍ତ ଅଧୋଗତି କାହିଁକି !

କାରଣ ଖୋଜିହେଉଥିଲେ ଶ୍ରୀକୃଷ୍ଣ ମନେ ମନେ ।

ପାଉନଥିଲେ । ହତାଶ ହେଉଥିଲେ ।

ଅତ୍ୟଧିକ ସୁଖସ୍ଵାଚ୍ଛନ୍ଦ୍ୟ ସମ୍ଭାବ୍ୟ କାରଣ ହେବ କି ? ଅସ୍ଵୀକାର କରାଯାଇ ନପାରେ । ମାତ୍ର ସୁଖ ସ୍ଵାଚ୍ଛନ୍ଦ୍ୟ ଜଣକୁ ଅମଣିଷପରି ଆଚରଣ ପ୍ରଦର୍ଶନ କରିବାକୁ ପ୍ରୋତ୍ସାହିତ କରିବ କାହିଁକି !

କୌଣସି ପ୍ରତିକୂଳ ଅବସ୍ଥା ବ୍ୟତିରେକେ ସେମାନେ ବଢ଼ିଛନ୍ତି । ଏହା କ'ଣ ଏକ କାରଣ ! ହଁ କୌଣସି ପ୍ରତିକୂଳ ପରିସ୍ଥିତିର ସେମାନେ ସମ୍ମୁଖୀନ ହୋଇନାହାଁନ୍ତି । ଯେବେ ମଧୁପୁରୀରେ ଜରାସନ୍ଧର ଘନଘନ ଆକ୍ରମଣ ବା ଗୋକୁଳରେ ଦାନବପ୍ରକୃତିର ମନୁଷ୍ୟମାନଙ୍କର ଗୋଲ ସେମାନେ ଭୋଗିଥାନ୍ତେ, ଏତେଟା ମୁକ୍ତ ଅନୁଭବ କରିନଥାନ୍ତେ ନିଶ୍ଚୟ ।

ଚରିତ୍ର ଗଠନ ପାଇଁ ପ୍ରତିକୂଳ ଅବସ୍ଥା ଓ ଆର୍ଥିକ ଅନଟନ ନିହାତି ଜରୁରୀ । ଭାବୁଥିଲେ ଶ୍ରୀକୃଷ୍ଣ ।

ଆଚ୍ଛା, ଏମାନେ ପାଷାଣ୍ଡହେବା ଶିଖିଲେ କେଉଁଠୁ ?

ବୃଦ୍ଧ, ନିର୍ଧନ, ବ୍ରାହ୍ମଣ ଆଦିଙ୍କ ଉପରେ ପାଷାଣ୍ଡମାନେ ହିଁ ଦୁର୍ବ୍ୟବହାର କରନ୍ତି ।

ଏବଂ ଅନ୍ୟର କନ୍ୟାକୁ ଉଠେଇଆଣି ରାକ୍ଷସମତେ ବିବାହ କରିବା ଏମାନଙ୍କୁ ଶିକ୍ଷାଦେଲା କିଏ ! କେମିତି ଏମାନେ ଏତେ କାମୁକ ହୋଇପାରିଲେ !

ଏହିଭଳି ପ୍ରଶ୍ନରୁ ଆପଣାର ଅନୁଭବ ଓ କଳାକର୍ମ ମନକୁ ଆସିଲା ତାଙ୍କର । ଏମାନେ ନିଶ୍ଚୟ ଶୁଣିଥିବେ, ପିତା ସେମାନଙ୍କର କନ୍ୟା ଅପହରଣକରି ବିବାହ କରିଛନ୍ତି । ହୋଇପାରେ, ଅତୀତର ସେହି ଘଟନା ବା ଘଟନା ସମୂହରୁ ସେମାନେ ଶିକ୍ଷାକରିଛନ୍ତି ।

ମାତ୍ର କୌଣସି କନ୍ୟାର ସମ୍ମତି ବ୍ୟତିରେକେ ସେ କନ୍ୟାଅପହରଣ କରିନାହାଁନ୍ତି । ତେବେ ? ତେବେ ହୃଦୟ ମଧ୍ୟରେ ସେ ଅନୁଭବକଲେ ଏକ ଅପରାଧବୋଧ । ଯେ – ସେ ନିଜେ କେତେକ କ୍ଷେତ୍ରରେ ଭୁଲ କରିଛନ୍ତି । କନ୍ୟାର ସମ୍ମତି ସାଙ୍ଗକୁ ପିତାମାତାଙ୍କର ସମ୍ମତି ରହିବା ଆବଶ୍ୟକ । ସେପରି ନହେଲେ ଭବିଷ୍ୟତ କେବଳ କନ୍ୟାମାନଙ୍କର ସମ୍ମତିକୁ ଅଗ୍ରାଧିକାର ଦେବ । ସଂପୃକ୍ତ ପିତାମାତା ଜାଣିଲାବେଳକୁ କନ୍ୟା ଅନ୍ୟ କୁଳର ହୋଇସାରିଥିବ । ଯାହା ପରିବାର ଓ ସମାଜ ବିରୋଧୀ ।

ଆହାଃ କି ଯନ୍ତ୍ରଣା ଦାୟକ! ନିଜକୁ କନ୍ୟା-ପିତା ଆସନରେ ବସେଇ ଭାବୁଥିଲେ ଶ୍ରୀକୃଷ୍ଣ ।

ରଉରିଭାଇ ଯଜ୍ଞାଶ୍ୱ ନେଇ ଯାଇଛନ୍ତି ରଉରିଦିଗରେ ।

ଶ୍ରୀକୃଷ୍ଣଙ୍କ ପତ୍ନୀଗଣ ମଉଜରେ ସମୟ ଅତିବାହିତ କରୁଛନ୍ତି ।

ଯୁଧିଷ୍ଠିର ରାଜଚକ୍ରବର୍ତ୍ତୀ ହେବାର ସ୍ୱପ୍ନଦେଖୁଛନ୍ତି ।

ଏବଂ ଦ୍ରୌପଦୀ କୃଷ୍ଣ-ପତ୍ନୀମାନଙ୍କୁ ଗୋପନ ଈର୍ଷାକରୁଛନ୍ତି ।

ଏବଂ ନିରୋଳା ମୁହୂର୍ତ୍ତରେ ଶ୍ରୀକୃଷ୍ଣ ଭାବୁଛନ୍ତି ଆପଣା ବଂଶର କଥା ।

ଇନ୍ଦ୍ରପ୍ରସ୍ଥରେ ଶ୍ରୀକୃଷ୍ଣ ଇତିମଧ୍ୟରେ ଏକମାସ ଅତିବାହିତ କରିସାରିଲେଣି । ତେଣେ ତାଙ୍କ ଅନୁପସ୍ଥିତିରେ ପୁତ୍ରମାନେ କେତେକାଣ୍ଡ ଭିଆଇ ସାରିଥିବେ । ପିତା ଓ ଜ୍ୟେଷ୍ଠପିତାଙ୍କ ବଳରେ ସେମାନେ ଧରାକୁ ସରା ମନେକରୁଥିବେ । ସେମାନଙ୍କୁ ବାଧାଦେବାକୁ ବା ଉଚିତ୍ ପରାମର୍ଶ ଦେବାକୁ କେହି ନାହାଁନ୍ତି । ଊଃ !

ଏତେ ସଂଖ୍ୟକ ପତ୍ନୀ ଗ୍ରହଣର ଆବଶ୍ୟକତା ନଥିଲା । ଯେଉଁ ନାରୀ କହିଲା ମୁଁ ତୁମକୁ ମନମଧ୍ୟରେ ପତିରୂପେ ଗ୍ରହଣ କରିସାରିଛି, ମୁଁ ତାକୁ ପତ୍ନୀରୂପେ ଗ୍ରହଣ କରିନେଲି । ନାରୀ ଜାତି ପ୍ରତି ଅତ୍ୟଧିକ ଶ୍ରଦ୍ଧା ଓ ସମ୍ମାନ ଯୋଗୁଁ ମୁଁ ସେପରି କରିଛି । ଅନ୍ୟକଥା ମନକୁ ଆସିନାହିଁ । ଜ୍ୟେଷ୍ଠଭ୍ରାତା ବଳଦେବ ଯେବେ ମୋତେ ବାରଣ କରିଥାନ୍ତେ, ମୁଁ ନିବୃତ୍ତ ହୋଇଥାନ୍ତି ଅବଶ୍ୟ । ମାତ୍ର, ତାଙ୍କର ଏହି ସାନଭାଇଟି ପ୍ରତି ଅକୁଣ୍ଠ ସମର୍ଥନ । ମୋର ଭୁଲ ନିଷ୍ପତ୍ତି ମଧ୍ୟ ତାଙ୍କର ଗ୍ରହଣୀୟ । କାହିଁକି! କାହିଁକି ସେ ମୋତେ ଆକଟ କଲେ ନାହିଁ । କାହିଁକି ମୁଁ ଗ୍ରହଣ କରିନାହିଁ ତାଙ୍କ ଆଦର୍ଶ! ତାଙ୍କର ଏକ ପତ୍ନୀବ୍ରତ !!

ହେ ଭ୍ରାତ! କାହିଁକି ମୋତେ ଜୀବନ ସାରା ରଣୀ କରିଦେଲ!

କିପରି ଶୁଝିବି ତୁମ ରଣ ଏହି ଜୀବନରେ ?

ତୁମକୁ ଶତକୋଟି ପ୍ରଣାମ ଭ୍ରାତ !

ମନ ମଧ୍ୟକୁ ପଶିଆସିଲା ପ୍ରଦ୍ୟୁମ୍ନ । କୁମାର ପ୍ରଦ୍ୟୁମ୍ନ । ତାଙ୍କର ଜ୍ୟେଷ୍ଠପୁତ୍ର । ତା'ର ଜନ୍ମପରଠୁ ବହୁ ଘଟନା ବହୁଳ ତା ଜୀବନ । ପିତାର ଚରିତ୍ର ଓ ରୂପଗଢ଼ର ଷୋଲପଣ ଅଂଶ ନେଇ ତା'ର ଜନ୍ମ । ଅନେକ ତାକୁ ଦେଖି ଶ୍ରୀକୃଷ୍ଣଙ୍କୁ ଦେଖୁଛନ୍ତି ବୋଲି ଭ୍ରମରେ ପଡ଼ନ୍ତି । କେତେ ଉତ୍ତମ ଗୁଣର ପୁତ୍ର ସେ! ଏକ ବ୍ୟତିକ୍ରମ!

ଜଗତର ସବୁ ଜ୍ୟେଷ୍ଠପୁତ୍ର ପିତାଙ୍କର ଅତ୍ୟନ୍ତ ପ୍ରିୟ ।

କାରଣ ପିତାଙ୍କର ସମସ୍ତ ଲକ୍ଷଣ ତାଠାରେ ପ୍ରତିଫଳିତ ।

ରେ ପ୍ରଦ୍ୟୁମ୍ନ !

ତୁ କ'ଣ ବର୍ଢିପାରିବୁ ଦେବୀରୋଷରୁ !

ଆନମନା ହୋଇଉଠନ୍ତି ଶ୍ରୀକୃଷ୍ଣ । ୬୪ !

ସହଦେବ ଓ ନକୁଳ ବାହୁଡ଼ିଲେ, ଯଜ୍ଞଅଶ୍ୱ ସହ । ବଶ୍ୟତା ସ୍ୱୀକାର କରିଛନ୍ତି ରାଜାମାନେ । ସାନନ୍ଦ ଯୋଗଦେବେ ରାଜସୂୟଯଜ୍ଞରେ । କିଛି ଦିନ ଉଭାରୁ ବାହୁଡ଼ିଲେ ଭୀମସେନ । ସେ ଖୁସିଥିଲେ । ବୁଝିଗଲେ ଯୁଧିଷ୍ଠିର ସେ ବିଜୟୀ ।

ମାତ୍ର ଅର୍ଜୁନ ! ସେ ଫେରିନାହିଁ । କିଛି ବିପତ୍ତି ପଡ଼ିଲାକି ! ଇତିମଧ୍ୟରେ ଯଜ୍ଞପ୍ରସ୍ତୁତି ପ୍ରାୟତଃ ଶେଷ । ଅପେକ୍ଷା କେବଳ ଅର୍ଜୁନକୁ । ଅର୍ଜୁନ କାହିଁ ! ଯୁଧିଷ୍ଠିର ଚିନ୍ତିତ ।

"ଫେରିଲା ନାହିଁ ଅର୍ଜୁନ !" - ଯୁଧିଷ୍ଠିର ରହିଁଲେ ଶ୍ରୀକୃଷ୍ଣଙ୍କୁ ।

"ମୁଁ କି ଜାଣେ ! ତୁମେ କହିଲ ଗାଣ୍ଡିବଧନୁ ଆଗରେ କେଭେଁ ତିଷ୍ଠିବନାହିଁ ଜରାସନ୍ଧ । ତାହା ହିଁ ହେବା କଥା । ଆସୁଥିବ !" - ହାଲ୍କା ମନ୍ତବ୍ୟ ଶ୍ରୀକୃଷ୍ଣଙ୍କର ।

ଦିନ ପରେ ଦିନ ବିତୁଥିଲା ।

ଅର୍ଜୁନ ଫେରୁନଥିଲା ।

ଯୁଧିଷ୍ଠିରଙ୍କ ଚିନ୍ତା ବଢୁଥିଲା ।

ସେ ଅପମାନିତ ହେବେ କି ?

ରାଜସୂୟଯଜ୍ଞର ଆବଶ୍ୟକତା ନାହିଁ ।

ମୁଁ ଅର୍ଜୁନକୁ ଦେଖିବାକୁ ରହେଁ ।

ଆହାଃ, ମୋ ଭାଇ !

ଶ୍ରୀକୃଷ୍ଣ ଥିଲେ ନୀରବ ।

ହଁ ଦିନେ ଅର୍ଜୁନ ଫେରିଲେ । ଆଶ୍ୱସ୍ତ ଯୁଧିଷ୍ଠିର । କିନ୍ତୁ .... କିନ୍ତୁ ଅର୍ଜୁନର ମୁହଁ ଶୁଖିଯାଇଛି କାହିଁକି ! ପରାଜୟର ଗ୍ଲାନି ତାଙ୍କଠାରେ । ହେଲା କ'ଣ !

“ଜରାସନ୍ଧକୁ ବଶ କରିପାରିଲି ନାହିଁ । ଭାବିଲି, ତା’ର ନିଧନ କରିଦେବି । ସମ୍ଭବ ହେଲା ନାହିଁ । ଗାଣ୍ଡିବଧନୁ ଜରାସନ୍ଧ ପାଖରେ ଅସହାୟ । ସେ ଅବଧ୍ୟ ମନେହୁଏ ।” - ବିବରଣୀ ରଖିଲେ ଅର୍ଜୁନ ।

ତେବେ ?

ତେବେ କ’ଣ ରାଜସୂୟଯଜ୍ଞ କଳ୍ପନାରେ ରହିଯିବ !

ଏବଂ ଭୁଲୁଣ୍ଠିତହେବ ଇନ୍ଦ୍ରପ୍ରସ୍ତର ସମ୍ମାନ !

ହତାଶାଭାବ ପ୍ରକାଶିତ ହେଉଥିଲା ଯୁଧିଷ୍ଠିରଙ୍କ ଆଖିରେ ।

କୃଷ୍ଣ-ନାରୀ ଓ ଦ୍ରୌପଦୀଙ୍କୁ ଆଦୌ ସ୍ପର୍ଶକରୁନଥିଲା ଅର୍ଜୁନଙ୍କ ବିଫଳତାର କାହାଣୀ । ନିଶ୍ଚୟ ଶ୍ରୀକୃଷ୍ଣ ଉପାୟ ବାହାରକରିବେ, ସେମାନେ ନିଶ୍ଚିତ ଥିଲେ । କେଉଁ ଆଭୂଷଣ ସେ ପିନ୍ଧିବେ, ଦ୍ରୌପଦୀ ପରାମର୍ଶ ନେଉଥିଲେ କୃଷ୍ଣ-ନାରୀମାନଙ୍କର । ସତେକି, ଅର୍ଜୁନର ପରାଜୟ ଉପରେ ମଥା ଖେଳେଇବା ନାରୀମାନଙ୍କର କାର୍ଯ୍ୟନୁହଁ ।

“ସତରଥର ଜରାସନ୍ଧ ମଧୁପୁରୀ ଆକ୍ରମଣ କଲା । ପରାଜିତ ହେଲା । କିନ୍ତୁ ମରିପାରିଲା କି ? ବରଂ ମାରିଲା । ଜାଳିଲା ଅନେକ କିଛି । ବାଧ୍ୟବଶତଃ, ମଧୁପୁରୀ ତ୍ୟାଗକଲି । କାହିଁକି !” - କହିଲେ ଶ୍ରୀକୃଷ୍ଣ ।

ଜରାସନ୍ଧ ସପକ୍ଷରେ କହିବାଭଳି ଜଣାଗଲେ ଶ୍ରୀକୃଷ୍ଣ ।

ହତାଶାରେ ଭାଙ୍ଗିଭାଙ୍ଗି ପଡୁଥିଲେ ଯୁଧିଷ୍ଠିର ।

“ବରଂ ଗୋଟେ କାମ କରିବା । ରାଜସୂୟଯଜ୍ଞକୁ ବାତିଲ କରିଦେବା । ଲଜ୍ଜା ହେଲେ ହେଉ ।” - ଯୁଧିଷ୍ଠିର କହିଲେ ।

“ତୁମେ ଯଜ୍ଞ ନକଲେ ଆଉ ଜଣେ ସମ୍ପାଦନ କରିବା ମସୁଧାରେ ଅଛି ।”

କିଏ ? ଯୁଧିଷ୍ଠିରଙ୍କ ନୀରବ ରୁହାଣି ।

: ଜରାସନ୍ଧ । ସେହି ଯଜ୍ଞରେ ବନ୍ଦୀରାଜାମାନଙ୍କୁ ବଳିଦେବା ଯୋଜନା କରିଛି । ସେତେବେଳେ ? ତା’ର ଯଜ୍ଞଅଶ୍ୱକୁ ଅଟକେଇଲେ ତା ସହ ଯୁଦ୍ଧକରିବ ନଟୁବା ତା’ର ବଶ୍ୟତା ସ୍ୱୀକାର କରି ତାକୁ ରାଜଚକ୍ରବର୍ଦ୍ଧୀ ଘୋଷଣାକୁ ସୁଗମ କରିବ । ତେଣୁ ମୋର ପରାମର୍ଶ, ସମ୍ମୁଖସମର ତା ସହ ବିପଜ୍ଜନକ । ଛଳ କପଟରେ ତାକୁ ନିଧନକର ।

ଯୁଧିଷ୍ଠିର ଦ୍ୱନ୍ଦରେ ପଡ଼ିଲେ ।

ଛଲକପଟ ପୁଣି କ'ଣ !

ଏହା ତ ଯୁଦ୍ଧର ନିୟମାନୁହଁ – କହିଲେ ଯୁଧିଷ୍ଠିର ।

"ତୁମେ ଜରାସନ୍ଧର ଜନ୍ମବେଳା ସମ୍ପର୍କରେ ଜାଣିଥିଲେ ଏପରି ପ୍ରଶ୍ନ କରନ୍ତନାହିଁ ।" – ଶ୍ରୀକୃଷ୍ଣଙ୍କ ମୁହଁରେ ବଙ୍କା ହସ । ସେହି ହସ ସୂଚଉଥିଲା, ତୁମର ଗାଣ୍ଡିବଧନୁ ମୂଲ୍ୟହୀନ ଜରାସନ୍ଧ ପାଖରେ, ଯାହା ପାଇଁ ତୁମ ମନରେ ଗର୍ବ ଆସ୍ଥାନ ଜମେଇଛି ।

ବିସ୍ତାରିତ ଭାବେ ଶ୍ରୀକୃଷ୍ଣ ତଥ୍ୟ ରଖିଲେ ଜରାସନ୍ଧର ଜନ୍ମରହସ୍ୟ ।

ସତେ ! ସ୍ୱଗତୋକ୍ତି କଲେ ଯୁଧିଷ୍ଠିର ।

ମୋର ଚକ୍ର ମଧ୍ୟ ତା ପାଖରେ ଅସହାୟ – କହିଲେ ଶ୍ରୀକୃଷ୍ଣ ।

"ତେବେ ? ତୁମର ବୁଦ୍ଧି ଆମର ଭରସା । ତୁମେ ଯେପରି କହିବ !" – ଯୁଧିଷ୍ଠିରଙ୍କର ସମର୍ପଣଭାବ ।

"ତୁମେ ଭୀମସେନ ଓ ଅର୍ଜୁନଙ୍କୁ ମୋ ସହ ଯିବାକୁ ଅନୁମତି ଦିଅ ! ଆମେ ଆସନ୍ତାକାଲି ମଗଧ ଅଭିମୁଖେ ଯାତ୍ରା କରିବୁ । କପଟକରି ତାକୁ ମାରିଦେବୁ ।" – କହିଲେ ଶ୍ରୀକୃଷ୍ଣ ।

ଯୁଧିଷ୍ଠିର ସମ୍ମତ ହେଲେ ।

ଏକ ସାନ ଗୋପନ ବୈଠକରେ ମିଳିତ ହେଲେ ତିନିଜଣ ।

କୃଷ୍ଣ, ଭୀମସେନ ଓ ଅର୍ଜୁନ ।

ଠିକ୍ ହେଲା, ତିନିଜଣ ବେଶ ବଦଳାଇବେ ।

ବ୍ରାହ୍ମଣବେଶ ଧାରଣ କରିବେ ।

ଯେପରି କେହି ଭ୍ରମରେ ସୁଦ୍ଧା ସନ୍ଦେହ କରିବେନାହିଁ ।

ଏବଂ ଭୀମସେନକୁ ବୁଝେଇ କହିଲେ । କିପରି ଜରାସନ୍ଧ ଜନ୍ମବେଳର ଅବସ୍ଥା ପ୍ରାପ୍ତହେବ ।

ଭୀମସେନ ବୁଝିଗଲେ । ଯାହା ବୁଝିପାରିଲେନି ତାହା ହେଉଛି – ଜରାସନ୍ଧ ସହ ମୁଁ ଦ୍ୱନ୍ଦଯୁଦ୍ଧ କରିବି ? ସେ ଯେବେ ମୋତେ ଚୟନ ନକରେ ଦ୍ୱନ୍ଦଯୁଦ୍ଧ ପାଇଁ ?

ଶ୍ରୀକୃଷ୍ଣ କହିଲେ – ହଁ, ଆମେ ବ୍ରାହ୍ମଣ ଭାବେ ତାକୁ ଦ୍ୱନ୍ଦ୍ୱଯୁଦ୍ଧ ଭିକ୍ଷାକରିବା । ତୁମର ଅନ୍ୟ ସନ୍ଦେହଟିର ଉତ୍ତର ଶୁଣ । ଜରାସନ୍ଧ ଏତେ ମହାନବୀର ଯେ ତା'ର ସମକକ୍ଷ ଯୋଦ୍ଧା ସହ ସେ ଦ୍ୱନ୍ଦ୍ୱଯୁଦ୍ଧକୁ ଓ୍ହ୍ଲାଇବାକୁ ସମ୍ମାନ ଭାବିବ । ଆମ ଦୁହିଁଙ୍କ ପରି ଶାରିରୀକ ଦୁର୍ବଳଙ୍କ ସହ ସେ ଯୁଦ୍ଧ କରିବ କାହିଁକି! ତୁମେ ନିଶ୍ଚିନ୍ତ ରୁହ । ମନେରଖ, ତାର ମୃତ୍ୟୁ ତାର ଦୁଇଗୋଡ଼ ସନ୍ଧିରେ ଲଟକିଛି । ତୁମେ ଫାଡ଼ିଦେବ ଦୁଇଗୋଡ଼କୁ, ବାଉଁସ ଫଟା ହେଲାପରି । ବାସ୍!

ଅନ୍ୟପକ୍ଷରେ, ମଗଧ ବନ୍ଦୀଶାଳାରେ କାଳାତିପାତ କରୁଥିବା ରାଜା ବା ରାଜକୁମାରମାନେ ସ୍ୱପ୍ନ ଦେଖୁଛନ୍ତି କିପରି ମୁକ୍ତି ପାଇବେ ।

ଶ୍ରୀକୃଷ୍ଣଙ୍କ ସୂଚନା ଯଥେଷ୍ଟ ।

ସେ ନିଶ୍ଚୟ କିଛି ଯୋଜନା କରୁଥିବେ ।

କିନ୍ତୁ କେବେ ?

ଯେବେବି ହେଉ, ସେମାନେ ମୁକ୍ତ ହେବେ ।

ଏବଂ ଜରାସନ୍ଧର ମୃତ୍ୟୁହେବ ।

ଆପଣାର ଯାତନା ଭୁଲି ଖୁବ୍ ଖୁସିଥିଲେ ସେମାନେ ।

ଦିନ, ମାସ ବିତୁଥିଲା ।

ସେମାନଙ୍କ ଯାତନା କମୁନଥିଲା ।

ଏବଂ ମୁକ୍ତିର ସ୍ୱାଦ କଳ୍ପନାରେ ସେମାନେ ବାରୁଥିଲେ ।

## (ବାର)

ତିନିଜଣ ବ୍ରାହ୍ମଣ ମଗଧ ରାଜପଥରେ ଚାଲିଛନ୍ତି । ସେମାନଙ୍କ ମଧ୍ୟରୁ ଦୁଇଜଣଙ୍କ ପାଟିଚୁପ୍ । ଜଣେ କଳାବ୍ରାହ୍ମଣ ଉଚ୍ଚସ୍ୱରରେ ସାମଗାନ କରୁଛନ୍ତି । ପଥପ୍ରାନ୍ତରେ ମଣିଷ ଠିଆହୋଇଯାଉଛନ୍ତି । ଏବଂ ଦେଖୁଛନ୍ତି ଓ ଶୁଣୁଛନ୍ତି । ଅଦ୍‍ଭୁତ ଆବୃତିର ଶୈଳୀ!

: ଯାଉଛନ୍ତି, ରାଜଭୁବନକୁ ଦାନଦକ୍ଷିଣା ପାଇଁ ।

– ହଁ । ଆମ ରାଜାଙ୍କର ବ୍ରାହ୍ମଣଙ୍କ ପ୍ରତି ସମ୍ମାନ କମି ହେବନାହିଁ । ସେଇକଥା ଶୁଣି, କେଉଁ ଦୂରଦେଶରୁ ବ୍ରାହ୍ମଣ ଛୁଟିଆସୁଛନ୍ତି ।

: ହଁ ଯେ, ଏହି ତିନିଜଣଙ୍କୁ ଭଲକରି ଦେଖତ !

– ଦେଖୁଛୁ ତ ! କ'ଣ କୁହ !

: ବ୍ରାହ୍ମଣଙ୍କର ବାହୁ ଓ ଜଂଘ ଶାଳଗଛ ଗଣ୍ଡିପରି କେଉଁଠି ଦେଖୁଛ ?

– ଠିକ୍ କହିଛ । ଅନ୍ୟର ଦାନ ଦକ୍ଷିଣା ଉପରେ ବଞ୍ଚୁଥିବା ବ୍ରାହ୍ମଣର ଇମିତି ଶରୀର ଗଠନ !

: ଆହୁରି ଦେଖ, ସେ କଳାବ୍ରାହ୍ମଣର ହାତ ଆଣ୍ଠୁ ଛୁଉଁଛି । ଦେଖ ତାଙ୍କର ନାକ ! ଏବଂ ଆଖି !

– ତୁମେ କହୁଛ ଏମାନେ ବ୍ରାହ୍ମଣବେଶୀ ଅନ୍ୟକେହି ?

: ମତେ କି ଜଣା !

ଏହିପରି ଆଲୋଚନା ଚାଲୁଥିଲା ମଗଧ ରାଜପଥରେ ।

ତିନିବ୍ରାହ୍ମଣ ଆଗଉଥିଲେ ରାଜପ୍ରାସାଦ ଦିଗରେ ।

କଳା ବ୍ରାହ୍ମଣର ମୁହଁରେ ସାମଗାନ ବନ୍ଦହେଉନଥିଲା ।

ତାକୁ ଅନୁସରଣ କରୁଥିଲେ ମୁହଁବନ୍ଦ ଦୁଇବ୍ରାହ୍ମଣ ।

ଆଶ୍ଚର୍ଯ୍ୟ ! ତିନିବ୍ରାହ୍ମଣ ପ୍ରବେଶଦ୍ୱାର ଆଡ଼େ ନଯାଇ ବୁଲିଗଲେ ପଛ ତୋରଣ ଆଡ଼େ । କାହିଁକି ? ଅତିଥି କ'ଣ ପଛଦ୍ୱାର ଦେଇ ପ୍ରବେଶକରେ !

ରାଜପ୍ରାସାଦର ପଛଦ୍ୱାରରେ ଏକ ବିଶାଳ ସୁନ୍ଦର ତୋରଣ ନିର୍ମାଣ କରିଥିଲେ ମହାରାଜଙ୍କ ପିତା ବୃହଦ୍ରଥ । ତିନିବ୍ରାହ୍ମଣ ତୋରଣ ଅତିକ୍ରମକରିବାକୁ ଚାହିଁଲେ । ବାରଣକଲା ରକ୍ଷୀ । କଳାବ୍ରାହ୍ମଣ ଶୁଣିଲା ନାହିଁ । କ'ଣ ଠାରରେ କହିଲା ସାନ ପାହାଡ଼ ପରି ଦିଶୁଥିବା ଗୋରାବ୍ରାହ୍ମଣକୁ । ଗୋରାବ୍ରାହ୍ମଣର ବାଁ ହାତ ହଲିଗଲା । ଭାଡ଼ି ଧସିପଡ଼ିଲା ବିଶାଳ ତୋରଣଟି । ଡରିଗଲେ ରକ୍ଷୀ । ଧାଇଁଲେ ରାଜା ଜରାସନ୍ଧଙ୍କ ନିକଟକୁ । ଘଟନାଟିର ବର୍ଣ୍ଣନା ରଖିଲେ ।

"ଆହାଃ ବ୍ରାହ୍ମଣ ! ପାଛୋଟି ନେଇଆସ ଏଠିକି !" – ନିର୍ଦ୍ଦେଶ ଦେଲେ ଜରାସନ୍ଧ ।

କଳାବ୍ରାହ୍ମଣର ସାମଗାନରେ ବିରତି ନଥିଲା । ମହାରାଜା ଶୁଣୁଥିଲେ । ସେ ଚମକୃତ । ସେ ଆସନରୁ ସହସା ଉଠିଆସିଲେ । ପାଦ୍ୟଅର୍ଘ୍ୟ ସହ ପାଦବନ୍ଦନା କରିବାକୁ ପ୍ରସ୍ତୁତ ହେଲେ ।

ନିତ୍ୟାନନ୍ଦ ପଣ୍ଡା ❖ ୧୨୯

କିନ୍ତୁ କଳାବ୍ରାହ୍ମଣ ବାରଣ କଲା । "ପାଦବନ୍ଦନା ଆମେ ଗ୍ରହଣ କରୁନା" – କହିଲା କଳାବ୍ରାହ୍ମଣ, "ଆମର 'ଦାନ' ଲୋଡ଼ା" ।

"ତେବେ କୁହନ୍ତୁ ।" – କହିଲେ ଜରାସନ୍ଧ ।

"ଏବେ ନୁହଁ । ମୋର ସାଥୀ ଦୁଇଜଣ ମୌନବ୍ରତ ଆଚରିଛନ୍ତି । ମଧ୍ୟରାତ୍ରିରେ ମୌନବ୍ରତ ଭାଙ୍ଗିବେ । ବହୁ ଆଶାନେଇ ଦୂରଦେଶରୁ ଆସିଛୁ । ପଥକ୍ଲାନ୍ତ । ଆମର ବିଶ୍ରାମ ଲୋଡ଼ା ।" – କହିଲା କଳାବ୍ରାହ୍ମଣ । ଯଜ୍ଞଶାଳାରେ ବ୍ରାହ୍ମଣ ବିଶ୍ରାମ ନେବାର ସୁବ୍ୟବସ୍ଥା କରାଗଲା ।

ଜରାସନ୍ଧ ଏକସମୟରେ ପୁଲକିତ ଓ ଆଶ୍ଚର୍ଯ୍ୟଚକିତ ।

କଳାବ୍ରାହ୍ମଣଟିର ସାମଗାୟନ ଅଶ୍ରୁତପୂର୍ବ ।

ଏବଂ ତାର ହସ୍ତ ଜାନୁ ଛୁଇଁଛି ।

ଦୈବୀଲକ୍ଷଣଯୁକ୍ତ ମଣିଷଟି କିଏ ?

ଏବଂ ପଛଦ୍ୱାରଦେଇ ଶତ୍ରୁଆସେ ।

ଏମାନେ ପଛଦ୍ୱାରଦେଇ ଆସିଲେ କାହିଁକି !

ଏବଂ ପାଦ୍ୟଅର୍ଘ୍ୟ ଘେନିବାକୁ ନାସ୍ତିକଲେ କାହିଁକି !

ଏବଂ ଅନ୍ୟଦୁଇଜଣଙ୍କ ମୌନବ୍ରତର କାରଣ କ'ଣ !

ଏବଂ ବ୍ରାହ୍ମଣଙ୍କର ଏପରି ବିଶାଳ ବପୁ ସଚରାଚର ଦେଖାଯାଏନା !

ତେବେ ?

ବ୍ରାହ୍ମଣବେଶୀ କେହି ଶତ୍ରୁକି ?

ହାଃ...ହାଃ... ଜରାସନ୍ଧର ପୁଣି ଶତ୍ରୁ !

ମଧ୍ୟରାତ୍ର ଗତହେବା ପର୍ଯ୍ୟନ୍ତ ସେ ଅପେକ୍ଷା କରିରହିଲା ।

ମଧ୍ୟରାତ୍ର ଗଡ଼ିଲା । ଜରାସନ୍ଧ ଋଲିଲା ଯଜ୍ଞଶାଳାକୁ । ଦେଖିଲା, ବସିଛନ୍ତି ତିନି ବ୍ରାହ୍ମଣ । ସେ ପ୍ରଣାମ ଜଣାଇଲା ।

"ମହାରାଜଙ୍କୁ ଆସିବାକୁ ହେଲା ?" – କହିଲା କଳାବ୍ରାହ୍ମଣ ।

: ହଁ । ମୋର କୌତୂହଳର ସମାପନ ଆବଶ୍ୟକ ।

"ଆମେ ବ୍ରାହ୍ମଣ । ଆମକୁ ଦାନ ଦେବା ହୁଅନ୍ତୁ । ଦାନପରେ ମହାରାଜଙ୍କ କୌତୂହଲ ଅବଶ୍ୟ ଦୂର କରିବୁ ।

: ତେବେ କହନ୍ତୁ ।

"ମହାରାଜଙ୍କୁ ପ୍ରଥମେ ଶପଥ କରିବାକୁ ହେବ ।

: ହଁ ତ୍ରିବାର ଶପଥକଲି । ମୋର ଜୀବନ ମାଗିଲେ ମଧ୍ୟ କେବେଁ ନାସ୍ତିକରିବି ନାହିଁ ।

"ମହାରାଜଙ୍କର ଜୟହେଉ । ମହାରାଜଙ୍କର ବ୍ରାହ୍ମଣ–ଭକ୍ତି ସାରା ଜଗତ ଜାଣେ ।"

: ଦାନ ଗ୍ରହଣ କରିବାକୁ ଆସିଥିବା ବ୍ରାହ୍ମଣ ପଚ୍ଛଦ୍ୱାର ଦେଇ ପ୍ରବେଶ କରିବା କେଉଁଶାସ୍ତ୍ର ଅନୁମୋଦିତ ? ଏବଂ ପଚ୍ଛଦ୍ୱାର ମଧ୍ୟଦେଇ ଶତ୍ରୁ ପ୍ରବେଶକରେ, ଏକଥା ସ୍ନାତକମାନଙ୍କୁ ଜଣାଥିବ ନିଶ୍ଚୟ ।

"ମହାରାଜ ଠିକ୍ କହିଛନ୍ତି । ଆମେ ବ୍ରାହ୍ମଣ ନୋହୁଁ । ବ୍ରାହ୍ମଣବେଶୀ କ୍ଷତ୍ରିୟ । ତୁମର ଶତ୍ରୁ । ଆମର ପରିଚୟ ଜାଣିବା ହୁଅନ୍ତୁ । ମୋର ସହଯୋଗୀ ଦୁଇଜଣ ହେଉଛନ୍ତି, ଯୁଧିଷ୍ଠିରଙ୍କ କନିଷ୍ଠ ଭ୍ରାତା ଭୀମସେନ ଓ ଅର୍ଜୁନ । ମୋର ନାମ କୃଷ୍ଣ । ତୁମକୁ ଡରି ଦ୍ୱାରାବତୀରେ ରହୁଛି ……. ।"

– ଓଃ ତୁ ସେହି କପଟୀ କୃଷ୍ଣ ! ତୋ ସହିତ ବହୁତକଥା ଥିଲା । କିନ୍ତୁ ମୋ ନିଜ ଭୁବନରେ ସେ ସବୁ ପଚରିବା ଶୋଭା ଦିଶିବନି । ଏବେ କୁହ କାହିଁକି ଆସିଛ ! ତୁମେ ବ୍ରାହ୍ମଣନୁହଁ, ଅତଏବ୍ ମୋର ଶପଥକୁ ପ୍ରତ୍ୟାହାର କରିନେଲେ ଅପରାଧ ହୁଅନ୍ତା ନାହିଁ । ଏବଂ ଏହିଠାରେ ତୁମ ତିନିଟାଙ୍କର ବେକ ମୋଡ଼ିଦେବା ଉଚିତ୍ ହୁଅନ୍ତା । କିନ୍ତୁ ନା, ନିଜ ବାକ୍ୟରୁ ଓହରିଯିବା ମଣିଷ ଜରାସନ୍ଧ ନୁହଁ । କହ, କ'ଣ ଚାହୁଁଚୁ ?

"ଆମ ତିନିଜଣଙ୍କ ମଧ୍ୟରୁ ଜଣଙ୍କ ସହିତ ଦ୍ୱନ୍ଦ୍ୱଯୁଦ୍ଧରେ ସହସା ଅବତୀର୍ଣ୍ଣ ହୁଅ ।"

ଅଟ୍ଟହାସ୍ୟ କରିଉଠିଲା ଜରାସନ୍ଧ । ଏହିକଥା ! ଠିକ୍ ଅଛି । କିନ୍ତୁ ମୁଁ ଲଢ଼ିବି କାହା ସହ ! ତିନିଜଣଙ୍କ ସହ ଏକତ୍ର ଯୁଝିବାକୁ ମୁଁ ପ୍ରସ୍ତୁତ । ତେବେ ତୁ କହିଛୁ ଜଣେ । ତୁ ମୋତେ ଡରି ଦ୍ୱାରାବତୀରେ ଲୁଚିଛୁ । ତୋ ସହ ଲଢ଼ିବା ଅପମାନ । ଆଉ ଛୁଏ ଅର୍ଜୁନ ! ବୟସରେ ବହୁ ସାନ । ଦୁର୍ବଲ ଦିଶୁଛି । ସେ ନୁହଁ । ବାକି ରହିଲା ଏହି

ଭୀମସେନ । ସେ ମୋଟମୋଟ ଦିଶୁଛି । ସେ ମୋ ହାତକୁ ଲାଗିବ । ହେଲା !" –
ଜରାସନ୍ଧ କହିଲା ।

ପରଦିନ ସକାଳେ ଦ୍ୱନ୍ଦ୍ୱଯୁଦ୍ଧ ହେବାପାଇଁ ନିଷ୍ପତ୍ତି ହେଲା ।

ବନ୍ଦୀଶାଲାରେ ରାଜାଗଣ ଶୁଣିଲେ ।

ମୁକ୍ତିସମୟ ଆସନ୍ନ, ସେମାନେ ମନେକଲେ ।

କିନ୍ତୁ ଦ୍ୱନ୍ଦ ଯୁଦ୍ଧ କାହିଁକି, ବୁଝିପାରୁନଥିଲେ ସେମାନେ ।

ସେମାନେ ବୁଝିଲାଭଳି ଘଟନା ଜଗତରେ ଘଟେନା ।

କ'ଣ ବା ବୁଝିପାରିଛନ୍ତି ! କାହିଁକି ସେମାନେ ଯାତନା ଭୋଗୁଛନ୍ତି !

ଦୋଷ କ'ଣ ସେମାନଙ୍କର ?

ଘଟନା ଘଟିସାରିବା ପରେ ମଣିଷ କାରଣ ଖୋଜେ ।

ଉତ୍ତର ନପାଇ ହତାଶ ହୁଏ ।

ବନ୍ଦୀରାଜାମାନଙ୍କର ଅବସ୍ଥା ସେହିପରି ।

ପରଦିନ ସକାଳେ ଦ୍ୱନ୍ଦଯୁଦ୍ଧ ଆରମ୍ଭ ହେଲା ।

ଜରାସନ୍ଧ ଓ ଭୀମସେନ ଦୁଇ ପ୍ରତିଦ୍ୱନ୍ଦୀ

ଦର୍ଶକ ରାଜପରିବାରୀ ଓ ପାତ୍ରମନ୍ତ୍ରୀ ।

ଏବଂ ସେନାମୁଖ୍ୟ ।

ଏବଂ କୃଷ୍ଣ ଓ ଅର୍ଜୁନ ।

ଯୁଦ୍ଧ ଭୀଷଣରୁ ଭୀଷଣତର ରୂପ ନେଉଛି ।

ଜରାସନ୍ଧ ଅତ୍ୟଧିକ ଖୁସିରେ ରହିକରୁଛି ।

କାରଣ ଏତେ ଦିନେ ଜଣେ ଯୋଗ୍ୟକୁ ପ୍ରତିଦ୍ୱନ୍ଦୀ ରୂପେ ପାଇଛି ।

ରାଜଭୁବନ ସମ୍ମୁଖ ପରିସର ଯୁଦ୍ଧକ୍ଷେତ୍ର ।

ଦର୍ଶକମାନଙ୍କ ମଧ୍ୟରେ ଉତ୍ସୁକତା ।

ପ୍ରକୃତପକ୍ଷେ, କାହିଁକି ଦ୍ୱନ୍ଦ୍ୱଯୁଦ୍ଧ ହେଉଛି କେହି ଜାଣିପାରୁନଥିଲେ ।
ପୂର୍ବରାତ୍ରିରେ, ଯେଉଁ କଥୋପକଥନ ହୋଇଥିଲା, ତାହା ସେହି ଚରିତ୍ରଜଣକ ମଧ୍ୟରେ

ସୀମିତ ଥିଲା । ପଞ୍ଚମ ବ୍ୟକ୍ତି କେହି ଶୁଣିନଥିଲେ । କେବଳ ରାତ୍ରିର ଅନ୍ଧକାର ଓ ଯଜ୍ଞଶାଳା ରହିଥିଲେ ସାକ୍ଷୀ ।

କ୍ରମେ ଘଟନା ପ୍ରରୋଚିତ ହେଲା ।

ନଗରବାସୀ ରୁଣ୍ଠହେବାକୁ ଲାଗିଲେ ।

ସେମାନେ କିଛି ବୁଝିପାରୁନଥିଲେ ।

ମାତ୍ର ଯୁଦ୍ଧକୁ ଉପଭୋଗ କରୁଥିଲେ ।

ଦିନେ ଦୁଇଦିନ ତିନିଦିନ ବିତିଲା । ଦ୍ୱନ୍ଦ୍ୱଯୁଦ୍ଧ ଶେଷ ହେବାର ନାଁ ଧରୁନି । ଦିନ ରାତି ଅବ୍ୟାହତ ରହିଛି ଯୁଦ୍ଧ । ଏହିକ୍ଷଣି ଜରାସନ୍ଧ ଭୀମସେନର ଛାତି ଉପରେ ବସୁଛି ତ ପରକ୍ଷଣରେ ଅବସ୍ଥା ବଦଳିଯାଉଛି । କିଏ ଜିତିବ ଜଣାପଡୁନାହିଁ । ଦୁଇ ପ୍ରତିଦ୍ୱନ୍ଦୀଙ୍କ ଗର୍ଜନରେ ଫାଟିପଡ଼ୁଛି ପରିବେଶ । ଜରାସନ୍ଧ ଜିତିଲେ ଗୋରା ବ୍ରାହ୍ମଣଟିର ମୃତ୍ୟୁ ଅନିବାର୍ଯ୍ୟ । ଆଉ ଯେବେ ଜରାସନ୍ଧ ହାରିଯାଆନ୍ତି ? କଳ୍ପନା କରିହେଉନାହିଁ ।

ଦିନପରେ ଦିନ ବିତିରଳିଛି । ଯୁଦ୍ଧର ଅନ୍ତଃ ଘଟୁନାହିଁ । ଜରାସନ୍ଧର ଦୁଇକନ୍ୟା ଅସ୍ତି ଓ ପ୍ରାପ୍ତି ଦେଖୁଥିଲେ ଯୁଦ୍ଧର ଅଗ୍ରଗତି । ଦେଖୁଥିଲେ, କଳାବ୍ରାହ୍ମଣ ଜଣେ ବିଭିନ୍ନ ଅଙ୍ଗଭଙ୍ଗୀକରି କିଛି ସୂଚନା ଦେଉଛି ଗୋରାବ୍ରାହ୍ମଣକୁ ।

ସେ କଳାବ୍ରାହ୍ମଣଟି କିଏ ?

କେମିତି କେଜାଣି ପ୍ରାପ୍ତି ଚିହ୍ନିଦେଲା ।

କହିଲା – ଅପା, ଇଏ କୃଷ୍ଣ । ଆମର ଭଣଜା । ଦେଖ ତାର ନାକ, ବାହୁ ଓ ରୂପ ......

ଅସ୍ତି ନିରେଖି ଦେଖିଲା – ସତେତ !

"ମୁଁ ଯାଉଛି, ତାକୁ କୋଳକରିନେବି ।" – କହିଲା ପ୍ରାପ୍ତି ।

"ନା, ଏବେ ନୁହଁ । ଯୁଦ୍ଧ ସରୁ ।" – କହିଲା ଅସ୍ତି ।

ଦୁଇ ଭଉଣୀ ଯୁଦ୍ଧର ପରିଣତି କ'ଣ ହେବ ଭୁଲିଗଲେ ।

ଭୁଲିଗଲେ, ସେମାନେ ପିତାଙ୍କ ରଣ ଦେଖୁଛନ୍ତି ।

ସେମାନଙ୍କ ସଭାକୁ ଆଚ୍ଛନ୍ନ କରିରଖିଲା କୃଷ୍ଣ ।

ଆହାଃ, ତୁ ଆସିରୁ !

ଆସେରେ, ଆମକୋଳକୁ ଆସେ !

ସେ ଦୁହେଁ ଆପଣାସହ ନୀରବ ସଂଳାପ କରୁଥିଲେ ।

ଆଜି ଦ୍ୱନ୍ଦ୍ୱଯୁଦ୍ଧର ସତେଇଶିତମ ଦିବସ । ଉଭୟ ବୀର କ୍ଲାନ୍ତ । ରଣତ୍ୟାଗକରି ଭୂଇଁରେ କ୍ଲାନ୍ତ ସିଂହ ପରି ପଡ଼ିରହିଛନ୍ତି । ସେମିତି ହୁଏ । କିଛି ସମୟପରେ ଶକ୍ତି ସଂଗ୍ରହ କରି ପୁନଃ ଦ୍ୱନ୍ଦ୍ୱଯୁଦ୍ଧରେ ଲାଗିଯାଆନ୍ତି ।

ବର୍ତ୍ତମାନ ?

ପରିସ୍ଥିତି କାହିଁକି ଭିନ୍ନ ଜଣାପଡୁଛି ।

ଝଡ ପୂର୍ବର ନୀରବତା ଭଳି ।

ଭୀମସେନ ଭାବୁଛି, ସେ ଆଉ ଲଢ଼ିପାରିବନାହିଁ ।

ଜରାସନ୍ଧ ଭାବୁଛି, ଭୀମସେନକୁ ସେ ହରେଇପାରିବନାହିଁ ।

ଅସହାୟ ଓ ବିକଳ ଦୃଷ୍ଟିରେ ଭୀମସେନ୍ ରହିଁଲା ଶ୍ରୀକୃଷ୍ଣଙ୍କୁ ।

କଳାବ୍ରାହ୍ମଣରୂପୀ ଶ୍ରୀକୃଷ୍ଣ ହସ୍ତରେ କେତୋଟି ମୁଦ୍ରା ଆଙ୍କିଲେ ।

ଭୀମସେନ ଦେଖିଲା ଓ ବୁଝିଲା ।

ସେ ଭୁଲିଯାଇଥିଲା ।

ଏବଂ ସିଂହ ରଡ଼ିକରି ହଠାତ୍ କୁଦି ପଡ଼ିଲା ।

ଏବଂ ନିମିଷକେ ଜରାସନ୍ଧର ଛାତିଉପରେ ବସି ତାକୁ ପୂର୍ଣ୍ଣ ଆୟଉକୁ ନେଲା ।

ଏବଂ କେହି କିଛି ବୁଝିବା ପୂର୍ବରୁ ଦୁଇଗୋଡ଼କୁ ଫାଡ଼ିଦେଲା ।

ଭୀମସେନ୍‌ର ଗର୍ଜନରେ ଦିଗ୍‌ବିଦିଗ୍ କମ୍ପି ଉଠିଲା ।

ବର୍ତ୍ତମାନ ଜରାସନ୍ଧର ଶରୀର ସମାନ ଦୁଇଫାଳ । ତା ଜନ୍ମବେଳର ଅବସ୍ଥା ପ୍ରାପ୍ତ । ଫାଳକରେ ଗୋଟେ ଗୋଡ଼, ଗୋଟେ ହାତ, ଗୋଟେ ଆଖି .... ଏବଂ ଅନ୍ୟ ଫାଳକରେ ସେଇପରି ।

ମଉହସ୍ତୀସମ ଭୀମସେନ ଘୂରି ବୁଲୁଥିଲା ପରିସରରେ ।

ଶ୍ରୀକୃଷ୍ଣଙ୍କର ହସ୍ତ ମୁଦ୍ରା ଆଙ୍କିବାରେ ବ୍ୟସ୍ତଥିଲା ।

ରାଜପ୍ରାସାଦ ପରିସର ସ୍ତବ୍ଧ ।

ସତରେ ଜରାସନ୍ଧ ମରିଗଲା ।

କେତେବେଳକେ ଭୀମସେନ ଚାହିଁଲା ଶ୍ରୀକୃଷ୍ଣଙ୍କ ଆଡ଼େ । ଦେଖିଲା ତାଙ୍କର ହସ୍ତମୁଦ୍ରାକୁ । ସେ ବୁଝିଗଲା ସହସା । ନା, ଦୁଇଫାଳ ହେଲେ ମଧ ଜରାସନ୍ଧ ମରିନାହିଁ । ସେ ହୁଙ୍କାର ଛାଡ଼ିଲା । ଗୋଟେ ଗୋଡ଼କୁ ଘୂରେଇ ଘୂରେଇ ଫିଙ୍ଗିଦେଲା । ପରେ ପରେ ଅନ୍ୟ ଫାଳଟିକୁ । ବିପରୀତ ଦିଗରେ । ଶୂନ୍ୟ ଶୂନ୍ୟ ଉଭେଇଗଲା ଦୁଇଫାଳ ।

ସୁଇ ... ଉ ... ଉ ... ଦୁମ୍

କାଳେ -

ଗୋଟେ ଫାଳ ପଡ଼ିଲା ସିନ୍ଧୁଜଳରେ

ସୁଇ ... ଉ ... ଉ ... ଭୁସ୍ ...

କାଳେ -

ଅନ୍ୟ ଫାଳଟି ପଡ଼ିଲା ବଡ଼ବା ଅଗ୍ନିରେ ।

ଏବଂ ନିଷ୍ଠୁର ହୋଇଗଲା ।

ବୃଦ୍ଧା ଦାହାଣୀ 'ଜରା'ର ଭବିଷ୍ୟବାଣୀ ସତ୍ୟରେ ପରିଣତ ହେଲା ।

ଜରାସନ୍ଧର ମୃତ୍ୟୁ ଘଟିଲା ।

●

ବ୍ରାହ୍ମଣବେଶୀ ଶ୍ରୀକୃଷ୍ଣ ଭୀମସେନ ଓ ଅର୍ଜୁନ, ମଗଧ, ରାଜପ୍ରାସାଦ ମଧକୁ ପଛଦ୍ୱାର ଦେଇ ପ୍ରବେଶ କରିବା ପ୍ରସଙ୍ଗ ଭାଗବତରେ ନାହିଁ । ଏହା ମହାଭାରତରେ ଉଲ୍ଲେଖ ଅଛି । ଏବଂ ଏହା ଯୁକ୍ତିଯୁକ୍ତ ମନେହେବାରୁ ତାହା ଗ୍ରହଣ କରିଛୁ । କାରଣ, ସମ୍ମୁଖ ପ୍ରବେଶଦ୍ୱାର ଦେଇ କେବଳ ହିତାକାଂକ୍ଷୀ, ବନ୍ଧୁ, ମିତ୍ର ଏବଂ ଅନୁଗ୍ରହ ପ୍ରାର୍ଥୀ ପ୍ରବେଶ କରନ୍ତି । ପଛଦ୍ୱାର ଦେଇ ପ୍ରବେଶ କରନ୍ତି ଶତ୍ରୁଭାବାପନ୍ନ ବ୍ୟକ୍ତି । ଜରାସନ୍ଧର ମିତ୍ର ଭାବେ ବା ତା'ର ହିତକାରୀ ଭାବେ ଶ୍ରୀକୃଷ୍ଣ ମଗଧ ଯାଇନଥିଲେ । ଯାଇଥିଲେ ତାର

ନିଧନ ପାଇଁ । ତେଣୁ ପଛଦ୍ୱାର ଦେଇ ଯିବା ଯୁକ୍ତିସଙ୍ଗତ
ମନେହୁଏ ।

ବର୍ତ୍ତମାନ ପ୍ରଶ୍ନଉଠିବା ସ୍ୱାଭାବିକ୍ ଯେ ଶ୍ରୀକୃଷ୍ଣ
କପଟକରି ଜରାସନ୍ଧକୁ ନିଧନ କଲେ କାହିଁକି ! ଏପରି
ଉଦାହରଣ ଆମ ଧର୍ମଶାସ୍ତ୍ରରେ ଦେଖିବାକୁ ମିଳେ । ବାଳୀକୁ
ଶ୍ରୀରାମ ଓ ବଟୁବାମନ ବଳିରାଜାକୁ କପଟକରି ଦୃଶ୍ୟପଟରୁ
ହଟେଇ ଦେଇଥିଲେ । ଉତ୍ତରରେ ଏତିକି କହିଲେ ଠିକ୍
ହେବ ଯେ ମାନବରୂପୀ ଭଗବାନଙ୍କର ଏହା 'ଲୀଳା'
ଅନ୍ତର୍ଭୁକ୍ତ । ତା'ଉପରେ ପ୍ରଶ୍ନକରିବା ବା ତାଙ୍କ କଳାକର୍ମକୁ
ସନ୍ଦେହ ଦୃଷ୍ଟିରେ ଦେଖିବା ମନୁଷ୍ୟର କାମନୁହଁ । ଦ୍ୱନ୍ଦ୍ୱଯୁଦ୍ଧ
ବ୍ୟତୀତ ଜରାସନ୍ଧ କେବେ ମରିପାରିନଥାନ୍ତା । ଅତଏବ୍
ଛଳ-କପଟର ଆଶ୍ରୟ ନେବାକୁ ପରିସ୍ଥିତି ତାଙ୍କୁ ବାଧ୍ୟ କରିଛି ।
ତା'ଛଡ଼ା, ଅବତାରୀଙ୍କ କର୍ମରେ ତ୍ରୁଟି ବାଛିବା ମନୁଷ୍ୟର
କର୍ମନୁହଁ ।

ଇନ୍ଦ୍ରପ୍ରସ୍ଥରେ ଶ୍ରୀକୃଷ୍ଣ ତିନିମାସ କାଳ ଅତିବାହିତ
କରିଥିଲେ । ଏବଂ ରାଜସୂୟଯଜ୍ଞ ସମାପନ ଅନ୍ତେ ଦ୍ୱାରାବତୀ
ଫେରିଯାଇଥିଲେ ।

●

ସେ ପର୍ଯ୍ୟନ୍ତ ଗର୍ଜନ ଛାଡ଼ୁଥିବା ଓ କୁଦି ହଉଥିବା ଭୀମସେନ୍‌କୁ ଶାନ୍ତ
କରିବାରେ ଲାଗିଥିଲା। ଅର୍ଜୁନ ।

ଶ୍ରୀକୃଷ୍ଣ ସେଠିନଥିଲେ ।

ସେ ଦୁଇ ମାଇଁଙ୍କ ମଝିରେ ଗୁଞ୍ଜି ହେଇଯାଇଥିଲେ ।

ଅସ୍ତି ଓ ପ୍ରାପ୍ତିଙ୍କ ମନରେ ପିତାଙ୍କ ମୃତ୍ୟୁ ନଥିଲା ।

କୋଳରେ କୃଷ୍ଣଙ୍କୁ ଧରି ଦୁହେଁ ସୁଁ ସୁଁ କାନ୍ଦୁଥିଲେ ।

ମାଇଁ, ମୁଁ ମାମୁଁକୁ ମାରିନଥିଲି ସେଦିନ ।

ଉତ୍ତରରେ ଦୁଇ ମାଇଁଙ୍କର କାନ୍ଦ ଶତରୂପ ନେଲା ।

ଆଜି ଦେଖ, ମୁଁ ଅଜାଙ୍କ ଦେହରେ ହାତ ଦେଇନାହିଁ ।

ମାଇଁଙ୍କର କାନ୍ଧ ଅବ୍ୟାହତ ।

ସେ କାନ୍ଧ ଦୁଃଖର ନୁହେଁ, ସୁଖର ।

ସେଠି ଆସି ପହଞ୍ଚିଲେ ଅର୍ଜୁନ ଓ ଭୀମସେନ । ସେ ଦୁହିଁଙ୍କୁ ଠାରରେ କିଛି ସୂଚନା ସେ ଦେଲେ । ଠିକ୍ ବୁଝି ସେ ଦୁହେଁ ଖସିଗଲେ । କେଉଁଠିକୁ ଗଲେ ସେମାନଙ୍କୁ ଜଣା ।

"ମାଇଁ, ତୁମେ ଏଠି କାହିଁକି ଅଛ ! ତୁମ କର୍ମଭୂମି ମଧୁପୁରୀକୁ ଯାଅ ।" – ଗେଞ୍ଜେଲା ପରି କହିଲେ ଶ୍ରୀକୃଷ୍ଣ ।

: ତୁ କାଲେ ସେଠି ନାହୁଁ !

– ଅଜାଙ୍କୁ ଡରି ସମୁଦ୍ର ଭିତରେ ଲୁଚିଛି । କିନ୍ତୁ ତୁମେ ତୁମ ମାଟିକୁ ଯିବନି କାହିଁକି !

ଅସ୍ତି ଓ ପ୍ରାପ୍ତିଙ୍କ ହୃଦୟ ଲହୁଣୀଠୁ ଆହୁରି କୋମଳ ହୋଇଉଠିଲା ।

ସେମାନେ ନିବିଡ଼ ଭାବେ ଛାତିରେ ଯାକି ଧରିଥିଲେ କୃଷ୍ଣଙ୍କୁ ।

ଓ ଆଖି ବୁଜିଦେଇଥିଲେ । ଆହାଃ !

ଭୀମସେନ ଓ ଅର୍ଜୁନଙ୍କ ନେତୃତ୍ୱରେ ବନ୍ଦୀରାଜାମାନେ ସେଠାରେ ପହଞ୍ଚିଲେ । ଶ୍ରୀକୃଷ୍ଣ ସେମାନଙ୍କ ଆଡ଼େ ରହିଁଲେ ନାହିଁ । ହାତର ଇସାରାରେ ସେମାନେ ମୁକ୍ତ ବୋଲି ସୂଚନା ଦେଲେ ।

ଦୁଇ ମାଇଁଙ୍କ ସ୍ନେହପାଶରେ ବନ୍ଧା ପଡ଼ିଥିଲେ ଶ୍ରୀକୃଷ୍ଣ ।

(ତେର)

"କି ଲୁହା ଇଏ ? ଲୁହା ନା ଆଉ କିଛି ! ଇମିତି ଜକ୍‌ଜକ୍ ଦିଶୁଛି ? ବୁଢ଼ାରାଜା କହିଛି ପୂରା ଘୋରି ନିଃଶେଷ କରିଦେବ । କିନ୍ତୁ ପନ୍ଦରଦିନ ବିତିଲାଣି ଅଧା ଘୋରିହୋଇନି ।" – ପ୍ରଥମ ହୃଷ୍ଟପୁଷ୍ଟ ପଥର ଚକଡ଼ାରେ ଘସୁଘସୁ କହିଲା ।

"ଆମକୁ ସେଥିରୁ ମିଳିବ କ'ଣ ! ରାଜାଘରେ ଝିକିରି କରିଛନ୍ତି । ବେତନ ପାଉଛନ୍ତି । ଯେତେଦିନ ଲାଗୁ ।" – ଲୌହମୂଷଳ ଉପରେ ପାଣିଢାଲୁଢାଲୁ କହିଲା ଦ୍ୱିତୀୟ ହୃଷ୍ଟପୁଷ୍ଟ ।

ନିତ୍ୟାନନ୍ଦ ପ୍ରଧାନ ❖ ୧୩୭

ତୃତୀୟ ଓ ଚତୁର୍ଥ ହୃଷ୍ଟପୁଷ୍ଟ ଅଳ୍ପ ତଫାତରେ ବସି ଗଞ୍ଜେଇଧୂଆଁ ପିଉଥିଲେ । ଯଥାସମୟରେ ସେମାନଙ୍କ କାନରେ ପଡ଼ିଲା ପ୍ରଥମ ଓ ଦ୍ୱିତୀୟଙ୍କ କଥୋପକଥନ । ସେତେବେଳକୁ ଗଞ୍ଜେଇନିଶା ସେମାନଙ୍କ ମଗଜ ଧରିଲାଣି ।

"କି ଲୁହା ପରୁରୁଟୁ କ'ଣ ! କାହିଁକି ଘସାହେଉଛି ପରୁରୁନୁ ?" – ତୃତୀୟ ହୃଷ୍ଟପୁଷ୍ଟର ପାଟି ବଡ଼ହେଲା ।

ଚତୁର୍ଥର ପାଟି ଆହୁରି ବଡ଼ । କହିଲା – ରାଜାବଂଶ ପଛେ ନାଶ ଯାଉ ୟା'ର ବେତନ ଦରକାର !

ତୃତୀୟ ଓ ଚତୁର୍ଥ ଜୋରରେ ହସିଉଠିଲେ ।

ପ୍ରଥମର ହାତ ପଥର ଘସିବା ଧୀମେଇଦେଲା ।

ଦ୍ୱିତୀୟର ପାଣି ଢାଳିବା ସ୍ଥଗିତ ରହିଲା ।

ଦୁହେଁ ନୂଆ କଥାଟିଏ ଶୁଣୁଥିଲେ ।

'ରାଜାବଂଶ ନାଶ'ର ଅର୍ଥ କ'ଣ !

ସେ ଦୁହେଁ ଉଠିଆସିଲେ ଗଞ୍ଜେଇଟଣା ସ୍ଥାନକୁ ।

ସେମାନଙ୍କ ମନରେ କୌତୂହଳ ।

ଏ କି କଥା ସେମାନେ ଶୁଣୁଚନ୍ତି !

ପ୍ରଥମ କହିଲା – ବୁଝିପାରୁଲିନି । 'ପଥର' ଘସିବା ସହିତ ରାଜବଂଶ ନାଶର ସମ୍ପର୍କ କ'ଣ ?

ଦ୍ୱିତୀୟ କହିଲା – ଇଏ କିକଥା କହିଲ ?

ସମ୍ମୁଖରେ ସମୁଦ୍ରର ନେଳିଆ ପାଣି । ପଛରେ ଲମ୍ବ କାନ୍ଥଭଳି ଉଚ୍ଚ ପର୍ବତଟିଏ । ସମୁଦ୍ରବାଲିରେ ବସିଛନ୍ତି ଚରିଜଣ ହୃଷ୍ଟପୁଷ୍ଟ । ବୁଢ଼ାରାଜା ଉଗ୍ରସେନ କହିଛି, ମୂଷଳଟିକୁ ଘୋରି ଘୋରି ନିଃଶେଷ କରିଦବା ପରେ ଫେରିବ । ସେମାନେ ସମୁଦ୍ର କୂଳକୁ ଆସିବା ଇତିମଧ୍ୟରେ ପନ୍ଦରଦିନ ପୁରିଗଲାଣି । ମୂଷଳ ଘୋରା ହେବାରେ ବିରାମ ଘଟୁନି ।

ତୃତୀୟ ଓ ଚତୁର୍ଥ ଉତ୍ତର ଦେବା ବଦଳରେ ନଡ଼ିଆପତ୍ରରେ ତିଆରି ଗଞ୍ଜେଇ ଚିଲିମ ବଢ଼େଇଦେଲେ ସେମାନଙ୍କ ଆଡ଼େ ।

ପ୍ରଥମ ଓ ଦ୍ୱିତୀୟ ଧୂଆଁ ଖାଇଲେ ଓ ହାଲ୍‌କା ଦିଶିଲେ ।

ଚତୁର୍ଥ କହିଲା – “ମାଇପେ କଥା ହଉଛନ୍ତି ଶୁଣିଲି । ମୋର କି ଦୋଷ ।”

: କ’ଣ ଶୁଣିଲୁ ?

“କୁମାର ଶାମ୍ୟ ଯେବେ ଶୁଣିବ ମତେ ଜୀବନରୁ ମାରିଦେବ । ଏମିତିରେ ତ ଅନେକ ମାଡ଼ ଖାଇଲିଣି ।”

: କିଏ ମାଡ଼ ନଖାଉଛି କି ! ତୁ କହ ଆମେ କେଉଁଠି କହିବୁନି । ପ୍ରଥମ କହିଲା ।

“କେଉଁ ଗୋଟେ ବାବାଜୀ କହିଛି, ଏହି ଲୌହମୂଷଳ ଯଦୁ ବଂଶନାଶ କରିଦବ । ସେ ବାବାଜୀକୁ କାଲେ ଆଗତ ଭବିଷ୍ୟ ସବୁଜଣା । ଭୁବନରେ ତା’ର ଭାରି ଖାତିର । କିରେ ତୁ ଆମଭଳି ସାଧାରଣ ପ୍ରଜାକୁ ମାରୁଥିଲୁ ଚଲୁଥିଲା, ବାବାଜୀ ଉପରେ ହାତ ଉଠେଇଲୁ ?” – ନିଶା ଭୋଳରେ ଏତକ କହିଦେଲା ଚତୁର୍ଥ ।

ପ୍ରଥମ : ଖଣ୍ଡେ ଲୁହା ଗୋଟେ ବଂଶକୁ କେମିତ ଧ୍ୱଂସ କରିବ ?

ଚତୁର୍ଥ : ମତେ କି ଜଣା !

ଦ୍ୱିତୀୟ : ଏଇଥିପାଇଁ ଆମକୁ ଘସିବାକୁ ଦିଆଯାଇଛି ? ଏବେ ବୁଝିଗଲି ।

ସେପର୍ଯ୍ୟନ୍ତ ପ୍ରାୟ ତୁନିହେଇ ବସିଥିବା ତୃତୀୟ ହଠାତ୍ ଭୋକିନା କାନ୍ଦି ଉଠିଲା । କହିଲା – ସେ ଟୋକା ଗୁଡ଼ାକଙ୍କ କଥା କୁହନା । ଶୁଣିବେ ଯେବେ କାହାର ଜୀବନ ରହିବ ନାହିଁ ।

ଅନ୍ୟ ତିନିହେଁ ସଚେତ ହେଲେ । ସେମାନେ ଜାଣିଥିଲେ କେତେଦିନ ତଲେ ତୃତୀୟ ଉପରେ ଘୋଡ଼ା ଚଢ଼େଇ ଦିଆଯାଇଥିଲା । ବଞ୍ଚିଯାଇଛି ବିଚରା । ହଠାତ୍ ପରିସ୍ଥିତି ଆକଲନକରି ସଭିଏଁ ଚୁପ୍ ହୋଇଗଲେ ଓ ପଥର ଚକଡ଼ା ପାଖକୁ ଫେରିଆସିଲେ । ଏବଂ ଲୌହମୂଷଳ ଘୋରିବାରେ ମନଦେଲେ ।

ଇତିମଧରେ କେତେଦିନ ବିତିଲାଣି ଜଣାନାହିଁ ।

ମୂଷଳଘସା ଅନବରତ ଚଲିଛି ।

ପାଣି ଢଲାହେଉଛି ଓ ଘସାଚଲିଛି ।

କିନ୍ତୁ ମୂଷଳଟି ନିଃଶେଷ ହେଉନାହିଁ ।

ନିତ୍ୟାନନ୍ଦ ପଣ୍ଡା ❖ ୧୩୯

ପାଣିସହ ମିଶି ଲୁହାଗୁଣ୍ଡ ବହିଯାଉଛି ତଳକୁ ସମୁଦ୍ରକୁ ।

ଏବଂ ସମୁଦ୍ର ଜଳରେ ମିଶିଯାଉଛି ।

ଏବଂ ଗଞ୍ଜେଇଟଣା ନିୟମିତ ଚାଲୁଛି ।

ଏବଂ ରାଜାପୁଅଙ୍କ ଅତ୍ୟାଚାରର କଥା ମନକୁ ଆଣି ଗୋପନରେ ଶିହରି ଉଠୁଛନ୍ତି ।

କିନ୍ତୁ ସେ ସମ୍ପର୍କରେ ମୁହଁ ଖୋଲୁ ନାହାଁନ୍ତି ।

ମୂଷଳ ଘସା ଚାଲିଛି ... ଚାଲିଛି ... ଅବିରାମ ଚାଲିଛି ।

ଟିକି ଶାଳଗ୍ରାମ ଭଳି ଗୋଟଲାଟେ ବାକି ରହିଛି ମାତ୍ର ।

ଦିନେ –

ପ୍ରଥମ କହିଲା – ନଡିଆଗୋଡ଼ି ପରି ମାତ୍ରଅଛି, ହାତରେ ଧରି ଘୋରିହଉନି ।

ଚତୁର୍ଥ କହିଲା – ଗୋଟେ କଥା କହିବି ?

“କ’ଣ କହୁନୁ ।” ଅନ୍ୟ ତିନିଜଣ ତା ଆଡ଼େ ଚାହିଁଲେ ।

: କ’ଣ କହୁଥିଲିକି, ଏଡ଼େ ବକଟେ ଲୁହା କାହାର କି କ୍ଷତି କରିପାରିବ ?

– କ’ଣ କହୁଛୁ ତେବେ ?

: ସମୁଦ୍ର ଭିତରକୁ ଛାଟି ଫୋପାଡ଼ିଦେବା । କହିବା ଘୋରିଦେଲୁ ।

– ହଁ, ସେଇଆ କରିବା । ଘରଛାଡ଼ି ବହୁଦିନ ରହିଲେଣି । କିନ୍ତୁ କେହି କେଉଁଠି ମୁହଁ ଖୋଲିବନାହିଁ ।

ସମସ୍ତେ ସହମତ ହେଲେ । ପ୍ରଥମ ଜଣକ ସାଙ୍ଗିନା ଛାଟିଦେଲା ସମୁଦ୍ର ଭିତରକୁ । ଏବଂ ସହସା ତାହା ସମୁଦ୍ର ଭିତରେ କେଉଁଠି ହଜିଗଲା । ଚାରିଜଣ ନଗରକୁ ଲେଉଟିଲେ । ଏବଂ କର୍ତ୍ତବ୍ୟ ସମ୍ପାଦନଜନିତ ସନ୍ତୋଷ ଲାଭ କରୁଥିଲେ । ନିଶ୍ଚୟ ସେମାନେ ବାହାଦୂର, ମନେକରୁଥିଲେ ସେମାନେ ।

ନଗର ଭିତରେ ପ୍ରଥମେ ଭେଟିଲେ କୁମାର ଶାମ୍ବଙ୍କୁ ।

ସେ ଘୋଡ଼ା ଚପଟେଇ ଆସୁଥିଲେ ।

ଜୁହାର ହେଲେ ସେମାନେ ।

“କ’ଣ !” - ଘୋଡ଼ାର ଲଗାମ୍ କସି ପଚାରିଲେ କୁମାର ଶାମ୍ବ ।

“ଲୌହମୂଷଳଟିକୁ ସଂପୂର୍ଣ୍ଣ ଘୋରି ନିଃଶେଷ କରିଦେଲୁ ।” କହିଲା ତୃତୀୟ, ଯାହା ଉପରେ ଘୋଡ଼ା ଚଢ଼େଇ ଦେଇଥିଲେ ଶାମ୍ବ । ସେ ଭାବିଥିଲା କୁମାର ଖୁସିହେବେ । ଏବଂ ପୁରସ୍କାର ଦେବେ ।

“କେଉଁ ମୂଷଳ !” - କୁମାରଙ୍କର କିଛି ମନେନଥିଲା ।

କି ଉତ୍ତର ଦେବେ ? କେଢ଼େ କହିପାରନ୍ତେ କି ଯେଉଁ ଲୌହମୂଷଳ ଯଦୁବଂଶର ବିନାଶ କରିବ ବୋଲି ବାବାଜୀ ଭବିଷ୍ୟବାଣୀ କରିଥିଲେ !

ଛେପଢୋକି ମଣିଷଟି କହିଲା, “ରାଜା ଆଦେଶ ଦେଇଥିଲେ ଲୌହମୂଷଳଟିକୁ ଘୋରି ନିଷ୍ଠ୍ନ୍ କରିଦିଅ ।”

“ତେବେ ବୁଢ଼ାକୁ ଯାଇଁ କୁହ । ମତେ କାହିଁକି ?” - କୁମାର ଶାମ୍ବ ୱ୍ପଟି ଚ଼ଲିଗଲେ ।

ଠିକ୍ ସମାନ ସମୟରେ ସମୁଦ୍ର ଆରପାରି ଘଞ୍ଚବନାନୀ ମଧ୍ୟରେ ଆଉ ଏକ ଘଟନା ଘଟିଥିଲା । ଶବରପଲ୍ଲୀରେ ଗୁଡ଼ିଏ ଶବର ଏକତ୍ର ହୋଇ ଗୋଟେ ବିଚିତ୍ର ଦୃଶ୍ୟ ଦେଖୁଥିଲେ ।

ଆଶ୍ଚର୍ଯ୍ୟ ! ଏହା କିପରି ସମ୍ଭବ ! !

କଥାହେଲା, ଜଣେ ଶବର ମାଛ ଧରିବାକୁ ଯାଇଥିଲା ସମୁଦ୍ର ଭିତରକୁ । ଜାଲନେଇ । ଜାଲରେ ପଡ଼ିଲା ମଧ୍ୟମକାଟର କନ୍ଥିଆ ମାଛଟିଏ । ସେ ଖୁସିହେଲା । ଏବଂ ମାଛଟିକୁ ଧରି ତାର କୁଡ଼ିଆକୁ ଫେରିଲା । ଯାହାହେଉ, ଦି’ଦିନ ଚଳିଯିବ ।

ଶବର ମାଛଟିକୁ କାଟିଲା ।

କିନ୍ତୁ ଇଏ କ’ଣ !

ମାଛ ପେଟରୁ ବାହାରିଲା ଗୋଟେ ଜକ୍‌ଜକ୍ କରୁଥିବା ପଥର ।

ଏଇଟା ପଥର ନା ଲୁହା ନା ଆଉ କିଛି ?

ସେ ହାତରେ ଏପଟ ସେପଟ କଲା ।

ଏଇଟି ରନ୍‌ପଥର ହବକି !

ଏତେ ଉଜ୍ଜ୍ବଳ ଦିଶୁଛି କାହିଁକି ।

ରଶ୍ମି ବିଛାଡ଼ିହେଇ ପଡ଼ୁଛି !

ପାଖରେ ବସିଥିଲା ତାର ଛୁଆପୁଅ । ସେ ଜିଗର ଲଗେଇଲା, ମତେ ସେ ଗୋଟଲାଟି ଦେ, ମୁଁ ଖେଳିବି । ବାପ ହୁଏତ ଦେଇ ଦେଇଥାନ୍ତା ପୁଅକୁ । କିନ୍ତୁ ସେତେବେଳକୁ ଆଉ କେତେଜଣ ଶବର ସେଠି ପହଞ୍ଚି ସାରିଥିଲେ । ସେମାନେ ଦେଖିଦେଲେ, ଧଳା ଆଲୁଅ ବିଛାଡ଼ୁଥିବା ସେଇ ବିଚିତ୍ର ପଦାର୍ଥଟିକୁ । ସହସା ସେଇଟି ହାତରୁ ହାତ ହୋଇ ପଟେ ଘୁରିଆସିଲା ।

“ଭାରି ଓଜନିଆ ଲାଗୁଛି । ଏଇଟା ଧାତୁ ନୁହଁ । ଆଉ କିଛି ।” – ଜଣେ ଦେଖଣାହାରୀ ଶବର କହିଲା ।

ଛୁଆପୁଅ ଜିଗର କରୁଥାଏ, ଦେ ମତେ !

ଦେଖଣାହାରୀଟି କହିଲା, “ଝଲ ମୁଖିଆକୁ ଦେବା । ସମୁଦ୍ର ତା’ର । ମାଛଧରି ଖାଇବା ଅଧିକାର ଆମକୁ ମିଳିଛି । କିନ୍ତୁ ମାଛପେଟରୁ ଯାହା ମିଳିଲା ତାହା ଆମରନୁହଁ ।”

ସବୁ ଶବରଙ୍କ ମନକୁ କଥାଟା ପାଇଲା । ଛୁଆପୁଅର କାନ୍ଦ ଭିତରେ ସମସ୍ତେ ଦଳହେଇ ମୁଖିଆ ପାଖକୁ ଝୁଲିଲେ ।

ଶବରପଲ୍ଲୀଟିର ମୁଖିଆ ଜାରା ଶବର ।

ସେ ଦେଖିଲା ଓ ହାତକୁ ନେଲା ।

ଏବଂ ହାତରେ ଏପଟ ସେପଟକଲା ।

ଟିଜଟିର ଉଜ୍ଜ୍ୱଳତାରେ ମୋହିତ ହୋଇଗଲା ।

କହିଲା – ଏଇଟି କି ଗୋଟେ ନୂଆ କିସମର ଧାତୁ ।

ଭାବିଲା, ଏଇଥରେ ତିନିମୁନିଆ ବଢ଼ିଆ ତୀର ତିଆରି କରିବି । ଅନ୍ଧାରରେ ତୀର ମାରିଲେ ଜଣାପଡ଼ିବ କେଉଁଆଡ଼େ ଯାଉଛି । ଜାରା ଶବର କହିଲା – ଏଇଟା ମୋ ପାଖରେ ଥାଉ । ତୁମେ ଯାଅ ।

ଲୌହମୂଷଳର ଶେଷାଂଶ ରହିଲା ଜାରା ପାଖରେ । ଯଥାସମୟରେ ସେଥିରୁ ତୀର ତିଆରି କରିଦେଲା । ଏବଂ ସମୟାନ୍ତରେ ସାଥିରେ ଧରି ଅରଣ୍ୟରେ

ବୁଲିଲା । ଭାବିଲା, ଉପଯୁକ୍ତ ଶିକାର ଦେଖିଲେ ସେଇଟିକୁ ପ୍ରୟୋଗ କରିବ । ଅନ୍ୟଥା ନୁହେଁ ।

କିନ୍ତୁ .... କିନ୍ତୁ ଜାରାର ଅନୁଭବ ହେଲା, ସେ ନୂଆ ତୀରଟି ଧରିବା ପରଠୁ ତା ଦେହରେ କିପରି ଗୋଟେ ନୂଆ ଭାବ .... କୁହାଯାଇପାରେ ଶିହରଣ – ସୃଷ୍ଟି ହେଉଛି । କାହିଁକି ? ସେ ବୁଝିପାରୁନଥିଲା ।

ଏବଂ ଆଶ୍ଚର୍ଯ୍ୟ ହେଉଥିଲା, ଯେବେ ନୂଆ ତୀରଟିସହ ଶିକାର ନିମନ୍ତେ ବାହାର ହେଉଥିଲା, କୌଣସି ଗୋଟେ ପଶୁ ତା ଦୃଷ୍ଟିରେ ପଡୁନଥିଲେ । କାହିଁକି ?

ଜାରା ରୁହିଁଲା ଉଜ୍ଜ୍ୱଳ ରଶ୍ମି ନିର୍ଗତ କରୁଥିବା ତିନିମୁନିଆ ତୀରଟିକୁ । ସେ ଦେଖିପାରିଲା ଗୋଟିଏ ମଣିଷମୁହଁ । ଏଇଟି କାହାର ମୁହଁ ! ମୁହୂର୍ତ୍ତେ ଦେଖାଦେଇ ସେ ମୁହଁଟି ଉଭାନ ହୋଇଗଲା । ଚିହ୍ନିପାରିଲା ନାହିଁ ଜାରା ।

ଚମକ ଖେଳିଗଲା ଜାରା ଦେହରେ । ଏଇଟି ମାମୁଲି ତୀରନୁହେଁ – ସେ ନିର୍ଣ୍ଣିତ ହେଲା । ହେଇପାରେ କୌଣସି ମଣିଷର ଜୀବନ ନେବାକୁ ତୀରଟି ଉଦ୍ଦିଷ୍ଟ ।

ମଣିଷ ମାରିବି ! ନା । ସେ ତୀରଟିକୁ ରଖିଦେଲା ଘରେ । ଏବଂ ଭୁଲିଗଲା ।

ରହସ୍ୟମୟ ତୀରଟି ଅବ୍ୟବହୃତ ହୋଇ ଜାରାର କୁଡ଼ିଆରେ ପଡ଼ିରହିଲା ।

ଦିନେ –

ଜାରା ଶବର ସମ୍ବାଦ ପାଇଲା, ସରସ୍ୱତୀ ନଦୀର ସଙ୍ଗମ ସ୍ଥଳଠୁ ଅଳ୍ପ ଦୂରରେ ଏକ ଘଞ୍ଚଅରଣ୍ୟ ଆପକୁ ଆପ ସୃଷ୍ଟି ହୋଇଛି ଯାହାକୁ ଲୋକେ 'ଏରକାବନ' କହୁଛନ୍ତି । ସେ ଠିକ୍‌କଲା, ଦିନେ ସେହି ନୂତନ ସୃଷ୍ଟ ଏରକାବନ ଭ୍ରମଣରେ ଯିବ ଏବଂ ସମ୍ଭବହେଲେ ଭଲ ଭଲ ଶିକାର କରିବ ।

ଦିନ ପରେ ଦିନ ବିତିଯାଉଥିଲା । ଜାରା ଏରକାବନକୁ ଯାଇପାରୁନଥିଲା । ନୂଆ ତୀରଟି ଅବ୍ୟବହୃତ ହୋଇ ପଡ଼ିରହିଥିଲା । ଏବଂ ସେ ଏକ ଅନନ୍ୟଭାବ ଦେହରେ ବାରୁଥିଲା । ଏବଂ ଅନନ୍ୟ ଭାବଟିର ଉସ୍‌ ନୂଆତୀରଟି ବୋଲି ସେ ମନେକରୁଥିଲା ।

●

ଲୌହମୃଷଳଟିକୁ ପଥରେ ଘସି ନିଃଶେଷ କରିଦେବାକୁ ଉଗ୍ରସେନ ନିର୍ଦ୍ଦେଶ ଦେଇଥିଲେ । ଯଥାସମୟରେ ସେ

ଜାଣିଲେ ସେଇ ମୂଷଳଟିର ଅସ୍ତିତ୍ୱ ନାହିଁ । ସେ ଆଶ୍ୱସ୍ତ ହୋଇଥିବେ ନିଶ୍ଚୟ । ମାତ୍ର ବିଡ଼ମ୍ବନା, ମୂଷଳର ଏକ କ୍ଷୁଦ୍ରଅଂଶ ତେବେ ବି ରହିଥିଲା ଓ ପ୍ରମାଣ ଲୁଚେଇବାକୁ ଯାଇଁ କ୍ଷମତାପ୍ରାପ୍ତ ମଣିଷ ସେଇଟିକୁ ସମୁଦ୍ର ମଧକୁ ଫୋପାଡ଼ି ଦେଇଥିଲେ । ଏବଂ ମାଛଟିଏ ତାକୁ ଖାଦ୍ୟ ମନେକରି ଗିଲିଦେଇଥିଲା ଓ ଅବଲୀଳା କ୍ରମେ ଜାରା ଶବର ପାଖରେ ତାହା ପହଞ୍ଚିଥିଲା ।

ଅନ୍ୟପକ୍ଷରେ, ଲୌହମୂଷଳ ଘର୍ଷଣ-ଜନିତ ଗୁଣ୍ଡିଗୁଣ୍ଡିଅଂଶ ସମୁଦ୍ର ଜଳରେ ମିଶିଲା ଏବଂ ଲହଡ଼ି ଦ୍ୱାରା ସ୍ଥାନାନ୍ତରିତ ହୋଇ ସରସ୍ୱତୀର ସଙ୍ଗମ ସ୍ଥଳରେ ଭୂମିସ୍ପର୍ଶକଲା । ଭାଗବତରେ ଉଲ୍ଲେଖ ଅଛି, ଲୁହାଗୁଣ୍ଡି ଯେଉଁଠି ଭୂମି ସ୍ପର୍ଶ କରିଥିଲା, ସେଇଠି ଏରକାବନର ସୃଷ୍ଟି । ଅର୍ଥାତ୍ ଲୁହାଗୁଣ୍ଡରୁ ଉଦ୍ଭିଦର ଜନ୍ମ ।

କେହି କେହି ବାସ୍ତବବାଦୀ ଯୁକ୍ତି କରିପାରନ୍ତି, ଲୁହାଗୁଣ୍ଡିରୁ ଉଦ୍ଭିଦ ସୃଷ୍ଟିହେବା ଏକ ଉଦ୍ଭଟ ବ୍ୟାପାର । ମାତ୍ର ଆଧୁନିକ ବିଜ୍ଞାନର ସାହାଯ୍ୟ ନେଲେ କଥାଟି ବୁଝିହେବ । ଯେ - ଅଜୈବ ପଦାର୍ଥରୁ ଦିନେ ଜୈବଅଣୁ ଏବଂ ଜୈବଅଣୁରୁ ଜୀବର ଉଦ୍ଭବ । ଆଉ ଏକ ଉଦାହରଣ ଆମେ ନିଜର ଅଭିଜ୍ଞତାରୁ ଦେଇପାରିବା । ଯେ - କେତେକ କୀଟ ସ୍ୱେଦଜ ଅଟନ୍ତି, ଯେଉଁମାନଙ୍କର ଜନ୍ମ ନିରୋଳ ଅଜୈବ ଝାଲରୁ ସମ୍ଭବ ହୁଏ । ଏବଂ ମନୁଷ୍ୟର ମଳରୁ କୀଟମାନେ ମଧ ସ୍ୱତଃ ଜନ୍ମ ନେବା କଥା ଆମେ ଦେଖୁ ।

●

ସେ ଯାହାହେଉ, ନିୟତି ତାର ସିଦ୍ଧାନ୍ତ କାର୍ଯ୍ୟକାରୀ କରିବା ପାଇଁ ସମୟକ୍ରମେ କ୍ଷେତ୍ର ପ୍ରସ୍ତୁତକରେ । 'ଏରକାବନ' ସୃଷ୍ଟି ଓ ମୂଷଳର ଅବଶେଷରୁ ପ୍ରସ୍ତୁତ ତାର ନିୟତି - ସିଦ୍ଧାନ୍ତ - ପ୍ରସୂତ ଆବଶ୍ୟକ କ୍ଷେତ୍ର ।

ବୃଦ୍ଧରାଜା ଉଗ୍ରସେନ ଆଶ୍ୱସ୍ତ ।

ଲୌହମୂଷଳଟି ଘସାହୋଇ ନିଶ୍ଚିହ୍ନ ହୋଇଗଲା ।

ମୂଷଳ ଆଉ କାହିଁ ଯେ ଯଦୁବଂଶକୁ ଧ୍ୱଂସକରିବ !

ଅର୍ଥ, ବିପ୍ରଶାପକୁ ସଫଳଭାବେ ଚାଲିଦିଆଗଲା ।

ସେବେଠୁ ସେ ଏବଂ ଶୁଣିଥିବା ଅନ୍ୟକେତେକ ମୁଖ୍ୟ ଘଟନାଟିକୁ ଅବଲୀଳାକ୍ରମେ ଭୁଲିଗଲେ । କେବଳ ଭୁଲିନଥିଲେ ଶ୍ରୀକୃଷ୍ଣ ।

ଶ୍ରୀକୃଷ୍ଣଙ୍କ ପୁତ୍ରଗଣ ଯଥାସମୟରେ ଶୁଣିଲେ କି ସେମାନଙ୍କ ପିତା ପ୍ରବଳ ପ୍ରତାପୀ ଜରାସନ୍ଧର ମୃତ୍ୟୁର କାରଣ ହୋଇଛନ୍ତି । ଏବଂ ପିତାଙ୍କର 'ଚକ୍ର' ଶିଶୁପାଳର ମସ୍ତକ ଛେଦନ କରିଛି । ସେମାନେ ଅଧିକ ଉତ୍ସାହିତ ହେଲେ ଓ ନୂଆ ଆଗ୍ରହ ନେଇ ପାଷାଣ୍ଡକାର୍ଯ୍ୟ ଜାରି ରଖିଲେ ।

ଅନ୍ୟପକ୍ଷରେ, ଏରକାବନ ଅଧିକରୁ ଅଧିକ ଘଞ୍ଚ ହେଉଥିଲା । ଏବଂ ଜାରାଶବର ଘରେ ତୀରଟି ସଯନ୍ ରହିଥିଲା, ନିୟତି-ନିର୍ଦ୍ଦେଶିତ କାର୍ଯ୍ୟକୁ ଅନ୍ତିମ ସ୍ପର୍ଶ ଦେବାକୁ ।

କାଳ ଅଧିକ ଦ୍ରୁତ ଆଗଉଥିବା ଭଳି ମନେହେଉଥିଲା ।

<h2 align="center">(ଚଉଦ)</h2>

ଜଗତରେ ଇତିମଧରେ କେତୋଟି ମହାନ ଘଟନା ଘଟିସାରିଛି ।

ଏକରେ, ଖାଣ୍ଡବବନ ଦହନ ।

ଦୁଇରେ, ଜରାସନ୍ଧର ମୃତ୍ୟୁ ।

ତିନିରେ, ଶିଶୁପାଳର ମସ୍ତକ ଛେଦନ ।

ଏବଂ ସର୍ବୋପରି ମହାଭାରତଯୁଦ୍ଧ ।

ଦ୍ୱାରାବତୀରେ ଆନନ୍ଦର ଲହରୀ । ଶ୍ରୀକୃଷ୍ଣଙ୍କ ଖ୍ୟାତି ଦିଗ୍‌ବିଦିଗ୍‌ ପ୍ରସରି ଯାଇଛି । ସେ ଜଗତର ସର୍ବୋତ୍ତମ ଓ ରହସ୍ୟମୟ ପୁରୁଷ, ଏକଥା ପ୍ରମାଣିତ ହୋଇସାରିଲାଣି ।

ଇତ୍ୟବସରେ ମହାଭାରତ ଯୁଦ୍ଧକୁ ଛତିଶ ବର୍ଷ ପୂରିଲାଣି । ଶ୍ରୀକୃଷ୍ଣ ଏବେ ପ୍ରାୟ ଦ୍ୱାରାବତୀରେ ଅବସ୍ଥାନ କରୁଛନ୍ତି । କିନ୍ତୁ ଚିନ୍ତିତ ମନେହେଉଛନ୍ତି । ତାଙ୍କ ଓଠରୁ ସେ ବଙ୍କାହସ ଉଭାନ ହୋଇଯୋଇଛି । କାହିଁକି ? ଏଭଳି ଚିନ୍ତିତ ସେ କେବେ ଦିଶନ୍ତିନାହିଁ । ତେବେ ?

ଅନ୍ୟପକ୍ଷରେ ତାଙ୍କର ପତ୍ନୀ ଓ ପୁତ୍ରଗଣ ସୁଖ ସ୍ୱାଚ୍ଛନ୍ଦ୍ୟରେ ଡୁବି ରହିଛନ୍ତି । ପତ୍ନୀଗଣଙ୍କ ପାଖରେ ସମୟ ନାହିଁ, ସ୍ୱାମୀଙ୍କର ମାନସିକ ଅବସ୍ଥା ଆକଳନ କରିବାକୁ । ଏବଂ ପୁତ୍ରଗଣ ଖୁବ୍ ମୁକ୍ତ ଓ ସ୍ୱାଧୀନ ଅନୁଭବ କରୁଥିଲେ ଏବଂ ଜୀବନକୁ ଉଚ୍ଛୃଙ୍ଖଳ ହେବାକୁ ଛାଡ଼ି ଦେଇଥିଲେ ।

ବଲରାମ ଗୋଟେ ରଷିର ଜୀବନ ବଞ୍ଚୁଥିଲେ ।

ଜଗତରେ କେଉଁଠି କ'ଣ ଘଟୁଛି ସେ ଜାଣୁଥିଲେ, ମାତ୍ର ପ୍ରତିକ୍ରିୟା ଶୂନ୍ୟ ।

ଶ୍ରୀକୃଷ୍ଣ ଅଛି ସବୁ ବୁଝିବ ।

ମହାଭାରତଯୁଦ୍ଧପରେ ସେ କେମିତି ସଂସାରଚ୍ୟୁତ ହୋଇଛନ୍ତି ।

ବାହ୍ୟଦୃଷ୍ଟିରେ ଦ୍ୱାରାବତୀରେ ସବୁକିଛି ଠିକ୍ଠାକ୍ ରହିଥିଲା । କିଏ ବା କାହିଁକି କଳ୍ପନାକୁ ଆଶଙ୍କା ଯେ ଏକ ଭୟାନକ ବିପଦ ଖୁବ୍ ଦ୍ରୁତଗତିରେ ନିକଟତର ହେଉଛି । ଯାହାକୁ ପ୍ରତିହତ କରିବାକୁ ସ୍ୱୟଂ ଈଶ୍ୱର ମଧ୍ୟ ଅସହାୟ ।

କ'ଣ ସେ ବିପଦ !

କେବଳ ଜଣକୁ, ମାତ୍ର ଜଣକୁ ଜଣାଅଛି ।

ସେ ଉଦ୍ଧବ, ଶ୍ରୀକୃଷ୍ଣଙ୍କ ସଖା ।

ଦୁଇଦିନ ହେବ ସେ ଦ୍ୱାରାବତୀ ଛାଡ଼ି ରହିଗଲେଣି ।

ଏବେ କେଉଁଠି କେଜାଣି !

କିଛି ଗୁରୁତର ବିଷୟ ଚିନ୍ତାକରୁଛନ୍ତି ସ୍ୱାମୀ, ରୁକ୍ମିଣୀ ଅନୁମାନ କଲେ । ପୁଅବୋହୂଙ୍କ ଗହଣରେ ରହି ସେ ସ୍ୱାମୀଙ୍କ ପ୍ରତି ଅବହେଳା କରିଛନ୍ତି କି ! କାହିଁକି ମୁହଁରୁ ତାଙ୍କର ସରସତା ଉଭେଇଯାଇଛି !

ଏକାନ୍ତରେ ପଚାରିଲେ - ତୁମର କ'ଣ ହୋଇଛି ?

: କାହିଁ ନା ତ !

ଶ୍ରୀକୃଷ୍ଣ ଅନ୍ୟମନସ୍କ ଭାବେ ଉତ୍ତର ଦେଲେ ।

"ଏମିତି ଚିନ୍ତାଗ୍ରସ୍ତ ଦିଶୁଛ କାହିଁକି ? ମୋ ଜାଣିବାରେ ତୁମ ପାଇଁ ଦୁଇଟି ଆହ୍ୱାନ ଥିଲା । ଜରାସନ୍ଧ ଓ ମହାଭାରତ ଯୁଦ୍ଧ । ସେ ସବୁର ସୁନ୍ଦର ସମାଧାନ ହୋଇଛି, ଯଦିବା ବହୁ ରକ୍ତକ୍ଷୟ ଘଟିଛି । ତେବେ କେଉଁ କଥା ସ୍ୱାମୀଙ୍କୁ ବିଚଳିତ କରୁଛି !"-ରୁକ୍ମିଣୀ ଜାଣିବାକୁ ରହିଁଲେ ।

ଶ୍ରୀକୃଷ୍ଣ ନୀରବ ରହିଲେ । ସେ କ'ଣ କହିପାରନ୍ତେ, ସ୍ରଷ୍ଟା ତା'ର ସୃଷ୍ଟିଧ୍ୱଂସ ଆଖିରେ ଦେଖିବା ବଡ଼ ଯନ୍ତ୍ରଣାଦାୟକ ଦେବୀ! ଏବଂ କହିପାରନ୍ତେ ନାହିଁ, ତୁମମାନଙ୍କ ସହ ମୋର ଲୀଲାଖେଳା ଆପାତତଃ ଶେଷ । ସେଇ ମୁହୂର୍ତ୍ତ ପହଞ୍ଚିଲେ ତୁମେ ଓ ତୁମ ସପତ୍ନୀଗଣ କ'ଣ କରିବ ମୋତେ ଜଣାନାହିଁ । ଜାଣିବାକୁ ଇଚ୍ଛାନାହିଁ ମଧ୍ୟ । କିନ୍ତୁ ତୁମର ପୁତ୍ର ପ୍ରଦ୍ୟୁମ୍ନ ପାଇଁ ମୋର ଦୁଃଖ!

ଏହିପରି ଅନେକକଥା ସେ ଭାବିଲେ, କିନ୍ତୁ କହିପାରିଲେ ନାହିଁ । ଯେତେବେଳେ କହିଲେ ଅନ୍ୟକଥା ତାଙ୍କ ମୁଖରୁ ବାହାରିଲା ।

କହିଲେ - ଦେବୀ! ମୋତେ କେତେ ବୟସ ହେଲା କହିପାରିବ ?

- ଶହେ ପଚିଶି । କିନ୍ତୁ ସ୍ୱାମୀ ସେ କଥା କାହିଁକି ?

"ଆଉ ଅଧିକ ବର୍ଷରହିବାର ଆବଶ୍ୟକତା ଅଛି ?"

ଆଖିଛଳଛଳ ହୋଇଗଲା ରୁକ୍ମିଣୀଙ୍କର । ହଠାତ୍ ତାଙ୍କ ପାଟିରୁ ବାକ୍ୟ ସ୍ଫୁରିଲା ନାହିଁ । ଏପରି ଅଶୁଭକଥା କାହିଁକି କହୁଛନ୍ତି ସ୍ୱାମୀ! ସେ ସହସା ସ୍ୱାମୀଙ୍କ ପାଟିରେ ଆଙ୍ଗୁଳି ଜାବିଧରିଲେ ।

"ତୁମେ ମୋତେ କହିବ ନାହିଁ ତୁମର କ'ଣ ହେଇଛି !" - ରୁକ୍ମିଣୀଙ୍କ ଆଖିରୁ ଲୋତକ ଝରିବାକୁ ଲାଗିଲା ।

ଶ୍ରୀକୃଷ୍ଣ ସହିପାରିଲେ ନାହିଁ ଜ୍ୟେଷ୍ଠାପତ୍ନୀଙ୍କ ଆଖିରେ ଲୁହ ଦେଖି । ହସିଲେ କୃତ୍ରିମ ହସ । କହିଲେ, "ଠଟ୍ଟାରେ କହିଦେଲି । କିନ୍ତୁ ଦେବୀ, କଥାଟିଏ ପଚାରିବି ସତ କହିବ ?"

ରୁକ୍ମିଣୀ ତଳକୁ ମୁହଁକଲେ । ତାଙ୍କର ଭଙ୍ଗୀ କହୁଥିଲା - ଏପରି ଠଟ୍ଟା କରାଯାଏନା । ବୁଝିଲ ?

"ପଚାରିବି ?" - ଦ୍ୱିତୀୟଥର କହିଲେ ଶ୍ରୀକୃଷ୍ଣ ।

ରୁକ୍ମିଣୀ ସିଧା ଚୁହଁଲେ ସ୍ୱାମୀଙ୍କୁ ।

"ପଚର !" - ସେ କହିଲେ ।

"ଯଦି ଦେଖ ବା ଶୁଣ ମୋର ମୃତ୍ୟୁ ହୋଇଛି ତୁମେ କ'ଣ କରିବ ?" - ଶ୍ରୀକୃଷ୍ଣ ସହାସ୍ୟ ପଚାରିଲେ ।

ଏଥର ରୁକ୍ମିଣୀ ସହଜ ହୋଇଗଲେ । ତାଙ୍କ ଆଖିରେ ଲୋତକ ନଥିଲା । ସେ ମନେକଲେ, ସତରେ ସ୍ୱାମୀ ଠଟ୍ଟା ହେଉଛନ୍ତି । ତଥାପି ଯେହେତୁ ପ୍ରଶ୍ନଟି ନିର୍ଦ୍ଦିଷ୍ଟ ଭାବେ ତାଙ୍କୁ ଉପଲକ୍ଷ୍ୟକରି ପଚରାଯାଇଛି ସେ ସତ୍ୟ ହିଁ କହିବେ । ଯାହାକି ଆଦୌ ଠଟ୍ଟାର ଉତ୍ତର ନୁହଁ । ତାଙ୍କ ହୃଦୟର କଥା ।

କହିଲେ – "ବିଶ୍ୱାସ ଯିବ ?"

: ହଁ ।

"ଶୁଣ । ଅଗ୍ନିକୁଣ୍ଡ ପ୍ରସ୍ତୁତ କରିବି ନିଜେ । ଏବଂ ସେଥିରେ ସହାସ୍ୟ ପ୍ରବେଶକରିବି ।"

ପୁନଶ୍ଚ କୃତ୍ରିମ ହସ ଶ୍ରୀକୃଷ୍ଣଙ୍କର । "ଠଟ୍ଟାର ଉତ୍ତର ଏପରି ଆସିବ ବୋଲି ଜାଣିନଥିଲି ।" ସେ ପତ୍ନୀଙ୍କର ଦୀର୍ଘକେଶ ସାଉଁଲିଲେ । ଅର୍ଥ, ସତରେ ଏପରି କରିବ !

ତା'ପରେ ଉଭୟ ନୀରବ । ହୁଏତ ସ୍ୱ ସ୍ୱ ରୀତିରେ ଭାବିଲାଗିଲେ ଭବିଷ୍ୟତର ଭୂମିକା ଉପରେ ।

ସମୟ ସଙ୍କୁଚିତ ହୋଇ ବିନ୍ଦୁଟିଏରେ ପରିଣତ ହେବାକୁ ଉପକ୍ରମ କରୁଥିଲା ।

କାଳ – ସମୟର ଜାଗତିକ ଓ ବ୍ୟବହାରିକ ନାମ ।

ନିୟତିର ଖେଳ ସମୟକୁ ନେଇ ।

ଖେଳରେ ଶେଷ ସ୍ପର୍ଶ ଦେବାପାଇଁ ପ୍ରସ୍ତୁତ ହୋଇସାରିଥିଲା ନିୟତି ।

ଦୁଇଦିନପରେ –

ଦ୍ୱାରାବତୀ ନଗରରେ ଚହଳ ପଡ଼ିଗଲା ।

ସମୁଦ୍ରର କେଉଁ ଗଭୀରତାରୁ ଗର୍ଜନ ଶୁଭୁଛି ।

ଯେଉଁ ଗର୍ଜନ ମଣିଷର ଗର୍ଜନ ଭଳି, ଲହଡ଼ିର ଗର୍ଜନ ଭଳି ନୁହଁ ।

ସତେବା ଏକ ଦାନବ ବାହାରି ନଗରରେ ତାଣ୍ଡବ ରଚିବାକୁ ଉପକ୍ରମ କରୁଚି ।

ଏଣେ ତେଣେ ଧାଇଁ ଲାଗିଲେ ମନୁଷ୍ୟ ।

କେବଳ ଶ୍ରୀକୃଷ୍ଣ-ପୁତ୍ରଗଣଙ୍କୁ ଭୟ ସ୍ପର୍ଶ କରୁନଥିଲା । ଆପଣା ଆପଣା ଅସ୍ତ୍ରଶସ୍ତ୍ରଧରି ସମୁଦ୍ର ତଟରେ ଘୂରିଲାଗିଲେ । ଦାନବ ସମୁଦ୍ର ମଧରୁ ନିଷ୍କ୍ରାନ୍ତ ହେବ ତ ତାକୁ ଆକ୍ରମଣ କରି ନିପାତ କରିଦିଆଇବ । ସୁଯୋଗ ଅପୂର୍ବ । ଆଜି ଦାନବ ବୁଟିଯିବ,

କୃଷ୍ଣ-ପୁତ୍ରମାନଙ୍କର ପରାକ୍ରମ । ସେମାନେ ଅଟ୍ଟହାସ୍ୟ କରୁଥିଲେ ଓ ଅପେକ୍ଷା କରୁଥିଲେ ଦାନବକୁ । ମାତ୍ର ଦାନବ କାହିଁ !

ସମୁଦ୍ର ମଧ୍ୟରୁ ଗର୍ଜନ ଶୁଭିବା କମୁନଥିଲା ।

ବରଂ ଗର୍ଜନର ତୀବ୍ରତା ବଢୁଥିଲା ।

ଦେଖ୍ ଦେଖ୍ ଭୂମି କମ୍ପିବାକୁ ଲାଗିଲା ।

ଏବଂ ଭୂମିର ଅଭ୍ୟନ୍ତରରୁ କେଉଁଠୁ ଆସୁଥିଲା ଘୁଁ ଘୁଁ ଆବାଜ ।

ଶ୍ରୀକୃଷ୍ଣଙ୍କ ପୁତ୍ରଗଣ, ଯେଉଁମାନେ ସମୁଦ୍ରତଟରେ ଅରଣ୍ୟ ଉଲ୍ଲାସରେ ମଉଥିଲେ, ଅଗତ୍ୟା ଅନୁଭବ କଲେ ଏହା କୌଣସି ଦାନବକୃତ ହୁଙ୍କାର ନୁହଁ । ଦାନବ ବାହାରିଲେ ସିନା ଘେରି ମାରିପକେଇଥାନ୍ତେ ! ଭୂଇଁ କମ୍ପିଲାଗୁଛି କାହିଁକି ? ସତେବା ଭୂଇଁ ଧସିପଡ଼ିବ ରସାତଳକୁ । ସତ୍ୟ, ସେମାନେ ଭୟ ପାଇବାକୁ ଆରମ୍ଭ କଲେ !

ପରକୁ ପର ଆହୁରି କେତୋଟି ଅଘଟନ ଘଟିଲା । ଦିନ ହୋଇଥିଲେ ମଧ୍ୟ ହଠାତ୍ ଅନ୍ଧାର ଘୋଟି ଆସିଲା । ମଣିଷ ଉପର ମୁହାଁ ରହିଁଲେ ଆକାଶକୁ । ସୂର୍ଯ୍ୟ ନଥିଲେ । ବଦଳରେ ଏକ ଭୀଷଣକାୟ ଧୂମକେତୁ ଆକାଶର ଏ ମୁଣ୍ଡରୁ ସେ ମୁଣ୍ଡକୁ ବ୍ୟାପୀଥିଲା । ପକ୍ଷୀକୁଳ ଅଶାନ୍ତ ରାବ କରି ଏଣେ ତେଣେ ଉଡୁଥିଲେ ଓ ବୃକ୍ଷ ଦେହରେ ବାଡ଼େଇ ହୋଇ ତଳେ ପଡୁଥିଲେ । ଏବଂ ମରିଯାଉଥିଲେ ।

ଶ୍ରୀକୃଷ୍ଣପୁତ୍ରଗଣ ପିତାଙ୍କୁ ଜଣେଇବା ପାଇଁ ଭୁବନ ମୁହାଁ ଧାଇଁଲେ ।

ତେଣେ, ଦ୍ୱାରାବତୀ ଭୁବନ ରହି ରହି ଥରୁଛି ।

ଭୂମିର କମ୍ପନର ସମତାଳରେ ।

ଭୁବନ ଧସିପଡ଼ିବ କି ?

ବସୁଦେବ ଓ ଦେବକୀ ଆତଙ୍କିତ ।

ଆତଙ୍କିତ ବଳରାମ ଓ କୃଷ୍ଣଙ୍କ ପତ୍ନୀଗଣ ।

ଦିନରେ ରାତି ଘୋଟିଯିବାକୁ କେହି ବିଶ୍ୱାସ କରିପାରୁନଥିଲେ ।

ଗୃହପାଳିତ ପଶୁ ଲମ୍ଫାରଡ଼ି କରୁଥିଲେ ।

ଭୂଇଁରେ ଗୋଡ଼ କରଡ଼ି ପ୍ରତିବାଦ ଜଣାଉଥିଲେ ।

ନିତ୍ୟାନନ୍ଦ ପଣ୍ଡା ❖ ୧୪୯

ଏବଂ ଏଣେ ତେଣେ ବିକଳରେ ଧାଉଁଥିଲେ ।

ବୟୋଜ୍ୟେଷ୍ଠମାନେ ଦିବସରେ ଧୂମକେତୁର ଆବିର୍ଭାବକୁ ଅତି ଅଶୁଭ ମଣୁଥିଲେ । ଏବଂ ସୂର୍ଯ୍ୟ ଗୋପ୍ୟହେବା ଓ ଅନ୍ଧାର ଘୋଟିବା ସେମାନଙ୍କ ହୃଦ୍‌ସ୍ପନ୍ଦନ ବଢ଼େଇ ଦେଉଥିଲା । କ'ଣ କରିବେ ମଣିଷ ! ପ୍ରକୃତିର କୋପରେ ସମଗ୍ର ଦ୍ୱାରାବତୀ ଧ୍ୱଂସ ପାଇଯିବ ?

ମାଟି ପାଣି ଆକାଶ ସବୁ ଅସ୍ୱାଭାବିକ୍ ମନେ ହେଉଥିଲେ । କୃଷ୍ଣଙ୍କ ପୁତ୍ରଗଣ ପ୍ରଥମ କରି ଭୟ କ'ଣ ଜାଣୁଥିଲେ । ପୁଣି କୌଣସି ରାଜା କିମ୍ବା ଦାନବ ଠାରୁ ନୁହଁ । ମାଟିଠୁ, ସମୁଦ୍ରଠୁ ଓ ଆକାଶଠୁ ।

ସେମାନେ ନଗରରେ ପହଞ୍ଚିଲେ । ଦେଖିଲେ ବୟୋଜ୍ୟେଷ୍ଠଙ୍କ ସହିତ ଆଲୋଚନା କରୁଛନ୍ତି ଦୁଇ ପିତା । ପରବର୍ତ୍ତୀ କାର୍ଯ୍ୟପନ୍ଥା ସମ୍ପର୍କରେ ।

ଶ୍ରୀକୃଷ୍ଣ କହିଲେ – ଏଭଳି ପ୍ରାକୃତିକ ବିତ୍‌ପାତ ପୂର୍ବରୁ କେବେ ଦେଖାନଥିଲା । ଯଦି ଆଶୁପ୍ରତିକାର କରାନଯାଏ ଦ୍ୱାରାବତୀରେ ବାସ କରିବା ସମ୍ଭବ ହେବନାହିଁ । ହୁଏତ ସମସ୍ତେ ମୃତ୍ୟୁ ଲଭିବେ ।

ଜଣେ ବୟୋଜ୍ୟେଷ୍ଠ କହିଲେ – କାହିଁକି ଏଭଳି ଅଶୁଭ ଶକୁନ ?

ଶ୍ରୀକୃଷ୍ଣ : ମୋର ଯାହା ମନେହୁଏ ଦ୍ୱାରାବତୀର ମାଟି ପାପ ଜରଜର ।

– କେମିତି ପାପ କ୍ଷୟ ହେବ ?

: ଏକମାତ୍ର ପଥ ଦିଶୁଛି ।

ବୟୋଜ୍ୟେଷ୍ଠମାନଙ୍କର ଆତଙ୍କ ବିଜଡ଼ିତ ପ୍ରଶ୍ନ – କ'ଣ ?

: ପ୍ରଭାସତୀର୍ଥ । ସ୍ନାନ ତର୍ପଣ ଓ ଦାନଧ୍ୟାନ କଲେ ପାପମୋଚନ ହେବ ।

– କ'ଣ କରିବା ତେବେ ?

: ସହସା ଗୃହକୁ ଫେରିଯାଅ । ପ୍ରଭାସତୀର୍ଥକୁ ଯାତ୍ରା କରିବା ପାଇଁ ପ୍ରସ୍ତୁତ ହୁଅ । ଦିନଥାଉ ଥାଉ ବାହାରିଯିବା । କେବଳ ପୁରୁଷମାନେ ଯିବେ, ମହିଲାକୁଳ ନୁହଁନ୍ତି । ତୁମର ସମ୍ବଳତକ ସାଥିରେ ନେଇଯିବ ।

ବୟୋଜ୍ୟେଷ୍ଠମାନେ ଫେରିଗଲେ । ପ୍ରଭାସତୀର୍ଥକୁ ସମ୍ମିଳିତ ଯାତ୍ରା କରିବା ସମ୍ବାଦ ସହସା ରାଷ୍ଟ୍ର ହୋଇଗଲା । ଶଗଡ଼ମାନଙ୍କରେ ସ୍ୱର୍ଣ୍ଣ ଅନ୍ନବସ୍ତ୍ର ଆଦି ଲଦି ପୁରୁଷକୁଳ ପ୍ରସ୍ତୁତ ହୋଇଗଲେ ।

ଯାତ୍ରା ଆରମ୍ଭହେଲା ।

ଦ୍ୱାରାବତୀ ଭୁବନରେ କେବଳ ରହିଲେ ନାରୀଗଣ ।

ଏବଂ ଅସୁସ୍ଥ ବସୁଦେବ ।

କୃଷ୍ଣ-ପୁତ୍ରଗଣ ସେମାନଙ୍କ ଅସ୍ତ୍ରଶସ୍ତ୍ର ଧରି ଅନୁସରଣ କଲେ ।

ଭୂମି କମ୍ପିଲାଗିବା ବନ୍ଦ ହୋଇନଥାଏ ।

ଏବଂ ଭୟଙ୍କର ଦିଶୁଥାଏ ଆକାଶର ବର୍ଣ୍ଣ ।

ରହିରହି ସମୁଦ୍ର ମଧ୍ୟରୁ ଶୁଭୁଥାଏ ଭୟଙ୍କର ଗର୍ଜନ ।

ଚୁରିଆଡ଼େ ଅନ୍ଧକାର ଘୋଟପାଟ ।

ଯଦୁବଂଶର ସମସ୍ତ ପୁରୁଷକୁଳ ଯାତ୍ରା କରୁଛନ୍ତି ପ୍ରଭାସତୀର୍ଥ ।

ପଛରେ ରହିଗଲା ପୁରୁଷଶୂନ୍ୟ ଦ୍ୱାରାବତୀ ଭୁବନ । ଏବଂ ରହିଗଲେ ନାରୀମାନେ । ପାପାଚରର ପରିଣତି ଏତେ ଭୟଙ୍କର ହୋଇପାରେ !

ପୁରୁଷମାନଙ୍କର ଲମ୍ଭାପଟୁଆର ଅନ୍ଧକାର ମଧ୍ୟରେ ଆଗଉଛି ।

ସାଥିରେ ଶ୍ରୀକୃଷ୍ଣ ଓ ବଲରାମ ।

ଅତଏବ୍ ମଣିଷ କିଞ୍ଚିତ ଭୟଶୂନ୍ୟ ।

ରାତି ପାହିନାହିଁ ପଟୁଆର ପହଞ୍ଚିଲା ପ୍ରଭାସତୀର୍ଥରେ । ସ୍ନାନ ପୂର୍ବରୁ ପାପମୋଚନ ହେଲାଭଳି ଅନ୍ୟମାନେ ମନେକରୁଥିଲେ । କୃଷ୍ଣ-ପୁତ୍ରଗଣଙ୍କ ମନରେ ପ୍ରାୟ ନଥିଲା ଦ୍ୱାରାବତୀର ଭୟାନକ ଅବସ୍ଥା । ସେମାନେ ନାଚୁଥିଲେ ଓ ଠଟ୍ଟା ହେଉଥିଲେ ଆପଣା ଭିତରେ । କାହିଁକିନା, ବାହାରକୁ ସାଥିହେଇ ବୁଲିଆସିବା ଏହି ପ୍ରଥମ । ସୁତରାଂ, ଯାତ୍ରାଟିକୁ ଭ୍ରମଣ ବିଳାସ ମନେକରିବା ସ୍ୱାଭାବିକ୍ ।

ରାତି ପାହିଲା ।

ପ୍ରଭାସତୀର୍ଥର ବିସ୍ତୃତ ବାଲୁକାଶଯ୍ୟାରେ ବିରାଟ ଯଦୁବଂଶର ପୁରୁଷଗଣ ।

ଉପବାସ ରହିଛନ୍ତି ।

କୃଷ୍ଣ-ପୁତ୍ରଗଣ ଯଦିବା ଉପବାସ କରିଛନ୍ତି, ତେବେ ଆଗ୍ରହଶୂନ୍ୟ ।

କାରଣ ଦ୍ୱାରାବତୀର ଆତଙ୍କଜନକ ପରିସ୍ଥିତି ଏଠି ନାହିଁ ।

ଯଦୁବଂଶର ପୁରୁଷକୁଳ ପ୍ରଭାସତୀର୍ଥକୁ ଆସୁଛନ୍ତି ଦାନ ଧାନ କରିବେ,

ଏହି ସମ୍ବାଦ ପ୍ରସରିଯାଇଥିଲା । ଫଳତଃ, ବିପ୍ର ଭିକ୍ଷୁ, ସନ୍ନ୍ୟାସୀ କୁଷ୍ଠୀ ଆଦି ଛୁଟୁଥିଲେ ବିଭିନ୍ନ ପ୍ରାନ୍ତରୁ । ଗ୍ରହଣ କରିବେ ଦାନ ।

ସଙ୍ଗମସ୍ଥଳର ପଶ୍ଚିମକୁ ପର୍ବତ ଓ ଅରଣ୍ୟ ପ୍ରାଚୀର ଭଳି ଠିଆ ହୋଇଥିଲା ଓ ସ୍ଥାନଟିର ସୌନ୍ଦର୍ଯ୍ୟ ବୃଦ୍ଧିର କାରଣ ଥିଲା । ଏବଂ ବାଲୁକାଶଯ୍ୟା ଏକ ମଉଛବସ୍ଥଳ ଭଳି ମନେ ହେଉଥିଲା ।

ଶାମ୍ୟକୁ କେନ୍ଦ୍ରକରି ଅଧିକାଂଶ ପୁତ୍ରଗଣ ବସିଥିଲେ ଏକତ୍ର ବାଲୁକାଶଯ୍ୟାରେ । ଅନ୍ୟମାନେ ସ୍ଥାନ ସାରନ୍ତୁ, ପରେ କରିବା – ଏହା ଥିଲା ଉଦ୍ଦେଶ୍ୟ । ବସ୍ତୁତଃ, ସେମାନେ ପୂର୍ବପରି ଆତଙ୍କିତ ବା ବିଚଳିତ ନଥିଲେ ।

ଶାମ୍ୟ ଆରମ୍ଭକଲା – ପାପ କ'ଣ !

ଅନ୍ୟମାନେ ନୀରବ । ସତରେ ପାପ କାହାକୁ କହନ୍ତି !

: ପିତା କହିଲେ, ଦ୍ୱାରାବତୀର ମାଟି ପାପଜରଜର । କିନ୍ତୁ ଥରେ ଏଠାରେ ଡୁବ ପକେଇଲେ ମାଟି କେମିତି ପାପଶୂନ୍ୟ ହେବ !

ଅନ୍ୟ ଭାଇମାନଙ୍କ ସମ୍ମିଲିତ ଉକ୍ତି – ଠିକ୍ କଥା !

: କ'ଣ କହୁଥିଲିକି, ଅନ୍ୟମାନେ ସ୍ଥାନ ସାରନ୍ତୁ, ଚଲ ଆମେ ଅରଣ୍ୟ ଭିତରେ ପଟେ ଘୁରି ଆସିବା । ଖୁବ୍ ଶୋଭାବନ୍ତ ଦିଶୁଛି ଅରଣ୍ୟ !

ଅନ୍ୟମାନେ ସମ୍ମତ ହେଲେ ।

ଏବଂ ଅରଣ୍ୟ ମଧ୍ୟକୁ ପ୍ରବେଶକଲେ ।

ସବୁ ବିପତ୍ତି ସେହିପରି । ବିପତ୍ତି ବେଳେ ମଣିଷ ଯେଉଁଭଳି ଆଚରଣ କରୁଥାଏ, ବିପତ୍ତି ସାମାନ୍ୟ ଦୂରହବା ମାତ୍ରେ ମଣିଷର ପୂର୍ବ ଆଚରଣ ବଦଲିଯାଏ । ଅନେକ ସମୟର ପୂରା ପାସୋରି ଦିଅନ୍ତି ପୂର୍ବକଥା ।

କୃଷ୍ଣ-ପୁତ୍ରଗଣଙ୍କର ସେମନ୍ତ ଅବସ୍ଥା ।

ପିତାଙ୍କର ପରାମର୍ଶ ଗ୍ରାହ୍ୟ ନକରି ଅରଣ୍ୟରେ ଘୁରିବାକୁ ଚଲିଲେ । କ୍ରମେ ଅଦୃଶ୍ୟ ହେଲେ ।

ହସୁଥିଲା ନିୟତି । ଆହାଃ ବିଚରାମାନେ !

(ପନ୍ଦର)

ଦ୍ୱାରାବତୀରେ ରହିଯାଇଛନ୍ତି ସମସ୍ତ ନାରୀ ସମେତ ଶିଶୁଗଣ ।

ଏବଂ ବୃଦ୍ଧ ଉଗ୍ରସେନ ଓ ଅସୁସ୍ଥ ବସୁଦେବ ।

ଏବଂ ଗୃହ ଓ ଧନରତ୍ନ ପ୍ରତି ଅତି ଆସକ୍ତ କେତେକ ପୁରୁଷ ।

ସମସ୍ତେ ଆଶ୍ୱସ୍ତ, ପ୍ରଭାସତୀର୍ଥରେ ରିଷ୍ଟଖଣ୍ଡନ ହେବ ।

ପ୍ରଭାସତୀର୍ଥର ବିସ୍ତୀର୍ଣ୍ଣ ବାଲୁକାଶଯ୍ୟା ଓ ନଦୀତୀରେ ପ୍ରବଳ ଜନଗହଳି ।
ସେମାନଙ୍କ ମଧ୍ୟରେ ସାତବଂଶର ପ୍ରମୁଖ ପୁରୁଷ ଓ ତରୁଣଗଣ । ପୂର୍ବରାତିରୁ ସେମାନେ
ଉପବାସବ୍ରତ ପାଳନ କରିଛନ୍ତି । ତୀର୍ଥ ଜଳରେ ସ୍ନାନ କରିବେ ଓ ସ୍ୱର୍ଣ୍ଣ ବସ୍ତ୍ର ଅନ୍ନ ଆଦି
ଦାନ କରିବେ । ପୂଣ୍ୟ ଅର୍ଜନକରିବେ ଓ ଦେବ-ବ୍ରାହ୍ମଣ-ପ୍ରକୃତିର କୋପକୁ
ଟାଳିଦେବେ ।

ସନ୍ଧ୍ୟା ପରେ କିମ୍ୱା ପରଦିନ ପ୍ରଭାତରେ ଫେରନ୍ତା ଯାତ୍ରା କରିବେ
ଦ୍ୱାରାବତୀକୁ ।

ଗହଳି ମଧ୍ୟରେ କେତେବେଳେ ତରୁଣଗଣ ଅରଣ୍ୟ ମଧ୍ୟକୁ ପ୍ରବେଶ କଲେ
ବୟୋଜ୍ୟେଷ୍ଠମାନେ ଜାଣିପାରିଲେ ନାହିଁ । ଜାଣିବାର ଉପାୟ ମଧ୍ୟ ନଥିଲା । ସେମାନଙ୍କ
ମଧ୍ୟରେ ମୁଖ୍ୟତଃ ଥିଲେ ଶ୍ରୀକୃଷ୍ଣଙ୍କର ସମ୍ପର୍କୀୟ ଭାଇ, ପୁଅ, ନାତି ପୁତୁରା ଏବଂ
ତିଅଙ୍କ ପୁଅ ଓ ସେମାନଙ୍କ ପୁଅ ………

ଏବଂ ସେମାନଙ୍କ ମଧ୍ୟରେ ଥିଲେ ମହାଭାରତ ଯୁଦ୍ଧରେ ମୁଖ୍ୟ ଅଂଶ ଗ୍ରହଣ
କରିଥିବା ଯୋଦ୍ଧା ସାତ୍ୟକି ଓ କୃତବର୍ମା । ଦୁଇ ଯୋଦ୍ଧାଙ୍କ ମଧ୍ୟରେ ପୂର୍ବରୁ ମତଭେଦ
ରହିଥିଲେ ମଧ୍ୟ ଆଜି ସେମାନେ ସମଭାବାପନ୍ନ । ସତେବା, ସେମାନଙ୍କ ମଧ୍ୟରେ
କୁତ୍ରାପି ବିଭେଦ ନଥିଲା ।

ଅରଣ୍ୟଟି ବସ୍ତୁତଃ ଥିଲା ଅତ୍ୟନ୍ତ ମନଲୋଭା ।

ସହସା ତରୁଣଗଣ ବିଭିନ୍ନ ଦଳରେ ବିଭିନ୍ନ ଦିଗକୁ ଖେପିଗଲେ ।

ଆଦିବାସୀ ବସତି, ପର୍ବତ ଶୀର୍ଷ, ସରୋବର ……

ତୀର୍ଥରେ ସ୍ନାନକରିବା କାହାର ସ୍ମରଣରେ ନଥିଲା ।

ଏବଂ ସ୍ମରଣରେ ନଥିଲା ପୂର୍ବ ଦିନ ଦ୍ୱାରାବତୀରେ ସଂଘଟିତ ପ୍ରାକୃତିକ
ଦୁର୍ଘଟନା ।

ଗୋଟିଏ ଦଳରେ ଥିଲେ ସାତ୍ୟକି ଓ କୃତବର୍ମା ।

ପ୍ରଥମେ କୃତବର୍ମା ଆରମ୍ଭକଲେ ଆକାଶକୁ ଚୁହିଁ – କାହିଁ, ଏଠାରେ ଧୂମକେତୁ ଦୃଶ୍ୟ ହେଉନାହିଁ ?

ସାତ୍ୟକି : ଆମେ ଭୁଲ ଦେଖୁଥିଲେ କି ?

କୃତବର୍ମା : ଆଦୌ ଦେଖୁନଥିଲେ କି ? ଏଠାରେ ମଧ୍ୟ ଭୂମି କମ୍ପୁନାହିଁ । ହେଃ ବେକାରଟାରେ ଆସିଲେ !

ସାତ୍ୟକି : ଗୁଜବକୁ ବିଶ୍ୱାସକଲେ ଏପରି ହୁଏ ।

କୃତବର୍ମା: ଦ୍ୱାରାବତୀରେ ସୁରାପାନକୁ ନିଷିଦ୍ଧ କରାଯିବା କେତେଦୂର ଠିକ୍ ?

ସାତ୍ୟକି: ସତ୍ୟ । ବହୁବର୍ଷ ହେବ ମୁଁ ସୁରାପାନ କରିନାହିଁ । କେଉଁ ବାବାଜୀ କ'ଣ କହିଲା, ସେଥିପାଇଁ ସୁରାକୁ ସଂପୂର୍ଣ୍ଣ ନିଷେଧ କରାଯିବା ଠିକ୍ ହୋଇନାହିଁ ।

କୃତବର୍ମା : ଆଜି କାଦମ୍ବରୀ ପାନକରନ୍ତେ ! ପରିବେଶ ମଜାଲିଆ ଲାଗୁଛି ।

ସାତ୍ୟକି : ଆଜି ନୁହଁ, ବର୍ତ୍ତମାନ ପାନକରିବା । ଚୁଲଯିବା ଆଦିବାସୀ ବସତି ଆଡ଼େ । ସେଠି ମିଳିବ । ଚୁପ୍‌ଚୁପ୍ ପାନକରିବା ଓ ଫେରିଆସିବା । କେହି ଜାଣିପାରିବେ ନାହିଁ ।

କୃତବର୍ମା : ଜାଣିଲେ ମଧ୍ୟ କ୍ଷତିନାହିଁ । ବହୁବର୍ଷ ପରେ ଟିକେ ପିଇଛୁ । କାହାକୁ ମାରିନାହୁଁ କି ଅସମ୍ମାନ କରିନାହୁଁ କି କୋଉ ବାବାଜୀର ଦାଢ଼ି ଝିଙ୍କିନାହୁଁ .....

ସାତ୍ୟକି ଓ କୃତବର୍ମା । ଏକଦା ମହାନ୍ ଯୋଦ୍ଧା । ଏବେ ପରିବେଶ ନାହିଁ ଯେ ବୀରପଣ ଦେଖେଇବେ । ଶ୍ରୀକୃଷ୍ଣଙ୍କର କଟକଣା ମଧ୍ୟରେ ସମୟ ବିତୁଛି । ହାତ ବସିଗଲାଣି । ଯଦିବା ଅସ୍ତ୍ରଶସ୍ତ୍ର ଜକ୍‌ଜକ୍ କରୁଛି, ପ୍ରୟୋଗ କରିବାକୁ କ୍ଷେତ୍ରନାହିଁ । ସମାନ ଅବସ୍ଥା କୃଷ୍ଣ-ପୁତ୍ର ମାନଙ୍କର । ସମସ୍ତେ ଶ୍ରୀକୃଷ୍ଣଙ୍କର ଅନୁଶାସନକୁ ଅନ୍ତର ମଧ୍ୟରେ ପସନ୍ଦ କରୁନଥିଲେ । ଯଦିବା ତୀର୍ଥଜଳରେ ସ୍ନାନ କରିବାକୁ ସମସ୍ତେ ଆସିଥିଲେ, ବଛା ବଛା ଅସ୍ତ୍ର ସାଥିରେ ଆଣିବାକୁ ଭୁଲିନଥିଲେ ।

ହଁ, ଯେଉଁ ଦଳରେ ସାତ୍ୟକି ଓ କୃତବର୍ମା ଥିଲେ, ସେ ଦଳ ଆଦିବାସୀ ବସତି ଆଡ଼େ ଚୁଲିଲେ । କାଦମ୍ବରୀ ପାନକରିବେ । ଏବଂ ପାନକରିବା ପୂର୍ବରୁ ଉନ୍ମତ୍ତହେବା ଭଳି ସେମାନଙ୍କୁ ବୋଧହେଉଥିଲା । ଆହାଃ କାଦମ୍ବରୀ! ବଢ଼ିଆ ପାନୀୟ ! !

ଏମାନେ କାଲେ ତୀର୍ଥକୁ ଆସିଛନ୍ତି ? ଉପବାସବ୍ରତ ପାଳନ କରୁଛନ୍ତି ? ସ୍ନାନକରିବେ ଓ ଦାନଧ୍ୟାନ କରିବେ । ଏବଂ ରିଷ୍ଟ ଖଣ୍ଡନ କରିବେ । ପ୍ରକୃତିର ରୋଷରୁ ରକ୍ଷାପାଇବେ । ବର୍ତ୍ତମାନ ଏମାନେ ପରିବର୍ତ୍ତିତ ସତ୍ତା । ଧୂମକେତୁ ମିଛ, ଭୂମିର କମ୍ପନ ମିଛ, ସବୁ ମିଛ – ଏପରି ଧାରଣା ବଦ୍ଧମୂଳ ସେମାନଙ୍କଠାରେ ।

ଆହାଃ, ମଣିଷର ପ୍ରବୃତ୍ତି କେଡ଼େ ବିକଳ ସତେ !

ହଁ, ସାତ୍ୟକି ଓ କୃତବର୍ମାଙ୍କ ଦଲ ଗୋଟେ ଆଦିବାସୀ ବସତି ପାଖରେ ପହଞ୍ଚିଲା ବେଲକୁ ଅନ୍ୟ କେତୋଟି ଦଲ ପହଞ୍ଚି ସୁରାପାନରେ ମତ୍ତ । ବାଃ !

ଆରେ ଆମେ ବିଲମ୍ବ କରିଦେଲେ !

ସେମାନେ ବସିପଡ଼ିଲେ ଘାସ ଉପରେ ।

ଏବଂ ଅନ୍ୟମାନଙ୍କ ସହ ସୁରାପାନରେ ଯୋଗଦେଲେ ।

ଆହାଃ, ବହୁବର୍ଷ ପରେ ଆମେ ପିଉଛନ୍ତି !

ସେମାନେ ହସୁଥିଲେ, ଗପୁଥିଲେ ଓ ପିଉଥିଲେ ।

ତୀର୍ଥସ୍ଥଲକୁ ଫେରିବେ, ସେପରି ଯୋଜନା ପ୍ରାୟ ନଥିଲା ।

"ଆମକୁ ଛଲକରି ନେଇଆସିଲେ । ଶ୍ରୀକୃଷ୍ଣ ଛଲ ସମ୍ରାଟ । ସବୁ ମିଥ୍ୟା । ଆମକୁ ସତ୍ୟ ଭଲି ଦିଶିଲା ମାତ୍ର । ସତ୍ୟ କେବଲ କାଦମ୍ବରୀ !" – କହିଲା କୃତବର୍ମା ।

ସେତେବେଲକୁ ସନ୍ଧ୍ୟା ଆଗତପ୍ରାୟ ।

ତୀର୍ଥରେ କ'ଣ ଘଟିଛି କାହାର ମନରେ ନାହିଁ ।

କାଦମ୍ବରୀ ପାନଘଟିଛି ।

ଖାଲିପେଟରେ ସୁରାର କାର୍ଯ୍ୟ ଖୁବ୍ ଦ୍ରୁତ ଓ ବହୁଗୁଣିତ ହେଉଛି ।

ହଠାତ୍ । ସାତ୍ୟକିର ମନେପଡ଼ିଲା, କୃତବର୍ମା ଶ୍ରୀକୃଷ୍ଣଙ୍କ ବିରୋଧରେ ମନ୍ତବ୍ୟ ଦେଇଛି । ଏଇଟା ଗୋଟେ କୃତଘ୍ନ । ମହାଭାରତ ଯୁଦ୍ଧରେ ଦୁର୍ଯ୍ୟୋଧନ ପକ୍ଷକୁ ଘଲିଯାଇଥିଲା । ଏହାକୁ ଉଚିତ୍ ଜବାବ୍ ଦରକାର ।

ସମସ୍ତେ କାଦମ୍ବରୀର ପ୍ରଭାବରେ ମତ୍ତ ।

ସାନ କଥାଟିଏ ସ୍ବତଃ ବଡ଼ ହୋଇଯାଉଛି ।

କିଏ କାହାକୁ କ'ଣ କହୁଛି ବୁଝାପଡୁନାହିଁ ।

ଯିଏ ଯାହାକୁ କହୁଛି, ଉତ୍ତର ଆସୁଛି ଅନ୍ୟଠୁ ।

ସମସ୍ତେ କିନ୍ତୁ ଗୋଟେ କଥାନେଇ ସହମତ ।

ବ୍ରହ୍ମଶାପ ବୋଲି କିଛି ନାହିଁ ।

ବ୍ରହ୍ମଶାପ ଏକ ମିଥ୍ୟା ଆରୋପ ।

ସାତ୍ୟକି ଓ କୃତବର୍ମାଙ୍କ ସହ ପ୍ରଦ୍ୟୁମ୍ନ ସୁରାପାନରେ ଯୋଗଦେଲା । ଜମିଲା ସୁରାପାନ । ଜମିଲା ଅବଶ୍ୟ, କିନ୍ତୁ ସାତ୍ୟକିର ମଥାକୁ କୃତବର୍ମା ସମ୍ପର୍କିତ କୁଭାବନା ଅକଟିଆରକୁ ନେଇସାରିଥିଲା । ସେ କ'ଣ କହି ତାକୁ ଅପମାନିତ କରିବ ଭାବି ହଉଥିଲା । କିନ୍ତୁ ଠିକ୍‌ରେ ମଥାକୁ ଜୁଟୁନଥିଲା ।

ପ୍ରଦ୍ୟୁମ୍ନ କହିଲା – "ତ୍ରୟୋଦଶୀ ତିଥିରେ ଅମାବାସ୍ୟା ପଡ଼ିବା ଅଶୁଭ । କାଲେ କେବେ ଘଟିନଥିଲା । ମାତାମହ ଉଗ୍ରସେନ କହୁଥିଲେ । ସେ ବହୁ ଅନୁଭୂତି ସଂପନ୍ନ ।" ସେ ସୁରାପାନ କରିଥିଲେ ମଧ୍ୟ ସଜ୍ଞାନରେ ଥିଲା ।

ତରକି ଉଠିଲା କୃତବର୍ମା ।

"ସେ ବୁଢ଼ାକଥା ପକାଅନା । ତାଙ୍କ ପାଇଁ ସବୁ ଅନର୍ଥ । ଭୂଇଁ ଥରିବା ସେ ହିଁ ପ୍ରଚାରକରିଛି । ମଣିଷକୁ ଡରେଇଛି । ତୋ ପିତାଙ୍କ ମୁଣ୍ଡକୁ ସେ ହିଁ ବିଗାଡ଼ିଛି । ଯିଏ ନିଜ ପୁଅକୁ ହତ୍ୟା କରେଇପାରେ, ତା କଥାକୁ ବିଶ୍ୱାସ କରୁଛ ! ସେ ପାଗଳ ।" – ଉଷ୍ମା ଗଲାରେ କହିଲା କୃତବର୍ମା ।

ସାତ୍ୟକି ମଥାରେ ସୁରାର ପ୍ରଭାବ ପ୍ରବଲ, ତଥାପି ଉଗ୍ରସେନଙ୍କ ବିରୁଦ୍ଧରେ କଟୂକଥା ସେ ସହି ପାରିଲାନାହିଁ ।

କହିଲା, "ତୁ କୁଲଦ୍ରୋହୀ । ଦୁରାମ୍ନା । ଅଶ୍ୱତ୍ଥାମା ସହ ମିଶି ଦ୍ରୌପଦୀଙ୍କ ପଞ୍ଚପୁତ୍ରଙ୍କୁ ନିଦ୍ରିତ ଅବସ୍ଥାରେ ହତ୍ୟା କରିଛୁ । ଆହୁରି କହିବି ? ଶିଖଣ୍ଡୀକୁ ଭୀଷ୍ମମାରିଲେ ନାହିଁ । କିନ୍ତୁ ତୁ ମାରିଛୁ । ଆହୁରି ମାରିଛୁ ଧୃଷ୍ଟଦ୍ୟୁମ୍ନକୁ । ତତେ କିପରି ଯଦୁବଂଶ ସହ୍ୟକରିଛି ମୁଁ ବୁଝିପାରୁନାହିଁ । ତୁ ବଂଶର କଳଙ୍କ । ବୁଝିଲୁ ?"

ପ୍ରଦ୍ୟୁମ୍ନ ସମର୍ଥନ କଲା ସାତ୍ୟକିର ବାକ୍ୟକୁ । କହିଲା – ସତ୍ୟ । ତୁମେ ବଂଶର କଳଙ୍କ । ମୁଁ ହେଇଥିଲେ, ତୁମକୁ ଦ୍ୱାରାବତୀରୁ ବହିଷ୍କାର କରିଥାନ୍ତି ........

କୃତବର୍ମା ବୁଝିଗଲା, ତାକୁ ଅପମାନିତ କରାଯାଉଛି । ପ୍ରଦ୍ୟୁମ୍ନକୁ କିଛି ଓଲଟାସିଧା କହିବାରେ ବିପଦ ଅଛି ବୋଲି ତାର ସୁରାସକ୍ତ ମସ୍ତିଷ୍କ ତାକୁ ଜଣେଇଲା ।

ତେବେ ସେ ନିଶ୍ଚିତ ହେଲା କି ସାତ୍ୟକି ପ୍ରଦ୍ୟୁମ୍ନକୁ ଉସକାଉଛି ତାକୁ ଅପମାନ ଦେବାକୁ । ସୁତରାଂ ତା'ର କ୍ରୋଧ ସାତ୍ୟକି ଉପରେ କେନ୍ଦ୍ରୀଭୂତ ହେବାକୁ ଲାଗିଲା ।

ସେ ଗୋଟେ ହୋସ୍‌ରେ ଠିଆ ହୋଇପଡ଼ିଲା ।

ଚଢ଼ାଗଲାରେ କହିଲା – ତୁ ସାତ୍ୟକି ! ତୋର ଯୋଦ୍ଧାପଣ ଦେଖୁଛି । ଯୁଦ୍ଧର ନିୟମ ତୋତେ ମଧ ଜଣାନାହିଁ । ରାଜା ଭୁରିଶ୍ରବା ପ୍ରତି ତୁ ଯେଉଁ ବ୍ୟବହାର ଦେଖେଇଲୁ ଇତିହାସ ତାକୁ ଲେଖିରଖିବ । ଗୋଟେ ହାତ ହରେଇଥିବା ରାଜା ଭୁରିଶ୍ରବା ଯୁଦ୍ଧକ୍ଷେତ୍ର ତ୍ୟାଗକରି ଗୋପନରେ ନିକାଞ୍ଚନ ସ୍ଥାନରେ ଧ୍ୟାନରେ ବସିଥିଲା । ତୁ କଲୁ କ'ଣ ! ଧ୍ୟାନରେ ବସିଥିବା ମଣିଷର ମସ୍ତକ ଛେଦନ କଲୁ । ଏହା କ'ଣ ଜଣେ ବୀରର କର୍ତ୍ତବ୍ୟ !

ସୁରା ଏତେ ମାତ୍ରାରେ ତାର ମସ୍ତିଷ୍କକୁ ଚଢ଼ିଯାଇଥିଲା ଯେ ଖଣ୍ଡା ବାହାରକରି ସେ କୁଦିହେଲା । ଆହ୍ବାନ ଜଣେଇଲା ସାତ୍ୟକିକୁ ତା'ସହ ଯୁଦ୍ଧ କରିବାକୁ ।

ପରିସ୍ଥିତି କୁଆଡ଼େ ଗତିକରୁଛି ବୁଝିଗଲା ପ୍ରଦ୍ୟୁମ୍ନ । ସେ କୃତବର୍ମାଙ୍କୁ ବଳ ପ୍ରୟୋଗକରି ଶାନ୍ତହେବାକୁ ଉଦ୍ୟମକଲା । ଏବଂ ପୁନରାୟ ବସେଇଦେଲା ତଳେ । ପରିସ୍ଥିତି ଶାନ୍ତ ପଡ଼ିଯାଇଥାନ୍ତା, କିନ୍ତୁ ସେତିକିବେଳେ ଅନ୍ୟ ଏକ ଘଟନା ଘଟିଲା । ଯାହା ପରିସ୍ଥିତିକୁ ଅଧିକ ଜଟିଳ ଓ ଦୁର୍ବୋଧ୍ୟ କରିଦେଲା । ଦୁର୍ବୋଧ୍ୟ ଓ ଭୟାବହ । ତାହା ଏହିପରି –

ସାତ୍ୟକି ଓ କୃତବର୍ମାଙ୍କ ମଧରେ ଯୁକ୍ତିତର୍କ ଶୁଣୁଥିଲେ ଅନ୍ୟମାନେ ।

ଏବଂ ଉପଭୋଗ କରୁଥିଲେ, ପରିହାସର ହସ ହସି ।

ଏବଂ ପାନପର୍ବରେ ବିରତି ଦେଉନଥିଲେ ।

ଏବଂ ଉତ୍ତେଜନା ବୃଦ୍ଧିପାଇଁ ଟିପ୍ପଣୀ ଦେଉଥିଲେ ।

ଏବଂ ଷଣ୍ଡ ଲଢ଼େଇ ପାଇଁ ଯାହା ଆବଶ୍ୟକ ତାହା ଯୋଗାଉଥିଲେ ।

ସେ ସମୟକୁ ସନ୍ଧ୍ୟା ଅତିକ୍ରାନ୍ତ ।

ଅରଣ୍ୟ ମଧରେ ଅନ୍ଧକାର ଛାଇଗଲାଣି ।

ସୁରା–ମତ୍ତ ତରୁଣମାନେ ସମୟ ସଚେତନ ନାହାଁନ୍ତି ।

ସଚେତନ ନାହାଁନ୍ତି, ତୀର୍ଥରେ ସ୍ନାନ କରିବା ପାଇଁ ଆସିଛନ୍ତି ।

କେହି ଜଣେ ହେଲେ ଉଲ୍ଲେଖ କରୁନଥାନ୍ତି, ସେମାନେ ଫେରିଯିବା ଉଚିତ୍ ।

ବରଂ ଅରଣ୍ୟ ମଧ୍ୟରେ ଅନ୍ଧକାର ସେମାନଙ୍କୁ ସୁହାଉଥାଏ ।

ସେମାନେ ଅଧିକରୁ ଅଧିକ ପାନ କରୁଥାନ୍ତି ।

ଏବଂ ସାତ୍ୟକି ଓ କୃତବର୍ମା ଶାନ୍ତ ହେବାକୁ ପସନ୍ଦ କରୁନଥାନ୍ତି ।

ଠିକ୍ ଏହି ସମୟରେ ......

ଅରଣ୍ୟ ମଧ୍ୟରୁ କେଉଁଠୁ ଏକ ଭୟାନକ ଗର୍ଜନ ଶୁଭିଲା ।

ବାପାଲୋ, କିଏ ସେ !

କୋକୁଆ ! – କେହି ଜଣେ ଉଲ୍ଲେଖକଲା ।

ଅର୍ଥ, କୋକୁଆ ମାଡ଼ିଆସୁଛି ।

କେହି ପଚରୁନଥିଲେ କୋକୁଆ କିଏ ?

କିନ୍ତୁ .... କିନ୍ତୁ .... କୋକୁଆ ଜାଣିନାହିଁ ଆମେ ବୃଷ୍ଣିବଂଶର ତରୁଣ ।

କୋକୁଆ ଉପରେ ଆକ୍ରମଣ ଆବଶ୍ୟକ–କେହି ଜଣେ ଘୋଷଣା କଲା ।

ସଙ୍ଗେ ସଙ୍ଗେ ସମସ୍ତେ ଅସ୍ତ୍ର ଉତ୍ତୋଳନ କରି କ୍ଷେପିଉଠିଲେ ।

ଏବଂ ଅନେକ ଅନ୍ଧକାର ମଧ୍ୟକୁ ଧାଇଁ ଚାଲିଗଲେ ।

ପାଟିଗୋଳରେ କମ୍ପିଉଠିଲା ପରିପାର୍ଶ୍ୱ ।

ସାତ୍ୟକି କ'ଣ ଭାବିଲା, ହଠାତ୍ ଠିଆହୋଇପଡ଼ିଲା ଓ କେହି କିଛି ବୁଝିବା ପୂର୍ବରୁ କୃତବର୍ମାର ମୁଣ୍ଡକୁ ଖଣ୍ଡା ରେଟରେ ଅଲଗା କରିଦେଲା । ପ୍ରଦ୍ୟୁମ୍ନ ଦାରୁଭୂତ ବାସ୍ ସରିଗଲା ! ଯେଉଁମାନେ କୋକୁଆର ଗର୍ଜନ ଅନୁସରଣ ନକରି ବସି ରହିଥିଲେ, ଦୁଇ ଦଳରେ ବିଭକ୍ତ ହୋଇଗଲେ । ଗୋଟିଏ ଦଳ କୃତବର୍ମାର ସମର୍ଥକ ଓ ଅନ୍ୟଟି ସାତ୍ୟକିର ସମର୍ଥକ । ସମୟ ଲାଗିଲା ନାହିଁ, ଆରମ୍ଭ ହୋଇଗଲା ଭୟାନକ କନ୍ଦଳ । ଦୁଇଦଳ ମଧ୍ୟରେ । ଏବଂ କନ୍ଦଳ ରଣରୂପନେଲା । ମାତ୍ର ଅନ୍ଧକାର ଦାଉ ସାଧିଲା । କିଏ କାହାକୁ ହାଣୁଛି ବା କିଏ କାହା ସହ ରଣ କରୁଛି ଜଣାପଡ଼ିଲା ନାହିଁ ।

ଗଣସଂହାରର ଆଦି ପର୍ବରୂପେ ଜୀବନ ଦେଲା କୃତବର୍ମା ।

ସାରାଂଶରେ, ସମଗ୍ର ଅରଣ୍ୟ ରଣକ୍ଷେତ୍ରରେ ପରିଣତ ହେଲା । କାଦମ୍ବରୀ ସଭିଙ୍କର ହିତାହିତ ଜ୍ଞାନ ଲୋପ କରିଦେଇଥିଲା । କିଏ କାହାକୁ କୋକୁଆ ଭାବି

ହତ୍ୟାକଲା ତ ଆଉ କିଏ ସାତ୍ୟକିର ସମର୍ଥକ ଭାବି ହତ୍ୟାକଲା । ଅରଣ୍ୟ ମଧ୍ୟରେ ନାଚି ବୁଲୁଥିଲା 'ନରହତ୍ୟା' ନାମକ ଏକ ପିଶାଚ ।

ଅରଣ୍ୟରେ ଅନ୍ଧକାର କ୍ରମଶଃ ବହଳ ହେଉଥିଲା ।

ଜଣକର ଗର୍ଜନକୁ ଅନ୍ୟଜଣେ କୋକୁଆର ଗର୍ଜନ ଭାବୁଥିଲା ।

ଏବଂ ଜଣେ ନିଜର ଗର୍ଜନକୁ ଅନ୍ୟର ଗର୍ଜନ ଭାବୁଥିଲା ।

ଏବଂ ପ୍ରଦ୍ୟୁମ୍ନ ତଫାତ୍‌ରେ ଠିଆହୋଇ ଅବସ୍ଥା ବୁଝିବାକୁ ଚେଷ୍ଟା କରୁଥିଲା ।

କିନ୍ତୁ ବୁଝିପାରୁନଥିଲା ।

କାହିଁକି ଅରଣ୍ୟ ମଧ୍ୟକୁ ଆସିଲା, ସେ ପଣ୍ଢାଉଢାପ କରୁଥିଲା ।

ତୀର୍ଥକୁ ଫେରିଯିବାକୁ ଚାହୁଁଥିଲା, କିନ୍ତୁ ଯାଇପାରୁନଥିଲା ।

ଏବେ କୃତବର୍ମା କାହାର ମନେନାହିଁ କି ମନେନାହିଁ ସାତ୍ୟକି । ଯାହା ମନେଅଛି, ତାହା କୋକୁଆ । ବାପ ଚିହ୍ନିପାରିଲା ନାହିଁ ପୁଅକୁ । ପୁଅ ଚିହ୍ନିପାରିଲା ନାହିଁ ସାଙ୍ଗକୁ । ଭାଇ ଚିହ୍ନିପାରିଲା ନାହିଁ ଭାଇକୁ ........ ।

କାଦମ୍ବରୀ, ଅନ୍ଧକାର ଓ କୋକୁଆ ।

ସଭିଙ୍କ ପାଇଁ ସତ୍ୟ, ଜୀବନ ମିଥ୍ୟା ।

"କୋକୁଆ ନିପାତ ହେଲାଣି ।" – ଅନ୍ଧକାର ଭିତରୁ କେଉଁଠୁ ଉଚ୍ଚସ୍ୱରରେ କହିଲା ପ୍ରଦ୍ୟୁମ୍ନ ।

ସେଇ ଅନ୍ଧକାର ମଧ୍ୟରୁ କିଏ ଉତ୍ତରଦେଲା – ନା ।

ଯାହାର ଜୀବନ ଯାଉଛି ସେ ଜାଣୋନାହିଁ କାହିଁକି ମଲା ।

ଯେ ହତ୍ୟାକରୁଛି ସେ ଜାଣୋନାହିଁ କାହିଁକି ହତ୍ୟାକରୁଛି ।

ଅରଣ୍ୟ ଭିତରେ ମୃତ୍ୟୁର ତାଣ୍ଡବ ଚାଲିଛି ।

କ୍ରମଶଃ ମଣିଷ ଆଗେଇ ଯାଉଛନ୍ତି ଏରକାବନ ଆଡ଼େ ।

କୋକୁଆର ଗର୍ଜନ ଶୁଭୁଛି ସେହି ଦିଗରୁ ।

ଅର୍ଥ, ସଂଘର୍ଷ କ୍ଷେତ୍ର ସ୍ଥାନାନ୍ତରିତ ହେଲା ଏରକାବନକୁ ।

ମୂଳ ମହାଭାରତରେ 'କୋକୁଆ' ପ୍ରସଙ୍ଗ ନାହିଁ । ସାରଲା ଦାସ ମହାଭାରତରେ ଓ ହରିବଂଶରେ 'କୋକୁଆ' କଥା ଉଲ୍ଲେଖ ଅଛି । 'କୋକୁଆ' ଏକ କାଳ୍ପନିକ ଚରିତ୍ର – ଅତ୍ୟନ୍ତ ଭୟାକୁଳ ଅବସ୍ଥାକୁ କୋକୁଆ ଭୟ କୁହାଯାଏ । ପ୍ରତ୍ୟେକ ଓଡ଼ିଆ କୋକୁଆ ଶବ୍ଦ ସହ ପରିଚିତ । ସମ୍ଭବତଃ, ସେହି ରାତିର ଭୟାବହତାକୁ ଦର୍ଶାଇବାକୁ 'କୋକୁଆ' ପରି ଶବ୍ଦ ସୃଷ୍ଟିକରିଛନ୍ତି ଶୁଦ୍ରମୁନି ସାରଲାଦାସ । ଯାହା ମନେହୁଏ ହରିବଂଶର ରଚୟିତା ନାରାୟଣ ଦାସ, ସାରଲାଦାସ ମହାଭାରତରୁ 'କୋକୁଆ'କୁ ଗ୍ରହଣ କରିଛନ୍ତି ।

ପ୍ରଭାସତୀର୍ଥର ବାଲୁକାଶଯ୍ୟାରେ ବୟୋଜ୍ୟେଷ୍ଠମାନେ ସ୍ନାନ ଓ ଦାନ ଅନ୍ତେ ବିଶ୍ରାମ କରୁଥିଲେ । ବଲରାମ ଓ ଶ୍ରୀକୃଷ୍ଣ ଖୁବ୍ ଆଶ୍ୱସ୍ତ ମନେହେଉଥିଲେ ।

କିଏ ଜଣେ ଉଲ୍ଲେଖକଲା – ଅରଣ୍ୟ ଦିଗରୁ ଗୋଲ ଶୁଭୁଛି ।

ସେତିକିବେଲେ ଜଣାଗଲା ତରୁଣମାନେ ନାହାଁନ୍ତି ।

"ଦେଖିଲ !" – କହିଲେ ଶ୍ରୀକୃଷ୍ଣ ।

ତତ୍‌କ୍ଷଣାତ୍‌, ବହୁଲାଂଶ ବାଲୁକାଶଯ୍ୟା ଛାଡ଼ିଲେ ଓ ଅରଣ୍ୟ ମଧ୍ୟକୁ ପ୍ରବେଶକଲେ । ସେମାନଙ୍କର ବାହୁଡ଼ିବା ବିଲମ୍ୟ ହେବାରୁ ଅବଶିଷ୍ଟ ସେମାନଙ୍କ ପଥ ଅନୁସରଣକଲେ । ହେଲେ ଅରଣ୍ୟ ମଧ୍ୟରୁ ଜଣେ ହେଲେ କେହି ଫେରିଲେ ନାହିଁ ।

ରାତି ଗାଢ଼ହେଲା ଓ ଅରଣ୍ୟ ଦିଗରୁ ରଣହୁଙ୍କାର ସ୍ୱସ୍ୱରୁ ସ୍ୱସ୍ୱତର ହେଲା ।

ଅରଣ୍ୟ ମଧ୍ୟରୁ କେହି ଫେରୁନଥିଲେ ।

"ଯିବା ?" – କହିଲେ ବଲରାମ ।

ସେ ବିକଳ ଦିଶୁଥିଲେ ।

"ନିଶ୍ଚୟ କନ୍ଦଲ ଲାଗିଛି । ହେଲେ ରାତିର ଅନ୍ଧାରରେ ଆମେ କାହାକୁ କେଉଁଠି ଖୋଜିବା ।" – ଅତି ହାଲ୍‌କା ଭାବେ କହିଲେ ଶ୍ରୀକୃଷ୍ଣ ।

ପ୍ରଭାସତୀର୍ଥରେ ରାତିପାହିଲା ।

ସୂର୍ଯ୍ୟ ଦିଶୁଥିଲା କାଉଁଦା ।

ନିୟତି ହସୁଥିଲା ସତେବା ତାସ୍ଲ୍ୟର ହସ ।

(ଷୋହଳ)

ପ୍ରଭାତହେବା ମାତ୍ରେ ବଳରାମ ଓ ଶ୍ରୀକୃଷ୍ଣ ତୀର୍ଥ ଛାଡ଼ିଲେ । ପ୍ରବେଶକଲେ ଅରଣ୍ୟରେ । ଖୋଜିବେ ଓ ଦେଖିବେ ଆପଣାର ବଂଶଜଙ୍କୁ ।

ହୁଙ୍କାର ଗର୍ଜନ ଯଥାରୀତି ଶୁଭୁଥିଲା ଅରଣ୍ୟର ଅଭ୍ୟନ୍ତରରୁ । ଶୀଘ୍ର ଅନିଶାକରି ସେମାନେ ଆଗୁସାର ହେଲେ ।

ପ୍ରଥମେ ଦେଖିଲେ କୃତବର୍ମ୍ମାର ମସ୍ତକ ବିହୀନ ମୃତଦେହ ।

ତା'ପରେ ସାତ୍ୟକିର ଶବ ।

ପରେ ଶାମ୍ବ ଭାନୁ ଚିତ୍ରଭାନୁ ପୁଷ୍କର ......

ଶେଷୋକ୍ତମାନେ ସମସ୍ତେ ଶ୍ରୀକୃଷ୍ଣଙ୍କ ପୁତ୍ର ।

ଆହୁରି କେତେ ଶବ ଗଡ଼ଗଡ଼ ହଉଥିଲା ଭୁଇଁରେ ।

ଭାଡ଼ିଭାଡ଼ି ପଡ଼ୁଥିଲେ ବଳରାମ ଓ ଶ୍ରୀକୃଷ୍ଣ ।

କ'ଣ ଘଟିଲା! ସେମାନେ ବୁଝି ପାରୁନଥିଲେ ।

ଏବଂ ଭିତରକୁ ଭିତରକୁ ପ୍ରବେଶ କରୁଥିଲେ ।

ଜଣେ ହେଲେ ଜୀବିତ ମଣିଷକୁ ଦେଖୁନଥିଲେ ।

ଅନ୍ୟପକ୍ଷରେ ଶୁଣୁଥିଲେ କେଉଁଠୁ ଭୟଙ୍କର କନ୍ଦଳର ଶବ୍ଦ ।

"ଏମାନଙ୍କୁ କିଏ ହତ୍ୟାକଲା?" – ପଚରିଲେ ବଳରାମ ।

"ମୋତେ କି ଜଣା!" – କହିଲେ ଶ୍ରୀକୃଷ୍ଣ ।

"କ'ଣ କହିବା ସେମାନଙ୍କ ମାଆ ଓ ପତ୍ନୀଙ୍କୁ । କଳଙ୍କ ଆମରି ମଥାରେ ଲାଗିଲା ।" – କହିଲେ ବଳରାମ ।

ଶ୍ରୀକୃଷ୍ଣ ନୀରବ । ସେ କିଛି ଭାବିଲା ପରି ମନେ ହେଉଥିଲେ ।

: ଅବଶିଷ୍ଟଙ୍କୁ ବଞ୍ଚେଇବା ।

: ହଁ ଚାଲନ୍ତୁ ।

ବଳରାମ ଓ ଶ୍ରୀକୃଷ୍ଣ ଅରଣ୍ୟ ମଧ୍ୟକୁ ପଶିପଶି ଯାଉଥିଲେ ।

କ୍ରମେ ଏରକାବନ ମଧ୍ୟକୁ ସେମାନେ ପ୍ରବେଶକଲେ ।

ଖୁବ୍‌ଶୀଘ୍ର ଜଣାଗଲା, ନିକଟରେ କେଉଁଠି ଗୋଳମୁଭୁଛି ।

ଦ୍ରୁତପଦରେ ସେମାନେ ଆଗେଇଲେ ।

ହଁ, ସମଗ୍ର ଏରକାବନ ରଣକ୍ଷେତ୍ର ପାଲଟିଛି । ମୁଣ୍ଡ ପରେ ମୁଣ୍ଡ ଗଡୁଛି । ରଣ ବନ୍ଦ ହବାର ନାହିଁ । କିଏ କାହା ସହ ରଣ କରୁଛି ବୁଝି ହେଉନାହିଁ । ଯେବେ ଦୁଇଦଳ ପରସ୍ପର ମଧ୍ୟରେ ରଣ କରୁଥାନ୍ତେ ତେବେ ସମସ୍ୟା ନଥିଲା । ମଝିରେ ପଶି ସେମାନଙ୍କୁ ରୋକି ହୁଅନ୍ତା । କିନ୍ତୁ ଇଏ କ'ଣ! କାହାକୁ କହିବେ! କିଏ ଶୁଣିବ ?

ଆଶା କରାଯାଉଥିଲା, ସେମାନଙ୍କୁ ଦେଖି କେତେକ ଧାଇଁ ଆସିବେ । କହିବେ – ଦେଖ ପିତା, ଅମୁକ ମତେ ହତ୍ୟା କରିବା ପାଇଁ ଧାଇଁଛି । ମତେ ରକ୍ଷାକର !

ନା, ସେପରି ଘଟିଲା ନାହିଁ ।

ସେ ଦୁହିଁଙ୍କୁ ଦେଖି ମଧ୍ୟ ଦେଖୁନଥିଲେ ସେମାନେ ।

ସତେବା ଦୁଇ ପିତାଙ୍କ ଉପସ୍ଥିତି ମୂଲ୍ୟହୀନ ।

କାହାକୁ ବୁଝେଇବେ ଠିକ୍‌ କରିପାରୁନଥିଲେ ସେମାନେ ।

ଜଣେ ଜଣେ ଟଳି ପଡୁଥିଲେ ଆଖ୍ଖି ଆଗରେ ।

ନିଜ ଆଖ୍ଖି ଆଗରେ କ'ଣ ବଂଶ ନାଶଯିବ! ସହ୍ୟ କରିପାରିଲେ ନାହିଁ ଶ୍ରୀକୃଷ୍ଣ । ସହସା ନିଷ୍ଫଉ ନେଲେ । ଆପଣା ମଧ୍ୟରେ ରଣକରୁଥିବା ବଂଶଜଙ୍କ ମଧ୍ୟକୁ ଧାଇଁଗଲେ । ମାତ୍ର ..... ମାତ୍ର ଶ୍ରୀକୃଷ୍ଣଙ୍କ ପାଇଁ ବିପଦ ଅପେକ୍ଷା କରିଥିଲା । ଆହା୍ !

"କାହିଁକି ରଣକରୁଛ ଆପଣା ମଧ୍ୟରେ ? ଅସ୍ତ୍ର ତ୍ୟାଗକର ।" – ଶ୍ରୀକୃଷ୍ଣ ମନେକଲେ ତାଙ୍କ ନିର୍ଦ୍ଦେଶ ସହସା ପାଳିତ ହେବ ।

ଅଳ୍ପ ଦୂରତାରେ ବଳରାମ ଠିଆ ହୋଇଥାନ୍ତି । ଦେଖୁଥାନ୍ତି ଉନ୍ମତ୍ତ ବଂଶଜମାନଙ୍କର ପିଶାଚ ପରି ଆଚରଣ ।

ଏବଂ ଜୀବନ କ୍ଷୟ ।

ଏବଂ ବଂଶ ବିନାଶ ।

ହଠାତ୍ । ବଳରାମ ଯାହା ଭାବିନଥିଲେ ତାହା ହିଁ ଘଟିଲା ।

ଶ୍ରୀକୃଷ୍ଣଙ୍କ ଉପରକୁ କୁଦିପଡ଼ିଲେ ସେମାନେ ।

କୋକୁଆ ମନେକରି କିମ୍ବା ଆଉ କ'ଣ ଭାବି ଆକ୍ରମଣ ଆରମ୍ଭ କରିଦେଲେ ।

ବଳରାମ ସହିପାରିଲେ ନାହିଁ ।

ସେ ଶ୍ରୀକୃଷ୍ଣଙ୍କ ସହ ଯୋଗଦେଲେ ।

ଉଦ୍ଦେଶ୍ୟ, ପାଷାଣ୍ଡମାନଙ୍କ ଆକ୍ରମଣରୁ ରକ୍ଷାକରିବେ ସାନଭାଇକୁ ।

ଫଳତଃ, ଦୁଇଭାଇଙ୍କୁ ଅସ୍ତ୍ର ଧରିବାକୁ ହେଲା ।

ହେଲେ –

ଚକ୍ରୀର ଚକ୍ର ଆଜି ଅସହାୟ ।

ଅସହାୟ ବଳରାମଙ୍କ ମୂଷଳ ।

କେବଳ ଆତ୍ମରକ୍ଷାକଲେ ଦୁଇଭାଇ ।

ଆସିଥିଲେ ପ୍ରଭାସତୀର୍ଥରେ ସ୍ନାନପୂର୍ବକ ରିଷ୍ଖଣ୍ଡନ କରିବେ । କିନ୍ତୁ ବିପରୀତ ହିଁ ଘଟୁଥିଲା । ମନେହେଉଥିଲା ବଂଶର ସମୂଳ ବିନାଶ ଘଟିବ । ସତରେ ହେବ ?

ହଁ, ରଣ ହଠାତ୍ ବନ୍ଦ ହୋଇଗଲା ।

ଶ୍ରୀକୃଷ୍ଣ ଚତୁର୍ପାର୍ଶ୍ୱକୁ ଚେୟାଁଲେ ।

କେହି କେଉଁଠି ନଥିଲେ ।

ତାଙ୍କବଂଶର ସଂପୂର୍ଣ୍ଣ ବିନାଶ ଘଟିଥିଲା । ଯାଃ ସରିଗଲା !

ଶ୍ରୀକୃଷ୍ଣଙ୍କର ଦୃଷ୍ଟି ଖୋଜିବୁଲିଲା ଜ୍ୟେଷ୍ଠଭ୍ରାତା ବଳରାମଙ୍କୁ । ସେ କେଉଁଠି ନଥିଲେ । ହୃଦୟ ଶତଧା ବିଦୀର୍ଣ୍ଣ ହୋଇଯାଉଥିଲା ତାଙ୍କର । ଜ୍ୟେଷ୍ଠଭ୍ରାତାଙ୍କୁ ଦେଖନ୍ତେ କି କାନ୍ଦନ୍ତେ ତାଙ୍କ କୋଳରେ ମଥାରଖି । ବର୍ତ୍ତମାନ କାନ୍ଦିବା ବ୍ୟତୀତ ସେ କରନ୍ତେ କ'ଣ ! କିନ୍ତୁ ବଳରାମ କେଉଁଠି ଦିଶୁନଥିଲେ ।

ପାଦ ଘୋଷାରି ଘୋଷାରି ଚଲି ଚଲି ବାହାରି ଆସିଲେ ଶ୍ରୀକୃଷ୍ଣ । ସେ କ'ଣ ଭାବୁଥିଲେ ତାଙ୍କୁ ଜଣା ।

ନିତ୍ୟାନନ୍ଦ ପଣ୍ଡା ❖ ୧୬୩

ଇତ୍ୟବସରେ ମଧାହ୍ନ ଗତହେଲାଣି ।

ହଠାତ୍ –

ସେ ଦେଖିଲେ, ସମ୍ମୁଖରେ କିଏ ଜଣେ ଆସୁଛି ।

ସେ ଚିହ୍ନିଦେଲେ ।

ଏବଂ ଆଷ୍ଚର୍ଯ୍ୟ ହେଲେ ।

ଇଏ କିପରି ଜୀବନରକ୍ଷା କରିପାରିଲା ।

କଥା ହେଲା, ତାଙ୍କର ଜ୍ୟେଷ୍ଠପୁତ୍ର ପ୍ରଦ୍ୟୁମ୍ନ କାଦମ୍ୱରୀ ପାନକରିଥିଲେ ମଧ୍ୟ ବଂଶଧ୍ୱଂସକାରୀ ରଣଠୁ ନିଜକୁ ଦୂରେଇ ରଖିଥିଲା । ସେ ଗୋପନ ସ୍ଥାନରେ ଠିଆହୋଇ କେବଳ ଦେଖିଥିଲା ପରିଜନମାନଙ୍କ ବିନାଶ । କିଛି କରିପାରୁନଥିଲା ।

ପିତାଙ୍କୁ ଦେଖି ସେ ଝଲିଆସୁଥିଲା ତାଙ୍କ ପାଖକୁ ।

ରଖିବ ମହାଦୁର୍ଘଟନାର ସମ୍ପୂର୍ଣ୍ଣ ବିବରଣୀ ।

ଏବଂ ନିଜକୁ ନିରପରାଧ ଦର୍ଶେଇବ ।

କିନ୍ତୁ ପିତାଙ୍କ ପାଖରେ ପହଞ୍ଚ ପାରିଲାନାହିଁ ।

ଶ୍ରୀକୃଷ୍ଣ ଭାବୁଥିଲେ –

ଇଏ ବର୍ତ୍ତିଯାଇଛି ତେବେ !

କେମିତି !

ଇୟେ ଏକୁଟିଆ ବର୍ତ୍ତିଗଲେ କାହାର କି ଲାଭହେବ !

ଜଗତକୁ କି ବାର୍ତ୍ତା ଯିବ !

ଜଗତ କହିବ, ତତେ ବଞ୍ଚେଇ ଅନ୍ୟମାନଙ୍କୁ ନିଧନକଲି ।

କାହିଁକିନା ତୁ ମୋର ଜ୍ୟେଷ୍ଠପୁତ୍ର ।

ଏବଂ ମୋର ସମ୍ପୂର୍ଣ୍ଣ ଗୁଣନେଇ ଜନ୍ମହେଇଛୁ ।

ନାରେ, ସେ ସୌଭାଗ୍ୟ ତତେ ମିଳିବ ନାହିଁ ।

ଜଗତ କହେ ମୁଁ କପଟୀ ।

କହେ ମୁଁ ଛଲପ୍ରିୟ ।

ବସ୍ତୁତଃ, ମୁଁ କପଟୀ ନୁହଁ କି ଛଳପ୍ରିୟ ନୁହଁ ।

ମୋର କ୍ରିୟାକୁ ନବୁଝି ମିଥ୍ୟାରୋପ କରାଯାଏ ।

ନାରେ ପ୍ରଦ୍ୟୁମ୍ନ, ତୋତେ ଯିବାକୁ ହେବ !

ନିହତ ହେଲେ ମଧ ଶୋଚନା ନାହିଁ ।

ଏଥ ପୂର୍ବେ ଆୟୁଧ ଚକ୍ରକୁ ସେ ନିର୍ଦ୍ଧେଶ ଦେଉଥିଲେ, ଠିକଣା ସ୍ଥାନରେ ଠିକଣା ମଣିଷକୁ ଆଘାତ କରି ଫେରି ଆସିବାକୁ । ବର୍ତ୍ତମାନ ସେହି ଚକ୍ରାୟୁଧ ତାଙ୍କ ମୁଖର ଭାଷାକୁ ଅପେକ୍ଷା କଲା ନାହିଁ । ତାଙ୍କର ହୃଦୟର ଭାଷାକୁ ବୁଝିପାରିଲା । ଏବଂ ନିମିଷକେ ତାଙ୍କ ହାତରୁ ଖସିଗଲା ଓ ଠିକଣା ସ୍ଥଳକୁ ଆଘାତକଲା ।

ପ୍ରଦ୍ୟୁମ୍ନର ମସ୍ତକ ପୃଥକ୍ ହେଇଯାଇଛି ଶରୀରରୁ ।

କିନ୍ତୁ ..... କିନ୍ତୁ ଚକ୍ରାୟୁଧ କାହିଁ ?

ହଁ, ଚକ୍ରାୟୁଧ ଫେରିଲା ନାହିଁ ।

ବିଜୁଳି ପରି ଆଲୋକ ରେଖାଟିଏ ହୋଇ ହଜିଗଲା ଅନ୍ତରୀକ୍ଷରେ ।

ତାଙ୍କର ସ୍ବତନ୍ତ୍ର ପରିଚୟ ଚକ୍ରୀନାମ ଲୋପ ପାଇଲା ।

ବଂଶର ଶେଷ ସନ୍ତକ ନିର୍ବାପିତ ।

ତଥାପି ଅବିଚଳିତ ଶ୍ରୀକୃଷ୍ଣ ।

ସତେକି, ନିୟତିର କାର୍ଯ୍ୟଧାରା ନେଇ ସେ ସନ୍ତୁଷ୍ଟ ।

ନିୟତି, ତୁମକୁ ପ୍ରଣାମ ।

ବର୍ତ୍ତମାନ ତାଙ୍କର ଏକମାତ୍ର ଚିନ୍ତା ଜ୍ୟେଷ୍ଠଭ୍ରାତାଙ୍କୁ ଖୋଜିବା । ସେ କେତେବେଲେ କେଉଁ ଆଡ଼େ ଗଲେ ଜାଣିପାରିଲେ ନାହିଁ । ଧ୍ୱଂସମୁଖୀ ବଂଶଜଙ୍କ ଆକ୍ରମଣରୁ ତାଙ୍କୁ ରକ୍ଷା କରିବାକୁ ସେ ମୂଷଳ ଧାରଣ କରିଥିଲେ । ଆହା୍ !

କେଉଁ ଆଡ଼େ ଗଲ ଭାଇ !

ଶ୍ରୀକୃଷ୍ଣଙ୍କର ଅନ୍ତର ବିଲପି ଉଠିଲା ।

ପାଗଳପ୍ରାୟ ସେ ଘୂରି ବୁଲିଲେ ଶ୍ମଶାନରେ ।

ହଁ, ସମଗ୍ର ଏରକାବନ ବର୍ତ୍ତମାନ ମହାଶ୍ମଶାନ ।

ଦୁଇଦିନ ତଲପର୍ଯ୍ୟନ୍ତ –

ନିତ୍ୟାନନ୍ଦ ପଣ୍ଡା ❖ ୧୬୫

ଜଗତ ତାଙ୍କୁ ଦେଇଥିଲା ମହାନାୟକର ଆସନ ।

ସେହି ମହାନାୟକ ବର୍ତ୍ତମାନ ପାଗଳପ୍ରାୟ ଖୋଜୁଛନ୍ତି ବଡ଼ଭାଇଙ୍କୁ ।

ବଂଶଜଙ୍କ ଶବ ଉପରେ ପାଦରଖି ସେ ଘୂରି ବୁଲୁଛନ୍ତି ।

ମତେ ଛାଡ଼ି କେଉଁଆଡ଼େ ଗଲ ଭାଇ !

ଥରେ, ମାତ୍ର ଥରେ ଦେଖାଦିଅ ।

ଭାଇ, ତୁମ ରଣ ପରିଶୋଧ କରିପାରିଲି ନାହିଁ ।

ଏ ଜନ୍ମରେ ସମ୍ଭବ ହେବନାହିଁ ?

ପାଦଧୂଳି ନେବାକୁ ମୋତେ ସୁଯୋଗ ଦିଅ ।

ଅନ୍ତର ମଧ୍ୟରେ ଦହଳ ବିକଳ ହେଉଥିଲେ ଶ୍ରୀକୃଷ୍ଣ ।

ଏବଂ ଖୋଜୁଥିଲେ ।

ଈଶ୍ୱର ମାନବୀ ଗର୍ଭରୁ ଜନ୍ମଗ୍ରହଣ କଲେ ସବୁ ମାନବୀୟ ଗୁଣକୁ ବହନ କରିଥାନ୍ତି । ମା'କୋଳକୁ ଝୁରିହୁଅନ୍ତି । ପିତା ଓ ବଡ଼ଭାଇଙ୍କ ସ୍ନେହକୁ ଗଲାମାଲି କରିଥାନ୍ତି । ପିତାମାତା ଓ ବଡ଼ଭାଇଙ୍କ ସେହ୍ନ ଶ୍ରଦ୍ଧା। ତାଙ୍କର ଈଶ୍ୱରୀୟ ଗୁଣକୁ ଢାଙ୍କିପକାଏ । ସେ ବନ୍ଧା ପଡ଼ିଯାଆନ୍ତି ସ୍ନେହ ଓ ପ୍ରେମ ନିକଟରେ । ଏହା ଜାଗତିକ ମାୟା ! ଈଶ୍ୱର ମଧ୍ୟ ମାୟାର ଅଧୀନ ।

କେଉଁଠି ଅଛ ଭାଇ !

ଡାକ ଛାଡ଼ୁଥାନ୍ତି ଶ୍ରୀକୃଷ୍ଣ ।

ଏବଂ ଖୋଜୁଥାନ୍ତି ।

ହଠାତ୍ ।

ହଠାତ୍ ଦେଖିପକେଇଲେ ବଳରାମଙ୍କୁ ଦୂରରୁ । ସେ ଆଖିବୁଜି ବସିଥିଲେ ଗୋଟିଏ ଗଛମୂଳେ । ପ୍ରାଣ ପଶିଗଲା। ଶ୍ରୀକୃଷ୍ଣଙ୍କର ।

କିନ୍ତୁ ଇଏ କ'ଣ !

ଭାଇଙ୍କ ଝରିପଟେ ବେଢ଼ି ରହିଛି ଏକ ଦୀର୍ଘ ଧବଳସର୍ପ !

ତାଙ୍କ ଦେଖିବା ଭିତରେ ଧବଳ ସର୍ପଟି ବଳରାମଙ୍କ ପାଖ ଛାଡ଼ିଲା ।

ଏବଂ କ୍ରମଶଃ ଗତିକଲା ସମୁଦ୍ର ଦିଗରେ ।

ଶ୍ରୀକୃଷ୍ଣ ବିମୂଢ଼ !

ଅରୁଣକ୍ ଏକ ଝଟକାରେ ମୁକୁଳିଗଲା। ତାଙ୍କର ମାୟାକବଳିତ ସ୍ମୃତି । ତାଙ୍କର ବିସ୍ମରଣ ଘଟିଥିଲା ।

ବୁଝିଲେ, ଭାଇ ବଳରାମ ଧାନରେ ବସି କାୟାସମରଣ କରିଛନ୍ତି ।

●

ଆମର ପୁରାଣ ଶାସ୍ତ୍ରରେ ବଳରାମ ଏକ ଶକ୍ତିଶାଳୀ ଚରିତ୍ର । ତାଙ୍କର ନାମ ଭିନ୍ନ ଭିନ୍ନ ପୁରାଣରେ ଭିନ୍ନଭିନ୍ନ । ବଳରାମ, ବଳଭଦ୍ର, ବଳଦେବ । ହଳାୟୁଧ ବହନ କରୁଥିବାରୁ ନାମ ହଳଧର । ଆମର କୃଷିପ୍ରଧାନ ସଭ୍ୟତାର ସେ ପ୍ରତୀକ ।

ଭାଗବତ ଅନୁସାରେ ତାଙ୍କର ନାମ ରାମ । ଅପରିସୀମ 'ବଳ'ର ଅଧିକାରୀ ହୋଇଥିବାରୁ ନାମ ବଳରାମ । ଗର୍ଗମୁନି ଗୋକୁଳରେ ଏପରି ନାମକରଣ କରିଥିଲେ ।

ସମସ୍ତଙ୍କୁ ପ୍ରାୟ ଜଣା ଯେ ବଳରାମଙ୍କର ମାତା ରୋହିଣୀ – ବସୁଦେବଙ୍କର ଅନ୍ୟତମ ପତ୍ନୀ । କିନ୍ତୁ ପ୍ରକୃତକଥା ହେଲା, ଦେବକୀଙ୍କ ଗର୍ଭରେ ପ୍ରଥମେ ଭ୍ରୁଣ ସଞ୍ଚାର ହୋଇଥିଲା, ମାତ୍ର କଂସର ଭୟରେ ସେହି ଭ୍ରୁଣକୁ ରୋହିଣୀଙ୍କ ଗର୍ଭରେ ପ୍ରତିରୋପଣ ( ? ) କରାଯାଇଥିଲା । ଅର୍ଥ, ଆଧୁନିକ ଚିକିତ୍ସାବିଜ୍ଞାନ ଭଳି ଜ୍ଞାନ ସେ ସମୟରେ ମନୁଷ୍ୟକୁ ଜଣାଥିଲା ।

ସେ ଯାହାହେଉ, ଶେଷନାଗ ବା ଅନନ୍ତନାଗଙ୍କର ଅବତାର ହେଉଛନ୍ତି ବଳରାମ । ସ୍ୱୟଂ ବିଷ୍ଣୁଙ୍କୁ ଶ୍ରୀକୃଷ୍ଣ ରୂପେ ଧରାବତରଣ କରିବାକୁ ପଡ଼ିବାରୁ, ଶେଷନାଗ ତାଙ୍କର ଜ୍ୟେଷ୍ଠଭ୍ରାତା ଭାବେ ଧରାପୃଷ୍ଠକୁ ଆସିଥିଲେ । ତ୍ରେତୟା ଯୁଗରେ ଲକ୍ଷ୍ମଣ, ଦ୍ୱାପରରେ ବଳରାମ ରୂପେ ଜନ୍ମିଥିବାର ମଧ୍ୟ କେତେକ ଧର୍ମଶାସ୍ତ୍ରରୁ ସୂଚନା ମିଳେ । ତେବେ ଲକ୍ଷ୍ମଣକୁ ମଧ୍ୟ ଶେଷନାଗ ବୋଲି କୁହାଯାଏ ।

ଜ୍ୟେଷ୍ଠ ହୋଇଥିବାରୁ ସମଗ୍ର ଯଦୁବଂଶର ମୁଖ୍ୟ ଭାବେ ବଲରାମଙ୍କୁ ଗ୍ରହଣ କରାଯାଏ । ଏରକାବନରେ ନିଜ ବଂଶର ବିନାଶ ଆଖିରେ ଦେଖି ସେ ସହିପାରିନଥିଲେ । ଫଳତଃ, ପୂର୍ବଜନ୍ମର ସ୍ମୃତି ତାଙ୍କର ସ୍ମରଣକୁ ଆସିଲା । ଭାଗବତ ଅନୁସାରେ, ସେ ସମାଧିସ୍ଥ ହୋଇ ଦେହତ୍ୟାଗ କରିଥିଲେ । ଧ୍ୟାନାବସ୍ଥାରେ, ଏକ ଧବଳସର୍ପ ତାଙ୍କ ମୁହଁରୁ ବାହାରି ପାତାଳ ଗମନ କରିଥିଲା । ଲୋକକଥା ଅନୁସାରେ, ବର୍ତ୍ତମାନର ଗୁଜରାଟ ପ୍ରଦେଶର ସୋମନାଥ ମନ୍ଦିର ନିକଟସ୍ଥ ଏକ ଗୁମ୍ଫା ମଧ୍ୟକୁ ଧବଳସର୍ପ ବା ଶେଷନାଗ ପ୍ରବେଶକରି ଅଦୃଶ୍ୟ ହୋଇଯାଇଥିଲେ । ଅର୍ଥ, ପାତାଳ ଗମନ କରିଥିଲେ ।

ମାତ୍ର ଉଲ୍ଲେଖନୀୟ ବିଷୟ ହେଲା, ଦୁଇଭାଇ ବଲରାମ ଓ ଶ୍ରୀକୃଷ୍ଣଙ୍କର ସମ୍ପର୍କ । ବଡ଼ଭାଇ ଭାବେ ବଲରାମଙ୍କୁ ଯେପରି ସମ୍ମାନ ଓ ଭକ୍ତି ପ୍ରଦର୍ଶନ କରିଛନ୍ତି ଶ୍ରୀକୃଷ୍ଣ, ତାହା ଜଗତରେ ବିରଳ । ଏହା ଆମକୁ ଯୌଥ ପରିବାର ଓ ଭାତୃପ୍ରେମ ସଂବନ୍ଧରେ ଶିକ୍ଷାଦିଏ ।

●

ସେ ଠିକ୍ କରିନେଲେ ଆପଣାର କର୍ତ୍ତବ୍ୟ । ଆଖିରେ ଦେଖିଥିଲେ ବଂଶଜମାନଙ୍କର ବିନାଶ । ଏବେ ଦେଖିଲେ ବଡ଼ଭାଇଙ୍କର ଇହଲୋକରୁ ପ୍ରତ୍ୟାବର୍ତ୍ତନ । ସେ ଦୀର୍ଘଶ୍ୱାସ ଛାଡ଼ିଲେ । ଏବଂ ଚାଲିଗଲେ ଶିଆଳିଲତା ବେଷ୍ଟିତ ଅଶ୍ୱତ୍ଥ ବୃକ୍ଷମୂଳକୁ । ବିଶ୍ରାମ ନେବେ । ସେ ବିଶ୍ରାମ ଚିର ବିଶ୍ରାମ ହେବ ।

ସନ୍ଧ୍ୟା ହେବାକୁ ଆହୁରି ଚାରିଘଡ଼ି ବାକିଅଛି ।

### (ସତର)

ଏରକାବନରେ କୋକୁଆ ମାଡିଛି । ଗୋଟା ଗୋଟା ମଣିଷ ଗିଳୁଛି । ହତ୍ୟାକରୁଛି ଅନେକ । ଦ୍ୱାରାବତୀରୁ ମଣିଷ ଆସିଥିଲେ । ତୀର୍ଥ-ସ୍ନାନ ପାଇଁ । ବହୁ ଅନୁସନ୍ଧାନ ହେଲାଣି । ଯେଉଁ ମିଳୁନି କୋକୁଆର । ଛପିଯାଉଛି । ଆରେ ବାପ, କି ଭୟଙ୍କର ଜୀବ !

ଏହି ମର୍ମରେ ଶବରପଲ୍ଲୀରେ ନୂଆ ସମ୍ବାଦଟି ପ୍ରସରିଗଲା ।

ଯଥାସମୟରେ ସମ୍ବାଦଟି ଜାରାଶବର କାନରେ ପଡ଼ିଲା ।

ସେ ଉଲ୍ଲସିତ ଅନୁଭବକଲା ।

ନୂଆ ତୀରଟିର ସଦୁପଯୋଗ ହେବ ।

ଯିବ ଯିବ ଯାଇପାରିନଥିଲା ଏରକାବନ ।

ଆଜି ଯିବ ଏବଂ କୋକୁଆକୁ ହତ୍ୟାକରିବ ।

ନୂଆ ତୀରଟିରେ ସେ ବିଷ ବୋଲିଦେଲା ।

ଏବଂ ଯାତ୍ରା ଆରମ୍ଭ କଲା, ଏରକାବନ ଉଦ୍ଦେଶ୍ୟରେ ।

ମଧାହ୍ନ ଗତ ହେବାପରେ ସେ ପହଞ୍ଚିଗଲା । କିନ୍ତୁ .... କିନ୍ତୁ ଯାହା ଦେଖିଲା ତାର ମଥା ଘୁରିଗଲା । ସମଗ୍ର ଏରକାବନ ଧ୍ୱଂସପ୍ରାୟ । ଏବଂ ସର୍ବତ୍ର ଦେଖିଲା ମଣିଷର ଖଣ୍ଡବିଖଣ୍ଡିତ ଶରୀର । ଭୂଇଁରେ ଇତସ୍ତତଃ ଗଡ଼ୁଟି ଶବ ।

ଏତେ ସଂଖ୍ୟକ ମଣିଷଙ୍କୁ ମାରିଲା କିଏ ! କୋକୁଆ ?

କୋକୁଆ ମଣିଷ ନା ପଶୁ ନା ଦାନବ ନା .... ।

ସେ ଯିଏ ବି ହେଉ ତା'ର ନିସ୍ତାର ନାହିଁ ।

ନୂଆ ତୀରଟି ଯୋଖ୍ ସେ ଖୋଜିଲାଗିଲା କୋକୁଆକୁ ।

ଏରକାବନରେ ପ୍ରଗାଢ଼ ନୀରବତା । ଗୋଟିଏ ହେଲେ ବି ପଶୁର ଦେଖାନାହିଁ । କେତେବେଳେ ଏତେ ବଡ଼ କାଣ୍ଡଟିଏ ରଚିଦେଲା କୋକୁଆ ! କାହିଁ ସେ ? ନିଶ୍ଚୟ କେଉଁଠି ଆତ୍ମଗୋପନ କରିଛି ।

ଖୋଜୁଛି ଜାରାଶବର । କିନ୍ତୁ କୋକୁଆର ସାମାନ୍ୟ ସଙ୍କେତ ମଧ ତା ଆଖିରେ ପଡ଼ୁନାହିଁ । କେଉଁଠି ଖସଖସ୍ ଶଦ ମଧନାହିଁ । ତେବେ କ'ଣ ଫେରିଯିବ ! ପଲ୍ଲୀରେ ସମସ୍ତେ ଜାଣିଛନ୍ତି, ମୁଖ୍ୟଆ କୋକୁଆକୁ ହତ୍ୟାକରିବାକୁ ଯାଇଛି । କ'ଣ କହିବ ସେମାନଙ୍କୁ !

ଏହିସମୟରେ –

ଜାରାର ଦୃଷ୍ଟିପଡ଼ିଲା, ଗୋଟେ ବିଶାଳ ଅଶ୍ୱତ୍ଥ ବୃକ୍ଷଉପରେ । ଶିଆଳିଲତା ଛଦରମଦର ହୋଇ ଏକ ଘଞ୍ଚବୁଦା ବୃକ୍ଷଟିକୁ ଭିନ୍ନ ପରିଚୟ ଦେଉଥିଲା । ଜାରାର

କାହିଁକି ସନ୍ଦେହ ହେଲା । ସେହି ବୁଦାଭିତରେ କୋକୁଆ ଲୁଚିଛି । ଅଳ୍ପ ଦୂରରୁ ଲତା ସନ୍ଧିଦେଇ ସେ ଅନିଶା କରିବାକୁ ଲାଗିଲା ।

ସତ୍ୟ, କ'ଣ ଗୋଟେ ଲାଲ ଚରଚର ଦିଶୁଛି ।

କ'ଣ ଏଇଟି !

ହରିଣର କାନପରି ଦିଶୁଛି ।

ନା, କୋକୁଆର ବର୍ଣ୍ଣ ଲାଲ ?

ଜାରା ଯଥେଷ୍ଟ ସତର୍କ ହେଲା ।

ଏବଂ ଲତା ସନ୍ଧିଦେଇ ତା ରୂପର କିୟଦଂଶ ଦେଖିବାକୁ ଚେଷ୍ଟା କଲା ।

ନା ଦେଖାଯାଉନାହିଁ । ତେବେ ?

କିନ୍ତୁ ଲଟା ଓ ବୁଦା ଯେ ରହି ରହି ହଲୁଚି ।

କୋକୁଆ ନା ହରିଣ ! ହରିଣ ନା କୋକୁଆ !

ସହସା ନିଷ୍ପତ୍ତି ନେବାକୁ ହେବ ।

ନୋହିଲେ ତରକି ଯାଇପାରେ ।

ତେବେ ?

ତେବେ ସେ ନିଶ୍ଚୟ ତୀର ଚଳେଇବ, ତେଣିକି ଯିଏ ହୋଇଥାଉ ।

ବାସ୍ ! ସେ ଧନୁରେ ଟଙ୍କାର ଦେଲା । ରଶ୍ମିବିଣ୍ଦୁ ତୀରଟି ଛୁଟିଗଲା । ଖୁସିଥିଲା ଜାରା । ଆଜି ତୀରଟିର ପରୀକ୍ଷା ହୋଇଛି । ଏବଂ ତୀର ଚଳେଇବା ଓ ବୁଦା ହଲିବା ଏକା ସଙ୍ଗରେ ବନ୍ଦ ହେଇଗଲା । ତିନିମୁନିଆ ତୀର, ପୁଣି ବିଷବୋଳା ହୋଇଛି । କଦାଚ ରକ୍ଷାପାଇବ ନାହିଁ ।

ନିମିଷକେ ଜାରା ଧାଇଁଗଲା ଓ ସୁଢଙ୍ଗପରି ପଥ ମଧ୍ୟଦେଇ ଗହଳ ବୁଦାମଧ୍ୟକୁ ପ୍ରବେଶ କଲା ।

କିନ୍ତୁ .... କିନ୍ତୁ ବୁଦା ମଧ୍ୟରେ ଅପେକ୍ଷା କରିଥିଲା ଏକ ବିରାଟ ବିସ୍ମୟ ।

ହରିଣ ନୁହଁ କି କୋକୁଆ ନୁହଁ ।

ଥିଲେ ଦେବପୁରୁଷସମ ଜଣେ ମନୁଷ୍ୟ ।

ବସିଥିଲେ ଶିଆଳିଲତା ଦୋଳିଉପରେ ।

ତାଙ୍କର ନାଲିଟିଆ ପାଦରେ ଭେଦି ଯାଇଥିଲା ତିନିମୂନିଆ ତୀର ।

ଧାରଧାର ରକ୍ତ ଝରି ଭୂମିରେ ପଡୁଥିଲା ।

ଏ ମୁଁ କ'ଣ କଲି !

ମଣିଷ ମାରିଲି !!

ଆଖିବୁଜି ବସିଥିଲେ ସେ ।

ମୁହଁରେ ଯନ୍ତ୍ରଣାର ଚିହ୍ନ ଅଥଚ ଅବିଚଳ ।

କିଏ ସେ ।

ଜାରା ରୁହିଁଲା ତାଙ୍କ ଆଡ଼େ ।

ଦେହରେ ହଳଦିଆ ପାଟ ।

ବକ୍ଷରେ ଶ୍ରୀବତ୍ସର ପାଦଚିହ୍ନ ।

ଏବଂ କୌସ୍ତୁଭ ମଣି ।

ବେକରୁ ଲମ୍ବିଛି ବନମାଳା ।

କଟିରେ ରନ୍‌ମେଖଳା ।

ଶରୀରରୁ ତେଜ ବିକିରିତ ହେଉଛି ।

ବୁଦା ଅଭ୍ୟନ୍ତର ଆଲୋକିତ ।

ଇଏ ଶ୍ରୀକୃଷ୍ଟ କି ?

ଜାରା କେବେଁ ଦେଖିନଥିଲା ଶ୍ରୀକୃଷ୍ଟଙ୍କୁ ।

ଶୁଣିଥିଲା ଶ୍ରୀକୃଷ୍ଟଙ୍କ ମୋହନରୂପର ଲକ୍ଷଣ ସମୂହ ।

ଶୁଣିଥିଲା ସାଧୁମାନଙ୍କଠାରୁ ଶ୍ରୀକୃଷ୍ଟ ଦେବଅଁଶୀ, ଦେବତା ।

ଦେବତାଙ୍କୁ ମାରିଦେଲି ?

ହଁ ଶ୍ରୀକୃଷ୍ଟଙ୍କୁ ମାରିଦେଲି ।

ହାୟ କପାଳ ! କ'ଣ କଲି !!

ବିଳାପ କରିଲାଗିଲା ଜାରା ଶବର ।

ତ୍ରେତ୍ରାୟୁଗର କଥା । ଶ୍ରୀରାମ ଆଚରିଥିବା ଏକ ଭୁଲ ପାଇଁ
ତାଙ୍କୁ ଦ୍ୱାପର ଯୁଗରେ ପ୍ରାୟଶ୍ଚିତ କରିବାକୁ ପଡ଼ିଥିଲା । ଭୁଲଟି
ଏହିପରି –

ବାଲି ଓ ସୁଗ୍ରୀବ ଦୁଇଭାଇ । ଉଭୟଙ୍କ ମଧ୍ୟରେ
ଦ୍ୱନ୍ଦ ଉପୁଜିଲା । ସୁଗ୍ରୀବ ରାଜ୍ୟରୁ ବହିଷ୍କୃତ ହେଲା ଓ
ଶ୍ରୀରାମଙ୍କ ଶରଣ ପଶିଲା । ଲଙ୍କା ଆକ୍ରମଣ ପାଇଁ ସୁଗ୍ରୀବର
ସାହାଯ୍ୟ ଆବଶ୍ୟବ ପଡ଼ିଲା ଶ୍ରୀରାମଙ୍କର । ଅତଏବ୍ ସୁଗ୍ରୀବର
ଅନୁରୋଧରେ ସେ ବାଲିକୁ ବିନାଦୋଷରେ ହତ୍ୟା
କରିଥିଲେ । ସେହି ବାଲିର ପୁତ୍ର ଅଙ୍ଗଦ । ଅଙ୍ଗଦ ପ୍ରଶ୍ନ
କରିଥିଲା ଶ୍ରୀରାମଙ୍କୁ – ମୋ ବାପା କି ଦୋଷ କରିଥିଲା
ଯେ ତୁମେ ତାକୁ ମାରିଦେଲ ?

ଶ୍ରୀରାମ ଦୁଃଖ ପ୍ରକାଶକରିବା ସହ କରିଥିଲେ –
ଦ୍ୱାପର ଯୁଗରେ ତୁମେ ଜାରାଶବର ହୋଇ ଜନ୍ମଗ୍ରହଣ
କରିବ ଓ ମୋ ମୃତ୍ୟୁର କାରଣହେବ ।

ସେହି କାଳରାତ୍ରିରେ ଜାରା କ୍ରନ୍ଦନ କରୁଥିବା
ବେଳେ ଶ୍ରୀକୃଷ୍ଣ ତାକୁ ତା'ର ପୂର୍ବଜନ୍ମ ବୃଭାନ୍ତ ସ୍ମରଣ
କରାଇଦେଇଥିଲେ । ଏବଂ ତାଙ୍କ ହତ୍ୟାର କାରଣ
ହୋଇଥିବା ଜାରାଶବରକୁ ସ୍ୱଦେହରେ ସ୍ୱର୍ଗକୁ ଯିବାର
ବିରଳ ପୁରସ୍କାର ଦେଇଥିଲେ ।

ଶ୍ରୀକୃଷ୍ଣ ଆଖିଖୋଲିଲେ । ଦେଖିଲେ ଜାରା ଠିଆହୋଇ କାନ୍ଦୁଛି । କାହିଁକି
କାନ୍ଦୁଛି ? ରୁହିଁଲେ ପାଦକୁ । ତୀରଟିଏ ଲଟକିଛି । ରକ୍ତ ଝରୁଛି । ସେ ସ୍ନେହରେ ତୀର
ଉପରେ ହସ୍ତରଞ୍ଜନା କଲେ । ବିଷକ୍ରିୟା ଆରମ୍ଭ ହୋଇଗଲାଣି । ଆଉ କିଛି ସମୟପରେ
ସମଗ୍ର ଶରୀରକୁ ବ୍ୟାପିଯିବ ।

"କାନ୍ଦନାହିଁ ଜାରା ।" – କହିଲେ ଶ୍ରୀକୃଷ୍ଣ ।

ହାତଯୋଡ଼ି ବିନତି-ମୁଦ୍ରାରେ ଆଣ୍ଠେଇଛି ଜାରା । ତା'ମଥାରେ ହାତରଖିଲେ ଶ୍ରୀକୃଷ୍ଣ । ଏବଂ ଆୟାସକରି ସ୍ମିତହାସ ହସିଲେ ।

"ମୁଁ ଜାଣିପାରିଲି ନାହିଁ । କୋକୁଆଭାବି ତୀର ଚଲେଇଦେଲି । ମୋର ଅପରାଧ ମାର୍ଜନା କରନ୍ତୁ । ଜାତିରେ ଶବର ମୁଁ । ମୋର ଜ୍ଞାନ ନାହିଁ । ମତେ କଥା କହି ଆସେନା । କିପରି କହିବି ମୋ ଅନ୍ତରର ବ୍ୟଥା ! ଆଖିର ଲୁହ ବ୍ୟତୀତ କ'ଣ ମୁଁ ଦେଇପାରିବି ।" –ଜାରା ତଳେ ମଥା ଛୁଏଁଇଲା ।

ସମୟ ବିତିଯାଉଛି । ସନ୍ଧ୍ୟା ଗଡ଼ିଗଲାଣି । ଶ୍ରୀକୃଷ୍ଣ ନିଶ୍ଚଳ । ବାମପାଦ ଦକ୍ଷିଣ ଜାନୁ ଉପରେ ପୂର୍ବପରି ସ୍ଥାନିତ । ବୃଦାର ଅଭ୍ୟନ୍ତର ସତେବା ଦିବ୍ୟ ଆଲୋକରେ ଆଲୋକିତ । ଭୂଇଁରେ ଗଡ଼ୁଛି ଜାରା । ବିକଳ ହେଉଛି । ନିଜର ଅନିଚ୍ଛାକୃତ କାର୍ଯ୍ୟ ପାଇଁ କ୍ଷମା ରୁହୁଁଛି । ରୁହୁଁଛି, ସେହି ପଥର ଯାତ୍ରୀ ହେବାକୁ ।

ବାହାରେ ସହସ୍ର ସଂଖ୍ୟାରେ ଶବକୁ ବୁକୁରେ ଧରି ଗୁମ୍ ହୋଇଯାଇଛି ଏରକାବନ ।

ଶ୍ରୀକୃଷ୍ଣଙ୍କ ଦେହରେ ବିଷକ୍ରିୟା ଦ୍ରୁତ । ତଥାପି ମୁହଁରେ ସ୍ମିତହାସ ।

"ତୁମର କିଛି ଭୁଲନାହିଁ ଜାରା । ନିୟତିର ନିର୍ଦ୍ଦେଶରେ ତୁମେ କାର୍ଯ୍ୟ କରିଛ । ମନେପକାଅ, ତୁମେ ଏପରି ରୁହିଁଥିଲ ! ମୁଁ ମଧ ପ୍ରତିଶ୍ରୁତି ଦେଇଥିଲି । ବିଳାପ ସମ୍ବରଣକର । ବାହୁଡ଼ିଯାଅ । ଅବଶ୍ୟ ତୁମକୁ ଯିବାକୁ ହେବ । କିନ୍ତୁ ମୋ ପୂର୍ବରୁ । ଯାଅ, ତୁମକୁ ବ୍ୟୋମଯାନ ଅପେକ୍ଷା କରିଛି ।" – ଯନ୍ତ୍ରଣାରେ କୃଷ୍ଣଙ୍କ ମୁଖ କୁଣ୍ଠିତ ହୋଇଗଲା ।

"ଏହା ବିଧିପ୍ରେରିତ ଥିଲା । ତୁମକୁ ଆଶୀର୍ବାଦ କରୁଛି । ତୁମର ଯାତ୍ରା ସୁଗମ ହେଉ । ତୁମେ ସହସା ଏହି ସ୍ଥାନ ତ୍ୟାଗକର । ଯିବା ପୂର୍ବରୁ ମୋତେ ଅନ୍ୟଜଣଙ୍କ ସହ ସାକ୍ଷାତ କରିବାକୁ ହେବ ।"

ଶ୍ରୀକୃଷ୍ଣ ନୀରବ ହେଲେ । ଏବଂ ଧ୍ୟାନରେ ବସିଲା ଭଳି ମନେହେଉଥିଲେ ।

ସମଗ୍ର ଏରକାବନ ମନେହେଉଥିଲା ଶୋକ ପ୍ରକାଶ କଲାଭଳି । ପବନ ବହିବା ବନ୍ଦ ହୋଇଯାଇଥିଲା । ସମୁଦ୍ରରେ ଲହଡ଼ି ନଥିଲା । ଆହୁରି କେତେ କଥା ନଥିଲା, ଯାହା ଥିବା କଥା ।

ନିତ୍ୟାନନ୍ଦ ପଣ୍ଡା ❖ ୧୭୩

ଦୁଇଜଣ ବିଦାୟୀଙ୍କ ବାକ୍ୟାଳାପ ଶୁଣୁଥିଲା ଅନ୍ଧକାର ।

ଜାରା ଶବର ସେ ସ୍ଥାନ ଛାଡ଼ିଥିଲା ।

ବୋଧହୁଏ ସେ ବୁଝିପାରିଥିଲା, ଶ୍ରୀକୃଷ୍ଣଙ୍କ ବାକ୍ୟର ମର୍ମାର୍ଥ ।

ଶ୍ରୀକୃଷ୍ଣ ବସିଛନ୍ତି ଆଖିବୁଜି । ଅପେକ୍ଷା ଜଣକୁ । କିଏ ସେ ?

ଦ୍ୱାରାବତୀରେ ନାରୀଗଣ ଏବଂ ବସୁଦେବ ଓ ଉଗ୍ରସେନ ଜାଣିନାହାଁନ୍ତି ଏରକାବନରେ ସଂଘଟିତ ମହାଦୁର୍ଘଟନା ସମ୍ପର୍କରେ । ସତରେ ଜାଣିନାହାଁନ୍ତି ?

ଶ୍ରୀକୃଷ୍ଣ ବସିଛନ୍ତି ଅଶ୍ୱତ୍ଥ ବୃକ୍ଷମୂଳେ ।

ସମଗ୍ର ଶରୀରେ ବିଷର ଜ୍ୱାଳା । ଆହାଃ !

କେତେବେଳେ ସେ ଆସିବ !

ରାତି ବଢୁଚି ।

ହଁ ମଣିଷଟିଏ ଆସିଲା । ଖୋଜିଖୋଜି ସେ ନ୍ୟସ୍ତ ହୋଇଯାଇଥିଲା । କିପରି ସେ ଜାଣିଲା, ସେ ଖୋଜୁଥିବା ମଣିଷଟି ଲତାଗହଳରେ ଅସହାୟ ଭାବେ ବସିଛି, ଇଶ୍ୱରଙ୍କୁ ଜଣା !

ମଣିଷଟି ଦାରୁକ । ଶ୍ରୀକୃଷ୍ଣଙ୍କ ରଥର ଝଲକ । ଦୀର୍ଘଦିନର ସହଚର । ବହୁ ଭୟଙ୍କର ଘଟଣା ଦୁର୍ଘଟନାର ପ୍ରତ୍ୟକ୍ଷଦର୍ଶୀ । କିନ୍ତୁ ଆଜି ! ଆଜି ସେ ଦେଖୁଛି ତା'ର ପ୍ରଭୁ, ବହୁ ଶକ୍ତିର ଅଧିକାରୀ ଆଜି ଅସହାୟ ।

ଏବଂ ଯନ୍ତ୍ରଣା ଜର୍ଜରିତ ।

ଏବଂ ବିଦାୟ ପଥର ଯାତ୍ରୀ ।

"ମୁଁ କେମିତି ଦେହଧରି ରହିବି !" – ଦାରୁକ କାନ୍ଦୁଥିଲା ଓ କମ୍ପୁଥିଲା ।

"ଏହା କାନ୍ଦିବାର ବେଳ ନୁହଁ ଦାରୁକ ! ମୋର ବହୁ ସେବା କରିଛ । ଆଜି ଅନ୍ତିମ ବେଳାରେ ମୋର ଅନୁରୋଧଟିଏ ରକ୍ଷିବନାହିଁ ?" – ଅଳିପରି ଶୁଭିଲା ଶ୍ରୀକୃଷ୍ଣଙ୍କ କଣ୍ଠସ୍ୱର ।

ଦାରୁକ ଲୋତକ ଆଖିରେ ଚୁହିଁରହିଲା ।

"ଶୁଣ ଦାରୁକ । ତୁମେ ସହସା ଦ୍ୱାରାବତୀ ଚଲିଯାଅ । ମୋର ପିତାମାତାଙ୍କୁ ସମସ୍ତ ବିଷୟ କହିବ । ମୋର ସଖା ଅର୍ଜୁନ ଏବେ ଦ୍ୱାରାବତୀରେ ଅଛି । ସେ କିଛି

ଜାଣିନାହିଁ । ତାଙ୍କୁ କହିବ, ମୋର ପିତାମାତାଙ୍କର ଯନ୍ ସେ ନେବେ । ଏବଂ ନାରୀଗଣଙ୍କୁ ସାଥିରେ ଧରି ଶୀଘ୍ର ଫଳିଆସିବେ ସମୁଦ୍ର ତୀରକୁ, ଉଚ୍ଚସ୍ଥାନକୁ । ଆଜି ମଧ୍ୟରାତ୍ରି ଗତେ ସମଗ୍ର ଦ୍ୱାରାବତୀ ଜଳମଗ୍ନ ହେବ । ମୋର ଭୁବନଟିକୁ ଛାଡ଼ି ସମୁଦ୍ରଜଳ ସବୁକିଛିକୁ ଗର୍ଭସ୍ତ କରିବ । ତା'ପୂର୍ବରୁ ସେମାନେ ନିରାପଦ ସ୍ଥାନକୁ ଫଳି ଆସିବା ଉଚିତ୍ ହେବ । ଫଳତଃ, ସେମାନେ ବର୍ତ୍ତିବେ ସମୁଦ୍ର କ୍ଷୁଧାରୁ । ସଖା ଅର୍ଜୁନକୁ ମୋର ଅନ୍ତିମ ବିଦାୟ ଜଣାଇବ । ଏତିକି କରିପାରିବ ନାହିଁ ଦାରୁକ ? ତୁମ ହାତରେ ସମୟ କମ୍ । ଏବଂ ମୋ ପାଖରେ ଆଦୌ ସମୟ ନାହିଁ । ତୁମେ ଏଠୁ ଗଲେ ମୁଁ ମହାଯାତ୍ରା କରିବି । ତୁମକୁ ମୋର ଅପେକ୍ଷା ଥିଲା । ଯାଅ ଦାରୁକ ! ତୁମକୁ ବିଦାୟ !"
– ଶ୍ରୀକୃଷ୍ଣଙ୍କ ବାକ୍ୟ ଅନ୍ତିମ ବାକ୍ୟ ଭଳି ଶୁଭିଲା ।

ମହାଦାୟିତ୍ୱ ନ୍ୟସ୍ତ କଲେ ପ୍ରଭୁ! ରଡ଼ିକରି କାନ୍ଦିବାକୁ ମଧ ସୁଯୋଗ ମିଳିଲାନି ତାକୁ ।

ଦାରୁକ ଏରକାବନ ଛାଡ଼ିଲା ।

ଆଶ୍ୱସ୍ତ ଶ୍ରୀକୃଷ୍ଣ । ଜାଗତିକ କର୍ତ୍ତବ୍ୟଶେଷ । ପିତାମାତା ଦାରୁକଠୁ ଶୁଣିବେ । ଶୁଣିବେ ନାରୀଗଣ । କିଏ କେମିତି ପ୍ରତିକ୍ରିୟା ପ୍ରକାଶ କରିବେ ଜଣାନାହିଁ । ଜାଣିବାରେ ଆଗ୍ରହ ନାହିଁ ତାଙ୍କର । ପୁତ୍ରଗଣ ଆଖିଆଗରେ ଧ୍ୱଂସ ଲଭୁଥିବା ଦେଖି ସେ କିଛି କରିପାରିଲେ ?

ଆଜିର ଏହି ରାତ୍ରି ବିଶ୍ୱବ୍ରହ୍ମାଣ୍ଡ ପାଇଁ ମହାରାତ୍ରି । ଦ୍ୱାରାବତୀ ପାଇଁ କାଳରାତ୍ରି । ସେ ବାହୁଡ଼ିଯିବେ ।

ଶ୍ରୀକୃଷ୍ଣ –

ଯୋଗାସନରେ ଉପବେଶନ କଲେ ।

ମନକୁ ପ୍ରତ୍ୟାହାର କରି ହୃଦୟରେ କେନ୍ଦ୍ରୀଭୂତ କଲେ ।

ପ୍ରାଣବାୟୁ ସଂଯମନ ପୂର୍ବକ ଏକାଗ୍ରଚିତ୍ତ ହେଲେ ।

ବର୍ତ୍ତମାନ ଜଗତ ନାହିଁ । କିଛି ନାହିଁ ।

ମାୟା ପ୍ରତ୍ୟାହାରହୋଇ ତାଙ୍କର କାୟାପ୍ରବେଶ କଲା ।

ସେ ସମାଧିସ୍ଥ ହେଲେ ।

ବ୍ରହ୍ମ ସହ ସମନ୍ୱିତ ହେଲେ ।

ମସ୍ତକର ଉର୍ଦ୍ଧ୍ୱଦେଶରୁ ସୂକ୍ଷ୍ମଜ୍ୟୋତିର ନିର୍ଗମନ ହେଲା । ଶୂନ୍ୟ ମୁହୂର୍ତ୍ତରେ ସୂକ୍ଷ୍ମଜ୍ୟୋତି ଅନ୍ତରୀକ୍ଷ ସହ ମିଶିଲା । ମହାନାୟକର ମହାପ୍ରସ୍ଥାନ ଘଟିଲା ।

ଭୂମିରେ ପଡ଼ିରହିଲା। ଜଡପିଣ୍ଡ ।

●

ଶ୍ରୀକୃଷ୍ଣ ନିଜର ବିଦାୟ ବେଳା ସ୍ୱୟଂ ନିର୍ଣ୍ଣୟ କରିସାରିଥିଲେ । ଏବଂ ସମସ୍ତ ଭବିଷ୍ୟତ କ୍ରିୟା. ସମ୍ପର୍କରେ ଜ୍ଞାତବ୍ୟ ଥିଲେ ।

ତେଣୁ କାୟାସମରଣ କରିବାକୁ ନିଷ୍ପତ୍ତି ନେଲେ ଓ ଧ୍ୟାନରେ ବସିଗଲେ ।

ଦୟାସାଗର ଭଗବାନ । ତକ୍ଷଣେ ବୁଜିଲେ ନୟନ ॥

ସମାଧି ବସି ଦୃଢ଼ାସନେ । ପ୍ରାଣ ସଂଯମନ ପବନେ ॥

(ଭାଗବତ)

ପ୍ରଶ୍ନଉଠେ, ଶ୍ରୀକୃଷ୍ଣ ଯେବେ ବିଷ୍ଣୁଙ୍କ ଅବତାର, ତେବେ ସେ କାହାକୁ ଧ୍ୟାନ କରୁଥିଲେ ? ଠିକ୍ କଥା । ତେବେ ଉତ୍ତର ଜଟିଳ ନୁହଁ । ସେ ନିଜେ ନିଜକୁ ଧ୍ୟାନ କରନ୍ତି । ଏହା ତାଙ୍କର ବ୍ରହ୍ମରମଣ, ଆମ୍ରତି ।

ପୁନଶ୍ଚ ଏକ ପ୍ରଶ୍ନ । ସେ ଯେବେ ସମସ୍ତକଥା ଜାଣିଥିଲେ, ତେବେ ବଂଶନାଶ ଦେଖି ଭଗ୍ନ-ହୃଦୟ ହେଲେ କାହିଁକି ? କଥା ହେଉଛି, ମନୁଷ୍ୟ ରୂପେ ଜନ୍ମଗ୍ରହଣ କଲେ ମନୁଷ୍ୟପରି ଆଚରଣ କରିବାକୁ ହୁଏ । ତା'ଛଡ଼ା ନିଜେ ନିଜର ମାୟାଦ୍ୱାରା ମଧ୍ୟ କବଳିତ । ମାୟା-ଜନ୍ନିତ ହୋଇ ବଂଶଜଙ୍କ ପାଇଁ ସେ ଦୁଃଖ କରୁଥିଲେ । ଅର୍ଥାତ୍ ମାୟାଧର ମଧ୍ୟ ମାୟା କବଳିତ ହୋଇପାରନ୍ତି ।

ପୂର୍ବରୁ ପ୍ରଦ୍ୟୁମ୍ନର ଶିରଚ୍ଛେଦ ପରେ, ତାଙ୍କର ମୁଖ୍ୟ ଆୟୁଧ ଚକ୍ର ତାଙ୍କଠୁ ବିଚ୍ଛିନ୍ନ ହୋଇ ଉର୍ଦ୍ଧ୍ୱଗମନ କରିଥିଲା ।

ପୁନଶ୍ଚ ଦାରୁକ ଯେତେବେଳେ ପହଞ୍ଚି ରୋଦନ କରିବାକୁ ଲାଗିଲା, ତାଙ୍କର ଦିବ୍ୟରଥ ନନ୍ଦିଘୋଷ ଶୂନ୍ୟରେ ଉଭାନ ହୋଇଗଲା । ଏବଂ ପରେ ପରେ କୌମଦକୀ ଗଦା ସମେତ ଯେତେକ ଦିବ୍ୟଅସ୍ତ୍ର ସେ ବ୍ୟବହାର କରୁଥିଲେ ସେ ସମସ୍ତ ଅନ୍ତିମବେଳାରେ ଅନ୍ତର୍ହିତ ହୋଇଗଲା । ସାଧାରଣ ମନୁଷ୍ୟ ପରି ଅନ୍ତିମ ବେଳାରେ ସେ ଶୂନ୍ୟହସ୍ତ, ନିଃସ୍ୱ ହୋଇଯାଇଥିଲେ ।

ନଟର ପ୍ରାୟ କ୍ରୀଡା କରେ । ଦେଖାଇ ପୁଣି ତା'ସଂହରେ । (ଭାଗବତ)

ସୃଷ୍ଟିର ଆରମ୍ଭରୁ 'ଆମ୍ମା' କଥାଟି ସର୍ବଦା ଅବୋଧ ହୋଇ ରହିଛି । ଦେବତାଗଣ ଯେଉଁମାନେ ସାଧାରଣତଃ ଅମର ବୋଲି ଶାସ୍ତ୍ରକହେ ସେମାନେ ମଧ୍ୟ 'ଆମ୍ମା'ର ସ୍ୱରୂପ ସଂବନ୍ଧରେ ଅନ୍ଧ । ସେହି ରାତିରେ ତାଙ୍କର କାୟାତ୍ୟାଗ ସମୟ ଉପନୀତ ହେବା ଜାଣି ପ୍ରମୁଖ ଦେବଗଣ ସେହି ସ୍ଥଳରେ ପହଞ୍ଚିଥିଲେ, ଦେଖିବାକୁ କିପରି ତାଙ୍କ ଆମ୍ମା ଶରୀର ତ୍ୟାଗ କରୁଛି । କିନ୍ତୁ ଭ୍ରମିତ ହେବା ହିଁ ସାର ହେଲା ।

ଆମ୍ମାକୁ ଆପଣେ ସୃଜଇ । ଆମ୍ମାରେ ଆମ୍ମା ପ୍ରବେଶଇ ॥

ଆମ୍ମାରେ ଆମ୍ମାଭାବେ ରହେ । ଜନ୍ତୁ ଗୋଚର ଆମ୍ମା ନୋହେ ॥ (ଭାଗବତ) ॥

●

ସମାନ ସମୟରେ ଦେବଭୂମିର ପ୍ରମୁଖବାସୀଙ୍କର ଧରାବତରଣ ଘଟିଲା । ଅବତରଣ କରିଥିଲେ ଇନ୍ଦ୍ର ବ୍ରହ୍ମା ସୂର୍ଯ୍ୟ ବୈଶ୍ୱାନର..... । ଏବଂ ସିଦ୍ଧ ଗନ୍ଧର୍ବ ଯକ୍ଷ ବିଦ୍ୟାଧର ..... । ସ୍ୱଚକ୍ଷୁରେ ଦେଖିବେ ଅନ୍ତିମ ନାଟକର ଅନ୍ତିମ ସୋପାନ । କିପରି ଆମ୍ମା ଶରୀର ତ୍ୟାଗକରି ଉର୍ଦ୍ଧ୍ୱଗମନ କରିବ । ତାହା ଏପର୍ଯ୍ୟନ୍ତ ପ୍ରହେଲିକା, ଅବୋଧ୍ୟ ହୋଇ ରହିଛି ସେମାନଙ୍କ ପକ୍ଷରେ । ପରମାମ୍ମା ପରମଜ୍ୟୋତି । ପରମଜ୍ୟୋତିର ସନ୍ଦର୍ଶନ କରି ସନ୍ଦେହାତୀତ ହେବେ ସେମାନେ ।

ଦେଖିଲେ, ଶ୍ରୀକୃଷ୍ଣ ଯୋଗାସନରେ ଉପବିଷ୍ଟ । ତାଙ୍କ ଉପରେ ବର୍ଷିଲେ ପାରିଜାତପୁଷ୍ପ । ଚଲିଛି ସ୍ତୁତିଗାନ । ଶ୍ୟାମସୁନ୍ଦର କଲେବର ନିଷ୍ଚଳ ।

କେତେବେଳେ ହେବ ପରମଜ୍ୟୋତିର ନିର୍ଗମନ !

ଏବଂ ହେବ ଉର୍ଦ୍ଧ୍ୱାୟନ ଗତି ।

ସମୟ ବିତିଯାଉଥିଲା ।

ପ୍ରାଣଜ୍ୟୋତି-ନିର୍ଗମନ ହେଉନଥିଲା ।

କେତେବେଳେ ହେବ !

ସେମାନେ ଅପେକ୍ଷା କରିଛନ୍ତି ।

ଏବଂ ସ୍ତୁତିଗାନ ଅବିରତ ଚଳିଛି ।

ଶଙ୍କର କହିଲେ, "ଆମ୍ଭ କିପରି ଶରୀର ତ୍ୟାଗକରେ ଓ ପରମାତ୍ମା ସହ ମିଳିତ ହୁଏ ଆମକୁ ଅଗୋଚର ଥିଲା ! ଆଜି ପୂର୍ଣ୍ଣହେବ ।"

"କିନ୍ତୁ କାହିଁ ! ଆମେ ସେତେବେଳୁ ଅପେକ୍ଷା କଲେଣି ! !" – କହିଲେ ଇନ୍ଦ୍ର ।

"ତେବେ କ'ଣ ଅପୂର୍ଣ୍ଣ ରହିଯିବ !" – ଶଙ୍କରଙ୍କର ହତାଶା ବ୍ୟଞ୍ଜକସ୍ୱର ।

ଶଙ୍କର ଓ ଇନ୍ଦ୍ରଙ୍କର କଥୋପକଥନ ସମୟରେ ଘଟାଟିଏ ଘଟିଲା । ଶୂନ୍ୟରେ ଶଘଟିଏ ଶୁଭିଲା । ସମସ୍ତେ ଉର୍ଦ୍ଧ୍ୱମୁଖ ହେଲେ । ଚକ୍‌ରି ଏକ ସୂକ୍ଷ୍ମ ଆଲୋକବିନ୍ଦୁ ଅନ୍ତରୀକ୍ଷରେ ଦେଖାଦେଇ ନିମିଷକେ ଉଭାନ ହୋଇଗଲା ।

"ଚଳିଗଲେ ! ଆମେ ଅଛନ୍ତି ଅଥଚ.....” – କହିଲେ ବ୍ରହ୍ମା ।

ଏବଂ ପୁନରାୟ କହିଲେ, "ଚଲ ସମସ୍ତେ ସେହି ପଥରେ ଅନୁସରଣ କରିବା । ନିଶ୍ଚୟ ଦେଖିବା ଆମ୍ଭର ସ୍ୱରୂପ ।"

ସଭିଙ୍କର ଏକସମୟରେ ଉର୍ଦ୍ଧ୍ୱଗମନ ହେଲା ।

ଶୂନ୍ୟରେ ବହୁପଥ ଭ୍ରମଣ ପରେ ମଧ ଭେଟ ନୋହିଲା ।

ହତାଶ ହେଲେ ସଭିଏଁ ।

ମହାନାୟକଙ୍କର ପ୍ରତିଟି ଲୀଳାପରି ମହାପ୍ରସ୍ଥାନ ମଧ ଅବୋଧ୍ୟ ।

ହେ ପରମାତ୍ମା, ତୁମକୁ ଶତକୋଟି ପ୍ରଣାମ !

ଯେଖାପୁରକୁ ଯେଖା ଚାଲିଗଲେ ।

ରହସ୍ୟ ମହାରହସ୍ୟ ହୋଇ ରହିଗଲା ।

**ହ**ସ୍ତିନା ତଥା ପଡୋଶୀ ମୂଲକରେ ଶାନ୍ତିର ପ୍ରାଚୁର୍ଯ୍ୟ । ଜରାସନ୍ଧ, ବାଣା, ଶିଶୁପାଳ, ନାରକା ଆଦିଙ୍କଠୁ ନିସ୍ତାର ପାଇଥିଲା ପୃଥ୍ୱୀ । ପରିଶେଷରେ ମହାଭାରତ ଯୁଦ୍ଧାନୁଷ୍ଠାନ । ଦୁଷ୍ଟଙ୍କ ଅପସାରଣ ଘଟିଛି ଓ ଶାନ୍ତି ଫେରିଛି ପୃଥ୍ୱୀକୁ ।

ମହାଭାରତ ଯୁଦ୍ଧ । ଜଗତରେ ଏକ ମହାନ ଘଟନା । ମହାନ୍ ଏବଂ ଭୟାନକ । ସାନ ବଡ ପ୍ରାୟ ସବୁରାଜ୍ୟ ଅଂଶୀଦାର ହୋଇଥିଲେ ଯୁଦ୍ଧରେ । ମହାନ୍ ଏହି ଅର୍ଥରେ ଯେ ଭୟ ଓ ଅଶାନ୍ତ ବାତାବରଣର ଅପସାରଣ । ଏବଂ ଭୟାନକର ଅର୍ଥ, ଯେତେ ଜୀବନ କ୍ଷୟ ଘଟିଲା ଅତୀତରେ ଏପରିକି କେଉଁ ଯୁଗରେ ଘଟି ନଥିଲା ।

ମହାଭାରତ ଯୁଦ୍ଧ ଏକ ସନ୍ଧିକ୍ଷଣ ।

ନୂଆ ଜଗତକୁ ଆମନ୍ତ୍ରିବାର ଏକ ପର୍ଯ୍ୟାୟ ।

ଜଗତ ମନେରଖିବ ଯୁଗଯୁଗ ଧରି ।

କିନ୍ତୁ ... କିନ୍ତୁ ଏବେ ମଧ ଜଣେ ହୃଦୟରେ ଅଶାନ୍ତ ।

କିଏ ସେ ?

ସେ ହେଉଛନ୍ତି ହସ୍ତିନାର ସମ୍ରାଟ ଯୁଧିଷ୍ଠିର ।

ଅନେକ ନିରୋଲା ମୁହୂର୍ତ୍ତରେ ସେ ସେହି ମହାନ ଘଟନା ବା ଦୁର୍ଘଟନାର ତର୍ଜମା କରନ୍ତି । ସହସ୍ର ସହସ୍ର ମନୁଷ୍ୟଙ୍କ ମୃତ୍ୟୁ ପାଇଁ ଆପଣାକୁ ସଂଗୋପନେ ଦାୟୀ କରନ୍ତି । କାରଣ ସେ ମନେକରନ୍ତି, ଦୁନିଆ ନିଶ୍ଚେ କହିବ ମହାଯୁଦ୍ଧର ସୁଫଳ ତାଙ୍କୁ ହିଁ ମିଳିଛି । ସେ ସମ୍ରାଟ ହୋଇଛନ୍ତି । ସେ ନିଜକୁ ପଚରନ୍ତି, ସମ୍ରାଟ ହେବା ପାଇଁ ସେ କ'ଣ ଯୁଦ୍ଧରେ ଅବତୀର୍ଣ୍ଣ ହୋଇଥିଲେ ? ଅବଶ୍ୟ ନା । ତେବେ ?

ମହାଯୁଦ୍ଧର ମହାନାୟକ, ତାଙ୍କର ସମ୍ପର୍କୀୟ ଭାଇ ଓ ପରମ ହିତାକାଂକ୍ଷୀ ଶ୍ରୀକୃଷ୍ଣଙ୍କ ବାକ୍ୟ ବା ପରାମର୍ଶ ତାଙ୍କୁ ସେତେବେଳେ ଉଚିତ୍ ମନେହୋଇଥିଲା । ଯୁଦ୍ଧ ଅନିବାର୍ଯ୍ୟ ନୁହଁ – ସେ କହିଥିଲେ । କିନ୍ତୁ ବିପକ୍ଷ ବୁଝିଲେ ତ ! ବୁଝିଲେ ଯୁଦ୍ଧକୁ ଟାଳିଦେଇହେବ । ସତ୍ୟ, ସେମାନେ କୁତ୍ରାପି ବୁଝିଲେ ନାହିଁ ଏବଂ ଯୁଦ୍ଧ ଅବଶ୍ୟମ୍ଭାବୀ ହୋଇଉଠିଲା ।

"ତୁମର କିଛି କରିବାର ନାହିଁ, ନିୟତିର ହାତରେ ତୁମେ କ୍ରୀଡ଼ନକ ମାତ୍ର ।"
– କହିଥିଲେ ଶ୍ରୀକୃଷ୍ଣ ।

ଶ୍ରୀକୃଷ୍ଣ ତାଙ୍କର ଭାଇ ହେଲେ ମଧ ଦୁର୍ଯ୍ୟୋଧନର ବାନ୍ଧବ ।

ଶ୍ରୀବଳଦେବ, ଭୀମସେନ ଓ ଦୁର୍ଯ୍ୟୋଧନ ଉଭୟଙ୍କର ଗଦାଯୁଦ୍ଧ ଶିକ୍ଷାଗୁରୁ ।

ଅତଏବ୍ ତାଙ୍କର ନିରପେକ୍ଷ ଭୂମିକା ।

କିନ୍ତୁ .... କିନ୍ତୁ ଶ୍ରୀକୃଷ୍ଣ ସଂପୂର୍ଣ୍ଣ ନିରପେକ୍ଷ ନଥିଲେ ।

ସେ ଯେବେ ଅର୍ଜୁନର ସାରଥୀ ଓ ତାଙ୍କର ପରାମର୍ଶଦାତା ହୋଇନଥାନ୍ତେ ଯୁଦ୍ଧର ଗତି ଭିନ୍ନମୋଡ଼ ନେଇଥାନ୍ତା ।

ଇତିମଧରେ ମହାଯୁଦ୍ଧକୁ ଛତିଶବର୍ଷ ପୂରିଲାଣି ।

ତଥାପି ଯୁଧିଷ୍ଠିର ଭୁଲିପାରିନାହାଁନ୍ତି ସେହି ମହାଦୁର୍ଘଟନାକୁ ।

ଯେତେବେଳେ ସେ ଏକୁଟିଆ ହୋଇଯାନ୍ତି, ତାଙ୍କ ମନକୁ ଗୋଟିଏ ପ୍ରଶ୍ନ ବାରମ୍ବାର ଆଘାତ କରେ । ଯେ, ସହସ୍ର ସହସ୍ର ମନୁଷ୍ୟଙ୍କ ଶବ ଉପରେ ତାଙ୍କର ସମ୍ରାଟ ପଦବୀ ଠିଆହୋଇଛି । ୨୪ !

ବହୁ ବର୍ଷ ହେବ ସେ ଶ୍ରୀକୃଷ୍ଣଙ୍କୁ ଦେଖିନାହାଁନ୍ତି ।

ଦ୍ୱାରାବତୀରେ ପ୍ରାୟ ସମୟ ବିତାଉଛନ୍ତି ସେ ।

ଶୁଣିଛନ୍ତି, ତାଙ୍କର ବଂଶଜଗଣ ଅତି ଉସୃଙ୍ଖଳ ହୋଇଉଠିଛନ୍ତି ।

ସେମାନଙ୍କର ଆଚରଣ କ'ଣ ତାଙ୍କୁ କଷ୍ଟ ଦେଉନଥିବ !

କାଳ ବିତିଯାଉଥିଲା ଯଥାରୀତି ।

କିଏ କାହିଁକି ଜାଣନ୍ତା, କାଳ ତା'ର ରୋଷ ଦ୍ୱାରାବତୀ ଉପରେ କେନ୍ଦ୍ରୀଭୂତ କରିବା ପାଇଁ ପ୍ରସ୍ତୁତି ନେଉଛି !

ଦିନେ ସନ୍ଧ୍ୟା । ସମ୍ରାଟ ଯୁଧିଷ୍ଠିର ଶୁଣିଲେ ଓ ଦେଖିଲେ । କିଛି ଅନୁମାନ କଲେ । କ୍ରମେ ଅନୁମାନ ଆତଙ୍କରେ ରୂପାନ୍ତରିତ ହେଲା । କାହିଁକି ଏପରି ଅଶୁଭ ଶକୁନ !

ରାଜପ୍ରାସାଦର ଖୁବ୍ ନିକଟରୁ ଶୃଗାଳମାନେ ଭୁକିବାକୁ ଲାଗିଲେ ।

ପୂର୍ବଦିଗକୁ ମୁହଁକରି ଭୁକୁଥିଲେ, ସତେବା ସେମାନଙ୍କ ଦୁଃଖ ଅକଳନ୍ତା ।

ପେଚାମାନଙ୍କର ଅଶାନ୍ତ ହୁଟ୍ ହୁଟ୍ ଶବ୍ଦ ଶୁଭାଗଲା ।

ଗଧ ଓ କୁକୁର ଊର୍ଦ୍ଧ୍ୱକୁ ମୁଖକରି କାନ୍ଦିଲା ଭଳି ଶବ୍ଦକଲେ ।

ବିନା କାରଣରେ ବୃକ୍ଷରୁ ପକ୍ଷୀଗଣ ତଳେ ପଡ଼ି ଆତ୍ମହତ୍ୟା କଲେ ।

ସମ୍ବାଦ ମିଳିଲା, ଗାଈ ଦୋହନରୁ ଦୁଗ୍ଧ ପରିବର୍ତ୍ତେ ରକ୍ତ ଝରୁଛି ।

ଏବଂ ଶୁଣିବାକୁ ମିଳିଲା, ଦୂରାନ୍ତର କେଉଁ ମୁଲକରେ ଆକାଶରୁ ପୂଜବର୍ଷା ହୋଇଛି ।

.......................................................

ଯୁଧିଷ୍ଠିରଙ୍କୁ ଆତଙ୍କ ଗ୍ରାସିଲା । ପୃଥ୍ୱୀକୁ ବିପଦ ପଡ଼ିବ କି ? କି ବିପଦ ଆଉ ପଡ଼ିବ ! ମହାବିପଦ ମହାଯୁଦ୍ଧ କେବେଠୁ ସଂଘଟିତ ହୋଇସାରିଛି । ସେ ସମୟରେ ଏହିପରି ଅଶୁଭ ଶକୁନ ଦେଖିବାକୁ ମିଳିଥିଲା । ତେବେ ?

ହସ୍ତିନା ପ୍ରତି କେଉଁଠୁ ବିପଦ ନଥିଲା ।

ଦ୍ୱାରାବତୀରେ କିଛି ଘଟିଲା କି ?

ଯୁଧିଷ୍ଠିରଙ୍କୁ ଆଶଙ୍କା ଘାରିଲା ।

ସେ ସ୍ଥିର ହୋଇପାରିଲେ ନାହିଁ ।

ଡାକିଲେ ଅର୍ଜୁନକୁ ।

: ସଖାଙ୍କ ସମୟଦରେ ସମ୍ବାଦ ରଖିଛ ?

– ନା, କିନ୍ତୁ କାହିଁକି !

: ଅଶୁଭ ଶକୁନ ତୁମ ଦୃଷ୍ଟିରୁ ବାଦ ଯାଇନଥିବ ! ମନରେ ସନ୍ଦେହ ଜାତ ହେଉଛି ।

– ଦ୍ୱାରାବତୀ ପ୍ରତି କିଛି ବିପଦ ନାହିଁ । କିଏ ଅଛି ଯେ ବିପଦ ସୃଷ୍ଟି କରିବ !

: କେହି ନାହାଁନ୍ତି ଅବଶ୍ୟ, ତେବେ ମନ ବୁଝୁନାହିଁ !

– କିଛି ନିର୍ଦ୍ଧେଶ ଦେବା ହୁଅନ୍ତୁ !

: ତୁମେ କାଲି ପ୍ରଭାତରେ ଦ୍ୱାରାବତୀ ଚଲିଯାଅ । ପରିସ୍ଥିତି ପ୍ରତ୍ୟକ୍ଷ୍ୟ କରି ବାହୁଡ଼ି ଆସିବ ।

– ଯଥା ଆଜ୍ଞା !

ପରଦିନ ପ୍ରଭାତରୁ ଅର୍ଜୁନ ଦ୍ୱାରାବତୀ ଅଭିମୁଖେ ଯାତ୍ରାରମ୍ଭକଲେ । ଏବଂ ଦ୍ୱାରାବତୀରେ ପହଞ୍ଚିଲା ବେଳକୁ ପ୍ରାୟ ସନ୍ଧ୍ୟା । ଦ୍ୱାରାବତୀର ଭୂଇଁରେ ପାଦରଖୁ ଜାଣିଲେ ଭୂମି ରହିରହି କମ୍ପୁଛି । ଏପରି କ'ଣ ! ସେ କିଛି ବୁଝିପାରିଲେ ନାହିଁ । ପହଞ୍ଚିଲେ ଭୁବନରେ । ଶୁଣିଲେ ସମସ୍ତ ବିବରଣୀ । ଯେ – ବଳରାମ ଓ ଶ୍ରୀକୃଷ୍ଣ ସମେତ ସମସ୍ତ ବଂଶଜ ପ୍ରଭାସତୀର୍ଥ ଅଭିମୁଖେ ପୂର୍ବରାତିରୁ ଯାତ୍ରା କରିଛନ୍ତି । ପ୍ରକୃତିର ରୋଷରୁ ବର୍ତ୍ତିବା ପାଇଁ ତୀର୍ଥରେ ସ୍ନାନ ଓ ଦାନ କରିବେ ସମସ୍ତେ ।

ଜ୍ୟେଷ୍ଠଭ୍ରାତାଙ୍କ ଆଶଙ୍କା ! ତେବେ ସତ୍ୟ ! – ନିଜକୁ ନିଜେ କହିଲେ ଅର୍ଜୁନ ।

ସେ ସାକ୍ଷାତକଲେ ମାଇଁ ଦେବକୀଙ୍କୁ ।

ଦେବକୀ ଆଶିଷ ଦେବା ଉତ୍ତାରୁ କହିଲେ, "ସେମାନେ ଆଜି ରାତିରେ ବାହୁଡ଼ିବେ । ତୁମେ ଚିନ୍ତିତ ହୁଅନାହିଁ ।"

ଦେବକୀଙ୍କୁ ଅବିଚଳିତ ଥିବା ଦେଖି ଖୁସିହେଲେ ଅର୍ଜୁନ ।

ଏବଂ ଦେଖିଲେ ପୁରନାରୀଗଣ ଚିନ୍ତାଶୂନ୍ୟ ।

ଅର୍ଥ, ତୀର୍ଥକୁ ଯାଇଛନ୍ତି, ଫେରିବେ ।

ଦେବକୀ କେବଳ କହିଲେ – "ସମୁଦ୍ର ଏତେ ଅଶାନ୍ତ ହେବା କେବେ ଦେଖାଯାଇନଥିଲା । ଲହଡ଼ିର ଉଚ୍ଚତା କ୍ରମଶଃ ବଢ଼ୁଛି ।"

ରୁକ୍ମିଣୀ ଆଦି ନାରୀମାନେ ଯଥାପୂର୍ବ ଖୁସିଥିଲେ ।

ସତେବା କିଛି ଘଟିନାହିଁ ବା ଘଟିବନାହିଁ ।

ବରଂ ସେମାନେ ଅର୍ଜୁନକୁ ବେଢ଼ିଯାଇ ତାଙ୍କୁ ପ୍ରଶ୍ନବାଣରେ ଅତିଷ୍ଠ କରିପକାଇଲେ । ପ୍ରଶ୍ନଗୁଡ଼ିକ ଦ୍ରୌପଦୀଙ୍କୁ କେନ୍ଦ୍ରକରି । ଅର୍ଜୁନ ସହିତ ସେମାନେ ଠାଟାମଜା ହେଲେ । ଅକାରଣେ ସେମାନେ ହସୁଥିଲେ । ଏବଂ ଦ୍ରୌପଦୀଙ୍କର ପାଞ୍ଚଜଣ ସ୍ୱାମୀ ଥିବା ବ୍ୟାପାରକୁ ଗର୍ବର ବିଷୟ ଭାବୁଥିଲେ । ଏବଂ ଦ୍ରୌପଦୀଙ୍କ ଭାଗ୍ୟକୁ ଈର୍ଷା କରୁଥିଲେ .....

ସଖା-ପତ୍ନୀଙ୍କ ମେଳରେ ଅର୍ଜୁନଙ୍କୁ ଲାଜ ଲାଗୁଥିଲା ।

ନାରୀମାନେ ଏକାଠି ହେଲେ, ସେମାନଙ୍କ ଭାବନା ଏବଂ ଆଲୋଚନାର ବିଷୟ ଏକମୁହାଁ ହୁଏ । ଯେତେ ବିଦୁଷୀ ହେଲେ ମଧ ଚିନ୍ତା ଚେତନା ସେମାନଙ୍କର

ସଂକୁଚିତ । ଈଶ୍ୱରଙ୍କ ସୃଷ୍ଟିରେ ନାରୀ ଏକ ବିସ୍ମୟ । ତ୍ୟାଗର ଜୀବନ୍ତ ବିଗ୍ରହ ଏବଂ ଈର୍ଷାର ଚଳମାନରୂପ । କଥିତ ଅଛି ଈଶ୍ୱର ନାରୀ ସୃଷ୍ଟିକରିସାରିବା ପରେ ତାଙ୍କୁ ବୁଝିପାରିନଥିଲେ ।

ସତ୍ୟ । ତ୍ୟାଗ ଓ ଈର୍ଷା କିପରି ଏକାଠି ରହିଲା ?

ସାରାଂଶରେ, କୃଷ୍ଣ-ପତ୍ନୀଗଣ ଆଦୌ ଚିନ୍ତିତ ନଥିଲେ । ସ୍ୱାମୀ ଓ ପୁତ୍ରଗଣ ସେ ପର୍ଯ୍ୟନ୍ତ ଫେରିନାହାଁନ୍ତି, ତାହା ସେମାନଙ୍କୁ ସ୍ପର୍ଶ କରୁନଥିଲା । ଅର୍ଥ ସରଳ । ସ୍ୱାମୀ ଅଛନ୍ତି, ଚିନ୍ତା ଗୋଟେ କ'ଣ !

ଭୂମି ଥରୁଥିଲା ଠିକ୍, ସମୁଦ୍ରରେ ଉଦ୍ଧା ଲହଡ଼ି ଉଠୁଥିଲା ଠିକ୍, କିନ୍ତୁ ସେସବୁ ମଣିଷର ଖୁସି ନିକଟରେ ଗୁରୁତ୍ୱ ରଖେନା । ପୁରୁଷ ଜଣେ ସମସ୍ୟାକୁ ଯେପରି ଦେଖେ, ନାରୀ ସେପରି ଦେଖିବାର କୌଣସି କାରଣ ନାହିଁ । ପୁରୁଷର ଛାଇ ତଳେ ରହି ସେ ନିଜକୁ ନିରାପଦ ମନେ ।

ଯେଉଁ ଆଶଙ୍କା ନେଇ ଅର୍ଜୁନ ଦ୍ୱାରାବତୀ ଆସିଥିଲେ, ସେ ଆଶଙ୍କା ଏବେ ତାଙ୍କଠୁ ଉଭାନ । ତେବେ ସଖା ଶ୍ରୀକୃଷ୍ଣଙ୍କୁ ଭେଟିବାକୁ ସେ ଉଚ୍ଛନ୍ନ ଅନୁଭବ କରୁଥିଲେ ।

ଆଜି ରାତିରେ ସଖା ଫେରିବେ ।

ଅର୍ଜୁନ ଆଶ୍ୱସ୍ତ ଓ ନିଶ୍ଚିନ୍ତ ।

ରାତି ବଢୁଥିଲା ।

ଏବଂ ତାଙ୍କର ଅପେକ୍ଷା ଲମ୍ୱୁଥିଲା ।

ଦ୍ୱାରାବତୀ ଭୁବନରେ ଜୀବନ ସ୍ୱାଭାବିକ ଥିଲା । ବ୍ୟତିକ୍ରମ ଥିଲା ଗୋଟିଏ । ଦେବକୀ ମଝିରେ ମଝିରେ ସ୍ୱଗତୋକ୍ତି କରୁଥିଲେ – "ସେମାନେ କେତେବେଳେ ଫେରିବେ !"

ମାତ୍ର ତାଙ୍କ ସ୍ୱଗତୋକ୍ତି ସେ ନିଜେ ଶୁଣୁଥିଲେ । କୌଣସି ପୁରନାରୀ ଉତ୍ତର ଦେବାକୁ ଉଚିତ୍ ମଣୁନଥିଲେ ।

ହଁ ଫେରିବେତ! ଏହିପରି ମୁଖଭଙ୍ଗୀ ।

ଅଦୃଷ୍ଟ ସେ ସମୟକୁ ନୂଆ ଏକ ବିନାଶର ପର୍ଯ୍ୟାୟ ସୃଜନ ପାଇଁ ପ୍ରସ୍ତୁତି ନେଉଥିଲା ।

ନିତ୍ୟାନନ୍ଦ ପଣ୍ଡା ❖ ୧୮୩

କିଏ କେମିତି ବା କଳ୍ପନା କରନ୍ତା, ଏରକାବନରେ ସଂଘଟିତ ସାମୂହିକ ସଂହାର !

ଏବଂ ବଳରାମ ଓ ଶ୍ରୀକୃଷ୍ଣଙ୍କ କାୟାସମ୍ବରଣ ! !

ହଠାତ୍ ।

ଦ୍ୱାରାବତୀଭୁବନ ବାହାରେ କ୍ରନ୍ଦନରୋଳ ଶୁଭିଲା ।

ଅସୁସ୍ଥ ବସୁଦେବ ବାହାରି ଆସିଲେ ଦ୍ୱାରଦେଶକୁ ।

"କାହିଁକି କାନ୍ଦୁଛ ।" – ସେ ପଚାରିଲେ ସ୍ତବ୍ଧ ଜନତାକୁ ।

ଉତ୍ତର ମିଳିଲା । – ଜାଣିନାହୁଁ, କିନ୍ତୁ ଦାରୁକ ଉଚ୍ଚସ୍ୱରେ କାନ୍ଦିକାନ୍ଦି ନଗ୍ରମଧରେ ଝୁଲିଝୁଲି ଆସୁଛି । ଯେତେ ପଚାରିଲେ ସେ କିଛି କହୁନାହିଁ ।

ଦାରୁକ କାନ୍ଦୁଛି !

ଅସୁସ୍ଥ ବସୁଦେବ ତଳେ ବସିପଡ଼ିଲେ ଓ ଦାରୁକର ମୁହଁରୁ କିଛି ଶୁଣିବାକୁ ଅପେକ୍ଷାକରି ରହିଲେ ।

ଏବଂ ଅଜଣା ଆତଙ୍କରେ ଥରିବାକୁ ଲାଗିଲେ ।

ଇତିମଧରେ ଦେବକୀ ଓ ଅର୍ଜୁନ ପହଞ୍ଚସାରିଥିଲେ ।

ଏବଂ ପହଞ୍ଚିବା ଆରମ୍ଭକରିଥିଲେ କୃଷ୍ଣ-ନାରୀଗଣ ।

ଏବଂ ପହଞ୍ଚିଲେ ବୃଦ୍ଧ ଉଗ୍ରସେନ ।

ହଁ ଦାରୁକ ପହଞ୍ଚିଲା । ଏବଂ ବସୁଦେବଙ୍କ ପାଦତଳେ ପଡ଼ିଗଲା

"ସବୁଶେଷ । ବଂଶଧ୍ୱଂସ । ଆପଣା ଭିତରେ କଳିକରି ଧ୍ୱଂସ ଲଭିଛନ୍ତି ।" – ଦାରୁକର କାନ୍ଦଣାରୁ ଏତିକି ବୁଝାପଡ଼ିଲା ।

ଇଏ କ'ଣ ଶୁଣୁଛି ! ବିମୂଢ଼ ଅର୍ଜୁନ । ଅର୍ଥ, ସଖା ଆଉ ଜୀବନରେ ନାହାଁନ୍ତି ? କ'ଣ କରିବି ମୁଁ !

ସମୂହ-କ୍ରନ୍ଦନ-ରୋଳ ଆରମ୍ଭ ହୋଇଗଲା ।

ସମଗ୍ର ଭୁବନ କ୍ରନ୍ଦନ କରୁଥିଲା ।

ମୋର କର୍ତ୍ତବ୍ୟ କ'ଣ ? ଅର୍ଜୁନ ଆପଣାକୁ ପଚାରୁଥିଲାବେଳେ ଦାରୁକର ବାହୁନାକାଦରୁ ଉତ୍ତର ମିଳିଲା । ଦାରୁକ କାନ୍ଦୁଥିଲା ଓ ପାଗଳ ଭଳି ଗପୁଥିଲା । ଶ୍ରୀକୃଷ୍ଣଙ୍କର ଅର୍ଜୁନ ପ୍ରତି ଅନ୍ତିମ ବାର୍ତ୍ତା ଗପିଯାଉଥିଲା ।

.... ଆଜି ମଧ୍ୟରାତ୍ରି ଗତେ ସମଗ୍ର ଦ୍ୱାରାବତୀକୁ ସମୁଦ୍ର ଡୁବେଇ ଦେବ .... ଅର୍ଜୁନକୁ କହିବ ସମସ୍ତଙ୍କୁ ଯଥାସମ୍ଭବ ସାଥିରେ ଧରି ସମୁଦ୍ରକୂଳସ୍ଥ ଉଚ୍ଚ ସ୍ଥାନକୁ ଝଲିଯିବ ..... ମୋ ପିତାମାତା ଓ ନାରୀମାନଙ୍କୁ ନେଇ ଅର୍ଜୁନ ହସ୍ତିନାକୁ ବାହୁଡ଼ିଯିବ ..... ।

ଅର୍ଜୁନ ଶୁଣୁଥିଲେ ଓ କର୍ତ୍ତବ୍ୟ – ସଚେତନ ହେଉଥିଲେ ।

ସେ କାନ୍ଦିବା ଭୁଲିଯାଇଥିଲେ ।

ରୋହିଣୀଙ୍କ କୋଳରେ ମଥାରଖି 'ହାଃ ମୋ କୃଷ୍ଣ' ବୋଲି ଉଚ୍ଚସ୍ୱରରେ କାନ୍ଦୁଥିଲେ ଦେବକୀ । ଏବଂ ହଠାତ୍ ତାଙ୍କର କାନ୍ଦ ବନ୍ଦ ହୋଇଗଲା ଓ ଶରୀର ନିଶ୍ଚଳ ହୋଇଗଲା ।

ପ୍ରାଣବାୟୁ ଉଡ଼ିଯାଇଥିଲା ଦେବକୀଙ୍କର ।

ଏବଂ ପରେ ପରେ ବସୁଦେବ ସେହି ପଥର ଯାତ୍ରୀ ହେଲେ ।

ଅର୍ଜୁନ ନିଜର ଆଶୁକର୍ତ୍ତବ୍ୟ ଠିକ୍‌କରିନେଲେ ।

ଦାହକରିବେ ବସୁଦେବ ଓ ଦେବକୀଙ୍କ ମରଶରୀରକୁ ।

ଅଗ୍ନିକୁଣ୍ଡ ଜଳିଉଠିଲା ।

କିନ୍ତୁ ବସୁଦେବଙ୍କର ଅନ୍ୟ ପତ୍ନୀଗଣ ସେ ଅଗ୍ନିରେ ଜୀବନ୍ତ ଝାସଦେଲେ ।

ବିସ୍ମିତ ହେବାପାଇଁ ଅର୍ଜୁନ ପାଖରେ ସମୟ ନଥିଲା । ସମୁଦ୍ର ମାଡ଼ିଆସିବ ଓ ଡୁବେଇଦେବ ଦ୍ୱାରାବତୀନଗ୍ର । ତା' ପୂର୍ବରୁ ......

ଏହି ସମୟରେ .......

ଅର୍ଜୁନ ଦେଖିଲେ, ଅନ୍ୟ ଏକ ଅଗ୍ନିକୁଣ୍ଡ ଦାଉଦାଉ ଜଳୁଛି ।

କାହିଁକି ସେ ଦ୍ୱିତୀୟ ଅଗ୍ନିକୁଣ୍ଡ !

ସହସା କାରଣଟି ଜଣାପଡ଼ିଲା ।

ଶ୍ରୀକୃଷ୍ଣଙ୍କର ଶ୍ରେଷ୍ଠ-ଅଷ୍ଟପତ୍ନୀ ଆଗେଇ ଆସୁଛନ୍ତି ।

ଅର୍ଜୁନ ସ୍ତମ୍ଭୀଭୂତ ।

ସେ ରାତିଟି ଥିଲା ଭୟଙ୍କର ରାତ୍ରି । ଏବଂ ଦୀର୍ଘ ରାତ୍ରି । ଯେପରି ଜଣାପଡୁଥିଲା, କାଳ ତା'ର ମନପୂତକଲା ପରେ ସମୁଦ୍ର ମାଡ଼ିଆସିବ । ତା'ପୂର୍ବରୁ ନୁହଁ ।

ରାତ୍ରିଟି ଦୀର୍ଘ ହେଉଥିଲା ।

ଅର୍ଜୁନଙ୍କ ଦାୟିତ୍ୱ ବଢ଼ି ବଢ଼ି ଯାଉଥିଲା ।

ସେ ଦେଖୁଥିଲେ – ପ୍ରଥମେ ରୁକ୍ମିଣୀ ଅଗ୍ନି-ପ୍ରବେଶ କରିବାକୁ ଆଗେଇ ଆସୁଛନ୍ତି ।

ତାଙ୍କ ପଛରେ ସତ୍ୟଭାମା ଜାମ୍ବତୀ ......

ଏବଂ ବଳରାମଙ୍କ ପତ୍ନୀ ରେବତୀ .......

ଓଃ ! ଆଖିବୁଜିଦେଲେ ଅର୍ଜୁନ ।

ଦ୍ୱିତୀୟ ଅଗ୍ନିକୁଣ୍ଡ ହୁତ୍‌ହୁତ୍‌ ଜଳୁଛି । ସଖାଙ୍କର ଅଷ୍ଟପାଟବଂଶୀ ଜୀବନ୍ତ ଦଗ୍ଧ ହେଉଛନ୍ତି । କ'ଣ ସବୁ ଘଟିଯାଉଛି !

ନିୟତିକୁ ନିର୍ମ୍ମ କୁହାଯିବ ନା ନିୟତିର କାର୍ଯ୍ୟଧାରା ନିର୍ମ୍ମ ଜଣାପଡ଼େ ! କେଜାଣି ! !

ଅଗ୍ନିକୁଣ୍ଡ ସଂପୂର୍ଣ୍ଣ ଲିଭିନାହିଁ, ଅର୍ଜୁନ ଦ୍ୱାରାବତୀଭୁବନ ଛାଡ଼ିଲେ । ସାଥିରେ ବଞ୍ଚିଥିବା କୃଷ୍ଣ-ପତ୍ନୀଗଣ ଏବଂ ଅବଶିଷ୍ଟ ପୁରୁଷ ଓ ନାରୀ । ଦ୍ରୁତପଦରେ ସେମାନେ ଧାଉଁଥିଲେ ସମୁଦ୍ରତୀରକୁ । ଉଚ୍ଚାସ୍ଥାନ ଦେଖି ଆଶ୍ରୟନେବେ । ଜୀବନ ବଞ୍ଚେଇବେ ।

ସମୁଦ୍ର ଯେତେବେଳେ ମାଡ଼ିଆସିବ, ଏହି ଅଗ୍ନିକୁଣ୍ଡ ଦୁଇଟି ଲିଭିବ । ଏବେ ନୁହଁ । ଓଃ, କି ଭୟାବହ ଦୃଶ୍ୟ ! ଜଳନ୍ତା ଅଗ୍ନିକୁଣ୍ଡ ମଧକୁ ପଶିପଶି ଯାଉଛନ୍ତି ଜଣେ ପରେ ଜଣେ .......

ସମୁଦ୍ର-ଗର୍ଜନ ଶୁଭିଲାଣି । କ'ଣ ଲହଡ଼ି ମାଡ଼ିଆସୁଛି ? ଘନ ଅନ୍ଧକାର ମଧରେ କିଛି ଦିଶୁନଥିଲା, କିନ୍ତୁ ଶୁଭୁଥିଲା । ପଛକୁ ଚାହୁଁନଥିଲେ ସେମାନେ । ପ୍ରାୟ ଧାଉଁଥିଲେ ।

ହଠାତ୍‌ ସେମାନଙ୍କର ଆଶଙ୍କା ହେଲା, ସେମାନେ ଆଉ ଆଗକୁ ବଢ଼ିପାରିବେ ନାହିଁ । କାହିଁକିନା, ଭୂମିର କମ୍ପନ ଦ୍ରୁତହେଉଛି । କ'ଣ ଲହଡ଼ିରେ ସେମାନେ ବି ଭାସିଯିବେ ! ହେ ଭଗବାନ !

ସେମାନେ ପାଦକୁ ମାଟିରେ ଦୃଢ଼ କରିପାରୁନଥିଲେ । ମୁହଁମାଡ଼ି ତଳେ ପଡ଼ିଯାଉଥିଲେ ।

ଏବଂ ଉଠୁଥିଲେ ।

ଏବଂ ପୁଣି ଝୁଣ୍ଟୁଥିଲେ ।

ଏବଂ ଯଥାସାଧ୍ୟ ଆଗଉଥିଲେ ।

ହଁ ସେମାନେ ପହଞ୍ଚିଲେ । ଜାଣିପାରିଲେ ସେଇଟା ଖୁବ୍ ଉଚ୍ଚାସ୍ଥାନ । ନିରାପଦ । ବଞ୍ଚିଯିବାର ଅପାର ଖୁସି ଅନୁଭବ କଲେ ସେମାନେ । ଅର୍ଜୁନର ମନେନଥିଲା, ସେ ସଖାଙ୍କୁ ହରେଇଛି । ଏବଂ ବିରାଟ ଯଦୁବଂଶର ବିନାଶ ଘଟିଛି । ଏବଂ ତା' ଆଖିଆଗରେ ଜଣେ ଜଣେ ନାରୀ ଅଗ୍ନିମଧ୍ୟକୁ ପଶିଯାଉଥିଲେ ଓ ହୁତ୍‌ହୁତ୍ ଜଳୁଥିଲେ ।

ଖୁବ୍ ନିକଟରୁ ସମୁଦ୍ର ଲହଡ଼ି ପିଟିହେବାର ଶବ୍ଦ ଶୁଭିଲା । ସେତିକିବେଳେ ଘଟିଲା ଆଶ୍ଚର୍ଯ୍ୟଜନକ ଘଟଣା । ଯେ – ଅନ୍ଧକାର ସଂପୂର୍ଣ୍ଣ ହଟିଯାଇଛି । ଏବଂ ଭୂମିର କମ୍ପନ ଆଦୌ ନାହିଁ ।

ଆଶ୍ଚର୍ଯ୍ୟ ! ଅନ୍ଧକାର କୁଆଡ଼େ ଗଲା !

ବିନା ସୂର୍ଯ୍ୟରେ ଆଲୋକ ବିଷ୍ଣୁହୋଇଗଲା ।

ଅର୍ଜୁନ ଏବଂ ନାରୀଗଣ ପରସ୍ପରକୁ ଦେଖିଲେ ।

ଏବଂ ଦେଖିଲେ ଦ୍ୱାରାବତୀ ନଗରର ଅବସ୍ଥା ।

ସମୁଦ୍ର ଲହଡ଼ି ମାଡ଼ିଆସୁଛି ନଗରମଧ୍ୟକୁ ।

କ୍ରମଶଃ ଲହଡ଼ିର ଉଚ୍ଚତା ବଢ଼ୁଛି ।

ସୁସଙ୍ଗଭାବେ ନିର୍ମାଣ ହୋଇଥିବା ପ୍ରାସାଦ ଗୁଡ଼ିକ ଅଧା ଡୁବିଗଲାଣି ।

ଲହଡ଼ି ସମୂହର ଶବ୍ଦ ଭୀଷଣରୁ ଭୀଷଣତର ହେଉଛି ।

ସମୁଦ୍ରର ଏ କି କରାଳ ରୂପ !

ଅର୍ଜୁନ ଦେଖୁଥିବା ଭିତରେ ଦ୍ୱାରାବତୀ ନଗର ସଂପୂର୍ଣ୍ଣ ଜଳମଗ୍ନ ହେଲା ।

ଆଶ୍ଚର୍ଯ୍ୟ, ଶ୍ରୀକୃଷ୍ଣଙ୍କର ମୁଖ୍ୟ ଭୁବନ ତେବେବି ଦିଶୁଛି ।

ସତେବା, ମୁଖ୍ୟ ଭୁବନକୁ ସ୍ପର୍ଶ କରିବାକୁ ଡରୁଛି ସମୁଦ୍ର ।

ଏବଂ ଭୁବନକୁ ପରିକ୍ରମା କରୁଛି ଲହଡ଼ି ।

ହଁ, ସମଗ୍ର ନଗ୍ର ସମୁଦ୍ର ଗର୍ଭରେ ଲୀନ ହୋଇଗଲା ।

କେବଳ ସଗର୍ବ ମଥା ତୋଳି ରହିଥିଲା ମୁଖ୍ୟଭୁବନ ।

କାହିଁ କେଉଁ କାଳେ ଦିବ୍ୟରଚନା ସମ୍ଭବ ହୋଇଥିଲା । ପ୍ରତ୍ୟକ୍ଷଦର୍ଶୀ କେହିଥିଲେ କି ନା ଜଣାନାହିଁ । ମାତ୍ର ବର୍ତ୍ତମାନ ଦୈବୀଧ୍ୱଂସ ଆଖିରେ ଦେଖୁଛନ୍ତି ଅର୍ଜୁନ । ସେ ଅନୁଭବ କରୁଛନ୍ତି, ତାଙ୍କର ଶକ୍ତି ସାମର୍ଥ୍ୟ ଲୋପପାଇଛି । କେମିତି ସେ ନିର୍ବଳ ଅନୁଭବ କରୁଛନ୍ତି ।

ଦ୍ୱାରାବତୀ ଧ୍ୱଂସ ଦୈବୀଧ୍ୱଂସ ନୁହଁ ତ ଆଉ କ'ଣ !

●

ବ୍ରହ୍ମଶାପ ଓ ଗାନ୍ଧାରୀଙ୍କ ଅଭିସମ୍ପାତ୍ ଯୋଗୁଁ ଶ୍ରୀକୃଷ୍ଣ-ଆମ୍ଜଗଣ ବିନାଶ ଲଭିଥିଲେ । ମାତ୍ର ଜଣେ ଆମ୍ଜ କୌଣସିମତେ ବଞ୍ଚିଯାଇଥିଲା । ସେ ହେଉଛି, ଅନିରୁଦ୍ଧ-ପୁତ୍ର ଏବଂ ଶ୍ରୀକୃଷ୍ଣଙ୍କର ନାତି 'ବଜ୍ର' । ଅନ୍ୟ ଯେଉଁ ଦ୍ୱାରକାବାସୀ ସାମୁଦ୍ରିକ ବିତ୍ପାତରୁ ନିଜକୁ ବଞ୍ଚେଇ ପାରିଥିଲେ ସେ ସେମାନଙ୍କର ଶାସକ ବା ରାଜା (ଠିକ୍‌ରେ ରାଜାନୁହଁ) ଭାବେ ସେ ଅଭିଷିକ୍ତ ହୋଇଥିଲେ । କିନ୍ତୁ ଦ୍ୱାରାବତୀରେ ନୁହଁ, ଇନ୍ଦ୍ରପ୍ରସ୍ତରେ । ଦ୍ୱାରାବତୀ ନିଷିଦ୍ଧ ହୋଇଯାଇଥିଲା ।

ଏଠାରେ ଗୋଟିଏ ଗୂଢ଼ପ୍ରଶ୍ନ ଆମମାନଙ୍କର ମନକୁ ଆସିବା ସ୍ୱାଭାବିକ୍ । ଯେ – ଆମ୍ଜମାନଙ୍କର ବିନାଶ ସମ୍ପର୍କରେ ଶ୍ରୀକୃଷ୍ଣ ସୂଚନା ପାଇଥିଲେ । କିନ୍ତୁ ସମଗ୍ର ଦ୍ୱାରାବତୀ ନିଷିଦ୍ଧ ହେଲା କାହିଁକି ! ଏବଂ ସମଗ୍ର ଦ୍ୱାରାବତୀକୁ ସମୁଦ୍ର ଗର୍ଭସ୍ଥ କରିବ, ଏ ସମ୍ପର୍କରେ ଶ୍ରୀକୃଷ୍ଣ ଜାଣିଲେ କିପରି ! ଏହି ପ୍ରଶ୍ନର ମାନବୀୟ ବ୍ୟାଖ୍ୟାକରିବା ।

ଦ୍ୱାରକାରେ ପ୍ରଥମେ ଭୂମିକମ୍ପ ଆରମ୍ଭ ହେଲା, ମହାବିପର୍ଯ୍ୟୟ ପୂର୍ବରୁ । ଆଧୁନିକ ବିଜ୍ଞାନର studyରୁ ଜଣାପଡ଼ିଛି, ଭୂମିକମ୍ପର ପୂର୍ବାଭାସ ପଶୁ ଓ ପକ୍ଷୀମାନେ ଜାଣିପାରନ୍ତି । ଏବଂ ଭୂକମ୍ପ ପୂର୍ବରୁ ଭୁଗୋଲ-ବିଶେଷଜ୍ଞ

ଜାଣିପାରିବାର ଉଦ୍ୟମରେ ଅଛନ୍ତି, ଯଦିବା ସଂପୂର୍ଣ୍ଣ ସଫଳ ହୋଇନାହାଁନ୍ତି । କଥାହେଲା, ସେସମୟରେ ଭୂମିକମ୍ପର ପୂର୍ବାଭାସ ଓ ପରିଣତି ସମ୍ପର୍କିତ ଜ୍ଞାନ ମନୁଷ୍ୟର ଥିଲା । ଅର୍ଥାତ୍, ଶ୍ରୀକୃଷ୍ଣ ଜାଣିପାରିଥିଲେ ସାମୁଦ୍ରିକ ଭୂକମ୍ପ କେଉଁ ଧରଣର କ୍ଷତିକରିପାରେ ।

ଏପରି ସ୍ଥଳେ ମନକୁ ଆସେ ସୁନାମି(Tsunami) । ସୁନାମି ଏକ ସାମୁଦ୍ରିକ ଭୂକମ୍ପ । ସମୁଦ୍ର ମଧ୍ୟରେ ଭୂକମ୍ପ ହେଲେ ସମୁଦ୍ର ଜଳରେ ପ୍ରଚଣ୍ଡ ଲହଡ଼ି ସୃଷ୍ଟିହୁଏ । ସେହି ଲହଡ଼ି କୂଳରେ ପହଞ୍ଚିବାକୁ ସମୟ ଲାଗେ । ଏବଂ ଭୂଭାଗ ଛୁଇଁବା ମାତ୍ରେ ଲହଡ଼ିର ଉଚ୍ଚତା ପ୍ରଚଣ୍ଡ ଓ ଭୀଷଣ ହୁଏ । ଏହା ଭୂକମ୍ପର ତୀବ୍ରତା ଓ ମାଧ୍ୟାକର୍ଷଣଶକ୍ତି ଓ ତରଙ୍ଗ-ସଞ୍ଚରଣ ଉପରେ ନିର୍ଭର କରେ, ତାହା ଭୂଭାଗର କେତେ ଉପରକୁ ଉଠିଆସିବ ଓ କେଉଁ ପରିମାଣର କ୍ଷତିପହୁଞ୍ଚାଇବ ।

ଦ୍ୱାରକା ବା ଦ୍ୱାରାବତୀ ସମୁଦ୍ର ମଧ୍ୟସ୍ଥ ଏକ ଦ୍ୱୀପ । ସେ ସମୟର ଭୂକମ୍ପ ଥିଲା ଏକ ସୁନାମି । ଶ୍ରୀକୃଷ୍ଣ ଜାଣିପାରିଥିଲେ, ସେହି ସୁନାମି ଭୟଙ୍କର କ୍ଷତି ପହୁଞ୍ଚାଇବ । ଏବଂ ଜଳମଗ୍ନ କରିଦେବ ଦ୍ୱାରାବତୀ ନଗ୍ରକୁ । ଏବଂ ସେ ନିର୍ଘଣ୍ଟ ସ୍ଥିର କରିପାରିଥିଲେ, ସୁନାମି କେତେବେଳେ ଦ୍ୱାରାବତୀ ଛୁଇଁବ । ଅର୍ଥାତ୍, ସୁନାମି ସମ୍ପର୍କରେ ବିଶଦଜ୍ଞାନ ହାସଲ କରିଥିଲେ ଶ୍ରୀକୃଷ୍ଣ ।

ଦ୍ୱିତୀୟ ବ୍ୟାଖ୍ୟାଟି ଦୈବୀକ । ଯେ-ଶ୍ରୀକୃଷ୍ଣ ମହାବିଷ୍ଣୁଙ୍କର ମାନବରୂପ । କେବଳ ଏହି ଗୋଟିଏ ଘଟନାନୁହଁ, ସମସ୍ତ ଭବିଷ୍ୟତ ଘଟନା ସମ୍ପର୍କରେ ସେ ଅବହିତ ଥିଲେ । ଆମ୍ଭଜମାନଙ୍କର ବିନାଶ ଓ ଦ୍ୱାରାବତୀର ଧ୍ୱଂସ ନିୟତି-ଘଟିତ ଦୈବୀଘଟନା ଥିଲା ମାତ୍ର । ଏବଂ ସେ କେତେବେଳେ ତନୁତ୍ୟାଗ କରିବେ ନିର୍ଘଣ୍ଟ ପ୍ରସ୍ତୁତ କରିସାରିଥିଲେ ।

●

କେତେ ସମୟ ବିସ୍ମୟବିମୂଢ଼ ଭାବେ ଅର୍ଜୁନ ଠିଆ ହୋଇଥିଲେ ଜଣାନାହିଁ । ଯେତେବେଳେ ସ୍ୱାଭାବିକ୍ ହେଲେ, ତାଙ୍କର ଦୃଷ୍ଟି ପଡ଼ିଲା ନାରୀମାନଙ୍କ ଉପରେ । ସେମାନେ ଥିଲେ ସଂଖ୍ୟାରେ ସହସ୍ରାଧିକ । ସେ କର୍ତ୍ତବ୍ୟ ସଚେତନ ହେଲେ । ଏମାନଙ୍କୁ ସାଥିରେ ନେଇଯିବାକୁ ହେବ ହସ୍ତିନା । ଏହାଥିଲା, ସଖାଙ୍କର ଅନ୍ତିମ ବାର୍ତ୍ତା ।

କୃଷ୍ଣ-ନାରୀ ଓ ଅନ୍ୟମାନଙ୍କୁ ସାଥିରେ ନେଇ ସେ ହସ୍ତିନା ଅଭିମୁଖେ ଯାତ୍ରାରମ୍ଭ କଲେ ।

ପଛରେ ରହିଗଲା ସମୁଦ୍ର ଗର୍ଭରେ ଲୋପ ପାଇଥିବା ଦ୍ୱାରାବତୀ । ହେଲେ ଏହି ନାରୀଙ୍କୁ ଅକ୍ଷତ ଅବସ୍ଥାରେ ପହଞ୍ଚାଇ ପାରିବେତ ?

ଅର୍ଜୁନ ଭାବୁଥିଲେ । ଭାବୁଥିଲେ ଏହି ନାରୀଗଣ ଶ୍ରୀକୃଷ୍ଣଙ୍କର ସ୍ପର୍ଶ ପାଇଛନ୍ତି । ଏମାନେ ଦିବ୍ୟସଭା । ଅଥଚ, ଆଜି କେଡ଼େ ଅସହାୟ ସତେ !

ଅର୍ଜୁନ ବାଟ ଚାଲୁଛନ୍ତି ଓ ଭାବୁଛନ୍ତି । ତାଙ୍କ ମନରେ କେବଳ ଦୁଇଟି କଥା । ସଖା-ନାରୀଙ୍କୁ ହସ୍ତିନାରେ ଅକ୍ଷତ ପହଞ୍ଚାଇବେ । ଏବଂ ଜ୍ୟେଷ୍ଠଭ୍ରାତାଙ୍କୁ ସମ୍ବାଦ ଦେବେ । ସେ ଅପେକ୍ଷା କରିଥିବେ । ଯେତେବେଳେ ଶୁଣିବେ ..... ନା ଆଉ ଭାବି ହେଉନାହିଁ ।

ଶ୍ରୀକୃଷ୍ଣଙ୍କର ରୂପ ଓ ଗୁଣ ତାଙ୍କର ମନରେ ପଡ଼ୁନାହିଁ ।

ଖସଡ଼ି ଯାଉଛି ।

କାହିଁକି ଏପରି ହେଉଛି !

ତାଙ୍କର ହୃଦୟ ଏକଦା କୃଷ୍ଣମୟଥିଲା ।

ତାହା ଏବେ ଶୂନ୍ୟ କାହିଁକି !

ହେ ଭଗବାନ !

ଆଗରେ ଧନୁହସ୍ତେ ଅର୍ଜୁନ । ପଛରେ କୃଷ୍ଣ-ନାରୀଗଣ ଓ ବର୍ତ୍ତିଯାଇଥିବା ଅନ୍ୟମାନେ । ସମସ୍ତେ ମେଳିହୋଇ ଅରଣ୍ୟରେ ପ୍ରବେଶକଲେ । ହସ୍ତିନାରେ ଏମାନେ ପହଞ୍ଚିପାରିବେ ?

(ଉଣେଇଶି)

ଭୂମି କମ୍ପୁନାହିଁ । ଆକାଶରେ ଧୂମକେତୁ ନାହିଁ । ସମୁଦ୍ରରେ ବିନାଶକାରୀ ଲହଡ଼ି ନାହିଁ । ବୋଧହୁଏ ଦ୍ୱାରାବତୀର ଧ୍ୱଂସଦେଖ୍ ସମସ୍ତେ ଖୁସି ।

ଇତିମଧ୍ୟରେ ପୃଥ୍ୱୀରେ ଏକ ବିରାଟ ପରିବର୍ତ୍ତନ ଘଟିସାରିଛି ।

ପୃଥ୍ୱୀର ରାଜନୈତିକ ଦୃଶ୍ୟପଟ ବଦଳିଯାଇଛି ।

କିନ୍ତୁ ହାୟ ! ରାଜନୈତିକ ଦୃଶ୍ୟପଟର ପରିବର୍ତ୍ତନକାରୀ ନାହାଁନ୍ତି ।

ସେ ତନୁତ୍ୟାଗ କରିଛନ୍ତି, ଅଲକ୍ଷ୍ୟରେ ।

ଜଗତ ଜାଣିନାହିଁ ।

ଯେବେ ଜାଣିବ, କିପରି ପ୍ରତିକ୍ରିୟା ପ୍ରକାଶ କରିବ କେଜାଣେ !

ଆଗରେ ଅର୍ଜୁନ । ତାଙ୍କ ହାତରେ ଗାଣ୍ଡିବଧନୁ ଓ ଅକ୍ଷୟତୂଣୀର । ଆରଣ୍ୟକ ପଥରେ ସେ ନେତୃତ୍ୱ ନେଇଛନ୍ତି କୃଷ୍ଣ-ନାରୀଙ୍କର । ଏବଂ ସମୁଦ୍ର ବିପ୍ଳାତରୁ ବର୍ତ୍ତିଥିବା ଆଉ କେତେକ ନାରୀ-ପୁରୁଷ-ଶିଶୁଙ୍କର ।

ସମୁଦ୍ର ଆସି ବୁଡ଼େଇଦବ, ଏହି ଆଶଙ୍କାରେ ଅନେକ ସାଥିରେ ନେଇ ଆସିଛନ୍ତି ଧନରନ୍ତର ଗଣ୍ଡିଲି ।

ପ୍ରତିକୂଳ ପରିସ୍ଥିତିରେ ମଣିଷ ଟିଷ୍ଟି ରହିବା ପାଇଁ ସଂଘର୍ଷ କରିବା ଆଦିମକାଳରୁ ଶିଖିଛି । କେବଳ ଯାହା ଶିଖିନାହିଁ, ନିୟତିର ନୀରବ ସୂଚନା ପଢ଼ିବା । ହାୟ !

ଅର୍ଜୁନ ଚାଲିଛି ଜନତାର ପୁରୋଭାଗରେ ।

ମହାଦୁର୍ଘଟନାର ପ୍ରଭାବ ତା'ଉପରେ ପ୍ରଚଣ୍ଡ ।

ସେ ନିର୍ବଳ ଅନୁଭବ କରୁଛି ।

ସଖା ଶ୍ରୀକୃଷ୍ଣଙ୍କର ତନୁତ୍ୟାଗ ଘଟନା ତା'ର ସହ୍ୟଶକ୍ତି ବାହାରେ ।

ତେବେ ତା'ର ଆଶୁକର୍ତ୍ତବ୍ୟ ଦୁଇଟି ।

ଶ୍ରୀକୃଷ୍ଣ – ନାରୀମାନଙ୍କୁ ସ୍ୱଚ୍ଛନ୍ଦରେ ହସ୍ତିନାରେ ପହଞ୍ଚାଇବା ।

ଏବଂ ଜ୍ୟେଷ୍ଠଭ୍ରାତ ଯୁଧିଷ୍ଠିରଙ୍କୁ ସମ୍ବାଦ ଦେବା ।

ସେ ଚାଲିଛି । କିନ୍ତୁ ପୂର୍ବରାତ୍ରିର ମହାଦୁର୍ଘଟନା ମନେପଡ଼ିଯାଆନ୍ତେ ସେ ଶିହରି ଉଠୁଛି । ତା ଆଖ୍ ଆଗରେ ଭାସି ଉଠୁଛି ଭୟାନକ ଦୃଶ୍ୟ ସମୂହ ।

ନିତ୍ୟାନନ୍ଦ ପନ୍ଥା ❖ ୧୯୧

.... ଦୁଇଟି ଅଗ୍ନିକୁଣ୍ଡ ଜଳୁଛି । କୃଷ୍ଣ-ପତ୍ନୀଗଣ ଜଣେ ଜଣେ ପ୍ରବେଶ କରୁଛନ୍ତି ଅଗ୍ନିକୁଣ୍ଡ ମଧ୍ୟକୁ । ଏବଂ ଜୀବନ୍ତ ଜଳିଯାଉଛନ୍ତି । ଏବଂ ଜଳିଯାଉଛନ୍ତି ବସୁଦେବଙ୍କ ତିନିପତ୍ନୀ ।

ସମୁଦ୍ର ସର୍ବଗ୍ରାସୀ କରାଳରୂପ ସେ କେବେଁ ଦେଖ୍ନଥିଲା ।

କାହିଁକି ଗୋଟେ ମହାନ ବଂଶର ଅବସାନ ଘଟିଲା ?

ସେ ଉତ୍ତର ଖୋଜୁଥିଲା, କିନ୍ତୁ ପାଉନଥିଲା ।

ଭାବୁଥିଲା ଏବଂ ଆଗଉଥିଲା ।

ହଠାତ୍ ।

ପଛରୁ ଶୁଭିଲା ଆର୍ତଚିତ୍କାର - ରକ୍ଷାକର ଅର୍ଜୁନ ।

ନାରୀମାନଙ୍କର ସମ୍ମିଳିତ ଚିତ୍କାର ପଛରୁ ଆସୁଥିଲା ।

କ'ଣ ଘଟିଲା ? ମଥାରେ ବଜ୍ରପଡ଼ିଲା ଭଳି ଅର୍ଜୁନ ଅନୁଭବ କଲା । ତା'ର ଭାବନା ବନ୍ଦ ହୋଇଗଲା । ହିଂସ୍ରଜନ୍ତୁ ଆକ୍ରମଣ କଲେକି ? ସେ ସହସା ଧାଇଁଲା ପଛକୁ । ଏବଂ ପହଞ୍ଚ ଯାହା ଦେଖ୍ଲା ସେଠାରେ ତା'ର ଶରୀର ସତେବା ହିମଶୀତଳ ହୋଇଗଲା । କିଛି ଭାବିବା ପୂର୍ବରୁ ତା'ର ହାତ ଧନୁରେ ଗୁଣଦେଲା ।

କଥାହେଲା, ବେଶ୍ କେତେଜଣ ହସ୍ୟ ନାରୀମାନଙ୍କ ହାତରୁ ଧନଗଣ୍ଠିଲି ଛଡ଼ାଉଥିଲେ । ଅସ୍ତ୍ରଶସ୍ତ୍ରରେ ସଜ୍ଜିତ ହୋଇଥିଲେ ସେମାନେ ।

କିନ୍ତୁ ହାୟ ! ଦସ୍ୟୁମାନେ ସମ୍ମୁଖରେ ଅର୍ଜୁନକୁ ଦେଖ୍ ଭୟ କରିବା ପରିବର୍ତେ ଅଟ୍ଟହାସ୍ୟ କଲେ । ସତେବା ସେମାନଙ୍କୁ ପ୍ରତିରୋଧ କରୁଛି ମାମୁଲି ମଣିଷଟିଏ ।

ଅର୍ଜୁନ ଭାବୁଥିଲା, ସେ ଆକ୍ରମଣକାରୀଙ୍କ ଉପରେ ତୀରବର୍ଷା କରୁଛି । କିନ୍ତୁ ନା, ଗୋଟିଏ ହେଲେ ତୀର ଆକ୍ରମଣକାରୀଙ୍କୁ ଆଘାତ କରୁନଥିଲା ।

ଗାଣ୍ଡିବଧନୁର ବିପର୍ଯ୍ୟୟ ଦେଖ୍ ହତବାକ୍ ହୋଇଗଲା ଅର୍ଜୁନ । ସେ ପଥର ମୂର୍ତ୍ତିପରି ଠିଆହୋଇ ରହିଲା କେବଳ ।

ଅଧିକ ହିଂସ୍ର ହୋଇଉଠିଲେ ଦସ୍ୟୁଗଣ । ଖୁବ୍ ସହଜରେ ସେମାନେ ନାରୀମାନଙ୍କଠୁ ଧନଲୁଟିନେଲେ । ଅର୍ଜୁନ ଚଳତ୍‌ଶକ୍ତି ଶୂନ୍ୟ । ସେ କିଛି ହିଁ କରିପାରୁନଥିଲେ ।

ନାରୀଗଣ ଚିକ୍ରା କରି ତା'ର ସାହାଯ୍ୟ ଲୋଡୁଥିଲେ । ହେଲେ ସବୁ ନିଷ୍ଫଳ ।

ଅର୍ଜୁନ ଭାବୁଥିଲା, ଦସ୍ୟୁଗଣ ଧନଗଣ୍ଡିଲି ଗୁଡ଼ିକ ଅପହରଣକରି ଖୁସିରେ ଫେରିଯିବେ । ହଁ ନେଇଯାନ୍ତୁ, ହସ୍ତିନାରେ ପ୍ରଚୁର ଧନ ଗଚ୍ଛିତ ରହିଛି !

କିନ୍ତୁ ..... କିନ୍ତୁ ଦସ୍ୟୁମାନଙ୍କର ଆଚରଣ ଅଧିକ ଖରାପ ହେଲା । ସେମାନେ ଧନସହ ଜଣେ ଜଣେ ସୁନ୍ଦରୀନାରୀ ଚୟନକରି ଝିଙ୍କି ନେଇଯିବାକୁ ବସିଲେ । ନେଇଗଲେ ମଧ୍ୟ ।

ନାରୀଗଣ କାନ୍ଦୁଥିଲେ । ସେମାନଙ୍କ କ୍ରନ୍ଦନର ଉତ୍ତରରେ ହସୁଥିଲେ ଦସ୍ୟୁଗଣ ।

ଏମାନେ ଦ୍ୱାରାବତୀର ନାରୀ । ବଳପ୍ରୟୋଗ କରି ନେଇଯାଉଛନ୍ତି ଦସ୍ୟୁ । ଅସହାୟ ଦୃଷ୍ଟିରେ ଚାହିଁରହିଛି ଅର୍ଜୁନ । ଓଃ କି ଲଜ୍ଜା !

ଅର୍ଜୁନର ଆଖିଆଗରେ ସୁନ୍ଦରୀ ନାରୀମାନେ ଦୂରକୁ ଦୂରକୁ ଚାଲିଗଲେ । ପରିଣତି ସମ୍ପର୍କରେ ଭାବିବାକୁ ଅର୍ଜୁନ ପାଖରେ ସମୟ ନଥିଲା କି ସାମର୍ଥ୍ୟ ନଥିଲା । ନିଜକୁ ଧିକ୍କାର କରୁଥିଲା ସେ । ଅଗତ୍ୟା ଅବଶିଷ୍ଟଙ୍କୁ ଧରି ସେ ପୁନର୍ବଚ୍ଚ ଚାଲିବାକୁ ଲାଗିଲା ହସ୍ତିନା ଉଦ୍ଦେଶ୍ୟରେ ।

●

ପଥ ମଧ୍ୟରେ ଅର୍ଜୁନ ସାକ୍ଷାତ କଲେ ବ୍ୟାସଦେବଙ୍କୁ । ତାଙ୍କର ପାଦପୂଜା କରିବା ଉତ୍ତାରୁ ଅର୍ଜୁନ ଜାଣିବାକୁ ଚାହିଁଲେ – ମାତ୍ର କେତେଜଣ ମାମୁଲି ଦସ୍ୟୁଙ୍କ ନିକଟରେ ମୋର ଗାଣ୍ଡିବଧନୁର ପରାଜୟ ହେଲା କାହିଁକି ?

ବ୍ୟାସଦେବ କହିଲେ – ଚିନ୍ତିତ ହୁଅନାହିଁ । ସମୟ ଅନୁସାରେ ଦ୍ରବ୍ୟ ତା'ର ଗୁଣ ପ୍ରଦର୍ଶନ କରେ । ଖରାପ ବେଲାରେ ବିଦ୍ୟା ବୁଦ୍ଧି ଅସ୍ତ୍ର ଠିକ୍ ଠିକ୍ କାର୍ଯ୍ୟ କରେନାହିଁ । ଯେପରି ଭଲ ବେଲାରେ ସେସବୁ ବହୁଅଧିକ କାର୍ଯ୍ୟକ୍ଷମ ହୁଏ । ତୁମ କ୍ଷେତ୍ରରେ ସେପରି ହୋଇଛି ମାତ୍ର ।

ଅର୍ଜୁନ କହିଲେ – ତେବେ ମୋର ସମୟ ଅନୁକୂଲ ନୁହଁ ?

"ନା । ତୁମେ ଏକ ନିର୍ଦ୍ଦିଷ୍ଟ ଉଦ୍ଦେଶ୍ୟରେ ଧରାପୃଷ୍ଠକୁ ପ୍ରେରିତ ହୋଇଥିଲ । ଶ୍ରୀକୃଷ୍ଣଙ୍କ ତନୁତ୍ୟାଗ ସହିତ ତୁମର କାର୍ଯ୍ୟ ଆପାତତଃ ଶେଷ ହୋଇଛି । ତୁମକୁ ଆଉ ପୃଥ୍ୱୀର ଆବଶ୍ୟକତା ନାହିଁ । ତୁମେ ଅର୍ଥାତ୍ ତୁମେ ଭାଇମାନେ ଖୁବ୍‌ଶୀଘ୍ର ଶ୍ରୀକୃଷ୍ଣଙ୍କର ପଥ ଅନୁସରଣ କରିବ । ଏହା ନିୟତିର ଇଚ୍ଛା ।" – କହିଲେ ବ୍ୟାସଦେବ ।

ସେହି ମୁହୂର୍ତ୍ତରୁ ଅର୍ଜୁନ ନିଜକୁ ନୂଆଭାବେ ଦେଖିଲାଗିଲେ ।

●

ପରିଶେଷରେ, ଅର୍ଜୁନ ଏବଂ ଅନ୍ୟଯାତ୍ରୀଙ୍କର ଯାତ୍ରା ଶେଷହେଲା । ସେମାନେ ହସ୍ତିନାରେ ପହଞ୍ଚିଲେ । ଭଗ୍ନହୃଦୟ ଓ ଅଶ୍ରୁମୁଖ ଅର୍ଜୁନ ଜ୍ୟେଷ୍ଠ ଭ୍ରାତ ଯୁଧିଷ୍ଠିରଙ୍କୁ ସାକ୍ଷାତକଲେ । ଉପସ୍ଥିତ ଥିଲେ ଅନ୍ୟ ତିନିଭାଇ ।

ଅର୍ଜୁନର ବାତ୍ୟାହତ ପରିପାଟୀ ଓ ଅଶ୍ରୁମୁଖ ସମସ୍ତ ବିଷୟ ଆକଳନ କରିବାକୁ ଯଥେଷ୍ଟ ଥିଲା ।

ତଥାପି ..... ତଥାପି କୋହଗଦ୍‌ଗଦ୍ କଣ୍ଠରେ ଅର୍ଜୁନ ଆମୂଳାନ୍ତ ବିବରଣୀ ରଖିଲେ ।

ସମସ୍ତେ ବାକ୍‌ଶୂନ୍ୟ ।

ଦୁଃସୟାଦଟି ଅନ୍ତଃପୁରକୁ ସହସା ସଞ୍ଚରିଗଲା ।

ସମସ୍ତ ହସ୍ତିନା ଭୁବନ ଶୋକଗ୍ରସ୍ତ ହୋଇପଡ଼ିଲା ।

ଦ୍ରୌପଦୀ ବାରମ୍ୱାର ମୂର୍ଚ୍ଛାଯାଉଥିଲେ ।

କ'ଣ କରାଯିବ ବା କୁହାଯିବ କାହାକୁ ଜଣାନଥିଲା ।

ରିଭାଇ ଇଚ୍ଛା କରୁଥିଲେ ଜ୍ୟେଷ୍ଠଭ୍ରାତାଙ୍କଠାରୁ କିଛି ଶୁଣିବାକୁ ।

କିନ୍ତୁ ଯୁଧିଷ୍ଠିର ନୀରବଥିଲେ ।

ବହୁତକିଛି ସେ ଭାବିତ ହେଉଥିଲେ ।

ସତ୍ୟ ଓ ଧର୍ମପଥ ଅନୁସରଣ କରିବାକୁ ଜୀବନର ବ୍ରତଭାବେ ଗ୍ରହଣ କରିବାର ସୁନାମ ଅର୍ଜନ କରିଥିବା ଯୁଧିଷ୍ଠିର ମୁହଁ ଖୋଲିଲେ ।

ଭାଇମାନଙ୍କ ଉଦେଶ୍ୟରେ କହିଲେ, "ସଖାଙ୍କ ରଣ ପରିଶୋଧ କରିବାର ସୁଯୋଗ ମିଳିଲାନାହିଁ । ତାଙ୍କ ଅବର୍ତ୍ତମାନରେ କିପରି କରିବା କୁହ ?" – ସେ ଗମ୍ଭୀର ଓ ବିଚଳିତ ଦିଶୁଥିଲେ ।

ସଭିଙ୍କ ପାଇଁ ଏହା ଏକ ଜଟିଳ ପ୍ରଶ୍ନଥିଲା ।

ସମସ୍ତେ ଭାବିବା ପରି ମନେହେଲେ ନତମୁଖକରି ।

କିନ୍ତୁ କେହି ଶବ୍ଦଟିଏ ଉଚ୍ଚାରଣ କଲେନାହିଁ ।

ସମୟ ବିତିଯାଉଥିଲା ।

ସ୍ତାଣୁପରି ବସିରହିଥିଲେ ସଭିଏଁ ।

ସତେବା ନୀରବରେ କହୁଥିଲେ – ତୁମେ କୁହ ।

"ମୁଁ ରାଜପଦ ତ୍ୟାଗ କରୁଛି ଏହି ମୁହୂର୍ତ୍ତରେ । ପରୀକ୍ଷିତ ବାଳକଟିଏ ହେଲେ ମଧ ତାକୁ ରାଜପଦରେ ଅଭିଷିକ୍ତ କରାଇବା । ଭୀମସେନ, ତୁମେ ସେପାଇଁ ବ୍ୟବୋବସ୍ତକର । କୃପାଚାର୍ଯ୍ୟଙ୍କୁ କୁହ, ଆସନ୍ତାକାଲି ଅଭିଷେକ ପର୍ବ ସମାପନ ହେବା ଉଚିତ୍ । ଜରୁରୀ ।" – ଯୁଧିଷ୍ଠିର କହିଲେ ।

ଭୀମସେନ କହିଲେ – ହଁ ।

ତେବେ ସମସ୍ତେ ଭାବୁଥିଲେ, ରାଜପଦ ତ୍ୟାଗକରିବା ଦ୍ୱାରା ସଖାଙ୍କ ରଣ କିପରି ଶୁଝିହେବ! ଯୁଧିଷ୍ଠିରଙ୍କ ବାକ୍ୟ ରହସ୍ୟମୟ ମନେହେଉଥିଲା ।

ଭାଇମାନେ ବିଦାୟନେଲେ ।

ଯୁଧିଷ୍ଠିର ଡକେଇ ପଠେଇଲେ ସୁଭଦ୍ରାଙ୍କୁ ।

ସୁଭଦ୍ରା ଆସିଲେ ଓ ଅଧୋବଦନ ହୋଇ ଠିଆହୋଇ ରହିଲେ ।

"ଶୁଣ ସୁଭଦ୍ରା! ବଜ୍ର ଓ ପରୀକ୍ଷିତ ଉଭୟ ବାଳକ । ସେମାନେ ଶାସନ କ'ଣ ଜାଣିନାହାଁନ୍ତି । ତୁମେ ବଜ୍ର ଓ ପରୀକ୍ଷିତର ଅଭିଭାବିକା ହୋଇ ଶାସନ କରିବ । ଉଭୟ ଇନ୍ଦ୍ରପ୍ରସ୍ଥ ଓ ହସ୍ତିନାର । ଦ୍ରୌପଦୀ ଆମ ସହ ଯିବେ ।" – କହିଲେ ଯୁଧିଷ୍ଠିର ।

"ଅପା କେଉଁଆଡ଼େ ଯିବେ !" - ସୁଭଦ୍ରା ତେବେ ବି କାନ୍ଦୁଥିଲେ ।

ଯୁଧିଷ୍ଠିର ସିଧା ଉତ୍ତର ଦେଲେ ନାହିଁ ।

କହିଲେ, "ଏହା କାନ୍ଦିବାର ବେଳନୁହେଁ । ତୁମ ଉପରେ ଗୁରୁଦାୟିତ୍ୱ ନ୍ୟସ୍ତକଲି । ଆଖିର ଲୁହ ଓ କର୍ତ୍ତବ୍ୟ ଏକସଙ୍ଗରେ ଝଲିପାରିବେ ନାହିଁ । ବାଳକ ଦୁହେଁ ବୟଃପ୍ରାପ୍ତିହେବା ପର୍ଯ୍ୟନ୍ତ ତୁମକୁ ଛାତିକୁ ପଥର କରିବାକୁହେବ । ତୁମେ ପାରିବ ସୁଭଦ୍ରା !"

- ଅପା ଏବଂ ଆପଣମାନେ କେଉଁଆଡ଼େ ଯିବେ ? କେବେ ପ୍ରତ୍ୟାବର୍ତ୍ତନ କରିବେ ! !

"ଦେଖ ସୁଭଦ୍ରା ! ତୁମର ଆଗ୍ରହକୁ ସାଧୁବାଦ୍ ଜଣାଉଛି । ତୁମେ ଭାବୁଥିବ ଅପା ଯାଉଛନ୍ତି ତୁମେ ମଧ୍ୟ ଯିବ । କିନ୍ତୁ ସୁଭଦ୍ରା, ତୁମ ଭିତରେ ମୁଁ ଜଣେ ରାଜମାତାଙ୍କୁ ଦେଖୁଛି । ଦୌପଦୀ ମାତା ନୁହେଁ, ରାଜମାତା କିପରି ହେବେ ? ଅତଏବ୍ ତୁମେ ସହଗାମିନୀ ହୋଇପାରିବନାହିଁ ।" - ତେବେ ମଧ୍ୟ ଯୁଧିଷ୍ଠିର ସ୍ୱସ୍ଥକଲେ ନାହିଁ ।

- ଏତେ ବିରାଟ ଦାୟିତ୍ୱ ମୋ ଉପରେ ନ୍ୟସ୍ତକରି ଆପଣମାନେ କେଉଁ ଆଡ଼େ ଯିବେ ? ଏବଂ କେବେ ପ୍ରତ୍ୟାବର୍ତ୍ତନ କରିବେ ?

"ଯାତ୍ରାକରିବା ପୂର୍ବରୁ ପ୍ରତ୍ୟାବର୍ତ୍ତନ ସମୟରେ କହିବା କଠିନ । ତେବେ ମୁଁ ନିଶ୍ଚିତ ଯେ ତୁମେ ଦୁଇ ରାଜକୁମାରଙ୍କ ତରଫରୁ ଠିକ୍ ଶାସନ କରିବ ।"

- ମୋର ଅନ୍ତରର ଆବେଗକୁ ମଣିମା ବୁଝିବା ହୁଅନ୍ତୁ । ସୁଭଦ୍ରାଙ୍କ ଆଖିରୁ ଧାରଧାର ଲୁହ ଝରି ଲାଗିଲା ।

"କହିଛି ଏହା କାନ୍ଦିବାର ବେଳା ନୁହେଁ । ସୁଭଦ୍ରା, ଆମେ ସଖାଙ୍କର ରଣ ଶୁଝିପାରିନାହୁଁ । ପାରିବୁନାହିଁ ମଧ୍ୟ । ଦୁଃଖ ଯେ ତାଙ୍କ ବଂଶରେ କେହି ଜଣେ ରହିଲେ ନାହିଁ ଯେକି ତାଙ୍କର ତଥା ବଂଶର ଅନ୍ତ୍ୟେଷ୍ଟି କରିଥାନ୍ତା । ମୁଁ ଠିକ୍ କରିଛି, ଆମେ ଭାଇମାନେ ପୃଥିବୀର ପ୍ରମୁଖ ତୀର୍ଥ ଭ୍ରମଣରେ ଯିବୁ ଏବଂ ତିଳତର୍ପଣ କରିବୁ । ଆଉ ଅଧିକ କ'ଣ ବା ଆମେ କରିପାରିବୁ !"- ଯୁଧିଷ୍ଠିରଙ୍କ ଗଲା କରୁଣ ଶୁଭିଲା ।

ସୁଭଦ୍ରା ଫେରିଗଲେ ।

ଏବଂ ଯଥାଶୀଘ୍ର ଯୁଧିଷ୍ଠିରଙ୍କ ନିଷ୍ପତ୍ତି ରାଷ୍ଟ ହୋଇଗଲା ।

ଅନ୍ୟ ଚାରିଭାଇ ଶୁଣିଲେ ଓ ସନ୍ତୋଷ ଲାଭକଲେ ।

ପରଦିନ, ବଜ୍ର ଓ ପରୀକ୍ଷିତଙ୍କ ଅଭିଷେକ ସଂପନ୍ନ ହେଲା ।

ଏବଂ ତହିଁ ପରଦିନ ପଞ୍ଚୁପାଣ୍ଡବ ଓ ଦ୍ରୌପଦୀ ତୀର୍ଥ ପର୍ଯ୍ୟଟନରେ ବାହାରହେଲେ ।

ଦେହରେ ରାଜପୋଷାକ ନାହିଁ । ଆଭୂଷଣ ନାହିଁ । ମୁକୁଲା ପାଦ । ଏବଂ ପାଳନ କରିଛନ୍ତି ଉପବାସବ୍ରତ । ସେମାନେ ଚଳିଛନ୍ତି ଓ ଚଳିଛନ୍ତି । ମନରେ ରାଜ୍ୟନାହିଁ କି କ୍ଷମତା ନାହିଁ । କ୍ଲାନ୍ତି ନାହିଁ କି ଅବସାଦ ନାହିଁ । ପୃଥିବୀର ପ୍ରମୁଖ ତୀର୍ଥସ୍ଥଳ ଭ୍ରମଣ କରିବେ ଓ ତିଳତର୍ପଣ ଅର୍ପଣ କରିବେ ।

ସମସ୍ତେ ନିଶ୍ଚିନ୍ତ ଯେ କୃପାଚାର୍ଯ୍ୟ ଓ ସୁଭଦ୍ରାଙ୍କ ତତ୍ତ୍ୱାବଧାନରେ ବଜ୍ର ଓ ପରୀକ୍ଷିତ ନିରାପଦ ।

କେହି କାହାକୁ କିଛି କହିବାର ଆବଶ୍ୟକତା ପଡୁନାହିଁ ।

କେତେକାଳ ବିତିଗଲାଣି କାହାକୁ ଜଣାନାହିଁ ।

ପଥପ୍ରାନ୍ତରେ ଅଥବା ମନ୍ଦିର ମୁଖଶାଲାରେ ବିଶ୍ରାମ ନେଉଛନ୍ତି ।

ଆବଶ୍ୟକତା ପଡ଼ିଲେ ରାତି ପୁହାଉଛନ୍ତି ।

ଅର୍ଜୁନ କ୍ଲାନ୍ତି ଅନୁଭବ କରୁଛି, ଅନ୍ୟମାନଙ୍କ ତୁଲନାରେ । କାରଣ, ଗାଣ୍ଡିଧନୁ ତୂଣୀରର ଭାର ତାକୁ ବୋହିବାକୁ ପଡୁଛି । କ'ଣ ଭାବି ବା ଆଶଙ୍କା କରି ସେ ଦୁଇଟି ସେ ସାଥିରେ ଆଣିଥିଲେ, ରାଜ୍ୟ ତ୍ୟାଗ ବେଳେ ।

ଅର୍ଜୁନର କ୍ଲାନ୍ତମୁହଁ ଦେଖୁଥିଲେ ଦ୍ରୌପଦୀ । ଦ୍ରୌପଦୀଙ୍କର ଉପବାସକ୍ଲିଷ୍ଟ ଅଙ୍ଗର ଅସମର୍ଥତା ଦେଖୁଥିଲେ ଅର୍ଜୁନ । ଦୁହେଁ ଦେଖୁଥିଲେ ଭୋକାତୁର ଭୀମସେନଙ୍କ ମଳିନମୁହଁ । ଏବଂ ସମସ୍ତେ ଉପଲବ୍ଧ କରୁଥିଲେ ସୁକୁମାର ସହଦେବ ଓ ନକୁଳଙ୍କ ମୁହଁରେ ଯନ୍ତ୍ରଣା । ତେବେ ବି କେହି କାହାକୁ ଆଶ୍ୱାସନା ପଦ କହିବାକୁ ଇଚ୍ଛା କରୁନଥିଲେ ।

ପଶ୍ଚିମ ଦିଶାରେ ଥିବା ତୀର୍ଥସ୍ଥାନ ଭ୍ରମଣ ସଂପୂର୍ଣ୍ଣ ହେଲା ।

ସେମାନେ ନିଜର ପରିଚୟ ଯଥାସମ୍ଭବ ଗୋପନ ରଖିଥିଲେ ।

ଫଳତଃ, ମନୁଷ୍ୟଙ୍କ ସ୍ୱତଃସ୍ଫୂର୍ତ୍ତ ମନ୍ତବ୍ୟ ଶୁଣିବାକୁ ପାଉଥିଲେ ।

ଶୁଣିଲେ, ଶ୍ରୀକୃଷ୍ଣ ଯେପରି କର୍ମ କରିଥିଲେ ସେପରି ଫଳ ଲଭିଲେ । ଜଣେ ମାମୁଲି ଶବର ତାଙ୍କୁ ମାରିଦେଲା ।

ନିତ୍ୟାନନ୍ଦ ପଣ୍ଡା ❖ ୧୯୭

ସେମାନେ ଦୁଃଖ କରୁନଥିଲେ କି ପ୍ରତିବାଦ କରୁନଥିଲେ ।

ସମୟ ଯଥାରୀତି ଗଡ଼ିଯାଉଥିଲା ।

ସେମାନଙ୍କ କଷ୍ଟକର ତୀର୍ଥ ଭ୍ରମଣରେ ବ୍ୟାଘାତ ଘଟୁନଥିଲା ।

ଦକ୍ଷିଣରେ ଭ୍ରମଣକାଳର କଥା । ଦଳେ ମନୁଷ୍ୟ କିଛି କଥା ଉପରେ ଆଲୋଚନା କରୁଥିବାବେଲେ ସେହିବାଟେ ସେମାନେ ଗଲେ । ଅନ୍ୟମାନଙ୍କୁ ଜ୍ଞାନଦେବା ଭଳି କହୁଥିଲା ଜଣେ – ଏଥିରେ ବ୍ୟସ୍ତହେବାର ନାହିଁ । ଯେଉଁ ମଣିଷ ରୂପ ଓ ଶକ୍ତି ବଳରେ ମଉହୋଇ ସହସ୍ରାଧିକ ନାରୀଙ୍କୁ ପତ୍ନୀବରଣ କରିପାରେ, ତାଙ୍କ ବଂଶଠୁ କ'ଣ ଆଶାକରାଯିବ ! ଶ୍ରୀକୃଷ୍ଣ ଥିଲେ ଜଣେ ନାରୀରକ୍ଷୁଣା । ଉଚିତ୍ ଫଳ ପାଇଛନ୍ତି ।

ସମସ୍ତ ଭାଇ ଶୁଣିଲେ । କିନ୍ତୁ ଭୀମସେନ ମନୁଷ୍ୟଟି ଉପରେ ଝାଁପି ପଡ଼ିବାକୁ ଉଦ୍ୟମ କଲାବେଲେ ତାକୁ ରୋକିଦେଲେ ଯୁଧିଷ୍ଠିର । କହିଲେ – ଆମର ତୀର୍ଥ ପର୍ଯ୍ୟଟନର ଉଦ୍ଦେଶ୍ୟ ତାହା ନୁହଁ । କେଉଁ ମନୁଷ୍ୟର ପାଟି ରୂପ କରିପାରିବା ନାହିଁ ଆମେ । ତୁମେ ଶାନ୍ତ ହୁଅ । ସଖାଙ୍କର ଆତ୍ମା କଷ୍ଟ ପାଇବ ।

ଏହିଭଳି ବହୁ ମନ୍ତବ୍ୟ ସେମାନେ ଶୁଣିଲେ ।

କିଛି ଅନୁକୂଳ ଓ କିଛି ପ୍ରତିକୂଳ ।

ହେଲେ ଅସଂଲଗ୍ନ ଭଳି ସେମାନେ ତୀର୍ଥଭ୍ରମଣ ଅବ୍ୟାହତ ରଖିଲେ ।

ଏବଂ ତୀର୍ଥଜଲରେ ସ୍ନାନକରି ତିଳତର୍ପଣ କଲେ ।

ଦିନେ । ଲୋହିତ ସାଗର କୂଲେ କୂଲେ ଯାଉଥିବା ବେଲର କଥା । ସେମାନେ ଭେଟିଲେ ଜଣେ ଶୀର୍ଷକାୟ ବିପ୍ରଙ୍କୁ । ବିପ୍ରଙ୍କର ତେଜୋଦୀପ୍ତ ଶରୀର ଦେଖି ସେମାନେ ପାଦପୂଜା କଲେ । ଏବଂ ଆଶିଷ ଲାଭ ଅର୍ଥେ ତାଙ୍କ ପାଦ ପାଖରେ ବସି ରହିଲେ । କିନ୍ତୁ ବିପରୀତ ଘଟନା ଘଟିଲା ।

ବିପ୍ର ପ୍ରଶ୍ନକଲେ, "ତୁମେ ତୀର୍ଥ ପର୍ଯ୍ୟଟକ ?"

ଯୁଧିଷ୍ଠିର – ହଁ ।

: ତୁମ ପାଞ୍ଚଜଣଙ୍କ ହାତରେ ସୂଚୀଟିଏ ନାହିଁ, କିନ୍ତୁ ଏ ମହାଶୟଙ୍କ ହାତରେ ଧନୁତୀର କାହିଁକି ! ତୀର୍ଥାଟନରେ ଅସ୍ତ୍ର ଆବଶ୍ୟକତା ପଡ଼େ କି ?

ଯୁଧିଷ୍ଠିର ଲଜ୍ଜିତ ହେଲେ ଓ ଅର୍ଜୁନ ଆଡ଼େ ନୀରବରେ ରହିଁଲେ । ନିଜର ଭୁଲ ବୁଝିପାରିଲେ ଅର୍ଜୁନ । ସହସା ନିଜର ପ୍ରିୟ ଆୟୁଧ ଗାଣ୍ଡିବ ଓ ଅକ୍ଷୟତୂଣୀରକୁ ଜଳରେ ବିସର୍ଜନ କଲେ । କିନ୍ତୁ ଏ କ'ଣ! ତାହା ଜଳରେ ବିସର୍ଜିତ ହେବା ବଦଳରେ କେଉଁଆଡ଼େ ଅଦୃଶ୍ୟ ହୋଇଗଲା । ସମସ୍ତେ ବିସ୍ମୟ-ବିମୂଢ଼ ।

ଯୁଧିଷ୍ଠିର ଏମନ୍ତ ଘଟନାର କାରଣ ପଚରିଲେ ।

ବିପ୍ର ଉତ୍ତର ଦେବାକୁ ଉଚିତ୍ ମନେକଲେ ନାହିଁ । ବରଂ ଜଟିଳ ଶୁଭୁଥିବା ବାକ୍ୟ କହିଲେ ।

"ନିକଟ ଭବିଷ୍ୟତରେ ପୃଥିବୀ ଭୟଙ୍କର ସଙ୍କଟ ମଧ୍ୟଦେଇ ଗତିକରିବ । ବର୍ତ୍ତମାନ ସମୟ କାଳର ଏକ ସନ୍ଧିକ୍ଷଣ । ଦୁଇଯୁଗର ସନ୍ଧି ବେଳା । ନୂଆ ଯୁଗପୁରୁଷ ଅବତରିବାକୁ ପ୍ରସ୍ତୁତ ହେଲେଣି । ଶ୍ରୀକୃଷ୍ଣ ଓ ଯୁଧିଷ୍ଠିରାଦିଙ୍କର ଦେହାନ୍ତ ପରେ ତାହା ସ୍ପଷ୍ଟ ହୋଇଛି ।" – କହିଲେ ବିପ୍ର ।

ଇଏ କ'ଣ କହୁଛନ୍ତି ବିପ୍ର ? ସମସ୍ତେ ଚକିତ ।

ଯୁଧିଷ୍ଠିର ଅତି ନମ୍ରଭାବେ କହିଲେ, "ଯୁଧିଷ୍ଠିରାଦି ଭ୍ରାତାଗଣ ଏବେ ବି ଜୀବିତ । ଆମେ ଦେଖ ଆସିଛୁ ।"

: ଓଃ ଜୀବିତ ! ତାହାକୁ ତୁମେ ଜୀବନ କହୁଛ ! ହଉ । ଯଦି ଜୀବିତ କହୁଛ ଖୁବ୍‍ଶୀଘ୍ର ମରିଯିବେ । ସେମାନଙ୍କର ଆଉ କିଛି କାର୍ଯ୍ୟନାହିଁ । ସବୁ ଶେଷ ।

ଯୁଧିଷ୍ଠିର ଗମ୍ଭୀର । ଦ୍ରୌପଦୀ ସମେତ ଅନ୍ୟମାନେ ସ୍ୱ ସ୍ୱ ରୀତିରେ ଆପଣାକୁ ନୂଆରୂପେ ଦେଖୁଥିଲେ । କିପରି ଦେଖୁଥିଲେ ଓ କ'ଣ ଭାବୁଥିଲେ ସେମାନଙ୍କୁ ଜଣା । ହୁଏତ ଦୀର୍ଘ ଉପବାସ ହେତୁ ଚିନ୍ତନ ସାମର୍ଥ୍ୟ ହରେଇ ଥାଇପାରନ୍ତି ।

"ଆରେ ଏଇଟିକୁ କେଉଁଠୁ ଆଣିଲ ?" – ବିପ୍ରଙ୍କ ବାକ୍ୟରେ ଯୁଧିଷ୍ଠିର ମଥାଟେକିଲେ । ବିପ୍ରଙ୍କ ଦୃଷ୍ଟିସିଧାରେ ରହିଁ ଦେଖିଲେ ସେମାନଙ୍କ ପଛରେ କାଉଁଦା କୁକୁରଟିଏ ବସିଛି ।

– ନା ସେ ଆମର ସାଥୀନୁହଁ । ଏବଂ କେବେଠୁ ଓ କେଉଁଠୁ ଆମ ସାଥିରେ ଆସିଛି ମତେ ଜଣାନାହିଁ ।

: ତା ମୁହଁ ଝାଉଁଳି ପଡ଼ିଛି । ତାକୁ ବୋଧହୁଏ ଭୋକ । କିଛି ଖାଇବାକୁ ଦିଅ !

– ଆମର ଉପବାସବ୍ରତ । ଖାଦ୍ୟ କେଉଁଠୁ ଆଣିବୁ ?

: ଏପରି ! ବିପ୍ର ପୋଡ଼ା କନ୍ଦମୂଳ ଖଣ୍ଡେ ଦେଲେ ଯୁଧିଷ୍ଠିରଙ୍କୁ କୁକୁରକୁ ଖାଇବାକୁ ଦେବାକୁ ।

କିନ୍ତୁ ଆଶ୍ଚର୍ଯ୍ୟ ! କୁକୁର ସ୍ପର୍ଶକଲା ନାହିଁ । କେବଳ ବାଲୁବାଲୁ ଶୁଙ୍ଘି ରହିଲା ।

ରହସ୍ୟମୟ ହସ ହସିଲେ ବିପ୍ର ।

ଏବଂ ନୀରବ ହୋଇଗଲେ ।

ଆଶିଷ ବ୍ୟତିରେକେ ସେମାନେ ଲୋହିତ ସାଗରକୂଳ ଛାଡ଼ିଲେ ।

ଏବଂ ସେମାନଙ୍କ ସହ ସ୍ଥାନ ଛାଡ଼ିଲା କୁକୁର ।

ଏବଂ ସେମାନଙ୍କୁ ଅନୁସରଣ କଲା ।

ପଥ ମଧ୍ୟରେ ସମସ୍ତେ ବିପ୍ରଙ୍କର ରହସ୍ୟମୟ ଆଚରଣକୁ ସ୍ୱ ସ୍ୱ ରୀତିରେ ବ୍ୟାଖ୍ୟା କରୁଥିଲେ । ମାତ୍ର କେହି ମୁହଁ ଖୋଲୁ ନଥିଲେ ।

ଯୁଧିଷ୍ଠିର ଭାବୁଥିଲେ, ବିପ୍ରଙ୍କର ପରିଚୟ ନଜାଣିପାରିବା ତାଙ୍କର ଏକ ଚରମ ବିଫଳତା । ତାଙ୍କୁ ପଚାରିବା ବୁଦ୍ଧିମାନର କାର୍ଯ୍ୟ ହୋଇନଥାନ୍ତା । କାରଣ, ସେ ଯେବେ ପଚରିଥାନ୍ତେ ତୁମମାନଙ୍କର ପରିଚୟ ! ସେ ତ କେବେହିଁ ମିଥ୍ୟା କହିପାରିନଥାନ୍ତେ .....

ଭୀମସେନ ଭାବୁଥିଲେ, ବିପ୍ର କାହିଁକି କହିଲେ ସେମାନେ ଖୁବଶୀଘ୍ର ମରିବାକୁ ଯାଉଛନ୍ତି । ତାଙ୍କ କଥା ସତ୍ୟ ହେବ କି ? ହଁ, ଉପବାସବ୍ରତ ନାଁରେ ଭୋକଉପାସରେ ସେମାନେ ସଢ଼ୁଛନ୍ତି କେବଳ । ଯେକୌଣସି ମୁହୂର୍ତ୍ତରେ ଟଳିପଡ଼ିବା ବିଚିତ୍ର ନୁହଁ .....

ଅର୍ଜୁନ ମଥାରେ ସେସବୁ କିଛି ନଥିଲା । କ୍ଷୁଧା ଅପେକ୍ଷା, ତାଙ୍କର ପ୍ରିୟ ଗାଣ୍ଡିବଧନୁର ଅନ୍ତର୍ଦ୍ଧାନ ତାଙ୍କୁ ଖୁବ କଷ୍ଟଦେଉଥିଲା । ସେ ନିଜକୁ ଖୁବ ଶକ୍ତିହୀନ ମନେ କରୁଥିଲେ .....

ନକୁଳ ଓ ସହଦେବ କ'ଣ ଭାବୁଥିଲେ କହିବା କଠିନ । ତେବେ ଭାବୁଥିଲେ ନିଶ୍ଚୟ । ସମ୍ଭବତଃ, କ୍ଷୁଧା ସେ ଦୁହିଁଙ୍କର ଭାବନାର ବିଷୟବସ୍ତୁ ଥିଲା .....

ଆଉ ଦ୍ରୌପଦୀ ! ସେ ଚିନ୍ତନ କ୍ଷମତା ହରେଇଥିଲେ । ସେ ବୁଝୁଥିଲେ, କୌଣସି ଅଙ୍ଗ ତାଙ୍କର ଠିକ୍‌ରେ କାର୍ଯ୍ୟ କରୁନାହିଁ । ଅତଏବ .....

ଗୋଟିଏ ବୃକ୍ଷମୂଳେ ବିଶ୍ରାମ ନେଉଥିବା ବେଳେ ପ୍ରଥମେ ଯୁଧିଷ୍ଠିର ସେହି ପ୍ରସଙ୍ଗ ଉତ୍ଥାପନ କଲେ । ତାଙ୍କର ପ୍ରଶ୍ନଟି ସହଦେବଙ୍କ ପାଇଁ ଉଦ୍ଦିଷ୍ଟଥିଲା ।

"ଶ୍ରୀମାନ୍ ସହଦେବ ! ତୁମେ ତୁମର ବିଦ୍ୟା ପ୍ରୟୋଗ ପୂର୍ବକ ସେ ବିପ୍ରଙ୍କର ପରିଚୟ ବୁଝିକୁହ ।" – କହିଲେ ଯୁଧିଷ୍ଠିର ।

କିନ୍ତୁ ହାୟ ! ଉତ୍ତର ଦେବା ପରିବର୍ତ୍ତେ ସହଦେବ ଆଖିରୁ ଲୁହ ଢରାଇଲେ । କହିଲେ – ମୋର ସେ ବିଦ୍ୟା ବିସ୍ମରଣ ଘଟିଛି । କିଛି ହିଁ ମୋର ମନେପଡୁନାହିଁ ।

ଯୁଧିଷ୍ଠିର ଚୁପ୍ ରହିଲେ । କାହିଁକି କେଜାଣି ସେ ପୂର୍ବପରି ସତେଜ ଦିଶୁଥିଲେ ।

●

ମହାଭାରତ ଅନୁସାରେ, ସେଦିନ ଲୋହିତ ସାଗର କୂଳରେ ପଞ୍ଚଭ୍ରାତାଙ୍କ ସମ୍ମୁଖରେ ଅଗ୍ନିଙ୍କର ଆବିର୍ଭାବ ଘଟିଥିଲା । ସେ କହିଲେ – ଶ୍ରୀକୃଷ୍ଣ ତନୁତ୍ୟାଗ ପୂର୍ବରୁ ସୁଦର୍ଶନ ଚକ୍ର ତ୍ୟାଗ କରିଛନ୍ତି । ଅତଏବ୍ ଅର୍ଜୁନ ତାଙ୍କର ଗାଣ୍ଡିବଧନୁ ତ୍ୟାଗ କରନ୍ତୁ । ଅଗତ୍ୟା ଅର୍ଜୁନ ଧନୁ ଓ ତୂଣୀର ତ୍ୟାଗ କରିଥିଲେ । ଧନୁର ଅନ୍ତର୍ଧାନ ସମ୍ପର୍କରେ କହିଥିଲେ କି ସେହିସବୁ ଦିବ୍ୟାସ୍ତ୍ର ସେମାନଙ୍କର ମୂଳଉତ୍ସକୁ ଫେରିଯାଇଛି । ଉକ୍ତ ଘଟନାରୁ, ସେମାନେ ନିଶ୍ଚୟ ବୁଝିପାରିଥିବେ ଯେ ସେମାନଙ୍କର ଅନ୍ତିମ ସମୟ ଆସନ୍ନ । ଏତଦ୍‌ବ୍ୟତୀତ ପୂର୍ବରୁ ବ୍ୟାସଦେବ ମଧ ଅନୁରୂପ ସୂଚନା ଅର୍ଜୁନକୁ ଦେଇଥିଲେ ।

●

(କୋଡ଼ିଏ)

ତୀର୍ଥ ପର୍ଯ୍ୟଟନ ସେମାନଙ୍କର ଅବ୍ୟାହତ ରହିଥିଲା ।

କନିଷ୍ଠଭ୍ରାତା ଓ ଦ୍ରୋପଦୀଙ୍କ ଶୋଚନୀୟ ଅବସ୍ଥା ଦେଖୁଥିଲେ ହେଁ ଯୁଧିଷ୍ଠିର ନଦେଖିଲା ଭଳି ଆଚରଣ ଦେଖାଉଥିଲେ । ଅବଶେଷରେ, ପୂର୍ବଦିଶା ଓ ଉତ୍ତର ଦିଶାରେ ତୀର୍ଥ ପର୍ଯ୍ୟଟନ ଓ ତିଳତର୍ପଣ ଅର୍ପଣକ୍ରିୟା ସଂପୂର୍ଣ୍ଣ ହେଲା ।

ବର୍ତ୍ତମାନ ଉପବାସବ୍ରତ ଉଦ୍‌ଯାପନ ହେବାକଥା ।

ଏବଂ ହସ୍ତିନା ଦିଗରେ ବାହୁଡ଼ା ଯାତ୍ରାରମ୍ଭ ହେବାକଥା ।

କିନ୍ତୁ ବଦଳରେ ଯୁଧିଷ୍ଠିର ହିମାଳୟ ଦିଗରେ ଗତିକଲେ ।

ଭୀମସେନ ପଚରିଲେ – ଆମେ ହସ୍ତିନା ଫେରିବା ପରା !

“ହଁ ଫେରିବା । କିନ୍ତୁ ଅମରନାଥଙ୍କୁ ଦର୍ଶନ କରିବା ପରେ ।” – କହିଲେ ଯୁଧିଷ୍ଠିର ।

ଭୀମସେନ ଓ ଅନ୍ୟମାନେ ବୁଝିଗଲେ ସେମାନଙ୍କର ଯାତ୍ରା ତେବେ ବି ସଂପୂର୍ଣ୍ଣ ହୋଇନାହିଁ । ହିମାଳୟର କାହିଁ କେତେ ଉଚ୍ଚରେ ଅମରନାଥଙ୍କ ପୀଠ । ଅର୍ଥ, ସେମାନଙ୍କୁ ପର୍ବତ ଆରୋହଣ କରିବାକୁ ହେବ । ପାରିବେ ତ ?

ପଛରୁ ଶୁଭିଲା ଦ୍ରୌପଦୀଙ୍କ ଆକୁଳ କଣ୍ଠସ୍ୱର ।

“ମୁଁ ପର୍ବତ ଆରୋହଣ କରିପାରିବି ନାହିଁ ଦେବ !”

ସହଦେବ ଓ ନକୁଳ ସମ୍ମତି ସୂଚକ ମଥା ହଲେଇଲେ ।

“ପାରିବ ତୁମେ । ତୁମେ ଯାଜ୍ଞସେନୀ । ଶକ୍ତିଙ୍କର ଏକୀଭୂତ ରୂପ । ଜାଣେ ତୁମର ମନୋବଳ ବହୁ ଦୃଢ଼ । ହତୋସ୍ସାହିତ ହୁଅନାହିଁ । ଚାଲି ଆସ ।” – ଯୁଧିଷ୍ଠିର କହିଲେ ଓ ଗତି ଅବ୍ୟାହତ ରଖିଲେ ।

ଛଅଜଣିଆ ପର୍ବତ ଆରୋହଣକାରୀ ଦଳ ଧୀରେ ଧୀରେ ଉଠୁଛନ୍ତି ଉପରକୁ । ଆଗରେ ଯୁଧିଷ୍ଠିର, ସମସ୍ତିଙ୍କ ପଛରେ ଦ୍ରୌପଦୀ । ଉପବାସକ୍ଳିଷ୍ଟ ଶରୀର । କ୍ଲାନ୍ତ । ପାର୍ବତ୍ୟ ପଥ – ବନ୍ଧୁର ଓ ତୀକ୍ଷ୍ଣ । ଯୁଧିଷ୍ଠିରଙ୍କ ବ୍ୟତୀତ ଅନ୍ୟମାନେ ଉପରକୁ ଉଠିବାକୁ ସଂଘର୍ଷ କରୁଛନ୍ତି ।

କାହାର କାହାକୁ ସାହାଯ୍ୟ କରିବାର ସାମର୍ଥ୍ୟ ନାହିଁ ।

ଯେଝା ନିଜର ସମସ୍ୟା ନେଇ ଚିନ୍ତିତ ।

ଶିଳା ଉପରେ ପାଦରଖି ଯତ୍ନପରୋନାସ୍ତି ଉଠିବାକୁ ଉଦ୍ୟମରତ ।

ଅମରନାଥ କେଉଁଠି କାହାକୁ ଜଣାନାହିଁ ।

କେବଳ ଯୁଧିଷ୍ଠିରଙ୍କୁ ଅନୁସରଣ କରୁଛନ୍ତି ମାତ୍ର ।

କୁହାଯାଏ ଦେବଲୋକବାସୀ ଓ ମର୍ତ୍ତ୍ୟବାସୀଙ୍କ ମଧ୍ୟରେ ସଂଯୋଗ ପଥ ହିମାଳୟ ।

ଦେବଲୋକକୁ ଯାଉଛନ୍ତି କି ? କେଜାଣି !

କ୍ଲାନ୍ତ ଦୁର୍ବଲ ଶରୀର ସାଙ୍ଗକୁ ପ୍ରବଲ ହୀମବାହ ।

ତଥାପି ସେମାନେ ଉଠୁଛନ୍ତି ଉପରକୁ ।

ହିମାଳୟର ସୌନ୍ଦର୍ଯ୍ୟ କାହାକୁ ଆକର୍ଷଣ କରିପାରୁ ନାହିଁ ।

ସବୁଠୁ ଅଧିକ କଷ୍ଟ ଉଠେଇବାକୁ ପଡୁଛି ଦ୍ରୌପଦୀଙ୍କୁ ।

କେହି ସହାୟ ହେବାକୁ ନାହିଁ ।

ସମସ୍ତେ ଅଛନ୍ତି, କିନ୍ତୁ ନଥିଲାଭଳି ।

ଦିନଥିଲା, ଦ୍ରୌପଦୀଙ୍କ ବାକ୍ୟକୁ ରୁହିଁ ରହୁଥିଲେ ସ୍ୱାମୀମାନେ ।

ଦ୍ରୌପଦୀ ଉଠୁଥିଲେ ଓ ଭାବୁଥିଲେ । ସ୍ୱାମୀମାନେ ତାଙ୍କ ଆଗରେ । କେହି ପଛକୁ ରୁହୁଁନାହାଁନ୍ତି । କିନ୍ତୁ .... କିନ୍ତୁ ଏକଦା ତାଙ୍କ ଆଖିର ଲୁହ ଦେଖି ଏହି ସ୍ୱାମୀମାନେ ପ୍ରଲୟ ରଚିଥିଲେ । ରକ୍ତକ୍ଷୟକରି ତାଙ୍କ ଲୁହ ପୋଛିଥିଲେ । ଆଉ ଆଜି !

ହଠାତ୍ । ଯୁଧିଷ୍ଠିର ଅଟକିଲେ । କାହିଁକି ! ଅନ୍ୟମାନେ ଊର୍ଦ୍ଧ୍ୱମୁଖ ହେଲେ । ସତ୍ୟ । କେହି ଜଣେ ତଳକୁ ଖସୁଥିଲେ । ଭୀଷଣଦର୍ଶନ ତ୍ରିପଣ୍ଡକଲା ମଣିଷଟିଏ । କିଏ ସେ !

ନିର୍ଜନ ପାର୍ବତ୍ୟପଥରେ ଏବଂ ସମତଳଠୁ ବହୁ ଉଚ୍ଚଭୂମିରେ ତାଙ୍କୁ ଦେଖି ଯୁଧିଷ୍ଠିର ମନେକଲେ ହୁଏତ ସେ ଦେବଲୋକବାସୀ ହୋଇଥିବେ । ସମ୍ମାନ ଜଣାଇବା ଉଦ୍ଦେଶ୍ୟରୁ ସେ କହିଲେ – ମୁଁ ଯୁଧିଷ୍ଠିର । ଏମାନେ ମୋର ଭାଇ । ଏବଂ ସେ ହେଉଛନ୍ତି ଦ୍ରୌପଦୀ ।

ଭୀଷଣଦର୍ଶନ ମନୁଷ୍ୟଟି କହିଲା – ଜାଣେ । ଠିକ୍‌ରେ କହିଲେ, ତୁମକୁ ମୋର ଅପେକ୍ଷା ଥିଲା । ମହାଶୟ, ବହୁକାଳଧରି ନିଷ୍କର୍ମା ହୋଇ ବସି ରହିଥିଲି । ଏବେ କାମ ପଡ଼ିଲା । ଅବତରଣ କରିବାକୁ ହେଲା ।

– ତୁମର ପରିଚୟ ?

: ମୁଁ ଯୁଗଗୁରୁଷ କଲି । ଆହାଃ ବିନାକାମରେ ବସି ରହିବା ଯେ କେଡ଼େ କଷ୍ଟ !

ସେ ଅଧିକ କିଛି ନକହି ତଳକୁ ଖସି ଲାଗିଲେ ।

ନିତ୍ୟାନନ୍ଦ ପଣ୍ଡା ❖ ୨୦୩

ଯୁଧିଷ୍ଠିର କିଛି ଭାବିଲେ ଓ ଉପରକୁ ଉଠିଲେ ।

ଅନ୍ୟମାନେ କେବଳ ଶୁଣିଲେ, ବୁଝିପାରିଲେ ନାହିଁ ।

ମନ୍ତ୍ରମୁଗ୍ଧଟିପରି ଉପରକୁ ଉଠିଲାଗିଲେ ।

ଅମରନାଥଙ୍କ ପାଠ କେଉଁଠି କେଜାଣି ! ସମସ୍ତିଙ୍କ ପଛରେ ଦ୍ରୌପଦୀ । ତାଙ୍କର ଅନୁଭବ ହେଲା ସେ ଆଉ ଉଠିପାରିବେ ନାହିଁ । ହାତଗୋଡ଼ ତାଙ୍କର ନଥିଲା ଭଳି ମନେହେଲା । ମାଥା ଘୁରାଉଛି । ତାଙ୍କୁ କଷ୍ଟ ଦେଉଥିଲା ସ୍ୱାମୀମାନଙ୍କର ଚରମ ଉଦାସୀନତା । କେହି ମୋ ଆଡ଼େ ରହୁଁନାହାଁନ୍ତି ! ସେ ପ୍ରାୟ କାନ୍ଦୁଥିଲେ ଭିତରେ । ମୁହାଁଖୋଲି କାହାକୁ କହିବାକୁ ତାଙ୍କଠାରେ ବଳନଥିଲା । ତଥାପି ସେ ଅନୁସରଣ କରୁଥିଲେ ।

ଏହି ସମୟରେ ଖଣ୍ଡିଏ ଶିଳାଉପରେ ଡାହାଣ ଗୋଡ଼ ଥାପିବା ସମୟରେ ଗୋଡ଼ ଖସିଗଲା । ତା'ପରେ ତାଙ୍କର କିଛି ମନେନାହିଁ ।

କେହି ଖସି ପଡ଼ିଲା ଭଳି ଶବ୍ଦଟିଏ ବୋଧହୁଏ ଉପରକୁ ଶୁଭିଲା । ଭୀମସେନ ପଛକୁ ରହିଁଲେ । ଏବଂ ଦ୍ରୌପଦୀଙ୍କୁ ନଦେଖ ଝପଟି ଆସିଲେ ତଳକୁ । ହାଁ ସତ୍ୟ, ଦ୍ରୌପଦୀ ଚିତ୍‌ହୋଇ ପଡ଼ିଥିଲେ ଖଣ୍ଡିଏ ବୃହତ୍ ଶିଳାଖଣ୍ଡ ଉପରେ ।

ହାୟ ! ଦ୍ରୌପଦୀଙ୍କ ଦେହରେ ଜୀବନ ନଥିଲା ।

ଭୀମସେନ ରଡ଼ିଟାଏ କଲେ ଏବଂ ବିକଳ ହୋଇ ଧାଇଁଲେ ଯୁଧିଷ୍ଠିରଙ୍କ ପାଖକୁ ।

"ଭ୍ରାତ, ଆମର ପ୍ରାଣପ୍ରିୟା ଦ୍ରୌପଦୀ ଆଉ ଜୀବନରେ ନାହାଁନ୍ତି ।" – ସମ୍ବାଦଦେଲେ ଭୀମସେନ ଓ କାନ୍ଦିଲେ ।

ଆଶ୍ଚର୍ଯ୍ୟ ! ଯୁଧିଷ୍ଠିର ଅବିଚଳିତ ରହିଲେ ଓ ପଛକୁ ଠରୁଟିଏ ରହିଁଲେ ନାହିଁ ।

"ତୁମେ କାନ୍ଦୁଛ କାହିଁକି ?" – ଯୁଧିଷ୍ଠିର କହିଲେ, ସତେବା ସେ କିଛି ଶୁଣି ନାହାଁନ୍ତି ।

– ଦ୍ରୌପଦୀ ଜୀବନରେ ନାହିଁ ।

: ଆହାଃ ! ଆମର ବହୁତ ସେବା କରିଥିଲେ । ହଉ, ତୁମେ ରଲିଆସ । ସେ ଆଉ ଫେରିବେ ନାହିଁ । ଆମକୁ ଲକ୍ଷ୍ୟସ୍ଥଳରେ ପହଞ୍ଚିବାକୁ ହେବ । ଯୁଧିଷ୍ଠିରଙ୍କ କଣ୍ଠ ନିଷ୍କମ୍ପ ।

– ଅବଶ୍ୟ ସତ୍ୟ । କିନ୍ତୁ ଗୋଟେ କଥା ବୁଝିପାରୁନାହିଁ ।

: କ'ଣ ?

– ଏପରି ଦୃଢ଼ମନା ଓ ସଶକ୍ତ ନାରୀଙ୍କର ପତନ ଘଟିଲା କାହିଁକି ? ଆମ ଜାଣିବାରେ ସେ କିଛି ଅନୀତି ଆଚରଣ କରିନଥିଲେ ।

: ସେପରି ତୁମକୁ ଦିଶୁଛି । କିନ୍ତୁ ତାଙ୍କ ମନଟିକୁ କେବେ ପଢ଼ିବାକୁ ଚେଷ୍ଟା କରିଛ ? ମନଟି ତାଙ୍କର ଅସନା ଥିଲା । ତାଙ୍କ ମନରେ କର୍ଣ୍ଣଙ୍କ ପାଇଁ ସ୍ୱତନ୍ତ୍ର ସ୍ଥାନଟିଏ ତିଆରି ହୋଇଥିଲା । ହେଲେ ସେ କଥା ଥାଉ ଭୀମସେନ । ଆମକୁ ବହୁତ ଉଚ୍ଚକୁ ଯିବାକୁ ହେବ ।

ଦେଖୁ ଦେଖୁ ଦ୍ରୌପଦୀ ଭୁଲି ହୋଇଗଲେ ।

ସବୁ ସ୍ମୃତିର ଭାଗ୍ୟ ଏହିପରି ।

କାଳ ସବୁକିଛିକୁ ପୋଛି ସଫାକରିଦିଏ ।

ଗୋଟେ ସ୍ମୃତିର ସ୍ଥାନ ନିଏ ଆଉ ଗୋଟେ ... ଶେଷରେ ଶୂନ୍ୟ ।

ହିମାଳୟର ବନ୍ଧୁରପଥ ମହାନ ଘଟନା ସୃଜନପାଇଁ ସତେ ଯେପରି ଶିରତୋଳି ଠିଆ ହୋଇଛି । ଦ୍ରୌପଦୀ ନାମକ ଯେଉଁ ନାରୀର ଜନ୍ମ ଅଲୌକିକ, ତା'ର ମରଶରୀରକୁ କୋଳରେ ସ୍ଥାନ ଦେଇଛି ହିମାଳୟ । ହିମାଳୟ! ସ୍ୱର୍ଗନାମକ ଉଚ୍ଚଲୋକକୁ ସଂଯୋଗ ପଥ ।

ବର୍ତ୍ତମାନ ପାଞ୍ଚଜଣ ହିମାଳୟ ଆରୋହଣ କରୁଛନ୍ତି ।

ବସ୍ତୁତଃ, ଜଣେ ଷଷ୍ଠ ଅନ୍ୟମାନଙ୍କୁ ଅନୁସରଣ କରୁଥିଲା ।

ସେ ମନୁଷ୍ୟ ନୁହଁ, ପୂର୍ବର ସେହି କୁକୁରଟି ।

ଯୁଧିଷ୍ଠିରଙ୍କ ବ୍ୟତୀତ ତାର ଉପସ୍ଥିତି ଉପରେ କାହାର ଜ୍ଞାନ ନାହିଁ ।

ଦ୍ରୌପଦୀଙ୍କ ଦେହାନ୍ତ ସହଦେବଙ୍କ ଉପରେ ପ୍ରଚଣ୍ଡ ପ୍ରଭାବ ପକାଇଲା । ସେ ଟଳିପଡ଼ିବେ କି ? ତାଙ୍କର ହଠାତ୍ ଅନୁଭବହେଲା, ସେ ଉଠିପାରିବେ ନାହିଁ । ଦେଖ୍ଦେଖ୍ ମଥା ଘୂରେଇଲା । ଏବଂ ସେ ଟଳି ପଡ଼ିଲେ । ଧାଇଁ ଆସିଲେ ଭୀମସେନ ।

ହଁ । ସହଦେବଙ୍କ ପ୍ରାଣବାୟୁ ଉଡ଼ିଯାଇଥିଲା ।

– ଦେବ! ସହଦେବ ଆଉ ଜୀବନରେ ନାହିଁ ।

: କ'ଣ କରିପାରିବା ଆମେ! ଶୋଚନା କରନାହିଁ । ରୁଳିଆସ । ଆମକୁ ବହୁତ ଉଚ୍ଚକୁ ଯିବାର ଅଛି ।

ପଛକୁ ଦୃକ୍‌ପାତ ନକରି ଯୁଧିଷ୍ଠିର କହିଲେ ।

– ଭ୍ରାତା ! ସହଦେବ ଆମର ଅତିପ୍ରିୟ ଥିଲା । ଭାଇଙ୍କ ମଧରୁ ଜଣେ ଝଡ଼ିଗଲା । ପାଞ୍ଚ ହେଲା ଚରି ।

: ହଁ । ସେ ଆମର ସ୍ନେହର ପାତ୍ର ଥିଲା ଅବଶ୍ୟ । ବହୁ ଜଟିଳ ଓ ସଂକଟ ସମୟରେ ଆମକୁ ଆଲୋକ ଦେଖାଉଥିଲା । ଆହା୍ୟ ଭାଇ ମୋର !

– କିନ୍ତୁ ... କିନ୍ତୁ ସେ ସବୁବେଳେ ସତ୍ୟ ହିଁ କହୁଥିଲା । ଅନ୍ୟର ଅନିଷ୍ଟ କେବେଁ ଚିନ୍ତୁନଥିଲା । ତା'ର ଏପରି ଗତି କାହିଁକି ହେଲା ?

: ଭୀମସେନ ! ସବୁ ଘଟଣାର ମୂଳ କାହିଁକି ଖୋଜୁଛ ? ସେ ଏକ ଅସମ୍ଭବ ବିଦ୍ୟା ଆୟତ୍ତ କରିଥିଲା । ଭବିଷ୍ୟତ ଗଣନା ସଠିକ୍ କରିପାରୁଥିଲା । ସେଥିପାଇଁ ମନ ମଧରେ ଗର୍ବକୁ ସଯତ୍ନ ଲାଳନ କରୁଥିଲା । ଆହା୍ୟ, ଆମେ ଚରି ହେଇଗଲେ । ହଉ । ତୁମେ ଆସ । ଆମକୁ ବହୁ ଉଚ୍ଚ ଉଠିବାକୁ ହେବ ।

ଚିରନିଦ୍ରାରେ ଶୋଇଥିବା ସହଦେବ ଆଡ଼େ ଥରେ ନଚାହିଁ ଯୁଧିଷ୍ଠିର କହିଲେ ।

ଚରିଭାଇ ଉପରକୁ ଉଠୁଛନ୍ତି ନୀରବରେ ।

ପ୍ରଚଣ୍ଡ ଶୀତ ଅନୁଭୂତ ହେଲାଣି । ଖଣ୍ଡିଏ ଉତ୍ତରୀୟ ବ୍ୟତୀତ ଦେହ ଢାଙ୍କିବାକୁ କିଛି ନାହିଁ । ନକୁଳକୁ ଲାଗୁଥିଲା ତାର ହାତଗୋଡ଼ ନାହିଁ । ସହୋଦର ସହଦେବ ନାହିଁ । ତା'ର ପାଳି ପଡ଼ିବ କି ! ତାଙ୍କୁ ପଥ ଦିଶୁନଥିଲା ।

ଅନ୍ତର ମଧରେ ସଙ୍କୁଚିତ ହୋଇଯାଉଥିଲା ନକୁଳ । ତଥାପି ଉଠୁଥିଲା । ଆଗରେ ଭାଇ ଅର୍ଜୁନ । କିନ୍ତୁ ସେ ପଛକୁ ଚାହୁଁନାହାଁନ୍ତି । ତାଙ୍କ ପାଖରେ ପହଞ୍ଚ ପାରିଲେ କୁହନ୍ତା – ଭାଇ, ମୋତେ କିଛି ଦୃଶ୍ୟ ହେଉନାହିଁ ! କେମିତି ମୁଁ ଉଠିବି ! ତୁମେ ଯାଅ ଭାଇ । ମୁଁ ପାରିବିନି । ମୁଁ ରହିଲି ।

ଏହିପରି ନକୁଳ କହିଲା ବୋଲି ଭାବିଲା କିନ୍ତୁ ପ୍ରକୃତପକ୍ଷେ ସେ କହୁନଥିଲା ।

ଶିଳାଖଣ୍ଡିଏ ଖସିପଡ଼ିଲା ଭଳି ଶବ୍ଦହେଲା ।

ଧାଇଁ ଆସିଲା ଭୀମସେନ । ଅର୍ଜୁନକୁ ଅତିକ୍ରମି ସେ ପହଞ୍ଚଗଲା ନକୁଳ ପାଖରେ । ମୁହଁମାଡ଼ି ପଡ଼ିଥିଲା ନକୁଳ । ସେ ଜୀବନରେ ନଥିଲା ।

– ଭାଇ ନକୁଳ ନାହିଁ ! ସେ ଆଉ ଉଠିବନି ।

: କ'ଣ ଆମେ କରିପାରିବା ! ଆହ଼ଃ ଜଗତର ଅନ୍ୟତମ ସୁନ୍ଦର ପୁରୁଷଟିର ଅନ୍ତହେଲା । ମୃତ୍ୟୁ ବଡ଼ ରହସ୍ୟମୟ । ଜଣକୁ ଏକୁଟିଆ ତାହା ସମ୍ପାଦନ କରିବାକୁ ପଡ଼ିଥାଏ ।

– କିନ୍ତୁ ଭାଇ ! ସ୍ନେହର ନକୁଳ କେବେ ମୁହଁଖୋଲି କିଛି ଅଳି କରିନାହିଁ । ବଡ଼ ଲାଜକୁଳା ଥିଲା । ପାପ କ'ଣ ସେ ଜାଣିନଥିବ । କାହିଁକି ତା'ର ଏପରି ଗତି ?

: ନକୁଳର ସୁନ୍ଦରପଣ ତା ମନରେ ବାସା ବାନ୍ଧିଥିଲା । ସେତକ ସେ ମନରୁ ବାହାର କରିଥାନ୍ତା ହେଲେ ! ତୁମେ ଆସ ଭୀମସେନ । ନଥିବା ମଣିଷ ପାଇଁ ଚିନ୍ତା କରନାହିଁ । ସମ୍ମୁଖରେ ବହୁପଥ ରହିଲାଣି ।

ବର୍ତ୍ତମାନ ତିନିଜଣ ପର୍ବତ ଆରୋହଣ କରୁଛନ୍ତି ।

ସେମାନଙ୍କ ସହ ଆରୋହଣ କରୁଛି କୁକୁର ।

କୁକୁରଟି କାହିଁକି ଅନୁସରଣ କରୁଛି କାହାକୁ ଜଣାନାହିଁ ।

ଜାଣିବାରେ କାହାର ଆଗ୍ରହ ମଧ୍ୟ ନାହିଁ ।

କୁକୁରଟି ବେଳେବେଳେ ପଛରୁ ଝଟପଟ ଆଗକୁ ଚାଲିଯାଉଛି । ଉପରକୁ ମୁହଁ ତୋଲି ଶୁଙ୍ଘୁଛି । ଏବଂ ପୁନଶ୍ଚ ପଛକୁ ଚାଲିଯାଉଛି । କାହିଁକି କେଜାଣି କୁକୁରଟି ଏବେ ଅଧିକ ସକ୍ରିୟ ମନେ ହେଉଛି ।

ଯୁଧିଷ୍ଠିର ଲକ୍ଷ୍ୟକରିନଥିଲେ । ବିପ୍ର ପ୍ରଥମେ ତାଙ୍କର ଦୃଷ୍ଟି ଆକର୍ଷଣ କରିଥିଲେ । ସତ୍ୟ, କୁକୁର ସେମାନଙ୍କୁ ହିଁ ଅନୁସରଣ କରୁଥିଲା । କିନ୍ତୁ କାହିଁକି ! ହେଇପାରେ ହସ୍ତିନାରୁ ସେଇଟି ଆସିଛି । କିନ୍ତୁ ଆଶ୍ଚର୍ଯ୍ୟ ! ସେମାନଙ୍କ ପରି କୁକୁର ମଧ୍ୟ ଖାଦ୍ୟ ଗ୍ରହଣ କରୁନାହିଁ ! ଏବଂ ଭୁକୁନାହିଁ ମଧ୍ୟ । କେବଳ ଜଣେ ଜଣେ ଚାଲିବାବେଳେ ଥରେ କାନ୍ଦିଲା ଭଳି ଲମ୍ବା ଶିଡ଼ କରୁଛି ।

ଅର୍ଜୁନ । ଏକଦା ଜଗତର ସର୍ବଶ୍ରେଷ୍ଠ ଯୋଦ୍ଧା । ବର୍ତ୍ତମାନ ଅତୀବ ନିର୍ବଳ । ସେ ଜାଣିଛି ଓ ଦେଖିଛି, ତା ପଛରେ ଆସୁଥିବା ତିନିଜଣ ପରମଗତି ଲାଭ କଲେଣି । ସେ ଅନ୍ତର ମଧ୍ୟରେ ଭାଙ୍ଗିଭାଙ୍ଗି ପଡୁଛି । ଅଜଣା ଭୟ ତାକୁ ଗ୍ରାସ କରୁଛି । ପ୍ରବଳ ଶୀତରେ ସେ କମ୍ପି ଉଠୁଛି । ତାକୁ ଲାଗୁଛି, ତା'ର ଶବଟି ପର୍ବତ ଆରୋହଣ କରୁଛି, ସେ ନୁହଁ ।

ସେ କ'ଣ ସତରେ ଶବ ହୋଇଯିବ !

ଏଡ଼େ ସୁନ୍ଦର ଦୁନିଆକୁ ଛାଡ଼ି ଚାଲିଯିବ ! !

ତା'ମନରେ କିଛି ବୋଲି କିଛି ନାହିଁ ।

ଅଛି କେବଳ, ଅନ୍ତିମ ବେଳାକୁ କେତେବେଳେ ସମ୍ମୁଖୀନ ହେବ ।

ହେଇ, ତାକୁ ଦିଶୁଛି ଅନ୍ୟ ଏକ ଜଗତ ।

ଯେଉଁଠି ଦ୍ରୌପଦୀ ସହଦେବ ନକୁଳ ଖୁସିରେ ବୁଲୁଛନ୍ତି ।

ହାତଠାରି ଡାକୁଛନ୍ତି ତାକୁ ।

ହଁ ସେ ଯିବ । ସେମାନଙ୍କ ପାଖକୁ ଯିବ । ଆଉ ଉଠିପାରିବ ନାହିଁ । ଉଠିବାର ଆବଶ୍ୟକତା ନାହିଁ ।

ମୁଁ ଯାଉଛି! ପାଟିକରି ଜଣେଇଦେଲା ବୋଲି ଭାବିଲା ଅର୍ଜୁନ । ମାତ୍ର ତାହା ତା'ର ମନର କଥା ଥିଲା । ଓଠ ବନ୍ଦଥିଲା ।

ପଡ଼ିଲା .... ପଡ଼ିଗଲା .... ଯାଃ ଚଲି ପଡ଼ିଲା ।

ଭୀମସେନ ଦେଖିଲା, ପଛରେ ଅର୍ଜୁନନାହିଁ । କ୍ରମାଗତ ମୃତ୍ୟୁକୁ ଆଖି ଆଗରେ ଦେଖି ନିଜକୁ ପ୍ରାଣହୀନ ମନେକରୁଥିଲା ସେ ।

ତଥାପି କହିଲା – ମହାରାଜ, ଅର୍ଜୁନ ଦିଶୁନାହିଁ । ଚଲିପଡ଼ିଲା ବୋଧହୁଏ ।

: ମହାରାଜ? ଭୀମସେନ, ମୁଁ ମହାରାଜ ନୁହଁ! ପରୀକ୍ଷିତ ବର୍ତ୍ତମାନ ସିଂହାସନରେ । ତୁମେ ଆସ ଭୀମସେନ । କାହାକୁ ଅପେକ୍ଷା କରିବାର ବେଳ ଏହା ନୁହଁ ।

– ଭାଇ, ଅର୍ଜୁନ ପରି ଧନୁର୍ଦ୍ଧର କାହିଁକି ଏପରି ଗତିହେଲା ? ଆମ ଜାଣିବାରେ ସେ କିଛି ଅନୀତି ଆଚରି ନଥିଲା ।

: ଜଗତ ସେଇଆ ଜାଣେ । ମାତ୍ର ତା' ମନ ମଧରେ ଅହଂକାର ଥିଲା ପ୍ରଚଣ୍ଡ ।

ଯେ – ସେ ଜଗତର ଶ୍ରେଷ୍ଠ ଯୋଦ୍ଧା ......

ଭୀମସେନ ଶୁଣିଲେ । ଭାବୁଥିଲେ, ମନର କ୍ରିୟା ତେବେ ଜଣକୁ ପାପୀ କରିପାରେ! କରିପାରେ ଅକ୍ଷୟ!! ତା ନିଜ ମନରେ କ'ଣ ଥିଲା? ହଁ ଥିଲା । ଖାଦ୍ୟପ୍ରତି ପ୍ରଚଣ୍ଡ ମୋହ ଥିଲା । ଅନେକ ସମୟରେ ତା'ର ଇଚ୍ଛା ହୋଇଛି, କେହି ନଖାଆନ୍ତେ କି! ସବୁଖାଦ୍ୟ ସେ ଏକୁଟିଆ ଗର୍ଭସ୍ତ କରନ୍ତା!! ଅନ୍ୟମାନେ ଖାଇବା ଦେଖି ଅନ୍ତର ମଧରେ ସେ ଅସୁଖୀ ହେଉଥିଲା । ମନର ଏପରି କ୍ରିୟା କ'ଣ ପାପରେ ଗଣ୍ୟହେବ !

କହିଲା – ଭାଇ, ମୁଁ ତୁମ ସହିତ ଯିବି । ମୋତେ ନେଇଚାଲ ।

: ହେଇ ଆସୁଛ ତ !

– ନା ପାରୁନାହିଁ । ପଡ଼ିଯିବି ।

: ତୁମେ ଜରାସନ୍ଧକୁ ଫାଡ଼ି ଦେଇଥିଲ । ମନେଅଛିଟି !

ଭୀମସେନ ଉତ୍ତର ଦେଲାନାହିଁ । ଦେଇପାରିଲା ନାହିଁ । ପଡ଼ିଗଲା । ଆଉ
ଉଠିପାରିଲା ନାହିଁ ।

– ଭାଇ ପଡ଼ିଗଲି । ମୋତେ ସାଥିରେ ନିଅ ଭାଇ !

: ଶିଳା ଉପରେ ହାତ ଭରାଦେଇ ଉଠିଆସ । ଲକ୍ଷ୍ୟସ୍ଥଳ ବେଶୀ ଦୂର ନୁହଁ ।

ଭୀମସେନ ବାମହାତ ଭରାଦେଇ ଘୋଷାରି ଘୋଷାରି କିଛିପଥ ଉଠିଲା ।
ବାମହାତ ଅଚଳ ହେଲାରୁ ଦାହାଣ ହାତର ସାହାଯ୍ୟ ନେଲା । କିନ୍ତୁ ହାୟ ! ତାହା
ମଧ୍ୟ ଅଚଳ ହୋଇଗଲା । ଆଉ ଚଳିପାରିଲା ନାହିଁ । ପାଟି ଖୋଲିବାର ସାମର୍ଥ୍ୟ
ନାହିଁ । ଆଖି ଅର୍ଦ୍ଧମୁଦ୍ରିତ । ତାକୁ ଦିଶୁଥିଲା ଜ୍ୟେଷ୍ଠଭ୍ରାତ ଦୂରେଇ ଯାଉଛନ୍ତି । ନା, ଆଉ
ଦିଶୁନାହାଁନ୍ତି । ଶରୀର ନିଷ୍ପଳ ହୋଇଗଲା ତା'ର ......

●

ଯୁଧିଷ୍ଠିର ଓ ଭୀମସେନଙ୍କ ମଧ୍ୟରେ କଥୋପକଥନରୁ ସ୍ପଷ୍ଟହୁଏ
କି 'ମନ'ର ନକାରାମ୍ନକ କ୍ରିୟାରୁ ଅନୀତି ବା ପାପର ସୃଷ୍ଟି ।
ଅର୍ଥ, ମନ (Mind) ହିଁ ପାପ ବା ପୁଣ୍ୟର ସୃଜନ କ୍ଷେତ୍ର ।
ଶରୀରର ବିଭିନ୍ନ ଅଙ୍ଗକୁ 'ମନ'ହିଁ ବିଭିନ୍ନ କ୍ରିୟା କରିବାକୁ
ପ୍ରୋତ୍ସାହିତ କରିଥାଏ । ସୁତରାଂ ଶରୀର, ମନୁଷ୍ୟ ଆଚରୁଥିବା
କ୍ରିୟାପାଇଁ ଦୋଷୀନୁହଁ । ମୁଁ ବା ଅହଂ ସ୍ଥୁଲ ଶରୀର-
ନିରପେକ୍ଷ । ମନ (Mind) ସହିତ ସେହି ମୁଁ ବା ଅହଂ
ଚିହ୍ନିତ (Indentified) ମାତ୍ର ।

ମନୁଷ୍ୟ ଆଚରୁଥିବା କର୍ମ ପାଇଁ ଯଦି ମନ ଅନୁତାପ
କରେ ତେବେ ତାକୁ ପାପ ଲାଗେ । ଏବଂ ଯଦି 'ମନ'
ନିର୍ବିକାର ରହେ, ଯେତେ ଗର୍ହିତକର୍ମ ମନୁଷ୍ୟ ସଂପାଦନ
କରିଥାଉ ପଛେ ତାକୁ ପାପ ସ୍ପର୍ଶ କରେନାହିଁ । ଦୁଇଟି
ଉଦାହରଣ ଦେଇ ଉକ୍ତ ଜଟିଳ ବିଷୟଟିକୁ ବୁଝିବାକୁ ଚେଷ୍ଟା
କରିବା ।

ପର୍ଶୁରାମ ପିତାଙ୍କର ଆଦେଶରେ ମାତୃହତ୍ୟା କରିଥିଲେ । ହେଲେ ତାଙ୍କୁ ମାତୃହତ୍ୟା ଦୋଷ ଲାଗିନଥିଲା, କାରଣ ସେ ପିତାଙ୍କର ଆଦେଶ ପରିପାଳନ କରିଥିଲେ କେବଳ । ସେହିପରି ଦସ୍ୟୁ ରନ୍ନାକର । ପରିବାର ପ୍ରତିପୋଷଣ ପାଇଁ ସେ ଦସ୍ୟୁବୃତ୍ତି ଆପଣେଇ ଥିଲେ । ଦସ୍ୟୁବୃତ୍ତି ପାଇଁ ସେ କେବେଁ ଅନୁତାପ କରିନଥିଲେ । ସୁତରାଂ ଆମ ଧର୍ମ ପୁସ୍ତକର ଏହି ଦୁଇ ମହାନଚରିତ୍ର ଅତି ଗର୍ହିତ ଅପରାଧ କରିଥିଲେ ହେଁ ସେମାନଙ୍କୁ ପାପ ସ୍ପର୍ଶ କରିନଥିଲା ।

ପାପ ମନ କରେ, ଶରୀର ନୁହେଁ ।

●

ଅବଶେଷରେ ଅମରନାଥ ପୀଠରେ ପହଞ୍ଚିଲେ ଯୁଧିଷ୍ଠିର ।

ପହଞ୍ଚି ପଛକୁ ଚାହିଁଲେ । ଭୀମସେନ ନଥିଲା । ଆରେ ଇଏ କ'ଣ! କୁକୁରଟି ଆସିଛି! ଭାଇମାନେ ଆସିପାରିଲେ ନାହିଁ, ଅଥଚ କୁକୁର ଆସିଲା!

"ତୁମକୁ ଧନ୍ୟବାଦ । ମୋର ଦୁର୍ଗମ ଯାତ୍ରାରେ ତୁମେ ଏକକ ସାଥୀ ।" – ଆପଣାଆପ କହିଲେ ଯୁଧିଷ୍ଠିର ।

ଏବଂ ଅମରନାଥଙ୍କୁ ଦର୍ଶନକଲେ ।

ଏବଂ ପୂଜାର୍ଚ୍ଚନା କଲେ ।

"ଏବେ କରିବି କ'ଣ! ହସ୍ତିନା ପ୍ରତ୍ୟାବର୍ତ୍ତନ ସମ୍ଭବନୁହେଁ । ତେବେ? ତେବେ କୈଳାସ ଯିବି ।" – ଯୁଧିଷ୍ଠିର ନିଷ୍ପତ୍ତି ନେଲେ ଓ ଗୁମ୍ଫାରୁ ବାହାରି ଆସିଲେ ।

ବାହାରେ ଦେଖିଲେ ବ୍ୟୋମଯାନଟିଏ ।

ଦେବପୁରୁଷ ଭଳି ଦିଶୁଥିବା କେହିଜଣେ ଅବତରଣ କଲେ ବ୍ୟୋମଯାନରୁ ।

ଦେବପୁରୁଷ ପାଖକୁ ଆସିଲେ ।

ସମ୍ମାନ ପ୍ରଦର୍ଶନ ଉତ୍ତାରୁ ସେ କହିଲେ, "ଯାନ ଆରୋହଣ କରିବା ହୁଅନ୍ତୁ!"

: କେଉଁ ଆଡ଼େ ?

– କୈଳାସ ଯିବେ ପରା!

: କେମିତି ଜାଣିଲେ ?

– ସମସ୍ତ ଘଟଣା ମୋତେ ଜଣା । ବହୁ ଶ୍ରମ କରିଛ । ଅଧିକ ଶ୍ରମର ଆବଶ୍ୟକତା ନାହିଁ । ଯାନ ଆରୋହଣ କରିବା ହୁଅନ୍ତୁ, ଶ୍ରମ ଲାଘବ ହେବ । ତୁମର ଭ୍ରାତାଗଣ ଓ ଦୌପଦୀ ବହୁପୂର୍ବରୁ ପହଞ୍ଚ ସାରିଛନ୍ତି । ତୁମର ଅପେକ୍ଷାରେ ଅଛନ୍ତି ସେମାନେ ।

ସତେ ! ଆଶ୍ୱସ୍ତ ଦିଶିଲେ ଯୁଧିଷ୍ଠିର । ଭାଇମାନଙ୍କ ସହ ମିଳିତ ହେବାକୁ ସେ ତାଡ଼ନା ଅନୁଭବ କଲେ । ହଁ, ସେ ଯାନ ଆରୋହଣକରିବେ । କିନ୍ତୁ .... କିନ୍ତୁ ବହୁପଥ ଅନୁସରଣ କରି ଓ ତାଙ୍କ ପରି ଉପବାସବ୍ରତ ଆଚରିଥିବା କୁକୁରଟିକୁ ଛାଡ଼ି ସେ ଯାଇପାରିବେ ! ନିଶ୍ଚିତ ନା ।

କହିଲେ : ଏହି କୁକୁରଟି ମୋ ସହ ଯିବ ।

– ନା । କୁକୁର ଯିବାର ନିର୍ଦ୍ଦେଶନାହିଁ ।

: କୁକୁର ନଗଲେ ବଡ଼ ଅଧର୍ମହେବ ମୋର । ବରଂ ମୁଁ ଯିବିନାହିଁ ।

ଦେବପୁରୁଷ ଭାବିଲେ, ପ୍ରକୃତପକ୍ଷେ ଯୁଧିଷ୍ଠିର ଧର୍ମପଥରୁ ବିଚ୍ୟୁତ ହୋଇନାହାଁନ୍ତି ।

ସେ ସମ୍ମତ ହେଲେ ।

ଯୁଧିଷ୍ଠିର ଓ କୁକୁର ବ୍ୟୋମଯାନ ଆରୋହଣକଲେ ।

ଯାନ ଉପରକୁ ଉଠିଲା ଓ ଅଦୃଶ୍ୟ ହୋଇଗଲା ।

ନିୟତି ତା ସଂକଳ୍ପରେ ଅନ୍ତିମ ସ୍ପର୍ଶ ଦେଲା । ଗୋଟେ ମହାନ ଯୁଗର ଅବସାନ ଘଟିଲା ।

ତେଣେ ମର୍ତ୍ୟଲୋକରେ ଯୁଗପୁରୁଷ ତାଙ୍କ ରାଜୁଟି ପାଇଁ କ୍ଷେତ୍ର ପ୍ରସ୍ତୁତ କରୁଥିଲେ ।

# ଲେଖକଙ୍କ ଦ୍ୱାରା ଲିଖିତ ଉପନ୍ୟାସ

❧ ଅଭୟାରଣ୍ୟ (ଅଗ୍ରଦୂତ, କଟକ)

❧ ତମସୋ ମା (ଓଡ଼ିଶା ବୁକ୍ ଏମ୍ପୋରିୟମ୍, କଟକ)

❧ ଗୋଟିଏ ଯୋଡ଼ି ଗାଁର କାହାଣୀ (କାଦମ୍ବିନୀ ମିଡ଼ିଆ, ଭୁବନେଶ୍ୱର)
(ଓଡ଼ିଶା ସାହିତ୍ୟ ଏକାଡେମୀ ପୁରସ୍କାର ପ୍ରାପ୍ତ)

❧ ଯୋଗୀ (ବିଦ୍ୟାପୁରୀ, କଟକ)

❧ ଦମୟନ୍ତୀ (ବିଦ୍ୟାପୁରୀ, କଟକ)

❧ ରାଧା ରାମେଶ୍ୱରୀ (ଓଡ଼ିଶା ବୁକ୍ ଏମ୍ପୋରିୟମ୍, କଟକ)

❧ ବିଲ୍ୱମଙ୍ଗଳ (କୋଣାର୍କ ପବ୍ଲିଶର୍ସ, କଟକ)

❧ ବଟୁ ବାମନ (ଓଡ଼ିଶା ବୁକ୍ ଏମ୍ପୋରିୟମ୍, କଟକ)

❧ ଜଡ଼ଭରତ ଓ ଭାରତବର୍ଷ (ଶାରଳା ବୁକ୍ ଷ୍ଟୋର, କଟକ)

❧ ମହାବନ୍ୟା (ଦକ୍ଷ ବୁକ୍ସ, ଭୁବନେଶ୍ୱର)

❧ ସାଂଖ୍ୟପୁରୁଷ (ପ୍ରକାଶ ଅପେକ୍ଷାରେ)

❧ ଭିକ୍ଷୁରାଜପୁତ୍ (ପ୍ରକାଶ ଅପେକ୍ଷାରେ)

❧ କିମ୍ବଦନ୍ତୀର ଗାଁ (ପ୍ରକାଶ ଅପେକ୍ଷାରେ)

❧ ଗଙ୍ଗାଘାଟ ଓ ଅନ୍ୟାନ୍ୟ ଗଳ୍ପ (ପ୍ରକାଶ ଅପେକ୍ଷାରେ)

# ପୁରସ୍କାର ଓ ସମ୍ମାନ

୬ କାଦମ୍ବିନୀ ସାହିତ୍ୟ ସମ୍ମାନ

୬ ରାଜ୍ୟପାଳ ପୁରସ୍କାର

୬ ଓଡ଼ିଶା ସାହିତ୍ୟ ଏକାଡେମୀ ପୁରସ୍କାର

୬ ବର୍ତ୍ତିକା ଉପନ୍ୟାସ ପୁରସ୍କାର

୬ Rock Pebbles Story Award

୬ ଝଙ୍କାର ଲଳିତ ନିବନ୍ଧ ପୁରସ୍କାର

୬ ଫକୀର ମୋହନ ଉପନ୍ୟାସ ପୁରସ୍କାର

୬ ଦୀକ୍ଷା ପ୍ରଜ୍ଞା ସମ୍ମାନ (ଉପନ୍ୟାସ)

୬ କାହ୍ନୁଚରଣ ଉପନ୍ୟାସ ସମ୍ମାନ

୬ ଯାଜପୁର ଜିଲ୍ଲା ଲେଖକ ଗଞ୍ଜ ସମ୍ମାନ

୬ ବିରୂପାକ୍ଷଙ୍କର ସ୍ମୃତି ସମ୍ମାନ

............... ଇତ୍ୟାଦି

www.ingramcontent.com/pod-product-compliance
Lightning Source LLC
Chambersburg PA
CBHW061300210726
48293CB00003B/1049